BASTEI
LÜBBE

DAVID WEBER IM
TASCHENBUCH-PROGRAMM:

HONNOR HARRINGTON

23 194	Band 1	Auf verlorenem Posten
23 199	Band 2	Die Ehre der Königin
23 205	Band 3	Ein schneller Sieg
23 211	Band 4	Mit Schimpf und Schande
23 217	Band 5	Im Exil
23 223	Band 6	Ehre unter Feinden
23 229	Band 7	In Feindeshand
23 235	Band 8	Die Siedler von Sphinx mit David Drake und S. M. Stirling
23 241	Band 9	Der Stolz der Flotte
23 247	Band 10	Die Baumkatzen von Sphinx
23 253	Band 11	Wie Phoenix aus der Asche

David Weber

HONOR HARRINGTON

Ein neuer Krieg

Roman

Ins Deutsche übertragen
von Dietmar Schmidt

BASTEI LÜBBE

BASTEI LÜBBE TASCHENBUCH
Band 23 276

1. Auflage: Oktober 2004

Vollständige Taschenbuchausgabe

Bastei Lübbe Taschenbücher ist ein Imprint der
Verlagsgruppe Lübbe

Deutsche Erstveröffentlichung
Titel der amerikanischen Originalausgabe: War of Honor, Teil 1

Published by arrangement with
BAEN PUBLISHING ENTERPRISE
This book was negotiated through Literary Agency
Thomas Schlück GmbH; 30827 Garbsen
Lektorat: Ruggero Leò / Stefan Bauer
Titelillustration: David Mattingly / Agentur Schlück
Umschlaggestaltung: QuadroGrafik, Bensberg
Satz: Heinrich Fanslau, Communication / EDV, Düsseldorf
Druck und Verarbeitung:
Maury Imprimeur, Frankreich
Printed in France
ISBN 3-404-23276-3

Für alle Adoptiveltern,
die den echten Herzenshunger kennen.
Gott segne sie.

Sternenkarte 1

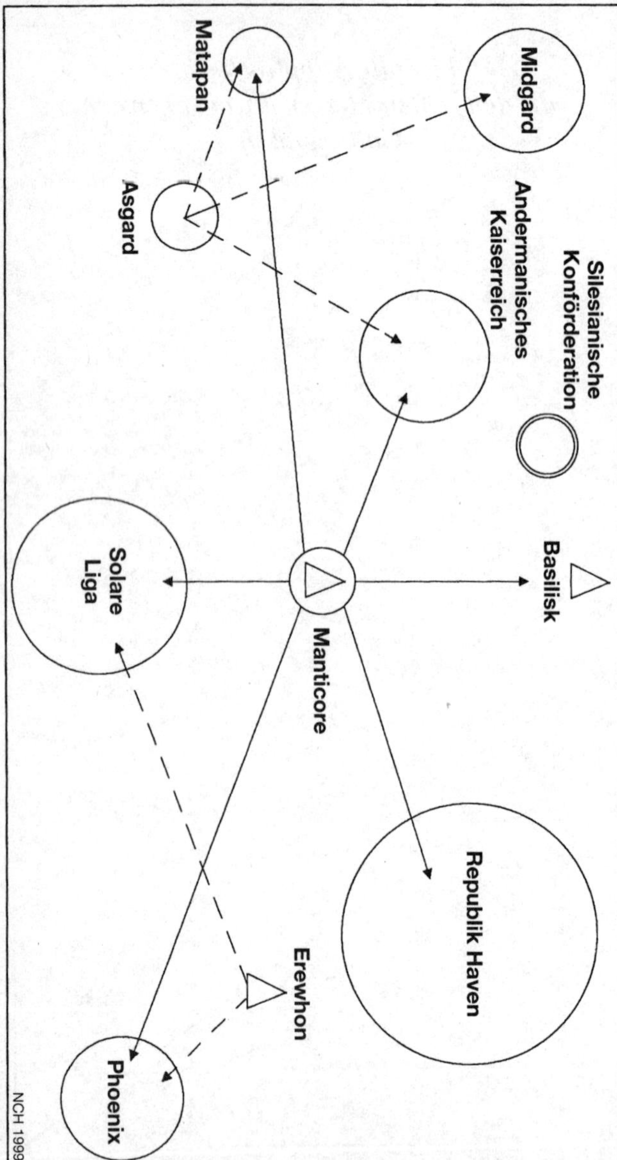

Sternenkarte 2

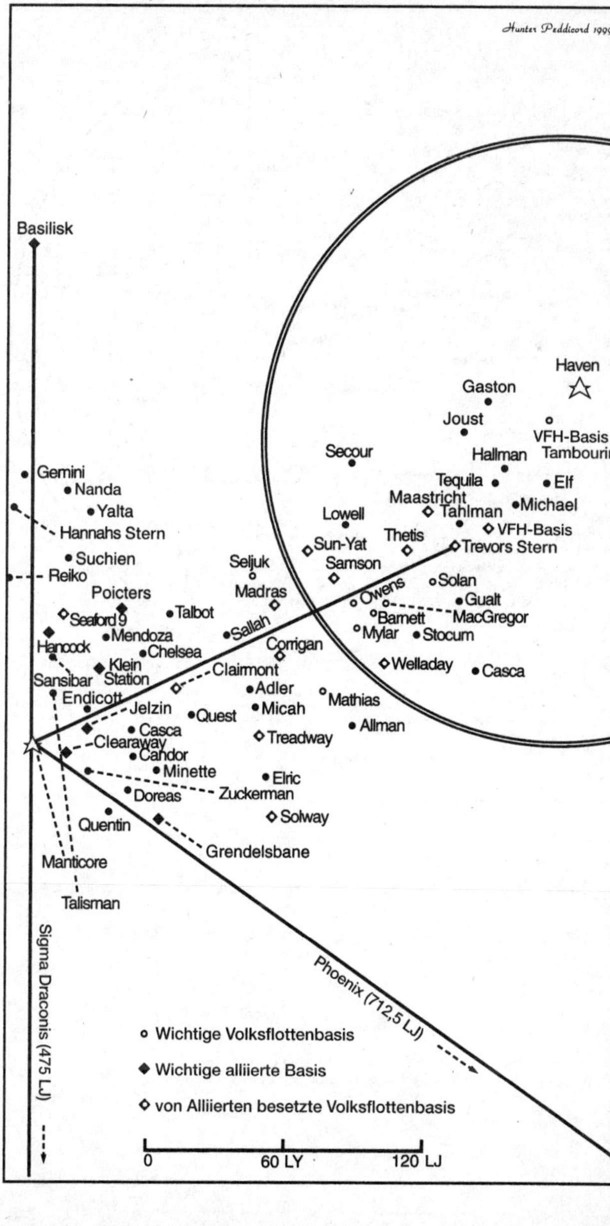

Sternenkarte 3

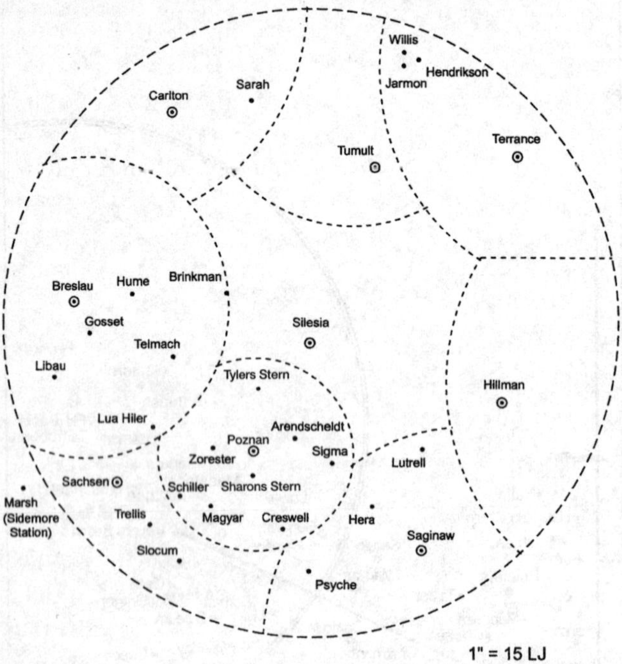

PROLOG

»Signalstation hat es soeben bestätigt, Herr Kapitän.« Korvettenkapitän Engelmann klang, als könnte er nicht ganz glauben, was er gerade gemeldet hatte.

»Sie scherzen wohl.« Kapitän Huang Glockauer von der Kaiserlich-Andermanischen Weltraumflotte, Kommandant des Schweren Kreuzers SMS *Gangying*, blickte seinen Ersten Offizier erstaunt an. »Code Siebzehn-Alfa?«

»Eindeutig, Herr Kapitän. Ruihuan ist sich sicher. Seit dreizehn Uhr sechs senden sie es.« Engelmann blickte auf das Chronometer am Schott. »Das geht jetzt schon über sechs Minuten so, deshalb glaube ich nicht, dass es ein Irrtum ist.«

»Dann wird es wohl eine Fehlfunktion sein«, brummte Glockauer, während er den Blick wieder auf seinen Hilfsplot richtete. Er musterte den vier Megatonnen massenden Frachter, der unter andermanischer Flagge lief und den die *Gangying* soeben routinegemäß um Identifikation ersucht hatte. »Niemand kann so dumm sein, dass er versucht, an uns vorbeizukommen, indem er einen Siebzehn-Alfa sendet – noch dazu als Antwort auf eine konkrete Anfrage!«

»Dem kann ich nichts entgegenhalten, Käpt'n«, sagte Engelmann. Er wusste zwar, dass der Kommandant ihn eigentlich gar nicht angesprochen hatte, aber als Erster Offizier hatte er hin und wieder das Alter Ego des Vorgesetzten zu spielen. In erster Linie trug der I.O. die Verantwortung für den reibungslosen Ablauf des Schiffbetriebs, doch das war nicht alles: Immer, wenn der Kommandant eines Publikums bedurfte, das auf seine Überlegungen reagierte, hatte der I.O. es ihm zu stellen, und die augenblickliche Lage war so eigenartig, dass Glockauer dringend Resonanz benötigte.

»Andererseits«, fuhr der I.O. fort, »habe ich im Laufe der Jahre schon ziemlich oft erlebt, dass Piraten auf dämliche Ideen kommen.«

»Ich auch«, räumte Glockauer ein. »Aber das hier setzt doch dem Fass die Krone auf.«

»Das sehe ich auch so, Herr Kapitän«, sagte Engelmann zurückhaltend, »und deshalb frage ich mich, ob die da wirklich so dumm sind oder eher ziemlich gerissen.«

»Wie meinen Sie das?«

»Nun, jeder weiß, wie ein Kaperer sich verhält, der ein Handelsschiff in seine Gewalt gebracht hat: Er versucht, jedem Militärschiff, das seinen Weg kreuzt, Sand in die Augen zu streuen. Die meisten Flotten haben wenigstens die Schiffsliste ihrer eigenen Sternnation abgespeichert – komplett mit Transpondercodes und Emissionssignatur. Piraten wissen also, dass es nicht ungefährlich ist, einen gefälschten Transpondercode zu benutzen, da eine aufmerksame Ortungs- und Signalabteilung jederzeit die Signatur überprüfen und die unvermeidbaren kleinen Abweichungen vom Original bemerken könnte.« Der I.O. zuckte mit den Schultern. »Deshalb benutzen Piraten in der Regel den echten Code weiter, bis sie ihre Prise irgendwo in Sicherheit gebracht haben, statt einen neuen, gefälschten zu erzeugen.«

»Ja, natürlich«, murmelte Glockauer, als sein Stellvertreter schwieg. Seine Erwiderung hätte durchaus ungeduldig klingen können, denn Engelmann hatte ihm soeben etwas erklärt, was sie beide sehr genau wussten. Der Kommandant erkannte jedoch am Tonfall seines Eins-O, dass er auf etwas Bestimmtes hinauswollte, daher ließ Glockauer ihm gern die Zeit, die Voraussetzungen für seine Darlegung auszubreiten.

»Und ich frage mich nun, Käpt'n«, fuhr der Korvettenkapitän fort, »ob bei Reichenbach vielleicht jemand eine Möglichkeit gefunden hat, diese Tendenz auszunutzen. Angenommen, man stellt die Sendersoftware so ein, dass der Transponder insgeheim einen Siebzehn-Alfa anhängt, sobald das Schiff gekapert wird? Wer auf so eine Idee kommt, der manipuliert auch die Software so, dass sie den Siebzehn-Alfa wieder herausfiltert, sobald die Brückenbesatzung sich den Transpondercode vorspielen lässt.«

»Sie wollen sagen, dass jemand in der Schiffsführung eine Art Falle im Transponderprogramm aktiviert hat, als ihm klar wurde, dass das Schiff jeden Moment gekapert werden könnte?«

»Ich will nur sagen, dass es *vielleicht* so gewesen ist«, entgegnete Engelmann. »Überlegen Sie mal. Gegen ein Piratenschiff hat ein normaler Frachter nicht den Hauch einer Chance. Er ist unbewaffnet, und wenn er versucht, sich gegen die Entermannschaft zu verteidigen, erreicht er damit nur eins: dass seine Besatzung massakriert wird, sobald die Piraten an Bord sind. Wenn die Schiffsführung also eine Falle im Transponderprogramm eingebaut hat, dann wäre die Versuchung für sie sicher ziemlich groß gewesen, diese Falle auch auszuprobieren.«

»Hm.« Glockauer rieb sich nachdenklich die Oberlippe. »Sie könnten Recht haben. Besonders, wenn die Piraten die Besatzung am Leben gelassen haben und die Leute dazu zwingen, im Schiff für sie zu arbeiten. Ihre größte Chance auf Rettung – eigentlich sogar ihre einzige – wäre, dass die Piraten einem Kriegsschiff über den Weg laufen, das irgendwie bemerkt, dass der Frachter gekapert worden ist.«

Er rieb sich die Lippe noch stärker, während er das Szenario überdachte, das Engelmann und er besprachen. Code Siebzehn war ein allgemein verbreiteter Standard-Transpondercode für Handelsschiffe, der jedoch bedeutend häufiger in schlechten Abenteuergeschichten eingesetzt wurde als in der Wirklichkeit. Im Klartext bedeutete Code Siebzehn: ›Ich werde von Piraten geentert‹, doch hatte es keinen Sinn, diesen Code zu senden – es sei denn, es hätte sich in dem Moment, in dem die Piraten andockten, ein befreundetes Kriegsschiff sozusagen auf Griffweite des Frachters befunden. Ein Pirat würde angesichts eines Code Siebzehn seinen Angriff dann abbrechen, wenn er befürchten musste, dass tatsächlich ein Kriegsschiff in Abfangreichweite war, das den Notruf empfangen und darauf reagieren könnte. Das jedoch kam so selten vor, dass sehr viele Frachterkapitäne es vorzogen, unter gar keinen Umständen Code Siebzehn zu senden. Jeder wusste, dass Piraten an allen Handelsfahrern, die Gegenwehr leisteten – oder um Hilfe riefen –, blutige Rache nahmen.

Siebzehn-Alfa wurde indessen noch seltener benutzt als ein reiner Code Siebzehn. Siebzehn-Alfa bedeutete nicht ›Ich werde von Piraten geentert‹, sondern: ›Ich *bin* von Piraten geentert und gekapert worden.‹ Glockauer hatte noch nie gehört, dass außerhalb einer Raumkampfübung jemand je einen Siebzehn-Alfa gesendet hätte.

»Trotzdem«, fuhr er fort, »wäre das gefährlich. Wenn die Prisenmannschaft der Piraten den Transponder aktivieren würde, solange ihr eigenes Schiff noch in Reichweite ist, würde der Siebzehn-Alfa sofort entdeckt, ganz gleich, wie umfassend die Software des Frachters manipuliert wurde. Selbst wenn sie den Transponder erst einschalten, wenn ihre Komplizen außer Empfangsreichweite sind, laufen sie irgendwann einen Hafen an, und dann hört jemand anders den Code. Das würde für den, der die Falle aktiviert hat, mit Sicherheit einige sehr unangenehme Konsequenzen bedeuten.«

»Keine Frage«, räumte Engelmann schulterzuckend ein. »Anderseits steckt vielleicht folgende Überlegung dahinter: Entweder massakrieren die Piraten die Besatzung gleich nach der Kaperung oder spätestens dann, wenn der Frachter seinen neuen Bestimmungsort erreicht. Da ist es doch das Risiko wert, wenn man versucht, etwaigen Überlebenden wenigstens eine kleine Chance auf Rettung zu verschaffen.«

»Das stimmt schon«, pflichtete Glockauer seinem Eins-O bei. »Und ich könnte mir vorstellen, dass sie noch ein paar zusätzliche Sicherheitsmaßnahmen in diese Software eingebaut haben, über die wir spekulieren. Was zum Beispiel, wenn das Programm den Siebzehn-Alfa verspätet aktiviert? Wenn der Frachter nach dem Entern noch, sagen wir, vierundzwanzig oder sechsunddreißig Stunden lang einen sauberen Transpondercode abstrahlt und dann erst den Siebzehn-Alfa anhängt? In diesem Fall stehen die Chancen ganz gut, dass der Piratenkreuzer, von dem die Enterer kamen, längst außer Reichweite verschwunden ist. Und das Programm könnte sogar so intelligent eingerichtet sein, dass es den Code Siebzehn nach einer bestimmten Zeitspanne oder unter bestimmten Umständen einstellt – zum Beispiel, nachdem das Schiff zum ersten Mal wieder aus dem Hyperraum transistiert ist.«

Engelmann nickte. »Das wäre möglich. Es ginge sogar noch einfacher. Der Frachter hat nur aus dem Grund gesendet, weil wir seine Identifikation angefordert haben, Käpt'n. Und dabei haben wir uns als Kriegsschiff zu erkennen gegeben.«

»Na, Binyan, das ist ja ein ausgezeichneter Gedanke«, lobte Glockauer ihn. »Wenn die Software programmiert ist, den Siebzehn-Alfa automatisch anzuhängen, wenn ein Kriegsschiff eine Identifikation verlangt, aber unter allen anderen Umständen nicht ...«

»Genau«, sagte der Erste Offizier. »Aber falls überhaupt etwas an unserer Theorie dran ist, hätte Reichenbach uns wenigstens darüber informieren können, dass er mit solchen Tricks arbeitet.«

»Vielleicht war es keine Entscheidung auf Linienebene«, entgegnete Glockauer. »Vergessen Sie nicht, wie halsstarrig der alte Reichenbach ist. Er leitet seine Firma, wie es ihm passt. Es sähe ihm ähnlich, wenn er auf so eine Idee gekommen wäre und das Programm in all seine Schiffe implementiert hätte, ohne sich auch nur mit seinen Kapitänen abzustimmen. Andererseits könnte es genauso gut die brillante Idee eines einzelnen Kapitäns sein. Eine einmalige Extratour, von der Reichenbach überhaupt nichts weiß.«

»Oder«, wandte Engelmann ein, indem er eine der anderen Rollen jedes vorbildlichen Eins-O einnahm und den Advocatus Diaboli spielte, »hier geht überhaupt nichts Ungewöhnliches vor. Es wäre auch denkbar, dass der Signaloffizier des Frachters Mist gebaut hat und unwissentlich einen Notruf abstrahlt, ohne es zu ahnen.«

»Möglich«, sagte Glockauer, »aber nicht sehr wahrscheinlich. Wie Sie schon sagten, unser eigenes Signalgerät müsste den Unterschied mittlerweile bemerkt haben ... und da dem nicht so ist, muss es einen besonderen Grund dafür geben. Auf jeden Fall müssen wir vorerst davon ausgehen, dass der Notfallcode begründet ist, und entsprechend haben wir uns zu verhalten.«

»Jawohl, Herr Kapitän«, stimmte Engelmann ihm zu,

und sie wandten ihre Aufmerksamkeit wieder dem Taktischen Display zu.

Das grüne Icon des Frachters zeigte noch immer den alphanumerischen Transpondercode, welcher AHS *Karawane* zugeordnet war. Umgeben von dem scharlachroten Kreis, der für Code Siebzehn-Alfa stand, bewegte sich das Icon kontinuierlich durch den Plot. Glockauer studierte bedachtsam die Datenfelder, dann drehte er den Kopf und blickte den Taktischen Offizier der *Gangying* an.

»Was macht Ihre Lösung, Shilan?«

»Wir können ohne Probleme zu ihm aufschließen, Herr Kapitän«, versicherte ihm Kapitänleutnant Shilan Weiss. »Und wir schaffen fast das Doppelte seiner Maximalbeschleunigung.« Sie zuckte mit den Achseln. »Er hat keine Chance, uns auszuweichen. Selbst wenn er in diesem Augenblick wendet und auf die Hypergrenze zuhält, fangen wir ihn mindestens eine volle Lichtminute davor ab.«

»Shilan hat Recht, Käpt'n«, sagte Engelmann. »Trotzdem wäre es natürlich eine sehr plumpe Lösung, den Kurs zu ändern und den Frachter zu hetzen.« Er verzog die zusammengepressten Lippen zu einem gehässigen Lächeln. »Ich muss zugeben, mir wäre es lieber, wenn wir uns irgendeinen genialen Schachzug einfallen ließen, durch den wir ohne eine mühselige Abfangjagd dichter an die Bastarde herankommen.«

»Nicht in diesem Universum, Binyan«, schnaubte Glockauer. »Wenn die Piraten jemanden an Bord haben, der mit Zahlen so gut umgehen kann wie Shilan, wissen sie in dem Augenblick, in dem wir auf sie zuhalten, dass sie nicht entkommen können. Ihre einzige logische Reaktion würde also darin bestehen, unverzüglich beizudrehen und zu hoffen, dass wir Gefangene machen, anstatt sie standrechtlich zu erschießen. Aber ob die Piraten das nun begreifen wollen oder nicht: Mit keinem Trick der Galaxis kann man eine Piratenmannschaft davon überzeugen, es sei eine gute Idee, einen Schweren Kreuzer auf Gefechtsentfernung an sich heranzulassen. So blöde können die gar nicht sein.«

»Ich fürchte, da haben Sie Recht, Käpt'n«, gab Engelmann zu. »Und die Mistkerle können uns auch nicht übersehen, wenn wir kommen.«

»Wohl kaum«, stimmte Glockauer ihm trocken zu. Er blickte noch einige Sekunden lang in den Plot, dann nickte er.

»Also gut, Shilan. Wenn es keine Möglichkeit gibt, clever vorzugehen, dann machen wir's eben mit brutaler Direktheit. Bringen Sie uns auf einen Abfangkurs mit fünfhundert Gravos. – Ruihuan«, wandte er sich an Kapitänleutnant Hoffner, den Signaloffizier, »rufen Sie den Frachter. Identifizieren Sie uns und weisen Sie ihn an, zu einem Rendezvous beidrehen.«

»Aye, aye, Herr Kapitän!«, bestätigte Hoffner grinsend den Befehl.

»Wir wollen Ruihuans Worten ein wenig Nachdruck verleihen, Shilan«, fuhr Glockauer fort. »Warum fahren Sie nicht mal unsere Feuerleitsysteme hoch? Ein paar Treffer mit Radar und Lidar überzeugen die Burschen vielleicht eher, dass wir's ernst meinen.«

»Aye, aye, Herr Kapitän.« Weiss lächelte wenigstens genauso gehässig wie Engelmann. Sie wandte sich wieder ihrer Konsole und der Ortungsmannschaft zu, während der Kreuzer schon den Kurs änderte.

Glockauer erwiderte ihr Lächeln und winkte Engelmann an seine Station, dann setzte er sich wieder in den Kommandosessel und wartete ab, wie die *Karawane* auf

Hoffners Aufforderung zum Beidrehen reagierte. Seine Augen kehrten zu dem Icon zurück, das in seinem Plot brannte, und sein Lächeln verblasste.

In der Silesianischen Konföderation war Piraterie von je her ein großes Problem gewesen. Politisch gesehen ging es in Silesia sogar in den besten Zeiten kaum stabiler zu als in einer Kernschmelze, und auch die gegenwärtige Lage – 1.918 Jahre nachdem die Menschheit zu den Sternen aufgebrochen war – war alles andere als rosig. Im Gegenteil, in den letzten fünfzehn T-Jahren hatte sich alles nur zum Schlechteren entwickelt, selbst gemessen an Silesias miserablen Standards.

So ungern Glockauer oder irgendein anderer andermanischer Offizier es zugegeben hätte, die wichtigste Stütze für die Bekämpfung der Piraterie innerhalb des Konföderationsgebiets war seit mehr als zweihundert Jahren die Royal Manticoran Navy. Erst während des letzten Jahrhunderts war die Flotte des Andermanischen Reiches so weit angewachsen, dass sie sich zumindest den Anschein geben konnte, eine bedeutsame, langfristige Ordnungsfunktion in diesem Raumgebiet auszuüben. Noch vor fünfzig bis fünfundsiebzig T-Jahren war die andermanische Handelsflotte so unbedeutend gewesen, dass man die Kosten für den Ausbau der leichten Flottenverbände nicht rechtfertigen konnte, schon gar nicht auf eine Stärke, mit der man den blutigen Raubzügen der Piraten und Freibeuter innerhalb der Konföderation wirklich einen gewissen Dämpfer hätte versetzen können.

Zwar gehörte die Unterdrückung der Piraterie zu den Grundpflichten jedes Raumoffiziers, doch war das Interesse des Kaiserreichs an Silesia nie lediglich auf die Verluste seiner Frachtschifflinien begrenzt gewesen; vielmehr konzentrierte sich das Andermanische Reich auf die

Grenzsicherungsmaßnahmen der Konföderation, und zwar stets mit dem Hintergedanken, die eigenen Reichsgrenzen zu erweitern. Das offen einzugestehen wäre (um es vorsichtig auszudrücken) undiplomatisch gewesen, doch innerhalb des Kaiserreichs, der Konföderation und des Sternenkönigreichs von Manticore machte sich niemand, der einen höheren IQ hatte als ein Felsbrocken, diesbezüglich irgendwelche Illusionen. Ganz gewiss waren die Manticoraner stets schnell bei der Hand, wenn es darum ging, andermanischen Annexionsbestrebungen innerhalb der Konföderation entgegenzutreten, denn sie betrachteten Silesia mit ernüchternder Arroganz als ihre privaten Fischgründe.

Wegen der zermürbenden Belastung durch den manticoranischen Krieg gegen die Volksrepublik Haven hatte die RMN jedoch von ihrer traditionellen Rolle als Polizist der silesianischen Schifffahrtswege Abstand nehmen müssen. In den letzten fünfzig bis sechzig T-Jahren war dieser Abstand zunehmend ausgeprägter geworden, denn um den Haveniten überhaupt gegenübertreten zu können, hatte die Royal Manticoran Navy sich gewaltig vergrößern müssen. In den letzten fünfzehn Jahren seit Ausbruch der offenen Feindseligkeiten war die Verlagerung der Kräfte besonders deutlich zu spüren gewesen. Sowohl in der Flotte als auch im Außenministerium debattierte man über die Frage, wie das Kaiserreich auf die sich stetig verschlechternde Lage in der Konföderation und auf die Tatsache reagieren sollte, dass Manticore durch den Krieg gegen Haven abgelenkt war – und eigentlich hätte Glockauer nichts davon ahnen sollen. Allerdings wäre sich nur ein Idiot nicht im Klaren darüber gewesen, dass solche Überlegungen angestellt wurden. Einerseits war die Inanspruchnahme der Manticoraner durch Haven eine fast unwiderstehliche Verlockung für das Kaiserreich – denn solange die RMN nicht angemessen reagieren konnte, bot sich dem Kaiser die Möglichkeit, den eigenen territorialen Ehrgeiz zu befriedigen. Andererseits war das Sternenkönigreich schon immer der Puffer des Kaiserreichs gegen das unersättliche Expansionsstreben der Volksrepublik gewesen.

Am Ende trug die *Realpolitik* den Sieg davon, was in der Außenpolitik des Kaiserreichs durchaus Tradition hatte. Obwohl es für das Kaiserreich schön gewesen wäre, innerhalb der Konföderation ungehindert den eigenen Interessen nachgehen zu können, hätte es sich durchaus als fatal erweisen können, dem Sternenkönigreich ausgerechnet in dem Moment in den Rücken zu fallen, in dem es seinen Überlebenskampf gegen einen Feind führte, der auch das Andermanische Reich nur allzu gern verschlungen hätte. Daher hatte der Kaiser entschieden, zugunsten des Sternenkönigreichs ›neutral‹ zu bleiben.

Der plötzliche, phänomenale Sieg der RMN über die Volksflotte war umfassender gewesen, als irgendjemand je hätte ahnen können. Soweit Glockauer wusste, hatte im Kaiserlichen Geheimen Nachrichtendienst niemand auch nur vermutet, auf was für einen Vernichtungsschlag die Manticoraner sich vorbereitet hatten. Der Geheimdienst hatte ansatzweise in Erfahrung gebracht, auf welchem Stand die manticoranische Forschung und Entwicklung war. Das bewiesen sowohl die gegenwärtigen als auch die geplanten Aktualisierungen der technischen Anlagen an Bord Seiner Majestät Schiffe hinlänglich, besonders, wenn man sie im Lichte der Berichte über die neuen Waffen und Taktiken der Manticoraner betrachtete, die Glockauer studiert hatte. Trotzdem bezweifelte er sehr, dass irgendjemand im Kaiserreich das volle Ausmaß der manticoranischen Überlegenheit schon vor Admiral White Havens Vernichtungsschlag begriffen hatte.

Von Rechts wegen hätte die RMN mittlerweile ihre Vorkriegspräsenz in der Konföderation wiederhergestellt haben sollen. Doch das hatte sie nicht getan, ja, in mancherlei Hinsicht war die Situation sogar schlechter als vor dem Krieg. Die Manticoraner hatten ihre leichten Verbände nicht auf die traditionelle Stärke nachgerüstet, und infolge dessen trieb die Piraterie in weiten Teilen der Konföderation ungehemmt Blüten. Des Weiteren hatten einige ›Piraten‹ weitaus kampfkräftigere Schiffe erworben. Keines davon war größer als ein Kreuzer, doch bisher hatten die Manticoraner und die Kaiserlich-andermanische Weltraumflotte wenigstens drei davon vernichtet – allesamt Schiffe, die den Dienst der Volksrepublik Haven ›verlassen‹ hatten und geflohen waren, um sich nach etwas Besserem umzusehen. Infolgedessen stieg nicht nur der Grad der ungesetzlichen Umtriebe an, sondern auch ihr Ausmaß, denn zu den üblichen Piratenangriffen auf Handelsschiffe gesellten sich Überfälle auf bewohnte Planeten. Nach jüngsten Geheimdienstschätzungen waren dabei allein im vergangenen Jahr wenigstens eine Viertelmillion Silesianer umgekommen. In Relation zu der Gesamtbevölkerung der Konföderation stellte diese Zahl nur einen Nadelstich dar, für sich allein betrachtet war sie jedoch beängstigend.

Doch während die Manticoraner ihre leichten Verbände nicht wieder aufgerüstet hatten, waren sie immerhin einen Bündnisvertrag mit der Republik Sidemore im Marsh-System eingegangen. Im Laufe der letzten acht T-Jahre war Sidemore Station zu einer recht schlagkräftigen Flottenbasis ausgebaut worden, und das, obwohl die Manticoraner ihre Hauptanstrengungen gegen die Haveniten richten mussten. Das Marsh-System lag knapp außerhalb der schwammigen Grenzen, die die Konföderation festgelegt hatte, an der Teilstrecke Kaiserreich–Konföderation in der ›Dreiecksroute‹ der Manticoraner, und das machte das System zur idealen logistischen Basis für alle manticoranischen Operationen in ganz Südwest-Silesia.

Glockauer empfand keinerlei Vorbehalt dagegen, dass die Manticoraner Piraten abschossen, abgesehen von einem gewissen Verlangen, selbst den Abzug durchzudrücken. Mit Hilfe der im Marsh-System stationierten Flottillen hatten die Manticoraner immerhin gut ein Zehntel der gesamten Konföderation befriedet – ein bemerkenswerter Erfolg. Dazu jedoch hatten sie eine *manticoranische* Präsenz in einem Raumsektor geschaffen, in dem sie früher keine andermanische geduldet hatten. Wenn es eine Sternnation gab, die ein legitimes Interesse besaß, die Situation in Silesia zu kontrollieren, um die eigenen Grenzen und territoriale Unversehrtheit zu schützen, so war es das Andermanische Reich – nicht aber das Sternenkönigreich von Manticore. Zudem hatten die Manticoraner einen kompletten Kampfverband zu ihrer neuen Flottenstation Sidemore verlegt: zwei unterbesetzte Schlachtgeschwader mitsamt Schlachtkreuzer- und Kreuzerunterstützung.

Vorgeblich sollte dieser Verband (der weit schwerer war als zu jeder erdenklichen Operation gegen die Piraterie erforderlich) das konföderierte Raumgebiet gegen ein neuerliches Vordringen havenitischer Handelsstörer schützen. Offiziell vertrat Manticore die Position, dass der eigentliche (und einzige) Grund für ihr Bündnis mit der Republik Sidemore darin bestehe, jede Wiederaufnahme havenitischer Handelsstöroperationen im Konföderationsgebiet zu unterbinden – eine Behauptung, der die

›freischaffenden‹ Aktionen desertierter Schiffe der Systemsicherheit und der Volksflotte eine gewisse Stichhaltigkeit verliehen. Im Anderman-Reich glaubte das niemand auch nur einen Augenblick lang, und während der letzten fünf T-Jahre war der Unwille gegen die manticoranische Anmaßung beständig angewachsen. Nun, da Haven militärisch geschlagen war, wurde dieser Vorwand für die manticoranische Präsenz im Marsh-System zusehends fadenscheiniger, mochte ein endgültiger Friedensvertrag geschlossen sein oder nicht. Entsprechend hatte die andermanische Verstimmung zugenommen, und Glockauer vermutete, dass die außenpolitischen Erwägungen, die im Umgang mit Manticore zu Mäßigung statt Konfrontation rieten, mit steigendem Tempo untergraben wurden.

Er konnte nicht sagen, wohin das letztendlich führen würde. Nein, das stimmte so auch nicht. Er konnte sehr wohl sagen, wohin es führen *konnte* ... Er hoffte nur inbrünstig, dass es doch anders käme. Obwohl der Kampfwert der kaiserlichen Flotte jüngst gestiegen war und weiterhin erhöht wurde, und obwohl der neue manticoranische Erste Lord der Admiralität offenbar ein Schwachkopf war, spürte Kapitän Glockauer keinerlei Verlangen, einer Navy gegenüberzutreten, die eben erst eindrucksvoll bewiesen hatte, dass sie die einst so mächtige Volksflotte Havens mühelos bezwingen konnte.

Im Augenblick brauchst du dir um die Mantys keine Sorgen zu machen, ermahnte er sich, während er auf dem Display beobachtete, wie die *Karawane* abdrehte und vergeblich einen neuen Kurs einschlug, um Glockauers viel schnellerem Schiff zu entrinnen.

Jetzt musst du dich allein mit der Frage beschäftigen, welche Greueltaten dein Enterkommando an Bord des fliehenden Frachtschiffs entdecken wird.

Aus Erfahrung wusste der Kreuzerkommandant, dass ihn keine angenehme Überraschung erwartete.

»Signal von Commodore Zrubek, Sir.«

Admiral Lester Tourville, der nach wie vor ungeniert genoss, nicht mehr *Bürger* Admiral Tourville zu sein, blickte auf Lieutenant Eisenbergs Meldung hin von seinem Plot auf. Noch immer erschien es ihm merkwürdig, sie auf seinem Flaggdeck zu sehen, doch er nahm an, dass Tom Theisman Recht behielt. Die reibungslos funktionierenden Stäbe, die Javier Giscard und er sich in den vergangenen Jahren aufgebaut hatten, waren ein ausschlaggebender Faktor für die Erfolge ihrer Kampfverbände und Flotten gewesen. Doch so wertvoll diese gefechtserprobten Führungsmannschaften auch gewesen waren, sie hatten sich als ersetzbar erwiesen. Wenn Javier und er es einmal geschafft hatten, sich solch effiziente Stäbe aufzubauen, dann würden sie sich notfalls auch neue heranziehen können. Die großartig geschulten Offiziere der alten Stäbe aber waren viel zu kostbar, als dass die Admirale sich selbstsüchtig an sie klammern durften. Aus diesem Grunde hatten die Untergebenen, mit denen Tourville fast zehn T-Jahre lang gegen die Manticoraner gekämpft hatte, ihre längst überfälligen Beförderungen und neue Verwendungen erhalten.

Der neue Signaloffizier, Lieutenant Anita Eisenberg, gehörte dem Stab noch kürzer an als die meisten anderen Ersatzleute. Noch keine sechs T-Monate war sie bei ihm, und bisher hatte er sich nicht an ihre wirklich außerordentliche Jugendlichkeit gewöhnen können. Immer wieder musste er sich vor Augen halten, dass die stämmig gebaute blonde Frau mit ihren gerade einmal achtundzwanzig T-Jahren überhaupt nicht die Puppe mit Pistole war, an die sie so erinnerte. Dass sie als Prolong-Empfängerin der dritten Generation wie eine Zwölfjährige aussah, trug sein Übriges zu Tourvilles Problemen bei, und gleichfalls der Umstand, dass sie nur einen Meter fünfzig groß war. Für ihren Dienstgrad war sie *tatsächlich* sehr jung, doch das galt momentan für viele Offiziere in Havens Navy. Tourville rief sich zu Gedächtnis, dass sie trotz einer ausgeprägten Vorliebe für das militärische Zeremoniell in einem Maße tüchtig und selbstsicher war, das überhaupt nicht zu ihrer unleugbaren Jugend passen wollte.

Ob es wohl dieser jugendliche Eindruck war, der in ihm die überwältigende Müdigkeit weckte, durch die er jeden einzelnen Monat seines weit höheren Alters spürte? Er schob den Gedanken beiseite und winkte den Lieutenant näher. Sie reichte ihm das elektronische Klemmbrett, und als er die Abspieltaste drückte, blickte ihn aus dem kleinen Bildschirm ein dunkelhaariger Mann an.

»Sie hatten Recht, Sir«, sagte Commodore Scott Zrubek ohne Einleitung. »Sie haben versucht, uns zu übertölpeln, ganz wie Sie vermutet haben. Deshalb habe ich den Rest des Geschwaders auf maximaler Entfernung gehalten und zwo Zerstörerdivisionen hineingeschickt, damit sie sich ihre ›Frachtschiffe‹ mal näher ansehen. Ich glaube, dort hat es eine kleine Veränderung beim Management gegeben, als sie sahen, was wir tun.«

Zrubek kann wirklich sehr unangenehm grinsen, dachte Tourville anerkennend.

»Sieht ganz so aus, als hätten sie die Frachträume mit Raketengondeln vollgestopft«, fuhr der Commodore fort. »Offensichtlich haben sie darauf gehofft, dass wir uns ihnen auf Raketenreichweite annähern, damit sie die Gondeln absetzen können. Aber als sie begriffen, dass wir die schweren Schiffe nicht in ihre Reichweite bringen würden, muss sich wohl jemand gesagt haben, dass es uns nur wirklich sauer machen würde, wenn sie unsere Zerstörer abknallen. Da wir uns nicht in den Hinterhalt locken ließen und diese Frachter uns nie im Leben davonlaufen konnten, beschlossen sie, die Hände zu heben und sich zu ergeben, solange wir noch in der Stimmung waren, Gefangene zu machen. Den vorläufigen Berichten zufolge hatte ihr Kommandeur allerdings andere Pläne, und so musste sein Erster Offizier ihm leider einen Genickschuss verpassen, um ihn umzustimmen.«

Tourville verzog das Gesicht. In letzter Zeit hatte es zahllose Zwischenfälle dieser Art gegeben, und das sollte er wohl als gutes Zeichen betrachten. Das nahm jedoch dem Szenario, das Zrubek beschrieb, nichts von seiner profunden Hässlichkeit.

»Auf jeden Fall, Sir«, fuhr der Commodore fort, »haben wir die Frachter aufgebracht. Wir haben hier anscheinend den Großteil von drei SyS-Sondereingreif-Bataillonen gefangen genommen, die als Marineinfanterie fungiert haben – mehr oder weniger jedenfalls. Ein paar von diesen SyS-Schergen könnten noch eingezogen worden sein, nachdem Saint-Just sich die schwarzen Essensmarken abgeholt hat, aber mir scheint's, als gehörten die meisten von ihnen zum harten Kern. Ein paar wollten tatsächlich kämpfen, als wir enterten, und mein Stabsspion durchsucht gerade die Datenbank nach ihnen. Würde mich nicht wundern, wenn einige von ihnen auf der Liste mit der schönen Überschrift ›Bei Verhaftung zu exekutieren‹ stehen.

Inzwischen haben wir alle sechs Schiffe in unserer Gewalt. An Bord hatten sie genügend Raketengondeln, um zwo bis drei Superdreadnoughts zu bestücken. Meine

Leute saugen gerade die Computer leer, deren Vorbesitzer viel zu sehr damit beschäftigt waren, sich zu ergeben und um ihr Leben zu feilschen, als dass sie irgendwelche Daten hätten löschen können. Unsere Kryptografen versuchen sich schon an den verschlüsselten Sektionen, und ich habe komplette Datensätze fertig, die ich dem Flaggschiff übermittle.

Ich vermute im Moment, dass Carson uns diese armen Schweine vor die Nase gesetzt hat, damit sie uns bremsen, denn er hat nicht mehr besonders viele richtige Kampfschiffe in der Hinterhand. Mich würde es nicht überraschen, wenn wir auch die Erkennungssignale für seine Minenfelder in die Hand bekämen. Allerdings ist er so gerissen, dass er uns vielleicht gefälschte Codes unterjubelt, deshalb beabsichtige ich nicht, ohne Ihre Genehmigung plötzliche Eingebungen zu haben. In fünf bis sechs Stunden müssten wir hier alles erledigt haben. Ich setzte Prisenbesatzungen in die Frachter und schickte sie nach Haven, und sollte nichts Ungewöhnliches geschehen, stoße ich am 23. spätestens um siebzehn Uhr zum Rest der Flotte. Die Einheimischen scheinen ziemlich froh zu sein, uns zu sehen, deshalb glaube ich nicht, dass wir eine starke Garnison auf dem Planeten stationieren müssen. Daher wird mich wohl nichts aufhalten.

Zrubek aus.«

Der Schirm wurde dunkel, und Tourville nickte anerkennend. Zrubek gehörte zu den jungen Flaggoffizieren, die Javier Giscard und er sich während der letzten drei Jahre herangezogen hatten. Der Auftrag, das Montague-System von dem Gesindel zu säubern, dass Bürger General Adrian Carsons Truppen dort zurückgelassen hatten, war der erste wirklich selbstständige Einsatz des Commodore gewesen, und es klang, als habe er seine Abschlussprüfung mit Bravour bestanden. Tourville hatte nichts anderes erwartet, als er den Jungen losgeschickt hatte. In mancherlei Hinsicht war das Montague-System eine Art Übungsoperation mit spitzen Zähnen gewesen, doch wenn Zrubek großspurig geworden wäre und sich in Reichweite der Raketen begeben hätte, wäre das Gefecht wahrscheinlich ganz anders ausgegangen. Deshalb hatte Tourville sich unbedingt vergewissern wollen, ob Zrubek wirklich so reif für ein unabhängiges Kommando war, wie er es angenommen hatte.

Seltsam, dachte er. *Da habe ich all die Jahre unter der Knute der SyS verbracht und geglaubt, das Schlimmste, was mir passieren kann, wäre, erschossen zu werden. Jetzt sitzt die SyS in der Scheiße, und ich muss mir Sorgen machen, ob die Leute, die ich mit einer Kampfgruppe losschicke, mir meine Schiffe in einem Stück zurückbringen oder nicht. Komisch, wie viel weniger Schlaf mich die Gefahr gekostet hat, an die Wand gestellt zu werden.*

Er schnaubte, als er ein Auflachen unterdrückte, dann runzelte er nachdenklich die Stirn.

Nach der Befreiung Montagues hatte Carson nur noch zwei Sonnensysteme in der Gewalt. Bürger Admiral Agnelli, theoretisch mit Carson verbündet, kontrollierte drei Sonnensysteme mehr, doch Agnellis und Carsons Partnerschaft basierte von Anfang an auf gegenseitigem Misstrauen. Beide waren sie ehrgeizig, doch Carson blieb wenigstens marginal der Neuen Ordnung treu, die das Komitee für Öffentliche Sicherheit ins Leben gerufen hatte. Vielleicht hing das mit dem hohen SyS-Dienstgrad zusammen, den er unter dem damaligen Regime erlangt hatte; jedenfalls war er ein außerordentlich unangenehmer Zeitgenosse, der unbeirrbar der Brutalität und dem Terror als Mittel zur Beherrschung der Massen anhing. Immerhin gab es bei Carson wenigstens hier und da ein

Anzeichen, dass ihn noch etwas anderes als persönlicher Profit zu seinen Taten motiviert hatte.

Niemand wäre je so töricht gewesen zu glauben, dass das in irgendeiner Weise auf Federico Agnelli zutreffen könnte. Tourville rief sich vor Augen, dass er vielleicht voreingenommen war, denn er kannte Agnelli seit vielen Jahren und hatte ihn seit ihrer ersten Begegnung verabscheut. Diese Selbstermahnung war allerdings nur Pro Forma, denn so sehr Tourville es auch versuchte, ihm fiel nicht eine einzige versöhnliche Charaktereigenschaft ein, die Agnelli vielleicht besessen haben könnte. Der Mann war ein Taktiker mit kaum erwähnenswertem Können, aber ausgesprochen überzeugt von seiner eigenen Unfehlbarkeit. Agnelli hatte sich der Politik des Komitees nicht etwa deswegen angeschlossen, weil er von den Zielen eines Rob Pierre oder Oscar Saint-Just überzeugt gewesen wäre, sondern weil sich ihm dadurch ein Weg zu persönlichem Machtgewinn eröffnet hatte. Er hatte das politische Spiel mit einer Versiertheit gespielt, die ihm auf dem Gebiete der Flottentaktik abging. Soweit Tourville wusste, waren wenigstens zwei andere Flaggoffiziere an die Wand gestellt worden, weil sie Agnelli im Weg gestanden hatten. Um sie loszuwerden, hatte er die Systemsicherheit davon überzeugt, dass es sich bei ihnen um ›Volksfeinde‹ handele.

Wenn Carson nun – besonders nach dem Fall des Montague-Systems – wirklich in so großen Schwierigkeiten steckte, wie Tourville annahm, so würde Agnelli keine Sekunde zögern, die eigenen Verluste abzuschreiben und den ›Bundesgenossen‹ seinem Schicksal zu überlassen. Das wäre zwar außerordentlich dumm von ihm, denn dann musste er sich, sobald Tourville sich ihm zuwandte, der Zwölften Flotte ganz allein stellen, doch ohne Zweifel hoffte Agnelli darauf, dass jemand anderes auftauchen würde, den er gegen die Zentralregierung ausspielen konnte. Bisher war es ihm schließlich immer gelungen, und er hatte sich auf diese Weise sowohl die innere Opposition als auch die Republican Navy für mehr als dreieinhalb T-Jahre vom Hals gehalten.

Nur geht das nicht mehr lange gut, dachte Tourville mit tiefer und völlig unkomplizierter Genugtuung. Er, Giscard und Thomas Theisman hatten sich einer entmutigenden Herausforderung gegenübergesehen, als sie damit begonnen hatten, die zahlreichen hydraköpfigen Bedrohungen für die Sicherheit der neuen Regierung zu beseitigen. Hätte Tourville eine Wahl gehabt, er hätte sich nie mit solch heimtückischen Leuten wie Carson und Agnelli auseinandergesetzt – denn Leute dieses Schlages neigten zu Verrat und kurzlebigen Bündnissen. Sie glaubten, einen ebenso großen Anspruch auf die Regierungsgewalt in der ehemaligen Volksrepublik Haven zu haben wie die Menschen, die das Komitee für Öffentliche Sicherheit gestürzt hatten. Leider hatte Tourville ebenso wenig wie Tom Theisman eine andere Wahl gehabt, als sich um dieses Problem zu kümmern. Die gute Nachricht lautete, dass von den Kriegsherren und Möchtegern-Kriegsherren, die nach der Macht greifen wollten, nur noch sehr wenige im Rennen waren. Und darum würde es Federico Agnelli sehr, sehr schwer fallen, einen neuen Verbündeten als Ersatz für Carson zu finden.

Es könnte durchaus sein, dass wir den Sektor schon bald gesäubert haben, gestattete sich Tourville zu denken. *Und wenn uns das hier gelingt, haben wir nur noch zwo oder drei andere Krisenherde zu bewältigen. Mein Gott. Tom und Eloise hatten von Anfang an Recht. Wir werden diesen Kampf wirklich gewinnen.*

Er schüttelte den Kopf, darüber erstaunt, dass er sich so etwas Verwegenes auch nur ausmalte. Dann blickte er auf und reichte das Klemmbrett an Eisenberg zurück.

»Vielen Dank, Anita«, sagte er ernst. »Sorgen Sie bitte dafür, dass eine Kopie der Depesche des Commodore an unseren nächsten Bericht nach Nouveau Paris angehängt wird.«

»Selbstverständlich, Sir.« Der weibliche Signaloffizier klemmte sich das Brett unter den Arm, nahm Haltung an, als stehe sie auf dem Exerzierplatz, machte auf dem Absatz kehrt und marschierte zurück an ihre Station.

Tourville blickte ihr nach und versuchte, nicht allzu breit zu grinsen.

Admiral Michel Reynaud vom Manticoranischen Astro-Lotsendienst vermisste sein altes Büro. Nicht, dass er damit bei irgendjemandem allzu großes Mitleid erweckte, und er war auch bereit einzuräumen, dass das, was er nun hatte, ganz in Ordnung war. Schließlich war sein neues äußerst luxuriöses Büro an Bord Ihrer Majestät Raumstation *Hephaistos* nur eine der Vergünstigungen, die mit seiner jüngst erfolgten Beförderung einhergingen – darum sollte er wohl lieber mit dem Jammern aufhören und es genießen. Doch so herrlich es sein mochte, es war nicht mehr das alte Büro, das er sich im Laufe der vergangenen fünfzehn T-Jahre genauso hergerichtet hatte, wie er es wünschte.

Außerdem hatte ihm seine alte Aufgabe besser gelegen als die neue. Das heißt, so ganz stimmte das auch nicht; er war nur auf die Leute, für die er gearbeitet hatte, besser zu sprechen gewesen.

Er lehnte sich in den sündigen Komfort des sich automatisch konturierenden Sessels zurück und legte die Stiefelfersen demonstrativ auf die Schreibunterlage seines riesigen Arbeitstischs. Dann verschränkte er die Hände hinter dem Kopf, blickte zur Decke und begann, über die Perversität des Erfolgs nachzusinnen.

Als man ihn als verhältnismäßig untergeordneten Offizier ins Basilisk-System geschickt hatte, war er nicht gerade mit einer prestigeträchtigen Aufgabe betraut gewesen. Damals konnte man sich nicht einmal sicher sein, ob das Sternenkönigreich von Manticore das Sonnensystem überhaupt behalten würde – und wäre es nach den Freiheitlern und dem Bund der Konservativen gegangen, so wäre die Annexion rückgängig gemacht worden. Doch diese schlecht zusammenpassenden Partner, die nur in ihrem Isolationismus übereinstimmten, hatten sich nicht durchsetzen können, und im Laufe der Jahre war das Basilisk-System zu einem wertvollen und außerordentlich wichtigen Besitz geworden. Der Verkehr durch den Basilisk-Terminus des Manticoranischen Wurmlochknotens war sprunghaft angestiegen, bis fast ein Drittel des gesamten Durchsatzes dort entlang lief, und Lieutenant Reynaud war kontinuierlich aufgestiegen, zunächst zum Commander, dann zum Captain bis hin zum Vizeadmiral, dem Kommandeur der Astro-Lotsenstation im Basilisk-System.

Und dann natürlich hatten die Havies die gesamte Infrastruktur des Basilisk-Systems in Fetzen geschossen.

In schmerzlicher Erinnerung verzog Reynaud das Gesicht, als er an den vernichtenden havenitischen Überfall dachte, bei dem ein halbes Jahrhundert an Aufbau und Entwicklung zum Teufel gegangen war. Lagerhäuser, Reparaturwerkstätten, Bauwerften, Solarenergiesatelliten, Orbitalfarmen, Durchgangsquartiere, Orbitalfabriken und Orbitalraffinerien – der Raid auf das Basilisk-System war der erfolgreichste havenitische Angriff des gesamten Krieges gewesen, und Reynaud hatte ihn aus viel größerer Nähe beobachtet, als ihm lieb gewesen war. Tatsächlich hatte auch die Astro-Lotsenstation auf der havenitischen Zielliste gestanden, und sie war nur durch die rechtzeitige Ankunft der 8. Flotte gerettet worden. Vermutlich, so sagte sich Reynaud, war auch er selbst nur dank White Havens Eintreffen überhaupt noch am Leben.

Doch der havenitische Überfall lag nun schon fünf T-Jahre zurück. Basilisk war wiederaufgebaut worden, und zwar rascher, als irgendjemand (einschließlich Reynaud) es vor dem Angriff für möglich gehalten hätte. Zum Teil lag das wohl daran, dass man die ursprüngliche Infrastruktur nach wachsendem Bedarf ergänzt hatte, während der Ersatz von vornherein darauf ausgelegt gewesen war, genau bekannte Bedürfnisvorgaben zu erfüllen. Ein weiterer Faktor, so musste Reynaud widerwillig zugeben, bestand darin, dass die Regierung High Ridge den Wiederaufbau Basilisks als perfekte Gelegenheit betrachtete, gewaltige Summen in öffentliche Projekte zu pumpen. Dadurch entstanden nicht nur Arbeitsplätze – keineswegs ein untergeordneter Punkt, seit das Militär schrumpfte und entlassene Navyangehörige den Arbeitsmarkt überschwemmten –, es passte auch hervorragend zum High Ridge'schen Slogan: ›Den Frieden aufbauen‹.

Das kann man wohl sagen, dass sie ›den Frieden aufbauen‹, dachte Reynaud voll Abscheu. *Den Krieg hätten diese Idioten jedenfalls nicht führen können! Trotzdem ist Basilisk wahrscheinlich noch weit weniger eine Gaunerei als gewisse andere Programme, die sie ins Leben gerufen haben.*

Und aus diesem Grunde – das gestand er ein, wenn

auch nur vor sich selbst –, gefiel ihm seine augenblickliche Aufgabe nicht. Nicht nur, weil man ihn von Basilisk abgezogen hatte, während das Sonnensystem noch darum kämpfte, wieder auf die Beine zu kommen, sondern vor allem, weil das gesamte Programm, das er befehligen sollte, offenbar allein aus einem Grund genehmigt worden war: weil High Ridge und seine Handlanger es als überaus öffentlichkeitswirksam ansahen – ganz gleich, wie sinnlos es aus objektiver Sicht sein mochte.

Sei fair, schalt er sich. *Sie blähen vielleicht das Budget auf und spielen ihre Kopfgeburt mit allen politischen Finessen aus, aber es ist wirklich an der Zeit, dass sich jemand hinter Kare stellt und ihn anschiebt. Ich kann nur das ganze Getue nicht ausstehen. Und außerdem finde ich, dass es nicht gerade die Regierung sein sollte, die das Anschieben übernimmt. Vor allem aber kann ich's überhaupt nicht leiden, wenn mir jemand wie Makris im Nacken sitzt – oder wenn jemand die Leute schikaniert, die für mich arbeiten. Und ...*

Er zwang sich, damit aufzuhören, immer mehr auf die Liste der Dinge zu setzen, die ihm an seiner Situation nicht passten. Zudem gestand er sich ein, dass unter dem Strich alles auf eines hinauslief: Reynaud war es zutiefst zuwider, dass Baron High Ridge und seine Kreaturen jeden Verdienst einheimsen würden, der aus der Sache entstünde.

Er funkelte die Kabinendecke noch ein Weilchen an, dann blickte er aufs Chrono, seufzte, setzte die Füße wieder auf die Decksohle, wohin sie gehörten, und stellte die Sessellehne aufrecht. Wo er schon an Professor Kare dachte ...

Die Tür (sie war einfach zu prächtig, als dass man sie selbst hier auf *Hephaistos* als ›Luke‹ hätte bezeichnen können) öffnete sich absolut pünktlich. Das lag, wie Reynaud wusste, keineswegs an Professor Dr. Jordin Kare, der nur selten irgendwo rechtzeitig eintraf, sondern an Trixie Hammitt, Reynauds Sekretärin, die von Pünktlichkeit so besessen war, dass sie ein ganzes Regiment von Kares auszugleichen vermochte.

Der Admiral erhob sich hinter seinem Schreibtisch und streckte lächelnd die Hand vor, während Trixie den Mann hereingeleitete – den Mann, auf dessen Arbeit alle Anstrengungen basierten, die Reynauds Dienststelle mit dem grandiosen Namen *Royal Manticoran Astrophysics Investigation Agency* (Königlich-Manticoranisches Astrophysikalisches Erkundungsamt) gegenwärtig unternahm. Kare war mittelgroß und hatte schütteres bräunliches Haar; seine Augen schienen sich unschlüssig zu sein, ob sie grau oder blau sein wollten. Er war gut fünfzehn Zentimeter kleiner als Trixie, und die fast schon zwanghaft hektische Energie von Reynauds rothaariger Sekretärin schien den distinguierten Astrophysiker nur zu verwirren. Das war in Ordnung. Trixies Energie verwirrte selbst Reynaud, ja, sie schüchterte ihn sogar manchmal ein.

»Professor Kare ist jetzt da, Sir«, verkündete sie forsch, und Reynaud nickte.

»Das sehe ich«, stellte er milde fest. In Kares Augen zeigte sich ein humoriges Funkeln, als der Besucher dem Admiral fest die Hand schüttelte. »Könnten Sie uns Erfrischungen kommen lassen, Trixie?«, bat Reynaud.

Hammitt bedachte ihn mit einem harten, scharfen Blick, als wolle sie ihn daran erinnern, dass sie für die Büroarbeit zuständig sei und nicht für die Verköstigung. Doch dann nickte sie und verließ den Raum. Reynaud seufzte erleichtert auf.

»Ich glaube nicht, dass wir sie noch oft so leicht loswerden«, sagte er zu Kare.

»Wir sind beide intelligente, hochmotivierte Männer«, entgegnete der Astrophysiker grinsend. »Ich bin mir sicher, dass uns etwas einfällt, wie wir sie ... ablenken können – erst Recht, wenn wir uns die Alternative ausmalen.«

»Ich sollte mich schämen«, gab Reynaud zu. »Ich habe noch nie jemanden gehabt, der härter oder länger gearbeitet hätte als Trixie Hammitt. Irgendwo tief in mir weiß ich ihre Leistungen auch zu schätzen. Aber mit dem Getue, das sie um jede einzelne Besprechung macht, treibt sie mich noch in den Wahnsinn.«

»Sie macht nur ihren Job – glaube ich wenigstens«, erwiderte Kare. »Natürlich habe ich auch schon überlegt, ob sie vielleicht von einem Konkurrenten des Sternenkönigreichs bezahlt wird und den Auftrag hat, das Projekt permanent entgleisen zu lassen, indem sie den zuständigen Direktoren den Verstand raubt.«

»Sie sind schon wieder paranoid, Jordin«, schalt Reynaud.

»Nicht paranoid, nur gequält«, verbesserte Kare ihn.

»Ja, natürlich«, schnaubte Reynaud und lud seinen Gast mit einer Handbewegung ein, sich zu setzen.

Hinsichtlich des Projekts empfand Reynaud auch deshalb zwiespältige Gefühle, weil er Jordin Kare gut leiden konnte. Natürlich war der Professor in seiner geistesabwesenden Art ein überaus liebenswerter Mensch und, davon abgesehen, einer der brillantesten Astrophysiker, die das Sternenkönigreich hervorgebracht hatte; soweit Reynaud wusste, besaß Kare fünf akademische Titel, doch es konnten durchaus mehr sein – zwei oder drei, die Kare einfach anderen Menschen gegenüber zu erwähnen vergaß. Das hätte ihm ähnlich gesehen.

Und so ungern Reynaud es auch zugab – nachdem das

Erkundungsamt aus dem Astro-Lotsendienst ausgegliedert worden war, hatte die Regierung High Ridge mit Kare genau die richtige Wahl getroffen, als sie ihm die wissenschaftliche Leitung des Amtes übertrug. Hoffentlich würde die Regierung sich nun aus der Sache heraushalten und ihn ungehindert walten lassen.

»Und welche wunderbaren neuen Entdeckungen haben Sie mir heute zu melden, Jordin?«, erkundigte sich der Admiral.

»Nun«, entgegnete Kare, »vielleicht gibt es diesmal wirklich etwas zu berichten.«

Sein Lächeln war verschwunden, und Reynaud beugte sich vor, als er den unerwartet ernsten Tonfall des Astrophysikers bemerkte.

»Tatsächlich?«

»Es ist noch zu früh, um sicher zu sein, und ich bete zu Gott, dass ich die Schreibtischhengste heraushalten kann, während wir der Sache nachgehen, aber ich glaube, wir stehen kurz davor, den geometrischen Ort des siebten Terminus zu finden.«

»Sie wollen mich auf den Arm nehmen!«

»Nein, keineswegs.« Kare schüttelte nachdrücklich den Kopf. »Wir haben noch immer nur vorläufige Werte, Mike, und werden uns noch lange nicht auf ein eingrenzbares Raumvolumen festlegen können. Selbst dann dauert es noch wenigstens ein T-Jahr, wenn nicht sogar zwei oder drei, bis wir wesentlich mehr wissen als lediglich wo die Schnur endet. Aber wenn ich mich nicht sehr irre, haben wir endlich genügend Messwerte miteinander korreliert, um mit Sicherheit sagen zu können, dass es *tatsächlich* einen siebten Terminus des Wurmlochknotens gibt.«

»Du lieber Himmel«, sagte Reynaud leise. Er lehnte sich

kopfschüttelnd wieder zurück. »Ich hoffe, Sie nehmen es mir nicht übel, aber ich hatte nie damit gerechnet, dass wir wirklich so weit kommen. Nach all den Jahren erschien es mir dermaßen unwahrscheinlich.«

»Es war eine Prüfung«, stimmte Kare zu, »und ich kann wenigstens ein halbes Dutzend Veröffentlichungen über die Jagd schreiben – vielleicht sogar mehr. Sie wissen ja selbst, dass die zugrunde liegende Mathematik immer hochgradig nebulös gewesen ist. Wir haben erst seit zwanzig T-Jahren Warshawski-Segel, die empfindlich genug sind, um die für uns erforderlichen Daten zu sammeln. Wir haben währenddessen die Grenzen der Wurmlochtheorie stärker erweitert als irgendwer sonst im letzten Jahrhundert. Trotzdem ist der Terminus da draußen, und zum ersten Mal bin ich absolut sicher, dass wir ihn finden werden.«

»Haben Sie das sonst noch jemandem gesagt?«, fragte Reynaud.

»Wohl kaum!« Kare schnaubte heftig. »Nachdem diese publicitygeilen Presseagenten das letzte Mal direkt zu den Medien gerannt sind?«

»Sie waren nur ein bisschen voreilig«, räumte Reynaud ein.

»*Ein bisschen?*« Kare starrte ihn ungläubig an. »Sie haben mich wie einen geltungsbedürftigen, selbstsüchtigen Irren klingen lassen, der verkünden will, dass er das Letzte Geheimnis des Universums entdeckt hat! Ich habe fast ein ganzes T-Jahr gebraucht, um alles wieder ins Lot zu bringen, und trotzdem glaubte die Hälfte meiner Kollegen beim letzten astrophysikalischen Kolloquium in der Royal Society, *ich* hätte diese hirnrissigen Presseverlautbarungen verbrochen!«

Reynaud setzte zu einer Erwiderung an, besann sich

jedoch eines Besseren. Er konnte Kare nicht widersprechen, denn er war davon überzeugt, dass der Astrophysiker auf ganzer Linie Recht hatte. Vorfälle wie dieser waren der Hauptgrund, weshalb Reynaud solch große Einwände gegen die Regierungsbeteiligung an der RMAIA hatte. Die Arbeit war sehr wichtig, ja lebenswichtig, und es mussten ein Dutzend Forschungsschiffe finanziert werden, darüber hinaus Labors und Computerzeit, und nur wenige Privatkonzerne hätten sich solche Posten leisten können. Doch soweit es die gegenwärtige Regierung betraf, war das Projekt nichts weiter als ein großes Vehikel der Öffentlichkeitsarbeit. Nur deshalb hatte sie das Amt gegründet, anstatt einfach den Etat des Vermessungskommandos im Astro-Lotsendienst zu erhöhen, das seit Jahrzehnten nach dem siebten Wurmlochterminus suchte. Die RMAIA war mit großem Fanfarengetön als eine der ›längst überfälligen friedenswahrenden Institutionen‹ ins Leben gerufen worden, deren Gründung durch den Krieg gegen Haven herausgezögert worden war. Doch die Wirklichkeit unterschied sich ein wenig von der glänzenden Fassade, mit der sich die Regierung solche Mühe gab.

Nichts hätte die Berechnung hinter der ›friedenswahrenden Institution‹ offenkundiger machen können als die unverhohlene Art, mit der die Politikos versuchten, aus der Arbeit des wissenschaftlichen Personals Publicity zu gewinnen. Offizielle Sprecher, die ›vergaßen‹, ihr Manuskript mit Kare oder Reynaud abzustimmen, waren schon schlimm genug, aber wenigstens konnte man ihnen für ihre Sünden eins auf den Deckel geben. Bei den politischen Oberherren des Projekts wie High Ridge und Lady Descroix hingegen sah die Sache anders aus, und genau diese beiden waren es, über die sich Kare vor allem ereiferte.

»Ich stimme zu, dass wir den Deckel zuhalten müssen, bevor wir etwas Definitives berichten können«, sagte der Admiral schließlich. »Ich nehme an, Sie haben Ihren Leuten gesagt, dass sie die Klappe halten sollen?«

»Beim Forschungspersonal geht das ja«, entgegnete Kare. »Das Problem kommt immer aus der Ecke der Verwaltung und Finanzierung.«

Reynaud nickte. Die im Projekt beschäftigten Wissenschaftler teilten Kares Meinung über die PR-Leute fast einmütig. Einige von ihnen hätten es wahrscheinlich sogar mit deutlicheren Worten ausgedrückt als der Professor. Die RMAIA stöhnte indes unter einer gewaltigen Last schriftlicher Formalitäten, was der andere Hauptgrund dafür war, dass Reynaud meinte, die Regierung hätte besser jemand anderem als ihm die Amtsleitung übertragen. Im Astro-Lotsendienst, der trotz seiner militärischen Hierarchie einer Zivilbehörde oblag, war der Papierkram schlimm genug gewesen, bei der RMAIA jedoch war es ungleich schlimmer. Die Schreibtischtäter der Regierung (die etwa drei Prozent von Kares Fähigkeiten hatten und nur halb so intelligent waren wie er) bestanden nicht nur darauf, seine Anstrengungen zu ›lenken‹, sie beharrten auch auf einem Grad an Beaufsichtigung, durch den sich nach Reynauds Schätzungen der Zeitbedarf des Projekts verdoppelte. Wissenschaftler, die sich der Forschung widmen sollten, verbrachten wenigstens die Hälfte ihrer Arbeitszeit damit, endlos lange Formblätter auszufüllen, Aktennotizen zu lesen und zu schreiben und Verwaltungskonferenzen abzuhalten, die überhaupt nichts mit dem Auffinden von Termini an Wurmlochknoten zu tun hatten. Fast ebenso schwer wog, dass die Projektleiter nicht nur wissenschaftlich ahnungslos, sondern zudem allein aufgrund von politischen Verbindungen ernannt worden waren, wodurch ihre Loyalität in erster Linie den Politikern galt, denen sie ihre prestigeträchtigen, gut bezahlten Stellungen verdankten. So war es zum Beispiel bei Dame Melina Makris, der Repräsentantin des Schatzkanzlers im Verwaltungsrat der RMAIA. Obwohl sie technisch zu den Leuten der Gräfin von New Kiev gehörte, wusste jeder, dass der Premierminister sie persönlich ernannt hatte. Selbst wenn es die Gerüchte nicht gegeben hätte, Makris sorgte dafür, dass jede arme Seele, die ihr in die Quere kam, sich dessen sehr schnell bewusst wurde. Sie war übereifrig, anmaßend, arrogant, herablassend und herausfordernd – und das waren in Michel Reynauds Augen noch ihre positiveren Eigenschaften.

Im Spiel der bürokratischen Intrige allerdings kannte sie alle Tricks. Sie kannte sie besser als Reynaud. Und sie hatte Zugriff auf alle Dokumente des Amtes. Darum würde sie in dem Augenblick, in dem Kare und sein wissenschaftliches Team zusätzliche Mittel für Vermessungsfahrten beantragten, zum Premierminister – und dessen Public-Relations-Abteilung – laufen und verkünden, Prof. Dr. Jordin Kare habe schon wieder das Letzte Geheimnis des Universums entdeckt.

Und wenn das geschah, würde Professor Jordin Kare auf sie schießen. Und er würde nicht auf ihre Kniescheibe zielen.

»Denken Sie noch einen Tag lang darüber nach, Jordin«, riet Reynaud ihm nach einem Augenblick. »Es muss eine Möglichkeit geben, die Mittel irgendwo im Gestrüpp zu verlieren.« Er wackelte mit dem Stuhl von einer Seite auf die andere und trommelte mit den Fingern auf die Schreibunterlage, während er nachdachte. »Vielleicht kann ich Admiral Haynesworth dazu bewegen, uns zu helfen«, überlegte er laut. »Sie mag bürokratische Einmischung ebenso wenig wie ich und ist noch immer stinksauer, dass das Projekt ihren Leuten entzogen wurde. Außerdem steckt sie gerade mitten in einer routinemäßigen Bakenvermessung des Wurmlochknotens. Vielleicht lässt sie sich erweichen, uns ein bisschen von ihrem Etat abzutreten. Dann könnten wir unsere Sondermessungen durchführen und gleichzeitig Daten sammeln, die sie benötigt.«

»Viel Glück.« Kare klang skeptisch.

»Das wäre zumindest eine Möglichkeit.« Reynaud zuckte mit den Achseln. »Vielleicht fällt mir noch was anderes ein. Womöglich aber – und das gebe ich nicht gerne zu – kommen wir nicht um die amtlichen Kanäle herum. Aber ich verspreche Ihnen, dass ich mein Bestes tue, denn Sie haben Recht. Die Angelegenheit ist einfach zu wichtig, als dass man sie vorzeitig offenbaren sollte.«

»Ich würde sagen, das war eine wirklich gewaltige Untertreibung«, entgegnete Kare nüchtern. Dann grinste er. »Andererseits, überlegen Sie mal, Mike. Obwohl diese bürokratische Beaufsichtigung uns so ungeheuer auf die Nerven geht, werden wir einen neuen Terminus des Wurmlochknotens entdecken. Und keiner von uns – ich schon gar nicht – hat auch nur die leiseste Ahnung, wohin er führt!«

»Das weiß ich.« Reynaud grinste zurück. »O Mann, und ob ich das weiß!«

1

»Steeeee-*riiiike* onnnnne!«

Der kleine weiße Ball flog an dem jungen Mann im weißen Trikot mit grünem Besatz vorbei und landete mit einem satten Geräusch im flachen Lederhandschuh des hinter ihm hockenden Mannes im grauen Trikot. Der dritte Mann in der Szene – er hatte gebrüllt – trug eine anachronistische schwarze Jacke, eine schwarze Mütze und, ebenso wie der hockende Mann, eine Gesichtsmaske sowie einen Brustschutz. Unzufriedenes Gemurmel und einige Buhrufe erhoben sich aus der Menge, die fast alle bequemen Sitze im Stadion besetzte, und der Mann in Weiß senkte den langen, schlanken Schläger und funkelte den Mann in Schwarz an. Es half ihm nichts. Der schwarz gekleidete Schiedsrichter hielt seinem Blick ruhig stand und wandte sich schließlich dem Spielfeld zu, während der Mann, der den Ball gefangen hatte, ihn seinem Mannschaftskameraden zuwarf, welcher etwa zwanzig Meter entfernt auf einer kleinen Erhebung stand.

»Warte mal«, fragte Commodore Lady Michelle Henke, die Gräfin von Gold Peak, und drehte sich auf ihrem Platz in der prachtvollen Besitzerloge ihrer Gastgeberin zu. »Das war ein Strike?«

»Aber natürlich«, erwiderte Lady Dame Honor Harrington, Herzogin und Gutsherrin von Harrington, würdevoll.

»Ich dachte, ein Strike wäre, wenn er schlägt und nicht trifft«, beschwerte sich Henke.

»Das stimmt auch«, pflichtete Honor ihr bei.

»Aber er hat doch gar nicht ... geschlagen, meine ich.«

»Es ist ein Strike, ob er schlägt oder nicht, solange der Pitch in der Strike Zone ist.«

Einen Augenblick lang trug Henke den gleichen Gesichtsausdruck zur Schau, mit dem sich der Schlagmann an den Schiedsrichter gewandt hatte, doch Honor erwiderte ihren Blick mit völliger Unschuld. Als die Gräfin wieder das Wort ergriff, schwang in ihrem Ton jene vorsichtige Geduld mit, wie man sie übt, wenn man jemandem die Genugtuung eines kleinlichen Triumphes vorenthalten will.

»Und was bitte ist die ›Strike Zone‹?«, fragte sie.

»Überall zwischen den Knien und den Schultern, vorausgesetzt, der Ball überquert auch die Home Plate«, erläuterte Honor ihr mit der Gewissheit eines Langzeit-Fans.

»Das sagst du, als hättest du die Antwort schon vor einem Jahr gewusst«, erwiderte Henke und bemühte sich, jedwede Anmaßung aus ihrem Tonfall zu bannen.

»Genau diese Engstirnigkeit habe ich von dir erwartet«, stellte Honor bedauernd fest und schüttelte den Kopf. »Wirklich, Mike, es ist ein ganz einfaches Spiel.«

»Natürlich. Deshalb ist Grayson ja auch der einzige Planet im ganzen erforschten Universum, auf dem man es noch spielt!«

»Das ist überhaupt nicht wahr«, entgegnete Honor steif, während der cremefarben-graue Baumkater, der sich auf ihrer Rückenlehne ausgestreckt hatte, den Kopf hob und dem Gast seiner Gefährtin in unerträglicher Weise mit den Schnurrhaaren zuzuckte. »Du weißt sehr genau, dass man auch noch auf Alterde und mindestens fünf anderen Welten den Baseball pflegt.«

»Also schön, auf sieben Planeten von ... wie vielen? Gibt es im Augenblick nicht insgesamt ungefähr siebzehnhundert bewohnte Welten?«

»Als ausgebildete Astrogatorin solltest du wissen, wie wichtig Genauigkeit ist«, sagte Honor mit schiefen Grinsen, und im gleichen Moment entfesselte der Pitcher einen fiesen, scharf ausbrechenden Slider. Mit lautem Krachen knallte der hölzerne Schläger gegen den Ball und sandte ihn mit einem Slice über das Spielfeld. Er überquerte die kurze Innenmauer, die das Spielfeld vom Rest des Stadions trennte, und Henke sprang auf und öffnete den Mund, um zu jubeln. Dann erst bemerkte sie, dass Honor sich nicht bewegt hatte. Henke wandte sich ihr zu, stemmte die Hände in die Hüften und sah sie mit einer Miene an, die sich nicht recht zwischen gequält und verärgert zu entscheiden wusste.

»Ich schätze, es gibt irgendeinen Grund dafür, warum das kein ... wie nennst du das noch gleich? Einen ›Homerun‹?«

»Es ist kein Homerun, es sei denn, der Ball überquert die Outfield-Mauer zwischen den Foul Poles, Mike«, sagte Honor und wies auf die gelb-weiß gestreiften Stangen. »Der war wenigstens um zehn oder fünfzehn Fuß foul.«

»Fuß? *Fuß?*«, schoss Henke zurück. »Mein Gott, Frau! Könnt ihr bei diesem albernen Sport nicht wenigstens die Abstände in Einheiten messen, die sich auch von zivilisierten Menschen begreifen lassen?«

»*Michelle!*« Honor blickte sie mit einem Entsetzen an, das gewöhnlich jemandem vorbehalten ist, der während des Gottesdienstes in der Kirche aufsteht und verkündet, zur Teufelsanbetung konvertieren zu wollen, und die gesamte Gemeinde auf eine Schwarze Messe und Limonade zu sich nach Hause einlädt.

»Was denn?« Henkes scharfer Ton wurde von dem Funkeln ihrer Augen nur unwesentlich gemildert.

»Ich nehme an, ich hätte nicht so schockiert sein dürfen«, sagte Honor mehr bekümmert als ärgerlich. »Schließlich war ich einmal genauso wie du: eine Ungläubige, einsam und verloren, ohne auch nur zu ahnen, wie armselig meine Vor-Baseball-Existenz gewesen ist. Zum Glück gab es jemanden, der schon die Wahrheit erkannt hatte und mich ins Licht führte«, fügte sie hinzu und wies mit einer Armbewegung auf den untersetzten, drahtigen Mann mit dem kastanienbraunen Haar, der unmittelbar hinter ihr stand und eine in zwei Grüntönen gehaltene Uniform trug. »Andrew«, sagte sie, »wären Sie so freundlich, Commodore Henke zu wiederholen, was Sie mir geantwortet haben, als ich Sie damals gefragt habe, warum zwischen den Bases neunzig *Fuß* Abstand sein müssten statt siebenundzwanzigeinhalb *Metern*?«

»Eigentlich, Mylady«, erwiderte Lieutenant-Colonel Andrew LaFollet in gemessenem, akribischem Ton, »haben Sie mich damals gefragt, weshalb wir nicht ins metrische System umgerechnet und auf achtundzwanzig Meter zwischen jeweils zwo Bases aufgerundet hätten. Sie klangen sogar ein wenig verärgert deswegen, wenn ich mich recht erinnere.«

»Mag schon sein«, winkte Honor vornehm ab. »Sagen Sie ihr nur, was Sie mir geantwortet haben.«

»Selbstverständlich, Mylady«, sagte der Kommandeur ihrer persönlichen Leibwache und wandte sich höflich Henke zu. »Auf diese Frage, Gräfin Gold Peak, habe ich der Gutsherrin entgegnet: ›Wir spielen hier *Baseball,* Mylady!‹«

»Siehst du?«, fragte Honor selbstgefällig. »Da hast du einen komplett einleuchtenden Grund.«

»Irgendwie glaube ich nicht, dass du die Bedeutung des

Wörtchens ›einleuchtend‹ richtig verstehst«, erwiderte Henke kichernd. »Andererseits hab ich mir sagen lassen, dass die Graysons ein klein bisschen auf Traditionen bedacht sind, also kann man von ihnen vermutlich nicht erwarten, an einem Spiel etwas zu ändern, bloß weil es über zwotausend Jahre alt ist und vielleicht ein wenig aktualisiert werden könnte.«

»Aktualisieren ist nur dann eine gute Idee, wenn dadurch eine Verbesserung eintritt, Mylady«, erklärte LaFollet ihr. »Und Sie sind unfair, wenn Sie behaupten, wir hätten überhaupt nichts geändert. Wenn die Aufzeichnungen akkurat sind, dann hat es in wenigstens einer Liga auf Alterde eine Zeit gegeben, als der Werfer nicht einmal zu schlagen brauchte. Ein Manager konnte so viele Werfer pro Spiel auswechseln, wie er wollte. Sankt Austin hat diesem Unfug zum Glück ein Ende gemacht!«

Henke ließ sich wieder in den Sitz sinken und rollte dabei mit den Augen.

»Ich hoffe, Sie verstehen das nicht falsch, Andrew«, entgegnete sie dem Colonel, »aber irgendwo verwundert es mich überhaupt nicht, dass der Gründer Ihrer Religion auch ein fanatischer Baseballanhänger gewesen ist. Ganz bestimmt erklärt das übrigens auch die sorgfältige Bewahrung der … archaischen Aspekte des Spieles.«

»Ich würde nicht sagen, dass Sankt Austin ein fanatischer Baseballanhänger gewesen ist, Mylady«, erwiderte LaFollet bedachtsam. »Nach allem, was ich gelesen habe, ist ›fanatisch‹ vermutlich der falsche, weil zu schwache Ausdruck.«

»Das hätte ich mir nie träumen lassen«, versetzte Henke trocken und ließ den Blick wieder über das Stadion schweifen. Auf den Reihen voller bequem gepolsterter Stühle bot die gewaltige Sportarena wenigstens sechzigtausend Zuschauern Platz. Henke wollte gar nicht darüber nachdenken, was das Stadion gekostet haben musste, besonders auf einem Planeten wie Grayson, wo Sportveranstaltungen, die normalerweise unter freiem Himmel abgehalten wurden, unter gewaltigen Kuppeln mit Luftfiltersystemen stattfinden mussten, nur um die Zuschauer vor dem Schwermetallgehalt ihrer eigenen Atmosphäre zu schützen.

Nicht dass man sich bei der Errichtung des James Candless Memorial Field über solch prosaische Dinge Gedanken gemacht hätte. Das tadellos gepflegte Spielfeld war ein grünes Schmuckstück, von dem sich allein die braune Erde der Baselines und die weißen Linien abhoben, die traditionell aus Kalkstaub bestanden. Die Farben des Spielfelds und die noch buntere Festkleidung der Zuschauer leuchtete hell im gefilterten Sonnenlicht der Schutzkuppel. Die Menge war geradezu geschmückt mit Mannschaftswimpeln und Bannern, mit denen sie das Heimteam zum Sieg anfeuerte. Ein Ventilationssystem ahmte genau die Windverhältnisse nach, die außerhalb der Kuppel herrschten, und die planetare Flagge Graysons mit den gekreuzten Schwertern und der aufgeschlagenen Bibel flatterte von der Spitze eines der beiden Foulpoles, während am anderen die Flagge des Guts von Harrington wehte.

Henke ließ den Blick einen Moment lang anklagend auf den Foulpoles haften, dann sah sie auf die riesige digitale Anzeigetafel, die holografisch über das Innenfeld projiziert wurde, und seufzte.

»Ich weiß, dass ich die Bitte sowieso bereue, aber wäre einer von euch unerträglichen Alleswissern vielleicht so freundlich, mir zu erklären, woher *das da* kommt?« Sie wies auf die rote Ziffer ›2‹, die in der mit ›Strikes‹ überschriebenen Spalte auf der Tafel erschienen war. »Ich dachte, es wäre nur ein Strike One.«

»Das war vor dem Foulball, Mike«, erklärte Honor fröhlich.

»Aber er hat ihn geschlagen«, wandte Henke ein.

»Das spielt keine Rolle. Ein Foulball zählt immer als Strike.«

»Aber ...«

Henke verstummte, als der Werfer einen Curveball lieferte, den der Schlagmann augenblicklich foul mit einem Hook über den Unterstand der dritten Base schmetterte. Henke blickte erwartungsvoll auf die Anzeigetafel, und als die Zahl der Bälle und Strikes sich nicht veränderte, holte sie tief Luft.

»Du hast doch gerade gesagt –«

»Ein Foulball ist nur dann ein Strike, solange nicht sowieso schon zwo Strikes dort stehen«, sagte Honor. »Danach zählt er nicht mehr als Strike – und als Ball übrigens auch nicht. Es sei denn natürlich, einer der Feldspieler fängt ihn. Dann zählt er als Out und nicht als toter Ball.«

Henke musterte sie mit säuerlichem Ausdruck, und Honor grinste. Die Gräfin blickte sie finster an, dann richtete sie einen ebenso missbilligenden Ausdruck auf den Waffenträger.

»›Einfaches Spiel‹«, schnaubte sie. »Aber sicher doch!«

Die Harrington Treecats verloren mit elf zu zwei.

Michelle Henke bemühte sich um eine angemessen erbarmungsvolle Haltung, während der luxuriöse Flugwagen am privaten Landeplatz der Besitzerloge vorfuhr und die Gutsherrin samt Begleitung abholte. Leider war Henke kein vollständiger Erfolg beschieden.

»Dich hämisch zu freuen ist nicht besonders nett, Mike«, ermahnte Honor sie mit gewisser Strenge.

»Ich mich freuen? Und dann auch noch hämisch? Ich, eine Peeress des Sternenkönigreichs, soll mich hämisch freuen, nur weil deine Mannschaft abgeseift wurde, während du und dein Freund, der Colonel, mir so genüsslich meine abgrundtiefe Unkenntnis unter die Nase gerieben habt? Wie kannst du mir so was überhaupt zutrauen?«

»Wahrscheinlich, weil ich dich schon so lange kenne.«

»Und weil es wahrscheinlich genau das ist, was du an meiner Stelle tun würdest!«, entgegnete Henke.

»Alles ist möglich«, stimmte Honor ihr zu. »Allerdings ist so etwas bei manchen Leuten weniger wahrscheinlich als bei anderen, und in Anbetracht meiner Charakterfestigkeit dürfte Häme bei mir weit seltener vorkommen als bei den meisten anderen.«

»Ach ja, richtig. Ich vergesse immer dein bescheidenes, schüchternes und zurückhaltendes Gemüt, Honor«, sagte Henke, während sie in die Fluglimousine einstiegen, gefolgt von LaFollet, der Nimitz' Partnerin Samantha trug, und dem Rest von Honors üblicher, dreiköpfiger Leibwache.

»Schüchtern und zurückhaltend bin ich nicht. Aber ich bin ein gereiftes, verantwortungsbewusstes Individuum.«

»Aber nicht so gereift und verantwortungsbewusst, dass du es dir verkneifen konntest, deine Mannschaft nach einem bestimmten pelzigen, sechsbeinigen Selleriedieb und seinen Freunden zu benennen«, schoss Henke zurück und streckte die Hand aus, um dem Baumkater auf Honors Schulter die Ohren zu streicheln.

»Nimitz und Samantha hatten mit der Entscheidung nichts zu tun«, erwiderte Honor. »Natürlich waren sie damit einverstanden, das kannst du dir ja denken, aber eigentlich hab' ich mich für den Namen nur deswegen entschieden, weil er das kleinere Übel war.« Sie verzog das Gesicht. »Entweder ›Harrington Treecats‹ oder ›Harrington Salamanders‹.«

Henke hob ruckartig den Kopf, dann entfuhr ihr ein Kichern, das sie nur halb unterdrückt bekam.

»Das ist doch nicht dein Ernst!«

»Ich wünschte, du hättest Recht. Tatsächlich hatte der Präsident des Baseballverbands uns den Salamander-Namen bereits zugeteilt, als das Besitzerkomitee und der Regelausschuss übereinkamen, die Liga zu erweitern. Es war ein hübsches Stück Arbeit, sie davon abzubringen.«

»Ich finde, es wäre ein großartiger Name gewesen«, meinte Henke mit verschmitztem Grinsen.

»Das glaub' ich gern«, entgegnete Honor in Unterdrückerton. »Ich andererseits fand ihn gar nicht gut. Selbst wenn man von Bescheidenheitserwägungen absieht: Was meinst du wohl, wie High Ridge und seine Meute darauf reagiert hätten? Das wäre doch maßgeschneidert für ihre voreingenommenen Leitartikel!«

»Hm.« Henkes Grinsen verschwand, als sie an die politischen Realitäten erinnert wurde, die der Regierung High Ridge anhafteten. Im Laufe der letzten drei T-Jahre waren diese Realitäten immer unangenehmer, aber dafür persönlicher geworden, zumindest was Honor anbetraf. Eigentlich war ihre Freundin vor allem deshalb so froh gewesen, für eine kurze Weile nach Grayson zurückzukehren, um sich ihren Pflichten als Gutsherrin Harrington widmen zu können. Und Henke hatte wegen der Stimmung in der Heimat bereitwillig die Einladung angenommen, ihren Urlaub als Honors Gast auf Grayson zu verbringen.

»Du hast vermutlich Recht«, sagte sie. »Natürlich wäre High Ridge in einem Universum, in dem es gerecht zugeht, niemals Premierminister geworden. Und erst recht hätte er sich niemals so lange im Amt halten können. Ich glaube, ich beschwere mich mal bei der Direktion.«

»Das mache ich jeden Sonntag«, versicherte Honor wenig belustigt. »Und ich vermute, der Protector hält Reverend Sullivan ebenfalls dazu an, damit ein bisschen mehr Schub dahinter steckt.«

»Schub oder nicht, es scheint nicht zu funktionieren«, stellte Henke fest. Sie schüttelte den Kopf. »Ich kann es kaum glauben, dass sie so lange an der Macht bleiben. Mein Gott, die meisten von ihnen hassen sich bis aufs Blut! Und ihre Ideologien ...«

»Klar hassen sie sich wie die Pest. Leider hassen sie im Augenblick deine Cousine noch viel mehr. Oder sie haben so große Angst vor ihr, dass sie sich aneinander klammern und gegen sie stellen, komme, was wolle.«

»Ich weiß«, seufzte Henke. »Ich weiß.« Sie schüttelte wieder den Kopf. »Beth ist der Geduldsfaden von je schnell gerissen. Es ist schade, dass sie noch immer nicht gelernt hat, sich im Zaum zu halten.«

»Das ist nicht ganz fair«, widersprach ihr Honor, und Michelle blickte sie mit hochgezogener Augenbraue an.

Seit dem Attentat, bei dem ihr Vater, ihr älterer Bruder, der Herzog von Cromarty und die gesamte Crew der königlichen Jacht ums Leben gekommen waren, stand Michelle Henke nun an fünfter Stelle in der Thronfolge des Sternenkönigreichs von Manticore. Ihre Mutter, Caitrin Winton-Henke, die Herzogin von Winton-Henke und Gräfinwitwe von Gold Peak, war die Tante Königin Elisabeths III. von Manticore, die einzige lebende Verwandte der Queen väterlicherseits, und nun war Michelle das einzige überlebende Kind ihrer Mutter. Henke hatte nie erwartet, in der Thronfolge so weit aufzurücken oder den Titel ihres Vaters zu erben. Sie kannte Elizabeth jedoch von klein auf, und das hitzige Winton-Temperament, das die Königin in vollem Ausmaß geerbt hatte, war ihr alles andere als unvertraut.

Dennoch musste Michelle zugeben, dass Honor in den letzten drei T-Jahren mehr Zeit mit der Königin verbracht hatte als sie. Tatsächlich war die Herzogin von Harrington eine der standhaftesten Gefolgsleute der Krone im Oberhaus (und eine Angehörige des Inneren Kreises von inoffiziellen Ratgebern, mit der die Queen sich statt mit den Regierungsmitgliedern besprach), und das war für die regierungsfreundlichen Medien Grund genug, Honor so oft wie möglich zu diskreditieren. Die subtile (und manchmal recht brachiale) Verunglimpfung, mit der man sie verfolgte, wurde hin und wieder ziemlich hässlich. Doch dessen völlig ungeachtet, arbeitete Honor nicht nur eng mit Elisabeth III. zusammen, sondern hatte auch gewisse Vorteile, was das Einschätzen von Menschen und das Erkennen ihrer Empfindungen anging, Vorteile, die vielen anderen fehlten. Trotzdem …

»Honor, ich habe Beth als meine Cousine lieb und respektiere sie als meine Monarchin«, sagte Henke nach kurzem Nachdenken. »Aber wenn sie sich über etwas ärgert, geht sie los wie ein Hexapuma mit einem schlimmen Zahn, das wissen wir beide. Wenn sie sich zusammengerissen hätte, als High Ridge seine Regierung bildete, wäre sie vielleicht in der Lage gewesen, sie zu spalten. Stattdessen hat sie sie nur enger zusammengeschweißt, indem sie sich ihr bis heute widersetzt, wo sie nur kann.«

»Ich habe ja nicht behauptet, dass sie die Lage perfekt gehandhabt hätte«, entgegnete Honor und lehnte sich zurück, während Nimitz es sich auf ihrem Schoß gemütlich machte. Samantha entschlüpfte LaFollets Armen und gesellte sich zu ihm, und Honor begrüßte die Baumkatze, indem sie ihr die Ohren kraulte. »Elizabeth würde sogar als Erste zugeben«, fuhr sie fort, »dass sie ihre beste Gelegenheit vermasselt hat, die Zügel in der Hand zu behalten, als sie die Beherrschung verlor. Aber während du fort warst und Weltraumabenteuer erlebt hast, habe ich im Oberhaus auf meinem Allerwertesten gesessen und High Ridge in Aktion erlebt. Und aufgrund dieser Erfahrungen würde ich sagen, dass es auf lange Sicht überhaupt keine Rolle gespielt hätte, wie Elizabeth sich ihnen gegenüber verhalten hat.«

»Wie soll ich das verstehen?«, fragte Henke ein wenig befangen. Sie wusste zwar, dass Honor sie mit ihrer Feststellung nicht kritisieren wollte, konnte sich aber eines leichten Schuldgefühls nicht erwehren. Ihre Mutter besaß als Herzogin einen eigenen Oberhaussitz, deshalb hatte Michelle keinen Grund gesehen, warum sie sich nicht durch ihre Mutter vertreten lassen sollte – ob bei Abstimmungen oder Sitzungen. Die Herzogin von Winton-Henke hatte sich schon immer viel stärker in der Politik engagiert als Michelle, und nach dem Tod ihres Mannes und ihres Sohnes war die Politik ihr eine willkommene Ablenkung gewesen. Auch Michelle hatte auf andere Gedanken kommen müssen, und das war ihr gelungen, indem sie sich noch stärker als bisher auf ihre Pflichten als Raumoffizier der Royal Manticoran Navy konzentriert hatte.

Eine Ablenkung, die Honor offenkundig verwehrt gewesen war.

»Selbst wenn man annähme, dass innerhalb der Regierung High Ridge keine ideologischen Abgründe klaffen würden: Um High Ridges Mehrheit aufrechtzuerhalten ist die Unterstützung von wenigstens einigen Unabhängigen vonnöten, da es nicht genügend konservative, freiheitliche und progressive Abgeordnete gibt«, erklärte Honor. »High Ridge ist es gelungen, sich Wallace' Neue Menschen an Bord zu holen, aber selbst das reicht nicht aus, um die Dynamik zwischen den großen Parteien merklich zu ändern. Und so sehr Elizabeth den Baron von High Ridge und seine Spießgesellen auch verschreckt oder verärgert haben mag, sie hat niemals auch nur ein drohendes Wort zu den Unabhängigen gesagt, die ihn unterstützen, oder?«

»Stimmt«, gab Henke zu. Sie erinnerte sich an Fetzen aus dem einen oder anderen Gespräch mit ihrer Mutter und wünschte, damals aufmerksamer zugehört zu haben.

»Selbstverständlich nicht. High Ridge hat es geschafft, ihre Unterstützung zu bekommen, ohne dass Elizabeth ihnen gegenüber je die Beherrschung verloren hätte. Und selbst wenn doch, wäre das nicht schlimm, denn eigentlich hätten sich viele dieser Unabhängigen schon allein wegen des Manpower-Skandals von der Regierung trennen müssen.«

»Wenn ich ehrlich bin, hatte ich angenommen, dass genau so etwas geschieht, wenn Cathy Montaigne ihre Bombe platzen lässt«, stimmte Henke schulterzuckend zu. »Ich persönlich habe Cathy immer gut leiden können. Ich fand sie vielleicht ein bisschen überkandidelt, bevor sie nach Alterde ging, aber sie ist immer ihren Prinzipien treu geblieben. Und verdammt noch mal, ich mag ihren Stil.«

»Ich mag sie mittlerweile auch«, gestand Honor. »Ich hätte nicht gedacht, dass ich das je von einer Angehörigen der Freiheitlichen Partei sagen würde. Andererseits glaube ich nicht, dass Montaigne besonders viel mit dem Rest der Partei gemeinsam hat, mal abgesehen von der Haltung der Freiheitler gegenüber der Gensklaverei.« Honors Tonfall blieb gelassen, doch sie kniff gefährlich die Augen zusammen. Ihr tief verwurzelter Abscheu gegenüber dem Gensklavenhandel war so unerbittlich wie der sphinxianische Winter. Vermutlich hatte sie diese Ablehnung der Gensklaverei von ihrer Mutter geerbt. »Ich glaube nicht, dass sich bisher jemand so – *eloquent* zu diesem Thema geäußert hat«, fügte sie hinzu.

»Mit Worten kann sie umgehen, und ich würde auch sagen, dass sie bei diesem speziellen Thema ziemlich große Scheuklappen hat«, räumte Henke lächelnd ein. »Ganz zu schweigen von einem ausgeprägten Bedürfnis, dem Establishment aus grundsätzlichen Erwägungen die Zähne einzuschlagen. Eine meiner Cousinen ist mit Cathys Schwager verheiratet, George Larabee, Lord Altamont, und von ihr höre ich, dass Lady Altamont, Georges Mutter, außer sich ist, weil Cathy ›in Sünde‹ mit einem Bürgerlichen zusammenlebt. Und nicht nur mit irgendeinem Bürgerlichen, sondern einem gryphonischen Highlander, einem Captain der Navy zudem, den man wegen seiner Disziplinarverstöße auf Halbsold gesetzt hat!«

Henke kicherte kurz.

»Ich dachte noch, diesmal hat sie die Mistkerle erwischt. Gott weiß, wie sie diese Dokumente in die Hände bekommen hat – aber es würde mir auch nicht sonderlich viel ausmachen, wenn ich's nie erführe. Doch nach allem, was Mutter sagt, und nach dem, was ich in den Medien gelesen habe, gibt es wohl keine großen Zweifel an ihrer Echtheit.«

»Überhaupt keine«, entgegnete Honor, die im Gegensatz zu Henke sehr genau wusste, wie die Gräfin of the Tor in den Besitz des niederschmetternden Dokuments gekommen war. Einen Augenblick lang überlegte sie, ob sie Michelle ihre Zweifel in Bezug auf Captain Zilwicki und seine Rolle in dem mysteriösen nachrichtendienstlichen Glücksfall erklären sollte, entschied sich aber dagegen. Michelle brauchte das nicht unbedingt zu wissen – genauso, wie sie nicht erfahren musste, was Andrew LaFollet so alles über Anton Zilwicki herausgefunden hatte. Zum Beispiel, was die neu gegründete private Sicherheitsfirma des Captains mit den Informationen anstellte, welche die Gräfin den Behörden *nicht* übergeben hatte.

»Leider«, fuhr sie stattdessen fort, »sind die Personen, deren Namen eindeutig fallen, allesamt relativ kleine Fische. In einigen Fällen vielleicht gesellschaftlich prominent und in anderen politisch so wichtig, das man sie gut kennt, aber keiner von ihnen saß dicht genug an den Schalthebeln der Macht, dass es der Regierung das Genick brechen konnte. Dass so viele von ihnen Verbindungen zu den Konservativen und – ausgerechnet! – zu bestimmten Angehörigen der Freiheitlichen Partei besitzen, war sicherlich peinlich. Immerhin hat das Gericht ein paar Dutzend von ihnen für lange, lange Zeit aus dem Verkehr gezogen. Trotzdem gab es gerade genügend Schuldige auch in anderen Parteien oder unter den Unabhängigen – und sogar zwo unter den Zentralisten, wie ich leider sagen muss –, dass die Verteidiger anführen konnten, ›jeder‹ habe es getan. Darum konnte man keiner Partei die alleinige Schuld zuweisen. Und da es keine direkte Verbindung zur Parteiführung gab, konnte die Regierung die schlimmsten Folgen von sich abwenden, indem sie lauter als alle anderen nach der Bestrafung der Personen schrie, deren Namen gefallen waren. Wie beispielsweise im Fall von Hendricks, nachdem sie ihn von Alterde abberufen und durch einen neuen Botschafter ersetzt hatten.«

»Oder Admiral Young«, sagte Henke grimmig, und Honor nickte mit sorgfältig beherrschter Miene. Die unversöhnliche Feindschaft zwischen ihr und dem Young-Clan ging mehr als vierzig T-Jahre zurück und beruhte auf bitterem Hass und mehreren Todesfällen. Aus diesem Grund hatte sie sich sehr angestrengt, eine Fassade der Neutralität aufrechtzuerhalten, als die Navy Admiral Edwin Young von Alterde zurückbeordert, ihn wegen Verletzung der Kriegsartikel vor ein Militärgericht gestellt und ihm den Dienstgrad aberkannt hatte. Die zivilen Instanzen zeigten sich ihm gegenüber ähnlich scharf, obwohl er mit dem mächtigen Earl von North Hollow verwandt war, der in der Partei des Premierministers, dem Bund der Konservativen, enormen Einfluss auf höchster Ebene besaß. Young war der Todesstrafe entgangen, doch trotz seiner hohen Abkunft würde er die nächsten Dezennien als Gast des Königlichen Justizministeriums verbringen.

»Oder wie Young«, stimmte Honor schließlich zu. »Was ihm widerfahren ist, zeigt sehr gut, wie rücksichtslos die Führung versucht hat, die eigene Haut zu retten ... und wen sie bereit waren fallen zu lassen. Er war ein Young, dadurch sehr prominent, und ein Flaggoffizier der Navy, wodurch es ihm umso mehr an die Nieren gehen musste, wegen ›isolierter Straftaten‹ verurteilt zu werden. Aber er war nur ein entfernter Verwandter North Hollows und stand praktisch völlig außerhalb der Machthierarchie des Bundes der Konservativen. Als North Hollow keinen Finger rührte, um ihn zu retten, wurde Young zu einem höchst befriedigenden Opfer, das sein edler Verwandter eingehen ›musste‹, um den eigenen ›Prinzipien‹ treu zu bleiben. Gleichzeitig diente Young als ›Beweis‹, dass North Hollow und damit die gesamte Führungsebene des Bundes der Konservativen niemals in solche schrecklichen Rechtsverstöße verwickelt gewesen waren. Das war der eigentliche Grund, weshalb sich die gesamte Regierung so wild – und so öffentlich – auf die kleinen Fische gestürzt hat. Schließlich hatten sie nicht nur das Gesetz gebrochen; sie hatten auch das in sie gesetzte Vertrauen enttäuscht.« Honor zuckte mit den Achseln. »Sosehr es mir auch gegen den Strich geht, ich muss zugeben, dass ich eine politische Schadensbegrenzung selten so brillant ausgeführt gesehen habe. Aber gelungen ist sie High Ridge und New Kiev nur deshalb, weil eine Mehrheit der Nichtbeteiligten im Oberhaus, einschließlich der Unabhängigen, beschlossen hatte, in die andere Richtung zu blicken und sich mit der Bestrafung von Sündenböcken zu begnügen.«

»Aber warum?«, wollte Henke wissen. »Mom hat mir in einem ihrer Briefe genau das Gleiche geschrieben, aber ich habe nie verstanden, welcher Gedanke dahinter stand.«

»Es läuft alles auf Politik heraus – und etwas, das du vielleicht die ›historischen Gebote der Verfassungsentwicklung‹ nennen könntest«, sagte Honor, während zwei schwerbewaffnete Stingships mit den Hoheitszeichen der

Gutsherrngarde von Harrington vor den Tragflächenspitzen des Flugwagens Position bezogen. Honor und Henke waren zum Abendessen in den Palast des Protectors eingeladen. Während die Fluglimousine sich, sorgsam von ihrem Geleitschutz bewacht, an einem strahlend blauen, mit Wölkchen betupften Himmel auf den langen Weg zum Gut von Mayhew machte, lehnte Honor sich noch weiter zurück und schlug die Beine übereinander.

»Im Grunde«, sagte sie, »ist eine Mehrheit von durchaus ehrlichen Leuten im Oberhaus sogar dazu bereit, die Augen vor Dingen zu verschließen, die vielleicht mit dem unangenehmen Thema der Sklaverei zu tun haben. Denn ihnen ist eine Regierung wie die von High Ridge immer noch lieber als das Risiko, das man mit ihrem Ersatz eingeht. Trotz der Korruption und des Stimmenkaufs durch gezielte Zugeständnisse, die High Ridge salonfähig gemacht hat, gibt sich das Oberhaus lieber mit dieser Regierung zufrieden, anstatt Elizabeth und ihren Anhängern die Kontrolle in beiden Häusern zurückzugeben.«

»Mom schrieb mir so etwas – und darüber, wie San Martin in die politische Gleichung passt. Aber sie hat den Brief in Eile beendet, und ich habe sie nie nach der vollständigen Erklärung gefragt«, gestand Henke ein.

»Um etwas abzuwandeln, was Admiral Courvosier mir einmal ins Stammbuch geschrieben hat: Kein Captain – oder Commodore – in der Queen's Navy kann eine Jungfrau bleiben, was die Politik angeht, Mike. Ganz besonders nicht, wenn sie dem Thron so nahe steht wie du.«

In Honors Stimme lag keinerlei Missbilligung, doch ihr Blick zeigte einen gewissen Ernst, als sie Henke kurz in die Augen sah. Die Gräfin erwiderte ihn einige Herzschläge lang beinahe trotzig, doch dann senkte sie die Augen und nickte unglücklich.

»Das weiß ich selbst«, gab sie leise zu. »Es ist nur ... Na, ich würde sagen, im Grunde hab ich die Politik eigentlich immer genauso wenig gemocht wie du. Und seit Dad und Cal ermordet wurden und es diesem schleimigen Hundsfott gelungen ist, Willie Alexander das Amt des Premierministers zu stehlen, dreht es mir den Magen um, wenn ich mir nur vorstelle, mit ihm im gleichen Saal zu sitzen.«

»Und du kritisierst die Königin für ihr Temperament!«, schalt Honor sie sanft.

»Schuldig«, gab Henke zu. »Aber worauf willst du hinaus?«

»Ich will sagen, dass High Ridge eine Mehrheit im Oberhaus hat, weil man ihn aus Eigennutz unterstützt. Das hat deine Mutter wahrscheinlich gemeint, als sie San Martin erwähnte. Diese Mehrheit macht sich nämlich große Sorgen, was passiert, wenn die Peers von San Martin endlich ihre Sitze bekommen.«

»Wieso?«, fragte Henke mit solch aufrichtiger Verständnislosigkeit, dass Honor gegen den eigenen Willen aufseufzte.

»Mike«, sagte sie geduldig, »das ist grundlegende Zeitgeschichte. Was versucht die Krone den Peers schon seit der Gründung des Sternenkönigreichs wegzunehmen?«

»Die Staatskasse«, antwortete Henke.

»Sehr gut«, sagte Honor, »Nur waren die Gründer, die eigentlich ziemlich anständige Leute gewesen sind, sich in einer Hinsicht einig: Sie wollten dafür sorgen, dass die eigentliche politische Macht im Sternenkönigreich in ihrer Hand und in der ihrer Nachfahren bleibt. Deshalb schreibt die Verfassung eindeutig vor, dass der Premierminister aus dem Oberhaus kommen muss, und sie verlangt, dass jede Finanzvorlage im Oberhaus eingereicht wird. In meinen Augen spricht zwar einiges dafür, einen beträchtlichen politischen Einfluss in die Hände einer gesetzgebenden Kammer zu geben, die sich von den politischen und ideologischen Tageshysterien … isolieren kann, aber die Gründer haben es da ein bisschen zu gut gemeint. Weil die Peers sich nie einer Wahl stellen müssen, haben viele von ihnen – Anwesende natürlich ausgeschlossen – einen … sagen wir mal, einen *fragwürdigen* Bezug zur Wirklichkeit. Und für jemanden, der einen Titel erbt, ist es natürlich sehr leicht, sich innerhalb des Parlaments eine Hausmacht aufzubauen. Glaub mir«, fügte sie trocken hinzu, »ich habe das zweifelhafte Vergnügen gehabt, so etwas auf zwo Planeten zu beobachten, und zwar aus größerer Nähe, als ich je wollte.«

Sie schaute mehrere Sekunden lang nachdenklich aus dem Fenster auf den Backbordbegleiter, und ihre langen Finger strichen beiden Baumkatzen sanft durch das weiche, seidige Fell. Nimitz blickte forschend zu ihr hoch, während er ihre Gefühle durch den telempathischen Link ›schmeckte‹. Einen Augenblick lang rechnete Henke halb damit, dass er die Krallen, wenngleich ganz sanft, in Honors Kniescheibe drücken würde. Er konnte sein Missfallen sehr deutlich machen, wenn er der Ansicht war, Honor lasse sich zu tief in Ereignisse der Vergangenheit versinken, die niemand mehr ändern konnte. Dieses Mal jedoch entschied er sich dagegen und ließ Honor zufrieden, bis sie sich zusammenriss und wieder ihren Gast ansah.

»Ich meine jedenfalls, dass die Krone das Amt des Premierministers sehr gern im Oberhaus belässt. Sosehr ich deine Cousine auch mag und respektiere, die Aufrichtigkeit verlangt doch zuzugeben, dass sie ein gesteigertes Interesse an der Aufrechterhaltung eines Erbadelssystems besitzt. Und wo ich mich schon in der Aufrichtigkeit ergehe, sollte ich wahrscheinlich anmerken, dass wir beide dieses Interesse teilen. Mittlerweile zumindest.

Trotzdem hat die Krone seit Generationen ein besseres Machtgleichgewicht zwischen Oberhaus und Unterhaus erzielen wollen. Bewerkstelligen ließe sich das am besten, indem man dem Unterhaus die Gewalt über die Staatskasse überlässt, während der Premierminister weiterhin aus dem Oberhaus kommt. Nur hat die Krone nie die nötige Mehrheit im Oberhaus zusammenbekommen, um die Verfassung zu ändern und diese Macht auf das Unterhaus zu übertragen.«

»Natürlich nicht«, schnaubte Henke verächtlich. Sie war selbst als Aristokratin zur Welt gekommen, doch das Bestreben des Adels, die eigenen Privilegien zu verteidigen, war ihr höchst zuwider. »Glaubst du wirklich, jemand in einer unangreifbaren Situation wie ein Peer würde je dafür stimmen, die Hälfte seiner Macht an jemand anderen abzutreten?«

»Tatsächlich«, entgegnete Honor ernst, »fürchtet sich High Ridge genau davor, und sehr viele Unabhängige teilen diese Furcht.«

»Das hat Mom auch gesagt«, sagte Henke aufgebracht, »aber ich glaube nicht, dass es so weit kommen wird!«

»High Ridge glaubt das schon. Elizabeth und Willie Alexander ebenfalls. Alles eine Frage der Zahlen, Mike, und die Peers von San Martin könnten das Gleichgewicht im Oberhaus tatsächlich so weit verschieben, dass die Königin ihre Absicht endlich in die Tat umsetzen kann. Und die Joker im Kartenspiel sind das verfassungsgemäße Limit bei der Schaffung neuer Peers sowie die Artikel des

Annexionsgesetzes, mit dem Trevors Stern ins Sternenkönigreich aufgenommen werden würde. Die Verfassung begrenzt eine Zunahme der Mitgliedschaft im Oberhaus zwischen zwei allgemeinen Wahlen auf zehn Prozent, und das Annexionsgesetz sieht vor, dass keiner der neuen Peers von San Martin vor den nächsten allgemeinen Wahlen bestätigt wird – oder Sitz und Stimme erhält.

Deshalb versuchen die Regierung und ihre Unterstützer im Oberhaus diese Wahlen so lange wie möglich hinauszuzögern. Im Augenblick besteht kein großer Zweifel, dass die San Martinos zu großen Teilen hinter der Königin und den Zentralisten stehen. Schließlich war es unsere Navy unter Elisabeth und der Regierung Cromarty, die die Havies aus dem Trevor-System rausgekickt und San Martin befreit haben. Und es waren Cromarty und dein Vater als Außenminister, die die Bedingungen für ihre Aufnahme ins Sternenkönigreich ausgehandelt haben. Außerdem hatte San Martin vor der Annexion keinen Erbadel, deshalb ist es unwahrscheinlich, dass die San Martinos großen Wert auf ihren Status quo im Parlament legen. Sie sind den Menschen, die sie als ihre Befreier ansehen, dankbar, und da die neuen Peers keine aristokratischen Traditionen haben, würden sie sehr wahrscheinlich – fast sicher sogar – den Antrag von Lord Alexander, die Gewalt über die Staatskasse an das Unterhaus zu übertragen, unterstützen.

Aber solange sie ihren Sitz nicht erhalten haben, können sie gar nichts unterstützen. Und High Ridge und seine Busenfreunde legen es im Augenblick darauf an, unter den Mitgliedern der existierenden Peerage eine hinreichend große Mehrheit zu gewinnen, die sich solchen Bestrebungen widersetzt. Den letzten Zahlen zufolge, die mir bekannt sind, haben sie einen wenigstens fünfzehnprozentigen Vorsprung gegenüber den Befürwortern der Verfassungsänderung. Aber dieser Vorsprung könnte schrumpfen. Und selbst wenn nicht, nach zwo allgemeinen Wahlen sitzen genügend San Martinos im Oberhaus, um diese Mehrheit trotzdem zu überstimmen, vorausgesetzt, sie sind zum überwiegenden Teil *für* die Verfassungsänderung.

Deshalb versuchen High Ridge und seine Verbündeten nicht nur, ihren Rückhalt innerhalb des Oberhauses zu vergrößern, sondern auch, den Zentralisten ihre Mehrheit im Unterhaus abzujagen. Da das Unterhaus jeden neuen Peer bestätigen muss, hofft High Ridge, mit einer Mehrheit im Unterhaus den Bestätigungsprozess beeinflussen zu können – und zwar dahingehend, dass nur Peers aufgenommen werden, die er vermutlich auf seine Seite ziehen kann.

Dass die Parlamentsmitglieder von San Martin der zentralistischen Partei angehören oder Kronenloyalisten sein werden, muss High Ridge sehr auf der Seele liegen. Technisch hat San Martin zwar noch keine Abgeordneten, aber die Sonderrepräsentanten dieses Planeten erfüllen im Unterhaus ähnliche Funktionen, wenn sie auch noch nicht abstimmen dürfen. Wo ihre Loyalität liegt, daran kann kein Zweifel bestehen. Und keinem der Peers ist diese Kleinigkeit entgangen.

Und das, Mike, ist der Grund, aus dem andernfalls durchaus anständige Mitglieder des Oberhauses einen Fiesling wie High Ridge aktiv unterstützen und ihm seine Taktik der Schadensbegrenzung beim Manpower-Skandal durchgehen lassen. Niemand schätzt ihn wirklich. Kaum jemand macht sich irgendwelche Illusionen darüber, wie ›gründlich‹ er die Beschuldigungen überprüft, die die Gräfin of the Tor vorbringt. Und die meisten trauen ihm und seinen Verbündeten nicht einmal so weit über den Weg, dass sie sie auf ihren Hund aufpassen ließen, vom Babysitten ganz zu schweigen. Viele Mitglieder des Oberhauses vertreten jedoch die Position, dass die Verfassung in ihrer gegenwärtigen Form zwar ihre Schwächen haben mag, aber insgesamt ein System hervorgebracht hat, das dem Sternenkönigreich gut gedient hat. Und im Augenblick verteidigt nun einmal High Ridge den Status quo. Sicher erkennen viele von ihnen das Ausmaß des Eigeninteresses, das den Widerstand der Regierung gegen eine Verfassungsänderung begründet. Aber der Widerstand ist jedenfalls echt, und darauf kommt es den Leuten an.«

»Ich verstehe.« Henke ließ sich in ihren Sitz zurücksinken und sah Honor quer durch die Passagierkabine des luxuriösen Flugwagens an. Noch immer erstaunte es sie, wie ausgerechnet Honor Harrington politische Verhältnisse so klar und prägnant analysierte. Angesichts Honors Talent, militärische Problemstellungen scharf und genau zu zergliedern, hätte es sie wohl nicht verwundern sollen, doch fast vierzig T-Jahre lang hatte Henke die Innenpolitik des Sternenkönigreichs immer besser begriffen als Honor. Natürlich hatte Henkes Verständnis auf ihren familiären Beziehungen basiert. Als Cousine ersten Grades der Königin war ihr dieses Verständnis geradezu zugeflogen, ohne dass sie je eigens darüber hatte nachdenken müssen. Vielleicht, so musste sie nun zugeben, sah Honor gerade deswegen die Situation viel klarer als sie, denn Honor war nicht in diese erlauchten Kreise hineingeboren worden. Sie war ohne die instinktive Auffassungsgabe eines Eingeweihten hineingeraten und daher gezwungen gewesen, über ihre neue Umgebung sehr genau nachzudenken.

Dass Honor nicht zur Macht geboren und in den Rängen der Erbelite aufgezogen worden ist, erzeugt jedoch zugleich einige riskante blinde Flecke, überlegte Henke mit sorgsam verhohlener Unruhe. *Blinde Flecke, durch die sie manche Gefahr übersieht, die jemand wie ich ohne nachzudenken erkennt, und das trotz meiner Abneigung gegen die Politik.* Obwohl Honor an den Dreh- und Angelpunkten der Macht in zwei verschiedenen Sternnationen viel erlebt hatte, sah sie sich noch immer als die Freisassentochter, die sie immer gewesen war – und so gab sie sich privat auch.

Michelle Henke blickte die Freundin an und fragte sich wieder, ob sie etwas erwidern sollte. *Soll ich Honor daran erinnern, dass ihre politischen Gegner ihr Privatleben gegen sie verwenden werden, wenn sie ihnen dazu eine Gelegenheit bietet? Soll ich sie fragen, ob etwas dran ist an den geflüsterten Gerüchten, die sich allmählich ausbreiten?*

»Das kommt mir ganz einleuchtend vor«, sagte sie stattdessen. »Ich glaube, es erstaunt mich noch immer, so etwas von dir zu hören. Darf ich fragen, ob Lord Alexander sich deiner Analyse anschließt?«

»Aber natürlich tut er das. Du glaubst doch nicht, ich hätte es nicht ausführlich mit ihm besprochen, oder?«, schnaubte Honor. »Ich hab nicht nur im Oberhaus gesessen und bin als Protector Benjamins Freund bei Hofe aufgetreten, sondern habe mir auch unzählige Stunden den Kopf zerbrochen, gemeinsam mit dem Mann, der von Rechts wegen Premierminister sein sollte!«

»Ja, ich denke, da blieb dir nichts anderes übrig«, stimmte Henke ihr langsam zu und neigte den Kopf ganz sachte. »Und ist denn auch der Earl von White Haven in der Lage gewesen, dir den einen oder anderen neuen Standpunkt zu erschließen?«

»Ja«, antwortete Honor. Die Einsilbigkeit der knappen

Antwort ließ Henke Schlimmes ahnen. Henke stellte fest, dass Honor nicht ihrem Blick begegnete, sondern stattdessen auf die eigene Hand sah, mit der sie Nimitz am Rückgrat entlang strich. Einen Augenblick lang erwog die Gräfin, tiefer in Honor zu dringen und offen nachzuhaken, denn wenn *sie* Honor nicht danach fragen konnte, wer dann? Doch leider brachte sie es nicht über sich, daher lehnte sie sich nur in ihren Sessel zurück und nickte.

»Das stimmt mit dem überein, was Mama auch gesagt hat«, entgegnete sie schließlich. »Und ich fürchte, sie war der Meinung, ich sollte genug über die aktuellen Geschehnisse wissen, um sie zu verstehen, ohne dass sie mir alles häppchenweise darlegen muss – wie du es gerade für mich getan hast.« Sie zuckte mit den Schultern. »Manchmal glaube ich, sie hat nie bemerkt, wie oft ich derartige Angelegenheiten Cal überlassen habe. Ich hatte viel zu viel mit der Navy zu tun.«

Eine trauervolle Erinnerung zog durch Henkes Gesicht, doch sie verbannte sie rasch und zwang sich zu einem schiefen Lächeln.

»Jetzt, wo du es mir erklärt hast, begreife ich allerdings, was du mit ›historischen Geboten‹ meinst. Ich finde aber noch immer, dass Beth' Hitzigkeit ihr keinen Gefallen getan hat.«

»Nein, bestimmt nicht«, pflichtete Honor ihr bei und blickte in einer Stimmung von ihrem Schoß voller Baumkatzen auf, die vielleicht Erleichterung sein mochte. »Selbst wenn ihr Verhalten sonst keine Auswirkungen hat, steht für High Ridge, New Kiev und Descroix persönlich einiges auf dem Spiel. Doch von dem Augenblick an, in dem der Herzog von Cromarty und dein Vater ermordet wurden, war es fast unausweichlich, dass wir an den Punkt gelangen, an dem wir jetzt sind. Allerdings konnte keiner ahnen, was in der Volksrepublik geschehen würde, während wir uns mit unseren innenpolitischen Streitereien befasst haben.«

»Das kannst du laut sagen«, stimmte Henke ihr düster zu und neigte den Kopf. »Glaubst du, Theisman und Pritchart begreifen besser als ich, was bei uns vorgeht?«

»Das hoffe ich doch sehr«, entgegnete Honor trocken.

2

»Was zum Teufel haben die denn bloß vor?« Eloise Pritchart fauchte die Frage beinahe.

Die Präsidentin der Republik Haven nahm den Chipordner auf und schüttelte ihn zornig in Thomas Theismans Richtung, als er ihr Büro betrat. Ihre Miene spiegelte ihren Zorn so deutlich wider, dass der Kriegminister der Republik überrascht die Augenbrauen hob. Die platinblonde Präsidentin mit den topasfarbenen Augen war vielleicht die schönste Frau, der er je begegnet war. Tatsächlich gehörte sie zu den wenigsten Menschen, die sogar mit einem wutverzerrten Gesicht noch gut aussehen. Andere sahen sie allerdings nur selten derart aufgebracht, denn einer ihrer größten Vorzüge bestand darin, selbst angesichts ungeheuren Drucks die Fassung bewahren zu können. Dieses Talent war unter der Schreckensherrschaft von Oscar Saint-Just und seines Amts für Systemsicherheit für ihr Überleben unverzichtbar gewesen. Im Augenblick jedoch war davon nicht sehr viel zu spüren.

»Was hat wer vor?«, fragte Theisman milde und ließ sich in einen der bequemen Sessel sinken, die vor ihrem Schreibtisch standen und ihren Besuchern einen atemberaubenden Ausblick auf die Innenstadt von Nouveau Paris boten. Die Arbeiten zur Wiedererrichtung der Türme, die Saint-Just durch die Zündung der Atombombe unter dem Oktagon vernichtet hatte, waren beinah abgeschlossen, und Theismans Augen richteten sich fast automatisch auf das funkelnde Neue Oktagon.

»Die verdammten Mantys, wer sonst!«, versetzte Pritchart mit unkaschierter Giftigkeit, durch die sie seine volle Aufmerksamkeit zurückerlangte. Sie schmiss den Ordner auf den Schreibtisch. Die ID-Zeichen auf dem Ordner verrieten Theisman, dass es sich um amtliche Dokumente des Außenministeriums handelte. Er verzog das Gesicht.

»Ich darf also annehmen, dass sie auf unsere jüngsten Vorschläge nicht angemessen reagiert haben«, stellte er in gleich bleibend mildem Tonfall fest.

»Sie haben überhaupt nicht reagiert! Als hätten wir ihnen nie die Papiere vorgelegt, in denen wir unsere Position darlegen.«

»Es ist ja nicht so, als hätten die Mantys in den letzten Jahren alles pünktlich erledigt, Eloise«, sagte er. »Und seien wir ehrlich – bis vor kurzem war uns das sehr recht.«

»Ich weiß, ich weiß.«

Pritchart lehnte sich zurück, holte tief Luft und bat mit einer knappen Gebärde um Verzeihung. Sie entschuldigte sich nicht etwa für ihren Zorn auf die Manticoraner, sondern nur dafür, wie sie ihn sich hatte anmerken lassen. Wenn in der Galaxis jemand ein Recht hatte, nicht von ihr angefahren zu werden, dann Thomas Theisman. Schließlich war es ihm und Dennis LePic, dem Volkskommissar, den das Amt für Systemsicherheit ihm als politischen Wachhund zugeteilt hatte, gelungen, die erbarmungslose Diktatur zu stürzen, die Saint-Just als einziger Überlebender des Komitees für Öffentliche Sicherheit errichtet hatte. Saint-Just hatte seine Entlassung aus dem Amt nicht überlebt. Pritchart zweifelte keinen Augenblick daran, dass die Gerüchte darüber, wie er ›während der Kämpfe den Tod fand‹, der Wahrheit entsprachen. Falls diese Gerüchte stimmten – dass Theisman ihn ohne Umschweife eigenhändig erschossen habe –, so dankte sie Gott dafür. Einen weiteren quälenden Schauprozess mit der unausweichlichen öffentlichen Liquidierung von Saint Justs Anhängern – als abschreckendes Beispiel – hätte die Volksrepublik Haven wirklich zuallerletzt gebrauchen können.

Natürlich spielte es eigentlich gar keine Rolle, was die Volksrepublik Haven nötig hatte, erinnerte sie sich, weil es keine Volksrepublik mehr gab. Und auch das war das Werk von Admiral Thomas Theisman gewesen.

Sie kippte den Sessel ein kleines Stück nach hinten und musterte den leicht untersetzten, braunhaarigen und völlig unscheinbar aussehenden Mann auf der anderen Seite ihres Schreibtischs, der aus glänzendem, handpoliertem Sandoval-Mahagoni bestand. Sie wunderte sich, ob die Bürger der Republik Haven – die *keine* Volksrepublik mehr war – auch nur ansatzweise ahnten, wie viel sie diesem Mann verdankten. Sich Saint-Justs zu entledigen hätte schon mehr als ausgereicht, um ihm ihre ewige Dankbarkeit einzubringen, doch er hatte damit nicht aufgehört. Nein, zum Erstaunen aller, die Theisman nicht persönlich kannten, machte er im Anschluss an Saint-Justs Sturz nicht die geringsten Anstalten, die Macht an sich zu reißen. Gestattet hatte er sich nur, das wiederauferstandene Amt des Admiralstabschefs und das des Kriegsministers in seiner Person zu vereinigen und dadurch sicherzustellen, dass er beide Seiten der republikanischen Militärmaschinerie in der Gewalt hatte. Doch nachdem er die Ämter kombiniert hatte, weigerte er sich, sie zu irgendwelchen persönlichen Zwecken einzusetzen – und fuhr wie der Zorn Gottes auf jeden Offizier hinab, der auch nur so aussah, als wollte er seine Position missbrauchen. Solche Mäßigung war nach den Erfahrungen, welche die Bürger der Republik unter den beiden vorhergehenden Regimes gemacht hatten, vollkommen unglaublich.

Natürlich, erinnerte sich Pritchart ironisch, konnten sich nur sehr wenige dieser Bürger vorstellen, wie verzweifelt sich Theisman darum bemüht hatte, der Aufgabe auszuweichen, die Pritchart nun versah.

Viel von dieser Verzweiflung entsprang seinem Bewusstsein darüber, dass ihm die meisten Eigenschaften fehlten, die einen guten Politiker auszeichneten. Er begriff intellektuell sehr wohl die Notwendigkeit, Kompromisse einzugehen und durch Kuhhandel und Absprachen Vorteile zu ergattern, doch nichts davon wäre ihm je leicht gefallen. Indes ließ er sich dadurch nicht abhalten, solche Vorgänge zu analysieren (und das mit einer Genauigkeit, der gleichzukommen Pritchart gelegentlich sehr schwer fiel). Zwar begriff er all diese Dinge sehr gut, doch vermochte er sie nicht besonders gut zu verrichten und war weise genug, das zu erkennen.

Für jemanden mit seinem Rang in der Volksflotte mangelte es ihm ferner bemerkenswert stark an persönlichem Ehrgeiz, selbst nachdem die Säuberungen innerhalb des alten Offizierskorps nach der Revolution ideale Bedingungen für beschleunigte Beförderungen geschaffen hatten. Die klaffenden Löcher, die Rob Pierres Sturz des Legislaturistenregimes in den Reihen der hohen Volksflottenoffiziere hinterlassen hatte, und der deutlich spürbare, furchtbare Druck des Krieges, der letztlich verloren ging, hatten gemeinsam dafür gesorgt, dass untergeordnete Offiziere mit Talent – oder Ehrgeiz – unvergleichliche Aufstiegschancen erhielten.

Hingegen war es schon deutlich schwieriger gewesen, nach der Beförderung in den Admiralsrang am Leben zu bleiben. Gefangen zwischen der Systemsicherheit, die jeden Offizier, der versagte, als Exempel für seine Kameraden unbarmherzig erschoss, und Oscar Saint-Justs nahezu pathologischem Misstrauen gegenüber jedem fähigen Offizier, wusste damals jeder Flaggoffizier der Volksflotte, dass nicht nur sein Leben, sondern auch das seiner Familie an einem schon ziemlich übel ausgefransten Faden hing. Eloise Pritchart wusste besser als die meisten, wie das System funktioniert hatte, denn sie war eine offizielle Spionin Saint-Justs gewesen. Wie Dennis LePic hatte auch sie die Mission gehabt, laufend Bericht über die politische Zuverlässigkeit eines hohen Flaggoffiziers der Volksrepublik zu erstatten, direkt an Saint-Justs Büro. Schade für Saint-Just, dass ihre Berichte keine besonders große Ähnlichkeit mit der Realität besessen hatten.

Sie hatte nie wirklich erwartet, dass sie und Bürger Admiral Javier Giscard – der Mann, den sie ausspionieren sollte und in den sie sich stattdessen zu verlieben erdreistet hatte – überleben würden. Sie hätten auch nicht überlebt, wenn Theisman nicht Saint-Just gestürzt hätte, bevor dieser Giscard liquidieren lassen konnte.

Seither hatten sie weit mehr erreicht als nur zu überleben. Pritchart war für Saint-Just als Volkskommissarin wichtig gewesen, weil sie vor der Revolution als eine der führenden Aprilisten unter dem Namen ›Brigade-Kommandeurin Delta‹ großes Ansehen genossen hatte. Die Aprilisten galten gemeinhin als die ›respektabelste‹ aller bewaffneten Umstürzlergruppierungen, die Widerstand gegen die Legislaturisten geleistet hatten. Vor allem waren sie die effizienteste gewesen, und ihr Ruf als Aprilistin hatte Pritchart ein Fluidum der Legitimität verliehen, das Saint-Just unbedingt in sein neu geschaffenes Amt für Systemsicherheit hatte einbringen wollen. Pritchart musste zugeben, dass sie sich genauso wie ihr Freund Kevin Usher hatte einbinden lassen. Zumindest nach außen hin. Ihr war klar gewesen, dass ihr keine andere Wahl blieb, wenn sie überleben wollte. Und schon damals, kurz nach dem Umsturz, hatte sie geahnt, dass ihre alten Aprilisten-Kameraden, die offen an ihren Idealen festhielten, früher oder später unauffällig verschwinden würden.

So war es tatsächlich gekommen – nur Pritchart hatte überlebt. Selbst jetzt plagte sie deswegen manchmal das Gewissen, doch auch in den schlimmsten Albtraumnächten wusste sie, dass jedes Schuldgefühl vollkommen irrational war. Ihr Verhalten hatte nicht nur ihr Überleben ermöglicht, sondern sie war dadurch gezielt in eine Position gekommen, in der sie auch andere, wie Giscard, retten konnte. Zwar wäre es edel und tapfer gewesen, standhaft für ihre Prinzipien einzutreten – aber auch unverzeihlich dumm. Pritchart hatte ihre Pflicht vielmehr darin gesehen, am Leben zu bleiben, um für diese Prinzipien – gleichwie insgeheim – zu *kämpfen,* und genau das hatten Giscard und sie getan.

Irgendwann wären sie trotzdem enttarnt und hingerichtet worden, hätte nicht Theisman vorher Saint-Just gestürzt. Und genau wie Saint-Just ihren Ruf als Aprilistin als nützlich für die Systemsicherheit betrachtet hatte, wollte auch Theisman sich diesen Ruf zu Nutze machen. Theisman hatte jemanden – irgendjemanden – gebraucht, an den er das Amt des Staatsoberhaupts weiterreichen konnte. Nach Pritcharts Schätzung hatte es in der gesamten Volksrepublik höchstens sechs Menschen gegeben, die Theisman glaubten, dass er diese Position wirklich nicht für sich selbst wollte. Sogar sie selbst hatte ihm das anfangs nicht geglaubt. Andererseits hatte sie ihn auch kaum gekannt, bevor er sie und Giscard zusammen mit den Resten der 12. Flotte ins Haven-System zurückbeorderte, um seine Zentralflotte zu stärken.

Nur weil Theisman in der Volksflotte von je den Ruf genoss, keinerlei politische Ambitionen zu besitzen, hatten Giscard und Bürger Vizeadmiral Lester Tourville – die ihn im Gegensatz zu Pritchart seit Jahren gut kannten – sie davon überzeugen können, seinem Ruf zu gehorchen. Als sie Theisman gegenübertraten, waren sie alle drei außerordentlich nervös gewesen – obwohl die Raumoffiziere ihn gut kannten. Doch als Theisman eröffnete, er wünsche, dass Pritchart die zivile Übergangsregierung bilde, hatte es ihr vor Verblüffung im wahrsten Sinne des Wortes die Sprache verschlagen.

Theismans Wunsch war natürlich nicht auf sein etwaiges Desinteresse zurückzuführen. Augenblicklich hatte Pritchart begriffen, wie nützlich sie ihm als Galionsfigur wäre. Schließlich hatte sie in dieser Eigenschaft bei Saint-Just schon große Erfahrungen sammeln können. Und sie war realistisch genug gewesen, um sich selbst einzugestehen, dass auf Theismans Schultern eine bedrückende Verantwortung lastete: den völligen Zerfall der Volksrepublik zu verhindern. Aufgrund dieser Verantwortung musste er nach jedem Strohhalm greifen. Wenn sie eine potenziell einigende Kraft ausüben konnte, blieb ihr keine andere Wahl, als Theismans Angebot anzunehmen – ob sie nun als Galionsfigur dienen sollte oder nicht; es blieb ihr schlicht nichts anderes übrig – ebenso wenig wie Theisman eine andere Wahl gehabt hatte, als ihr dieses Angebot zu unterbreiten. Oder zumindest jemandem von ihrem Kaliber.

Letztendlich, das glaubte sie bestimmt, musste es ihre Beziehung zu Giscard gewesen sein, durch die sie für Theisman akzeptabel erschienen war: Theisman erkannte in dieser Beziehung gewisse Aspekte wieder, die auch sein Verhältnis zu LePic, seinem ehemaligen Volkskommissar, geprägt hatten. Theisman kannte Giscard und vertraute ihm; und weil er wusste, dass Giscard ihr traute, konnte er ihr ebenfalls vertrauen. Was Pritchart jedoch wirklich erstaunt hatte, war die Erkenntnis, dass Theisman es ernst meinte, als er ihr die politische und militärische Macht des Staatsoberhaupts anbot.

Es hatte keinen Haken gegeben, keine Einschränkungen, keine insgeheim zurückbehaltene Autorität. Wenn Thomas Theisman eines nicht konnte, dann war das, im Hintergrund die Fäden zu ziehen. Eine (und wirklich nur eine) Bedingung hatte er gestellt: Eloise Pritchart musste ihm beweisen, dass sie genauso sehr wie er zur Wiederherstellung der alten Verfassung entschlossen war – nicht der Verfassung der Volksrepublik Haven, die das Amt des Erbpräsidenten geschaffen und die dynastische Macht der Legislaturisten gesetzlich verankert hatte, sondern der Verfassung der *alten* Republik; der Republik, die in ihren Bürgern mehr gesehen hatte als Schmarotzer und Wahlvieh. Die Republik, deren Präsidenten und Gesetzgeber dem Willen eines Wahlvolks gedient hatten, das sie für ihr Tun zur Verantwortung zog.

Pritchart war tief beeindruckt gewesen, als sie begriff, dass sie einem echten Romantiker gegenüberstand; einem Mann, der tatsächlich an Rechtsstaatlichkeit, die Heiligkeit des Ehrenworts und die Unantastbarkeit der persönlichen Verantwortung glaubte.

Sie hatte sich gefragt, ob er schon immer so realitätsfern gewesen sei oder ob er sich mit seinen Prinzipien dagegen wehrte, mit ansehen zu müssen, wie seine Sternnation im Wahnsinn versank. Eigentlich spielte es aber keine Rolle. Wichtig war nur, dass er wahrhaft genau den Prinzipien treu war, für die die Aprilistenbewegung immer gekämpft hatte – und dass Pritchart in dieser Hinsicht zumindest eine fast ebenso hoffnungslose Romantikerin war wie er.

Und so war nur achtzehn T-Monate nach Oscar Saint-Justs Tod zum ersten Mal seit fast zweihundert Jahren ein Staatsoberhaupt der Republik Haven gewählt worden: Eloise Pritchart, die die Übergangsregierung gebildet, die alte Verfassung aus dem Aschehaufen der Vergangenheit ausgegraben und Thomas Theisman zum Kriegsminister gemacht hatte.

Manchmal geriet sie sehr in Versuchung, ihn dafür über den Haufen zu schießen.

»Weißt du, Tom«, sagte sie nur halb im Scherz, »du bist ein Feigling.«

»Auf ganzer Linie«, stimmte er ihr augenblicklich zu. »Ein Charakterzug der Überlebenden.«

»So nennst du das also?« Sie neigte den Kopf. »Ich hätte es eher für eine Kombination aus Faulheit und dem Wunsch gehalten, jemand anderen in die Schusslinie zu stellen.«

»Dem *brennenden* Wunsch, jemand anderen dorthin zu stellen«, verbesserte er sie liebenswürdig. Dann verblasste sein Lächeln ein wenig, und er zuckte mit den Schultern.

»Es ist nur nicht ganz so lustig, wie ich es gerne hätte«, sagte er leiser. »Ich glaube, ich kenne meine Stärken, Eloise. Und ich hoffe verteufelt, dass ich auch meine Grenzen kenne. Was du geleistet hast, hätte ich nie geschafft. Ich weiß zwar, dass ich erst meine Arbeit tun musste, damit du es machen konntest, aber das schmälert deine Verdienste nicht im Geringsten.«

Sie winkte ab; sein ernster Ton machte sie verlegen.

»Auf jeden Fall«, fuhr sie nach einem Augenblick fort, mit zur Fröhlichkeit entschlossenem Gesicht und Tonfall, »hast du es dir wunderbar eingerichtet, dass du dich nicht mit den verdammten Mantys abgeben musst. Und, was das angeht, auch nicht mit dem Rest des Kabinetts, wenn sie von den letzten Possen der Manticoraner hören.«

»Und was haben die Mantys diesmal verbrochen?«, fragte Theisman. »Natürlich abgesehen davon, dass sie unseren jüngsten Vorschlag ablehnen.«

»Nichts«, gab sie zu. »Aber sie brauchen auch gar nichts zu tun, um uns gewaltige Probleme zu verschaffen, Tom, und das weißt du.«

»Ja, ich denke, schon.« Er zuckte mit den Achseln. »Aber wie ich schon sagte, für mich ist es einfach höllisch praktisch gewesen, dass die Mantys den eigenen Hintern selbst dann nicht mehr finden, wenn sie mit beiden Händen danach suchen. Wenigstens musste ich mir so keine Gedanken um sie machen, während Javier, Lester und ich herumgesprungen sind und die Waldbrände auspinkelt haben!«

Pritchart nickte nüchtern. »Das ist wohl wahr.«

Nicht jeder hatte Theismans Sturz des Komitees für Öffentliche Sicherheit voll Dankbarkeit hingenommen. Zu Anfang hatte er nur das Zentralsystem und dessen Flotte kontrolliert. Die Zentralflotte war natürlich der stärkste Verband der Volksflotte gewesen, und innerhalb der ersten drei T-Monate hatten sich zwei Drittel der volksrepublikanischen Kernsysteme für ihn erklärt – oder genauer gesagt, für Pritcharts Interimsregierung. Und während sich die Mehrheit der Volksflotte auf seine Seite gestellt hatte, befand sich noch eine große Minderheit der Schiffe unter dem Befehl von Bürgerinnen und Bürger Admiralen (oder gar Systemkommandeuren aus den Reihen der SyS), die sich weigerten, die Legitimität der neuen Regierung anzuerkennen.

Wie Theisman angedeutet hatte, war es außerordentlich vorteilhaft gewesen, dass die Manticoraner die Verhandlungen fortsetzten, zu denen Saint-Just sie hatte bewegen können. Hätten sie sich stattdessen entschieden, weiter militärisch gegen die Volksrepublik vorzugehen, so wäre diese angesichts der gewaltigen technischen Überlegenheit des Feindes zerbrochen – binnen Wochen, allenfalls Monaten. Doch so war es nicht gekommen; stattdessen sah sich Theisman mit Giscard und Tourville als seinen wichtigsten Flottenchefs zu einem hässlichen Mehrfrontenkrieg genötigt, gegen ein Ensemble von Feinden, das sich kaleidoskopartig veränderte. Pritchart hatte mehr als nur einen Grund, deswegen unglücklich zu sein. Als Präsidentin gefiel es ihr wenig, wie die bürgerkriegsähnlichen Zustände sie davon abhielten, sich ganz auf die verzögerten Unterhandlungen mit Manticore zu konzentrieren. Giscards Pflichten als ranghöchster Flottenchef hatten ihn in den letzten drei T-Jahren (abgesehen von wenigen Wochen) von Nouveau Paris – und dem

Bett einer gewissen Eloise Pritchart – fern gehalten. Sie gestand sich durchaus ein, dass ihr das mehr zusetzte als die amtlichen Ungelegenheiten.

Wenigstens hatte sie sich (im Gegensatz zu anderen) nie Sorgen gemacht, dass Theisman mit seinen Befriedungsversuchen am Ende scheitern könnte – solange sich die Manticoraner heraushielten. Dass seine Gegner sich gegenseitig noch mehr misstrauten als ihm, verlieh ihm einen gewaltigen Vorteil, doch selbst ihr fröhliches Ringelreihen gegenseitigen Verrats wäre für die Interimsregierung eine zu große Last gewesen, als dass sie eine manticoranische Wiederaufnahme der Offensive hätte überleben können.

»Ich weiß, wie wichtig es für Lester, Javier und dich war, die Mantys am Reden zu halten, während ihr kämpft«, fuhr Pritchart schließlich fort. »Aber die Kämpfe sind jetzt so gut wie vorüber, oder?«

»Ja, Gott sei Dank. Ich erwarte Javiers nächsten Bericht in den nächsten Tagen, und ich wäre sehr überrascht, wenn er uns darin nicht meldet, dass Mikasinovich dazu bereit ist, die Waffen zu strecken.«

»Wirklich?« Pritchart blühte merklich auf. Bürger General Silas Mikasinovich war der letzte bedeutende Systemsicherheitskommandeur, der sich behaupten konnte. Ihm war es gelungen, sich ein aus sechs Sonnensystemen bestehendes Westentaschen-Imperium zusammenzuzimmern, das sich als eine außerordentlich harte Nuss erwiesen hatte.

»Wirklich«, bestätigte Theisman und machte eine knappe, wegwerfende Geste. »Ich fürchte, du musst ihm Amnestie anbieten wie den anderen auch, und ich wünschte, es wäre anders. Aber wenn ich mich nicht sehr täusche, ist er Realist genug, um zu wissen, dass er nur noch eine Chance hat: mit dir einen Handel einzugehen und dabei so viel rauszuschlagen, wie er kann.«

»Ich biete ihm ein weit besseres Geschäft, als er verdient«, entgegnete Pritchart grimmig. »Aber unter dem Strich will ich, dass er uns jedes einzelne Großkampfschiff ausliefert, das er besitzt, und dann soll er blitzschnell aus der Republik verschwinden und niemals zurückkommen.«

»Damit kann ich leben«, stimmte Theisman zu. Besonders, dachte er, mit der Herausgabe der Großkampfschiffe. Soweit Theisman und sein Stab es wussten, hatte bislang kein einziges havenitisches Schiff, das größer war als ein Schlachtkreuzer, einfach auf Nimmerwiedersehen verschwinden können. Er wusste sehr gut, dass einige leichtere Einheiten desertiert waren und sich außerhalb seiner Reichweite eine neue Beschäftigung als Piraten oder kleine Kriegsherren gesucht hatten, doch immerhin hatte er bislang verhindern können, dass auch nur ein einziges Wallschiff es ihnen nachtat. Und er wollte dafür sorgen, dass es so blieb.

»Nun, nachdem Lester offensiv geworden ist und Carsons kleines Königreich zusammengetreten hat«, fuhr er fort, »haben wir es nur noch mit vier oder fünf isolierten Nestern wie Agnellis und Listermans Verstecken zu tun. Gib mir noch vier Monate – höchstens ein halbes Jahr –, und ich habe sie dir ebenfalls vom Hals geschafft, Madame Präsidentin.«

»Darauf freue ich mich schon«, sagte Pritchart lächelnd, dann wurde sie ernst. »Doch in gewisser Weise erschwert es die Lage, wenn Mikasinovich und die anderen aus der Rechnung gestrichen sind«, fuhr sie fort. »Solange es sie gibt und ihre Schiffe noch auf uns schießen, kann ich sie benutzen, um die Kampfhähne in Schach zu halten.«

»Giancola und seine Meute?«, fragte Theisman und schnaubte bitter, als die Präsidentin nickte. »Der Kerl ist ein kompletter Idiot!«

»Idiot oder nicht – und so wenig ich ihn auch mag, für einen Idioten halte ich ihn keineswegs –, Arnold Giancola ist nun einmal der Außenminister«, entgegnete Pritchart. Ich gebe ja zu, dass ich ihn nur aus politischen Sachzwängen für dieses Amt aufgestellt habe und nicht, weil mich seine Geistesgaben so furchtbar beeindruckt hätten. Aber er hat den Job nun einmal. Und die Gründe, weshalb ich ihn genommen habe, bestehen noch immer mit vollem Gewicht.«

»Ich hoffe, es stört dich nicht, wenn ich zugebe, dass mich das nicht sehr viel glücklicher macht«, erwiderte Theisman.

»Wohl kaum. Es sollte mir jedenfalls verdammt noch mal nichts ausmachen!« Pritchart starrte finster auf den gerahmten Druck der Verfassung, die ihrem Schreibtisch gegenüber an der Wand hing.

Arnold Giancolas Unterschrift stand darauf, zusammen mit den Unterschriften anderer Delegierter, die feierlich geschworen hatten, den Ruhm der alten Republik Haven neu zu errichten. Eloise Pritcharts Unterschrift stand ebenfalls darauf, Thomas Theismans hingegen fehlte – was sie als eines der schlimmsten Versäumnisse in der Geschichte der Gerechtigkeit betrachtete.

Dass sie beide an der Verfassungsgebenden Versammlung teilgenommen hatten, war eines der sehr wenigen Dinge, die Giancola und Pritchart gemeinsam hatten. Angesichts der politischen Realität in der Volksrepublik hatte Pritchart jedoch trotz der fehlenden Grundlage keine andere Wahl gehabt, als ihn in ihr Kabinett aufzunehmen.

Unter Erbpräsident Harris war Giancola ein untergeordneter Bürokrat des gehobenen Dienstes im Schatzamt gewesen. Wie Hunderttausende anderer Bürokraten auch, hatte er unter dem Komitee für Öffentliche Sicherheit seine alte Position weitergeführt – er war mit der Auszahlung des Lebenshaltungszuschusses in Nouveau Paris betraut gewesen. Die höhergestellten legislaturistischen Verwaltungskräfte hatte das neue Regime liquidiert, und den Untergebenen war nichts anderes übrig geblieben, als für die neuen Machthaber weiterzuarbeiten. Die alltäglichen Staatsgeschäfte mussten weiterlaufen, und Rob Pierre und Oscar Saint-Just hatten zahllose Methoden gekannt, um genau dafür zu sorgen. Doch wenn man fair blieb (was Pritchart im Falle ihres Außenministers wirklich schwer fiel), so musste man sagen, dass Giancola seinen Job besser erledigt hatte als die meisten, und er schien dabei am Schicksal der Dolisten, für die er zuständig war, aufrichtig Anteil zu nehmen.

Seine Kompetenz hatte jedenfalls seine neuen Vorgesetzten im positiven Sinne auf ihn aufmerksam gemacht, und nach vier oder fünf T-Jahren war er in das Außenministerium versetzt worden, wo man immer nach fähigen Verwaltungsfachleuten suchte. Auch dort hielt er sich gut und stieg konstant auf, nur um wieder ins Finanzministerium zurückversetzt zu werden, als Rob Pierre Avram Turner aufstellte, um seine gewaltige Wirtschaftsreform durchzuführen. Giancolas neue Position brachte ihn in sein altes Viertel von Nouveau Paris zurück, wo es ihm trotz der schmerzlichen finanziellen Einschnitte durch die Turner-Reformen gut ging. Er war immerhin ein sehr effizienter Verwalter mit dem unleugbaren Talent, seine Untergebenen für sich einzunehmen, und er hatte seines Bestes getan, um die Folgen der Reformen für die Bürger, für die er verantwortlich war, so erträglich wie möglich zu halten. Infolgedessen besaß er nach dem Untergang des Komitees für Öffentliche Sicherheit eine ziemlich starke öffentliche Unterstützung auf dem am dichtesten besiedelten Planeten der Republik.

Diese Unterstützung hatte er sich raffiniert zunutze gemacht. Sein Bruder Jason war ein Senator; sein Cousin Gerard Younger ein Abgeordneter; Arnold Giancola selbst hatte während der Reorganisation der Hauptstadt nach dem Sturz Saint-Justs durch Theisman eine wichtige Rolle gespielt. Offensichtlich hatte er zu dieser Zeit schon Ambitionen, doch trotz seiner Schwächen besaß er Weitsicht und hatte erkannt, dass Theisman ihn wie eine Wanze zerquetscht haben würde, wenn er nach der Macht gegriffen hätte. Stattdessen hatte er sich damit begnügt, eine politische Gefolgschaft in Nouveau Paris aufzubauen – der nach wie vor wichtigsten Stadt der Republik, wenngleich die Tage, in denen dort der Pöbel im Machtrausch geherrscht hatte, endgültig der Vergangenheit angehörten. Seine Anhänger hatten Giancola nicht nur einen Platz in der Verfassungsgebenden Versammlung verschafft, sondern ihm ferner gestattet, die Wahl einer überraschend großen Anzahl von Abgeordneten und nicht weniger als acht Senatoren (darunter er selbst) zu beeinflussen. Das bedeutete im Kongress eine Machtbasis, die nicht zu unterschätzen war.

In den ersten Wahlen unter der wiederhergestellten Verfassung war er dadurch Pritcharts ernstzunehmendster Konkurrent um die Präsidentschaft gewesen. Wäre es zu einem Wettlauf zwischen Pritchart und Giancola gekommen, so wäre seine Kandidatur nicht nur eine merkliche, sondern eine ernste Herausforderung gewesen, und das war ihr klar. Zum Glück hatte sie zwei gewaltige Vorteile genossen, die er einfach nicht überwinden konnte: ihren Status als Oberhaupt der provisorischen Regierung, die ihr Versprechen tatsächlich gehalten und allgemeine Wahlen zum angekündigten Zeitpunkt hatte abhalten lassen, und die Unterstützung Thomas Theismans. Sieben Kandidaten waren zur Wahl angetreten, und Pritchart hatte dreiundsiebzig Prozent der Stimmen erhalten. Arnold Giancola hatte sich mit neunzehn Prozent begnügen müssen, die anderen fünf Kandidaten teilten sich die restlichen acht Prozent.

Obwohl der Wahlausgang nicht im Entferntesten knapp gewesen war, konnte sich Giancola deutlich als zweitwichtigste Figur auf dem jungen politischen Parkett der wieder errichteten Republik etablieren. Darum hatte Pritchart ihm die Position in ihrem Kabinett angetragen, die normalerweise den zweiten Mann im Staate aus ihm gemacht hätte. Tatsächlich jedoch war Thomas Theisman die Nummer eins im Kabinett, weil er die Ämter des Kriegsministers und des Chefs des Admiralstabs in sich vereinte, doch Giancola kam eindeutig nach ihm. Und gemäß der Verfassung war es der Außenminister, der in dem Fall, dass der Präsidentin etwas zustoßen sollte, drei Monate lang als geschäftsführender Regierungschef fungierte und die außerordentlichen Wahlen leitete.

Zu behaupten, dass sie nicht ganz glücklich damit war, ihn in dieser Position zu haben, wäre eine dicke Untertreibung gewesen, aber Pritchart hatte einfach keine Alternative gesehen. Giancolas Verbündete im Kongress hätten selbst dann ein bedeutsames Amt für ihn gefordert, wenn er nicht zu den Präsidentenwahlen erschienen wäre, und Pritchart hatte gehofft, ihn in die neue Regierung einzubinden, indem sie ihm eine Stimme darin verlieh. So ehrgeizig Giancola war, er sah sich als echten Staatsmann, und Pritchart war sich sehr wohl bewusst, dass er aufrichtig an seine Vision der republikanischen Zukunft glaubte. Sein aufrichtiger Patriotismus hatte ihm beim Aufbau seiner politischen Allianzen nicht gerade geschadet – und seinen persönlichen Ehrgeiz gesteigert, indem er ihm das Gefühl gab, eine Mission zu verfolgen. Gerade das aber machte ihn so gefährlich, und Pritchart hatte gehofft, sein Patriotismus könnte seinen Ehrgeiz zügeln und ihn dazu bewegen, sie im Interesse der Solidarität während der kritischen, frühen Jahre der wiederhergestellten Republik zu unterstützen.

Zufälligerweise verlangte die Verfassung von Giancola, dass er sein Senatorenamt niederlegte, sobald er dem Kabinett beitrat. Pritchart hatte darauf gezählt, dass er im Kabinett, wo sie ihn im Auge behalten und von ihm Loyalität verlangen konnte, weniger gefährlich wäre, als wenn er im Senat saß. Diese Idee hatte er jedoch zunichte gemacht, indem er dafür sorgte, dass in den Sonderwahlen, die seine Niederlegung des Senatorenamts notwendig machte, sein Bruder in den Senat gewählt wurde. Auch Pritcharts Plänen, ihn auf ihre Seite zu ziehen, damit er ihre Politik unterstützte, war kein unverfälschter Erfolg beschieden. So weit sie sagen konnte, hatte er schlicht erkannt, dass er nur nach einem anderen Regelwerk arbeiten musste, um seine ursprünglichen Ziele und politischen Linien zu verfolgen, und er baute sich eine ständig wachsende Gefolgschaft im Kongress auf. Dass er gleichzeitig auch emsig versuchte, sich im Kabinett Unterstützung für wenigstens einige seiner Ziele zu verschaffen, besaß genug Potenzial für einen gewaltigen Albtraum. Dennoch konnte Pritchart nicht seinen Rücktritt verlangen. Jedem musste klar sein, dass er sich in eine Position manövrierte, von der aus er Pritchart herausfordern konnte, wenn sie sich am Ende der noch vier T-Jahre andauernden Legislaturperiode der Wiederwahl stellte. Doch wenn sie Giancola absägte, würden seine Bündnispartner im Kongress einen heftigen, Kräfte zehrenden Kampf anzetteln, und das war Pritchard die Sache nicht wert.

Jedenfalls glaube ich das, räumte sie in Gedanken ein.

»Der ›Idiot‹ verfolgt seine eigenen Pläne, Tom, und das weißt du«, sagte sie. »Ich hoffe immer noch, dass er einen Schritt zu weit geht und mir eine Entschuldigung bietet, ihn platt zu hauen, aber er gräbt sich dermaßen geschickt ein, dass es schwierig wird. Und die Ereignisse spielen ihm in die Hände, wenn die Mantys weiterhin die Verhandlungen abblasen.«

Theisman kniff die Augen zusammen. »Wieso? Giancola wird seit Monaten zusehends wütender auf die Mantys. Warum ist das jetzt plötzlich so wichtig?«

»Eigentlich«, seufzte sie, »sollte ich dich daran nicht erinnern müssen: Letzte Woche wurde ausgerechnet Senator *Jason* Giancola in den Flottenausschuss berufen.«

»Ach, *Mist.*«

»Genau«, stimmte ihm die Präsidentin der Republik Haven zu. »Offensichtlich kann der gute Senator es kaum abwarten, seinen Bruder über ein Schlupfloch reinen Wein einzuschenken.«

»Nachdem er geschworen hat, alle Flottenangelegenheiten streng vertraulich zu behandeln!«, fauchte Theisman.

»Natürlich«, stimmte Pritchart ihm mit einem säuerlichen Kichern zu. »Komm schon, Tom! Die Hälfte unserer neuen Gesetzgeber trauen sich nicht zu niesen, aus Angst, wir könnten uns doch noch als zwotes Komitee für Öffentliche Sicherheit entpuppen. Und die andere Hälfte versucht im Legislaturisten-Stil weiterzumachen, als sei nichts Besonderes geschehen. Wir haben eben Pech, dass die Giancolas zur zwoten Kategorie gehören. Kevin hat dich gewarnt, dass Jason Giancola auf keinen Fall den Mund halten würde, wenn er etwas hört, das Arnold Giancola nutzen könnte, und das weißt du auch.«

»Ja, das ist schon richtig«, gab Theisman unglücklich zu. Er fuhr sich mit den Händen durchs Haar und starrte einige Sekunden lang finster vor sich hin. Dann seufzte er auf und wandte sich wieder an die Präsidentin.

»Wie schlimm ist es?«, fragte er.

»Recht schlimm, fürchte ich. Arnold war ein wenig umsichtiger als erwartet, als er mir Andeutungen machte, aber eindeutig weiß er von den ›schwarzen Aspekten‹ des Etats und von der Existenz der Werften. Und er weiß, dass du Shannon Foraker mit ihrer Leitung betraut hast. Ob er aber weiß, was da draußen tatsächlich vor sich geht, ist schon schwieriger einzuschätzen. Seinem Gebaren nach würde ich jedenfalls nicht dagegen wetten.«

»Mist«, wiederholte Theisman noch ernsthafter und lehnte sich seufzend in den Sessel zurück.

Einiges von dem, was Rob Pierre und Oscar Saint-Just in die Wege geleitet hatten, fand Thomas Theisman durchaus sinnvoll. Dazu gehörte unter anderem Unternehmen Schlupfloch, auch wenn Theisman sich wenig über die Umstände freute, die Schlupfloch erst notwendig gemacht hatten.

Was ihn an Schlupfloch am meisten erstaunte, war der Umstand, dass Pierre und Saint-Just es geschafft hatten, das Unternehmen unter beinahe völliger Geheimhaltung auszuführen. Theisman hatte noch nicht einmal ein Gerücht darüber gehört, bevor er zum Kommandeur der Zentralflotte ernannt worden war, und selbst heute wusste so gut wie kein Offizier davon, der nicht direkt an dem Projekt beteiligt gewesen war, jedenfalls keiner unterhalb des Ranges eines Vizeadmirals – und auch nur wenige Volladmirale. Und in diesem Zustand gedachte Theisman es auch so lange wie möglich zu bewahren.

»Tom«, sagte Pritchart, als habe sie seine Gedanken gelesen – eine Möglichkeit, die er nicht von der Hand weisen wollte, nicht, nachdem er sie drei Jahre lang in Aktion erlebt hatte –, »früher oder später müssen wir ja doch den Schleier lüften, was Unternehmen Schlupfloch angeht.«

»Noch nicht«, entgegnete er automatisch.

»Tom ...«

»Noch nicht«, wiederholte er noch bestimmter, dann zwang er sich einen Augenblick zum Nachdenken.

»Du hast ja Recht«, sagte er dann. »Früher oder später müssen wir zugeben, dass Schlupfloch existiert. Tatsächlich bezweifle ich sogar, dass wir die Finanzierung noch länger als ein weiteres Jahr tarnen können, höchstens zwo. Aber ich will ›den Schleier‹ nicht ›lüften‹, bevor wir genügend von den neuen Schiffen und Waffensystemen besitzen, um die Mantys von einem Präventivschlag abzuschrecken.«

»Präventivschlag?« Pritchart zog die Brauen hoch. »Tom, wir bringen sie nicht mal dazu, auf ein offizielles Friedensangebot zu reagieren, obwohl wir es seit drei T-Jahren versuchen! Was um alles in der Welt bringt dich auf den Gedanken, irgendein Vorgang in der Republik könnte sie hinreichend interessieren, dass sie sich Gedanken über einen Präventivschlag machen?«

»Wir haben das schon durchgesprochen, Eloise«, erwiderte Theisman, dann rief er sich vor Augen, dass die Präsidentin trotz ihrer langen Verwendung an Bord von Kampfschiffen als Giscards Volkskommissarin und trotz ihrer Laufbahn als Guerilla-Kommandantin sowohl nach Neigung als auch nach Denkweise eine eingefleischte Zivilistin war.

»Noch in diesem Augenblick«, fuhr er fort, »sind die Mantys absolut sicher, dass niemand ihre schiffstechnische Vorrangstellung gefährdet. Ihre neuen Raketengondeln, ihre neuen Superdreadnoughts und besonders ihre neuen LACs schenken ihnen eine taktische Überlegenheit, die es für jede normale Flotte zu einem Selbstmordkommando macht, sie anzugreifen. Janacek mag ein Idiot sein, der sich weitere Idioten eingeschleust hat, die ihm bei der Leitung der manticoranischen Admiralität helfen sollen, aber ganz offensichtlich weiß er um seine technischen Vorteile genau Bescheid. Das ist die einzige schlüssige Erklärung dafür, weshalb sie immer mehr konventionelle Schiffe außer Dienst stellen. Manticore reduziert seine Flotte fast auf die Vorkriegsstärke, Eloise. Das Sternenkönigreich würde das niemals tun, wenn es sich nicht sicher wäre, dass es wegen seines technischen Vorsprungs notfalls auch gegen eine zahlenmäßig überlegene Gegnerflotte bestehen kann.

Aber sieh dir an, was das bedeutet. Die manticoranische Strategie fußt allein auf dieser technischen Überlegenheit, und ihr Erster Lord der Admiralität ist ein Dummkopf. Er wird wütend sein, wenn er plötzlich erfährt, dass Pierre und Saint-Just hinter dem Rücken des Sternenkönigreichs einen Werftkomplex erbaut haben, der größer ist als der hier im Haven-System. Und wenn er herausbekommt, was Foraker und ihre Leute dort in den letzten zwo T-Jahren gebaut haben, wird er nicht bloß wütend sein – sondern in Panik geraten.«

»Panik?« Pritchart schüttelte den Kopf. »Tom, wir reden über dein Fachgebiet, nicht meins. Aber ist ›Panik‹ nicht ein wenig zu übertrieben ausgedrückt? Seien wir doch ehrlich. Wir wissen beide, dass die Mantys uns windelweich geprügelt und an die Wand gedrückt haben. Wenn es Saint-Just nicht gelungen wäre, sie zu ›Waffenstillstandsverhandlungen‹ zu überreden, hätte sich White Haven durch die Zwölfte Flotte gepflügt, die Zentralflotte ausgelöscht und uns gleich hier auf Haven seine Bedingungen diktiert. Ich bin mit Javier und Lester dort gewesen. Ich *weiß,* dass wir ihn nicht hätten aufhalten können.«

»Natürlich ... *damals«,* stimmte Theisman ihr zu. »Aber das meine ich ja gerade. Wir wissen das, und die Mantys wissen es auch. Ja, sie verlassen sich geradezu darauf. Das heißt aber, dass sie ihre technische Überlegenheit aufrechterhalten müssen, besonders jetzt, wo sie ihre Gesamttonnage verringern. Wenn ihnen also klar wird, dass Foraker uns ganz eifrig eine völlig neue Navy aufbaut, die einzig darauf ausgelegt ist, die Vorteile der Mantys auszuhebeln, dann werden sie auch begreifen, dass sie die Situation selbst geschaffen haben, die uns erst erlaubt hat, bei den neuen Schiffstypen zu ihnen aufzuholen. Da ihre defensive Haltung aber verlangt, dass sie den Vorsprung halten, bestände eine Lösung darin, uns anzugreifen, bevor wir von den neuen Baumustern genügend Schiffe fertig haben, um uns verteidigen zu können.«

»Aber damit würden sie die Bedingungen des Waffenstillstands brechen«, entgegnete Pritchart.

»Der eben nur ein Waffenstillstand ist«, betonte Theisman. »Der Krieg ist nicht vorbei. Nicht offiziell jedenfalls, und genau darauf weist Giancola uns ja ständig hin. Verdammt, die Mantys reiben es uns ja selbst dauernd unter die Nase! Auch du hast die Analyse der jüngsten Rede ihres Premierministers gelesen. Was uns angeht, so betrachten sie uns noch immer ›mit Besorgnis‹, und sei es nur, um ihre hohen Steuern beizubehalten. Es gibt also keinen Friedensvertrag, der Manticore daran hindern würde, die Feindseligkeiten wieder aufzunehmen. Und wenn wir offen einräumen, eine komplett neue Flotte zu fertigen, die in der Lage ist, der RMN im Kampf zu widerstehen, dann wäre die Versuchung sehr groß, das Übel an der Wurzel zu packen. Vor allem ist Edward Janacek dumm und arrogant genug, um High Ridge ausgerechnet so etwas vorzuschlagen.«

»Ich kann mir nicht helfen, ich habe das Gefühl, du machst aus einer Mücke einen Elefanten«, sagte Pritchart ihm offen. »Aber du bist der Kriegsminister, und ich werde dich nicht bei einer solchen Lagebeurteilung überstimmen. Es schadet sicher nichts, ein wenig mehr Vorsicht walten zu lassen, auch wenn sie sich im Nachhinein als übertrieben erweist und die Mantys nicht in Panik ausbrechen.

Allerdings könnte dein Bestreben, das Sternenkönigreich im Dunkeln zu lassen, einige innenpolitische Probleme aufwerfen. Wenn ich ehrlich bin, ist es mir nicht recht, so einen hohen Grad an Geheimhaltung aufrechtzuerhalten, was Unternehmen Schlupfloch betrifft. Mal davon abgesehen, dass ›schwarze‹ Mittel im Etat wohl kaum verfassungsgemäß sind, auch wenn der Justizminister anderer Ansicht ist, erinnert es mich zu sehr an die Sicherheitsmaßnahmen, die unter Pierre und Saint-Just an der Tagesordnung waren.«

»In gewisser Weise schon, nehme ich an«, räumte Theisman ein. »Trotzdem habe ich den Flottenausschuss auf dem Laufenden gehalten. Damit ist der Kongress offiziell informiert, wie es die Verfassung verlangt.«

»Sei ehrlich, Tom«, schalt Pritchart ihn. »Du hast ihnen doch nicht alles über deine neuen Spielzeuge gesagt, oder doch?«

»Vielleicht nicht alles«, gab er zu. »Aber ich habe sie vollständig über den Zweck von Schlupfloch informiert, und sie wissen wenigstens zum Teil, was Foraker versucht. Wenn nicht, hätte der Senator seinem Bruder schließlich keinen ›reinen Wein‹ einschenken können.«

»Stimmt. Und das ist genau das innenpolitische Problem, das mir das meiste Kopfzerbrechen bereitet. Die meisten unserer Senatoren und Kabinettsmitglieder sind noch immer zaghafter, als mir lieb ist. Wenn mehr von ihnen ein Rückgrat entwickeln und sich eine Machtbasis aufbauen würden, könnte ich sie benutzen, um Giancola Paroli zu bieten. Dann wüsste ich endlich, wie ich ihm Zügel anlegen soll. So rasch aber wird es dazu nicht kommen, und sie alle sind noch zu sehr darauf abgerichtet, reflexartig Informationsbeschränkungen hinzunehmen, wenn die Regierung sagt, sie seien ›notwendig‹. Nur dadurch haben wir ohne eine Debatte die Finanzmittel für Schlupfloch bereitstellen können. Aber wenn Giancola uns weiterhin dazu drängt, den Mantys gegenüber in den Verhandlungen eine härtere Linie zu verfolgen, dann wird er seine Argumente früher oder später mit Einzelheiten untermauern, die ihm offensichtlich sein Brüderchen zugetragen hat. Und dann gerät das Außenministerium in direkten Konflikt mit dem Kriegsministerium.«

»Darum kümmern wir uns, wenn es so weit ist«, entgegnete Theisman. »Ich begreife schon, dass daraus eine unangenehme Situation entstehen könnte, und ich verspreche, mich von meinem Verfolgungswahn nicht länger zur Geheimhaltung verleiten zu lassen, als unbedingt erforderlich ist. Trotzdem kann ich nicht genug betonen, wie wichtig es ist, mit den neuen Schiffen eine Kampfstärke zu erreichen, bei der Manticore gar nicht mehr auf den Gedanken kommt, einen Präventivschlag zu wagen, bevor wir damit an die Öffentlichkeit gehen.«

»Wie ich schon sagte, bin ich nicht bereit – oder auch nur versucht –, mich in diesem Punkt über dich hinwegzusetzen. Ich wünschte nur, die Mantys würden aufhören, Arnold mit Argumenten zu versorgen. Und ganz ehrlich, ich glaube auch, dass sie etwas vorhaben. Es muss einen Grund haben, dass sie nicht einmal bereit sind, ernsthaft über die Rückgabe der besetzten Sonnensysteme zu reden. Und wenn sie nicht planen, sie dauerhaft zu behalten, dann möchte ich wirklich wissen, was zum Teufel sie vorhaben!«

3

Ms Midshipwoman Zilwicki sah die vertraute, in zwei Grüntönen gehaltene Uniform schon, bevor sie die Herzogin von Harrington erblickte. Diese Montur kannte jeder auf Saganami Island, denn sie war die einzige keiner Navy und keinem Marinecorps zugehörige Uniform, in der man sich auf dem Campus der RMN-Akademie zeigen durfte. Eigentlich hätte Helen Zilwicki nichts davon wissen sollen, mit welchem Grimm und welcher Empörung gewisse illustre Persönlichkeiten hinter den Kulissen und in privater Umgebung über diese Uniform zeterten, doch Helen war nicht umsonst die Tochter ihres Vaters. Anton Zilwicki hatte seine Raumoffizierslaufbahn zwar als ›Technoheini‹ begonnen, doch bevor diese Karriere vor vier T-Jahren ein abruptes Ende gefunden hatte, war seine Umwandlung in einen Vollzeit-Nachrichtendienstler schon abgeschlossen gewesen. Und erst auf diesem Gebiet hatte sich seine eigentliche Begabung gezeigt. Er war nie ein Mensch gewesen, der andere in Grund und Boden redete, und hatte es immer als sehr wichtig angesehen, sich alles genau anzuhören, was seine Tochter ihm zu sagen hatte.

Natürlich bot auch seine ... Beziehung zu Lady Catherine Montaigne, Gräfin of the Tor, Helen gewisse Einblicke, die anderen Raumkadetten verwehrt blieben. Helen versuchte zwar nie zu belauschen, über was ihr Vater und Lady Cathy sprachen, doch die Gräfin war so übersprudelnd und pathologisch energiegeladen wie Zilwicki methodisch und diszipliniert. Die von Ausrufezeichen gespickte Sprechweise der Gräfin weckte für gewöhnlich den Eindruck, als redete sie von allem Möglichen gleichzeitig und durcheinander, und ihr Wortschwall raste auf einer Hochenergie-Flugbahn näher, sodass der Unvorbereitete oft glaubte, er wäre von einem Bodenlaster überrollt worden – oder eher von einem ganzen Fuhrpark. Tatsächlich entdeckte jeder, der so klug war, sich nur auf Rufweite von Lady Cathy aufzuhalten (die einen skalpellscharfen Verstand besaß), dass das, was sie sagte, stets zusammenhing und eine zugrunde liegende Struktur aufwies. Und wenn die Gräfin of the Tor eines nie besessen hatte, so war das Anton Zilwickis instinktive Achtung gegenüber Autorität und Tradition. Sie respektlos zu nennen wäre viel zu milde gewesen, und ihre Bemerkungen über die gegenwärtige Regierung begannen stets als vernichtende Kommentare, und dann ging es rapide bergab.

Dadurch war es völlig unausweichlich gewesen, dass Helen mithörte, was Lady Cathy über den unüberlegten Versuch Sir Edward Janaceks dachte: Janacek hatte der Herzogin von Harrington die Sondererlaubnis aberkennen wollen, bewaffnete Gefolgsleute auf den heiligen Boden der Flottenakademie zu bringen.

Seine Bemühungen waren schändlich gescheitert, ganz wie es sich (Helens Meinung nach) gehörte. Janacek hatte noch Glück im Unglück gehabt, dass er oder wenigstens seine politischen Ratgeber so vernünftig gewesen waren, die Kampagne nicht in der Öffentlichkeit auszutragen; dadurch hatte er eine Rückzugsmöglichkeit besessen, als er auf den unnachgiebigen Widerstand der Königin traf. Die Erlaubnis, dass Waffenträger des Gutes von Harrington die Insel betreten durften, war nämlich auf eine direkte Anfrage des Außenministers von der Queen's Bench erlassen worden. Begründet wurde die Erlaubnis damit, dass die Gutsherrin von Harrington und die Herzogin von Harrington zwei völlig eigenständige juristische Personen seien, die nur zufällig im gleichen Körper lebten wie *Admiral* Harrington. Damit war die Rücknahme dieser Erlaubnis keine reine interne Angelegenheit der Navy, wie Janacek es gern gehabt hätte. Ferner war der Außenminister, der um die Erlaubnis ersucht hatte, zufällig der Onkel der Königin gewesen – und der Königin unterstand die Queen's Bench, und nicht Edward Janacek oder Premierminister High Ridge. In Anbetracht dieser beiden Umstände hätte nur ein Idiot versucht, dieses Arrangement aus

Gründen zu beenden, welche sich eindeutig auf boshafte Kleinlichkeit zurückführen ließen.

Zumindest war die Gräfin dieser Meinung gewesen, und Helen hatte nichts gesehen oder gehört, was darauf hinwies, dass Lady Cathy sich irrte. Allerdings wollte Helen diese Beobachtung nicht mit einem ihrer Klassenkameraden diskutieren. Ihr Vater hatte sie oft ermahnt, sich an den Baumkatzen ein Beispiel zu nehmen, die alles sahen und hörten, aber nichts sagten. Natürlich hinkte der Vergleich ein wenig, weil die 'Katzen inzwischen die Zeichensprache erlernt hatten. Andererseits sah es allmählich so aus, als hätten die 'Katzen weit mehr gesehen und gehört – und gedacht –, als selbst ihr Vater je vermutet hätte, also war die Analogie doch besser als es zuerst den Anschein hatte. Wie auch immer, für eine Midshipwoman im ersten Jahr geziemte es sich einfach nicht, ihren Mitstudenten zu erklären, dass der für ihre Teilstreitkraft zuständige Minister ein kleingeistiger, seelenloser, rachsüchtiger Kretin sei. Besonders dann nicht, wenn es stimmte.

Zuckend bildeten Helens Lippen fast ein Lächeln bei dem Gedanken daran, doch sie verbannte den Ausdruck aus ihrem Gesicht und trat beiseite, als Colonel LaFollet durch die Tür des Schießstands trat. Die grauen Augen des Waffenträgers musterten die Umgebung, mit einem Sinn für Einzelheiten der schon lange zum Instinkt geworden war. LaFollet bemerkte die hoch gewachsene, kräftige junge Frau, und seine Miene verriet, dass eine ordentlich geführte Datei in seinem Kopf sie als eine der vielen Offiziersschüler der Herzogin von Harrington identifiziert hatte. Doch ob er sie nun erkannte oder nicht – seine Augen musterten Helen mit kühler, analytischer Distanziertheit, und erleichtert erkannte Helen, dass er sie höchstwahrscheinlich nicht als eine Gefahr für seinen Schützling ansehen würde.

Helen trug Sportkleidung: die Shorts und den Leotard, die an alle Midshipwomen ausgegeben wurden. Zu dieser Uniform gehörte keine Kopfbedeckung, daher brauchte Helen auch nicht vor dem vorgesetzten Offizier zu salutieren. Doch sie nahm rasch Haltung an, bis er ihre Artigkeit mit einem Nicken quittierte. Dann ging er an ihr vorbei, und Helen nahm erneut Haltung an, als die Herzogin von Harrington hinter ihm den Schießstand betrat.

»Ms Zilwicki«, stellte die Herzogin fest.

»Hoheit«, antwortete Helen respektvoll.

Die makellose weltraumschwarz-goldene Uniform der Herzogin war einzigartig. Die Herzogin war der einzige RMN-Offizier, der ein Schulterabzeichen der Grayson Space Navy mit dem Emblem der Protector's Own Squadron trug: einem von Flammen eingehüllten Salamander. Der Grund dafür bestand darin, dass sie die offizielle Kommandeurin dieses Geschwaders war. Darüber hinaus aber war sie auch der einzige Mensch, dessen Uniformjacke je sowohl das blutrote Band des Sterns von Grayson als auch das scharlachrot-blau-weiß-gestreifte Band des Parliamentary Medal of Valour geschmückt hatte. Beharrlich hielten sich Gerüchte, dass die Herzogin von Harrington es abgelehnt habe, für ihre Führerschaft bei der Flucht von Cerberus den Tapferkeitsorden des Parlaments anzunehmen. Doch selbst wenn das stimmte: Nach dem Cromarty-Attentat hatte sie sich diesen Ehren nicht mehr entziehen können. Helen hegte den Verdacht, dass sie den Orden mit sehr gemischten Gefühlen angenommen hatte, denn Baron High Ridge, der neue Premierminister, hatte die Medienwirksamkeit der Verleihung bis aufs Letzte für sich ausgenutzt.

Helen indessen hatte die Ordensbänder schon oft gesehen, und weder die Orden noch der Baumkater, der auf der Schulter der Herzogin ritt, zogen an diesem Nachmittag Helens Aufmerksamkeit auf sich, sondern der Holzkasten, den die Herzogin bei sich trug. Solche Kästchen wurden für gewöhnlich zu einem exorbitanten Preis von Hand in kleinen Werkstätten hergestellt, die von staubigem Sonnenlicht und dem süßlichen Geruch nach Hobelspänen und Firnis erfüllt waren. Zumeist enthielten sie etwas, das unanständig teuer war. In Helen regte sich die Neugier. Sie hatte den Kasten noch nie gesehen, aber mit anderen Kadetten gesprochen, die ihn schon zu Gesicht bekommen hatten, und wusste daher, was darin lag.

Lady Harringtons ›Fünfundvierziger‹ war in der ganzen Navy berühmt – oder verrufen, je nach Standpunkt. Diejenigen, die sich an die Vorstellung klammerten, die Herzogin sei eine wandelnde Zeitbombe, eine gefährliche Irre, unfähig, zwischen der Tollkühnheit aus einem schlechten historischen HoloDrama und den Pflichten eines modernen Offiziers in der Wirklichkeit zu unterscheiden, zogen die archaische Faustfeuerwaffe als Beweis für ihre Vorurteile heran. Andere wie Helen und Anton Zilwicki betrachteten die Herzogin mit anderen Augen. Vielleicht lag es daran, dass Helen und ihr Vater im Gegensatz zu jenen, die Lady Harringtons ›Leichtsinn‹ verurteilten und als ruhmsüchtig ansahen, Zeit an einem Ort verbracht hatten, an dem jene Kritiker nie gewesen waren. Helen sprach mit ihren Klassenkameraden niemals darüber, fragte sich aber manchmal, wie sie wohl reagieren würden, wenn sie ihnen von ihren Erlebnissen auf Alterde erzählte. Oder wenn sie erwähnte, dass sie bereits drei Männer mit bloßen Händen getötet hatte, ehe sie fünfzehn T-Jahre alt geworden war.

Nein. Helen Zilwicki konnte besser als viele nachvollziehen, was Lady Harrington durch den Kopf gegangen war, als sie beschloss, bei einem Duell gegen einen Piratenanführer und dessen Leibwächter mit einem mehr als zwei Jahrtausende alten Stück Technik gegen moderne Schusswaffen anzutreten. Zugleich hätte Helen jedoch dieses Stück Technik zu gern einmal in Aktion erlebt – ein Wunsch, der ihrer jugendlichen Neugier entsprang.

Leider drohte sie bereits zu ihrem Kampfsportkurs zu spät zu kommen. Obwohl sie den an der Akademie bevorzugten Stil des *Coup de Vitesse* rasch gemeistert hatte, assistierte sie Chief Maddison beim Unterrichten des esoterischeren *Handgemenge neuen Stils,* das auf Neu-Berlin entwickelt worden war. Innerhalb des Sternenkönigreichs wurde dieser Kampfstil nicht viel praktiziert, doch Helen hatte ihn bei *Sensei* Robert Tye lernen dürfen, einem der erfahrensten Anwender auf Alterde. Trotz ihrer Jugend wurde sie dadurch zu einer Wissensquelle, die Chief Maddison bis auf Äußerste zu nutzen gedachte. Helen brachte anderen gern etwas bei, aber es kostete sie unleugbar Zeit. Und selbst wenn sie nicht fortgemusst hätte, sie hatte ihr anberaumtes Übungsschießen mit der Pistole schon absolviert und somit keinen Vorwand, noch auf dem Schießstand zu verweilen, bis Lady Harrington ihren ›Fünfundvierziger‹ auf die Zielscheibe richtete.

Verdammt.

»Mit Ihrer Erlaubnis, Hoheit?«, fragte sie, und Lady Harrington nickte.

»Gehen Sie nur, Ms Zilwicki«, sagte sie mit einem leisen Lächeln, und Helen begab sich im Laufschritt zu ihrem wartenden Ausbilder.

Breit grinsend blickte Honor der jungendlichen Raumkadettin hinterher. Sie mochte Ms Zilwicki. Überhaupt nicht überraschend, dass die junge Frau sich so gut machte – und das lag nicht nur daran, dass ihre Mutter, die ebenfalls Helen geheißen hatte, eine wahre Heldin gewesen war. Nur wenige Tapferkeitsorden waren schwerer verdient gewesen als der PMV von Captain Helen Zilwicki, und damals war ihre Tochter, die jüngere Helen, noch ein Kind gewesen. Der Grund, warum sich die Tochter so gut entwickelte, war bei ihrem Vater zu suchen, und in den letzten T-Jahren hatte Honor genauer als die meisten Menschen beobachten können, wie stark dieser Vater war. Er war auch der Grund, weshalb Helen nie daran zweifelte, ihre festgesetzten Ziele erreichen zu können.

Honor wünschte sich oft, sie hätte früher, als sie im gleichen Alter war, ein wenig von Helens Selbstvertrauen besessen, wenn dies das treffende Wort dafür war. Durch ihre empathische Verbindung zu Nimitz hatte sie von den Emotionen der jungen Frau genug gespürt, um sich recht sicher zu sein, dass Helen nie in gleicher Weise wie sie auf Pavel Youngs Versuch reagiert hätte, sie im Duschraum zu vergewaltigen. Nun, *nach* dem Versuch zumindest, verbesserte Honor sich. *Während* des Versuchs hätte sie sich zweifellos genauso verhalten wie Honor – ja, gemessen an ihren Noten im waffenlosen Kampf, hätte Helen sich womöglich sogar noch drastischer gewehrt als Honor. Doch später, nachdem sie Zeit gehabt hätte, über den Vorfall nachzudenken, hätte Helen nicht einmal in Erwägung gezogen, den Vorfall dem Commandant der Akademie zu verschweigen.

Wäre ich in ihrem Alter mehr wie sie gewesen, sann Honor, *dann wäre mein Leben ganz anders verlaufen. Und Paul wäre noch am Leben.* Sie spürte das vertraute Verlustgefühl und die alte Trauer, und sie holte tief Luft.

Ja, er würde noch leben. Aber ich hätte ihn nie kennen gelernt – jedenfalls nicht auf die gleiche Weise, erinnerte sie sich.

Sie gestattete sich noch einen Moment, in dem sie sich zu Gedächtnis rief, was Paul und sie einander bedeutet hatten, dann schob sie die Erinnerungen sanft beiseite und folgte LaFollet zur Theke des Schießstandchefs, um sich einzutragen.

Nach dem Buchstaben des graysonitischen Gesetzes hätte sie eigentlich von wenigstens zwei Waffenträgern begleitet werden müssen, wohin sie auch ging, und sie wusste, dass LaFollet sich noch längst nicht mit ihrer Entscheidung ausgesöhnt hatte, ihre Leibwache auf ihn zu begrenzen, solange sie sich auf der Insel befand. Wenn sie ehrlich war, hatte es sie ein wenig erstaunt, wie wenig diese Reduzierung ihr selbst gefiel, obwohl es ihre eigene Idee gewesen war. Allerdings war ihr dabei nicht aus den gleichen Gründen unbehaglich zumute wie Andrew. Zu seinen Aufgaben gehörte es, jederzeit und überall hyperbewusst nach jeder potenziellen Bedrohung für Honor Ausschau zu halten, und er war zutiefst unzufrieden, wie die Verkleinerung der Leibwache seine Möglichkeiten reduzierte, für ihre Sicherheit einzustehen. Grundsätzlich war sich Honor zwar sehr sicher, dass im Buschwerk auf Saganami Island keine Meuchelmörder auf sie lauerten, doch hatte sie schon lange die Hoffnung aufgegeben, dass LaFollets institutionelle Paranoia es ihnen je gestatten würde, offen über diesen Punkt miteinander zu reden.

Honor wusste allerdings auch, dass LaFollet nicht nur aus rein praktischen Erwägungen sehr aufgebracht war, sondern auch, weil er seine Gutsherrin gezielt beleidigt sah. Er kannte Janaceks Versuche, Honors Leibwache vollständig vom Campus der Raumakademie auszuschließen, in allen Einzelheiten. Und obwohl er es nie offen ausgesprochen hatte, wusste Honor eines sehr genau: LaFollet betrachtete Janaceks Verhalten als eine weitere Facette der kleingeistigen Rachsucht, die sich die gegenwärtige manticoranische Regierung Honor gegenüber immer dann herausnahm, wenn man glaubte, dass niemand es bemerkte. Selbst ohne den Link zu Nimitz hätte Honor gespürt, wie LaFollet darüber dachte; *mit* Nimitz jedoch war es fast so, als hätte LaFollet seinen Abscheu laut herausgebrüllt.

Leider, und sogar obwohl sie selbst den Kompromiss vorgeschlagen hatte, teilte Honor LaFollets Ansicht von den Beweggründen Janaceks. Darum ärgerte auch sie sich so sehr darüber. Sie hoffte, dass ihre Abneigung auf den Umständen beruhte, unter denen Janacek erneut auf den Stuhl des Ersten Lords der Admiralität gelangt war, und nicht etwa darauf, dass sich Honor zu wichtig nahm. Doch war sie sich selbst gegenüber so ehrlich zuzugeben, dass sie sich dessen nicht so sicher war, wie sie es gern gewesen wäre.

Sie verzog das Gesicht und legte ihren Pistolenkasten und die Schultertasche mit dem Zubehör auf die Theke des Schießstandchefs, eines absurd jugendlich aussehenden Master-Sergeant des Marinecorps, auf dessen Namenschild JOHANNSEN, M. stand. Er reichte ihr und LaFollet Ohrenschützer und legte ihr die nötigen Formulare vor. Honor unterzeichnete die Papiere und versah sie mit ihrem Daumenabdruck, dann öffnete sie die Schultertasche und zog besondere Ohrenschützer für Nimitz heraus. Der 'Kater musterte sie mit wenig Begeisterung, wies sie aber nicht zurück. Auf Grayson hatten sie einen Schießstand unter freiem Himmel, wo der 'Kater sie aus sicherer Entfernung im Auge behalten konnte, ohne dass der Lärm der Pistolenschüsse ihm schaden konnte. Hier auf der Akademie jedoch befand sich der Schießstand in einem Gebäude, und großer Abstand war nicht möglich. Honor sah geduldig zu, wie Nimitz sich die Schützer aufsetzte und sie sorgfältig in die richtige Position brachte.

»Fertig, Stinker?«, fragte sie. Die Ohrenschützer waren weiterentwickelte Varianten einer Vorrichtung, die es schon gegeben hatte, bevor die Menschheit von Alterde zu den Sternen aufgebrochen war. Sie dämpften die Dezibelspitzen, die das Gehör eines Menschen schädigen konnten, doch normale Gespräche waren mühelos zu verstehen. Der 'Kater hob eine Echthand, schloss sie als Zeichen für den Buchstaben ›S‹ und ›nickte‹ dann bestätigend mit der Hand.

»Gut«, sagte Honor und setzte sich den eigenen Gehörschutz auf. LaFollet war schon soweit, und sie wartete geduldig, während er durch die Tür trat und den Schießplatz selbst aufmerksam absuchte. Nachdem er sich davon überzeugt hatte, dass keine entschlossenen Mörder ihn infiltriert hatten, öffnete er die Tür wieder und hielt sie höflich für Honor auf.

»Danke, Andrew«, sagte sie ernst und trat hindurch.

Lieutenant-Colonel LaFollet stand in gebührendem Abstand hinter der Gutsherrin im lärmerfüllten Schießstand und sah zu, wie sie mit akribischer Genauigkeit Löcher in ihre anachronistischen Papierziele stanzte. Im Gegensatz zu den Pulsern, mit denen die meisten Leute hierher kamen, stieß ihre Halbautomatik eine Wolke aus beißendem Qualm aus, doch wenigstens gab es in der Navy genügend andere Liebhaber chemisch betriebener

Feuerwaffen, sodass der Schießstand mit einem sehr wirksamen Belüftungssystem ausgestattet worden war.

Irgendwie sah es der Gutsherrin ähnlich, dass sie das alte, traditionelle Papier den hochentwickelten, holografisch projizierten Zielen vorzog, die bei so gut wie jedem Kampfschützen-Ausbildungsprogramm benutzt wurden. LaFollet war schon oft zu dem Schluss gelangt, dass ihre Vorliebe für alte Waffen ihrer Sicht des Schießens entspringen musste: Sie betrachtete es ebenso als Kunstform wie als ernstzunehmende Methode der Selbstverteidigung. Auf gleiche Weise würdigte sie ihren geliebten *Coup de Vitesse* und ihre Lektionen in graysonitischer Fechtkunst. Dadurch nahm sie die Ausbildung in keiner dieser Disziplinen weniger ernst, wie ihre guten Leistungen auf allen drei Gebieten hinreichend belegten. Und mindestens einmal pro Woche übte sie sich auf dem Kampfplatz gegen realistisch programmierte, holografische Gegner.

Sie verstand sich genauso gut darauf, Löcher in ihre Feinde zu schießen wie in die alten Menschenumrisse und Zielscheiben, die sie als Opfer bevorzugte.

Obwohl LaFollet sich keine Gelegenheit hätte entgehen lassen, sie mit ihrer Waffenwahl aufzuziehen – respektvoll natürlich –, war er sehr froh, dass sie so gut mit der antiken Faustfeuerwaffe umgehen konnte, die Hochadmiral Matthews ihr geschenkt hatte. Wenn es nach ihm ging, würde Lady Harrington nie wieder Gelegenheit erhalten zu beweisen, wie gut sie sich zu verteidigen verstand, doch sein bisheriger Mangel an Erfolg in dieser Hinsicht erfüllte ihn nicht gerade mit Zuversicht für die Zukunft. Zwar war es wohl kaum seine Schuld, dass sie Attentatsversuche, Begegnungen mit größenwahnsinnigen Piraten und höllische Gefängnisplaneten förmlich anzuziehen schien, doch das änderte nichts: So war sie nun mal. Und darum war Andrew LaFollet alles lieb und teuer, wodurch sie schwieriger umzubringen war.

Auf keinen Fall hätte der Colonel je die Tödlichkeit dieser ohrenbetäubenden, Treibmittelgas ausspeienden Handkanone unterschätzt. Mochte sie groß, laut und seit zweitausend Jahren veraltet sein: wirkungslos wurde sie dadurch keineswegs. Anders als seine manticoranischen Gegenstücke war LaFollet ursprünglich noch an Waffen ausgebildet worden, die der Halbautomatik seiner Gutsherrin sehr ähnlich waren. Ihre Konstruktion war vielleicht etwas ausgeklügelter gewesen, die Materialien, aus denen sie bestanden, gewiss fortschrittlicher, doch die grundlegende Handhabung war so gut wie identisch. Mit ausgelassenem Frohlocken hatten er und seine Kollegen im Sicherheitsdienst sie gegen die Pulser eingetauscht, die Grayson durch das Bündnis mit dem Sternenkönigreich endlich verfügbar gemacht wurden. Doch die zwölf T-Jahre, die er mit chemisch betriebenen Faustfeuerwaffen geschossen hatte, hatten ihm einen noch heute spürbaren Respekt für ihre Fähigkeiten eingepflanzt. Außerdem hatte er einmal gesehen, wie die Gutsherrin mit genau dieser ›antiken‹ Pistole vom Kaliber .45 zwei kampfbereite Gegner getötet hatte, die bis an die Zähne ›modern‹ bewaffnet gewesen waren.

Nicht dass die hoffentlich sehr entfernte Möglichkeit, dass sie eines Tages wieder dazu gezwungen sein könnte, der einzige Grund gewesen wäre, aus dem LaFollet sehr gern in einem verrauchten, lärmerfüllten Schießstand wartete, während seine Gutsherrin eine Kugel nach der anderen in das Ziel trieb. Nein. So beruhigend er ihr Können auch fand, der wahre Grund, weshalb er nichts gegen ihre Besuche auf dem Schießstand einzuwenden hatte, war viel einfacher:

Sie entspannte sich dabei. Ihre Schießstunden erforderten eine völlige geistige Abkehr von der Unmenge an Problemen, die sie gegenwärtig bedrängten – vielleicht in sogar noch höherem Maße als ihre Katas des *Coup de Vitesse.* Das Bedürfnis, den Kopf zu leeren, während sie sich gleichzeitig auf ihren Muskelsinn konzentrierte, ihre Atmung, das Halten der Waffe, auf das Visierbild und die Kontrolle des Abzugs ... nichts hätte geeigneter sein können, sie (wenn auch nur kurz) von dem politischen und diplomatischen Irrwitz abzulenken, der sich immer intensiver um sie zusammenballte. Und das allein war schon mehr als genug, um Andrew LaFollets begeisterte Billigung zu gewinnen.

Allerdings bedeutete das keineswegs, dass er bei ihren Besuchen auf dem Schießstand nicht eine gewisse Unruhe empfand. LaFollet schätzte es gar nicht, wenn er jemanden – und seien es Offizierskameraden – mit einer Waffe in der Hand in die Nähe der Gutsherrin lassen musste. Er wusste, dass es besser war, dieses Thema Lady Harrington gegenüber nicht anzuschneiden, und darum er hatte ihr auch nie von dem kleinen Gespräch unter vier Augen berichtet, dass er vor vier T-Jahren mit Master-Sergeant Johannsens Vorgänger geführt hatte. Lieutenant-Colonel LaFollet hatte längst einen simplen Weg entdeckt, wie er vermeiden konnte, dass die Gutsherrin sich über lästige Sicherheitsmaßnahmen beschwerte: indem er sie ihr gegenüber einfach nie erwähnte. Selbst Lady Harrington konnte sich nicht über etwas erregen, von dem sie nichts wusste; gleichwohl gab es im Universum gewiss einfachere Dinge, als ihr etwas zu verheimlichen.

In diesem Fall war er sich jedoch relativ sicher, dass sie in seliger Unwissenheit nicht ahnte, dass Johannsen, ebenso wie der letzte Schießstandchef, diskret dafür sorgte, dass nie ein anderer Schütze im Schießstand war, wenn sie Schießübungen machte. Natürlich war es möglich, dass sie sich irgendwann fragte, weshalb sie den Schießstand immer für sich allen hatte. Wenn das geschah, würde sie vermutlich einige sehr gezielte Fragen stellen, und LaFollet blickte der Beantwortung mit geringer Vorfreude entgegen. Doch bisher funktionierte seine Wenn-Sie-nicht-fragen-sage-ich-auch-nichts-Politik ganz hervorragend, und um das, was morgen vielleicht kam, würde er sich kümmern, wenn es so weit war.

Trotz seiner Vereinbarung mit Johannsen hielt LaFollets wohlausgebildete und fein geschliffene Paranoia ihn davon ab, je in seiner Wachsamkeit nachlässig zu werden. Selbst während er zusah, wie die Gutsherrin auf eine Entfernung von fünfzehn Metern bei einer weiteren Zielscheibe systematisch die ›Zwölf‹ ausstanzte, schweifte sein Blick beständig über die anderen Bahnen und beobachtete die schalldichte Tür zum Schießstand.

Deshalb bemerkte er die Ankunft des hoch gewachsenen Manns mit den blauen Augen auch wesentlich eher als Lady Harrington.

LaFollet erkannte den Neuankömmling in dem Moment, in dem er durch die Tür trat, doch er verbarg seine Bestürzung in bewundernswerter Weise mit professionell ausdruckslosen Gesicht. Nicht dass LaFollet den Neuankömmling nicht gemocht hätte. Vielmehr respektierte und bewunderte er Admiral Hamish Alexander, den Dreizehnten Earl von White Haven, fast so sehr, wie er Lady Harrington respektierte und bewunderte. Unter anderen Umständen hätte er sich sogar sehr gefreut, ihn zu sehen. Nun aber ...

Der Waffenträger nahm Haltung an und salutierte,

obwohl White Haven im Gegensatz zur Gutsherrin Zivilkleidung trug. Auf Saganami Island stach er damit heraus wie ein Priester in einem Freudenhaus, und LaFollet vermutete, dass das aus Absicht geschah. Nach seiner brillanten Ausführung des Unternehmens Butterblume wurde der Earl allgemein als der fähigste Flottenchef der gesamten Manticoranischen Allianz angesehen. Die Grayson Space Navy hatte ihm den Rang eines Flottenadmirals in ihren Diensten verliehen. Er hatte durchaus das Recht, die ihm zustehende Uniform – ob nun der RMN oder der GSN – zu tragen, wann immer er es wünschte, obwohl Sir Edward Janacek es für passend erachtet hatte, ihn mit ungebührlicher Hast auf inaktiven Halbsold zu setzen (das war sogar eine von Janaceks ersten Maßnahmen als Erster Lord der Admiralität gewesen). Hätte Janacek es gekonnt, so hätte er ihm sicherlich auch befohlen, die graysonitische Beförderung abzulehnen. Technisch war er dazu befugt, weil Grayson dem Earl nicht nur ehrenhalber den Rang verliehen hatte, obwohl White Haven kein graysonitischer Bürger war. Doch selbst die Regierung High Ridge hatte es nicht gewagt, dem Mann, der den Krieg gewonnen hatte, eine derart unverdiente Beleidigung zuzufügen. Also hatte der Erste Lord die bittere Pille geschluckt und die Ernennung genehmigt – nur um dann White Haven jede Möglichkeit zu nehmen, im aktiven Dienst *irgendeine* Uniform zu tragen. Dass White Haven sich entschied, sie auch nicht außer Dienst zu tragen, nicht einmal hier am Urquell des Königlich-manticoranischen Offizierskorps, unterstrich nur, wie kleinlich und gehässig sich Janacek verhielt.

Der Earl nickte, fast wie auch Lady Harrington zu nicken pflegte, wenn sie nicht in Uniform war, und bedeutete dem Colonel, sich zu rühren. LaFollet entspannte sich, und White Haven, der ebenfalls Gehörschützer trug, stellte sich neben ihn und sah zu, wie Lady Harrington ihr augenblickliches Ziel zerschoss. LaFollet war mehr als nur ein wenig erstaunt, dass Nimitz die Gutsherrin nicht emphatisch über White Havens Ankunft informiert hatte. Vielleicht war sie zu sehr in das Schießen vertieft, um dem 'Kater die gewohnte Aufmerksamkeit zu schenken. Falls Nimitz sie tatsächlich nicht verständigt hatte, lag es sicher nicht daran, dass er LaFollets Bestürzung teilte. Vielmehr war für den Waffenträger offensichtlich, dass der 'Kater White Haven nicht nur mochte, sondern die Haltung des Earls gegenüber seiner adoptierten Gefährtin aktiv förderte.

Was nach LaFollets Ansicht ein weiterer Beweis für die Tatsache war, dass Baumkatzen trotz der Jahrhunderte langen Verbindung mit der menschlichen Gesellschaft in anderen Bahnen dachten.

Der Colonel war viel zu professionell – und zu diskret –, um seinen Augen zu gestatten, die systematische Beobachtung der Umgebung einzustellen. Trotzdem musterte er den Earl sehr unaufdringlich aus dem Augenwinkel, und sein Herz sank, als White Havens unbeschirmter eisblauer Blick sich an die Gutsherrin heftete und weich vor Zuneigung wurde.

Lady Harrington verschoss die letzte Patrone ihres Magazins, und der Schlitten der Pistole blieb in geöffneter Stellung stehen. Sie legte die Waffe achtsam auf das Bord an ihrer Bahn, die Mündung in Zielrichtung, und drückte auf den Knopf, der das Ziel zu ihr heranfuhr. Einige Augenblicke lang betrachtete sie es nachdenklich und schürzte die Lippen zu einer widerwilligen Anerkennung des einzelnen großen, vielfach ausgebuchteten Loches, das die ›Zwölf‹ der Zielscheibe ersetzt hatte. Sie hob die

Hand, hakte das Ziel vom Träger los, dann wandte sie sich zur Seite, um es abzulegen und ein neues anzuhängen. Dabei sah sie White Haven und erstarrte.

Nur ganz kurz zögerte sie, so flüchtig, dass jemand, der sie nicht so gut kannte wie LaFollet, es vermutlich nie bemerkt hätte. Doch LaFollet kannte sie sehr gut, und das Herz, das ihm gesunken war, als er den Ausdruck des Earls bemerkte, stürzte ab.

Für die meisten Menschen bot das gemeißelte Gesicht der Gutsherrin mit seinen hohen Jochbeinen eine bewundernswerte Maske, hinter der sie ihre Gefühle verstecken konnte. Nur wenige Menschen ahnten, in wie vielen von militärischer und von Selbstdisziplin geprägten Jahren diese Maske entstanden war. Doch wer Lady Harrington wirklich kannte, wusste trotzdem, wie man in ihrer Miene las. Die Augen waren es natürlich, die ihre Emotionen verrieten. Es waren immer die Augen, diese großen, schokoladenbraunen, mandelförmigen Augen, das Erbe ihrer Mutter. Die Augen, die Honor Harringtons Gefühlslage noch deutlicher preisgaben als Nimitz' Körpersprache.

Die Augen, die für nicht länger als zwei Herzschläge, allerhöchstens drei, in entzückter, fröhlicher Begrüßung aufblitzten.

Süßer Prüfer, dachte LaFollet fast verzweifelt, *die denken alle beide, dass der jeweils andere nicht merkt, was zwischen ihnen vorgeht – einschließlich der restlichen Welt. Das glauben die* wirklich.

Idioten.

Er nahm sich streng in die Pflicht, als ihm dieser Gedanke durch den Kopf schoss. Zunächst einmal ging es ihn überhaupt nichts an, in wen seine Gutsherrin sich verliebte. Er hatte sie zu beschützen und ihr nicht vorzuschreiben, was sie mit ihrem Leben anstellen durfte und was nicht. Außerdem war sie sich offensichtlich so gut wie LaFollet der vielen Gründe bewusst, warum sie den Earl von White Haven nicht in dieser Weise anschauen durfte. Wäre es anders, hätten die beiden ohne Zweifel schon vor zwei T-Jahren aufgehört, in solch edlem Schweigen vor sich hin zu leiden.

Und allein der Prüfer wusste, wohin *das* geführt hätte!

»Hallo, Honor«, sagte White Haven und deutete auf das perforierte Ziel. »Ich konnte nie so gut schießen«, fuhr er fort. »Haben Sie je erwogen, sich zum Schützenteam zu melden, als Sie noch eine Middy waren?«

»Hallo, Hamish«, antwortete Lady Harrington und reichte ihm die Hand. Der Earl nahm sie, doch statt sie zu schütteln, hob er sie und strich mit den Lippen darüber wie ein Grayson. Er hatte so viel Zeit auf dem Planeten verbracht, dass die Geste ganz natürlich wirkte, doch die leise Andeutung eines Errötens färbte die Wangen der Gutsherrin.

»Um auf Ihre Frage zu antworten«, fuhr sie einen Augenblick später in ganz normalem Ton fort und zog die Hand zurück, »ja. Ich habe überlegt, mich zum Pistolenschützenteam zu melden. Das Gewehrschießen hat mich nie gereizt, fürchte ich, aber Faustfeuerwaffen habe ich immer gemocht. Doch als es damals so weit war, ließ ich mich gerade richtig auf den *Coup* ein und beschloss, mich ganz darauf zu konzentrieren.« Sie zuckte mit den Schultern. »Ich bin im sphinxianischen Busch aufgewachsen, wissen Sie, deshalb war ich schon eine ganz gute Schützin, als ich hierher kam.«

»Ich nehme an, so kann man es ausdrücken«, stimmte White Haven ihr trocken zu, hob die Zielscheibe und blickte durch das Loch in der Mitte. »Meine sportlichen Aktivitäten waren ein wenig friedfertiger als die Ihren.«

»Ich weiß.« Sie nickte und warf ihm ein Lächeln zu, das durch die künstlichen Nerven in ihrer linken Wange gezwungenermaßen schief wirkte. »Ich habe gehört, dass zwischen Ihnen und Admiral Caparelli während Ihrer Zeit auf der Insel eine Fußballrivalität bestand.«

»Sie haben gehört, dass Tom Caparelli mein aristokratisches Hinterteil von einer Hälfte des Feldes auf die andere gekickt hat«, verbesserte der Earl sie, und Honor lachte.

»Das mag schon richtig sein, aber ich bin viel zu diplomatisch geworden, um es so offen auszusprechen«, entgegnete sie.

»Verstehe.« Er senkte die Zielscheibe, und seine Miene wurde ein wenig ernster. »Da wir schon von Diplomatie sprechen, ich fürchte, ich habe Sie nicht lediglich in Ihrem Versteck aufgestöbert, um Ihre Gesellschaft zu genießen. Verstehen Sie mich nicht falsch«, fügte er hinzu, »Ihre Gesellschaft ist grundsätzlich höchst bezaubernd.«

»Ganz so ein schlechter Diplomat sind Sie auch nicht«, bemerkte sie, und außer Andrew LaFollet hätte wohl kaum jemand die milde Schärfe bemerkt, die sich in ihre Stimme geschlichen hatte.

»Wenn man Jahrzehnte lang einen ehrgeizigen Politiker zum Bruder hat, wird man eben so«, versicherte White Haven ihr gleichmütig. »Tatsächlich habe ich nach Ihnen gesucht, weil ich mit besagtem ehrgeizigem Politiker den halben Morgen verbracht habe.«

»So?« Lady Harrington sah ihn mit hochgezogener Augenbraue an.

»Ich musste sowieso geschäftlich nach Landing fliegen«, erklärte der Earl, »deshalb bin ich auf einen Sprung zu Willie ... der zufällig gerade vom Mount Royal Palace zurückkam.«

»Verstehe.« Die Stimme der Gutsherrin klang plötzlich weit mehr als neutral. Sie warf das Magazin ihrer Pistole aus, entriegelte den Schlitten und legte die Waffe in die gepolsterte Vertiefung des Kästchens.

»Darf ich davon ausgehen, dass er Sie gebeten hat, mich zu besuchen?«, fuhr sie fort.

»Nicht direkt. Elizabeth hatte ihn jedoch in seiner Eigenschaft als Oppositionsführer in den Palast eingeladen, damit er an der offiziellen Besprechung der neusten Eingebungen High Ridges und seiner Lakaien teilnehmen konnte.«

Lady Harrington blickte von dem Waffenkasten auf und bedachte den Earl mit einem scharfen Blick, doch entweder bemerkte er es nicht oder gab vor, es nicht bemerkt zu haben.

»Die offizielle Einladung an den Oppositionsführer, zu der Sitzung zu erscheinen, war aus irgendeinem Grund verloren gegangen. Schon wieder.«

»Verstehe«, wiederholte Lady Harrington und schloss den Waffenkasten mit einem Klicken. Sie griff nach ihrer Tasche, doch White Haven war schneller und hängte sie sich lächelnd über die Schulter.

Sie erwiderte das Lächeln, doch aus ihren Augen sprach die Unruhe. LaFollet überraschte das nicht. Die Gutsherrin hatte sich gewaltig von dem politisch unbeleckten Raumoffizier entfernt, der sie einst gewesen war, damals, als LaFollet ihr Waffenträger wurde. Folglich übersah sie weder die frische Abneigung in White Havens Stimme, wenn er über den Premierminister sprach, noch die Kleinlichkeit, die High Ridge unter Beweis stellte, indem er

Lord Alexander offenbar vorsätzlich nicht von der Sitzung benachrichtigte.

Ähnlich wie die Gutsherrin, allerdings auf einer niedrigeren Ebene, hatte der Colonel weit mehr über manticoranische Politik erfahren, als er je wirklich wissen wollte. Aus diesem Grunde war ihm klar, dass die Verfassung zwar keineswegs vom Premierminister verlangte, den Oppositionsführer über die offiziellen halbwöchentlichen Sitzungen mit der Königin zu informieren, doch war es eine alte Tradition, ihn zu den regelmäßigen Sitzungen einzuladen. Zum einen erforderte das die ganz normale Höflichkeit, zum anderen wurde dadurch sichergestellt, dass im Falle eines plötzlichen Regierungswechsels diejenige Person, die den Premierminister mit größter Wahrscheinlichkeit ersetzen würde, bereits mit der Lage so weit als möglich vertraut war.

Niemand verlangte von einem Politiker, auch nicht vom Premierminister des Sternenkönigreichs von Manticore, dass er seinen Hauptrivalen zu Kabinettssitzungen oder besonderen Besprechungen mit der Krone einlud. Das wäre sowohl unzweckmäßig als auch unklug gewesen. Doch die zweimal wöchentlich stattfindenden allgemeinen Sitzungen waren etwas anderes, und LaFollet wusste, dass der Herzog von Cromarty seit dem Höhepunkt des Kriegs gegen Haven peinlich darauf geachtet hatte, den damaligen Oppositionsführer High Ridge grundsätzlich hinzuzubitten. High Ridge hingegen sah es ähnlich, dass er ›vergaß‹, diese Höflichkeit dem Manne gegenüber zu erwidern, der Cromartys politischer Stellvertreter gewesen war.

»Hatten Sie den Eindruck, dass gerade diese spezielle Einladung aus einem bestimmten Grund ›verloren‹ gegangen ist?«, fragte die Gutsherrin einen Augenblick später.

»Eigentlich nicht«, gab White Haven zu, »aber wenn ich Natur und Inhalt der Sitzung in Rechnung stelle, bezweifle ich sehr, dass High Ridge sich besonders gefreut hat, als Willie trotzdem auftauchte. Andererseits ist High Ridge vielleicht besser weggekommen, gerade weil Willie anwesend war.« Als Lady Harrington fragend den Kopf neigte, lachte der Earl leise auf. »Ich habe den Eindruck, dass Ihre Majestät sich ein wenig besser im Griff hat, wenn Willie zugegen ist und als eine Art Puffer zwischen ihr und dem Premierminister wirkt«, sagte er trocken.

»Ich fürchte, das ist durchaus möglich«, stellte Lady Harrington fest, doch aus ihrer Stimme und ihrem Gesicht sprach ein weit größerer Ernst. »Ich wünschte, es wäre anders«, fügte sie hinzu, wandte sich ab und griff nach Nimitz. Der 'Kater sprang ihr in die Arme und schoss zu seinem angestammten Platz auf ihrer linken Schulter hoch. Dort hockte er sich nieder und grub die Krallenspitzen seiner Echtfüße gleich unterhalb des Schulterblatts in den besonderen Stoff der Uniformjacke, während er sich mit einer Echthand die Ohrenschützer abnahm. Lady Harrington drehte sich wieder White Haven zu. »Weiß Gott mag ich Elizabeth, aber es bringt uns kein bisschen voran, wenn sie ihm ihren Abscheu so offen zeigt – und sei es auch nur unter vier Augen.«

»Nein, da haben Sie Recht«, stimmte der Earl ihr in einem Tonfall zu, der weit weniger amüsiert klang als noch einen Augenblick zuvor. »Andererseits sind Elizabeth und High Ridge wie Öl und Wasser. Und obwohl Sie über ihren Takt – oder den Mangel desselben – sagen können, was Sie wollen, könnte niemand sie je der Arglist bezichtigen.«

»Zwischen Arglist und List besteht ein Unterschied«, entgegnete die Gutsherrin. »Und dann könnte man vielleicht zu der Erkenntnis gelangen, dass es die Dinge nur schlimmer macht, wenn man jemandem ständig unter die Nase reibt, wie sehr man ihn verachtet und verabscheut, auch wenn es nur unter vier Augen geschieht.«

»Zu sagen, dass sie es ihm unter die Nase reibt, ist doch ein wenig unfair, Honor«, protestierte White Haven milde.

»Nein, gar nicht«, widersprach sie unbeirrt. »Sehen Sie den Tatsachen ins Gesicht, Hamish. Elizabeth kann nicht gut mit Menschen umgehen, die sie nicht ausstehen kann. Ich weiß das genau, weil ich auf meine Art die gleiche Schwäche habe.« LaFollet registrierte, dass sie kein Wort über das berüchtigte White-Haven'sche Temperament verlor. »Ich musste aber lernen, dass ich Situationen, in denen mich jemand reizt, nicht meistern kann, indem ich nach dem größeren Hammer greife. Elizabeth weiß das so gut wie ich, aber sobald ihre Emotionen ins Spiel kommen, ist es ihr fast unmöglich, ihre Gefühle zu verbergen – außer bei sehr offiziellen Anlässen.«

Sie hielt dem Blick des Earls stand, bis er am Ende beinahe widerwillig nickte; dann zuckte sie mit den Achseln.

»Elizabeth hat sehr große Stärken«, sagte sie, »aber manchmal wünschte ich, sie hätte ein wenig mehr von Benjamins ... sozialer Kompetenz. Sie kann zwar Menschen auf eine Weise führen, in der ihr nur wenige gleichkommen; aber sobald es darum geht, Leute zu beeinflussen, die nicht bereits von vornherein von ihr geführt werden möchten, ist sie die falsche Frau am falschen Platz. Und das gilt sogar doppelt, wenn die Menschen, die Elizabeth überzeugen muss, aus eigenen Gründen genau das Gegenteil tun wollen.«

»Ich weiß«, seufzte White Haven. »Ich weiß. Aber«,

fügte er in festerem, fröhlicherem Ton hinzu, »dafür hat sie ja Leute wie Willie und Sie, die sie beraten, wenn sie auf Probleme zusteuert.«

»Willie vielleicht«, entgegnete Lady Harrington achselzuckend.

»Und Sie«, beharrte White Haven. »Sie verlässt sich mittlerweile nicht nur wegen Ihrer Einblicke in die graysonitische Politik auf Sie, und das wissen Sie auch.«

»Vielleicht«, sagte sie noch einmal; der Gedanke war ihr offenbar ein wenig unangenehm. White Haven wechselte das Thema.

»Jedenfalls, wo ich schon in der Gegend war und Willie mir genau erklärt hat, was High Ridge – und Janacek – auf der Sitzung gesagt hatten, dachte ich, ich mache hier einen Zwischenstopp und bringe Sie auf den aktuellen Stand.«

Na klar doch, dachte LaFollet trocken. *Schließlich war es ganz offensichtlich deine unumgängliche Pflicht, ihr diese überaus kritische Information schnellstmöglich zu überbringen – und zwar persönlich.*

Nimitz blickte den Waffenträger über White Havens Schulter hinweg an und zuckte in offenkundiger Belustigung mit den Ohren, während er des Colonels Gefühle spürte. LaFollet streckte dem 'Kater mental die Zunge heraus, und Nimitz' grasgrüne Augen tanzten teuflisch, doch er lehnte es ab, sich offener zu äußern.

Lady Harrington bedankte sich in einem Ton bei White Haven, der genauso beiläufig ernst klang wie der des Earls, als hätte sie das Feixen des Baumkaters und ihres Gefolgsmanns nicht bemerkt. Das jedoch war nach LaFollets Dafürhalten kaum denkbar, und er zügelte seine aufsässigen Gedanken. Zum Glück konnte die Gutsherrin über Nimitz nur Gefühle wahrnehmen, nicht aber die

Gedanken, die sie hervorgerufen hatten. Unter den meisten Umständen war sie imstande, von den Gefühlen, die sie wahrnahm, mit beängstigender Genauigkeit auf die zugrunde liegenden Gedanken zu schließen. Doch in diesem Fall schien diese Gabe sie verlassen zu haben. Der Colonel überlegte weit weniger amüsiert, dass sich darin wahrscheinlich die Intensität widerspiegelte, mit der die Gutsherrin sich zu erkennen weigerte, was tatsächlich zwischen ihr und White Haven vorging.

»Es könnte eine Weile dauern«, warnte der Earl sie. »Was haben Sie denn heute Nachmittag zu tun?«

»Ich muss heute Abend eine Gastvorlesung an der Hirnmühle halten, aber erst nach dem Abendessen, und vorbereitet habe ich den Vortrag schon. Bis dahin habe ich frei. Ich habe einen kleinen Haufen Arbeiten, die ich dringend lesen und benoten muss, aber sie sind alle nur für Wahlpflichtfächer, deshalb kann ich sie wahrscheinlich noch für einen Nachmittag beiseite schieben.«

»Gut.« White Haven blickte auf sein Chrono. »Ich hatte noch gar nicht ans Essen gedacht, bis Sie es erwähnten. Wir haben fast Mittag. Darf ich Sie irgendwo zum Mittagessen einladen?«

»Nein, aber ich lade *Sie* zum Mittagessen ein«, entgegnete sie, und LaFollet sackte das Herz erst recht in die unteren Regionen, als er sah, wie ihre Augen plötzlich einen noch teuflischeren Tanz aufführten, als es bei Nimitz der Fall gewesen war. White Haven wölbte fragend die Brauen, und Honor lachte. »Sie sind hier auf der Insel, Hamish, und ob es Janacek nun passt oder nicht, Sie sind ein Flaggoffizier. Was halten Sie davon, wenn ich Casey anrufe und uns einen der Flaggspeiseräume für das Mittagessen reserviere?«

»Oh, Honor, das wäre *verwerflich!*«, sagte White Haven

mit breitem Grinsen, und LaFollet schloss die Augen, denn er stimmte ihm vorbehaltlos zu. Casey Hall war die große Kantine gleich neben dem Karree. Im großen Speisesaal fand fast ein Drittel des gesamten Kadettenkorps von Saganami Island Platz; es gab daneben aber noch kleinere, prächtiger ausgestattete Privaträume für höhere Offiziere, darunter fünfzehn bis zwanzig sehr kleine Séparées, die nur Admirale oder sehr dienstalte Captains of the List streng nach der Reihenfolge des Anrufs reservieren konnten.

»Janacek wird schäumen, wenn er hört, dass Sie und ich im Zentrum dessen zusammen zu Mittag gegessen haben, was er als seine private Domäne ansieht«, fuhr der Earl fort. »Besonders, wenn ihm klar wird, dass ich direkt von Willie komme und wir gerade erst diskutiert haben, was er und High Ridge am Morgen bei der Sitzung zu sagen hatten.«

»Ich glaube, solches Glück haben wir nicht«, entgegnete Lady Harrington, »aber wir können immerhin hoffen, dass sein Blutdruck wenigstens um ein paar Skalenstriche zunimmt.«

»Das würde mir gefallen«, verkündete White Haven fröhlich und bedeutete ihr, vor ihm durch die Tür zu treten.

Für einen winzigen Augenblick stand Andrew LaFollet kurz davor, das Undenkbare zu tun. Doch der Augenblick verstrich, und während der Waffenträger an der Gutsherrin vorbeiging, um ihr die Tür zu öffnen, presste er die Lippen fest zusammen, um die Worte zurückzuhalten, die auszusprechen er nicht das Recht besaß.

Sie ahnen es wirklich nicht im Mindesten, dachte er. *Deshalb begreifen sie auch nicht, dass ich keineswegs der einzige Mensch bin, der bemerkt, wie sie sich einander ansehen – von den 'Katzen ganz zu schweigen. Jetzt gemeinsam zum Mittagessen zu schlendern, an einem derart öffentlichen Ort, ist so ziemlich das Letzte, was sie tun sollten. Aber sie haben's nicht einmal begriffen.*

Er öffnete die Tür, blickte automatisch und rasch suchend hindurch, dann trat er zur Seite, um die Gutsherrin und ihren Gast hindurchzulassen. Er blickte ihnen nach, als sie zu Johannsens Schreibtisch gingen, um sich aus der Schießstandliste auszutragen, und schüttelte innerlich den Kopf.

Die Vaterkirche sagt, du schützest Kinder und Narren, rief er den Tröster an. *Ich hoffe, du beschirmst sie jetzt beide.*

4

Captain Thomas Bachfisch, Eigner und Kapitän des bewaffneten Frachtschiffs *Pirates' Bane,* war ein schlanker, hagerer Mann mit einem schmalen, durchfurchten Gesicht. Seine Schultern hingen ihm mehr als nur ein wenig herunter, und trotz seiner maßgeschneiderten blauen Handelsschifferuniform machte er keine sonderlich bemerkenswerte Figur. Und die *Pirates' Bane* war es genauso wenig. Sie masste um die fünf Millionen Tonnen und wäre in den meisten Raumgebieten durchschnittlich groß gewesen. In Silesia hingegen rangierte sie eher im oberen Drittel der Tonnagen. Doch obwohl sie offenbar sehr gut gepflegt war, machte sie – trotz ihres trotzig aggressiven Namens – nicht viel her. Ein geschultes Auge erkannte gleich, dass sie wenigstens ein halbes T-Jahrhundert alt und auf der mittlerweile stillgelegten Gopfert-Werft im Neu-Berlin-System gefertigt worden war. Gopfert war einmal die meistbeschäftigte Werft im gesamtem Andermanischen Reich gewesen und hatte nicht nur die großen Handelshäuser beliefert, sondern auch Kampfschiffe und Hilfsfahrzeuge für die Kaiserliche Flotte gebaut. Doch das war lange her, und heute wirkten die Umrisse der *Pirates' Bane* überholt, fast schon veraltet. Tatsächlich sah sie mit ihrem funkelnagelneuen Anstrich aus wie eine überalterte Matrone nach erfolgloser kosmetischer Chirurgie, und man hätte kaum einen Namen finden können, der noch schlechter zu ihr passte als das kriegslüsterne ›*Pirates Bane*‹. All das war Captain Bachfisch nur recht. Unterschätzt zu werden war manchmal das Beste, was passieren konnte – vor allem für ein Handelsschiff in der Silesianischen Konföderation.

Was seine gegenwärtige Beschäftigung eindeutig belegte.

Er stand im Beiboothangar seines Frachters und hatte die Hände locker auf dem Rücken verschränkt. Mit grimmiger Genugtuung beobachtete er, wie sich die letzte Gruppe Silesianer, die sein Schiff unterschätzt hatte, schlurfend dem wartenden Shuttle des andermanischen Kreuzers *Todfeind* näherte. Die Silesianer zeigten sich angemessen kleinlaut zwischen den Reihen der andermanischen Raumsoldaten und der bewaffneten Besatzungsmitglieder, die Bachfisch abgestellt hatte, damit sie die Silesianer ihren neuen Kerkermeistern übergeben konnten.

»Wir schicken Ihnen Ihre Handschellen zurück, sobald wir diese ... Leute hinter Schloss und Riegel gebracht haben, Captain«, versprach der andermanische Oberleutnant, der das Kommando befehligte.

»Dafür wäre ich Ihnen verbunden, Oberleutnant.« Bachfischs Tenorstimme näselte nur ganz wenig, und seine abgehackte manticoranische Redeweise kontrastierte deutlich mit dem härteren Akzent des andermanischen Raumoffiziers.

»Glauben Sie mir, Sir, die Verbundenheit liegt ganz auf unserer Seite.« Der Oberleutnant hörte auf zu zählen, nachdem der letzte Gefangene mit hängendem Kopf an ihm vorbeigegangen war. »Siebenunddreißig, Herr Kapitän«, verkündete er, und Bachfisch nickte.

Der Oberleutnant gab etwas in sein elektronisches Klemmbrett ein, schüttelte den Kopf und bedachte den blau uniformierten Mann neben sich mit einem Blick, in dem weit mehr Bewunderung lag, als ein Raumoffizier gewöhnlich für einen Frachterkapitän aufbringen wollte.

»Ich hoffe, Sie vergeben mir die Frage, Herr Kapitän«, sagte er, um einen gleichgültigen Ton bemüht, »aber wie ist es Ihnen gelungen, sie zu fangen?« Bachfisch sah ihn schmunzelnd an, und der Oberleutnant schüttelte rasch wieder den Kopf. »Das klang vielleicht nicht ganz so, wie ich es gemeint habe, Sir. Es ist nur so, dass normalerweise die Piraten die Frachterbesatzungen fangen und nicht umgekehrt. Wenn es jemandem einmal gelingt, den Spieß umzudrehen, ist das eine angenehme Überraschung. Und ich muss zugeben, als der Kommandant mich angewiesen hat, herüberzukommen und die Gefangenen von Ihnen zu übernehmen, habe ich ein wenig nachgeforscht. Das ist nicht das erste Mal, dass Sie uns einen Piratenhaufen übergeben.«

Bachfisch sah den jugendlich aussehenden Offizier, der gleichrangig war mit einem Lieutenant Junior-Grade der Royal Manticoran Navy, nachdenklich an. Er hatte dem Kommandanten der *Todfeind* bereits einen vollständigen Bericht übermittelt, und der Justizoffizier des Kreuzers hatte eidesstattliche Aussagen von allen Schiffsoffizieren der *Pirates' Bane* und den dienstälteren Maaten aufgezeichnet. So war es innerhalb der Konföderation üblich, denn es kam hier oft vor, dass Zeugen von Piraterie nicht zu den Prozessen gegen die betreffenden Piraten erscheinen konnten. Bachfisch merkte dem Oberleutnant an dessen ernsten Gesicht an, dass seine Vorgesetzten ihn nicht von der Aufzeichnung unterrichtet hatten – und dass er vor Neugier beinahe verging.

»Ich übergebe jeden Piratenhaufen viel lieber Ihnen statt den Sillys«, sagte er schließlich. »Wenn ich sie dem Kaiserreich ausliefere, kann ich mir ziemlich sicher sein, sie nie mehr wiederzusehen. Das wissen die Gefangenen auch. Sie waren gar nicht froh, nachdem ich ihnen mitgeteilt habe, in wessen Gewahrsam wir sie geben würden.

Wie es kam, dass wir den Spieß umgedreht haben ...« Er zuckte mit den Achseln. »Die *Bane* sieht vielleicht nicht danach aus, Oberleutnant, aber sie ist genauso schwer bewaffnet wie viele Schwere Kreuzer. Die meisten Händler können sich die Zusatztonnage und die Strukturverstärkungen nicht leisten, für eine wirkungsvolle Armierung nötig sind, aber die *Bane* ist nicht wie die meisten Frachter.« Er lachte trocken. »Tatsächlich begann sie ihr Leben als ein bewaffneter Versorger der *Vogel*-Klasse in Ihrer Flotte, Oberleutnant. Ich habe sie billig gekauft, als sie vor zehn T-Jahren zur Veräußerung anstand, weil ihr Trägheitskompensator am Ende war. Davon abgesehen war sie aber ziemlich gut in Schuss, und es war nicht schwer, sie wieder ans Laufen zu bekommen. Gleichzeitig habe ich ihre Originalbewaffnung auf den neusten Stand gebracht oder ersetzt, und wo ich schon dabei war, habe ich mir große Mühe gegeben, die Geschützpforten so gut wie möglich zu tarnen.« Er zuckte wieder die Achseln. »Deshalb ahnen die meisten Piraten nicht, dass das ›hilflose Frachtschiff‹, das sie gerade entern wollen, um ein Vielfaches schwerer bewaffnet ist als sie selbst.

Jedenfalls nicht, bis wir die Pforten öffnen und sie zur Hölle schicken«, sagte er, und seine Tenorstimme klang plötzlich schroff und sehr, sehr kalt. Dann fasste er sich. »Was die Clowns angeht, die wir Ihnen gerade übergeben haben«, fuhr er in einem beiläufigeren Ton fort, der jedoch nicht seine Augen erwärmte, »so saßen sie schon in ihren Entershuttles und waren auf dem Weg zu unserem Frachter, als sich hinter ihnen ihr Schiff und ihre Kameraden unversehens in eine Glutwolke verwandelten. Deshalb hatten sie kaum eine andere Wahl, als unsere Anweisungen Wort für Wort zu befolgen, die Waffen zurückzulassen und einer nach dem anderen durch die Personenschleuse zu kommen und sich zu ergeben. Sie hatten keine Lust, unsere Geschützbedienungen zu verärgern, indem sie irgendetwas anderes taten.«

Der Oberleutnant blickte in das gefurchte Gesicht und die eisigen Augen und beschloss, keine einzige der zahlreichen Fragen zu stellen, die ihm durch den Kopf schwirrten. Er war sich durchaus sicher, dass Bachfisch sie ihm höflich beantwortet hätte, doch der Frachterkapitän hatte etwas an sich, das von allzu großer Vertraulichkeit abriet.

Der junge andermanische Offizier blickte sich auf der Hangargalerie um. Wie alles an Bord der *Pirates' Bane* war auch die Galerie tadellos in Schuss. Man sah kein Stäubchen, die Schotts waren frisch gestrichen, und das Deck war so sauber, dass man davon essen konnte. Ein Blick auf den Frachterkapitän verriet sogleich, dass er großen Wert auf ein makelloses Schiff legte, besonders gemessen an silesianischen Standards, doch der Eindruck, den der

Oberleutnant hatte, ging noch darüber hinaus. Die *Pirates' Bane* ähnelte eher einem Kampfschiff oder dem Flottenversorger, als der sie ihr Leben begonnen hatte, und keinem ›normalen‹ Frachter, den der Oberleutnant je betreten hatte.

Er blickte wieder den Kapitän an und nahm kurz Haltung an. Einem Handelsschiffer militärische Höflichkeit zu erweisen gehörte nicht zu seinen Gewohnheiten, doch dieser Frachterkäpt'n war etwas Besonders. Und der Oberleutnant trug diesem Besonderen Rechnung, obwohl er sich der stetig wachsenden Anspannung zwischen seiner Flotte und der des Sternenkönigreichs von Manticore bewusst war.

»Nun, Herr Kapitän«, sagte er, »ich darf Ihnen die Bewunderung meines Kommandanten aussprechen. Und ich möchte mich ihm diesbezüglich anschließen.«

»Vielen Dank, Oberleutnant«, erwiderte Bachfisch ernst.

»Und«, fügte der Andy mit einem flüchtigen Lächeln hinzu, »ich glaube, Sie dürfen sich darauf verlassen, dass Sie diesen speziellen Piratenhaufen wirklich niemals wiedersehen.«

Die *Todfeind* entfernte sich mit wachsender Geschwindigkeit von der *Pirates' Bane*. Bachfisch stand auf der Brücke und musterte das Orterbild des beschleunigenden Schweren Kreuzers. Für einen winzigen Moment erfüllte ein tiefes, nacktes Verlangen seine Augen, doch es verschwand so schnell, wie es gekommen war, und er wandte sich der Brückencrew zu.

»Na, dann haben wir wohl genug Zeit mit unserer Bürgerpflicht verschwendet«, meinte er trocken, und die meisten Leute auf der Brücke grinsten ihn an. Bachfisch war sein manticoranischer Akzent nie verloren gegangen, obwohl er die letzten vierzig T-Jahre in Silesia zugebracht hatte. Wie die meisten Frachterbesatzungen innerhalb der Konföderation war auch die der *Bane* ein bunt zusammengewürfelter Haufen. Sie schloss Silesianer ein, Andermaner, andere Manticoraner, Sollys und sogar den einen oder die andere, die offensichtlich aus der Volksrepublik Haven stammten. Alle hatten sie jedoch eines gemein – wie auch die Crew des Schwesterschiffs der *Bane,* der *Ambuscade:* Sie hatten unter der ausdrücklichen Zusicherung angeheuert, dass ihre Schiffe sich niemals den Piraten ergeben würden, die Silesia heimsuchten. Die Crews als Kreuzritter zu bezeichnen, wäre vielleicht ein wenig zu hoch gegriffen gewesen, und wenn es sich um Ritter handelte, so zeigte der Umhang der meisten kein strahlendes Weiß, sondern eher ein trübes Grau. Jeder einzelne von ihnen zog jedoch große Genugtuung aus dem Wissen, dass ein Pirat, der es auf die *Bane* oder die *Ambuscade* abgesehen hatte, keinen weiteren Fehler mehr begehen würde.

Keiner von ihnen konnte mit Gewissheit sagen, was ihren Skipper dazu bewegt hatte, vier Jahrzehnte lang die nötigen finanziellen Mittel anzusammeln, um etwas zu kaufen, zu bewaffnen und zu unterhalten, das man im Grunde als zwei private Q-Schiffe bezeichnen konnte. Davon abgesehen wusste auch niemand – außer vielleicht Captain Laurel Malachi, dem Skipper der *Ambuscade,* und Jinchu Gruber, dem Ersten Offizier der *Bane –,* wie Bachfisch an den Freibrief als Flottenhilfsschiff gekommen war, mit dem er das konföderierte Verbot von bewaffneten Raumschiffen in Privatbesitz umging. Nicht dass es jemanden besonders interessiert hätte. So neugierig die Leute ansonsten auch waren, für sie war vor allem wichtig, dass sie im Gegensatz zu den allermeisten Handelsschiffern innerhalb der Konföderation relativ sicher sein konnten, den Zielhafen zu erreichen, auch wenn sie während der Fahrt einem Piratenkreuzer über den Weg liefen – oder zweien.

Dass die meisten von ihnen mit den brutalen Freibeutern, die Silesia terrorisierten, ohnehin ein Hühnchen zu rupfen hatten, vergrößerte nur ihre Bereitschaft, Bachfisch zu folgen, ohne irgendwelche kritteligen Fragen zu stellen. Es war ihnen nur recht, dass sie sich einer halbmilitärischen Disziplin unterwerfen und an einer paramilitärischen Schießausbildung teilnehmen mussten, sowohl an Hand- als auch an Bordwaffen. Und es störte sie auch nicht, dass er jeden mit einem Donnerwetter überzog, der seinen hohen Anforderungen nicht genügte. Vielmehr betrachteten sie Bachfischs hohen Anspruch als einen geringen Preis für ihre Sicherheit und die Gelegenheit, es hin und wieder einem Piratenschiff heimzuzahlen. Und jeder von ihnen wusste, dass Bachfisch die allerhöchsten Frachtgebühren verlangen konnte, weil seine Schiffe immer das Ziel erreichten; das erlaubte ihm wiederum, seine Leute – gemessen an silesianischen Standards – außergewöhnlich gut zu bezahlen.

Thomas Bachfisch machte sich keine Illusionen, dass die meisten Raumoffiziere entsetzt wären über den Gedanken, einige der Leute, die er an Bord seiner Schiffe beschäftigte, unter ihrem Befehl zu haben. Vor langer Zeit hätte auch er es sich bei einigen zweimal überlegt, bevor er sie an Bord genommen hätte. Doch das war wirklich lange her, und heute empfand er vor allem Stolz, wenn er daran dachte, wie gut seine ungleichen Leute sich zusammenfügten. Jawohl, mit seinen beiden Crews hätte er es mit den meisten regulären Kampfschiffen aufgenommen, bis hin zu Schiffen von Schlachtkreuzergröße, und nicht nur gegen den üblichen Piratenabschaum, mit dem er es gewöhnlich zu tun bekam.

Er warf noch einen Blick auf den Sichtschirm, dann wandte er sich dem Plot vor dem Taktischen Offizier zu und runzelte die Stirn. Passend zu ihrer Bewaffnung besaß die *Pirates' Bane* eine Sensorausstattung und Feuerleitstationen, die ihren Gegenstücken an Bord der meisten konföderierten Kriegsschiffe überlegen waren. Bachfischs Stirnrunzeln vertiefte sich, während er den Datenbalken auf den Plot ablas.

Er ging näher und blickte dem Taktischen Offizier über die Schulter. Sie bemerkte seine Gegenwart, drehte sich um und blickte ihn fragend an.

»Kann ich Ihnen helfen, Skipper?«, fragte sie.

»Hm.« Bachfisch stützte sich leicht mit der Hand auf ihrer Schulter ab, während er sich vorbeugte und eine Anfrage in ihr Datenpad gab. Der Computer dachte eine Nanosekunde oder auch zwei über diese Anfrage nach, dann meldete er gehorsam die Tonnage der *Todfeind*. Lieutenant Hairston blickte die Zahlen an, die auf ihrem Display erschienen, verglich sie mit dem Beschleunigungswert des andermanischen Schiffes und schürzte die Lippen.

»Die haben's wohl ziemlich eilig, was?«, stellte sie fest.

»So kann man es wohl auch ausdrücken, Roberta«, murmelte Bachfisch.

Er richtete sich auf und betrachtete, sich das Kinn streichend, intensiv den Plot. Die *Todfeind* war nicht der neuste Schwere Kreuzer auf der Schiffsliste der Kaiserlich-andermanischen Weltraumflotte. Ihr Typschiff war jedoch erst vor weniger als zehn T-Jahren von Stapel gelaufen, und sie masste beinahe vierhunderttausend Tonnen. Bei dieser Tonnage musste ihr normaler Maximalschub bei etwa fünfhundert Gravos liegen. Da die andermanische Flotte wie nahezu jede andere Navy im bekannten Weltraum ihre Kommandanten anwies, mit der Maximalbeschleunigung unterhalb des Maximalschubs zu bleiben, hätte sich die *Todfeind* mit höchstens vierhundert Gravos von der *Pirates' Bane* entfernen dürfen. Doch nach den Daten des Taktischen Leitstands zog sie 475 *g*.

»Damit liegen sie knapp an der Leistungsgrenze ihres Kompensators«, merkte Hairston an, und Bachfisch drehte sich ihr zu. Er wollte etwas sagen, doch dann lächelte er sie achselzuckend an, klopfte ihr auf die Schulter und wandte sich an den Ersten Offizier.

»Ich weiß, dass unser Vertrag ausdrücklich Verzögerungen gestattet, die auf Piraterie zurückzuführen sind, Jinchu«, sagte er. »Trotzdem haben wir schon mehr Zeit verloren, als mir lieb ist, auch wenn wir immerhin einen Piraten abgeschossen haben. Ich denke, wir können die Zeit wieder aufholen, wenn wir Santerro bereden können, uns bei der Umladung in Broadhurst früher zu bevorzugen. Aber auf dem Weg dorthin möchte ich nicht trödeln.«

»Verstanden, Skipper«, antwortete Gruber und nickte dem Astrogator der *Pirates' Bane* zu. »Ich habe Larry schon einen aktualisierten Kurs ausrechnen lassen, seit wir dem Umweg gemacht haben, um unsere ›Gäste‹ loszuwerden.«

»So hab ich's gern«, entgegnete Bachfisch grinsend. »Pflichtbewusste Untergebene, die sich von alleine schwer ranhalten!« Gruber lachte, und Bachfisch wies auf das Manövrier-Hauptdisplay.

»Wir haben einen weiten Weg vor uns«, sagte er. »Also, Jinchu, dann wollen mir mal.«

»Jawohl, Sir«, sagte der I.O. und wandte sich an den Astrogator. »Sie haben den Captain gehört, Larry. Bringen Sie uns aus der Umlaufbahn.«

»Aye, aye, Sir«, entgegnete der Astrogator förmlich, und Bachfisch lauschte auf die vertrauten, angenehmen Geräusche, mit denen seine Brückencrew effizient die Arbeit aufnahm, während er zu seinem Kommandosessel ging und sich darin niederließ. Anzumerken war es ihm nicht, dass er nicht auf die wohleingeübten Bewegungen seiner Offiziere achtete. Er lehnte sich zurück und schlug gelassen die Beine über, doch seine Aufmerksamkeit war zum großen Teil ganz woanders und mit den Beschleunigungswerten der *Todfeind* beschäftigt.

Natürlich war es möglich, dass Hairston mit ihrer Erklärung Recht hatte. So hoch der Beschleunigungswert auch sein musste, er lag bei den meisten Flotten innerhalb des sicheren Bereichs für einen Trägheitskompensator in Militärausführung. Nur bliebe dabei nicht mehr viel Spielraum, und die Andermaner waren genauso darauf bedacht, unnötige Risiken und unnötige Abnutzung der Kompensatoren und Impelleremitter zu vermeiden wie die Royal Manticoran Navy. Wenn der Kommandant der *Todfeind* also die Toleranzen so weit auszunutzen bereit war, dann musste er es wirklich sehr eilig haben.

Im Gegensatz zu Hairston wusste Bachfisch jedoch, dass der andermanische Kommandant ihn und seine Ressortoffiziere zum Abendessen auf sein Schiff eingeladen hatte. Die Kaiserlich-andermanische Weltraumflotte erwies einem Frachterkapitän nicht jeden Tag eine solche Ehre, und Bachfisch war sehr versucht gewesen, die Einladung anzunehmen. Nur hatte der Umweg zur Abgabe der gefangen genommen Piraten der *Pirates' Bane,* wie er es soeben Gruber gegenüber erwähnt hatte, ihm eine empfindliche Verspätung eingebracht. Aus diesem Grund hatte sich Bachfisch gezwungen gesehen, die Einladung abzulehnen. Doch wenn Kapitän Schweikert solch eine Einladung ausgesprochen hatte, war es ihm damit auch ernst gewesen.

Daher konnte Schweikert es auch nicht besonders eilig gehabt haben. Das wiederum bedeutete, dass er seinen Trägheitskompensator höchstwahrscheinlich nicht bis an die Grenzen belastete.

Woraus wiederum folgte, dass die andermanische Flotte das Geheimnis der verbesserten Kompensatoren geknackt hatte, in denen jahrelang einer der großen taktischen Vorteile der RMN gegenüber den Haveniten bestanden hatte.

Thomas Bachfisch hatte sein Heimatsystem in den vergangenen vierzig T-Jahren kaum mehr als ein halbes Dutzend Mal aufgesucht. Die meisten seiner Freunde und Bekannten aus dem Sternenkönigreich hatten ihn schon vor Jahrzehnten aufgegeben und ihn bekümmert als jemanden abgeschrieben, der ›die Lebensweise der Eingeborenen angenommen‹ habe, und das ausgerechnet in Silesia. An diesem Urteil, so musste Bachfisch einräumen, war schon etwas Wahres. Trotzdem hatte er sich über Manticore stets auf dem Laufenden gehalten, und ihn beschlich das deutliche Gefühl, dass Ihrer Majestät Navy nicht besonders glücklich sein würde zu entdecken, dass die Schiffe der zusehends feindseliger agieren Kaiserlich-andermanischen Flotte nun beinahe so schnell beschleunigten wie die eigenen.

Vorausgesetzt, die gegenwärtige Admiralität wäre überhaupt dazu bereit, ihm Glauben zu schenken.

5

Admiral a. D. Sir Edward Janacek, Royal Manticoran Navy, blickte von dem Bericht auf seinem Schreibtischterminal auf, als sein Schreibersmaat die Tür öffnete und Reginald Houseman in sein Büro führte. Janacek verbarg sein Missfallen sorgfältig, weil es sich für den Ersten Lord der Admiralität des Sternenkönigreichs von Manticore nicht geziemte, einen seiner Mitlords mit einem finsteren Gesicht zu empfangen. Doch obwohl Janacek seit über dreißig T-Jahren Zivilist war, betrachtete er sich nach wie vor als Raumoffizier, und jeder Raumoffizier wäre Houseman mit Abscheu begegnet. Houseman seinerseits machte sich nur selten die Mühe, seine tief sitzende, dauerhafte Verachtung für das Militär des Sternenkönigreichs zu verbergen, und wenn er es versuchte, scheiterte er stets. Das war noch nicht alles; Houseman und seine gesamte Familie waren in Janaceks Augen hoffnungslos unfähig und politisch naiv – milde ausgedrückt. Dass es sich bei ihnen um genau die idiotischen Freiheitler handelte, wegen denen Janacek die Navy verlassen hatte – um sie nämlich besser bekämpfen zu können –, verlieh seiner gegenwärtigen Situation mehr Ironie, als er überdenken wollte, doch so war es nun einmal. Houseman und seine Verbündeten unter den Liberalen waren im Augenblick absolut lebenswichtig, und deshalb bedeutete es für Janacek eine politische Unmöglichkeit, sich seine Gefühle anmerken zu lassen.

»Der Zwote Lord ist hier, Sir«, verkündete der Sekretär überflüssigerweise in der servilen Stimme, die er speziell für Housemans Besuche auf Lager hatte. Wie so viele, die das Militär unverhohlen verachteten, ließ sich auch Houseman keine Gelegenheit entgehen, ihm Unterwürfigkeit zu entlocken.

»Danke, Christopher.« Mit einem Nicken entließ Janacek den Schreibersmaat, dann stand er auf und reichte Houseman die Hand. »Es freut mich immer, Sie zu sehen, Reginald«, log er glatt. »Haben Sie die Zahlen mitgebracht?«

»Edward«, begrüßte ihn Houseman und schüttelte die dargebotene Hand mit einem Lächeln, das Janacek für genauso unecht hielt wie sein eigenes. Der Erste Lord bedeutete dem Besucher, sich zu setzen, und Houseman senkte sich in einen der bequemen Sessel vor Janaceks Schreibtisch.

»Ja, ich bringe tatsächlich die Zahlen, um die Sie gebeten haben«, fuhr er fort und zog eine Chipmappe hervor. Er beugte sich vor, legte sie Janacek auf die Schreibunterlage und ließ sich zurücksinken. »Und sie unterstützen Ihre Schlussfolgerungen tatsächlich sehr gut.«

»Gut.« Janacek gelang es, seine Erbitterung über Housemans herablassenden Unterton zu verbergen, obwohl es ihm trotz seiner jahrzehntelangen politischen Erfahrung nicht leicht fiel. Immerhin überraschte ihn Housemans Geisteshaltung, wenn man sie so nennen wollte, nicht sonderlich. Zwar war Janacek nun Zivilist, doch – in Housemans Augen – befleckte ihn allein die Tatsache, dass er jemals Raumoffizier gewesen war, mit der Unfähigkeit und Dummheit aller Offiziere. Damit war jede Anwandlung von Können oder Fantasie beim Ersten Lord eine große Überraschung, die aller Erfahrung widersprach.

Natürlich, überlegte Janacek, *rührt die Stärke seiner Gefühle auch daher, dass die Offiziere der Navy – und einer im Besonderen – ihm kristallklar gezeigt haben, was sie von ihm halten. Schade, dass Houseman wohl das Einzige ist, worin ich dieser Irren Harrington jemals werde zustimmen können.*

»Wenn wir den Bau aller Schiffe einfrieren, die nicht zu wenigstens fünfundsechzig Prozent fertig gestellt sind, etwa zwölf Prozent der älteren Wallschiffe verschrotten, die noch in Dienst sind, weitere sechzehn Prozent der Wallschiffe einmotten und den Werftplatz inaktivieren, den wir dann nicht mehr brauchen, können wir Ihre Pläne ausführen und die Ausgaben der Navy trotzdem um annähernd vierzehn Prozent der gegenwärtig verplanten Mittel reduzieren«, fuhr Houseman fort, und nun klang deutliche Zufriedenheit aus seiner Stimme. »Damit stehen uns gut zwei Billionen Dollar zur Verfügung, die wir weit nützlicheren Zwecken zuführen können.«

»Das höre ich gern«, antwortete Janacek, und er meinte es aufrichtig. Vielleicht freute er sich nicht aus den gleichen Gründen, die Housemans offenkundiges Vergnügen weckten, doch er hatte schon vor langem hingenommen, dass die Politik mitunter zu sehr seltsamen Partnerschaften führen konnte. Dass er Houseman als Zweiten Lord duldete, dem die Finanzpolitik der Admiralität unterstand, war dafür wohl ein hinreichender Beweis! Und ein weiterer Beweis bestand sicherlich darin, dass er solche Geldmittel freisetzte, obwohl die Regierung sie für Zwecke ausgeben würde, die Janacek bis ins Mark widerstrebten. Er hatte den Gedankengang sehr wohl verstanden, auf dem diese Strategie basierte, und hieß ihn intellektuell gut, doch das machte sie nur marginal erträglicher.

Er zog Housemans Datenchip aus der Mappe und führte ihn in seine eigene Konsole ein, dann rief er die Überschrift der Datei auf. Er blätterte auf die erste Seite der Zusammenfassung vor und überflog die ersten

Abschnitte, während Houseman sein eigenes Memopad auf dem Schoß öffnete und das Display einschaltete.

»Wie Sie aus Absatz zwei ersehen«, begann der Zweite Lord, »können wir damit beginnen, dass wir die gesamte *King William*-Klasse zum Verkauf freistellen. Danach ...«

»Sie stimmen also zu, dass wir die Militärausgaben gefahrlos reduzieren können«, stellte Lady Elaine Descroix in jenem fröhlichen, strahlenden Ton fest, bei dem der Baron von High Ridge stets die Zähnen zusammenbiss. Descroix war eine kleine Frau mit einem netten Gesicht, die sich stets größte Mühe gab, wie jedermanns Lieblingstante zu wirken. Er ermahnte sich abermals, nicht das panzerplattierte Pseudocroc zu vergessen, das sich hinter ihrem Lächeln verbarg.

»Innerhalb gewisser Grenzen, Elaine«, warf der manticoranische Premierminister geschmeidig ein, bevor der Erste Lord der Außenministerin antworten konnte. »Und das setzt voraus, dass die Situation in der Volksrepublik – nein, in der *Republik* Haven – auf Dauer unverändert bleibt.«

High Ridge zwang sich, ihr Lächeln zu erwidern – ein Lächeln mit einem sorgsam bemessenen Anteil an Stahl. Pseudocroc hin oder her, nicht Descroix leitete dieses Treffen, sondern er, und das sonnenerhellte, geräumige, luxuriöse Büro mit den holzvertäfelten Wänden war das äußere Zeichen und die Bestätigung seiner Überlegenheit. Die antiken Uhren, die die Regale, Couchtische und Anrichten während der Amtszeit des Herzogs von Cromarty überhäuft hatten, waren verschwunden und durch High Ridges Nippsachen und Erinnerungsstücke ersetzt worden. Von diesem Büro aus hatten die Premierminister vier T-Jahrhunderte lang das Sternenkönigreich von Manticore regiert, und High Ridges Lächeln rief Descroix die Macht in Erinnerung, die er repräsentierte.

»Nun, ich denke, wir dürfen davon ausgehen, dass die Situation unverändert bleibt«, versicherte Descroix ihm. Ihre Augen quittierten die Botschaft, die sein Gesichtsausdruck übermittelt hatte, doch selbst dabei zeigte ihr Lächeln eine entschiedene Selbstzufriedenheit. »Wir können dafür sorgen, dass sie weiterdebattieren, solange wir Zeit brauchen. Was sollten sie sonst auch tun?«

»Ich bin dennoch nicht überzeugt, dass es wirklich klug war, ihre letzten Vorschläge einfach zu übergehen«, sagte eine andere Stimme, und High Ridge wandte sich um und musterte das dritte Mitglied des Quartetts, das sich in seinem Büro versammelt hatte, um Janacek zu empfangen. Marisa Turner, Gräfin von New Kiev und seit der letzten Kabinettsumbildung Lordschatzkanzlerin des Sternenkönigreichs von Manticore, wirkte besorgt – wie so oft. Nicht etwa, dass sie die politischen Realitäten nicht erkannte, wenn sie ihr ins Auge blickten, aber manchmal war es ihr ... zuwider, die notwendigen Maßnahmen zu ergreifen.

Abgehalten hat sie ihr Abscheu aber noch nie, erinnerte High Ridge sich zynisch.

»Etwas anderes stand uns nicht zur Disposition, Marisa«, versicherte Descroix ihr und zuckte mit den Achseln, als Turner sie ansah. »Wenn wir völlig ehrlich sind«, fuhr die Außenministerin fort, »waren die Vorschläge, oberflächlich betrachtet, schlichtweg zu vernünftig. Wenn wir sie angenommen hätten, dann würden bestimmte Teile des Parlaments darauf bestehen, dass wir ernsthaft überlegen, sie zur Grundlage eines Friedensvertrags zu machen. Damit aber hätten wir den Weg geebnet für die territorialen Zugeständnisse, die ebenfalls Teil der neuen

Vorschläge waren. Und das wiederum würde uns zwingen, allzu viel von dem aufzugeben, was unsere tapfere Navy für uns erobert hat.«

New Kiev verzog kurz das Gesicht, doch High Ridge stellte fest, dass sie keinen Einwand gegen Descroix' Folgerungen erhob. Es unterstrich ihre Bereitschaft zu tun, was die Zweckmäßigkeit verlangte, ganz gleich, wie zuwider es ihr war, denn sie begriff die Hintergedanken von Descroix' Erklärung genauso gut wie jeder andere im Büro.

Letzten Endes waren jedem Mitglied der gegenwärtigen Regierung sämtliche Gründe bewusst, die dafür sprachen, den Krieg gegen Haven zu keinem endgültigen Abschluss zu bringen. Angesichts des überwältigenden technischen Vorteils des Sternenkönigreichs bestand dazu einfach keine Notwendigkeit. Dem havenitischen Kriegsminister Theisman war offensichtlich klar, wie hilflos seine Flotten gegenüber dieser Überlegenheit waren. Selbst wenn es anders gewesen wäre, hätte er – nach High Ridges privater Meinung – niemals den Mut besessen, erneut offene Feindseligkeiten gegen eine Sternnation zu beginnen, welche die seine so vernichtend geschlagen hatte. Wenn er mit solchem Testosteron-Vorrat beschaffen wäre, hätte er die absolute Macht, die in seiner Reichweite gelegen hatte, niemals so träge an jemanden wie diese Pritchart übergeben!

Nein. Falls die Feindseligkeiten jemals wieder aufflammten, würde die Volksflotte – oder die Republikanische Navy, wie sie sich nun zu nennen beliebte – rasch vernichtet werden, und das wussten die Havies genau. Folglich blieb der neuen havenitischen Regierung keine andere Wahl, als mit Manticore zu reden, bis das Sternenkönigreich sich dazu herabließ, die Bedingungen eines formellen Friedensvertrags vorzulegen. Das aber, fand High Ridge, war ein höchst glücklicher Stand der Dinge angesichts der innenpolitischen Bedrohungen, denen er und seine Koalitionspartner sich zu stellen hatten.

Die Verfassung verlangte, dass alle vier Manticore-Jahre wenigstens einmal allgemeine Wahlen abgehalten wurden, es sei denn, es wären gewisse genau spezifizierte Bedingungen gegeben – und dennoch lagen die letzten Wahlen mehr als fünf Manticore-Jahre zurück. Eine diese Bedingungen, unter denen ein Wahlaufschub möglich wurde, war ein formell erklärter Notstand, der von der Krone ausgerufen und von einer Zweidrittelmehrheit in beiden Kammern des Parlaments bestätigt werden musste. Ein Notstand allerdings musste jedes Jahr sowohl von der Krone als auch von der gleichen Mehrheit in beiden Kammern neu bestätigt werden, oder er ging automatisch zu Ende.

Die andere Bedingung, unter der allgemeine Wahlen ausgesetzt werden konnten, war das Bestehen des Kriegszustands. Die Verfassung verlangte indes nicht, dass Wahlen unter den genannten Umständen verschoben werden *mussten,* sondern gab der augenblicklichen Regierung nur die Möglichkeit dazu. Im Gegensatz zu High Ridge hatte der Herzog von Cromarty seine Unterstützung hauptsächlich im Unterhaus gefunden, und ungeachtet gelegentlicher Tiefs in der öffentlichen Moral war sie unerschütterlich gewesen. Cromarty hatte sich den Zeitpunkt, zu dem er Wahlen ansetzte, immer sehr gut ausgesucht, aber er hatte während des Krieges zwei Wahlen abhalten lassen, und seine Mehrheit im Unterhaus war jedes Mal gewachsen.

High Ridges Basis hingegen fand sich im Oberhaus, und deshalb waren allgemeine Wahlen aus vielen Gründen das Letzte, was er sich wünschte. Da die Aufrechterhaltung eines Notstands eine Mehrheit in beiden Häusern erforderte – ganz zu schweigen von der Zustimmung der Krone, auf die er sich weniger Hoffnungen machen durfte als irgendjemand sonst –, konnte er nur durch Fortsetzung des Kriegszustands gegen Haven die Wahlen hinauszögern, die sich unter den gegenwärtigen Umständen fast sicher als Desaster erwiesen hätten.

Doch auch in anderer Hinsicht war der Kriegszustand ihm nützlich. High Ridge konnte damit nicht nur die Bestätigung der Peers von San Martin hinausschieben und eine fast sichere, peinliche Wahlniederlage für sowohl die Freiheitler als auch die Progressiven verhindern (sein Bund der Konservativen war im Unterhaus ohnedies so schwach vertreten, dass sich kein erdenklicher Wahlausgang noch spürbar darauf ausgewirkt hätte), sondern auch die Sondersteuern beibehalten, die von der Regierung Cromarty ›für die Dauer des Krieges‹ eingeführt worden waren. Diese Steuern waren unpopulär, um es gelinde auszudrücken, aber in den Köpfen der Öffentlichkeit fest mit Cromarty verknüpft – und folglich mit der Zentralistenpartei.

Die Verfassung des Sternenkönigreichs war von Menschen erdacht worden, die die Macht des Staates entschlossen hatten einschränken wollen – insbesondere die Macht, Steuern zu erheben. Die Gründer hatten ein fiskalisches System eingerichtet, unter dem das Einkommen der Regierung hauptsächlich aus Einfuhr- und Ausfuhrzöllen sowie aus Grund- und Umsatzsteuern stammte. Die Verfassung bestimmte ausdrücklich, dass jede Einkommenssteuer eine Pauschalsteuer sein und auf ein Maximum von acht Prozent des Bruttoeinkommens begrenzt sein musste, es sei denn, es lag ein Notstand vor. Um ihre

Position kristallklar zu machen, hatten die Gründer überdies festgelegt, dass selbst während eines Notstands jede gestaffelte Einkommenssteuer nur mit Zustimmung einer absoluten Mehrheit in beiden Häusern eingeführt werden durfte und automatisch nach fünf T-Jahren oder bei den nächsten allgemeinen Wahlen verfiel (es sei denn, sie würde von einer neuen absoluten Mehrheit verlängert).

Diese Einschränkungen hatten es der Regierung Cromarty sehr schwer gemacht, die Einkommenssteuer (die auf dem Höchstsatz fast vierzig Prozent betrug) und zusätzliche Einfuhrzölle zu verabschieden, um damit den Krieg zu finanzieren. Die Öffentlichkeit hatte die gewaltige Steuerbelastung nur deshalb mit einer verdrossenen Resignation hingenommen, weil Cromarty die Gründe für seine Maßnahmen mit großem Erfolg dargelegt hatte – und weil die Wähler erwartet hatten, dass die Steuer bei Kriegsende aufgehoben werden würde. Ihre Erwartungen waren indessen enttäuscht worden, weil der Krieg noch immer nicht zu Ende war (jedenfalls nicht offiziell) und die Steuern daher in Kraft blieben.

Natürlich bedauerten High Ridge und seine Koalitionspartner es zutiefst (und öffentlich), dass sie die Steuerlast aufrechterhalten mussten, die dem manticoranischen Volk von den Zentralisten auf die Schultern geladen worden war – dazu sei man nämlich ›gezwungen‹, weil Haven sich weigere, einen formellen Friedensvertrag zu schließen. Doch die Pflicht, die Sicherheit des Sternenkönigreichs zu gewährleisten, erlaube ihnen nicht, guten Gewissens die Steuern zu senken, bevor sie sich vergewissert hätten, dass die militärische Bedrohung mit einem formellen Friedensabkommen ein für alle Mal zu Ende sei. Bis dahin gewännen sie durch die Besteuerung einen gewaltigen Zufluss von Mitteln, die sie nun, während des Waffenstillstands, in andere, dem Frieden dienende Programme leiten könnten, eine einfache, wenngleich unerwartete Folge der noch nicht beigelegten internationalen Spannungen.

Ein guter Teil dieser Gaben war sehr leise bestimmten politischen Aktivistenorganisationen zugeschanzt worden, Gewerkschaftsführern, Industriellen und Finanziers. Die Mittel diskret in die gewünschten Hände umzulenken, war verhältnismäßig simpel gewesen, obschon man die Überweisungen mit Etiketten wie ›Forschungsbeihilfe‹, ›Studien der Arbeitsbedingungen‹, ›Bildungszuschuss‹ oder ›industrielle Expansionsprämie‹ hatte rechtfertigen müssen. Eines der erfolgreichsten Manöver dieser Art war die neu gegründete Royal Manticoran Astrophysics Investigation Agency. Ohne Zweifel würde die RMAIA mit dem einen oder anderen praktisch verwertbaren Ergebnis aufwarten können, doch ihr wahrer Wert lag darin, dass sie die Fantasie der Öffentlichkeit zu fesseln vermochte. Die RMAIA war das Vorzeigeprojekt der Kampagne ›Den Frieden aufbauen‹, die auf New Kievs Mist gewachsen war, und das hatte einen guten Grund. Schließlich und endlich beruhte der Wohlstand des Sternenkönigreichs zu etwa drei Vierteln auf dem interstellaren Speditionsgewerbe und dem gewaltigen Durchgangsverkehr des Manticoranischen Wurmlochknotens. Wenn man zusätzliche Zielorte entdeckte, die dieser Knoten erreichen konnte, würde das diesen Reichtum nur noch steigern.

Gleichzeitig war die Suche nach einem neuen Terminus natürlich ein furchtbar kostspieliges Unterfangen … um einiges kostspieliger, als der Führungsetage der RMAIA, wie High Ridge inbrünstig hoffte, klar sein konnte. Etwa zehn Prozent seines Etats konnte säuberlich abgeschöpft und direkt an diverse Schiffbauer und Beratungsfirmen weitergeleitet werden, ohne dass man es je auf etwas Nützliches verschwenden musste. Das Amt war zu einer öffentlichen Ikone geworden, sodass niemand es wagte, seine Ausgaben zu hinterfragen.

Hier und dort waren einige hohe Millionenbeträge vollkommen verschwunden, ohne den Deckmantel der Achtbarkeit in Anspruch zu nehmen, den die RMAIA lieferte. Das meiste davon hatte frei verfügbare Etats durchlaufen, oder man hatte die Empfänger der Zahlungen unter Berufung auf die nationale Sicherheit (was von gefälligen Angehörigen der Geheimdienstkreise bestätigt wurde) verschweigen können. Doch eigentlich waren derartige Maßnahmen kaum notwendig gewesen.

Die bei weitem größten Ausgaben waren jedoch in die lange gepflegten sozialen Programme der Freiheitler und der Progressiven geflossen. High Ridge betrachtete sie als Maschen zum Stimmenfang, und er war sich sicher, dass Descroix seine Ansicht teilte – was auch immer sie in der Öffentlichkeit behauptete. Mit New Kiev hingegen sah es anders aus. Sie glaubte aufrichtig, die ›Armen‹ des Sternenkönigreichs litten bittre Not – obwohl die ›Ärmsten der Armen‹ über ein Einkommen verfügten, das wenigstens viermal so hoch war wie das des Durchschnittsbürgers auf Grayson und ungefähr das Sieben- bis Achtfache dessen betrug, was dem durchschnittlichen Haveniten in der finanziell ausgebluteten Republik zur Verfügung stand. New Kiev und ihre Partei waren entschlossen, ein neues, ›gerechteres‹ und ›von Chancengleichheit geprägtes‹ Sternenkönigreich aufzubauen, in dem der ›ungebührliche Reichtum der besitzenden Klasse‹ auf Regierungsbeschluss verteilt wurde, da die Gesetze des Marktes dazu anscheinend unfähig waren.

Hätte man High Ridge bedrängt, er hätte zugegeben, dass er die Freiheitler im Grunde für viel bedrohlicher hielt als die Zentralisten es je werden konnten. In der leidenschaftlichen Rhetorik von New Kievs lautstarken Helferinnen und Helfern schwang jene hässliche Denkart mit, die letztlich den Zusammenbruch der alten Republik Haven verursacht und die Bildung der Volksrepublik herbeigeführt hatte. Zum Glück hatten New Kiev und Konsorten kaum eine Chance, ihre erklärten Absichten je im Sternenkönigreich durchzusetzen. Der traditionellen Sicht des Wahlvolks, dass der Bund der Konservativen nichts weiter sei als der reaktionäre Verteidiger des aristokratischen Privilegs (auf Kosten aller anderen Klassen), hatte High Ridge inzwischen ein wenig die Schärfe nehmen können, indem er sowohl das Finanzressort als auch das Innenministerium an die Freiheitler abtrat und sich in der Öffentlichkeit nachdrücklich hinter New Kievs innenpolitische Programme stellte.

Nach dem Skandal, der die hysterischen Sklavereibeschuldigungen dieser verdammten Montaigne ausgelöst hatte, war diese Maßnahme umso wichtiger geworden. Tatsächlich war die Regierungsumbildung, bei der die Freiheitler solch einen überproportionalen Anteil der Ministerposten erhalten hatten, allein von ebendiesem Skandal diktiert worden. Im Oberhaus hatte die anschließende Hexenjagd eine recht solide Unterstützung gefunden, obwohl es leider unumgänglich gewesen war, der moralischen Empörung der Proleten einige Einzelpersonen zu opfern. Im Unterhaus war es anders gekommen, und Alexanders Versuche, eine Sonderermittlung durchzusetzen – die getrennt von der Untersuchungskommission der Regierung gearbeitet hätte –, hatten ein großes Risiko bedeutet. Ein außerordentliches Risiko sogar, denn von den Namen in den Dateien, die Montaigne nach Manticore gebracht hatte, gehörten nur zwei einem Zentralisten und einer einem Kronenloyalisten – die restlichen Namen gehörten Konservativen und Progressiven.

Und Freiheitlern.

Dieser Umstand hatte angesichts der Größe der Freiheitlerfraktion im Unterhaus den gefährlichsten Aspekt des Skandals dargestellt; nicht so sehr wegen der Verurteilung, die Alexander und seine Spießgesellen vielleicht erreicht hätten (obwohl das kein Zuckerschlecken gewesen wäre), sondern vielmehr aufgrund der Tatsache, dass sich einem Freiheitler allein schon bei dem Gedanken der Magen umdrehte, jemand aus den eigenen Reihen könne in etwas wie Gensklavenhandel verwickelt sein. Das war eben das Problem mit Leuten, die nicht davon abzubringen waren, sich durch ihre Prinzipien und ihre pharisäische Moral zu definieren. Wenn jemand gegen diese Prinzipien verstieß, neigten die Freiheitler dazu, die Täter anzugreifen, ohne sich auch nur Gedanken über eine pragmatisch-strategische Vorgehensweise zu machen. Persönlich missbilligte High Ridge selbstverständlich schon die Existenz von etwas wie Gensklaverei. Doch bezweifelte er unverhohlen, dass sie in dem Ausmaß praktiziert wurde, wie es etwa diese hysterische Montaigne behauptete. Doch so sehr er die Gensklaverei verurteilte, er musste auch andere Faktoren berücksichtigen; und man konnte wohl kaum von ihm erwarten, dass er wegen einer einzigen Streitfrage seine Chance verstreichen ließ, die Krone an der Zerstörung des grundlegenden Machtgleichgewichts zu hindern, das von der Verfassung gefordert wurde.

Leider war es völlig unmöglich, diesen Gedankengang einem Freiheitler zu erklären. Oder zumindest einem freiheitlichen Angehörigen des Unterhauses, der glaubte, seine Wähler oder die Presse könnten Wind davon bekommen, dass er sich diesen Gedankengang erklären ließ. Bei den Freiheitlern hatte es eine gefährliche Unterströmung gegeben. Sie hatten Alexander in seiner Forderung nach einer Sonderuntersuchung unterstützen wollen, und High Ridge hatte diese Forderung nur dadurch ins Leere laufen lassen können, dass er einiges hin und her geschoben, New Kiev den zweithöchsten Kabinettsposten gegeben und Sir Harrison MacIntosh zum Innenminister ernannt hatte. Auf seinem neuen Posten wäre MacIntosh dasjenige Regierungsmitglied gewesen, das die Untersuchung geleitet hätte, und er besaß einen sehr guten Ruf als Jurist. Außerdem gehörte er dem Unterhaus an, war also kein Peer, wodurch die freiheitlichen Parlamentsmitglieder anführen konnten, dass er sich niemals an einer ›aristokratischen Vertuschungsaktion‹ beteiligen würde. Noch wichtiger war High Ridge freilich, dass ihm gewisse ›Unüberlegtheiten‹ in Sir Harrisons Vergangenheit eine zusätzliche Hebelkraft verschafften, von der selbst New Kiev nichts ahnte.

Die Existenz dieses Druckmittels war ein weiterer ausgezeichneter Grund dafür gewesen, New Kiev aus dem Innen- ins Finanzministerium zu verlegen. In keiner Weise ließ sich vorhersagen, was sie unternommen hätte, wenn sie die Sklavereiermittlungen geleitet hätte und dabei auf völlig ungeahnte Tatsachen gestoßen wäre. Es lag durchaus im Rahmen des Denkbaren, dass sie öffentlich die Art angegriffen hätte, mit der die Regierung die Angelegenheit behandelte – und das wäre katastrophal gewesen. Wie die Dinge nun standen, war ihr guter Freund MacIntosh mit der Klärung befasst, und sie konnte sich beruhigt um andere Belange kümmern – davor geschützt, sich solch hässlichen Möglichkeiten (und politisch schwierigen Entscheidungen) stellen zu müssen.

Alles in allem sonnte sich High Ridge in seinem Erfolg: Er hatte eine potenzielle Last in einen Vorteil verwandelt und zugleich sich und seine Partei gegen den Vorwurf geschützt, mit den Beschuldigten gemeinsame Sache zu machen. Wenn es nötig wurde, konnte er stets darauf hinweisen, dass nicht er, sondern seine Koalitionspartner, die Freiheitler, den Fehler begangen hätten. Dass die Freiheitspartei einen überaus rechtschaffenen Ruf besaß – zumindest bei ihren Wählern und einem gewissen Teil der Medien –, bildete eine weitere Schicht der Tarnung. Falls die Freiheitler bei der Untersuchung irgendetwas übersähen, würde man das als Fehler auf Seiten der aufrechten Ermittler betrachten.

Und außerdem schadete es nicht, wenn man sich hinter New Kiev und ihren freiheitlichen Beratern – wie den Housemans – verstecken konnte, falls irgendwelche unangenehmen Fragen zur Finanz- und Steuerpolitik aufkamen.

In den nächsten Monaten könnte dieser Punkt besonders heikel werden, denn das Aussetzungsdatum für die gestaffelte Einkommenssteuer rückte unerbittlich näher. Die anderen Steuererhöhungen konnten ohne rechtliche Schwierigkeiten bis zu den nächsten allgemeinen Wahlen aufrecht erhalten werden, nicht aber die Einkommenssteuer. Und ein Wegfall dieses riesigen fiskalischen Überschusses (den das von Zentralisten beherrschte Unterhaus niemals freiwillig erneuern würde) war der eigentliche Grund, weshalb Janacek und Houseman die Ausgaben für die Flotte noch weiter zusammenstreichen sollten. Ohne diese Einschnitte müssten stattdessen die nichtmilitärischen Ausgaben gekürzt werden, und das war für alle Regierungsparteien nicht akzeptabel. High Ridge hoffte inständig, dass man die Kürzungen durchsetzen könnte, ohne die wahren Beweggründe dafür preiszugeben, doch wenn es sein musste, würde er entschlossen die Schuld auf New Kiev abschieben. Schließlich wusste jeder, dass die Freiheitler die Partei des ›Besteuerns und Ausgebens‹ war. Und es lag immerhin im Rahmen des Möglichen, dass er im Oberhaus genügend Unabhängige auf seine Seite ziehen konnte, um seine Mehrheit aufrechtzuerhalten, auch wenn er gezwungen war, sich von New Kiev loszusagen. Denkbar, aber höchst unwahrscheinlich, und deshalb war es für ihn lebenswichtig, die Kürzungen und den neuen Etat so still und schnell wie möglich genehmigt zu bekommen.

Unter der Voraussetzung, dass alles glatt lief und sie den Etat durchbekamen, bliebe es dennoch nützlich, New Kiev als Kopf des Finanzministeriums beizubehalten. Solange sie eine derart machtvolle Position innehatte, ließ sich stets sehr gut die Behauptung untermauern, die gegenwärtige Regierung sei tatsächlich eine Koalition mit einer breiten politischen Grundlage, die alle Richtungen und Sichtweisen einbeziehe.

Eines aber wusste High Ridge genau; wenn es darauf ankam, stimmten New Kiev und er in einem Punkt völlig überein – einem Punkt, der den Zentralisten völlig gegen den Strich ging: Beide hielten sie es für vertretbar, sich der Staatsmacht zu bedienen, um ihre ideologischen Ziele durchzusetzen. Zwar verfolgten sie jeweils völlig unterschiedliche Ziele, doch waren sie beide absolut dazu bereit, auf dem Weg zum Ziel taktische Kompromisse einzugehen und einen gewissen Grad von Einmischung in das Privatleben hinzunehmen (in das Privatleben anderer zumindest). Dagegen hätten sich Alexanders Zentralisten energisch verwahrt. Der Premierminister musste zugeben, dass New Kievs zahllose Spendeninitiativen und Regierungsprogramme allmählich Auswirkungen zeigten. Etliche dieser Initiativen finanzierten Projekte und Dienste wie die RMAIA, die selbst ein Zentralist als förderlich ansah (so sehr er dann auch abstritt, dass es angemessen war, wenn die Regierung die Mittel dafür bereitstellte). Andere wurden weniger allgemein als nützlich angesehen, aber sie weckten starke Loyalität in denen, die von ihnen profitierten. Ausnahmslos betonten sie aber das sehr natürliche und menschliche Bedürfnis, den Opfergaben, dem Tod und der Vernichtung durch den Krieg den Rücken zu kehren und sich etwas Positivem, Lebensbejahendem zuzuwenden.

Aus diesem Grund zeigten die Umfragen, dass die Wählerunterstützung für die Zentralisten langsam, aber konstant nachließ. Längst noch nicht waren die Begleitumstände gegeben, unter denen High Ridge eine zeitlich präzise abgepasste Wahl abhalten lassen wollte, und es war unwahrscheinlich, dass etwas geschah, wodurch die Zentralisten ihre Position als stärkste Fraktion im Unterhaus einbüßten. Schon gar nicht, wenn die allgemeinen Wahlen aus den ›Beobachtern‹ von San Martin automatisch gleichberechtigte Parlamentsabgeordnete machen würden. Doch wenn sich die Trends wie berechnet fortsetzten, würden die Zentralisten trotz der Abgeordneten von San Martin mit fast völliger Sicherheit ihre absolute Mehrheit verlieren. Besonders die Freiheitler gewannen ständig an Boden, und auch deswegen würde New Kiev wohl kaum das Boot zum Kentern bringen wollen. Es war absolut entscheidend, die neuen Einschnitte unbemerkt an der Opposition vorbeizuschmuggeln.

High Ridge ermahnte sich erneut, nicht den Abscheu der Gräfin vor den Taktiken zu unterschätzen, die ihr die Pragmatik aufzwang. Außerdem durfte er niemals vergessen, dass einem guten Freiheitler alles als Ketzerei erschien, was auch nur nach Imperialismus und territorialer Expansion aussah, während ein Progressiver darüber vielleicht ganz anders dachte. Zeit, die Wogen ein wenig zu glätten, beschloss er, und warf Descroix einen zügelnden Blick zu, bevor er sich New Kiev zuwandte.

»Niemand hier verfolgt irgendwelchen imperialen Ehrgeiz, Marisa«, sagte er ernst. »Dennoch müssen wir schon allein wegen der Sicherheitsprobleme, die uns die Regierung Cromarty durch die Annexion von Trevors Stern eingebrockt hat, auf einigen Konzessionen der Haveniten bestehen. Es wird aber auch Zeit, dass sie endlich mal ein wenig nachgeben. Wir sind ihnen schon außerordentlich entgegengekommen, indem wir dem allgemeinen Austausch der Kriegsgefangenen zustimmten, ohne dass wir mehr in der Hand hatten als ein Waffenstillstandsabkommen.«

New Kiev musterte den Premierminister einige Sekunden lang, dann nickte sie nachdenklich. Descroix hingegen, die darauf vertraute, dass New Kiev woandershin blickte, verdrehte zynisch die Augen. ›Gefangenenaustausch‹ klang sehr großzügig, doch eigentlich hätte New Kiev so gut wie sie wissen müssen, dass das Sternenkönigreich ihn nicht aus Gutherzigkeit oder Kompromissbereitschaft vorgeschlagen hatte. Die Manticoranische Allianz hatte weit mehr Kriegsgefangene gemacht als die Volksrepublik, und allein die Kosten für die Ernährung und Unterbringung der Gefangenen loszuwerden, wäre schon dieses Entgegenkommen wert gewesen. Hinzu kam noch der gewaltige PR-Vorteil, sich als die Regierung darzustellen, die ›ihre eigenen Männer und Frauen wieder nach Hause geholt‹ hatte …

»Haven müsste eigentlich genauso gut wissen wie wir, dass das nächste größere Zugeständnis von seiner Seite kommen muss«, fuhr High Ridge in nüchternem Ton fort. »Außerdem muss der Republik klar sein, dass territoriale Konsequenzen aus unseren neuen Sicherheitsbedürfnissen heraus unvermeidbar sind. Dennoch beruht jeder Vorschlag Giancolas darauf, dass wir als Erstes die besetzten Sonnensysteme zurückgeben sollen. Völlig undenkbar, dass irgendeine manticoranische Regierung auf solch eine Forderung eingeht, nachdem die Eroberung besagter Systeme unser Militär so viele Menschenleben gekostet hat.«

Das war zwar nicht ganz korrekt, doch darüber sah High Ridge gern hinweg. Die Haveniten bestanden tatsächlich auf der Rückgabe aller besetzten Planeten, doch jedem im Außenministerium war klar, dass damit nur eine Ausgangsposition definiert werden sollte, von der man im Laufe der Verhandlungen jederzeit abweichen konnte. Und im Gegensatz zu New Kiev wusste High Ridge, dass Descroix' letzter Bericht an das Kabinett absichtlich Giancolas jüngsten Vorschlag verschwiegen hatte. Giancola wollte eventuell einzelnen Sonnensystemen erlauben, durch Volksentscheide zu bestimmen, von welcher Seite sie kontrolliert werden wollten – selbstredend würden diese Volksentscheide von der Republik beaufsichtigt werden.

Wahrscheinlich ist es ganz gut, dass ich darauf nicht eingegangen bin, dachte High Ridge, als er sah, wie New Kiev bei der Erwähnung des Militärs ganz leicht den Mund verkniff.

Sie teilte zwar nicht Reginald Housemans Verachtung gegenüber dem Militär des Sternenkönigreichs, doch wie die meisten Führer der Freiheitler stand sie dem Einsatz militärischer Gewalt bestenfalls ambivalent gegenüber. Dass das Sternenkönigreich fremde Sonnensysteme besetzt hielt, beleidigte jede anti-imperialistische Ader in New Kievs Leib, ganz gleich, wie und warum es so weit gekommen war; und zu wissen, dass die politische Zweckmäßigkeit sie zwang, diese Okkupationen wenigstens nach außen hin zu unterstützen, machte alles nur noch schlimmer.

Dass sie der einzige Mensch im Büro war, der so empfand, wurde jedoch schon im nächsten Augenblick offenbar.

»Dem stimme ich selbstverständlich zu«, sagte Stefan Young, der Earl von North Hollow. North Hollow hatte als Belohnung dafür, dass er die Regierung mit den außerordentlich brisanten Geheimdateien unterstützte, die sein Vater angelegt hatte, das Amt des Handelsministers erhalten. Allein der Macht, die mit diesen Dateien ausgeübt werden konnte, hatte North Hollow es zu verdanken, dass er trotz seines relativ untergeordneten Rangs in der Kabinettshierarchie als fünfte und letzte Person an dieser Strategiebesprechung auf höchster Ebene teilnahm. Schließlich enthielten besagte Dateien das notwendige Druckmittel, mit dem High Ridge MacIntoshs Sklavereiermittlungen notfalls ... konstruktiv würde lenken können.

»Wir können die Rückgabe irgendeines Havie-Systems noch nicht einmal in Erwägung ziehen, bevor unsere Sicherheitsbedürfnisse befriedigt sind«, fuhr North Hollow fort. »Trotzdem, Michael, mache ich mir Sorgen darüber, wie die Opposition reagieren wird, wenn Edward empfiehlt, die Zahl unserer Großkampfschiffe noch weiter zu senken.«

Janacek sah ihn stirnrunzelnd an, und der Earl winkte träge ab.

»Nein, ich hinterfrage Ihre Vorschläge in keiner Weise«, versicherte er dem Ersten Lord. »Und sowohl persönlich als auch als Handelsminister kann ich es nur begrüßen, wenn Finanzmittel von der Wartung und Bemannung veralteter Kriegsschiffe abgezogen und produktiveren Zwecken zugeführt werden! Ich werde mir auch keine schlaflosen Nächte machen über Admirale«, fügte er ein wenig grimmiger hinzu, »die Wutanfälle bekommen, weil wir ihnen ihr Spielzeug wegnehmen. Dennoch schlagen wir eine substanzielle Veränderung in der gegenwärtigen Zusammensetzung und Schlagkraft der Flotte vor. Ich finde, wir müssen sehr genau bedenken, welche Angriffschancen wir der Opposition bieten, wenn wir zu kühn vorgehen.«

Übersetzt heißt das, dachte High Ridge sarkastisch: *Meine* Frau *findet, wir sollten vorsichtig sein.*

Stefan Young war erheblich intelligenter als sein älterer Bruder Pavel, den Honor Harrington auf dem Duellplatz von Landing City getötet hatte. Um intelligenter zu sein als Pavel, benötigte man nicht den IQ eines Genies, doch Stefan konnte sich normalerweise immerhin ohne Hilfe die Schuhe zubinden. Keiner von beiden konnte jedoch jemals mehr sein als ein flauer Abklatsch ihres Vaters, und darüber war High Ridge auch sehr froh. Kein Führer des Bundes der Konservativen hätte sich Dimitri Young in den Weg stellen und politisch überleben können, und das hatte jeder gewusst, denn Youngs gewaltiges, penibel geführtes Archiv enthielt bei weitem zu viele vernichtende politische Geheimnisse über jeden von ihnen.

Nach Dimitri Youngs Tod hatte dessen ältester Sohn einen bestürzenden Ehrgeiz an den Tag gelegt und hätte, wenn er ihm gefolgt wäre, irgendwann High Ridges Position gefährdet. Zum Glück hatte Harrington diese Bedrohung zusammen mit Pavel Young ausgeschaltet, und Stefan, obschon hinreichend ehrgeizig und im Besitz ebendieser Dateien, war so klug, sich von seiner Frau lenken zu lassen. Lady North Hollow war eine gerissene Taktikerin und hatte eindeutig erkannt, dass Stefan nicht aus dem Holz geschnitzt war, aus dem man charismatische politische Führer machte. Vor ihrer Heirat hatte Georgia Young – geborene Sakristos – eine hohe Stellung bei sowohl Dimitri als auch Pavel Young innegehabt. Offiziell hatte sie als Sicherheitschefin fungiert, doch war es allgemein bekannt, auch wenn man nicht darüber sprach, dass sie die ›Schmutzarbeit‹ für beide ausgeführt hatte. Aus diesem Grund hatte High Ridge sie zur Vorsitzenden des Koordinationsausschusses für die Politik des Bundes der Konservativen gemacht. Bei dieser Entscheidung hatte die Überlegung, dass sie dadurch der aktuellen Führung des Bundes eine gewisse Loyalität schulden würde, eine nicht unwesentliche Rolle gespielt. Und während High Ridge niemals vergaß, dass Lady Georgia ein zweischneidiges Schwert war, hatte er seinen Entschluss bislang nie bereut.

Und wenn die Besorgnis, die North Hollow gerade geäußert hat, tatsächlich auf seine Frau zurückgeht, könnte sie zumindest potenziell berechtigt sein, überlegte der Premierminister.

»Edward?«, bat er den Ersten Lord um Stellungnahme.

»Mir ist durchaus bewusst, dass die Admiralität eine nicht unbeträchtliche Änderung der Prioritäten vorschlägt«, antwortete Janacek ein wenig aufgeblasen.

»Doch die Gegebenheiten der augenblicklichen Lage erfordern ein systematisches Überdenken unserer bisherigen Positionen.«

Er hat nicht gesagt, bemerkte High Ridge, *weshalb das nötig ist.* Niemand sonst schien dieses Detail zu bemerken, und der Erste Lord fuhr in unverändert gewichtigem Ton fort:

»Die Gliederung und Zusammensetzung der Streitkräfte, die wir von der Regierung Cromarty geerbt haben, war vielleicht sinnvoll, solange der Krieg gegen Haven geführt wurde. Wenn Sie mich fragen, hat man dabei den älteren, weniger effizienten Typ Großkampfschiff zu stark favorisiert. Wie manch anderer Offizier hatte ich diese Zusammensetzung schon vor Jahren ändern wollen – schon vor Kriegsausbruch. Aber vermutlich war die Admiralität damit überfordert, die Zweckmäßigkeit solch neuer und radikaler Konzepte zu erkennen.«

Er ließ den Blick über den Konferenztisch wandern, doch niemand entgegnete etwas. Indes wusste jeder, dass er sich auf Admiral Sonja Hemphill bezog. Es war nicht verwunderlich, dass Janacek die gewaltige technische Modernisierung der Royal Manticoran Navy allein Hemphill und ihrer so genannten *Jeune École* zuschrieb, denn schließlich war sie seine Cousine. Damit übersah er allerdings den Umstand, dass der Erfolg der neuen Schiffsklassen wenigstens genauso sehr auf der Arbeit von Leuten beruhte, die Hemphills Enthusiasmus gezügelt hatten, indem sie sich ihren radikalsten Vorschlägen widersetzten. Überdies hatte Hemphill sich hinter den Kulissen völlig von Janaceks Admiralität gelöst, weil sie mit der Politik der Regierung nicht im Mindesten einverstanden war. Diese ablehnende Haltung war vermutlich der einzige Grund, weshalb Janacek sie nicht namentlich erwähnt hatte. Vielleicht handelte es sich auch um ein für ihn ungewöhnliches Zeichen von Takt, denn es war ein offenes Geheimnis, dass niemand anderes als Hemphill beim Kriegsgerichtsverfahren gegen Pavel Young die entscheidende Stimme abgegeben hatte, die zu dessen unehrenhafter Entlassung aus dem Dienst der Königin führte – und daran musste man Pavels Bruder nicht ausgerechnet in diesem Moment erinnern.

»Doch was auch immer vor Kriegsausbruch gültig war oder auch erst vor vier bis fünf T-Jahren«, nahm Janacek den Faden wieder auf, »die Militärpolitik Cromartys ist angesichts der neuen Gegebenheiten der Raumkriegführung und unserer gegenwärtigen finanziellen Engpässe hoffnungslos überholt. Unser Plan sieht eine Reduzierung unserer Schlachtgeschwader auf annähernd neunzig Prozent des augenblicklichen Standes vor.«

Er erwähnte nicht eigens, dass man diese Reduzierung umsetzen wollte, indem man jedes Geschwader von acht auf sechs Schiffe verkleinerte. Diese zehnprozentige Reduktion der Geschwaderzahl bedeutete eine Senkung der Schiffszahl um *dreiunddreißig* Prozent.

»Was die Schiffe angeht, über deren Außerdienststellung wir sprechen, so werden sie entweder verschrottet oder eingemottet«, fuhr er fort, »wobei man bedenken muss, dass sie im Gefecht gegen die neuen Lenkwaffen-Superdreadnoughts mit Raketenbehälter-Abwurf oder LAC-Trägern nichts anderes wären als obsolete Todesfallen. Unsere Männer und Frauen an Bord von Schiffen sterben zu lassen, die nur noch als Übungsziele taugen, wäre unverantwortlich. Und außerdem ist jeder Dollar, den wir für die Wartung oder Bemannung dieser Schiffe ausgeben, ein Dollar, der uns bei den neuen Klassen fehlt, die ihre Kampftauglichkeit so eindrucksvoll bewiesen haben. Von jedem Standpunkt aus – auch von dem, dass man stets eine schlanke, effiziente Kampftruppe unterhalten sollte – muss der Bestand an nutzlosen älteren Typen reduziert werden.«

»Aber zugunsten von was?«, bohrte North Hollow nach. Sosehr es ihm auch mitunter an Klugheit mangelte, er verstand sich sehr gut darauf, die Haltung auszustrahlen, die er ausstrahlen wollte, und im Augenblick stellte er ernst gemeinte Fragen, ohne zu kritisieren.

»Die Navy benötigt seit Jahren leichtere Verbände«, antwortete Janacek. »Der relative Schwund dieser Typen war besonders in den ersten Kriegsjahren zum großen Teil unvermeidlich. Die Notwendigkeit, einen möglichst großen und kampfstarken Schlachtwall aufzubauen, hat uns davon abgelenkt, Schwere und Leichte Kreuzer zu fertigen, die für solche Dinge wie den Schutz des Handels unerlässlich sind. Die Zahl, die wir gebaut haben, hat nie ausgereicht, um die Aufklärungs- und Abschirmungsaufgaben für die Hauptschlachtflotten zu verrichten, geschweige denn in Silesia Handelsschiffe zu eskortieren. Als Folge davon ist die Piraterie in allen Sektoren der Konföderation, die nicht in unmittelbarer Reichweite von Sidemore Station sind, völlig außer Kontrolle geraten.«

»Sie wollen also die Verbände aufbauen, die wir brauchen, um unsere Schifffahrt zu schützen«, sagte North Hollow und nickte weise. »Als Handelsminister kann ich diesen Vorsatz nur gutheißen, und das tue ich auch. Sorgen bereitet mir nur, was irgend so ein selbsternannter ›Experte‹, der für die Opposition arbeitet, vielleicht daraus macht. Besonders wenn man berücksichtigt, dass die laufenden Arbeiten an den Lenkwaffen-Superdreadnoughts nicht fertig gestellt werden.«

Er sah den Ersten Lord mit hochgezogener Augenbraue an, und Janacek stieß einen Laut aus, den die weniger Wohlwollenden vielleicht als gereiztes Grunzen bezeichnet hätten.

»Keine andere Navy hat bisher irgendwelche Lenkwaffen-Superdreadnoughts in Dienst gestellt«, verkündete er im Brustton der Überzeugung. »Admiral Jurgensen und seine Fachleute beim ONI haben das mehrfach bestätigt! Wir andererseits besitzen einen soliden Kern von mehr als sechzig Stück. Das ist mehr als zureichend, um jede konventionelle Flotte abzuwehren, insbesondere mit LAC-Trägern zur Unterstützung und Aufklärung.«

»Keine andere Flotte?«, wiederholte North Hollow. »Und was ist mit den Graysons?«

»Ich meinte natürlich, keine potenziell feindliche Flotte«, verbesserte sich Janacek ein wenig gereizt. »Nur ein Planet voller irrsinniger religiöser Fanatiker ist so idiotisch, einen derart hohen Anteil seines Bruttosystemprodukts in Zeiten wie diesen in das Flottenbudget fließen zu lassen – aber wenigstens sind es *unsere* irrsinnigen religiösen Fanatiker. Warum genau die Graysons glauben, solch eine übergroße Navy haben zu müssen, ist natürlich Gegenstand der Interpretation, und ich glaube nicht, dass ihre offiziellen Begründungen die ganze Wahrheit darstellen.«

Wie alle seine Kollegen wussten, hegte Janacek in Bezug auf Grayson mehr als nur ein paar finstere Befürchtungen. Der religiöse Eifer der Graysons machte sie in seinen Augen automatisch verdächtig, und er hielt ihr Argument, dass sie sich gezwungen sähen, eine schlagkräftige Flotte aufzubauen, solange es keinen formellen Friedensvertrag gab, für wenig überzeugend. Ganz offensichtlich handelte es sich dabei um einen Vorwand – wie er und der Rest des

Kabinetts bereits entdeckt hatten. Außerdem waren die Graysons recht aufsässig und ließen es an dem angemessenen Respekt vermissen, den ein Planet voller hinterweltlerischer Neobarbaren der ersten Navy der Allianz zu erweisen hatte. Janacek hatte bereits drei giftig-höfliche Streitgespräche mit Hochadmiral Matthews hinter sich – der nur ein *Commodore* gewesen war, als Grayson der Allianz beitrat –, was hinreichend bewies, wie sehr Grayson seine interstellare Bedeutung überschätzte.

Ein Streitpunkt waren die längst überfälligen Sicherheitsmaßnahmen gewesen, die er beim ONI einzuführen für nötig befunden hatte, nachdem er Givens losgeworden war. Die Politik der ›offenen Tür‹ gegenüber den Navys zweiter Kategorie, die der frühere Zweite Raumlord betrieben hatte, war nichts weiter als ein Spiel mit katastrophalen Sicherheitsrisiken gewesen. Im Falle Graysons war die Gefahr sogar größer gewesen als bei den anderen untergeordneten Flotten der Allianz; dies wurde nicht zuletzt hinreichend durch die Tatsache bewiesen, dass Protector Benjamin Mayhew desertierten havenitischen Offizieren wie Admiral Alfredo Yu vertraute, dem De-Facto-Kommandeur seines Geschwaders mit dem bombastischen Namen ›Protector's Own‹. Ein Mann, der einmal sein Fähnchen nach dem Wind hängte, würde das Gleiche wieder tun, wenn es ihm vorteilhaft erschien, und die Wiederherstellung der alten havenitischen Verfassung hätte ihm dafür sogar eine moralisch klingende Begründung geliefert. Dennoch hatten sich die Graysons standfest geweigert, solche Offiziere aus dem Informationskreislauf auszuschließen. Ja, sie hatten sogar die Unverschämtheit besessen, die in jeder Weise gerechtfertigten Sicherheitsbedenken der Admiralität mit dem Argument abzuweisen, die fraglichen Offiziere hätten ihre Loyalität bereits unter Beweis gestellt! Natürlich hatten sie das! Und gerade die, die am wahrscheinlichsten wieder zu Haven überlaufen würden, hätten sich die größte Mühe gegeben zu beweisen, keine Verräter zu sein. Und nun, nach dem Sturz des Systemsicherheitsregimes, vor dem sie geflohen waren, konnten sie ihre Arglist sogar zweifellos mit ihrem Patriotismus begründen!

Diesem Unsinn hatte Janacek ein Ende bereitet, und wenn es dem Herrn ›Hochadmiral‹ nicht passte, dass die Tür, die er so oft vorsätzlich missbraucht hatte, nun geschlossen war, so war das seine Sache.

Der zweite Streitpunkt betraf die Entscheidung des Ersten Lords, die gemeinsamen manticoranisch-graysonitischen Forschungsprogramme zu beenden, deren weitere Finanzierung unnötig war – schließlich hatten sie bereits Fortschritte erbracht, für die sie unter den Budgetgrenzen der Friedenszeit wenigstens zwanzig T-Jahre benötigt hätten. Außerdem hatte Janacek sofort durchschaut, dass die ›Gemeinsamkeit‹ im Grunde nur darin bestand, dass Grayson sich manticoranische Technologie zu eigen machte, ohne selbst Entwicklungskosten tragen zu müssen. Kaum überraschend, dass Matthews sauer gewesen war, als Janacek ihm den Zugang zum Futtertrog versagte ... besonders nachdem die Regierung Cromarty und die Admiralität unter Morncreek ihre graysonitischen Schoßtierchen so verwöhnt und geknuddelt hatten.

Und was die dritte Sache anbetraf ... Matthews musste sich schließlich bewusst sein, wie beleidigend es für den Ersten Lord war, dass er diesem *Arschloch* White Haven den Rang eines Flottenadmirals in seiner tollen Navy zugeschanzt hatte. Eher gefror die Hölle, als dass Janacek das vergessen würde.

»Was immer sie da nun vorhaben«, fuhr er fort, als er

sich wieder gefasst hatte, »selbst die Graysons sind nicht so blöd zu glauben, sie könnten ohne unsere Hilfe irgendetwas Bedeutsames auf interstellarer Ebene erreichen. Wovon auch immer sie nachts träumen, wir haben sie genauso in der Tasche wie die Erewhoner, und das ist ihnen klar. Deshalb ist ihre Navy für unsere Sicherheitsüberlegungen kein Faktor – das wäre sie selbst dann nicht, wenn Grayson eine Möglichkeit finden könnte, ihre gegenwärtige Größe länger als ein, zwo Jahre aufrechtzuerhalten, ohne bankrott zu gehen. Wichtig ist Grayson insofern, als ihre Flotte tatsächlich ›unseren‹ Bestand an modernen Großkampfschiffen erhöht.«

Keinem der Anwesenden kam es in den Sinn, diese Einschätzung ihres Verbündeten zu hinterfragen, und der Handelsminister zuckte die Achseln.

»Ich habe den Punkt nur deshalb angesprochen, weil ihn von der anderen Seite irgendjemand in Kontrast zu unserer Schiffbaupolitik stellen wird«, sagte North Hollow. »Was aber ist mit dem Argument, dass unsere gegenwärtige Überlegenheit mit dieser Schiffsklasse in nicht allzu ferner Zukunft von jemandem bedroht werden könnte? Von den Havies zum Beispiel. Sie haben die neuen Typen im Gefecht erlebt und sind sehr motiviert, Schiffe mit den gleichen Fähigkeiten zu bauen, besonders nachdem wir noch immer keinen Friedensvertrag mit ihnen geschlossen haben.«

Janacek funkelte ihn an, und North Hollow zuckte halb entschuldigend mit den Schultern.

»Ich versuche nur den Advocatus Diaboli zu spielen, Edward«, sagte er milde. »Auch wenn ich Ihnen diese Fragen jetzt nicht stellen würde, die Opposition *wird* sie stellen, das wissen Sie. Und irgendjemand von der anderen Seite wird darauf hinweisen, dass wir zwar ein Monopol auf die neuen Typen haben, ihre Anzahl aber, verglichen mit unserer Schiffsliste, recht klein ist. Man wird behaupten, dass uns, wenn eine andere Navy versuchen würde, uns die Führung bei den neuen Klassen streitig zu machen, der nötige zahlenmäßige Vorteil fehlen würde, um zu garantieren, dass dies jemandem wie den Havies nicht gelingt.«

»Da haben Sie vermutlich Recht«, räumte Janacek säuerlich ein. »Aber um Ihre Frage zu beantworten: Unser einziger erdenklicher Gegner für die nächste Zeit heißt Haven. Wie Sie sagen, bemüht man sich dort zweifellos, unsere neuen Schiffe nachzubauen, aber offen gesagt hinkt ihr technischer Stand dem unseren so weit hinterher, dass sie nach der konservativsten Schätzung des ONI in den kommenden zehn Jahren nicht dazu fähig sein werden. Ich habe genau diese Frage mit Admiral Jurgensen besprochen, und er versichert mir, dass seine Experten fast einmütig diese Ansicht teilen.

Davon abgesehen – selbst wenn Haven technisch in der Lage wäre, gleichwertige Schiffe zu bauen, müssten doch erst die Rümpfe auf Kiel gelegt und gebaut werden; die Schiffe müssten bemannt und die Besatzungen ausgebildet werden, bis sie einen hohen operativen Standard erreicht haben, bevor Haven uns in irgendeiner Weise bedrohen könnte. Wie Sie alle den Geheimdienstberichten entnehmen können, die ich Ihnen habe zukommen lassen, sind Theisman, Tourville und Giscard noch immer damit beschäftigt, ihre abtrünnigen Elemente zu bekämpfen – und sie benutzen dazu die gleichen obsoleten Schiffe, die sie auch gegen uns eingesetzt haben. Eine Verbesserung ihrer Leistungsfähigkeit ist in keiner Weise zu erkennen. Von unserer Perspektive des potenziellen Gegners aus betrachtet, kosten die bürgerkriegsartigen

Kämpfe Haven nicht nur immer mehr erfahrene Offiziere und Besatzungen, sondern reduzieren auch beständig den Bestand an Schiffen, den es noch hat.«

Er schüttelte den Kopf.

»Nein, Stefan. Nur Haven hat einen Grund, uns zu bedrohen, und Haven ist zu der nötigen Aufrüstung ganz einfach nicht imstande. Bis Haven eine Flotte aufgebaut hat, mit der es uns bedrohen kann, bleibt uns genügend Zeit, unseren Bestand an Lenkwaffen-Superdreadnoughts und LAC-Trägern aufzustocken. Bis dahin sind vierundsechzig der neunen Superdreadnoughts mehr als ausreichend.«

»Daran zweifle ich nicht«, entgegnete North Hollow. »Aber vierundsechzig Schiffe können nur an einer Stelle auf einmal sein – so ähnlich würde ein Experte der Opposition wohl argumentieren. Womit also rechtfertigen wir, dass wir die Lenkwaffen-Superdreadnoughts nicht fertig stellen, die schon auf Kiel liegen?«

»Sie brauchen auch nicht an mehreren Stellen gleichzeitig sein«, erwiderte Janacek. »Die Achte Flotte war ihrem Wesen nach ein Angriffsverband, ein Mittel, Gewalt gegen einen Gegner anzuwenden. Jetzt, nachdem wir ihre modernen Schiffe der Dritten Flotte überstellt haben, dient sie natürlich auch defensiven Zwecken, etwa als Abschreckungsmittel bei Trevors Stern. Aber trotzdem kann sie offensiv eingesetzt werden. Die Überlegenheit der Dritten Flotte gegenüber allem, was sich ihr entgegenstellen kann, ist so ausgeprägt, dass sie ohne weiteres zum Hauptsystem eines jeden Gegners vordringen könnte. Und die Achte Flotte war ja auch gerade im Begriff, nach Haven vorzustoßen, als der gegenwärtige Waffenstillstand geschlossen wurde.«

Unerklärlicherweise, stellte High Ridge fest, erwähnte

er nicht den Namen des Offiziers, der zu diesem Zeitpunkt die 8. Flotte kommandiert hatte.

»Angesichts dessen brauchen wir uns wirklich nur Gedanken darum zu machen, wie wir unseren Hoheitsraum schützen und die havenitischen Sonnensysteme, die wir gegenwärtig besetzt halten, verteidigen – aber das nur gegen die völlig veralteten Schiffstypen, mit denen ein potenzieller Gegner aufwarten kann. Am kostengünstigsten und effizientesten tun wir das mit den neuen Leichten Angriffsbooten. Verglichen mit Superdreadnoughts können wir LACs in gewaltigen Stückzahlen bauen und bemannen, und eine genügend große Anzahl von ihnen hält jedes Sonnensystem, das gehalten werden muss. Die Schiffe, die wir im Moment nicht fertig stellen, stehen uns immer noch zur Verfügung, wenn wir sie später brauchen. Schließlich verschrotten wir sie nicht. Die Rümpfe bleiben in den Bauslips und Docks, und die Materialien, die zu ihrer Fertigstellung benötigt werden, werden ebenfalls in der Umlaufbahn gelagert. Das Geld, das wir dabei einsparen, kann vorerst für die Fertigung der LACs verwendet werden, die wir zur Systemverteidigung brauchen, und in den Aufbau unserer Antipiraterie-Verbände fließen – ganz zu schweigen von zahlreichen lebenswichtigen innenpolitischen Programmen, die dringend finanziert werden müssen«, fügte Janacek mit einem Seitenblick auf New Kiev hinzu.

»Und«, murmelte Descroix ebenfalls mit einem Blick auf die Lordschatzkanzlerin, »der Bauaufschub ist eine Demonstration unseres Friedenswillens. Superdreadnoughts sind, wie Edward richtig festgestellt hat, Angriffswaffen – im Gegensatz zu den Kreuzern, die er bauen will, um die Piraterie zu bekämpfen. Und LACs eignen sich noch weniger zur Aggression gegen unsere Nachbarn, weil sie ohne einen Träger nicht einmal hyperraumtüchtig sind.«

»Ein ausgezeichnetes Argument«, sagte New Kiev heftig nickend, als ihr antiimperialistischer Reflex einsetzte.

»Ich verstehe.« North Hollow runzelte nachdenklich die Stirn und nickte langsam. »Ich verstehe, was Sie meinen«, wiederholte er beschwingt, »und ich stimme Ihnen selbstverständlich vorbehaltlos zu. Trotzdem habe ich nach wie vor einige Bedenken, dass irgend so ein Panik machender Chauvinist unsere neue Politik hinterhältig angreifen könnte. Insbesondere mache ich mir um White Haven und Harrington Gedanken.«

Diese beiden Namen übten eine verblüffende Wirkung aus. Alle anderen im Raum verzogen die Gesichter zu Ausdrücken der Feindseligkeit, Verachtung und des Abscheus ... und zu einer winzigen Spur offener Angst. Allein North Hollow wirkte unbeeindruckt, doch jeder war sich im Klaren, dass dieser Schein trügen musste, denn er hatte mehr Grund als alle anderen Anwesenden, Honor Harrington zu hassen und zu verabscheuen. Und er würde wohl kaum vergessen haben, dass Hamish Alexander dem Kriegsgericht vorgesessen hatte, das die militärische Laufbahn seines Bruders mit Schimpf und Schande beendet hatte.

»Diese beiden haben sich schon bei genügend anderen Fragen als unangenehm und obstruktiv erwiesen«, fuhr der Earl tonlos fort. »Angesichts ihres Images als große Kriegshelden könnten sie sich bei allen Navyangelegenheiten als noch problematischer erweisen.«

»Harrington«, knirschte Janacek, »ist eine Irre. Sicher, sie hat Charisma, ist aber bislang noch alles schuldig geblieben, was echter strategischer Einsicht auch nur nahe käme. Und mein Gott, die Verlustzahlen, mit denen sie aufzuwarten hat!« Er schnaubte barsch. »Der ›*Salamander*‹, also wirklich! Nur schade, dass das Feuer jeden *anderen* zu Asche verbrennt!«

»Aber sie genießt außerordentliche Popularität«, wandte North Hollow gelassen ein.

»Warum auch nicht!«, knurrte Janacek. »Dafür haben schließlich die Medien der Opposition gesorgt, und die Öffentlichkeit versteht sehr wenig von der militärischen Wirklichkeit und berauscht sich lieber an diesem Draufgängertum, als es in Frage zu stellen!«

Für einen winzigen Augenblick schien dem Earl von North Hollow die Frage auf der Zunge zu liegen, ob der Erste Lord auch White Havens Reputation für unverdient halte. Doch war der Earl klug genug, sich die Frage zu verkneifen. Die beißende (und sehr öffentliche) Standpauke, mit der White Haven Janacek bedacht hatte, als sie beide noch als Offiziere gedient hatten, war legendär.

»Wir wissen ja alle, dass Harringtons Ruf in obszöner Weise übertrieben ist, Edward«, sagte High Ridge in beruhigendem Ton, »doch Stefans Punkt lässt sich nicht von der Hand weisen. Besonders angesichts dessen, wie wichtig die Verabschiedung unseres neuen Etats und der Ausgabeprioritäten geworden ist. Wie auch immer Harrington sich diesen Ruf erworben hat, sie besitzt ihn nun einmal und hat gelernt, ihn effizient einzusetzen, wenn sie unsere Politik unter Feuer nimmt.«

»Gemeinsam mit White Haven«, bekräftigte Descroix.

»Das ist mir bewusst.« Janacek holte tief Luft und lehnte sich in seinen Sessel zurück. »Tatsächlich bin ich geradezu bereit zuzugeben, dass es ein Fehler war, Harrington kein Raumkommando anzubieten. Ich wollte sie von meinen Flaggbrücken fernhalten, weil sie trotz der Beförderungen, mit denen die vorherige Admiralität sie überhäuft hat, als Flaggoffizier offensichtlich schlichtweg überfordert ist. Ich wollte unbedingt vermeiden, dass sie auch nur in die Nähe der havenitischen Front kommt, während wir mit den Havies verhandeln, denn Gott allein wüsste, mit was für einer hirnrissigen Aktion sie uns vielleicht überrascht hätte. Aus diesem Grund habe ich ihre Anfrage bewilligt, wieder in den Lehrkörper von Saganami Island zurückzukehren: Ich dachte, solange sie lehrt, kann sie keinen Schaden anrichten. Als dieser Plan nicht aufging, habe ich gehofft, die Graysons würden sie vielleicht zurückbeordern und ihr ein Kommando anbieten, denn diese Kerle verehren ja offensichtlich den Boden, den Harringtons Füße berührt haben. Ich hätte nie gedacht, dass sie mit einem Mal zum lebendigen Inventar der Akademie gehören würde. Aber so ist es gekommen, und nun könnte ich es nicht rechtfertigen, den verdammten ›Salamander‹ aus dem Lehrkörper zu entfernen, ohne dass es einen Aufschrei gäbe.« Er zuckte unfroh mit den Achseln. »Ich hatte nicht bedacht, dass ich ihr, indem ich sie auf Manticore verwende, den Besuch von Parlamentssitzungen erlaube und sie auch im Auge der Öffentlichkeit halte.«

»Und niemand von uns hätte sich träumen lassen, dass White Haven und sie so ein tolles Team bilden.« Descroix' Stimme klang säuerlich. Einige Sekunden lang entglitt ihr die wohlwollende, harmlose Maske, und ihre Augen wurden hart wie Feuersteine.

»Das ist genau der Punkt, den ich ansprechen wollte«, sagte North Hollow. »Einer von beiden wäre schlimm genug; gemeinsam aber bilden sie das größte Hindernis, das wir im Oberhaus haben. Würde dem jemand widersprechen?«

»Sie haben vermutlich Recht«, stimmte New Kiev ihm

zu. »William Alexander ist schlimm genug, aber er war immer ein kooperativer Mensch und Cromarty völlig ergeben. Er ist im Hintergrund geblieben, deshalb betrachtete ihn die Öffentlichkeit als einen der Praktiker in Cromartys Mannschaft – als ausgezeichneten Techniker und Strategen, aber nicht als Lenker. Ohne die Art von Charisma, die Harrington besitzt, oder den Ruf als geborenen Anführer wie sein Bruder. Das Gleiche gilt bei der Navy für James Webster und Sebastian D'Orville. Beide werden respektiert, aber keiner von ihnen hat es wie White Haven oder Harrington verstanden, die öffentliche Aufmerksamkeit auf sich zu ziehen. Und natürlich hat keiner von ihnen einen Sitz im Parlament, so einflussreich sie als ›Experten‹ der Opposition auch sein mögen.«

»Dann stimmen wir also darin überein«, sagte North Hollow, »dass alles, was White Havens und Harringtons Popularität ... hm, vermindern könnte, für uns ... vorteilhaft wäre?«

Er blickte mit hellen, forschenden Augen in die Runde, und die Anwesenden nickten einer nach dem anderen. New Kievs Nicken fiel knapper und weniger begeistert aus als das der Übrigen, fast unbehaglich, aber dennoch war es ein Nicken.

»Mir geht nur die Frage durch den Kopf, Mylord«, warf Descroix ein, »wie wir vorgehen sollen, um die Beliebtheit der beiden zu vermindern. Wir wissen alle sehr gut, dass sie sich gegen unsere bisherigen Versuche in dieser Richtung als sehr widerstandsfähig erwiesen haben.«

»Ja, aber das lag daran, dass wir versucht haben, sie einzeln zu ... entschärfen. Nicht beide zusammen«, erwiderte North Hollow mit einem höchst unangenehmen Lächeln.

6

»... und folglich müssten die Verträge Ihnen gegen Ende der Woche zugehen, Hoheit.«

Richard Maxwell, Honors manticoranischer Anwalt und Rechtsvertreter des Herzogtums von Harrington, drückte die Vorlauftaste seines Memopads, woraufhin sich eine neue Seite zeigte. Maxwell studierte sie einen Augenblick lang, dann nickte er knapp und zufrieden.

»Das war es dann fürs Erste, Hoheit.«

»Ein ausgezeichneter Bericht, Richard«, lobte Honor ihn. »Ich bin besonders zufrieden mit den Fortschritten bei den Skihotels.«

»In Vertragsrecht kann ich Willard leider noch immer nicht das Wasser reichen«, entgegnete Maxwell, »aber das war in diesem Fall eigentlich gar kein Problem. Die gesamte Umgebung ist ein erstklassiges Skigebiet, und der Zugang zur Küste ermöglicht den Betreibern, das ganze Jahr über Erholungsmöglichkeiten anzubieten. Sie waren sehr versessen auf einen Abschluss und bereit, eine beträchtlich höhere Summe für die Baurechte zu zahlen, als wir erwartet hätten. Immerhin hat die Einstellung der Feindseligkeiten der zivilen Wirtschaft einen prächtigen Schubs nach vorn versetzt. Willard hat sich in Odom nicht getäuscht; er ist als Unterhändler fast so gut wie Willard selbst. Er wusste bei den Abschlussverhandlungen genau, wann er drängen musste. Und ich – nun, selbst wenn ich dadurch unbescheiden wirke: Ich glaube, dass ich mit dem Handelsrecht immer vertrauter werde. Ich muss zugeben, dass es richtig war, Clarise Childers in der Hinterhand zu haben.«

»Ich bin sehr zufrieden mit Merlin«, stimmte Honor

ihm zu. »Und ich habe selbst festgestellt, dass Clarise jeder Konferenz eine gewisse … Atmosphäre verleiht. Ob sie nun persönlich daran teilnimmt oder nicht.«

Sie lächelte Maxwell an, und er grinste über das geübte Understatement ihrer Bemerkung.

Merlin Odom war Willard Neufsteilers handverlesener Stellvertreter auf Manticore und verwaltete die Tätigkeiten des ständig wachsenden Finanzimperiums von Harrington im Sternenkönigreich gemäß der allgemeinen Richtlinien, die Neufsteiler auf Grayson formulierte. Mit seinen zweiundvierzig Jahren war er erheblich jünger als Willard und noch weniger als dieser dazu geneigt, das Büro zu verlassen, um sich barbarischer Körperertüchtigung hinzugeben. Allerdings zeigte der untersetzte Anwalt mit dem braunen Haar, den blauen Augen und dem auffälligen roten Ziegenbärtchen bereits ähnliche Instinkte wie Neufsteiler. Noch einige Jahrzehnte der Erfahrung, und er wäre mehr als fähig, Neufsteilers Kanzlei zu übernehmen, wenn dieser in den Ruhestand ging. Dass Odom dazu ausersehen war, bedeutete ein ungeheures Kompliment für ihn.

Was Childers anging, so bedeutete allein die allgemein bekannte Tatsache, dass sie für Honor arbeitete, ein unbezahlbares Plus. Sie war eine der fähigsten Anwältinnen des Sternenkönigreichs, und die kurze – *sehr* kurze – Mandantenliste ihrer Kanzlei ragte drohend vor dem inneren Auge jedes Unterhändlers auf. Im Laufe der letzten anderthalb Jahrzehnte war Honor zu einem der reichsten Menschen von Manticore geworden, und ihr Grayson Sky Domes gehörte fest zu den fünfhundert Topp-Unternehmen des Sternenkönigreichs. Childers jedoch arbeitete unmittelbar für Klaus Hauptmann, dessen persönliches und firmengebundenes Vermögen dem kombinierten

Besitz seiner sechs engsten Konkurrenten zumindest gleichwertig war. Clarise Childers war Vorsitzende und Präsidentin der gewaltigen Kanzlei Childers, Strauslund, Goldman & Wu. Diese Kanzlei vertrat die Familie Hauptmann und das Hauptmann-Kartell (welches die fünfhundert Topp-Unternehmen des Sternenkönigreichs mit großem Vorsprung anführte) – und gelegentlich Honor Harrington.

»Da die vertragliche Seite im Augenblick unter Dach und Fach ist, Hoheit«, fuhr Maxwell fort, das schroffe Gesicht nachdenklich verzogen, »würde ich mich als Nächstes gern mit der Rechtspflege im Herzogtum Harrington befassen.«

»Muss das so schnell sein?«, fragte Honor mit unwilliger Miene. »Schließlich können wir immer noch nicht sagen, dass das Herzogtum besonders dicht bevölkert wäre.«

»Hoheit«, sagte Maxwell ein wenig streng, »wenn es im Sternenkönigreich irgendjemand besser wissen sollte, dann Sie. Schließlich haben Sie das alles schon einmal bei einem gewissen neuen Gut auf Grayson absolviert.«

»Aber da habe ich das meiste Howard Clinkscales überlassen können«, entgegnete Honor. »Ich brauchte nur die Entscheidungen zu unterschreiben, die er getroffen hatte.«

»Zufällig weiß ich aus meiner Korrespondenz mit Lord Clinkscales, dass Sie erheblich stärker in die Vorgänge eingebunden waren, Hoheit«, widersprach Maxwell respektvoll. »Selbst wenn es anders wäre, hatten Sie doch Zeit genug, um zu sehen, wie dringend man in Zeiten wie diesen eine strikt organisierte Infrastruktur benötigt.«

»Die Fälle sind überhaupt nicht vergleichbar«, wandte Honor ein. »Als Gutsherrin spreche ich auf Harrington die hohe, mittlere und niedere Gerichtsbarkeit. Ich will das gar nicht, verstehen Sie, und zum Glück ist die Macht der Gutsherren im Laufe der letzten Jahrhunderte durch Präjudiz konstant reduziert worden. Ganz zu schweigen von den Anstrengungen des Schwertes, seit der ›Mayhew-Restauration‹ die Gesetze der Güter an die planetare Verfassung anzugleichen. Dennoch ist die Gutsherrin von Harrington ein Staatsoberhaupt in eigenem Recht, mit allen damit einher gehenden legalen Privilegien und Pflichten. Die *Herzogin* von Harrington ist nur eine Verwalterin – im Grunde nicht mehr als eine Gouverneurin der Krone.«

»Und wie eine Gouverneurin besitzt die Herzogin das Recht, jedes Urteil zu prüfen und gegebenenfalls die Strafe zu mildern«, versetzte Maxwell. »Und wie eine Gouverneurin ist sie effektiv die Präsidentin ihres Herzogtums. Daher muss sie für einen funktionierenden Justiz- und Polizeiapparat sorgen.«

»Um das Gesetz gegen wen durchzusetzen?«, fragte Honor kläglich. »Die Gesamtbevölkerung des Herzogtums beträgt ... wie viele? Haben wir schon zwotausend? Verteilt über wie viele tausend Quadratkilometer?«

»Ein wenig mehr sind es schon«, entgegnete Maxwell. »Nicht viel mehr, das gebe ich zu, aber die Zahl ist höher. Und sie wird schnell anwachsen, und zwar aus einem Grund, den sie aus Ihren Erfahrungen mit Sky Domes auf Grayson schon kennen sollten. Sobald das Vermessungs- und Baupersonal für die Skihotels ankommen, wächst die Bevölkerung wenigstens um den Faktor fünf an. Sobald die Hotels und Erholungsgebiete Touristen anlocken und die permanenten Bewohner kommen, die man für den Service braucht, schießt die Zahl in den Himmel.«

»Schon gut, schon gut«, seufzte Honor. »Ich kapituliere. Legen Sie mir bis nächsten Mittwoch einen Entwurf vor, und ich verspreche, ich melde mich bei Ihnen, so bald ich kann.«

»Hast du das gehört, Nimitz?«, fragte der Anwalt über die Schulter den cremefarben-grauen Baumkater, der es sich neben seiner kleineren, braun-cremefarben getupften Gattin auf der eigens für sie angefertigten Sitzstange bequem gemacht hatte. Nimitz stellte die Ohren auf, und Maxwell lachte. »Ich erwarte von dir, dass du sie im Auge behältst und dafür sorgst, dass sie sich wirklich mit meinen Notizen befasst«, sagte er.

Nimitz musterte ihn kurz, dann richtete er sich in eine halb sitzende Position auf und hob die Echthände. Mit der Handkante der rechten Echthand strich er sich über die offene Handfläche der linken und hielt erst inne, als die Handkante auf den Fingerspitzen ruhte.

»Verräter«, brummte Honor finster, als sie sein Handzeichen für ›Okay‹ erkannte, und Nimitz lachte bliekend und begann wieder zu signalisieren.

»Nicht meine Schuld, wenn jemand auf dich aufpassen muss«, entgegneten die rasenden Finger. »Außerdem bekomme ich Sellerie von ihm.«

»Dass du deine Loyalität so billig verkaufst«, entgegnete Honor und schüttelte betrübt den Kopf.

»Nicht die Loyalität«, erwiderten Nimitz' Echthände. »Nur meine Mithilfe.«

»Sicher«, schnaubte Honor. Sie wandte sich wieder Maxwell zu. »Nun, nachdem Sie sich Ihren pelzigen Schergen rekrutiert haben, bleibt mir wohl keine Wahl, als wirklich zu lesen, was Sie mir vorlegen. Aber wo Sie noch in meinen Terminkalender passen wollen, das übersteigt mein Verständnis.«

»Ich bin sicher, Mac und Miranda können Ihnen irgendwo noch eine Stunde loseisen, damit Sie es lesen.

Ich verspreche, ich fasse mich so kurz, wie es geht. Aber bevor Sie irgendwelche Pläne genehmigen, müssen Sie unbedingt mehr gelesen haben als nur die Zusammenfassung und die Kapitelüberschriften, Hoheit. Es schmeichelt mir zwar, dass Sie mir so weit trauen, aber die endgültigen Entscheidungen sind Ihre Sache – und die Folgen, die sie eventuell nach sich ziehen.«

»Das weiß ich«, sagte sie ernster und tippte einen Befehl in ihr Schreibtischterminal. Sie musterte das Display kurz, dann gab sie eine kurze Notiz ein.

»Ich habe Mittwoch zwar einfach so gesagt«, räumte sie ein, »aber es sieht ganz so aus, als könnte es klappen. Und das ist wirklich gut, weil ich an dem Nachmittag eine Klausur auf Saganami Island habe. Ich werde wenigstens das ganze Wochenende Arbeiten benoten müssen. Wenn Sie also am Mittwochmorgen bei mir wären, oder noch besser Dienstagabend, dann schiebe ich das irgendwo ein, bevor ich im Papier versinke.«

»Das freut mich zu hören, Hoheit«, sagte Maxwell, »aber haben Sie Mittwoch nicht auch eine Sitzung im Oberhaus? Ich glaube, ich habe gelesen, dass die Regierung noch diese Woche ihren neuen Haushaltsentwurf vorlegen möchte. Und obwohl das Herzogtum wichtig ist, sollte es Sie nicht von Ihren Vorbereitungen abhalten.«

»Nein«, sagte Honor und verzog das Gesicht zu einem Ausdruck, der eher von Herzen kam. »Die Sitzung ist auf Mittwoch in einer Woche verschoben. Warum, das weiß ich nicht genau, aber die Regierung hat uns vorgestern verständigt, dass sie die Debatte um eine Woche nach hinten verlegt. Und groß vorbereiten brauche ich mich nicht. High Ridge wird das Gleiche sagen, was er seit drei T-Jahren sagt, und der Earl von White Haven und ich werden das Gleiche erwidern, was wir schon seit drei Jahren erwidern. Dann wird das Haus – knapp natürlich – den Antrag der Regierung annehmen, das Unterhaus wird Änderungsanträge anhängen, das Oberhaus wird sie ablehnen, und absolut alles bleibt beim Alten.«

Maxwell blickte sie an und fragte sich, ob ihr bewusst war, wie bitter (und ausgelaugt) sie klang. Allerdings erstaunte es ihn nicht sonderlich, sie so reden zu hören.

Die Macht des Oberhauses, Finanzvorlagen zu initiieren, war nur ein Vorteil, den die Kontrolle des Staatshaushalts mit sich brachte. Zusätzlich musste jede genehmigte Vorlage in ihrer endgültigen Form vom Oberhaus gebilligt werden. Dadurch konnte das Oberhaus (und darüber hatte Honor sich gerade beschwert), letztendlich jeden vom Unterhaus gestellten Änderungsantrag ablehnen, der ihm nicht passte, und eine Abstimmung über die eigene Version der Vorlage verlangen. Unter normalen Umständen hatte das Unterhaus noch immer einiges dazu zu sagen, denn es konnte die Endfassung des Oberhauses ablehnen und – insbesondere – jedes außerordentliche Finanzierungsprogramm abweisen, das der Haushalt des Oberhauses eventuell vorsah. Die Umstände waren nur leider nicht normal. Die ›außerordentlichen Finanzierungsprogramme‹ waren bereits in Kraft, und um das Maß vollzumachen, konnte das Oberhaus auch ohne Zustimmung des Unterhauses Sonderetats verabschieden, um die grundlegenden Funktionen der Regierung zu gewährleisten, falls die Haushaltsverhandlungen in eine Sackgasse liefen.

Natürlich achtete ein besonnener Premierminister für gewöhnlich darauf, seine Mittel nicht zu überreizen. Wenn das Oberhaus rücksichtslos über das Unterhaus hinweggehen wollte, bedurfte es einer bestimmten Situation:

Ein nennenswerter Teil der Wählerschaft musste dazu bewegt werden, dem *Unterhaus* die Schuld dafür zu geben, dass keine Einigung erzielt werden konnte. Unter diesen Umständen müsste sich das Unterhaus bei den nächsten Neuwahlen auf einiges gefasst machen. Wäre das Oberhaus jedoch so unvorsichtig gewesen, eine Situation zu schaffen, in der man ihm die Stilllegung der meisten Regierungsstellen anlasten konnte, hätte die Krone aus Groll vielleicht schon längst etwas gestattet, wonach sie bereits lange strebte: dem Oberhaus die Haushaltsgewalt zu nehmen.

Genau deshalb hatte die Regierung High Ridge so beflissen darauf geachtet, die öffentliche Meinung auf ihre Seite zu ziehen – und daher waren die Herzogin von Harrington und der Earl von White Haven als Sprecher der Opposition im Oberhaus so wichtig. Besonders, wo es um das Flottenbudget ging, besaßen ihre Stimmen bei der Wählerschaft großes Gewicht.

Und aus diesem Grund versuchten High Ridge und seine Koalitionspartner so beharrlich, die Glaubwürdigkeit beider Adliger mit allen Mitten in Zweifel zu ziehen.

Die Regierungsmitglieder mussten außerordentlich vorsichtig sein, sich mit den beiden berühmtesten Helden des Kriegs gegen Haven anzulegen. Diese Einschränkung verlangte ihnen nur umso mehr Einfallsreichtum ab, und sie delegierten ihre Angriffe an hinreichend ferne Anhänger. Das bremste jedoch die von der Regierung finanzierten ›Kommentatoren‹ und Nachrichtendienste nicht im Mindesten, und auch nicht die Idioten, die solchen Meldungen tatsächlich glaubten. Die ständigen Angriffe führten schließlich dazu, dass man Lady Harrington allmählich ihre Erschöpfung ansah.

Nun hatte gerade sie sowohl im Sternenkönigreich als

auch auf Grayson nicht gerade wenig Erfahrung mit gesteuerter Presse, und sie handhabte es mit einer äußeren Ruhe, die Maxwell für eine Maske hielt. In den vergangenen Jahren hatte er sie gut genug kennen gelernt, um zu wissen, dass ihr Temperament trotz ihrer ausgeprägten Fähigkeit, Gelassenheit und Gemütsruhe auszustrahlen, wahrscheinlich ebenso gefährlich war wie das der Königin. Zwar dauerte es bei ihr offenbar länger, bis ihr Temperament mit ihr durchging, doch *wenn* jemand sie zur Weißglut brächte, wäre ihr gewiss alles zuzutrauen, da wollte Maxwell jede Wette eingehen – und die Gespenster von Pavel Young und Denver Summervale hätten ihm gewiss zugestimmt.

In gewisser Weise war es für sie sogar schlimmer als für jeden der beiden Alexander-Brüder. Die beiden wurden von High Ridge und seinen Genossen wenigstens als gefährliche Gegner betrachtet, während es kein Geheimnis war, dass Lady Harringtons Beiträge zu den Debatten im Oberhaus die Ansichten von Protector Benjamin ebenso wie die von Elisabeth III. wiedergaben – und von den beiden würde keiner auch nur einen Fingerhut Spucke in einen Hochofen kippen, in dem High Ridge und seine Ministerkollegen gefangen säßen.

Der Anwalt setzte zu einer Äußerung an, besann sich jedoch eines besseren. Er konnte der Herzogin kaum etwas sagen, was sie nicht ohnehin schon wusste. Und selbst wenn er es gekonnt hätte, wäre es unschicklich gewesen, ihr ungefragt politischen Rat oder Vertraulichkeit anzutragen, ganz gleich, welche Gerüchte ihm zu Ohren gekommen waren.

Davon abgesehen, dachte er, *gibt es eine bessere Möglichkeit ... vorausgesetzt, ich komme zu dem Schluss, dass ich mich tatsächlich in ihre Privatangelegenheiten einmischen sollte. Ich brauche ihr gar nichts zu sagen; ich muss mich nur an Mac oder Miranda wenden. Sollen* die *sich doch überlegen, wie sie es ihr beibringen.*

»Lord Alexander und der Earl von White Haven sind eingetroffen, Hoheit.«

»Danke, Mac. Wenn Sie so freundlich wären, sie gleich hereinzubitten?«

»Sofort, Hoheit.«

Honor schaltete ihr Lesegerät auf Bereitschaft, sodass es auf der dritten Seite von Midshipwoman Zilwickis Analyse der Schlacht vom Kap St. Vincent stehen blieb, und blickte mit einem Lächeln auf. James MacGuiness, der einzige Steward der gesamten Royal Manticoran Navy, der gar nicht mehr der RMN angehörte, lächelte zurück und neigte den Kopf zu einer Beinahe-Verbeugung, bevor er sich aus ihrem Arbeitszimmer zurückzog. Sie blickte ihm warmherzig nach und war sich einmal mehr bewusst, wie unentbehrlich er in den letzten zwanzig T-Jahren für den reibungslosen Ablauf ihres Alltagslebens geworden war.

Sie blickte zu Nimitz hinüber, der sich auf der Sitzstange, die er gewöhnlich mit seiner Gattin teilte, in glanzvolles Alleinsein zurückgezogen hatte. Es war Donnerstag, und darum war Samantha fort; sie begleitete Miranda LaFollet und Farragut zur Andreas-Venizelos-Akademie, einem Waisenhaus mit Privatschule, das Honor für die Kinder von im Krieg gefallenen Manticoranern und Graysons gestiftet hatte. Die AVA unterhielt Gebäude sowohl im Sternenkönigreich als auch im Jelzin-System, und als Personalchefin vertrat Miranda Honor dort regelmäßig, denn andere drängende Pflichten verschlangen immer mehr ihrer Zeit. Die Kinder verehrten Nimitz, Samantha und Farragut und alle Baumkatzen, und jede 'Katz liebte es, Zeit mit Kindern zu verbringen, ob sie nun vier- oder sechsgliedrig waren. Alle 'Katzen freuten sich auf diese Besuche, und Nimitz begleitete die anderen oft, auch wenn Honor sich nicht freimachen konnte. Allerdings verzichtete er stets darauf, wenn auf dem Terminkalender eine Besprechung wie die heutige stand.

Honor sah an dem 'Kater vorbei; bevor die Tür sich hinter MacGuiness schloss, erhaschte Honor einen Blick auf LaFollet, der vor der wuchtigen Tür Posten stand – selbst hier! Dann stemmte sie sich aus dem Sessel und ging an das große Fenster des Erkers, der in das Grundstück ragte wie eine Art hängender Turm. Durch die vom Boden bis zur Decke reichende Crystoplastwand blickte man auf die strahlend blaue Schönheit der Jasonbai hinaus, und Honor gönnte es sich einen Moment, die Aussicht zu genießen, als sehe sie das Panorama zum ersten Mal. Dann drehte sie sich wieder zur Tür um und zupfte sich ihren Rock und ihre Weste im graysonitischen Stil glatt.

Im Laufe der Jahre hatte sie sich vollends an das traditionelle graysonitische Gewand gewöhnt. Noch immer betrachtete Honor diese Kleidung als völlig nutzlos, es sei denn, man wollte dekorativ ausschauen, doch musste sie zugeben, dass dekorativ auszusehen nicht unbedingt eine schlechte Sache war. Außerdem gab es noch einen anderen Grund, aus dem sie im Sternenkönigreich fast immer diese Kleidung trug, wenn sie nicht in Uniform war: Sie erinnerte jeden einschließlich Honor selbst daran, wer sie außerdem noch war – und wie viel das Sternenkönigreich und die gesamte Manticoranische Allianz ihrem Adoptiv-Planeten schuldete.

Noch so etwas, das High Ridge ständig ignoriert – wenn nicht noch schlimmer, dachte sie bitter, dann unterdrückte sie die vertraute Wut, die in ihr aufstieg. Es war der falsche Moment, sich noch mehr Gründe dafür zurechtzulegen, dem Premierminister an die Gurgel zu fahren.

MacGuiness kehrte einige Augenblicke später mit Hamish und William Alexander zurück.

»Der Earl von White Haven und Lord Alexander, Hoheit«, murmelte Honors Steward und Haushofmeister, dann zog er sich zurück und schloss die Türen aus poliertem Holz.

»Hamish. Willie.«

Honor durchquerte den Raum zu ihnen und streckte begrüßend die Hand vor. Mittlerweile erschien es ihr nicht mehr merkwürdig, sie so formlos zu empfangen. Hin und wieder beschlich sie zwar noch immer ein Gefühl der Unwirklichkeit, wenn sie ihre Königin oder Protector Benjamin mit dem Vornamen anredete, doch selbst diese Augenblicke wurden seltener. Auf eigenartige Weise war sie sich stets gewahr, wer sie war und woher sie kam, auch wenn es immer natürlicher für sie wurde, sich in zwei verschiedenen Sternnationen auf höchster politischer Ebene zu bewegen. Nur selten dachte sie bewusst darüber nach, doch wenn ihr diese Dinge zu Bewusstsein kamen, dann begriff sie, wie die Art, wie sie verspätet in die innersten politischen Kreise ihrer beiden Nationen aufgenommen worden war, ihre Sicht geprägt hatte.

Sie war eine Außenseiterin, die in beiden Nationen auf den Status einer der einflussreichsten Personen erhoben worden war. Deshalb betrachtete sie die Dinge mit anderen Augen, von einem Blickpunkt, den ihre Verbündeten manchmal als fast genial ansahen. Der Grad raffinierten, hinterhältigen und (nach außen hin zumindest) überaus höflichen politischen Gerangels, den ihre Verbündeten, auch wenn sie es bedauerten, für normal hielten, war Honor sowohl von ihrem Wesen als auch von ihrem Werdegang her fremd. In mancher Hinsicht verstanden ihre manticoranischen und graysonitischen Freunde, die sich nur über sie kennen gelernt hatten, einander besser als sie irgendeinen von ihnen verstand. Dennoch war sie zu der Erkenntnis gelangt, dass ihr Gefühl der Distanz gegen den parteipolitischen Aderlass ringsum eine Art Rüstung war. Ihre Gegner und ihre Verbündeten betrachteten Honor als entsetzlich unkompliziert und direkt, nicht willens – oder nicht fähig –, nach den Regeln zu ›spielen‹, die sie alle so gut kannten. Dadurch wurde sie – besonders für ihre Gegner – zu einer unbekannten, unberechenbaren Größe. Ihre Gegner wussten alles, was es über kaum wahrnehmbare Unterschiede in der Position, über Vorteile und Gelegenheiten zu wissen gab, und davon machten sie ihre Entscheidungen und taktischen Züge abhängig, doch die Simplizität und Direktheit von Honors Stellungnahmen verblüfften sie erstaunlicherweise immer wieder, dachten sie doch völlig anders als sie. Es war geradezu, als könnten sie nicht fassen, dass Honor tatsächlich diejenige war, die zu sein sie behauptete, und wirklich genau das glaubte, was sie sagte. Deshalb beobachteten ihre Gegner sie mit nervöser Wachsamkeit und warteten auf den Augenblick, in dem Honor endlich ihre ›wahre‹ Natur offenbarte.

So weit es ihre Feinde betraf, war dieser Zustand recht nützlich, doch er hatte auch seine Schattenseiten. Sogar ihre engsten Verbündeten – besonders die Aristokraten, überlegte sie, während sie die Emotionen ihrer Besucher schmeckte – begriffen manchmal nicht, dass sie nichts verbarg. Und während dies den Peers des Sternenkönigreichs vielleicht intellektuell klar war, waren sie der Welt, in die sie geboren worden waren, zu sehr verhaftet, als dass sie sich wirklich davon trennen könnten, selbst wenn sie es gewollt hätten. Sie wünschten es jedoch gar nicht – weshalb sollten sie auch? Es war schließlich ihre Welt, und Honor war ehrlich genug einzuräumen, dass dies wenigstens so viele positive wie negative Aspekte hatte. Doch auch die besten von ihnen vermochten sich nicht von dem Tanz zu lösen, dessen Schritte sie schon während ihrer Kindheit verinnerlicht hatten. Nicht einmal ein Mann wie Hamish Alexander war dazu imstande, der sieben oder acht Jahrzehnte Raumoffizier gewesen war.

Sie schob diese Überlegungen beiseite, während sie den Alexanders nacheinander die Hand reichte und lächelnd in ihre gewohnten Sessel winkte. Sie lächelte warm, voller Wiedersehensfreude, und merkte nicht, wie viel wärmer ihr Lächeln wurde, als sie White Haven in die Augen blickte.

William Alexander hingegen bemerkte es genau. Er hatte schon vor einiger Zeit festgestellt, mit welcher Sympathie Honor seinen Bruder zu begrüßen pflegte, ohne sich dessen jedoch bewusst zu sein. Über die vertrauten kleinen Gespräche hatte er sich keine Gedanken gemacht, und auch nicht darüber, dass Hamish stets einen Vorwand fand, nach ihren Dreierbesprechungen noch einige Minuten unter vier Augen mit ihr über Einzelheiten zu reden. Nun aber betrachtete er ihr Lächeln voll Unbehagen, und seine Unruhe nahm noch zu, als Hamish es erwiderte.

»Vielen Dank für Ihre Einladung, Honor«, sagte White Haven und hielt ihre Hand vielleicht einen Herzschlag länger fest, als die Höflichkeit gebot.

Honor schnaubte. »Als hätte ich Sie beide nicht vor

jeder kleinen Soiree eingeladen, die High Ridge veranstaltet«, entgegnete sie.

»Stimmt, das haben Sie«, pflichtete White Haven ihr bei. »Trotzdem möchte ich nicht, dass Sie denken, wir hielten das für selbstverständlich, Hoheit«, fügte er mit einem heimlichen Grinsen hinzu.

»Kaum«, erwiderte Honor trocken. »Wir drei haben uns bei der Regierung dermaßen unbeliebt gemacht, dass ich nicht mehr glaube, irgendjemand von uns könnte einen der anderen ›als selbstverständlich‹ hinnehmen.«

»Es sei denn, wir wollten beweisen, dass es stimmt, was dieser Kerl auf Alterde gesagt hat«, warf William ein. »Wie hieß er noch gleich? Hancock? Arnold?« Er schüttelte den Kopf. »Einer dieser alten Amerikaner.« Er blickte seinen Bruder an. »Du bist in unserer Familie der Historiker, Hamish. An wen denke ich?«

»Wenn ich mich nicht sehr irre«, antwortete White Haven, »dann war der Mann, nach dessen Namen du so ungeschickt tastest, ein gewisser Benjamin Franklin. Er hat seinen Mitrebellen gesagt, sie müssten alle zusammenhalten, es sei denn, sie würden es vorziehen, einzeln gehenkt werden. Es erstaunt mich allerdings, dass ein historischer Analphabet wie du überhaupt in der Lage ist, solch eine Anspielung zusammenzuscharren.«

»Angesichts der vielen Jahre, die seit unserem lieben Franklin unter der Brücke durchgeflossen sind, ist es doch eine beachtliche Leistung, wenn sich jemand, der allenfalls eine Spur Analfixierung aufweist, trotzdem noch an ihn erinnert«, entgegnete William ihm. »Ich war mir allerdings ziemlich sicher, dass du mir Absatz und Zeile nennen könntest.«

»Bevor Sie diesen Gedanken noch weiter verfolgen, Willie«, warnte Honor ihn, »sollte ich vielleicht erwähnen, dass ich mit Franklin und seiner Epoche ebenfalls recht vertraut bin.«

»Oh. Nun, in diesem Fall hindert mich meine angeborene exquisite Höflichkeit selbstverständlich an jeder weiteren Erwägung von ... na, Sie wissen schon.«

»Ja, allerdings«, entgegnete Honor ihm ominös, und beide lachten sie.

Es klopfte an der soliden Tür, dann öffnete sie sich, und MacGuiness kam wieder herein. Er schob einen Teewagen mit Erfrischungen vor sich her, die Mistress Thorn, Honors graysonitische Köchin, vorbereitet hatte, und stellte ihn am Ende des Schreibtischs ab. Er brauchte die Gäste nicht zu fragen, was sie bevorzugten, und schenkte White Haven einen Krug Old Tilman ein, bevor er den Korken aus einer Flasche sphinxianischem Burgunder zog und ihn Lord Alexander zur Begutachtung reichte. Honor und Hamish grinsten sich an, während William den Korken sorgfältig musterte und lind daran roch, bevor er mit einem großzügigen Nicken das Angebot annahm. Dann goss MacGuiness auch Honor ein Old Tilman ein. Sie nahm es und schenkte dem Steward ein Lächeln, als er sich zum Gehen wandte. Dann hoben Hamish und sie die schäumenden Krüge, auf denen sich schon Kondenswasser niederschlug, und prosteten einander zu, wobei sie den hoffnungslos überkandidelten Weinsnob in ihrer Mitte ostentativ ausschlossen.

Hamish setzte den Krug ab und seufzte genüsslich. »Ich muss schon sagen, Honor, ich mag Ihre Erfrischungen lieber als das Zeug, das einem auf Willies politischen Zusammenkünften aufgedrängt wird.«

»Das liegt daran, dass Sie die falschen Zusammenkünfte besuchen«, entgegnete Honor augenzwinkernd. »Mir liegt es zwar fern anzudeuten, dass Prachtexemplare wie Ihr Herr Bruder, die schon als Aristokraten geboren sind, den einfacheren Freuden des Lebens nichts abgewinnen können, aber an Grayson hat mir immer am meisten gefallen, dass sich dort selbst der hochnäsigste Gutsherr nicht schämt zuzugeben, hin und wieder ganz gern ein Bierchen zu trinken.«

»Die bedauernswerten Seelen, die blind sind gegenüber den überlegenen Qualitäten eines anständigen Jahrgangs, übertreiben maßlos, was die angeblichen geschmacklichen Vorzüge von Bier angeht«, belehrte William sie beide. »Hin und wieder trinke ich auch ganz gern ein Bierchen. Aber warum sich mit dem Zweitbesten zufrieden geben, wenn etwas Besseres zu haben ist?«

»*Wir* tun das ja auch nicht«, entgegnete sein Bruder. »Wir fragen uns nur, warum *du* das machst.«

»Wollt ihr euch wohl benehmen, Jungs«, schalt Honor sie und kam sich ganz kurz mehr wie ihr Kindermädchen vor als ihre politische Verbündete, obwohl sogar der jüngere der Alexander-Brüder mehr als zwanzig T-Jahre älter war als sie. »Wir müssen einiges besprechen. Danach haben wir Zeit, und ihr könnt euch angemessen beleidigen.«

»Aye, aye, Ma'am«, sagte White Haven mit breitem Grinsen, und sie schüttelte freundschaftlich den Kopf über ihn.

»Tatsächlich«, sagte William in einem Ton, der plötzlich weit ernster klang, »haben Sie damit sehr Recht, Honor. Wir haben wirklich einiges zu bereden, einschließlich einer Sache, die ich lieber nicht ansprechen würde, wenn ich es mir aussuchen könnte.«

Honor lehnte sich zurück und kniff die Augen zusammen, während sie seine Emotionen schmeckte. Trotz der gewohnten Frotzeleien strahlten die Brüder beide ein Gefühl der Anspannung aus, das mit Wut überzogen war. Daran war sie gewöhnt; es war die unausweichliche Folge der politischen Situation, die zu besprechen sie zusammen saßen. Trotzdem hatte sie bei William nie auch nur annähernd ein solches Maß an … Unruhe gespürt wie jetzt. An seinen Gefühlen war etwas Neues und außerordentlich Scharfes, eine Art fokussierter Dringlichkeit. Und vor allem schien er etwas unterdrücken zu wollen – zumindest zögerte er, die Quelle preiszugeben, was Honor nach all den Krisen, die sie nun schon gemeinsam bewältigt hatten, sehr erstaunte.

»Und das wäre?«, fragte sie beklommen.

»Nun …« William blickte kurz sie an, dann seinen Bruder, und atmete, sichtlich um Fassung ringend, tief ein.

»Meinen Quellen zufolge«, sagte er mit der Stimme eines Mannes, der entschlossen ist, ein unwegsames Gebiet zu durchqueren, »stehen uns im neuen Haushalt weitere Einsparungen am Flottenetat bevor. Die neuen Hochrechnungen sind da, und es steht ziemlich fest, dass das Auslaufen der Noteinkommenssteuer die Schmiergelderfonds und politisch berechneten Zuschüsse der Regierung in arge Bedrängnis bringen wird. Das gefällt ihnen natürlich nicht, aber High Ridge ist nicht so dumm, dass er versucht, die Steuer zu verlängern. Er weiß genau, dass wir sie im Unterhaus zu Fall bringen und die Gelegenheit nutzen würden, um aufzuzeigen, wofür die Regierung das Geld ausgibt. Damit würden wir ihm zugleich die Möglichkeit nehmen, ausgerechnet *uns* für die Finanznöte des Sternenkönigreichs verantwortlich zu machen. Statt dessen wird Janacek empfehlen, unseren Bestand an aktiven Wallschiffen um gut zwanzig Prozent zusammenzustreichen, um Mittel freizusetzen, die aus den anderen ›Kriegssteuern‹ stammen. Aus dem gleichen Grund plant er außerdem, den Bau von fast allen unvollständigen Lenkwaffen-Superdreadnoughts einzufrieren. Und High Ridge glaubt, Hamish und Sie kaltstellen zu können, während die neuen Kürzungen im Oberhaus debattiert werden.«

»Neue Kürzungen?«, wiederholte Hamish, dann murmelte er etwas Boshaftes vor sich hin, bei dem Honor froh war, es nicht richtig verstanden zu haben.

»Wie kann die Regierung denn rechtfertigen, die Flotte noch weiter zu verkleinern?«, fragte sie William. Sie war recht erstaunt, wie ruhig ihr eigener Tonfall klang. »Wir haben jetzt schon weniger Schiffe als vor Kriegsausbruch«, sagte sie. »Und wie die Regierung so gern betont: Noch ist der Krieg nicht vorüber.«

»Jedenfalls nicht offiziell«, knurrte Hamish.

»Sie planen, die Kürzungen mit den gleichen Argumenten zu rechtfertigen, mit denen sie bisher alle Kürzungen gerechtfertigt haben«, antwortete William auf Honors Frage. »Wie immer werden sie darauf hinweisen, wie viel Flottenetat man durch die erhöhte Effizienz und Kampfkraft der neuen Schiffsklassen einsparen kann. Und darauf, dass man die ›überholten‹ alten Schiffe nicht mehr bräuchte in der neuen, stromlinienförmigen, tüchtigen Navy, die Janacek ganz allein geschaffen hat.«

Obwohl Honor Williams Meinung über High Ridge und Sir Edward Janacek völlig teilte, zuckte sie unter dem wilden Sarkasmus seiner Stimme zusammen. Sein Bruder hingegen war viel zu wütend, um ihm große Aufmerksamkeit zu schenken.

»Einen größeren Bockmist habe ich seit Monaten nicht mehr gehört«, knirschte Hamish. »Selbst für diese Idioten ist das ein neuer Rekord.«

»Es ist die logische Folge von allem, was sie bereits verbrochen haben, Hamish«, stellte Honor fest. Von allen Stimmen im Raum klang die ihre am gelassensten, in ihren achatharten Augen hingegen blitzte alles andere als Gelassenheit. »Trotzdem bin ich vom Ausmaß dieses Einschnitts überrascht. Sie haben der Navy schon das Fett und das Fleisch herunter geschnitten; jetzt klauben sie die Knochen ab.«

»Das ist eine niederschmetternd genaue Analyse«, stimmte William ihr zu. »Und Sie haben Recht: Das ist die direkte, unmittelbare Fortsetzung der gleichen Rechtfertigung, die sie bislang immer wieder benutzt haben. Die neuen Schiffstypen sind kampfstärker, überlebensfähiger und weniger besatzungsintensiv, und mit dem Auslaufen der Einkommenssteuer ist ihr Haushalt auf einmal so angespannt, dass irgendetwas nachgeben muss.«

»›Nachgeben‹ also, was?«, erwiderte Hamish wütend. »Ich werde diesem verlogenen, hinterhältigen Schwachkopf Janacek was geben! Ich gebe ihm einen -«

»Nur die Ruhe, Hamish«, sagte Honor, ohne den Blick von William abzuwenden – und ohne auch nur darüber nachzudenken, wie vertraulich sie White Haven angesprochen hatte. »Wir wissen ja schon, dass die Regierung das Flottenbudget als eine Art Sparschweinchen ansieht, das sie nach Belieben für ihre kostbare ›Friedensfinanzierung‹ plündern kann. Wenn wir die Beherrschung verlieren und sie während der Debatte schäumend in Stücke reißen, wie sie es verdient hätten, erwecken wir nur den Eindruck, wir würden überreagieren. Dadurch wirken die anderen aber nur umso vernünftiger. So dämlich ihre Politik auch ist, wir müssen zusammenhalten und ruhig und vernünftig klingen, wenn wir uns ihr widersetzen. Das gilt besonders für uns beide, das wissen Sie doch.«

Hamish stand augenscheinlich kurz vor der Explosion. »Sie haben Recht«, sagte er nach kurzem Schweigen. Er atmete tief durch. »Also wollen sie unsere Kampfkraft weiter verringern, was?«, fragte er. Sein Bruder nickte, und Hamish schnaubte verächtlich. »Und Jurgensen und seine Lieblingsexperten beim ONI stärken Janacek natürlich den Rücken?«

»Aber natürlich«, bestätigte William, und nun war es an Honor, verächtlich zu schnauben.

Niemand war überrascht gewesen, als Janacek seine zweite Amtszeit als Erster Lord der Admiralität damit begann, Hamish Alexander auf inaktiven Halbsold zu setzen. Der Earl von White Haven hatte sich im Krieg exzellent geschlagen. Doch niemand wäre brillant genug gewesen, um die verbitterte, persönliche Feindschaft zwischen ihm und Sir Edward Janacek beilegen zu können – nicht einmal die gleichzeitige Reinkarnation von Horatio Nelson, Togo Heihachiro, Raymond Spruance, Gustav Anderman und Edward Saganami in einer Person.

Honor vermutete sehr, dass der Rest der Navy genauso überrascht und bestürzt gewesen war wie sie, als Janacek beschloss, dass Sir Thomas Caparelli und Patricia Givens ebenfalls ›eine Ruhepause verdient‹ hätten.

In Caparellis Fall traf das eventuell sogar zu, nachdem er als ranghöchster uniformierter Befehlshaber des Sternenkönigreichs mehr als ein Jahrzehnt lang außerordentlichem Stress ausgesetzt gewesen war. Leider war das jedoch nicht der wahre Grund für seine Ablösung gewesen. Nach ihrer Rückkehr von Cerberus hatte Honor den früheren Ersten Raumlord recht gut kennen gelernt, und wenn Thomas Caparelli eines niemals sein würde, dann der Jasager eines aus politischen Gründen berufenen Ministers der Navy. Seine Integrität hätte ihm nie gestattet, Janacek beim Abbau der Flotte zu helfen, während die Regierung es gleichzeitig ablehnte, den Krieg gegen Haven zu einem echten Abschluss zu bringen. Und deshalb hatte er wie White Haven gehen müssen, wenn auch aus anderen Gründen.

Admiral Givens war aus mehr oder minder den gleichen Gründen wie Caparelli von ihren Pflichten als Chefin des Office of Naval Intelligence entbunden worden, obwohl sie als Leiterin des Nachrichtendienstes der Flotte außerordentliche Leistungen erbracht hatte. Ihre Loyalität zu Caparelli und ihre enge Zusammenarbeit mit dem Ersten Raumlord hatte wohl ihre Entlassung in Janaceks Augen (der die Führungstheorie des ›reinen Tisches‹ vertrat) unter allen Umständen erforderlich gemacht. Doch hatte es auch Gerüchte darüber gegeben, dass sie und Janacek grundsätzliche Meinungsverschiedenheiten über die Umstrukturierung der nachrichtendienstlichen Prioritäten hätten. Givens' größte Sünde hatte indessen darin bestanden, dass sie sich weigerte, die Berichte des ONI so zu ›färben‹, dass ihre zivilen Vorgesetzten sie gern lasen. Deshalb hatte auch sie sich unversehens auf Halbsold wiedergefunden, als Belohnung dafür, das Sternenkönigreich bewahrt zu haben.

Wenn man ihrem Nachfolger eines niemals vorwerfen konnte, so war es übermäßige Unabhängigkeit. Admiral Francis Jurgensen war in der kriegführenden Royal Manticoran Navy zu einem Anachronismus geworden: ein Flaggoffizier, der seinen hohen Rang weniger seinem Können, als vielmehr der politischen Patronage verdankte. Vor dem Krieg waren solche Offiziere bedrückend häufig gewesen, dann jedoch rücksichtslos ausgemerzt worden, gewöhnlich durch Caparelli, aber auch viel zu oft (und zu verlustreich) im Gefecht gegen den Feind. Unter der Führung der neuen Admiralität erlebte die Günstlingswirtschaft bedauerlicherweise eine Neubelebung. So widerwärtig Honor das fand, so unausweichlich kam es ihr vor. Schließlich war Sir Edward Janacek als Raumoffizier auch nur durch Protektion vorangekommen.

In Jurgensens Fall jedoch war von Bedeutung, dass er genau wusste, was Janacek und seine politischen Vorgesetzten hören wollten. Honor schreckte zwar davor zurück, ihn der Fälschung von Tatsachen zu beschuldigen, war sich jedoch keinesfalls sicher, ob er besagte Fälschung gegebenenfalls verweigern würde. Und innerhalb der Navy, besonders in den nachrichtendienstlichen Kreisen, war es ein offenes Geheimnis, dass Jurgensen von je Tatsachen so *interpretiert* hatte, wie es seinen Vorgesetzten in den Kram passte.

»Na ja, wahrscheinlich war es unvermeidlich«, sagte White Haven und sah seinen Bruder stirnrunzelnd an. »Irgendwoher muss das Geld für ihre Stimmenkaufmaschinerie ja kommen.«

»Nein«, stimmte William zu, »etwas in der Richtung war unausweichlich, und eigentlich überrascht es mich auch gar nicht. Offen gesagt, hat mich etwas ganz anderes überrascht – und bestürzt.«

»Und was?« Honor sah ihn forschend an, einmal mehr verwirrt von den eigenartigen Anwandlungen der Unsicherheit und des Kummers, die von ihm ausgingen. Ihre Fähigkeit, die Gefühle anderer wahrzunehmen, besaß eine äußerst frustrierende Kehrseite: Sie war nicht in der Lage, die Gedanken zu lesen, denen diese Gefühle entsprangen. So auch hier. Sie war sich verhältnismäßig sicher, dass der unverkennbare Zorn Williams sich nicht gegen sie richtete. Trotzdem war sie offensichtlich ein Faktor, der zu seiner Beklemmung beitrug, und was immer ihn so verärgert hatte, es hing direkt mit ihr zusammen.

»Jawohl.« William wandte kurz den Blick ab und musterte das lebensgroße Porträt von Paul Tankersley, das Michelle Henke Honor zum letzten Geburtstag geschenkt hatte. Es hing Honors Schreibtisch und Computerterminal gegenüber, und er ließ die Augen nur eine Sekunde auf dem lächelnden Gesicht ruhen. Dann atmete er tief durch, straffte die Schultern und wandte sich zu Honor und White Haven um.

»Meinen Quellen zufolge sind High Ridge und seine Koalitionspartner zuversichtlich, Ihre und Hamishs Glaubwürdigkeit schwer beschädigen zu können, Honor. Für sie ist es ebenso offensichtlich wie für uns, dass Sie beide unsere wichtigsten Sprecher gegen diesen Irrsinn wären. Aber man glaubt, Sie beide weitgehend kaltstellen zu können, indem man ... Sie von dem Thema ablenkt.«

»Vorher schneit es in der Hölle!«, fauchte White Haven, doch Honor klumpte sich der Magen zusammen, denn die Gefühle, die sich hinter Williams blauen Augen verbargen, stürmten auf sie ein.

»Kommen Sie zur Sache, Willie«, bat sie ihn leise, und er seufzte.

»Morgen früh«, antwortete er mit tonloser Stimme, »enthält Solomon Hayes' Kolumne einen Bericht, demzufolge Hamish und Sie ein Verhältnis haben.«

Honor spürte, wie ihr Gesicht blutleer wurde, doch ihr Schreck verblasste zwischen der plötzlich aufwallenden Weißglut, die sie von White Haven empfing. William fehlte zwar ihr empathischer Sinn, doch er brauchte ihn auch gar nicht. Sein Gesicht war eine Maske, seine Stimme tonloser denn je, als er fortfuhr:

»Ihr wisst beide, wie Hayes vorgeht. Er wird nichts deutlich behaupten, weder eure Namen fallen lassen noch jemanden benennen, der seine Darstellung belegen kann; trotzdem wird es ganz eindeutig sein. Er wird andeuten, dass ihr seit zwei T-Jahren etwas miteinander hättet ... und High Ridges Lieblingskolumnisten schmieden schon an ihren Leitartikeln, mit denen sie Öl ins Feuer gießen wollen. Anscheinend hat High Ridge die Eröffnung der Oberhausdebatte nur deswegen verschoben – damit der Lynchmob einen gewissen Vorsprung erhält. Sie werden sorgfältig darauf achten, fair zu erscheinen und immer wieder betonen, dass euer Privatleben absolut nichts mit der Politik zu tun haben sollte. Aber sie wissen ganz genau, wie sehr euch beide solche Vorwürfe schaden werden. Und euer öffentliches Ansehen, sowohl als Persönlichkeiten als auch als Raumhelden, macht die Reaktion nur umso heftiger, vor allem, weil Hayes' Story sich nicht widerlegen lassen wird.«

Er lachte humorlos.

»Bestenfalls«, fuhr er rau fort, »steht euer Wort gegen seines ... und gegen das eines sorgfältig choreografierten Hintergrundchors, der alles übertönen soll, was ihr sagt. Um ehrlich zu sein, habt ihr sowohl öffentlich als auch privat so viel Zeit miteinander verbracht und so eng zusammengearbeitet, dass es völlig unmöglich ist, die unvermeidliche Andeutung zu widerlegen.«

»*Widerlegen?*« White Haven klang erstickt, und die schockierte Honor konnte nicht anders, als wie gelähmt dazusitzen. Hinter sich hörte sie einen leisen Aufprall; Nimitz war von seiner Sitzstange auf den Schreibtisch gesprungen. Sie spürte, wie der Baumkater sie zu erreichen versuchte und sich wie schon so oft zwischen sie und ihren Schmerz schieben wollte, und gleich darauf sprang Nimitz schon über ihre Schulter und landete auf ihrem Schoß. Sie nahm ihn in die Arme, ohne den Sessel zu drehen, und hielt ihn fest. Sie drückte ihr Gesicht in sein seidiges Fell, während er beruhigende Laute von sich gab, aber diesmal konnte niemand sie vor ihrem Schmerz schützen. Nicht einmal Nimitz.

Im Allgemeinen waren die manticoranischen Sitten erheblich lockerer als die auf Grayson. Tatsächlich war die Hauptwelt in dieser Hinsicht liberaler als Honors Heimatplanet Sphinx. Normalerweise wäre daher die Vorstellung lachhaft gewesen, dass eine Affäre zwischen zwei Erwachsenen, einen Außenstehenden etwas angehen könne; normalerweise.

Aber nicht in diesem Fall. Nicht für die Gutsherrin von Harrington, die auch auf die Empfindungen ihrer graysonitischen Untertanen und die öffentliche Meinung auf Grayson Rücksicht nehmen musste. Über sie wirkten sich Verstimmungen auch auf Protector Benjamin aus – und auf seine zusehends schwieriger werdenden Versuche, Graysons Alarmbereitschaft aufrechtzuerhalten, obwohl das Sternenkönigreich die Manticoranische Allianz im Grunde aufgegeben hatte. Ihre frühere Beziehung mit Paul Tankersley war für die Graysons schon schwer zu verdauen gewesen, doch auch wenn sie nie geheiratet hatten, war doch auch keiner von ihnen bereits verheiratet gewesen.

White Haven hingegen war verheiratet, und das war der zweite Stachel der Bedrohung, denn Lady Emily Alexander, die Gräfin von White Haven, war eine der beliebtesten Persönlichkeiten des öffentlichen Lebens im gesamten Sternenkönigreich.

Einst eine der schönsten und talentiertesten HD-Schauspielerinnen Manticores, war sie seit einem Flugwagenunfall, der sich vor Honors drittem Standardgeburtstag ereignet hatte, an den Lebenserhaltungssessel gefesselt. Dennoch hatte Emily Alexander sich nicht damit abfinden wollen, dass ihr Leben vorüber sei. Körperlich hatte der Unfall sie verkrüppelt, doch ihr brillanter Verstand und ihre Willensstärke, die sie an die Spitze ihrer Profession katapultiert hatten, waren nicht beeinträchtigt worden. Den Chirurgen war es gelungen, ihre motorischen Fähigkeiten so weit wiederherzustellen, dass sie eine Hand und einen Arm beinahe normal benutzen und fast normal sprechen konnte, während sie zur Regulation ihrer unwillkürlichen Muskeln vollständig auf den Lebenserhaltungssessel angewiesen war. Viel war es nicht, was sie hatte. Eigentlich war es erbärmlich wenig, doch so wenig es war, sie hatte das Beste daraus gemacht.

Da sie als Schauspielerin nicht mehr agieren konnte, war sie Produzentin und Autorin geworden, eine Dichterin, die zugleich eine ausgezeichnete Historikerin und die halboffizielle Biografin des Hauses Winton war. Sie war das geliebte Beispiel, das allen im Sternenkönigreich zeigte, wie viel durch puren, unerschrockenen Lebensmut überwunden werden kann, und zu ihrem Ruhm als die große tragische Heldin von Manticore war die romantische Geschichte ihrer Ehe mit Hamish Alexander gekommen. Die Geschichte der liebenden Ergebenheit, die fast sechs T-Jahrzehnte überstanden hatte, in denen Emily an den Sessel gefesselt war. Viele Männer hätten versucht, ihre Ehen annullieren zu lassen (wenn auch sanft und zu sehr großzügigen Bedingungen), damit sie wieder heiraten konnten, doch Hamish Alexander hatte jede Andeutung einer solchen Möglichkeit vehement zurückgewiesen.

Im Laufe der Jahre war immer wieder gemunkelt worden, er unterhalte gelegentlich eine diskrete Liaison mit einer registrierten Kurtisane, doch solche Beziehungen wurden auf Manticore nicht nur voll akzeptiert, sondern auch als therapeutisch sinnvoll erachtet. Auf Gryphon und Sphinx war man aus verschiedenen Gründen weniger davon überzeugt, doch in dieser Hinsicht war der Hauptplanet schon immer ... aufgeschlossener gewesen.

Es bestand jedoch ein himmelweiter Unterschied dazwischen, gelegentlich eine registrierte professionelle Kurtisane zu bezahlen – besonders, wenn die eigene Frau invalide war –, und eine Affäre mit einer Frau einzugehen, die sich nicht beruflich Männern hingab. Das galt besonders für Hamish und Emily Alexander, die sich zur Zweitreformierten Römisch-Katholischen Kirche bekannten und monogam verheiratet waren, in guten wie in schlechten Zeiten, bis dass der Tod sie scheide. Beide nahmen sie die Ehe ernst. Und selbst wenn es anders gewesen wäre, hätte sogar Hamish Alexanders erbittertster Feind es nicht gewagt, Hamishs tiefe Liebe zu seiner Frau anzuzweifeln.

Bis jetzt. Bis Honor auf den Plan getreten war.

Sie hob ihr Gesicht aus Nimitz' Fell und starrte William an. Hamish anzusehen brachte sie nicht über sich, und ihr Schmerz vertiefte sich noch, als sie begriff, was William gedacht hatte: Er hatte sich gefragt, ob vielleicht doch etwas an der Geschichte stimmte, die Hayes veröffentlichen würde. Und Honor wusste auch, wieso.

Weil es so hätte kommen sollen. Wenn Honor den Mut besessen hätte, Hamish zu offenbaren, was sie für ihn empfand, dann wäre es zwischen ihnen mit Sicherheit zu einer Liebesbeziehung gekommen. Ob das in Lady Emilys Augen einen Treubruch bedeutet hätte, konnte Honor nicht sagen – und es hätte auch keine Rolle gespielt. Das aber, so begriff sie, war der eigentliche Grund, weshalb sie höflich jede Einladung ausgeschlagen hatte, den Familiensitz der Alexanders auf White Haven zu besuchen, obwohl sie politisch so eng mit dem Earl zusammenarbeitete. Denn das Haus gehörte Emily, es war ihr Heim, das sie niemals verließ. Der Ort, wohin sie zusammen mit Hamish gehörte; hätte Honor das Haus betreten, so hätte sie eine Grenze überschritten. Und solange Honor Emily nicht persönlich kennen lernte, konnte sie vorgeben, sich nie gegen Hamishs Frau vergangen zu haben, nicht einmal in der Tiefe ihres Herzens.

Das aber war die bittere Ironie an der Sache: Sie wusste nicht, ob derjenige, der Hayes die Geschichte für seine gnadenlose Klatschkolumne zugespielt hatte, diese Behauptungen selbst glaubte. Doch obwohl es keinerlei physische Verletzung von Hamishs Ehe gegeben hätte, wusste Honor, dass sie sich beide diese Verletzung gewünscht hatten. Keiner hätte das dem anderen gegenüber je zugegeben, doch nun standen sie da, ausgerechnet dessen bezichtigt, das nie geschehen zu lassen sie sich beide geschworen hatten. Und jeder Versuch, die Anschuldigungen zu widerlegen, hätte sie nur verschlimmert.

Absurd ist das Ganze, dachte sie in einem kleinen Winkel ihres Verstandes. Selbst wenn sie und Hamish ein Verhältnis miteinander gehabt hätten, hätte ihre Privatsphäre trotzdem geschützt sein müssen. Doch das spielte keine Rolle. Hier im Sternenkönigreich hätte kein noch schädlicherer Skandal fabriziert werden können, nicht angesichts des ikonenhaften Status, den Lady Emily und ihr Ehemann innehatten. William hatte Recht. Gerade die Menschen, die am ehesten Honors persönliche Werte teilten und ihre politischen Ansichten unterstützten, würden sich durch ihren ›Verrat‹ an einer solch beliebten Person des öffentlichen Lebens am meisten abgestoßen fühlen. Und was den Skandal auf Manticore schädlich machte, machte ihn auf Grayson vernichtend.

Dass Hamish und sie nicht zuließen, dass sich ihr Privatleben auf ihre Leistungen oder ihr Urteilsvermögen als Raumoffiziere auswirkte, würde nichts bedeuten. Irgendjemand würde andeuten, ihre Gefühle füreinander beeinflussten zumindest indirekt ihr Denkvermögen, das wusste Honor. Und so lächerlich die Beschuldigung auch war, sie würde haften bleiben. Dabei war das nicht einmal der eigentliche Zweck der Attacke. Die eigentliche Absicht nämlich bestand darin, die Debatte von den Gefahren, die Janaceks Pläne bedeuteten, auf den Charakter einer Frau und eines Mannes zu lenken, die zu seinen wichtigsten Kritikern geworden waren. Diesmal bräuchte die Regierung Honors und White Havens Argumente nicht zu widerlegen – nicht, wenn die beiden sich mit aller Energie und allem moralischen Kapital gegen solch sensationslüsterne Beschuldigungen verteidigen mussten.

Wenn High Ridge und seine Kumpane sie in dieser Frage diskreditierten, wären sie in jeder Hinsicht unglaubwürdig ...

»Wer hat die Gerüchte an Hayes weitergegeben?«, fragte Honor und war erstaunt über die Ebenmäßigkeit ihrer eigenen Stimme.

»Ist das wichtig?«, entgegnete William.

»Ja«, sagte sie. Nun klang ihre Stimme nicht mehr tonlos, und Nimitz' leises, zischendes Wutfauchen untermalte sie. »Das ist es.«

William blickte sie beunruhigt an, und was er in ihren schokoladenbraunen Augen sah, ließ seine Beunruhigung in Furcht umschlagen.

»Ich weiß es nicht genau«, erklärte er ihr. »Und wenn ich es wüsste, würde ich es Ihnen verschweigen.«

»Ich kann es auch allein herausfinden.« Ihre Stimme glich einer Dolchschneide, und eine eisige Entschlossenheit durchfuhr sie. »Ich habe herausgefunden, wer für den Mord an Paul Tankersley verantwortlich war«, sagte sie dem Bruder des Mannes, den sie liebte. »Und ich kann herausfinden, welcher Abschaum jetzt für diese Sache verantwortlich ist.«

»Nein, das können Sie nicht«, sagte William eindringlich, dann schüttelte er heftig den Kopf. »Ich meine, Sie können es schon, aber was würde es Ihnen schon nützen?« Er sah sie bittend an. »Ihr Duell mit Young hätte Sie fast vernichtet, Honor! Wenn Sie herausfinden, wer hinter dieser Sache steckt, und Sie ihn herausfordern, wäre das zehnmal schlimmer – das würde viel mehr Schaden anrichten als die Gerüchte! Als Politikerin wären Sie im Sternenkönigreich erledigt, ganz gleich, was geschieht. Und das berücksichtigt noch nicht einmal die Frage, wie viele Leute dann die Geschichte erst recht glauben würden, weil sie wahr sein muss, wenn sie deswegen solche Schritte ergreifen.«

»Er hat Recht.« Hamish Alexanders Stimme klang wie Eisen, das über Stein scharrt, und Honor wandte sich ihm schließlich doch zu und blickte ihn an. Er suchte ihren Blick, bis sie ihn erwiderte, und sie erkannte, dass er nun endlich ebenfalls begriffen hatte: Er wusste nun, was er während der letzten Jahre immer stärker in seinem Innersten gespürt hatte – dass sie schon immer gewusst hatte, was er für sie empfand, und dass sie seine Gefühle erwiderte.

»Er hat Recht«, wiederholte White Haven. »Wir können uns beide nicht leisten, die Geschichte noch glaubhafter zu machen. Besonders«, er funkelte seinen Bruder an, »wo kein Funke Wahrheit daran ist.«

William erwiderte den wütenden Blick gleichmütig; er war sich ebenso sicher wie Honor, dass die Wut sich zum größten Teil gegen jemand anderen richtete.

»Ich glaube dir«, sagte er tief aufrichtig. »Das Problem ist nur, das zu beweisen.«

»Es zu *beweisen!«*, fauchte White Haven verächtlich.

»Ich weiß, ich weiß!« William schüttelte wieder den Kopf, und er sah fast so wütend drein wie sein Bruder. »Ihr solltet nicht das Geringste zu beweisen haben, beide nicht! Aber du weißt genauso gut wie ich, dass man bei Rufmord anders vorgehen muss und dass es keine Möglichkeit gibt, das Gegenteil zu beweisen. Besonders nicht, wo ihr beide so eng zusammenarbeitet. Wir alle haben das politische Kapital überzogen, das eure Leistungen eingebracht haben. Absichtlich haben wir euch zusammengeschweißt und das Auge der Öffentlichkeit auf euch als Team gelenkt. Die Wähler betrachten euch nun als zusammengehörig, und dadurch fällt es ihnen nun einmal leichter, diesen Mist zu glauben. Erst recht, wenn jemand ausplaudert, wie viel Zeit ihr allein miteinander verbracht habt.«

»Allein?« Beide Alexanders wandten sich Honor zu, als sie ihre Einwortfrage stellte. »Ich bin eine *Gutsherrin,* Willie. Ohne meine Waffenträger gehe ich niemals irgendwohin – das würde mir das graysonitische Gesetz verbieten! Wann hätten wir beide denn je eine Möglichkeit gehabt, miteinander ›allein‹ zu sein?«

»Das wissen Sie besser als ich, Honor«, antwortete William in beinahe mitfühlendem Ton. »Erstens würde Ihnen niemand glauben, dass Sie nicht auch mal davonschlüpfen können, wenn Sie es wirklich wollten – selbst von Colonel LaFollet. Man würde es nicht glauben, weil sie es tatsächlich könnten, das wissen Sie genauso gut wie ich; Sie hätten schon eine Möglichkeit gefunden. Zweitens: Selbst wenn es anders wäre, glauben Sie im Ernst, irgendjemand würde bezweifeln, dass Ihre Waffenträger nicht das Blaue vom Himmel herunter lügen würden, wenn Sie sie darum bitten?«

Nun starrte sie ihn wütend an, doch dann ließ sie die Schultern sinken, denn er hatte Recht. Das hatte sie schon gewusst, bevor sie den Mund aufmachte. Sie hatte sich nur wie eine Ertrinkende verhalten, die nach dem letzten Strohhalm griff.

»Also, was tun wir jetzt?«, fragte sie verbittert. »Soll die Regierung wirklich damit davonkommen, dass sie den Kampf um die politische Macht im gesamten Sternenkönigreich auf etwas Kleines, Widerwärtiges wie ein Gerücht der Untreue reduziert?«

»Nein«, antwortete William. »Den ganzen Kampf werden sie nicht darauf reduzieren können, Honor. Die Wahrheit ist nun einmal, dass Hamish und Sie zwei unserer wirksamsten Waffen gewesen sind. Und die Regierung kann uns die Möglichkeit nehmen, euch beide effizient gegen sie einzusetzen. Es ist dumm und hinterhältig und kleingeistig, aber trotzdem funktioniert es. Zumindest seid ihr beide kaltgestellt, während der Flottenabbau und der Etat diskutiert werden. Aber ich bin mir sicher, man hofft auf eine länger anhaltende Wirkung. Aus ihrer Perspektive ist natürlich am schönsten, dass ein bestimmter Teil der Bevölkerung die Anschuldigungen umso eher glaubt, je vehementer ihr oder einer eurer Freunde und Verbündeten es abstreitet.«

Honor starrte ihn an, dann suchte sie Hamishs Blick und entdeckte in seinen Augen die gleiche Qual. Seine

Gefühle waren zu schmerzhaft, als dass Honor sie hätte ertragen können, und so fuhr sie ihren empathischen Sinn herunter, bis sie nur noch Nimitz spürte, nichts als Nimitz' Liebe und Besorgnis … und seine hilflose Unfähigkeit, diesen Feind für sie zu bekämpfen. Sie richtete ihren Blick wieder auf William und konzentrierte sich darauf, dass ihre Schultern nicht noch mehr absackten.

»Was also unternehmen wir?«, fragte sie leise.

»Ich weiß es nicht, Honor«, antwortete er. »Ich weiß es einfach nicht.«

7

»Was meinen Sie, Waffen, was haben die wirklich vor?«

»Sir?« Lieutenant-Commander Anna Zahn, Sidemore Navy, Taktischer Offizier von HMS *LaFroye,* blickte recht überrascht von ihrem Display auf. Captain Ackenheil war alles andere als süchtig nach den militärischen Formalitäten des Bordlebens und ließ es nicht jedes Mal peinlich korrekt bekannt geben, wenn er die Brücke betrat; Zahn hatte sein Eintreffen nicht bemerkt.

»Ich habe Sie gefragt, was sie Ihrer Meinung nach vorhaben«, sagte der Manticoraner und wies auf das Taktische Display, das sich im interstellaren Astrografiemodus befand. Mehr als ein Dutzend Sterne war darin mit roten, blinkenden Icons markiert.

»Ich kann es nicht genau sagen, Sir«, antwortete Zahn. Sie gehörte zu den verhältnismäßig wenigen sidemorischen Offizieren, die an Bord von Kriegsschiffen der Königin von Manticore in einer leitenden Position diente. Das ging nicht etwa auf Vorurteile gegen Sidemorer zurück, sondern vielmehr auf den Umstand, dass *nirgendwo* besonders viele ranghohe sidemorische Offiziere dienten. Die Sidemore Navy war noch keine acht T-Jahre alt, und daher war Zahn für ihren Rang nach manticoranischen Maßstäben sehr jung. Gleichzeitig verstand sie ihr Geschäft jedoch außergewöhnlich gut, und nur deshalb war sie als Taktischer Offizier des Führungsschiffs von CruRon 237 eingeteilt worden. Intellektuell war ihr vollkommen klar, dass sie nicht an Bord des Schweren Kreuzers wäre, wenn die Manticoraner nicht überzeugt gewesen wären, sie könnte ihren Teil leisten. Seit des Bündnisses zwischen Sidemore und dem Sternenkönigreich hatten die Manticoraner darauf gedrungen, so viele Offiziere auszutauschen wie möglich, damit die Sidemore Navy mit Doktrin und Vorgehensweise der RMN vertraut wurde und der Erfahrungsschatz der SN so rasch als möglich verbreitert wurde. Dennoch hätten die Manticoraner niemals jemanden, über dessen Fähigkeiten sie sich nicht hundertprozentig sicher waren, auf eine so heikle Position wie die des Taktischen Offiziers eines Schweren Kreuzers gesetzt. Doch Zahn mochte wissen, was sie wollte, ihre Gefühle weigerten sich beharrlich, sich überzeugen zu lassen.

Vielleicht lag es nicht nur an ihr. Vielleicht konnte die gesamte Sidemore Navy nicht ganz glauben, dass jemand sie trotz ihres zarten Alters für voll nahm. Zahn konnte zwar nicht für den Rest des Offizierskorps ihrer Heimatwelt sprechen, doch wenn sie ihre mageren sieben T-Jahre Raumerfahrung an dem beruflichen Lebenslauf eines Captain Ackenheil maß, der fast dreimal so alt war wie sie und zudem ein hoch dekorierter Kriegsteilnehmer, dann fühlte sie sich oft genug wie eine Schülerin, die in eine neue Klasse kam. Deshalb zögerte sie selbst dann, eine

Meinung zu äußern, wenn man sie darum bat. Zumal sie im Augenblick eigentlich als Wachoffizier fungierte und das gesamte Kommandodeck hätte im Auge behalten sollen, anstatt sich den Kopf über Berichte zu zerbrechen, über die nachzudenken sie offiziell überhaupt nicht gehalten war. Die *LaFroye* befand sich mit abgeschaltetem Impellerkeil und kaum mehr als einer Notwache auf einer routinemäßigen Park-Umlaufbahn, und sie hatte das Ruder formell an den Astrogator Lieutenant Turner übergeben (der elf T-Jahre älter war als sie und neun T-Jahre mehr Raumerfahrung besaß), daher vernachlässigte sie streng genommen ihre Pflicht zwar nicht, aber trotzdem ...

Ackenheils feste Lippen schienen zu beben, als drohte ein Lächeln sie für einen winzigen Augenblick zu überfallen, und Zahn spürte, wie sie errötete. Sie *hasste* es, wenn sie errötete. Dann kam sie sich noch mehr wie ein Schulmädchen vor, das Raumoffizier spielte.

Jason Ackenheil gelang es – mit Mühe – sein Grinsen zu unterdrücken, als Lieutenant-Commander Zahn sanft errötete, und er schalt sich im Stillen, dass er grinsen wollte. Der junge weibliche sidemorische Offizier war furchtbar entschlossen, alles richtig zu machen, und sehr davon überzeugt, die Royal Manticoran Navy hätte Fünfe gerade sein lassen, um sie auf ihren gegenwärtigen Posten zu heben. Irgendwo schien es ihr zu entgehen, dass sie eine außerordentlich talentierte junge Frau war. Es gab nur wenige, die ihrem Gefühl für Taktik das Wasser reichen konnten.

Vielleicht sollte er ihr das nicht verdenken. Abgesehen von Zahns Tüchtigkeit, hatte die Navy tatsächlich ein Übriges getan, um Offiziere der SN in verantwortliche Positionen an Bord der RMN-Schiffe zu setzen, die Sidemore Station zugewiesen waren. Einige dieser Offiziere – nein, alle, wenn er ehrlich war – hatten für ihre Aufgaben verteufelt wenig Erfahrung, zumindest gemessen an manticoranischen Standards. Zu vermeiden war das jedoch nicht. Wollte die Sidemore Navy vermeiden, dass es in ihren Reihen keinen einzigen Offizier mit einem höheren Rang als dem eines Lieutenant gab, blieb ihr keine andere Wahl, als ihr Personal mit einem lächerlich raschen Tempo zu befördern. Wie die graysonitische Navy vor dem Krieg hatten auch die Sidemorer einen Kern von manticoranischen Raumoffizieren ›ausgeliehen‹ bekommen, doch die Masse ihres Offizierskorps musste von innen aufgebaut werden. Eine Möglichkeit, ihnen etwas vom großen Erfahrungsschatz der RMN abzugeben, bestand darin, möglichst viele ihrer vielversprechenderen Offiziere an Bord manticoranischer Schiffe zu verwenden.

Das wusste jeder, und Ackenheil hatte sich, als Zahn der *LaFroye* zugewiesen wurde, innerlich darauf vorbereitet, dass sie für ihre Aufgabe ... nicht ganz qualifiziert wäre. Doch schon in der ersten Woche nach ihrem Dienstantritt zeigte sich, das seine Bedenken völlig überflüssig gewesen waren. Mittlerweile war sie seit sechs T-Monaten an Bord, und sein erster günstiger Eindruck von Zahn hatte sich seitdem mehr als bestätigt. Dennoch musste Ackenheil zugeben, dass er sich zuzeiten eher wie ihr Onkel vorkam, und nicht wie ihr Kommandant. Das lag an ihrer verdammten *Jugendlichkeit.* Bei Menschen ihres Alters erwartete Ackenheil eher den Rang eines Lieutenant Junior-Grade als den eines Lieutenant-Commander, und manchmal fiel es ihm wirklich schwer, sich das nicht anmerken zu lassen, ganz gleich, wie tüchtig der betreffende Lieutenant-Commander sein mochte. Das wiederum stärkte bei Zahn natürlich keineswegs das Gefühl, sich ihre Position wirklich verdient zu haben. Davon abgesehen, war Ackenheil ehrlich an ihrer Meinung interessiert. So jung sie auch war, er hatte gelernt, ihre analytischen Fähigkeiten beinahe genauso sehr zu schätzen wie ihr taktisches Können.

Er schritt zu ihrer Station und stellte sich neben ihren Sessel. »Niemand weiß genau, was sie planen, Commander«, sagte er, während er sich über ihre Schulter beugte, um die Zwischenfälle zu mustern, die auf dem Plot dargestellt wurden. »Beim ONI scheint schon gar niemand eine Ahnung zu haben! Und, um ganz offen zu sein, ich weiß es auch nicht. Darum bin ich an jeder Hypothese interessiert, die Sie mir vielleicht anbieten können. Bei dem Versuch, die Gedanken der Andys zu lesen, werden Sie sich auf keinen Fall schlechter anstellen als wir anderen.«

Zahn entspannte sich ein klein wenig, als sie das kaum merkliche Funkeln in den braunen Augen des Kommandanten sah. Dann blickte sie wieder auf die Daten auf ihrem Display und runzelte nachdenklich die Stirn.

»Ich nehme an, Sir«, sagte sie langsam, »es wäre möglich, dass sie tatsächlich mit normaler Piratenbekämpfung befasst sind.«

»Aber glauben tun Sie's nicht«, ermutigte Ackenheil sie weiterzusprechen, als sie schwieg.

»Nein, Sir.« Sie sah ihn an und schüttelte den Kopf. »Aber eigentlich glaubt ohnehin fast niemand, dass es hier um Piratenbekämpfung geht, oder?«

»Kaum«, stimmte Ackenheil ihr zu.

Mittlerweile waren zwei Zwischenfälle mehr gemeldet als bei seiner letzten Überprüfung, und Ackenheil rieb sich nachdenklich das Kinn. Wahrscheinlich sollte er dankbar sein, dass die Kaiserlich-andermanische Weltraumflotte sich nun beträchtliche Mühe gab, die Raumpiraten in der Region niederzukämpfen, in der die RMN von ihrer Basis im Marsh-System aus patrouillierte. Weiß Gott war es Ackenheil schon oft genug so vorgekommen, als müsste er sich zwei- oder sogar dreiteilen, um es mit diesem Lumpenpack aufnehmen zu können. Seit Honor Harrington das ›Freibeuter‹-Geschwader André Warneckes im Marsh-System vernichtet hatte, kam kein Pirat, der seine Sinne beisammen hatte, auch nur in die Nähe von Sidemore. Doch die ganz gewöhnlichen Überfälle, Morde und andere Greueltaten, wie sie in Silesia an der Tagesordnung waren, hatten jenseits der Randzonen des Operationsgebiets von Sidemore Station nicht nachgelassen. Was immer Ackenheil daher sonst durch den Kopf ging, er war heilfroh darüber, dass die Piratenangriffe auf die Planeten und auf die Handelsschifffahrt zunehmend seltener wurden, ein Umstand, der sich auf das ungewohnt harte Durchgreifen der Andermaner zurückführen ließ.

Doch so willkommen das auch sein mochte, es bestürzte ihn trotzdem. Nachdem die Admiralität ankündigt hatte, dass sie eine Flottenstation im Marsh-System einrichten wollte, hatten sich die Andermaner in diesem Raumsektor nur noch wie auf Zehenspitzen bewegt. Einige wenige andermanische Offiziere, denen Ackenheil begegnet war, hatten sich keine Mühe gegeben, die Verärgerung zu verbergen, die sie über den Vertrag des Sternenkönigreichs mit Sidemore empfanden. Offensichtlich betrachteten sie das Bündnis als ein weiteres Beispiel manticoranischer Einmischung in einem Gebiet, das ihrer Meinung nach zur Interessensphäre des Andermanischen Reiches gehörte. Doch ungeachtet der Gefühlslage seiner Offiziere hatte das Kaiserreich nie formellen Protest eingelegt, und die offizielle andermanische Position begrüßte alles, was die Gesetzlosigkeit innerhalb Silesias verringerte.

Die Diplomaten, die seit fast neun T-Jahren solche offiziellen Verlautbarungen aussprachen, logen das Blaue vom Himmel herunter, und jeder wusste es. Und während ebendieser neun T-Jahre hatte die andermanische Navy ihre Präsenz im und um das Marsh-System auf Hafenbesuche mit Zerstörern beschränkt; hier und da war einmal eine Division Leichter Kreuzer aufgetaucht, ganz selten ein einzelner Schwerer Kreuzer oder Schlachtkreuzer – gerade genug, damit das Sternenkönigreich nicht vergaß, dass auch das Kaiserreich ein Interesse an der Region hatte. Dabei setzten die Andermaner nie solch schwere Verbände ein, dass man es als eine Art provokative Herausforderung an die manticoranische Präsenz verstehen konnte.

Seit einigen Monaten jedoch schien sich das zu ändern. Nur drei andermanische Schiffe waren in das Marsh-System gekommen, und, abgesehen von einem Schweren Kreuzer der neuen *Verfechter*-Klasse, hatten nur Zerstörer Sidemore besucht. Doch während im Marsh-System alles beim Alten blieb, veränderte sich anderswo einiges. Es schien, als würden andermanische Patrouillen plötzlich überall, wo Ackenheil hinsah, Piraten, Freibeuter und anderen Abschaum wegputzen. Und dazu verwendeten sie keine Zerstörer oder Leichten Kreuzer.

Er beugte sich ein wenig mehr zu Zahns Plot vor und las stirnrunzelnd die Datenbalken neben den beiden Zwischenfällen ab, von denen er noch nichts gewusst hatte.

Überrascht zog er eine Augenbraue hoch. »Eine Division Schlachtkreuzer hier bei Sandhill?«, fragte er und wies auf einen Stern im Breslau-Sektor der Konföderation.

»Jawohl, Sir«, bestätigte Zahn und wies auf das Tyler-System an der Nordostgrenze des Poznan-Sektors, wo der andere neue Zwischenfall sich ereignet hatte. »Hier war es offensichtlich ein komplettes Geschwader Schwere Kreuzer.«

»Ich wusste gar nicht, dass ihre Navy so viele Kreuzer hat«, sagte Ackenheil ironisch und wies auf die weit verstreuten roten Glutpunkte. Nur drei davon standen für Piraten, die durch Verbände abgefangen worden waren, in denen das jeweils schwerste Schiff ein Zerstörer gewesen war; alle anderen Icons symbolisierten Operationen, an denen Kreuzer oder sogar Schlachtkreuzer beteiligt gewesen waren.

»Anscheinend tauchen sie überall auf, wohin wir gucken, Sir«, stimmte Zahn zu und zupfte sich am linken Ohrläppchen, eine unbewusste Geste, die ›Ich denke nach‹ bedeutete.

»Was verrät Ihnen das?«, kehrte Ackenheil zu seiner ersten Frage zurück.

»Mir verrät es zumindest«, sagte sie mit forscherer Stimme, während sie die Hand vom Ohr löste und ihr mangelndes Selbstvertrauen vergaß, »dass die Andys ihre verfügbaren Mittel grundlegend neu verteilt haben. Manchmal mache ich mir die Tatsache bewusst, Sir, dass die einzigen andermanischen Schiffe, von denen wir hören, die sind, die tatsächlich einen Piraten abfangen. Wahrscheinlich ist dort draußen für jedes Schiff, über das uns jemand informiert, ein halbes Dutzend weiterer Schiffe oder sogar noch mehr unterwegs, von denen wir noch nichts gehört haben.«

»Kein schlechter Gedanke«, murmelte Ackenheil.

»Was die Frage angeht, warum das Kaiserreich sich auf einmal solche Mühe mit den Piraten gibt«, fuhr Zahn mit leichtem Schulterzucken fort, die dunklen Augen in die Ferne gerichtet, »so fällt mir kein überzeugender Grund dafür ein, Skipper. Schließlich ist es nicht so, dass sie mit einem Mal überwältigende Verluste an Handelsschiffen erlitten hätten – jedenfalls haben wir davon nichts gehört. Ich habe die Geheimdienstmeldungen durchgesehen und mich davon überzeugt. Und selbst wenn sie plötzlich die Nase voll haben von Piraten und Freibeutern, weshalb Schlachtkreuzer einsetzen?«

»Warum nicht, wenn man sie hat?«, entgegnete Ackenheil, indem er mühelos in die Rolle des Advocatus Diaboli schlüpfte. »Irgendwo müssen die Besatzungen schließlich ihre Kampferfahrung herbekommen, und in letzter Zeit hat das Kaiserreich an keinem größeren Krieg teilgenommen. Aus diesem Grund hat die RMN vor dem Krieg ihre besten Crews und Captains hierher nach Silesia geschickt – Piratenbekämpfung als taktisches Mädchenpensionat.«

»Das könnte sogar einigen Sinn ergeben, Sir«, stimmte Zahn ihm zu. »Es fügt sich nur nicht in die alten Operationsmuster der Andermaner. Ich habe übrigens Tim gebeten, ein bisschen für mich nachzuforschen.«

Sie blickte Ackenheil fragend an, und er nickte. Sie war mit einem zivilen Experten verheiratet, der bei der Flottenoperativen Archivstelle im Marsh-System beschäftigt war. Commodore Tharwan, der Leiter der Dienststelle, hatte eine sehr hohe Meinung von ihm. Ackenheil gestand sich ein, dass er auch deshalb so großen Wert auf Lieutenant-Commander Zahns Meinung legte.

»Er sagt, dass die Andermaner den Informationen in der ONI-Datenbank zufolge niemals etwas Größeres als eine Schlachtkreuzerdivision zur Piratenbekämpfung abgestellt haben«, sagte sie. »Laut der Archivstelle haben sie dermaßen schwere Verbände nur dann zusammengestellt, wenn jemand wie Warnecke eine Schar von Piraten- oder Freibeuterschiffen um sich gesammelt hatte und in der Lage war, Angriffe auf Geschwaderebene zu führen.« Kopfschüttelnd wies sie auf die roten Icons auf ihrem Display. »In dem Gebiet, in dem sie heute operieren, ist nichts von diesem Kaliber vorgegangen, Skipper.«

»Wenn die Andermaner also von ihrer gewohnten Operationsweise abweichen und stärkere Verbände in den Kampf schicken, obwohl die Bedrohung nicht zugenommen hat, führt das wieder auf meine ursprüngliche Frage zurück«, sagte Ackenheil: »Was haben die Andys Ihrer Meinung nach vor?«

Zahn blickte schweigend in den Plot. Der Captain glaubte, dass sie das Display nicht einmal bewusst ansah, und spürte fast körperlich, wie angestrengt sie überlegte. Ob sie über die Rohdaten nachsann oder abwog, ob sie ihm ihre Gedanken nun verraten sollte oder nicht, konnte er nicht sagen, doch zwang er sich, geduldig abzuwarten, bis sie ihm wieder den Kopf zudrehte.

»Meine ehrliche Meinung, Sir,«, sagte sie ruhig, »lautet: Die Andys möchten uns wissen lassen, dass sie auf Dauer stärkere Verbände nach Silesia verlegen. Und ich glaube, wir sollen auch sehen, dass sie an der gesamten Peripherie unseres Patrouillengebiets aktiv vorgehen – gegen Piraten ... im Augenblick ...«

»Und warum sollen wir das sehen ...?« Ackenheil wölbte eine Braue, während er ihr ins nüchterne Gesicht schaute, und sie atmete tief durch.

»Es ist nur so ein Gefühl, Skipper, und ich kann es mit keinem einzigen greifbaren Beweis untermauern, aber ich glaube, die Andermaner halten es für an der Zeit, ihre Ansprüche in der Konföderation durchzusetzen.«

Ackenheil hob auch noch die andere Braue; nicht etwa,

dass er ihre Theorie zurückwies, sondern vor Erstaunen, dass ein so untergeordneter Offizier, Befähigung hin oder her, diesen Schluss gezogen hatte. Er hatte bereits die gleiche Überlegung angestellt und wünschte, er hätte sie wieder von der Hand weisen können.

»Warum glauben Sie das? Und warum sollten die Andermaner ausgerechnet jetzt damit anfangen?«, fragte er, neugierig, wie Zahn argumentieren würde.

»Ich denke, ich bin vor allem deshalb auf die Idee gekommen, weil ich von Sidemore stamme, Sir«, räumte sie ein und blickte wieder auf den Plot. »Wir haben den Andys zwar nie direkt im Weg gestanden, aber bevor die Herzogin von Harrington hier war und uns vor Warnecke und seinem Mordgesindel gerettet hat, war das Kaiserreich die einzige galaktische Großmacht, die wir im Nacken hatten. Wir waren eigentlich schon daran gewöhnt, ständig über die Schulter zu blicken und uns zu fragen, wann der Kaiser seinen Zug machen und über Silesia herfallen will.« Sie zuckte wieder mit den Achseln. »Direkt bedroht waren wir dadurch nicht, weil wir nichts hatten, was den Andys die Mühe wert gewesen wäre, uns einzusacken. Doch so abseits der ausgetretenen Wege wir auch lagen, wir haben genug gehört, um eines zu wissen: Das Kaiserreich versucht schon seit langem immer wieder, sich ein Stück aus der Konföderation herauszubeißen.«

»Dem kann ich nichts entgegenhalten«, sagte Ackenheil nach einem kurzen Moment, in dem er sich die Geheimdienstberichte in Erinnerung rief, die er vor und nach der Ankunft der *LaFroye* in Sidemore studiert hatte. So lange die Andermaner auch schon nach Silesia schielten, offiziell deutete niemand an, dass sie darüber nachdachten, einen Zug zu machen; doch vermutlich ergab es für Zahn durchaus Sinn, die Möglichkeit sehr ernsthaft zu erwägen. Wie sie gerade erwähnt hatte, stammte sie aus der Gegend und war für die Nuancen der Machtverhältnisse in einer Weise empfindlich, die sich ein Außenseiter – auch wenn er in der Royal Manticoran Navy diente – sehr langwierig und hart erarbeiten müsste.

»Mir fallen mehrere Faktoren ein, Skipper, warum das Kaiserreich entschieden hat, dass ausgerechnet jetzt der richtige Zeitpunkt ist«, fuhr Zahn fort. »Am schwersten wiegt vermutlich die Art und Weise, in der die Allianz den Havies in den Hintern getreten hat. Das Kaiserreich glaubt, es braucht nicht mehr zu befürchten, von Haven über Manticore angegriffen zu werden. Und wenn die Andys keine Pufferzone mehr brauchen, gibt es für sie vielleicht auch keinen Grund mehr, sich zu unseren Gunsten ›neutral‹ zu verhalten. Und …«

Sie verstummte abrupt, und Ackenheil blickte scharf auf ihren Scheitel. Er wollte sie schon auffordern fortzufahren, dann zögerte er, denn er begriff, was sie vermutlich gerade hatte sagen wollen.

Und jetzt, wo wir die Flotte verkleinern – als hätten wir den Verstand verloren – und einen Premierminister haben, der ein Prinzip nicht erkennen würde, wenn es ihn in den Arsch beißt, und eine Außenministerin mit einem Rückgrat von der Härte warmer Butter, können die Andys vermutlich gar nicht fassen, was für eine Gelegenheit wir ihnen bieten, dachte er säuerlich. *Schon wahr, aber nicht gerade etwas, was eine Sidemorerin ihrem manticoranischen Kommandanten unbedingt ins Gesicht sagen möchte.*

»Ich sehe, worauf Sie hinauswollen«, sagte er nach einem Moment des Schweigens. »Ich wünschte, ich hätte ein Argument, um Ihnen zu widersprechen. Leider kann ich das nicht.«

Zahn sah mit besorgtem Gesicht zu ihm hoch, und er zuckte mit den Achseln.

»Das ONI ist mit dem Puzzle noch nicht so weit wie Sie, Anna. Noch nicht. Aber irgendwann schafft man das schon.«

»Und was unternehmen wir deswegen, Sir?«, fragte der Lieutenant-Commander leise.

»Das weiß ich nicht«, gab Ackenheil zu. Er wollte noch etwas sagen, doch lächelte er sie nur knapp an und wandte sich kopfschüttelnd ab.

Zahn sah ihm hinterher, und so, wie er bemerkt hatte, was sie unausgesprochen ließ, wusste sie, was er verschwieg. Jeder Sidemorer hätte es gewusst, obwohl Zahn niemanden kannte, der so taktlos gewesen wäre, es gegenüber ihren manticoranischen Verbündeten auszusprechen. Jeder von ihnen wusste genau, was die Regierung Cromarty unternommen hätte, wenn das Kaiserreich seinen Hoheitsraum auf Kosten Silesias vergrößern wollte.

Niemand konnte sagen, wie die Regierung *High Ridge* reagieren würde – aber niemand rechnete mit etwas Gutem.

8

Lady Catherine Montaigne, Gräfin of the Tor, stapfte mit ihrer gesamten charakteristischen Tatkraft durch das Wohnzimmer ... und zeigte dabei von ihrem charakteristischen Frohsinn nur sehr wenig.

»Zum *Teufel* mit dem Pack!«, fauchte sie über die Schulter den gedrungenen, breitschultrigen Mann an, der reglos in seinem Lieblingssessel saß. Sie war wenigstens fünfzehn Zentimeter größer als er und so schlank, dass sie noch höher gewachsen wirkte, als sie tatsächlich war, während er so breit gebaut war, dass er beinahe vierschrötig aussah. Sie hatte goldfarbenes Haar und blaue Augen; sein Haar war schwarz, seine Augen dunkel. Sie konnte im wahrsten Sinne des Wortes nicht stillsitzen, während seine Fähigkeit, beim Nachdenken reglos dazusitzen, Außenstehende immer wieder an einen Felsblock seines Heimatplaneten Gryphon erinnerte. Ihre stakkatohafte Sprechweise und verblüffend raschen Themenwechsel verwirrten oft Zuhörer, die keine Übung darin hatten, mit ihren rasenden Gedanken Schritt zu halten; er war übermäßig besonnen und diszipliniert. Sie trug eine der dreißig ältesten Peerswürden des Sternenkönigreichs, er hingegen war ein gryphonischer Highlander mit einer tief verwurzelten Feindseligkeit gegen alles Aristokratische – eine Abneigung, die seine Herkunft nahe legte.

Außerdem waren die beiden Geliebte. Unter anderem.

»Behaupte nicht, du wunderst dich über ihre Taktik, Cathy«, knurrte er mit einer Stimme, die so tief war, dass es schien, als komme sie von irgendwo gleich unter seinen Zehennägeln. Die Stimme klang bemerkenswert milde, wenn man bedachte, welch tiefen Abscheu der Sprecher vor dem, was er aussagte, empfand. »Gegen jemanden wie *Harrington?«* Er lachte ohne die Spur von Heiterkeit auf. »Harrington ist vermutlich der einzige Mensch, den sie im Augenblick noch mehr hassen als dich!«

»Aber es ist so verachtungswürdig, Anton, selbst für diese Leute«, versetzte Lady Cathy. »Nein, ich bin nicht überrascht – ich bin stinksauer. Nein, stinksauer trifft es auch nicht. Ich bin so weit, dass ich losgehen und diesen Arschlöchern ein Körperteil nach dem anderen abschneiden möchte. Am liebsten solche, die sie besonders gern haben. Qualvoll. Mit einem sehr stumpfen Messer.«

»Und wenn dir eine Möglichkeit dazu einfällt, helfe ich dir gern«, entgegnete er. »Bis dahin müssen Harrington und White Haven ihre Kämpfe ohne uns führen. Es ist ja auch nicht so, dass sie niemanden hätten, den sie zu Hilfe rufen könnten.«

»Du hast Recht«, räumte sie widerwillig ein. »Außerdem haben wir sowieso wenig vorzuweisen, richtig?« Sie verzog das Gesicht. »Ich weiß verdammt gut, dass Jeremy erheblich mehr von uns erwartet hat, wenn man bedenkt, was du aus den Dateien dieser Idioten rausgeholt hast. Ich hasse es, ihn zu enttäuschen – sie alle zu enttäuschen. Und ich mag es selber nicht besonders, irgendetwas nicht zu schaffen.«

»Willst du mich jetzt glauben machen, du hättest erwartet, dass sie sich einfach auf den Rücken rollen, die Kehle entblößen und klein beigeben?«, fragte er, und in seinen dunklen Augen funkelte es ganz leicht.

»Nein!«, herrschte sie ihn halb an. »Trotzdem habe ich gehofft, wir könnten mehr von diesen Hundesöhnen hinter Schloss und Riegel bringen!«

»Ich verstehe schon, was du sagen willst. Trotzdem haben wir bei siebzig Prozent aller Namen auf meiner Liste eine Verurteilung erreicht. Zum jetzigen Zeitpunkt ist das eigentlich besser als wir erwarten durften.«

»Und wenn ich geradewegs durchs Wurmloch nach Hause gefahren wäre, wie du es gewollt hast, dann hätte der Zeitpunkt noch nichts ausgemacht«, knirschte sie.

»Frau, das haben wir hinter uns gelassen«, sagte Anton Zilwicki mit einer Stimme, die so geduldig war wie seine geliebten Gebirge. »Keiner von uns hätte das Cromarty-Attentat vorhersehen können. Wenn es nicht geschehen wäre, wäre alles wunderbar gewesen. Du hattest völlig Recht, wir mussten Jeremy von Alterde fortschaffen.« Er zuckte mit den Achseln. »Ich gebe ja zu, dass ich längst nicht so viele Jahre für die Antisklaverei-Bewegung arbeite wie du, aber es ist zutiefst unfair, wenn du dir vorwirfst, für den Nachhauseweg drei Wochen länger als unbedingt nötig gebraucht zu haben.«

»Ich weiß.« Sie blieb stehen und starrte eine Weile angespannt aus dem Fenster, dann holte sie schließlich tief Luft, straffte die Schultern und wandte sich ihm zu.

»Ich weiß«, wiederholte sie munterer. »Und du hast Recht. Angesichts der Tatsache, dass dieses Arschloch High Ridge an der Regierung war, als wir nach Hause kamen, haben wir mit unserer Zahl an Verurteilungen sehr viel erreicht. Sogar Isaac gibt das zu.«

Sie verzog wieder das Gesicht, und Zilwicki nickte. Isaac Douglas schien sich, ein wenig zu Zilwickis Überraschung, permanent an die Gräfin gebunden zu haben. Eigentlich hatte Zilwicki damit gerechnet, dass Isaac sich Jeremy X anschließen würde, doch er arbeitete weiterhin als Butler und Leibwächter in einer Person für Lady Cathy. Und, wie Zilwicki wusste, als heimlicher Kontakt der Gräfin zu der überaus verbotenen Organisation namens ›Ballroom‹ und ihren ›Terroristen‹, die sich aus entflohenen Sklaven rekrutierten.

Außerdem war Isaac der Lieblingsonkel, Lehrer und Hilfsbeschützer von Berry und Lars, den beiden Kindern, die Zilwicki offiziell adoptiert hatte, nachdem seine Tochter Helen ihnen auf Alterde das Leben gerettet hatte. Isaac wirkte auf die beiden zudem sehr beruhigend. Auf Zilwicki ebenfalls.

»Natürlich«, fuhr die Gräfin fort, »hat Isaac es mir gegenüber nie ausgesprochen, aber er hätte es mir gesagt, wenn er es anders sehen würde. Deshalb nehme ich an, dass er so zufrieden ist, wie wir es nur erwarten können. Ich glaube allerdings keinen Augenblick lang, dass er und der Ballroom – oder Jeremy – bereit sind, die Sache jetzt auf sich beruhen zu lassen. Schon allein deshalb nicht, weil sie wissen, wer sonst noch auf der Liste stand und nicht verurteilt wurde.«

Sie wirkte außerordentlich besorgt, und Zilwicki zuckte mit den Schultern.

»Du magst es nicht, wenn jemand getötet wird.« Sein grollender Bass klang sanft, aber unerbittlich. »Ich auch nicht. Trotzdem mache ich mir keine schlaflosen Nächte wegen irgendwelcher abartiger Bastarde, die in den Gensklavenhandel verwickelt sind – und das solltest du auch nicht.«

»Das tue ich auch nicht«, entgegnete sie mit mattem Lächeln. »Nicht im intellektuellen Sinne jedenfalls, und im philosophischen auch nicht. Aber sosehr ich Sklaverei und jeden, der daran teilhat, auch hasse, tief in mir ist etwas, das auch die Ausübung von ›Gerechtigkeit‹ hasst, wenn sie ohne anständigen Prozess daherkommt.« Ihr Lächeln wurde noch schiefer. »Man sollte doch meinen, dass ich meine Zimperlichkeit überwunden hätte, nachdem ich mich so viele Jahre lang mit blutdürstigen Terroristen abgegeben habe.«

»Zimperlichkeit würde ich das nicht gerade nennen«, verbesserte Zilwicki sie. »Ein Überschuss an Prinzipien vielleicht, aber Prinzipien sind im Großen und Ganzen etwas Gutes.«

»Vielleicht. Aber seien wir ehrlich. Jeremy und ich – und der Ballroom und ich – sind schon zu lange verbündet, als dass ich noch behaupten könnte, ich wüsste nicht, was er und seine ›Mitterroristen‹ so treiben. Oder dass ich es nicht stillschweigend gutheißen würde, indem ich sie unterstütze. Deshalb kann ich mich des Verdachts nicht ganz erwehren, dass meine gegenwärtige … Niedergeschlagenheit zumindest zum Teil daher rührt, dass ich fürchte, diesmal passiert es vor meiner eigenen Haustür. Und das kommt mir ein bisschen heuchlerisch vor.«

»Heuchelei ist das nicht«, widersprach Zilwicki. »Es ist nur natürlich. Und Jeremy weiß, dass du so empfindest.«

»Ja, und?«, fragte sie.

»Und deshalb bezweifle ich, dass er hier im Sternenkönigreich wirklich etwas so Drastisches unternehmen wird, wie du es befürchtest. Jeremy X sähe es gewiss nicht ähnlich, wenn er Gensklavenhändlern oder ihren Kunden mit Milde begegnet. Er ist aber auch dein Freund, und obwohl wir nicht jeden auf der Liste erwischt haben, ist das Sternenkönigreich in Bezug auf Gensklaverei noch immer ein Ausbund an Tugend, verglichen mit der Silesianischen Konföderation oder der Solaren Liga. Ich bin recht zuversichtlich, dass er mit den Sillies und den Sollys, die ebenfalls auf der Liste standen, noch viele Jahre zu tun hat, auch wenn er sein Jagdgebiet nicht auf Manticore ausweitet. Besonders dann, wenn du und ich weiterhin unsere hiesigen Ferkel schön unter Druck setzen, ohne dass er Mettwurst aus ihnen macht.«

»Da könntest du Recht haben«, sagte Lady Cathy, nachdem sie einen Moment lang nachgedacht hatte. »Aber nur, weil er sozusagen eine Einkaufsliste hat, die er nur abarbeiten muss. Und ich bin mir nicht sicher, wie erfolgreich wir den Druck aufrechterhalten können, nun da High Ridge und dieses Erzarschloch MacIntosh es geschafft haben, so gut wie alles unter den Teppich zu kehren.«

»Vergiss New Kiev nicht«, entgegnete Zilwicki, und diesmal drang aus seiner Stimme das wütende Rumpeln eines tektonischen Bebens. Die Gräfin blickte ihn fragend an, und er knurrte verbittert. »Was immer andere auch denken mögen, High Ridge und MacIntosh hätten die Sache nicht vertuschen können, wenn sie es ihnen verboten hätte.« Lady Cathy setzte zu einer Erwiderung an, doch er winkte ab. »Ich sage nicht, dass sie so dumm waren, sie offen in irgendwelche Vertuschungsmanöver einzuweihen oder auf Strategiebesprechungen zur Schadensbegrenzung einzuladen. Ich sage nur, dass sie wie jeder andere beschissene Aristokrat, der High Ridge unterstützt, keinen Finger rühren wird, um die Sache ins Wanken zu bringen und Alexander zu gestatten, eine Regierung zu bilden. Nicht, wenn sie dazu bloß die Augen vor etwas verschließen muss, das so unbedeutend ist wie Gensklaverei!«

»Du hast Recht«, gab die Gräfin nach einem Moment des Schweigens zu, und sie sah sichtlich unglücklich aus. Dann begann sie aufs Neue, im Zimmer auf und ab zu stapfen.

»Ich glaube, die Leute denken, dass ich, was Sklaverei angeht, unter einem zu engen Blickfeld leide – wenn sie es nicht gleich eine fixe Idee nennen«, sagte sie. »Wahrscheinlich haben sie damit sogar Recht. Aber jeder, der sich über Sklaverei nicht empört, versagt an der Nagelprobe für grundlegende Menschlichkeit. Wie kann jemand überhaupt behaupten, für die Bürgerrechte einzutreten, für Rechtssicherheit und gesellschaftlichen Fortschritt und all die anderen noblen Dinge, die Marisa Turner sich auf ihre Fahne geschrieben hat, wenn er zugleich vor dem Handel mit menschlichen Wesen die Augen verschließt, dem Handel mit eigens maßgeschneiderten und konditionierten Menschen? Das verstößt doch gegen jedes dieser frommen Prinzipien!«

Ihre blauen Augen blitzten, und ihre hellen Wangen leuchteten unter einer Empörung, die nicht im Mindesten gespielt war. Anton Zilwicki lehnte sich zurück und empfand erneut tiefe Bewunderung für sie. ›Die Tänzelnde Lady‹. Mit diesem Spitznamen zogen ihre Freunde sie auf, und der Name traf genau ins Schwarze. Mit ihren ruhelosen Bewegungen und ihrem explosiven Temperament erinnerte sie gewiss an ein vornehm tänzelndes Fohlen. Hinter dem Fohlen stand jedoch noch etwas anderes, das in unbehaglicher Weise an die Jagdlust eines sphinxianischen Hexapumas erinnerte. Zilwicki gehörte zu den ganz wenigen Menschen, dem gestattet worden war, beide Seiten zu sehen, und er hatte sie beide auf ihre sehr verschiedenen Weisen als höchst attraktiv empfunden.

»Du betrachtest New Kiev also nicht ganz als die ideale Vorsitzende der Freiheitlichen Partei?«, fragte er ironisch, und sie antwortete ihm mit einem bitteren Schnauben.

»Wenn ich je Hoffnungen gehegt hätte, dass sie die Richtige ist, so wären sie in dem Moment gestorben, in dem sie mit High Ridge ins Bett stieg«, erklärte die Gräfin rundheraus. »Worin auch immer die kurzfristigen Vorteile bestehen, auf lange Sicht wird diese Koalition katastrophale Folgen haben. Für sie und auch für die Partei.«

»Du stimmst mir also zu, dass die Regierung High Ridge früher oder später unter die Räder kommt?«

»Aber sicher!« Sie funkelte ihn an. »Was soll das werden? Ein Interview? Ich weiß genau, dass dich interstellare Machtpolitik weit mehr interessiert als mich – zumindest solange die Sklaverei keine Rolle spielt –, aber selbst ich sehe, dass diese bescheuerten Idioten uns geradewegs auf eine neue beschissene Konfrontation mit Haven zulenken. Vorher zerstören sie aber noch die Allianz. Und sie sind gottverdammt noch mal zu blind, um es kommen zu sehen! Oder um zu begreifen, dass die Wählerschaft nicht annähernd so dumm ist, wie sie glauben. Wenn die Scheiße in den Ventilator fliegt und die Öffentlichkeit rausfindet, wie Recht Harrington und White Haven die ganze Zeit hatten, als sie auf die Kampfbereitschaft der Navy drängten, wird die Regierung schwer büßen müssen. Dann bemerkt sogar das Parteivolk der Freiheitler, dass New Kiev die ganze Zeit über High Ridges gefügige politische Hure gewesen ist. Man wird die Ausgaben für das ›Den Frieden aufbauen‹-Programm unter die Lupe nehmen, für das sich New Kiev ständig auf die Schulter klopft. Und man wird es als genau das erkennen, was es ist. Man wird begreifen, dass all das Geld, das sie in ihre Lieblingsprojekte gesteckt hat, von der Navy abgezwackt wurde. Und wo wir schon bei dämlichen, beschissenen politischen Winkelzügen sind, wollen wir nicht übersehen, dass sie – und die übrige Führungsriege der Freiheitlichen Partei – High Ridges Schmutzkampagne gegen Harrington und White Haven mittragen. Glaubst du im Ernst, der Schuss geht nicht nach hinten los, wenn am Ende herauskommt, dass es von vornherein ein abgekartetes Spiel war? Also bitte!«

Sie rollte vor Wut mit den Augen und verschränkte die Arme.

»Und? Habe ich deinen kleinen Test bestanden?«, verlangte sie zu wissen.

Zilwicki lachte leise, während sie ihn mit einem ihrer patentierten wütenden Blicke fixierte. Dann nickte er.

»Mit fliegenden Fahnen«, stimmte er zu. »Aber eigentlich wollte ich gar nicht herausfinden, ob du schon weißt, dass Wasser nass ist. Ich habe vielmehr den Boden für meine nächste Frage bereitet.«

»Und die wäre?«, fragte sie.

»Die wäre«, sagte er, und jede Spur von Heiterkeit war aus seiner Stimme gewichen, »warum zum Teufel *du* ihr *erlaubst,* deine Partei mit sich in den Untergang zu reißen?«

»*Ich* erlaube es ihr!? Mein Gott, Anton! Seit wir aus dem Sol-System zurück sind, bossele ich mit allen Mitteln herum, und bisher hat es rein gar nichts bewirkt. Vielleicht hätte ich mehr ausgerichtet, wenn Cromarty nicht durch High Ridge ersetzt worden wäre und ich meinen Sitz im Oberhaus zurückbekommen hätte. Aber ich habe getan, was ich von außerhalb des Parlaments tun konnte! – Und darüber hinaus«, fügte sie schwermütig hinzu, »hab ich mich fast wieder genauso unbeliebt gemacht wie an dem Tag, an dem mich die Partei beinahe ausgeschlossen hätte.«

»Ausflüchte«, erwiderte Zilwicki tonlos, und sie starrte ihn ungläubig an. »Nichts als Ausflüchte. Verdammt noch mal, Cathy, hast du denn überhaupt nichts gelernt aus dem, was du zusammen mit Jeremy und der übrigen Antisklaverei-Liga erreicht hast?«

»Was zum Teufel meinst du?«, wollte sie wissen.

»Ich spreche davon, dass du dich jetzt, wo du wieder zu Hause bist, nicht von der Gräfin of the Tor trennen kannst.« Als sie ihn mit offensichtlichem Unverständnis ansah, seufzte er. »Du versuchst, das Spiel nach ihren Regeln zu spielen«, erklärte er in geduldigerem Ton. »Du lässt dir von ihnen diktieren, welche Wege du benutzen darfst. Vielleicht geht das nicht anders, wenn man deinen Titel und deine Familienbeziehungen bedenkt.«

Sie wollte ihn unterbrechen, doch er schüttelte rasch den Kopf.

»Nein, da spricht jetzt kein Highlander, der auf alles einschlägt, was aristokratisch aussieht. Und ganz bestimmt werfe ich dir nicht vor, so ein überzüchteter Kretin zu sein wie High Ridge oder auch New Kiev. Ich will nur sagen, dass du eine ererbte Machtposition innehast. Das aber bestimmt offensichtlich die Art, in der du Probleme und Aufgaben angehst, denn du greifst von der Machtbasis aus an, die du bereits besitzt. So weit okay?«

»So weit schon«, sagte sie langsam und musterte intensiv sein Gesicht. »Und worauf willst du hinaus?«

»Auf etwas, woran ein Adliger nicht ohne weiteres denkt«, gab er mit einem angedeuteten Lächeln zu.

»Und worauf?«

»Lass es mich so ausdrücken: Wir sind uns beide einig, dass die augenblickliche Regierung in der Lage ist, dich weiterhin vom Oberhaus fernzuhalten, und zwar prinzipiell auf immer. Das heißt, dass dir aus deiner Position als Peer überhaupt kein Vorteil entsteht. Anders ausgedrückt, ist deine Machtbasis unter den gegenwärtigen politischen Umständen so gut wie wertlos. Einverstanden?«

»Das ist vielleicht ein wenig dramatisch ausgedrückt, aber letztendlich richtig«, räumte sie ein und blickte ihn fasziniert an.

Zu den Dingen, die sie an ihm am meisten liebte, gehörte die Tiefe seiner Gedanken und analytischen Erwägungen, die sein beherrschtes Äußeres vor so manchem beiläufigen Beobachter verbarg. Ihm fehlte ihre pfeilschnelle Zielsicherheit, ihre Fähigkeit, fast instinktiv die wesentlichen Bestandteile eines Problems herauszustellen. Doch gab es auch Momente, wenn diese Fähigkeit sie im Stich ließ, und dann versuchte sie die fehlende Analytik durch Energie und Enthusiasmus zu ersetzen – sich durch ein Problem zu schlagen, statt es zu zergliedern und sich den besten Lösungsweg zu überlegen. Diesen Fehler beging Anton Zilwicki niemals, und oft hielt er sie ebenfalls davon ab.

»In diesem Fall brauchst du eben eine *neue* Machtbasis«, sagte er. »Eine, zu der dir deine gegenwärtige Position vielleicht verhilft, die von ihr aber völlig getrennt ist.«

»Zum Beispiel?«, fragte sie.

»Zum Beispiel das Unterhaus«, entgegnete er.

»Wie bitte?« Sie blinzelte. »Ich bekomme aber keinen Sitz im Unterhaus – weil ich eine Peeress bin! Und selbst, wenn es anders wäre, sind allgemeine Wahlen so ziemlich das Letzte, was High Ridge zulassen würde. Deshalb könnte ich nicht einmal dann für einen Sitz kandidieren, wenn ich es dürfte!«

»Die Gräfin of the Tor kann keinen Sitz im Unterhaus haben«, stimmte Zilwicki ihr zu. »Catherine Montaigne hingegen könnte es durchaus – wenn sie nicht mehr die Gräfin of the Tor wäre.«

»Ich ...« Sie wollte ihm eine rasche Erwiderung geben, doch dann erstarrte sie und blickte ihn entsetzt an.

»Das habe ich gemeint. Du lässt es zu, dass deine ererbte Machtposition dir im Weg steht«, sagte er sanft. »Ich weiß, dass du keine größere instinktive Verehrung für das aristokratische Privileg hegst als ich – wahrscheinlich noch weniger, weil du damit geboren wurdest und genau weißt, wie oft dabei so etwas wie Verehrung völlig unverdient wäre. Manchmal glaube ich allerdings, die Gesellschaftsschicht, aus der du stammst, legt dir noch immer Scheuklappen an. Ist dir noch nie der Gedanke gekommen, dass dich deine Position als Peeress, die durch den Ausschluss aus dem Oberhaus quasi kaltgestellt ist, tatsächlich eher behindert und dir wenig nützt?«

»Ich ...« Sie riss sich zusammen. »Nein, das war nie so«,

sagte sie langsam. »Ich meine, in gewisser Weise ist der Titel doch nur …«

»… doch nur, was du bist«, beendete er den Satz für sie. »Aber das stimmt nicht, und das weißt du auch. Vielleicht war es so, bevor du nach Alterde aufgebrochen bist, aber seitdem bist du um einiges gewachsen. Wie wichtig ist es dir, Peeress des Sternenkönigreichs zu sein?«

Sie dachte eine ganze Weile nach. »Wichtiger als ich zugeben möchte«, gestand sie unumwunden und schüttelte den Kopf. »Verdammt. Bevor du mir diese Frage gestellt hast, hätte ich behauptet, ich gäbe keinen Pfifferling darauf. Aber das stimmt nicht.«

»Und das überrascht mich nicht«, sagte er sanft. »Aber lass mich dir noch eine Frage stellen: Ist dein Titel als Gräfin of the Tor dir genauso wichtig wie deine Prinzipien?«

»Auf keinen Fall«, sagte sie sofort und mit einer grimmigen Gewissheit, die sie selbst ein wenig erstaunte.

»Dann überlege dir Folgendes«, sagte er, schlug ein Bein über und nahm eine bequemere Haltung ein. »Eine feurige Adlige, verzehrt von der Leidenschaftlichkeit ihrer Überzeugungen, gibt ihren Anspruch auf einen der am höchsten geachteten und meistbegehrten Adelstitel im ganzen Sternenkönigreich auf. Entschlossen, für ihre Prinzipien zu kämpfen, opfert sie ihren ererbten privilegierten Stand, um zur Wahl – zur *Wahl,* stell dir vor – ins Unterhaus anzutreten, weil man sie wegen ebendieser Überzeugungen vom Oberhaus ausgeschlossen hat. Erst einmal gewählt, genießt sie natürlich einen moralischen Rückhalt, den sie als Besitzerin eines ererbten Titels niemals besessen hätte. Sie hat für ihre Prinzipien offensichtlich einen hohen Preis gezahlt und aus eigenem Entschluss etwas aufgegeben, das niemand ihr je hätte wegnehmen können, weil darin ihre einzige Möglichkeit bestand, sich wirksam für das einzusetzen, woran sie glaubt. Sie hat alle ihre Sonderrechte bereitwillig aufgegeben, im Gegensatz zu ihren adligen Gegnern, die ihre privilegierten Stellungen offensichtlich – zumindest teilweise – deshalb behalten wollen, weil sie um ihren Status quo fürchten. Und der Erfolg ihrer Wahlkampagne beweist überdies, dass sie über den öffentlichen Rückhalt verfügt, den sie braucht, um aus eigener Kraft ins Parlament gewählt zu werden. Ein Rückhalt, den keiner aus dem Oberhaus vorweisen kann. Zumindest wäre keiner von ihnen dazu bereit, es darauf ankommen zu lassen, ob sie ihn besitzen oder nicht.«

»Ich glaube, ich erkenne mich in der selbstlosen kleinen Heldin aus deinem moralischen Rührstück nicht so richtig wieder«, entgegnete sie, aber ihre blauen Augen leuchteten. »Selbst wenn ich meinen Titel abtrete, würde ich damit kaum einen edelmütigen Eid auf die Armut ablegen. Ich müsste mit meinen Buchhaltern reden, um sicher zu sein, aber aus dem Bauch heraus würde ich schätzen, dass weniger als ein Viertel des gesamten Tor-Vermögens an den Titel gebunden ist. Um ehrlich zu sein, mehr als die Hälfte des gegenwärtigen Familienvermögens stammt von Mutters Seite und hat mit dem Titel überhaupt nichts zu tun.«

»Das ist mir klar, aber trotzdem kann ich mir kaum vorstellen, dass dein Bruder sich beschwert, von du ihm von heute auf morgen den Titel überlässt«, entgegnete er noch trockener als sie, und sie schnaubte. Wenn Henry Montaigne eines Morgens als Earl of the Tor aufwachte, würde er mit einem Mal zu den reichsten zehn Prozent aller Untertanen des Sternenkönigreichs gehören. *Cathy* Montaigne freilich gehörte nach wie vor zu den reichsten drei bis vier Prozent, aber das war eine andere Frage.

»Selbst wenn du dich durch die Aufgabe des Titels nicht in Armut stürzt und plötzlich auf der Straße leben müsstest«, fuhr er fort, »wäre es trotzdem kein vollkommen symbolisches Opfer. Die Leute würden es bemerken. Und du könntest das, was High Ridge zu einem Hindernis gemacht hat, in eine Waffe verwandeln – nämlich deinen Ausschluss vom Oberhaus.«

»Glaubst du wirklich, ich könnte als neues Parlamentsmitglied mehr ausrichten als hier und jetzt?«

»Ja«, sagte er nur.

»Aber ich stünde in der Rangfolge ganz unten und käme für keinen Ausschuss als Vorsitzende infrage.«

»Und welchen Ausschüssen des Oberhauses sitzt du augenblicklich vor?«, fragte er ironisch und grinste, als sie ihm eine Fratze schnitt. »Nein, im Ernst, Cathy«, fuhr er ein wenig nüchterner fort, »du könntest politisch sicher mehr erreichen, wenn du im Unterhaus sitzt, als in deiner jetzigen Position als beschnittene Peeress. Und die Kammer, zu der du gehörst, beeinflusst überhaupt nicht den Einfluss, den du außerhalb der offiziellen Regierungskanäle ausübst. Davon abgesehen, sind die Rangaltersregeln im Unterhaus längst nicht so strikt. Du wärst erstaunt, welch nützliche Ausschusspositionen dir offen stünden. Besonders, wenn die Zentralisten nach einer gemeinsamen Grundlage mit dir suchen.«

»Und das würden sie wahrscheinlich, nicht wahr?«, überlegte sie mit nachdenklichem Gesicht. »Zumindest würden sie mich als einen Keil betrachten, mit dem man New Kiev und die Parteiführung noch weiter von den Unzufriedenen wie mir trennen könnte.«

»Das auf jeden Fall«, stimmte er ihr zu. »Und wir wollen

ehrlich sein. Einer der Gründe, aus dem man dich als einen Keil ansehen würde, besteht darin, dass du tatsächlich einer wärst. Genauer gesagt, sitzt du genau deswegen im Parlament.«

Sie sah ihn scharf an, und er lachte ohne Heiterkeit.

»Komm schon, Cathy! Wir wissen beide, dass Jeremy dir beigebracht hat, ehrlich zu dir selbst zu sein, wenn es um deine Ziele und deine Taktik geht. Möchtest du etwa nicht erreichen, dass New Kiev und ihre Sippschaft die Kontrolle über die Partei verlieren?«

»Und bist du kein Kronenloyalist, der zu gern zusähe, wie die Freiheitler sich mit einem internen Vernichtungskrieg zugrunde richten?«, schoss sie zurück.

»Das Herz brechen würde es mir nicht«, gestand er fröhlich. »Aber seit ich dich kenne, muss ich zugeben, dass nicht alle Freiheitler gottverdammte Idioten sind. Das war für mich nicht gerade leicht zuzugeben. Ich nehme an, meine gegenwärtige Gesellschaft hat mich dazu verführt – entschuldige den Ausdruck – in Betracht zu ziehen, dass nicht alle Freiheitler verdorbene Hafergrütze im Kopf haben.

Wie auch immer«, sagte er mit einem milden Grinsen, als sie ihm die Zunge rausstreckte, »ich bin zu dem Schluss gekommen, dass ich mit vielem von dem, woran du und andere Freiheitler glauben, gut zurechtkomme. Wahrscheinlich werden wir uns nie in allen Punkten einig, aber es spricht schon einiges für eine Gesellschaft, in der Leistung wichtiger ist als Abstammung. Mit dem Großteil eurer schwachsinnigen Thesen zur Sozialintervention und eurer wirklichkeitsfremden Wirtschaftsfantasien, die für die meisten Freiheitler so wichtig sind, habe ich nichts am Hut. Aber du auch nicht, oder?«

»Das weißt du ganz genau.«

»Also schön«, sagte er schulterzuckend. »So wie ich es sehe, gibt es für mich keinen Grund, nicht mit dir – oder anderen Freiheitlern – zusammenzuarbeiten. Vorausgesetzt, du bringst deine Partei dazu, Ziele zu verfolgen, hinter denen ich sowieso schon stehe. Wie du eben schon festgestellt hast, ist die Chance gering, dass New Kiev so schnell aus dem Bett steigt, in das sie sich mit diesem Mistkerl High Ridge gelegt hat. Wenn ich also *überhaupt* mit Freiheitlern zusammen arbeiten möchte, muss ich dafür sorgen, dass jemand wie du bei ihnen das Sagen hat.« Er grinste sie an. »Siehst du? Nichts als purer, unverfälschter, berechnender Eigennutz, was mich betrifft.«

»Ganz gewiss.« Sie schnaubte, und während sie darüber nachdachte, blieb sie mehrere Herzschläge lang ungewohnt reglos stehen.

»Das klingt alles sehr verlockend, Anton«, sagte sie schließlich. »Doch selbst wenn dieses ehrgeizige Szenario, das du mir vorlegst, machbar sein sollte, ist es trotzdem darauf angewiesen, dass High Ridge Wahlen ausruft. So interessant die Möglichkeiten also auch wären, ich kann sie nicht nutzen. Und wie es im Moment aussieht, bleibt das noch einige Jahre so.«

»Ich stimme dir zu, dass High Ridge kaum allgemeine Wahlen ansetzt, wenn er nicht unbedingt muss«, stimmte Zilwicki ihr gelassen zu. »Ich habe mich aber ein wenig umgehört. Anscheinend hat der Abgeordnete für den städtischen Wahlbezirk High Threadmore gleich hier in Landing ein sehr lukratives Stellenangebot erhalten, von einem der bedeutendsten solarischen Bankhäuser. Wenn er es annimmt, muss er seinen Wohnsitz in die Liga verlegen. Er hat das Angebot nur deshalb noch nicht angenommen, weil er seine Pflichten als Mitglied der alten Freiheitlichen Partei sehr ernst nimmt. Er ist ganz und gar unglücklich mit der Art, wie New Kiev und die Parteiführung mit ihren Grundsätzen im Namen des politischen Vorteils Schindluder treiben. Meinen Quellen zufolge, die den fraglichen Gentleman einschließen, könnten seine Familie und er durchaus das zusätzliche Einkommen brauchen, das seine neue Stellung bietet. Aber er empfindet eine moralische Verantwortung sich selbst und seinen Wählern gegenüber. Er fühlt sich dazu verpflichtet, zu bleiben, wo er ist, und daran zu arbeiten, dass alles nicht noch schlimmer wird.

Wenn er nun aber die Stellung bei der Bank annehmen würde, wäre er gezwungen, seinen Parlamentssitz aufzugeben. High Threadmore würde das zwar gar nicht gefallen, denn eine Mehrheit der Wähler in diesem Bezirk hängt ebenfalls der alten Freiheitspartei an und ist gar nicht begeistert von der gegenwärtigen Parteispitze. Nach der Verfassung würde seine Mandatsniederlegung automatisch eine Sonderwahl auslösen, damit sein Sitz spätestens nach zwo Monaten wieder besetzt wird. Das ist unumgänglich, und nicht einmal High Ridge könnte das verhindern oder hinauszögern, Kriegszustand hin oder her. Du könntest dich als Kandidatin für seinen Sitz aufstellen lassen, und er könnte dich empfehlen und für dich Wahlkampf betreiben. Und wenn du in deiner Kampagne betonst, dass du eine der prestigeträchtigsten Peerswürden im Sternenkönigreich niedergelegt hast und dich nun als Bürgerliche aus Prinzip der Wahl stellst ...«

Er zuckte mit den Schultern, und während sie ihn anstarrte, weiteten sich langsam ihre Augen.

9

»Nein.«

Königin Elisabeth III. blickte Honor in die Augen und schüttelte nachdrücklich den Kopf.

»Bitte, Elizabeth«, begann Honor. »Im Augenblick schadet meine Anwesenheit hier mehr, als sie nutzt. Wenn ich nach Hause zurückkehre, nach–«

»Sie sind hier zu Hause«, unterbrach Elizabeth sie scharf. Ihr warmes, mahagonibraunes Gesicht war verhärtet, und der Baumkater auf ihrer Schulter legte als Reaktion auf den Zorn seiner Gefährtin die Ohren flach an den Kopf. Der Zorn richtete sich zwar nicht gegen Honor, doch das milderte ihn nicht im Mindesten. Schlimmer noch, Honor spürte ihn fast so deutlich wie Ariel, und nur einen Augenblick lang wünschte sie sich, sie hätte Ohren, die sie ebenfalls flach an den Kopf legen könnte. Der eigenwillige Gedanke schoss ihr durchs Hirn und verschwand wieder, und sie nahm einen lungenschwellenden Atemzug, dann fuhr sie fort, so ruhig, wie sie konnte.

»Das habe ich nicht gemeint«, sagte sie und klappte sofort wieder den Mund zu, als Elizabeth mit einer abgehackten Handbewegung abwinkte.

»Das weiß ich selbst.« Die Queen verzog kopfschüttelnd das Gesicht. »Ich wollte auch nicht, dass es so klingt«, sagte sie mit gelinder Reue. »Trotzdem entschuldige ich mich nicht für den Gedanken dahinter. Sie sind eine Manticoranerin, Honor, und eine Peeress des Reiches. Sie haben verdammt noch mal eine bessere Behandlung verdient!«

Sie wies auf den HD-Schirm an der Wand, und ohne es zu wollen blickte Honor auf den Schirm, der soeben Patrick DuCain und Minerva Prince zeigte, die Moderatoren der wöchentlichen politischen Talkshow *Into the Fire*. Die Moderatoren saßen gerade vor riesigen Hologrammen von Honors und White Havens Gesichtern und grillten eine Reihe von Journalisten.

Der Ton war abgeschaltet, eine kleine Gnade, für die Honor zutiefst dankbar war, doch sie brauchte ihn auch gar nicht zu hören. Sie versuchte sich daran zu erinnern, wer auf der alten Terra gesagt hatte, etwas sei ›schon wieder ein Déjà-vu-Erlebnis‹. Es fiel ihr nicht ein, doch das spielte keine Rolle. Sie brauchte keine Namen, um genau zu wissen, wie sich die Person gefühlt haben musste, die dieses Meisterstück der Redundanz geprägt hatte. Denn DuCain und Prince zu beobachten weckte in ihr schmerzhafte Erinnerungen an die gehässigen, voreingenommenen Angriffe gegen sie, die auf die Erste Schlacht von Hancock Station gefolgt waren. Auch damals hatte sie im Brennpunkt dieser Gemeinheiten gestanden, also müsste sie doch eigentlich schon daran gewöhnt sein. Das jedoch war sie keineswegs. *Daran gewöhnt sich niemand,* dachte sie bitter.

»Was ich verdiene oder nicht, hat nur wenig Auswirkungen auf das, was tatsächlich geschieht, Elizabeth«, sagte sie in gelassenem, gleichmäßigem Ton und spürte zugleich die Anspannung in Nimitz' lang gestrecktem, drahtigem Körper auf ihrer Schulter. »Und es hat auch nichts mit dem Schaden zu tun, der verursacht wird, wenn das so weitergeht.«

»Vielleicht nicht«, räumte Elizabeth ein. »Aber wenn Sie sich nach Grayson zurückziehen, hat der Feind gewonnen. Und noch schlimmer, jeder weiß, dass er gewonnen hat. Davon abgesehen« – sie senkte die Stimme, und ihr ladestocksteifer Rücken schien sich ein wenig zu beugen – »macht es wahrscheinlich überhaupt keinen Unterschied.«

Honor öffnete wieder den Mund und schloss ihn. Nicht weil sie sich geschlagen geben wollte, sondern weil sie fürchtete, dass Elizabeth Recht haben könnte.

Jeder Insider im Parlament, ob Unter- oder Oberhaus, wusste genau, was Honor angetan worden war, und es spielte keinerlei Rolle. Auf Hayes' Kolumne, mit der alles begonnen hatte, war rasch das erste Editorial gefolgt. Und dieser erste ›seriöse‹ Kommentar war der ausgefeilte, peinlich auf Wirkung getrimmte erste Schuss einer Eröffnungssalve gewesen, die eine genau geplante Hetzkampagne eingeleitet hatte. Es war der erste Stich des Picadors gewesen, mit tadelloser Präzision gezielt, und weil die Regierung High Ridge eine Koalition aus so vielen Parteien war, schien der orchestrierte Angriff eine katastrophal breite Basis zu besitzen. Die manticoranische Öffentlichkeit war an lautstarke Auseinandersetzungen zwischen Parteiorganen und Regierungssprechern gewöhnt, doch diesmal verwischten die Grenzen zwischen den Fraktionen. Nein, verwischt konnte man es auch nicht nennen. Das eigentliche Problem war, dass die Trennlinien sogar deutlicher hervortraten als sonst – und dass diesmal alle großen Parteien auf der anderen Seite standen, außer den Zentralisten und den Kronenloyalisten. Die Verdammung Honors umfasste das gesamte klassische politische Spektrum, und das verlieh den Angriffen in den Augen der Öffentlichkeit einen gefährlichen Grad an Legitimität. Gewiss würden doch so viele Politiker mit solch unterschiedlichen Ansichten niemals in etwas übereinstimmen, wenn es nicht wahr war!

Die erste Kolumne war unter dem Verfassernamen Regina Clausel im *Landing Guardian* erschienen, dem

Flaggschiff unter den Nachrichtendiensten der Manticoranischen Freiheitspartei. Clausel war seit beinahe fünfzig T-Jahren Reporterin – und arbeitete seit mehr als fünfunddreißig für die Freiheitspartei. Sie hatte ihre Referenzen als Journalistin und vorgeblich unabhängig denkende politische Kommentatorin gepflegt, war in Pressekreisen jedoch als eine der wichtigsten Propagandistinnen der Freiheitspartei bekannt. Gleichzeitig respektierte man sie in diesen Kreisen für ihr Können, auch wenn sie es den ideologischen Erfordernissen unterordnete. Effizienz ist eben wohl wichtiger als intellektuelle Integrität, sagte sich Honor bitter.

In diesem Fall jedoch wog Clausels Sichtbarkeit am schwersten. Sie war regelmäßiger Gast in vier themenorientierten HD-Programmen, ihre Kolumne erschien in achtzehn großen und unzähligen kleineren Nachrichtendiensten, und mit ihrem ungezwungenen Schreibstil und ihrer gelassenen Leutseligkeit vor der Kamera hatte sie sich eine breite Leserschaft und Zuschauermenge errungen. Viele ihrer Leser waren keine Freiheitler – ein beträchtlicher Prozentsatz bestand sogar aus Zentralisten, die ihre Kolumnen lasen oder sie sich im HD ansahen, denn sie betrachteten Clausel als glänzendes Beispiel dafür, dass jemand, mit dem sie politisch nicht übereinstimmten, nicht zwingend dumm sein musste. Clausels wohl bemessene und gekonnt angebrachte Argumente brachten sogar Leser, die anderer Meinung waren, zum Nachdenken. Und jemandem, der schon bereit war, ihr zuzustimmen, schienen Clausels Gedankengänge oft vor Brillanz nur so zu funkeln.

Sie war außerdem einer der ganz wenigen politischen Kolumnisten, die Honor nicht wegen ihrer Duelle mit Denver Summervale und Pavel Young gebrandmarkt hatten. Honor war sich nicht ganz sicher, aus welchem Grund Clausel das unterlassen hatte, denn die Freiheitspartei setzte sich nach außen hin dafür ein, den Brauch des Duellierens endgültig abzuschaffen. Trotz ihres Rufes der Blutdürstigkeit stimmte Honor in diesem Punkt mit den Freiheitlern überein. Die Unterdrückung des Gensklavenhandels war eine andere Gemeinsamkeit, doch – auf sehr persönlicher Ebene – war Honor der Code Duello noch wichtiger. Wenn Duelle nie legal gewesen wären, wäre Paul nicht getötet worden – und Honor hätte sich nicht gezwungen gesehen, den gleichen Weg zu beschreiten, weil sie die Männer, die seinen Tod geplant hatten, auf keine andere Weise bestrafen konnte. Dass ein raubtierhafter Zug ihrer Persönlichkeit diesen Code unter gewissen Umständen nur allzu nützlich fand, war ein anderer Grund, weshalb sie ihn am liebsten abgeschafft gesehen hätte. Sie mochte es gar nicht, sich fragen zu müssen, ob sie dieser Versuchung immer gewachsen wäre.

William Alexanders Quellen zufolge hatte sich Clausel wahrscheinlich aus einem sehr einfachen Grund nicht zu diesem Thema geäußert: Sie verabscheute den Young-Clan seit Jahrzehnten. Viel von ihrem Hass entsprang ideologischer Antipathie, doch schien er auch ein intensiv persönliches Element zu enthalten. Für sie musste die gegenwärtige Koalition ihrer Partei mit dem Bund der Konservativen noch unangenehmer sein als für die meisten Freiheitler, doch das hätte ihr niemand angemerkt, so kunstvoll spielte sie ihre Rolle.

Nicht ein einziges Mal verurteilte sie White Haven oder Honor offen. Tatsächlich verwandte sie in ihrem Artikel mehr als ein Drittel ihrer Wortzahl darauf, *Hayes* für die gewohnte Schlüpfrigkeit seiner regulären Kolumne ›Taddler's Tidbits‹, ›Klatschmauls Leckerbissen‹, zu geißeln. Ein weiteres Drittel nahm der Appell an ihre Pressekollegen ein, die sie ermahnte, aufgrund einer derart suspekten Informationsquelle keine vorschnellen Urteile zu fällen. Aber dann, nachdem Clausel ihrer Professionalität, Integrität, Skepsis und absoluten Sympathie für die Opfer Ausdruck verliehen hatte, verwandte sie das letzte Drittel ihrer Kolumne darauf, Hayes' schmutziger Wäsche den tödlichen Anschein von Berechtigung zu verleihen.

Selbst jetzt konnte sich Honor noch an die abschließenden Absätze dieser Speerstoß-Kolumne erinnern, Wort für Wort:

Man braucht nicht darauf hinzuweisen, dass das Privatleben jedes einzelnen Bürgers im Sternenkönigreich genau das zu bleiben hat, was das Wort besagt: privat. Was in gegenseitigem Einvernehmen zwischen zwei Erwachsenen vorgeht, geht allein sie und niemanden sonst etwas an, und es würde uns allen, die wir für die Presse arbeiten, gut anstehen, das nie zu vergessen, während sich diese Geschichte nun vor unseren Augen entspinnt. Genauso sehr müssen wir stets daran denken, aus welcher fragwürdigen Quelle diese durch keinerlei Beweise bekräftigten Behauptungen zuerst stammen.

Gleichzeitig stellen sich, so geschmacklos das uns auch erscheint, bestimmte Fragen. Unangenehme Spekulationen müssen überprüft werden, und sei es nur, um sie zu widerlegen. Wir haben aus unseren Helden Ikonen gemacht. Wir haben sie für ihren Mut, den sie hinreichend unter Beweis gestellt haben, in die höchsten Höhen unserer Achtung und Bewunderung erhoben, für ihr Können im Kampf gegen den Feind, der gegen alles steht, woran wir glauben und was wir wertschätzen. Welchen Ausgang diese Geschichte auch nimmt, in keiner Weise kann er schmälern, was der Mann, der die Achte Flotte befeh-

ligte und die Volksflotte von Haven in die Knie zwang, im Krieg gegen die havenitischen Aggressoren geleistet hat. Und auch die Leistungen der Frau, deren überragender Mut und taktisches Geschick ihr den Spitznamen ›Salamander‹ errungen haben, bleiben nach wie vor ungeschmälert.

Doch so wahr das ist, reichen Mut und Können aus? Welche Forderungen dürfen wir noch an Helden richten, die wir zu Spitzenpolitikern und Staatsmenschen gemacht haben? Führt Brillanz auf einem Gebiet automatisch zu Vortrefflichkeit auf einem anderen, völlig verschiedenen Schlachtfeld? Und wenn es zu so grundlegenden Dingen wie Charakter kommt, Treue gegenüber dem gegebenen Wort und Loyalität gegenüber den Menschen, die ein wesentlicher Bestandteil des eigenen Lebens sind, führt Heldentum im Kriege dann zu einem heldenhaften Verhalten als menschliches Wesen?

Am beunruhigendsten werden natürlich jene sein, die darauf bestehen, das Große im Kleinen zu erkennen. Dass man in den persönlichen Entscheidungen das wahre Spiegelbild unserer öffentlichen Entschlüsse und Positionen sehe. Dass wir damit, wie wir den Maßstäben unseres inneren Ehrenkodexes und unserer persönlichen Werte gerecht werden oder eben nicht, unsere Fähigkeit offenbaren, die Last unserer öffentlichen Verantwortung entweder erfolgreich zu bewältigen – oder darin zu scheitern.

Und ist es nicht auch eine Frage des Urteilsvermögens? Was ist mit den unumgänglichen Anklagen, dass jede Person des öffentlichen Lebens, jeder Staatsmensch, der sich durch solche Indiskretion in solch ein schiefes Licht gerückt hat, einen schmerzlichen Mangel an Urteilsvermögen erkennen lasse? Einen Mangel, welcher bei jemandem, der die Zukunft des Sternenkönigreichs von Manticore gestalten möchte, nicht übersehen werden könne? Es ist noch zu früh – viel zu früh –, diese bedrückenden Fragen übereilt zu beantworten. Tatsächlich ist man versucht einzuwenden, dass es im Augenblick sogar noch zu früh ist, diese Fragen überhaupt aufzuwerfen, denn noch immer gibt es keinen Beweis, dass diese hässlichen Gerüchte auch nur einen Funken Wahrheit enthalten.

Und dennoch stellen sich diese Fragen in unserem Hinterkopf – gleich wie leise, gleich wie diskret. Und ob sie fair und vernünftig sind oder nicht, am Ende des Tages müssen wir eine Antwort auf sie gefunden haben, und sei es nur die Erkenntnis, dass wir sie von vornherein nicht hätten stellen sollen. Denn wir sprechen von unseren Vorbildern, von einem Mann und einer Frau, die wir in Kriegszeiten alle bewundert haben; von zwei Menschen, deren Urteilsvermögen und deren Talent wir für das Wohlergehen und die Sicherheit des Sternenkönigreichs unerlässlich gemacht haben, auf dass sie uns in eine Zeit des Friedens führen.

Vielleicht wird uns hier eine Lektion erteilt. Niemand von uns ist perfekt, wir alle machen menschliche Fehler, und auch unsere Helden sind nur Menschen. Es wäre weder gerecht noch angemessen zu verlangen, dass jeder auf allen Gebieten des menschlichen Strebens brilliert. Dass auf dem Gebiete der Staatsführung jeder so fähig ist wie er oder sie im wütenden Brandofen des Krieges. Am Ende waren es vielleicht doch wir, die unsere Helden zu hoch erhoben und sie auf einen Berg gestellt haben, den kein Sterblicher je erklimmen kann. Und wenn sie dann am Ende aus den Höhen gefallen sind wie der Ikarus der Sage, ist das dann ihr Fehler oder der unsrige?

Clausels Kolumne war nicht so sehr wegen ihres Inhalts vernichtend gewesen, sondern durch den Boden, den sie bereitet hatte. Die Kolumnen, die darauf folgten, verfasst von Konservativen, Progressiven, von anderen Freiheitlern und von Unabhängigen, die sich aus welchem Grund auch immer der Regierung verpflichtet hatten, senkten ihre Wurzeln tief und fest in den wohlgepflügten Acker und entwickelten dabei eine verdammende unparteiische Ausstrahlung, die ebenso überzeugend wie falsch war.

Honor hatte eine Stellungnahme verlauten lassen, und sie wusste, dass William Alexander seine eigenen Pressekontakte dazu genutzt hatte, möglichst viel Schadensbegrenzung zu betreiben, ehe die Schlagzeile erschien. Honor hatte eigene Arbeit geleistet, was das anbetraf, und war sogar, nicht ohne eine gewisse sorgsam verborgene Angst, in der Sendung *Into the Fire* aufgetreten. Die Erfahrung hatte nicht zu den angenehmsten Erlebnissen ihres Lebens gehört.

Weder Prince, die zeitlebens eine Freiheitlerin gewesen war, noch DuCain, ein bekennender Kronenloyalist, hatte je versucht, die eigenen politischen Bindungen zu verschleiern. Das war gerade einer der Gründe, weshalb die Sendung eine so breite Zuschauerschicht erreichte. Denn trotz all ihrer politischen Differenzen respektierten sie einander, und sie bemühten sich bewusst, diesen Respekt auf ihre Gäste auszuweiten. Ihre Polemik sparten sie sich für ihre Abschlusssätze auf. Das hieß jedoch nicht, dass sie sich mit aggressiven Fragen zurückhielten.

»Ich habe Ihre Erklärung vom fünfzehnten mit beträchtlichem Interesse gelesen, Hoheit«, hatte Prince vor der Kamera festgestellt. »Mir ist aufgefallen, dass Sie einräumen, eine ›enge persönliche und professionelle Beziehung‹ zu Earl White Haven zu unterhalten.«

»Tatsächlich«, hatte Honor ruhig erwidert, während sie Nimitz auf ihrem Schoß die Ohren kraulte und erheblich gelassener aussah, als sie sich fühlte, »habe ich gar nichts ›eingeräumt‹, Minerva. Ich habe *erklärt,* eine enge persönliche und professionelle Beziehung sowohl zum Earl von

White Haven zu haben, als auch zu seinem Bruder, Lord Alexander.«

Prince nahm die Korrektur mit Würde hin. »Ja, das ist richtig. Möchten Sie die Gelegenheit nutzen, das unseren Zuschauern ein wenig näher zu erläutern?«

»Gern, Minerva.« Honor blickte direkt in die Live-Kamera und lächelte ungezwungen, wie sie es gelernt hatte. »Sowohl der Earl als auch ich unterstützen die Zentralistische Partei, und Lord Alexander ist seit dem Tod des Herzogs von Cromarty der Vorsitzende dieser Partei. Angesichts der zentralistischen Mehrheit im Unterhaus und der Dominanz der gegenwärtigen Regierungskoalition im Oberhaus konnte es nicht ausbleiben, dass wir drei zu engen politischen Verbündeten wurden. Tatsächlich ist unsere Beziehung seit fast drei T-Jahren ein Thema von Reden und Debatten im Oberhaus ... wie auch die Entschlossenheit, mit der wir uns der Politik der Regierung High Ridge widersetzen.«

»Doch Gegenstand der gegenwärtigen Kontroverse, Hoheit«, bemerkte DuCain fest, »ist die Frage, ob Ihre Beziehung zu dem Earl von White Haven über eine rein politische Allianz hinausgeht.«

»Sie geht in der Tat darüber hinaus«, räumte Honor gelassen ein. »Earl White Haven und ich kennen uns nun schon seit mehr als fünfzehn T-Jahren, seit der Ersten Schlacht von Jelzins Stern. Ich hatte immer den tiefsten professionellen Respekt vor ihm. Wie nahezu jeder, der nicht von kleingeistiger Eifersucht und persönlicher Feindschaft geblendet ist.«

DuCains Augen flackerten amüsiert bei diesem nicht allzu verbrämten Seitenhieb auf Sir Edward Janacek, und Honor fuhr in unvermindert gelassenem Ton fort.

»Ich freue mich sagen zu können, dass sich nach unserer ersten Begegnung im Jelzin-System – und besonders in den drei oder vier Jahren vor meiner Gefangennahme durch die Volksflotte – aus unserem professionellen Respekt füreinander eine Freundschaft entwickelte. Eine Freundschaft, die sich durch die enge politische Zusammenarbeit seit meiner Rückkehr von Hades nur vertieft hat. Ich betrachte den Earl nicht nur als Offizierskameraden, sondern auch als engen persönlichen Freund, und keiner von uns hat je etwas anderes behauptet. Und das wird auch so bleiben.«

»Ich verstehe.« Indem DuCain Prince anblickte, reichte er ihr geschickt das Ruder zurück, und sie nickte verständnisvoll.

»In Ihrer Erklärung streiten Sie also ab, mehr als Freunde und Kollegen zu sein, Hoheit. Würden Sie das gern näher ausführen?«

»Da gibt es gar nicht viel auszuführen, Minerva.« Honor zuckte mit den Schultern. »Das große Aufsehen im Moment besteht aus nichts weiter als der Wiederholung und endlosen Deutung von gegenstandslosen Verdächtigungen aus einer vollkommen unzuverlässigen Quelle. Ein Mann, der seinen Lebensunterhalt, um es höflich auszudrücken, durch Sensationsmeldungen verdient und sich nicht scheut, etwas von vorne bis hinten zu erfinden, wenn die Wirklichkeit ihm nicht genügend Skandale liefert. Ein Mann, der sich weigert – aus Gründen des ›Berufsethos‹ –, seine so genannte ›Integrität‹ zu beeinträchtigen, indem er seine Quellen nennt, die sich ihm natürlich nur unter dem Siegel der Verschwiegenheit anvertraut hätten.«

Ihre Sopranstimme war vollkommen gleichmütig geblieben, während sie sprach, ihre Finger, mit denen sie Nimitz die Ohren streichelte, hatten in ihrem sanften

Rhythmus kein einziges Mal innegehalten. Ihre Augen jedoch waren sehr, sehr kalt gewesen, und Prince schien fast unmerklich vor ihr zurückzuweichen.

»Das mag schon sein, Hoheit«, sagte Prince schließlich, »doch die Kontroverse scheint an Intensität zuzunehmen anstatt abzuebben. Woran liegt das Ihrer Meinung nach?«

»Ich vermute, es ist Teil der menschlichen Natur«, antwortete Honor. Am liebsten aber hätte sie Prince ins Gesicht geschleudert: *Weil die Regierung High Ridge – begünstigt von deiner kostbaren New Kiev – mit Vorbedacht eine Verleumdungskampagne gegen mich führt, du Schwachkopf!* Doch aussprechen konnte sie das natürlich nicht. Zu behaupten, Opfer einer Verleumdungskampagne zu sein, war schon so lange stets die erste Zuflucht der Schuldigen gewesen. Hätte Honor sich nun darauf berufen, hätte sie einen Großteil der Öffentlichkeit davon überzeugt, dass die Vorwürfe in der Tat wahr sein müssten. Denn wäre es anders, bräuchte der Beschuldigte schließlich nur die entsprechenden Beweise vorzulegen, statt auf diese abgenutzte alte Taktik zurückzugreifen, oder?

»Es besteht eine unvermeidliche und wahrscheinlich auch gesunde Neigung, fortwährend die Charakterfestigkeit von Personen mit politischer Macht und Einfluss auf die Probe zu stellen«, sagte Honor stattdessen. »Eine Tendenz, das Schlimmste anzunehmen, weil es so wichtig ist, dass wir nicht auf Manipulatoren oder Kretins hereinfallen, die uns weismachen wollen, sie wären besser als wir.

Das hat leider auch seine Schattenseiten, wenn fahrlässig unbewiesene Anschuldigungen aufgebracht werden, die niemand widerlegen kann. Ich habe meine Position so klar gemacht, wie ich nur kann. Ich beabsichtige nicht, anderen meine Argumente einzuhämmern. Und ich habe auch nicht das Gefühl, dass endlose Unschuldsbekundungen meinerseits – oder von Seiten des Earls von White Haven – angemessen oder zweckmäßig wären. Wir können endlos beteuern, dass an den Behauptungen, wir stünden in intimen Beziehungen, kein wahres Wort ist. Aber *beweisen* lässt sich das nicht. Gleichzeitig möchte ich darauf hinweisen, dass ich in meiner Erklärung jeden, der gegenteilige Beweise hat, aufgefordert habe, diese Beweise vorzulegen. Niemand hat sich gemeldet.«

»Aber Mr Hayes zufolge«, entgegnete DuCain, »liegt das daran, dass die Sicherheitsmaßnahmen des Earls von White Haven und – besonders – die Ihren unangenehmes Beweismaterial allzu wirksam ... unterdrücken.«

»Meine Waffenträger sind außerordentlich gut darin, mich vor körperlichen Bedrohungen zu schützen, wie sie hier in Landing, im Regiano's, vor mehreren Jahren gezeigt haben«, antwortete Honor. »Sie erfüllen meine Sicherheitsansprüche als Gutsherrin von Harrington sowohl auf Grayson als auch hier auf Manticore vollständig. Ich nehme an, wenn ich es wollte, könnten sie auch sehr wirksam Beweismaterial unterdrücken oder beiseite schaffen. Mr Hayes behauptet aber, mit angeblichen Zeugen gesprochen zu haben, die von den behaupteten Unschicklichkeiten aus erster Hand wüssten. Falls er mir also nicht vorwerfen will, auf körperliche Einschüchterung zurückzugreifen, um diese Zeugen zum Schweigen zu bringen, sehe ich nicht, wie meine Waffenträger ihn davon abhalten sollten, die Zeugen anzubringen. Und wenn ich zu Gewaltdrohungen Zuflucht nehme, warum um alles in der Welt habe ich dann nicht bei ihm angesetzt statt bei seinen angeblichen Zeugen?«

Honor hatte die Lippen beim Lächeln sehr fest aufeinander gepresst, und niemand hätte übersehen können, was es implizierte ... oder die Gespenster von Denver Summervale und Pavel Young vergessen können.

»Tatsächlich hat es selbstverständlich keinerlei Drohungen gegeben«, fuhr sie achselzuckend fort. »Es wird auch keine geben. Obwohl Mr Hayes wohl zweifellos damit fortfahren wird, die ›Bedrohung‹ durch meine Waffenträger als Hauptgrund anzuführen, warum er nicht auch nur einen Zeugen liefern kann. Ich meine aber, dass wir uns der Angelegenheit so ausführlich gewidmet haben, wie sie es verdient. Und wie gesagt, ich habe nicht vor, meine Verneinung der Beschuldigungen endlos zu wiederholen.«

»Natürlich, Hoheit«, murmelte Prince. »Wenn das so ist, würden Sie sich dann vielleicht zum vorgelegten Flottenetat äußern? Zum Beispiel ...«

Im restlichen Interview ging es nur noch um legitime Fragen der Politik, und Honor meinte eigentlich, diesen Teil sehr souverän gemeistert zu haben. Weniger zuversichtlich betrachtete sie die Frage, ob sich jemand überhaupt die Mühe gemacht hatte, ihr zuzuhören. Die politischen Fragen blieben in allen Analysen nach dem Interview völlig unbeachtet – leider einschließlich des ›Pro-und-Kontra‹-Kommentars, mit dem Prince und DuCain stets ihre Sendung beendeten. Man widmete sich nur dem weit interessanteren Skandal. William Alexanders Meinungsforschern und Experten zufolge hatte Honor mit dem Interview einige Punkte erstritten – sogar einen leichten Stimmungsumschwung zu ihren Gunsten ausgelöst. Leider hatte es aber nicht ausgereicht, um auf lange Sicht der Flut Einhalt zu gebieten, und die Gegenseite hatte mit verdoppelter Wut angegriffen.

Ganz setzte die Regierung ihren Willen freilich nicht durch. Honor war überrascht, dass ein halbes Dutzend prominente Freiheitler und sogar zwei den Konservativen zuzurechnende Kommentatoren sich demonstrativ von der Hexenjagd distanzierten. Ein wenig schämte sie sich, als sie ihre Überraschung als das erkannte, was sie war: ein Zeichen dafür, wie zynisch sie geworden war – so sehr, dass allein der Gedanke sie erstaunte, jemand, der die Regierung High Ridge unterstützte, könne so etwas wie Integrität besitzen. Sie war jedoch nicht zur Gänze von der Verkommenheit ihrer Gegner überzeugt, aber als das Tempo sich beschleunigte, verschwanden diese Stimmen der Vernunft einfach. Sie wurden zwar nicht zum Schweigen gebracht, gingen aber im sorgfältig dirigierten Orchester von Unterstellung und Anschuldigung unter.

Es fehlte ihr auch nicht an anderen Verteidigern. Catherine Montaigne, obwohl mitten in einem Wahlkampf begriffen, mit dem sie sich gegen die eigene Parteiführung stellte, hatte sich mit wirbelnden Fäusten an ihre Seite gestellt. Ihre beißende Entlarvung der verwendeten Taktiken war geradezu bösartig. Sie schreckte auch nicht davor zurück, New Kiev und andere führende Angehörige der Freiheitspartei als Komplizen in etwas anzuprangern, das sie offen eine Verleumdungskampagne nannte. Ironischerweise half es ihr bei den Wählern von High Threadmore, dass die Parteiführung sie für Verwegenheit öffentlich angriff. Doch High Threadmore war nur ein einziger Wahlbezirk, in dem die Leute tatsächlich auf das hörten, was im Zuge eines grimmig bestrittenen Wahlkampfs gesagt wurde, und nicht nur auf die Wut und den Schall, der auf der Oberfläche schäumte.

Klaus und Stacey Hauptmann waren ebenfalls zu Honors Unterstützung angetreten, doch gab es nur wenig, was sie tatsächlich tun konnten. Stacey hatte betont, dass die Hauptmann-Ressourcen Honor zur Verfügung ständen, doch wenn man ehrlich war, vermochte das Vermögen der Hauptmanns, so gewaltig es war, auch nichts Wesentliches zu der politischen Kriegskasse beizusteuern, die Honor mit eigenen Mitteln aufbringen konnte. Die Privatdetektive der Hauptmanns (und auch Anton Zilwicki, obwohl Honor nicht vorhatte, das irgendjemandem, nicht einmal William Alexander gegenüber, zuzugeben) hatten so tief in Hayes' Vorgeschichte und seinen Akten gegraben, wie das Gesetz es erlaubte – und an einigen Stellen vielleicht sogar etwas tiefer. Auf diese Weise konnten sie Honor eher helfen, denn dadurch war Honor imstande, ihre eigenen Sicherheitskräfte demonstrativ von dem Schreiberling und seiner Skandalgeschichte fern zu halten. Wer immer jedoch Hayes abschirmte, verstand sich sehr gut auf seinen Job und konnte große Summen dafür ausgeben. Zilwickis Theorie, die von Elijah Sennett, dem Sicherheitschef des Hauptmann-Kartells, bestätigt wurde, besagte, dass die Gräfin von North Hollow sich persönlich um die Abschirmung kümmerte. Aus irgendeinem Grunde erstaunte das Honor nicht im Mindesten.

Leider hatten die manticoranischen Gesetze gegen üble Nachrede und Beleidigung ihre Schlupflöcher, obwohl sie strenger waren als viele andere. Am wichtigsten war, dass das Gesetz einem Journalisten das Recht zugestand, seine Quellen vertraulich zu behandeln. Das wiederum setzte einem Zivilkläger, der diese Quellen offenbart sehen wollte, sehr hohe Hürden in den Weg. Solange Hayes immer wieder behauptete, seine ›Quellen‹ würden andeuten, dass Honor und Hamish ein Liebespaar seien, und solange er diese Behauptung niemals selbst aufstellte, befand er sich gerade noch auf der sicheren Seite der Beleidigungsgesetze. Honor hatte ihr Bestes gegeben, um ihn dazu zu verleiten, diese eine fatale Aussage zu treffen. Doch zu diesem Fehler ließ er sich nicht bewegen. Sie konnte ihn zwar noch immer wegen übler Nachrede verklagen und würde den Prozess vermutlich auch gewinnen, doch würde sich das Verfahren über Jahre erstrecken. Und so gewaltig die Entschädigung am Ende auch ausfiele, für die gegenwärtige politische Lage wäre sie belanglos. Die Klage würde lediglich eines bewirken: die Öffentlichkeit davon überzeugen, dass Honor mit allen Mitteln versuchte, Hayes zum Schweigen zu bringen.

Der Code Duello verbot ausdrücklich, Journalisten auf der Grundlage veröffentlichter Berichte oder Kommentare zu fordern – und das war vielleicht auch gut so. Wahrscheinlich wäre es möglich gewesen, einen anderen Grund für ein Duell zu finden, doch Honor musste William Alexander zustimmen: Am Ende würde ein Duell den Schaden nur vergrößern. Außerdem wusste Hayes offenbar genau, was Pavel Young widerfahren war. Auf gar keinen Fall würde er sich in eine Position bringen, in der Honor ihn womöglich fordern konnte.

Daher war es praktisch unmöglich, den Strom der Gerüchte einzudämmen, der den ätzenden Spekulationen der regierungstreuen Kommentatoren und ihrer Anhänger immer wieder neue Nahrung gab.

Die zentralistischen Kommentatoren, von denen viele ebenso sehr parteipolitisch voreingenommen waren wie die Freiheitler und Konservativen, feuerten verzweifelt zurück. Doch die Angriffe kamen aus zu vielen Richtungen, wurden mit zu viel Können vorgelegt, und hier und dort verstummten vereinzelte Verteidiger. Einer oder zwei, von denen man eigentlich erwartete, dass sie Honor und White Haven verteidigten, hatten nie ernsthaft die Stimme erhoben. Honor wusste, dass William Alexander sich sehr wohl merkte, wem diese Stimmen gehörten. Nicht nur, um sie später für ihre mangelnde Hilfe zur

Rechenschaft zu ziehen, sondern auch, weil er sich fragte, warum sie still blieben. Im Laufe der Jahrzehnte hatte es immer wieder geheißen, die Earls von North Hollow seien in der Lage, Verbündete und Gegner gleichermaßen zu steuern, weil sie wohlüberlegt die schmutzige Wäsche zu nutzen wüssten, die in ihren Akten verzeichnet stand. Darum fragte sich William Alexander, ob es über die Zentralisten, die zu Stefan Youngs Vorteil schwiegen, vielleicht etwas zu wissen gab, das auch er erfahren sollte.

Dennoch hatten sich am Ende alle zentralistischen Bemühungen und sogar die öffentliche Unterstützung durch die Königin als unzureichend erwiesen. Die vernichtenden Lanzen waren schlichtweg zu gekonnt gezielt worden. Honor wusste zwar, dass White Haven und sie weiterhin von einem soliden Kern der manticoranischen Wähler unterstützt wurden, aber sie wusste auch, dass dieser Rückhalt enorm dünn geworden war. Ihre Sitze im Oberhaus waren dadurch nicht gefährdet, doch der Sturm der öffentlichen Kritik über ihre angebliche Untreue spiegelte sich in einem spürbaren Einbruch der Wählerunterstützung für die Zentralisten im Unterhaus wider. White Haven und Honor waren von wichtigen Aktivposten in beiden Häusern zu Belastungen in der Kammer geworden, um die es wirklich ging, weil High Ridge und seine Koalition sie noch nicht kontrollierten.

So schlimm dies für White Haven sein mochte, für Honor war es noch schlimmer. Trotz seiner ungeschmälerten Vitalität war Hamish Alexander einhundertdrei T-Jahre alt, fast fünfzig T-Jahre älter als sie. In einer Prolong-Gesellschaft, in der das Leben drei T-Jahrhunderte währen konnte, bedeutete solch ein Unterschied sehr wenig. Doch Hamish gehörte zur allerersten Generation Manticoraner, die der Prolong-Behandlung unterzogen worden waren. Die Prolong-Empfänger der ersten und zweiten Generation hatten, umgeben von Eltern und Großeltern, Onkeln und Tanten vor Einführung der Lebensverlängerung zumindest das Erwachsenenalter erreicht. Ihre grundlegende Auffassung von der Bedeutung des Alters und besonders des Altersunterschieds waren von einer Gesellschaft geprägt worden, die noch überhaupt nicht begriffen haben konnte, wie lange Menschen, einschließlich sie selbst, plötzlich leben durften.

Hinzu kam, dass die weniger fortgeschrittenen Generationen der Prolong-Therapie die körperliche Alterung in einem späteren Stadium aufgehalten hatte, zumindest kosmetisch. Als Empfänger der ersten Generation hatte Hamish Alexander darum schwarzes, reichlich mit silbernen Strähnen durchsetztes Haar, und in sein Gesicht hatten sich Falten und Krähenfüße eingegraben. In einer Vor-Prolong-Gesellschaft hätte man ihn für einen vitalen Mittvierziger, allenfalls für Anfang fünfzig gehalten. Honor hingegen war eine Empfängerin der dritten Generation. Äußerlich wirkte sie nicht älter als Ende zwanzig, und deshalb war sie für viele, die die Skandalgeschichte verfolgten, die ›jüngere Frau‹. Die Isebel. In ihren Augen war Hamish Alexanders ›Betrug‹ an Lady White Haven nach so vielen Jahren standhafter Treue nur damit zu erklären, dass Honor ihn systematisch verführt hatte.

Im Augenblick war Honor nur über eines froh: ihr war es gelungen, ihre Eltern davon zu überzeugen, auf Grayson zu bleiben. Wäre ihr Vater im Sternenkönigreich gewesen, so wäre das schlimm genug gewesen, denn so sanft und mitfühlend Alfred Harrington auch sein mochte, Honor wusste genau, von wem sie ihr Temperament geerbt hatte. Nur wenige Menschen hatten je miterlebt, wie ihr Vater die Beherrschung verlor; nicht alle davon hatten diese Erfahrung überlebt. Doch all das war in den Tagen seines Navy-Dienstes geschehen und er sprach nur sehr selten mit Honor darüber.

Honors Mutter aber wäre noch schlimmer gewesen. Viel schlimmer. Auf Beowulf, der Geburtswelt von Allison Chou Harrington hätte sich die öffentliche Meinung kaputtgelacht über die Idee, dass Herzensangelegenheiten irgendjemanden etwas angingen außer den Beteiligten. Die Natur des Ehegelöbnisses der Alexanders hätte zwar großes Gewicht besessen, doch die Beowulfianer wären mit gesundem Menschenverstand zu folgendem Schluss gekommen: Wenn die fraglichen Personen – alle fraglichen Personen – bereit seien, dieses Gelöbnis abzuändern, dann sei auch das allein ihre Angelegenheit. In jedem Fall aber hätte der Gedanke, dass irgendetwas davon Auswirkungen auf Honors öffentliche Verantwortlichkeiten haben könnte, für allgemeine Erheiterung gesorgt.

In dieser Hinsicht war Allison Harrington immer eine Beowulfianerin geblieben, obwohl sie seit fast einem T-Jahrhundert im Sternenkönigreich lebte. Ihre letzten Briefe an Honor strahlten eine Wildheit aus, die Honor beinahe Angst einjagte, und ihr schauderte jedes Mal, wenn sie sich ausmalte, wie Allison sich ungezügelt in einer Sendung wie *Into the Fire* ausließe. Oder was geschehen wäre, wenn man sie mit Regina Clausel in einen Raum geführt hätte. Honors Mutter war zwar zierlich, aber das galt für Baumkatzen auch.

Dieser Gedanke führte Honor wieder in die Gegenwart zurück, und sie blickte ihre Königin an und seufzte.

»Ich weiß nicht recht, Elizabeth«, sagte sie, und in ihren

eigenen Ohren klang sie flach und geschlagen. Sie ließ die Schultern sinken und fuhr sich mit der rechten Hand müde über die Augen. »Ich weiß mir einfach keinen Rat mehr. Vielleicht wäre es ein Fehler, nach Grayson zu gehen, aber ich weiß ganz bestimmt, dass jeder Tag, an dem ich hier bleibe und ins Oberhaus gehe, alles nur schlimmer macht.«

»Ich bin daran schuld«, erwiderte Elizabeth traurig. »Ich hätte die Angelegenheit von Anfang an besser handhaben müssen. Willie hat versucht, es mir klarzumachen, aber ich war zu wütend und zu verletzt, um ihm zuzuhören. Ich hätte Allen Summervale gebraucht, damit er mich schüttelt, bis ich zur Besinnung komme, aber Allen war umgekommen.«

»Elizabeth ...«, setzte Honor an, doch die Queen schüttelte den Kopf.

»Ich hätte mich beherrschen müssen«, sagte sie. »Hätte es mit Einfühlung und Vernunft versuchen sollen, bis ich das Mittel gefunden hätte, mit dem ich sie spalten konnte, statt ihnen den Krieg zu erklären und sie damit zusammenzuschweißen!«

»Was immer Sie hätten tun oder lassen sollen, ist heute unerheblich«, sagte Honor sanft. »Ich für mein Teil glaube sogar, dass es nie eine Möglichkeit gab, die Koalition zu spalten, weil ihr die Bedrohung durch die Peers von San Martin zu deutlich bewusst war.«

»Dann hätte ich Nägel mit Köpfen machen sollen«, entgegnete Elizabeth bitter. »Zum Teufel mit der Verfassungskrise, hätte ich sagen und mich weigern sollen, High Ridge als Premierminister zu akzeptieren. Hätten sie doch versuchen sollen, ohne die Unterstützung der Krone zu regieren!«

»Damit hätten Sie aber gegen jeden verfassungsrechtlichen Präjudiz der Geschichte verstoßen«, wandte Honor zur Verteidigung der Königin ein.

»Na und? Präjudize können verändert oder ersetzt werden!«

»Mitten im Krieg?«, fragte Honor.

»Einem Krieg, den wir gewannen ... bis ich diesen unfassbaren Dreckskerlen erlaubt habe, Saint-Justs ›Waffenstillstand‹ anzunehmen!«, fuhr Elizabeth auf.

»Hören Sie auf!« Honor sah die Monarchin streng an. »Sie können Ihr Vorgehen natürlich bis zum Sankt-Nimmerleins-Tag hinterfragen, aber damit ändern Sie gar nichts. Sie waren in der gleichen Situation wie ein Captain mitten im Gefecht. Da muss man *sofort* entscheiden, was zu tun ist, während die Raketen und Energiestrahlen noch unterwegs sind. Hinterher kann sich jeder hinsetzen und genau analysieren, was man hätte besser machen können. Der Captain muss seine Entscheidungen aber ohne diese Distanz treffen, basierend auf dem, was er weiß und wie er es beurteilt. Und Sie konnten nicht wissen, wie der Krieg ausgehen würde. Ganz bestimmt aber konnten sie nicht ahnen, dass eine Regierung High Ridge die Friedensgespräche ausnutzen würde, um allgemeine Wahlen hinauszuschieben!

Selbstverständlich hätten Sie eine endgültige Auseinandersetzung erzwingen können. Aber Sie können weder die Zukunft vorhersagen, noch sind Sie eine Gedankenleserin. Deshalb haben Sie sich dagegen entschieden, unsere Regierung komplett zu lähmen, und dann hat High Ridge uns mit seinen nicht enden wollenden Friedensverhandlungen in die Falle gelockt. Niemand hat je behauptet, dass er, Descroix und New Kiev nichts von Innenpolitik verstehen, besonders von den schmutzigen Tricks.«

»Nein. Nein, das hat niemand behauptet«, stimmte Elizabeth schließlich zu und seufzte. »Ich wünschte, die Verfassung würde mir das Recht verleihen, das Parlament aufzulösen und Neuwahlen anzuordnen.«

»Das wäre mir auch sehr recht«, sagte Honor. »Nur ist es nicht so, also können Sie es nicht. Damit sind wir wieder bei mir. Denn im Gegensatz zu Ihnen kann High Ridge sehr wohl Neuwahlen ansetzen, wann immer er will. Und wenn er seine Hetzjagd gegen Hamish und mich lange genug aufrechterhält, dann kann er die öffentliche Meinung vielleicht so weit zu seinen Gunsten beeinflussen, bis er es für günstig hält, Neuwahlen zu veranlassen.«

»Vielleicht haben Sie Recht«, räumte Elizabeth ein, offensichtlich gegen ihren Willen. »Aber selbst wenn, halte ich es für die falsche Antwort, ›heim‹ nach Grayson zu gehen, Honor. Schlimm genug, wenn es aussieht, als hätte man Sie aus der Stadt gejagt; aber wir müssen uns hier schließlich nicht nur um Innenpolitik Gedanken machen, nicht wahr?«

»Nein.« Honor schüttelte den Kopf, denn diesmal hatte die Königin einen wunden Punkt angeschnitten.

Die Moral im Sternenkönigreich war im Grunde liberal, und in manticoranischen Augen bestand das ›Verbrechen‹, das Honor und Hamish zur Last gelegt wurde, darin, dass eine Affäre zwischen ihnen den Schwur verletzt hätte, den White Haven beim Sakrament der Ehe geleistet hatte. Andere Religionen und Konfessionen akzeptierten auch weniger restriktive Versionen der Ehe, und jede davon war rechtlich genauso bindend und in den Augen der Gesellschaft moralisch ebenso akzeptabel wie die andere. In vielerlei Hinsicht wog sein angeblicher Verstoß dadurch umso schwerer, weil er sich freiwillig einem besonderen, außerordentlich persönlichen Bund mit seiner Ehefrau unterworfen hatte, obwohl es keinen gesellschaftlichen oder legalen Zwang gab, der ihn dazu gedrängt hätte. Wenn er sich nun entschieden hätte, seine Liebe einer anderen Frau zu schenken, wäre er einer persönlichen Pflicht ausgewichen, die er aus freien Stücken auf sich genommen hatte. Das war schon schlimm, doch auf Grayson wäre dieses Verhalten noch verpönter gewesen, denn dort bestanden ein allgemein verbindlicher religiöser und gesellschaftlicher Kodex und eine einzige Form der Ehe – zumindest hatten sie bis vor kurzem bestanden.

An der Reaktion der Graysons überraschte Honor nun nicht die Stärke, sondern vielmehr, dass nur ein sehr kleiner Prozentsatz die Anschuldigungen ernst nahm. Besonders nach ihrer Beziehung zu Paul hatte sie geglaubt, dass der Großteil der Bevölkerung bereitwillig das Schlimmste von ihr annehmen und sie dafür verdammen würde. Tatsächlich aber war das Gegenteil eingetreten, und sie hatte eine Weile gebraucht, um zu begreifen, woran das lag.

White Haven selbst genoss auf Grayson gewaltiges Ansehen, doch das hatte wenig damit zu tun. Um Honor ging es, und die Graysons kannten sie gut. Es war tatsächlich so einfach. Auf Grayson kannte man sie und erinnerte sich, dass sie nie abgestritten hatte, ein Liebesverhältnis mit Paul Tankersley zu haben; sie hatte nie versucht, sich anders zu zeigen, als sie war. Selbst jene, die sie dafür hassten, wer sie war, wussten sehr genau, dass sie die Wahrheit nicht bestritten hätte, und darum erkannten sie die Lüge, sobald sie sie hörten.

Doch gerade darum war der angerichtete Schaden umso größer. Die Graysons zürnten nicht etwa Honor wegen irgendwelcher Anschuldigungen der Untreue, die sie als Lügen erkannten; sie waren wütend auf Manticore, weil das Sternenkönigreich zuließ, dass solche Vorwürfe erhoben wurden. Die Graysons betrachteten die qualvolle Hetzjagd als öffentliche Beleidigung und Demütigung einer Frau, die ihren Planeten zweimal vor der Eroberung gerettet und wenigstens einmal vor dem atomaren Bombardement durch religiöse Fanatiker bewahrt hatte. Honor war die bedingungslose Heldenverehrung, die ihr die Graysons entgegenbrachten, stets überaus peinlich gewesen; nicht zuletzt deswegen, weil sie fand, dass dadurch der Tod so vieler Menschen in den Schlachten, die sie im Jelzin-System gefochten hatte, in den Hintergrund gedrängt wurde. In ihren schlimmsten Albträumen jedoch hätte sie sich etwas Derartiges nicht ausgemalt.

Im Laufe der letzten drei T-Jahre hatte sich die Position von Grayson zum Sternenkönigreich in gefährlicher Weise verschoben. Noch immer empfand der Planet gewaltige Dankbarkeit, Bewunderung und Achtung vor der Royal Manticoran Navy, den Zentralisten und – besonders – Königin Elisabeth. Gleichzeitig schwelte unter ihnen eine tiefe Wut auf die gegenwärtige Regierung des Sternenkönigreichs – eine Wut auf die arrogante Art, in der Manticore aus eigenem Ermessen und unilateral Oscar Saint-Justs Waffenstillstandsangebot akzeptiert hatte, obwohl der eindeutige Sieg für die Allianz zum Greifen nahe gewesen war. Man betrachtete diese Entscheidung weithin als Verrat an den Alliierten des Sternenkönigreichs und besonders an Grayson, das von allen Verbündeten den bei weitem größten Beitrag geliefert und die größten Opfer für die Bezwingung Havens erbracht hatte.

High Ridges Politik hatte die Empörung der Verbündeten nicht im Geringsten gemildert. Für Grayson war es ebenso wie für die Haveniten offensichtlich, dass High

Ridge und Descroix keineswegs redlich verhandeln wollten. Was die Gründe dafür anging, so waren sicherlich unterschiedliche Deutungen möglich, doch die Doppelzüngigkeit der neuen manticoranischen Regierung wurde so gut wie überall erkannt. High Ridge rettete nichts damit, dass er so weitermachte, wie er begonnen hatte, und seine Bündnispartner über Entscheidungen in Kenntnis setzte, die er eigentlich im Einvernehmen mit ihnen hätte beschließen müssen. Zum Teil, so vermutete Honor, entsprang diese Gleichgültigkeit dem hohen Stellenwert, den die Innenpolitik für ihn einnahm, doch war sie zugleich auch eine unvermeidbare Folge seiner Persönlichkeit. Er betrachtete schon manticoranische Freisassen und Bürgerliche als unendlich weit unter ihm stehend, und fremdweltliche Bürgerliche waren es per Definitionem noch viel weniger wert, dass er ihnen seine kostbare Zeit opferte.

Benjamin IX. und sein Rat erkannten ebenso wie eine arbeitsfähige Mehrheit der Schlüssel von Grayson das gefährliche Gleichgewicht der politischen Macht innerhalb des Sternenkönigreichs. Sie wussten, was vorging, und komplizierte innenpolitische Machtkämpfe waren ihnen nicht fremd. Doch auch mit diesem Wissen war es schwierig für sie, ihren Zorn zu bezähmen und daran zu denken, ihn nur gegen High Ridge und seine Spießgesellen zu richten, nicht aber gegen das Sternenkönigreich an sich. Den gewählten Abgeordneten im Konklave der Siedler fiel das erheblich schwerer, besonders aber der großen Masse des graysonitischen Volkes, das nicht nur weniger intellektuell, sondern auch nicht so gut über die Zusammenhänge informiert war wie Benjamin.

Und nun griffen dieselben Leute, die bereits die öffentliche Meinung auf Grayson gegen sich hatten, die größte

Heldin des Planeten öffentlich an, eine Frau, die zudem zweithöchster Offizier der graysonitischen Navy war, Champion des Protectors und einer von zweiundachtzig Gutsherren, die zweite Person in der gesamten Geschichte des Planeten, welcher der Stern von Grayson nicht einmal, sondern zweimal verliehen worden war.

Vor allem aber eine Frau. Auch jetzt noch verboten die Reste des gesellschaftlichen Kodex Graysons aus der Zeit vor der Allianz absolut, eine Frau in der Öffentlichkeit zu beleidigen. Egal, welche Frau. Besonders aber diese Frau.

Folglich hatte die Strategie, durch die Honor in der manticoranischen Innenpolitik effektiv isoliert worden war, auf Grayson genau den entgegengesetzten Effekt gezeitigt. Die öffentliche Meinung unterstützte Honor nun noch grimmiger als zuvor, aber es war eine zornige öffentliche Meinung. Eine ansteigende See aus wuterfüllter Empörung hatte Honor in ein Symbol verwandelt, das mit der vollständigen Auflösung einer Allianz drohte, die Protector Benjamin auch so schon nur noch zusammenhielt, indem er sich mit den Fingernägeln darin verkrallte.

Honor konnte nirgendwohin. Auf Manticore war sie kaltgestellt, und ihre Präsenz hielt zusammen mit High Ridges Entschlossenheit, sie in Isolation zu bannen, den Skandal am Leben und schürte so den Feuerofen des graysonitischen Zorns. Würde sie nach Grayson fliehen, machte sie alles nur noch schlimmer, denn die Graysons würden ohne Zweifel (und zu Recht) annehmen, dass man sie aus dem Sternenkönigreich vertrieben hätte. Der Schaden, den das manticoranische Ansehen auf Grayson erlitten hatte, wäre dadurch vervielfacht worden, und solange sie auf Grayson blieb, stand sie im Rampenlicht der Öffentlichkeit, deren Zorn dadurch weiter angefacht wurde. Darum atmete sie tief durch und schüttelte unglücklich den Kopf.

»Nein«, sagte sie zu ihrer Monarchin, »die Innenpolitik ist nicht das Einzige, worum wir uns Sorgen machen müssen.«

»Mir gefällt gar nicht, was wir über Silesia hören.« Sir Edward Janacek neigte seinen Sessel nach hinten. Er musterte die beiden Männer, die auf der anderen Seite des ausladenden, prächtigen Schreibtischs saßen, den er in sein Büro hatte schaffen lassen, um den kleineren zu ersetzen, welcher der Baronin von Morncreek gedient hatte.

Admiral Francis Jurgensen, Zweiter Raumlord der Admiralität war ein kleiner, adretter Mann. Seine Uniform war makellos wie immer, und seine braunen Augen wirkten offen und ohne Falsch. Admiral Sir Simon Chakrabarti war größer und breitschultrig. Sein Teint war fast so dunkel wie der Elizabeth Wintons, doch davon abgesehen erinnerte er die Leute auf den ersten Blick sehr an Sir Thomas Caparelli – vom Körperbau zumindest. Jede Ähnlichkeit jedoch war eine Illusion. Chakrabarti war es gelungen, seinen gegenwärtigen, sehr hohen Dienstgrad zu erreichen, ohne je ein Schiff im Kampf kommandiert zu haben. Zuletzt war er als Lieutenant-Commander Chakrabarti im Gefecht gewesen, als Erster Offizier des Schweren Kreuzers *Invincible* gegen silesianische Piraten vor mehr als fünfunddreißig T-Jahren. Seither hatte er seine Laufbahn hauptsächlich der Verwaltung gewidmet und nur einmal einen kurzen Abstecher nach BuWeaps gemacht.

Mancher hätte gefragt, inwieweit solch eine Karriere den Mann für das Amt des Ersten Raumlords qualifiziere, doch in Janaceks Augen benötigte die Navy im Moment keinen knorrigen Kriegsveteranen an der Spitze, sondern einen vorzüglichen Verwaltungsfachmann. Mit einem qualitativ überlegenen Schlachtwall wie dem manticoranischen konnte jeder Schlachten gewinnen, doch jemand musste sich mit dem Für und Wider verwaltungstechnischer Fragen und den Realitäten des Etats auskennen, um die Bedürfnisse der Navy gegen die Notwendigkeit aufzuwiegen, die Flotte zu verkleinern. Chakrabarti besaß dieses Wissen, davon abgesehen auch exemplarische politische Beziehungen. Sein Schwager war Adam Damakos, der freiheitliche Abgeordnete, der dem Flottenausschuss des Unterhauses vorsaß, und er war der Vetter Akahito Fitzpatricks, des Herzogs von Gray Water, einem von Baron High Ridges engsten Vertrauten im Bund der Konservativen. Damit wäre er schon ohne Referenzen die ideale Wahl für einen solch wichtigen Posten gewesen. Janacek war froh, dass er sich den Mann persönlich hatte aussuchen können, anstatt jemanden aufgehalst zu bekommen wie diesen Idioten Houseman, den man zum Zweiten Lord ausgewählt hatte!

»Mir gefällt es gar nicht«, fuhr er fort. »Was zum Teufel haben die Andys vor?« Er blickte Jurgensen betont an, und der Admiral zuckte mit den Schultern.

»Die Informationen, die wir bislang zusammentragen konnten, widersprechen sich im Augenblick noch sehr«, sagte er. »Da jede offizielle Erklärung – oder Forderung – durch den andermanischen Außenminister fehlt, können wir ihre Absichten nur raten.«

»Das ist mir durchaus klar, Francis.« Janacek sprach in mildem Ton, hatte jedoch die Augen zusammengekniffen. »Andererseits sind Sie Chef des Flottennachrichtendienstes. Meinen Sie nicht, dass dadurch Spekulationen über solche Dinge in Ihre Zuständigkeit fallen könnten?«

»Jawohl, durchaus«, entgegnete Jurgensen gelassen. »Ich wollte nur deutlich darauf hinweisen, dass es unseren Experten noch an den gesicherten Informationen mangelt, die uns definitive Schlussfolgerungen über die Absichten der Andermaner erlauben würden.«

Er wich dem Blick des Ersten Lords nicht aus. Seine Selbstsicherheit verriet, dass er Jahrzehnte lange Übung darin hatte, sein Hinterteil gut in Deckung zu bringen, ehe er den Kopf herausstreckte. Er wartete, bis Janacek mit einem Nicken bestätigte, dass er den Vorbehalt verstand, dann zuckte er noch einmal mit den Schultern.

»Behält man diese Bedingung im Kopf«, fuhr er fort, »scheint es, als verlegten die Andermaner systematisch Flotteneinheiten in eine Zone, die Sidemore Station von Norden und Nordosten einschließt und sich zwischen die Flottenstation und den Rest der Konföderation setzt. Wir haben noch keine Hinweise, dass Kaiser Gustav mit dem Gedanken an Operationen spielt, die gegen uns gerichtet sind. Doch kann man diese Möglichkeit leider nie ganz ausschließen. Wahrscheinlicher erscheint mir jedoch, dass er – zumindest bislang – hauptsächlich Stärke demonstrieren will.«

»Er demonstriert Stärke? Was beabsichtigt er damit?«, fragte Chakrabarti.

»Darüber laufen etliche Debatten«, antwortete Jurgensen ihm. »Die Mehrheitsmeinung lautet im Moment, dass die Andys uns wahrscheinlich in nächster Zeit über diplomatische Kanäle kontaktieren und territoriale Forderungen in Silesia geltend machen werden.«

»Mistkerle«, sagte Janacek beiläufig und verzog das Gesicht. »Trotzdem leuchtet es mir ein. Sie haben Silesia schon im Auge, seit ich denken kann. Es überrascht mich nicht gerade zu hören, dass diese opportunistischen Hurensöhne glauben, es sei jetzt an der Zeit, sich die saftigeren Stücke rauszuschneiden.«

»Historisch gesehen haben wir unsere Haltung dazu deutlich gemacht«, stellte Chakrabarti fest und neigte den Kopf zur Seite, während er den Ersten Lord ansah.

»Und diese Haltung hat sich auch nicht geändert – noch nicht«, entgegnete Janacek.

»Wird sie sich denn ändern?«, fragte Chakrabarti ungewohnt direkt, und nun zuckte Janacek mit den Schultern.

»Das weiß ich nicht«, gab er zu. »Das ist eine Entscheidung, die auf Kabinettsebene getroffen werden muss. Im Augenblick aber ändert sich unsere Haltung nicht, bis wir gegenteilige Instruktionen erhalten. Die Regierung Ihrer Majestät« – er benutzte den Ausdruck ohne jede Ironie – duldet keinerlei Territorialgewinn auf Kosten der gegenwärtigen konföderierten Regierung, sei es durch das Anderman-Reich oder sonst jemanden.«

»Wenn das so ist«, sagte Chakrabarti pragmatisch, »dann sollten wir Sidemore Station wohl verstärken, um Francis' Stärkedemonstration auszugleichen.«

»Es ist nicht *meine* Stärkedemonstration, Simon«, korrigierte Jurgensen ihn gelassen.

»Wie auch immer.« Chakrabarti winkte ab. »Wir sollten trotzdem erwägen, wenigstens ein paar weitere Schlachtgeschwader nach Sidemore zu verlegen, ganz gleich, wessen Stärkedemonstration es ist.«

»Hm.« Janacek hatte den Blick gesenkt und beschrieb stirnrunzelnd mit dem Zeigefinger Kreise auf der Schreibtischplatte. »Ich kann Ihren Gedankengang nachvollziehen, Simon, aber eine solche Tonnage ist nicht so leicht aufzutreiben.«

Chakrabarti blickte ihn sinnend an, verkniff sich aber den Hinweis, dass die nötigen Schiffe vielleicht leichter aufzutreiben wären, wenn die Regierung nicht entschieden hätte, so viele von ihnen zu verschrotten. Obwohl eine Verwaltungslaufbahn hinter ihm lag, war er doch lange genug Raumoffizier gewesen, um die bittere Ironie der Situation erkennen zu können. Außerdem war er ein zu erfahrener uniformierter Politiker, um sich damit den Mund zu verbrennen.

»Leicht oder nicht, Sir Edward«, sagte er mit einer Stimme, die nur ein wenig steifer klang als zuvor, »wenn wir zu unserer bisherigen Politik stehen und die Andermaner vom Abenteurertum entmutigen wollen, müssen wir Sidemore verstärken. Wir brauchen ja keine neuen Lenkwaffen-Superdreadnoughts einzusetzen, aber wir müssen einen Verband verlegen, der zumindest mehr als nur symbolischen Wert hat. Wenn wir das nicht tun, verraten wir ihnen letztendlich, dass wir nicht darauf vorbereitet sind, mit ihnen auf die Matte zu steigen.«

Janacek blickte auf, und der Erste Raumlord begegnete seinem Blick gleichmütig. Dann räusperte sich Jurgensen.

»Tatsächlich«, sagte er bedächtig, »ist es vielleicht klüger, ein paar Lenkwaffen-Superdreadnoughts zu schicken.«

»Ach ja?« Chakrabarti blickte den Zweiten Raumlord stirnrunzelnd an.

»Jawohl«, sagte Jurgensen. »Ich habe an einem allgemeinen Rückblick auf unsere nachrichtendienstlichen Erkenntnisse über das Anderman-Reich in den letzten beiden Wochen gearbeitet, und dabei bin ich auf einige ... beunruhigende Berichte gestoßen.«

»Beunruhigende Berichte über was, Francis?«, fragte Janacek und schloss sich Chakrabartis Stirnrunzeln an.

»Sie sind nicht sehr konkret«, antwortete Jurgensen. »Das ist der Hauptgrund, weshalb ich sie Ihnen noch nicht vorgelegt habe, Sir Edward. Ich weiß nämlich, dass Sie gesicherte Fakten stets der vagen Spekulation vorziehen. Deshalb habe ich versucht, die Berichte zuallererst zu bestätigen. Unter den gegebenen Umständen glaube ich allerdings, dass wir sie, obwohl sie noch unbestätigt sind, in unsere Überlegungen zur Verstärkung von Sidemore Station einbeziehen sollten.«

»Das wäre einfacher, wenn Sie uns endlich sagen würden, worin es darin geht«, bemerkte Chakrabarti.

»Ich lege Ihnen bis heute Abend einen *Précis* vor«, versprach Jurgensen. »Im Wesentlichen hatten wir einige – wie gesagt, allesamt unbestätigte – Hinweise darauf, dass die Andys in jüngster Zeit einige selbst entwickelte neue Waffensysteme einsetzen. Leider wissen wir kaum, um was für Systeme es sich dabei genau handeln könnte.«

»Und Sie haben es bislang nicht für nötig gehalten, uns Erkenntnisse dieser Tragweite vorzulegen?«, erkundigte sich Janacek in unheilvollem Ton.

»Ich wusste bis vor zwo Wochen selbst nichts davon«, entgegnete Jurgensen. »Und vor dieser Besprechung ist nicht einmal diskutiert worden, ob wir zusätzliche Kräfte in Marsch setzen sollen, um die Andys abzuschrecken. Unter den bis eben existierenden Umständen hielt ich es für ratsam, die Informationen auf dem einen oder anderen Wege zu bestätigen, bevor ich Sie darauf aufmerksam mache.«

Janacek sah ihn noch einige Sekunden lang finster an, dann zuckte er mit den Achseln.

»Wie auch immer, ohne Bestätigung hätten wir nicht viel unternehmen können«, räumte er ein, und Jurgensen nickte gelassen. »Aber ob bestätigt oder nicht, ich kann nicht gerade behaupten, dass ich mich freue, von neuen Andie-Waffensystemen zu hören.«, fuhr der Erste Lord der Admiralität fort. »Vor dem Krieg war das andermanische Gerät fast so gut wie das unsrige; wenn die Andys es seither verbessert haben, müssen wir unsere Stärke in Silesia vielleicht ernsthaft überdenken. Der Premierminister wird ebenfalls nicht begeistert sein, davon zu hören. Schließlich ist es keine vier Monate her, dass wir das Parlament von weiteren Verringerungen unseres Schlachtwalls in Kenntnis gesetzt hatten.«

Jurgensen und Chakrabarti nickten feierlich, in dem sicheren Wissen, selbst keine Vorschläge zur Flottenreduktion gemacht zu haben – was auf die zivilen Lords der Admiralität nicht zutraf. Zwar hatte weder Jurgensen noch Chakrabarti gegen die Verringerungen protestiert, doch war das schließlich etwas ganz anderes, als die Verantwortung dafür zu tragen.

»Was für Einzelheiten *wissen* Sie denn?«, fragte Chakrabarti nach einem Augenblick.

»Eigentlich fast keine«, gab Jurgensen zu. »Ein Sidemorer Experte behauptet, dass auf dem Photo eines Schlachtkreuzers der neuen andermanischen *Thor*-Klasse weniger Raketenwerferpforten zu sehen sind, als die Klasse haben sollte. Was das genau bedeuten könnte, wissen wir im Moment noch nicht, und wir haben seine Behauptung noch nicht durch eine unabhängige Analyse des Bildes bestätigen können. Die visuellen Rohdaten sind auf dem Weg hierher, treffen aber erst in einer bis zwo Wochen ein.

Davon abgesehen haben wir zwo Berichte von Handelsschiffern, die andeuten, dass es den Andys eventuell gelungen sein könnte, ihre Trägheitskompensatoren zu verbessern. Das Beweismaterial ist außerordentlich dünn, aber beide betreffenden Kapitäne berichten, dass sie andermanische Kampfschiffe beobachtet haben, die erheblich höher beschleunigten als sie sollten.«

»Frachterkapitäne!«, prustete Chakrabarti, doch Jurgensen schüttelte den Kopf.

»So habe ich anfangs auch reagiert, Simon, und das ist ein Grund, weshalb ich eine Bestätigung haben wollte, bevor ich es melde. Aber einer der betreffenden Kapitäne ist ein Admiral auf Halbsold.«

»Was?« Janacek sah ihn scharf an. »Wer?«

»Ein Admiral Bachfisch«, antwortete Jurgensen.

»Ach, der!« Janacek schnaubte. »Ich erinnere mich. Ein Versager, dem sie das Schiff fast unterm Hintern weggeschossen hätten!«

»Das ist vielleicht nicht die beste Referenz«, räumte Jurgensen ein, »aber er hatte beinahe dreißig T-Jahre Diensterfahrung, bevor er den aktiven Flottendienst ... hm, verließ.«

Janacek schnaubte noch einmal, und diesmal klang es weniger großtuerisch. Chakrabarti hingegen wirkte plötzlich etwas nachdenklicher, und Jurgensen zuckte mit einer Schulter.

»Mir liegen noch ein halbes Dutzend weitere Berichte vor, die meisten von Unabhängigen, die sie einem unserer Flottenattaches im Kaiserreich gemeldet haben. Die Berichte deuten darauf hin, dass die Andys mit Raketen größerer Reichweite zumindest experimentiert haben. Und wir wissen seit Jahren, dass sie ihre eigenen Raketengondeln entwickeln. Was wir nicht wissen und was ich bisher nicht herausfinden konnte, ist, ob sie nun auch damit begonnen haben, eigene Lenkwaffen-Superdreadnoughts auf Kiel zu legen.«

»Dann suchen Sie eine Möglichkeit, das herauszufinden, wie, ist mir egal«, sagte Janacek streng. Seine Bewertung der nötigen Kampfstärken basierte vor allem auf der Ansicht, dass die RMN ein Monopol auf die neuen Superdreadnought-Typen hatte. Seine Berichte an das Kabinett hatten nicht einmal die Möglichkeit erwogen, dass die Andermaner bereits mit der Konstruktion eigener Lenkwaffen-Superdreadnoughts beginnen könnten.

Es gab auch keinen Grund, das anzusprechen, verteidigte er sich vor sich selbst. *Um die* Havies *müssen wir uns Gedanken machen, nicht um die Andys. Notfalls könnten wir ihnen die ganze Konföderation überlassen, zumindest auf kurze Sicht. Davon abgesehen hatte mir Francis damals kein Wort darüber gesagt.*

»Bis dahin«, fuhr er an Chakrabarti gewandt fort, »benötige ich von Ihnen gesicherte Vorschläge über die genaue Stärke, die wir nach Sidemore verlegen müssen.«

»Soll ich vom schlimmstmöglichen Fall ausgehen?«, fragte der Erste Raumlord, und Janacek schüttelte den Kopf.

»Nicht vom schlimmsten. Wir sollten uns nicht bis zur Überreaktion beunruhigen, ohne dass irgendetwas vom Nachrichtendienst bestätigt ist. Gehen Sie von einer gewissen Verbesserung ihrer Kampfkraft aus, aber übertreiben Sie es nicht.«

»Dabei ist noch immer einiges sehr unsicher, Ed«, sagte Chakrabarti, und Janacek runzelte die Stirn. »Ich möchte nur sichergehen, dass meine Vorschläge wirklich auf den Annahmen basieren, von denen ich ausgehen soll«, erwiderte der Admiral.

»Also gut«, gab Janacek nach, »dann gehen Sie davon aus, dass die Andys im Moment einen Stand haben wie wir vor sechs T-Jahren. Keine Lenkwaffen-Superdreadnoughts, keine Geisterreiter, keine LAC-Träger. Aber nehmen Sie an, dass sie ansonsten alles haben, was wir damals hatten, einschließlich der neuen Kompensatoren.«

»Gut«, sagte Chakrabarti mit zufriedenem Nicken. Dann neigte er den Kopf zur Seite. »Auf der Grundlage dieser Annahmen kann ich Ihnen allerdings schon gleich sagen, dass ›ein paar Schlachtgeschwader‹ nicht ausreichen. Nicht, wenn wir so dicht am Hinterhof der Andys spielen wollen.«

»Unsere Mittel sind begrenzt«, erklärte Janacek ihm.

»Das weiß ich. Trotzdem könnten wir in eine Lage geraten, in der uns nichts anderes übrig bleibt, als das eine Loch mit dem anderen zuzustopfen.«

»Es ist sehr wahrscheinlich, dass die Regierung in der Lage ist, die Situation durch diplomatische Maßnahmen einzudämmen«, sagte Janacek. »Wenn sich herausstellt, dass wir unsere Entschlossenheit wirklich konkret belegen müssen, dann werden wir eben tun, was immer dazu nötig ist.«

»Jawohl, Sir. Aber wenn wir Sidemore in dem Maßstab verstärken, den ich für nötig erachte, um der mutmaßlichen Gefahr begegnen zu können, müssen wir auch jemanden aussuchen, der diese Verstärkung kommandiert. Konteradmiral Hewitt, der gegenwärtige Kommandeur der Station, hat schon ein geringes Dienstalter für den Verband, der ihm dort unterstellt ist. Für einen Verband, der einer unserer drei größten Flottenkommandos sein wird, ist er viel zu rangniedrig, ob wir es nun formell als ›Flotte‹ bezeichnen wollen oder nicht.«

»Hm«, machte Janacek wieder und starrte mit einem

nachdenklichen Stirnrunzeln auf seinen Schreibtisch. Chakrabarti hatte schon Recht. Den neuen Stationskommandeur auszusuchen würde nicht leicht sein. Sidemore hatte sich während des Krieges als nützlich erwiesen, aber kaum als bedeutend oder gar lebenswichtig. Nun, da der Krieg im Grunde gewonnen war, würde Sidemore an strategischer Bedeutung für das Sternenkönigreich eher noch verlieren. Das hieß, dass kein ehrgeiziger Offizier es zu schätzen wüsste, als Kommandeur dorthin abgeschoben zu werden. Und dabei waren die möglichen Fallgruben, die dieses Kommando mit sich brachte, noch gar nicht berücksichtigt.

Trotz allem, was Janacek zu Jurgensen und Chakrabarti gesagt hatte, war er sich recht sicher, dass die Regierung lieber jede unnötige Konfrontation mit dem Anderman-Reich vermeiden würde, und damit hätte sie Recht. Der Erste Lord hatte den expansionistischen Druck nie gemocht, den er so oft in der Navy und im Parlament spürte. Das war der Grund, weshalb er sich bei seiner ersten Amtszeit als Haupt der Admiralität bemüht hatte, den Rückzug von Basilisk zu erreichen, bis diese Irre Harrington dort fünf T-Jahre zu früh beinahe einen offenen Krieg mit Haven vom Zaun gebrochen hätte.

Wenn es hart auf hart kam, würde er dem Kabinett empfehlen, den Andermanern in vernünftigem Rahmen territoriale Zugeständnisse in Silesia zu machen. Schließlich gehörten die fraglichen Territorien nicht zum Sternenkönigreich, und nichts in Silesia schien es ihm wert, einen bewaffneten Zwischenfall zu riskieren, geschweige denn einen ausgewachsenen Krieg. Doch das hieß umgekehrt, dass wer auch immer nach Sidemore ausgesandt wurde, sich in der kaum beneidenswerten Situation befände, die Andermaner abschrecken zu müssen; und das, obwohl er wusste, dass er keine zusätzlichen Verstärkungen erhalten würde. Und wenn die Andermaner sich nicht abschrecken ließen und es zu einem gleich wie gearteten Zwischenfall käme, würde sich die Regierung mit fast völliger Sicherheit von den Schritten des Stationskommandeurs distanzieren. Selbst im besten Fall würde der Kommandeur also der Offizier sein, der zugesehen hatte, wie das Kaiserreich nach Silesia einmarschierte. Obwohl er daran völlig unschuldig wäre, würde ihm dieser Makel in den Augen seiner Kameraden – und seiner Vorgesetzten – auf ewig anhaften.

Wo also fand Janacek jemanden, der notfalls auch ohne Stroh Ziegel backen und die Andermaner davon überzeugen könnte, dass er lieber bis zum letzen Mann kämpfen würde, anstatt ihnen Silesia zu überlassen (es sei denn, er erhielt die unausweichliche Order, ihnen die Konföderation auszuliefern). Wer war so entbehrlich, dass die Regierung ihn notfalls fallen lassen konnte? Spontan kam Janacek niemand in den Sinn, doch ihm würde schon jemand einfallen.

10

Die Hände locker auf dem Rücken verschränkt, stand Vizeadmiral Shannon Foraker in der Galerie des Beiboothangars und blickte durchs klare Vakuum des Hangars auf die starren Sterne. Sie beobachtete, wie sich die einkommende Pinasse auf die Pralldämpfer senkte. Die Wartungsnabelschnüre liefen zu ihr aus, gefolgt von der Zugangsröhre. Foraker straffte die Schultern und richtete sich ein wenig gerader auf, während neben ihr die Leute zur Seite antraten.

Die Anzeigen am Galerie-Ende der Röhre schlugen von Rot nach Bernsteingelb um, dann leuchtete das helle Grün auf, das Druckfestigkeit und brauchbare Atemluft signalisierte. Die Luke fuhr auf, und die Bootsmannspfeifen schrillten ihre grellen, hohen Töne, für die Foraker nie ein Faible hatte entwickeln können.

»Kriegsminister trifft ein!«, verkündete das Intercom, als ein leicht untersetzter, braunhaariger Mann in Admiralsuniform durch die Luke in den Lärm der Pfeifen trat, und die Seite nahm augenblicklich Habtachtstellung ein. Admiral Foraker tat es ihr gleich, während der Neuankömmling vom Kommandanten der RHNS *Sovereign of Space* salutierte.

Captain Patrick M. Reumann erwiderte die Ehrenbezeugung zackig. Mit seinen etwas mehr als einhundertneunzig Zentimetern überragte der Captain den Besucher um einen halben Kopf, und Foraker hielt ihn, obwohl ihm das Haar schon aus der Stirn zurückwich, für körperlich beeindruckender als den Admiral. Dennoch schien das nicht zu zählen; der Mann, den man zum Kommandanten des Führungsschiffs der neusten, kampfstärksten Superdreadnoughtklasse in der Republican Navy gemacht hatte, wäre wohl niemandem als ein Schwächling erschienen. Es lag wohl eher daran, dass für jeden Navyangehörigen und besonders für alle am Unternehmen Schlupfloch Beteiligten Thomas Theisman zu einer überlebensgroßen Gestalt geworden war, ja, fast zu einer Ikone.

Vor sechs bis sieben T-Jahren hätte sich Shannon Foraker solche Gedanken noch nicht gemacht. Sie war bemerkenswert blind gewesen gegenüber den Realitäten des Flottendienstes unter Rob Pierre und der Systemsicherheit. Bis man sie schließlich mit der Nase auf die hässliche Wahrheit gestoßen hatte. Die Demütigung und die Scham, gezwungen zu sein, von der SyS zum unfreiwilligen Komplizen ihrer Brutalität gemacht zu werden, hatte das Universum der Shannon Foraker für immer verändert. Die talentierte, unpolitische ›Techno-Idiotin‹, die nur patriotisch und ehrenhaft ihre Arbeit tun wollte, musste feststellen, dass ihr genau das nicht möglich war – nicht unter der SyS. Sie hatte zusehen müssen, wie die SyS einen Admiral, dem sie vertraute und den sie respektierte, an den Rand der Meuterei brachte. Ihr ehemaliger Kommandant, den sie noch mehr geachtet hatte, war zum tatsächlichen Landesverrat getrieben worden, weil sein Ehrgefühl keine weitere Verletzung mehr hinnehmen konnte. Und sie selbst war bis an einen Punkt gedrängt worden, an dem sie nur noch ein Schritt von der Verhaftung oder Hinrichtung trennte.

Im Zuge dieser Erfahrungen hatten sie die gleichen Vorzüge, wegen denen sie ein herausragender Taktischer Offizier der Volksflotte gewesen war, auf andere Zwangslagen angewendet, und nur darum war sie – ebenso wie Admiral Tourville und Admiral Giscard – noch am Leben. Trotzdem hielt Foraker es nach wie vor für unwahrscheinlich, dass irgendetwas, das sie getan hatte, das Endergebnis beeinflusst hätte … wäre nicht Thomas Theisman gewesen.

Vor Saint-Justs Sturz war sie Theisman nie begegnet, doch seither hatte sie ihn kennen gelernt, und aus irgendeinem Grund fand sie ihn immer beeindruckender. Er hatte sich zu einer handverlesenen Auswahl hoher Offiziere gesellt, die Foraker schätzte, und gehörte nun zu dem hingebungsvollen Kader, der sich trotz allem, was seine politische Herren von ihm verlangten, irgendwie die Konzepte von Pflichtgefühl und Ehre bewahrt hatte. Vor allem aber war Theisman auch der Mann, der die Ehre der *Navy* wiederhergestellt hatte. Lester Tourville und Javier Giscard kommandierten vielleicht die Flotten der Republik, doch Thomas Theisman hatte es ihnen erst ermöglicht. Er war der Mann, der die Offiziere, Unteroffiziere und Mannschaften der Navy aufgefordert hatte, ihre Selbstachtung neu zu entdecken. Sich zu erinnern, dass sie sich für ihre Uniform entschieden hatten, weil sie an etwas glaubten, und nicht, weil ein Terrorregime sie hätte erschießen lassen, falls sie es abgelehnt hätten, selbst willige Vollstrecker des Terrors zu werden.

Theisman hatte die Navy sich selbst wiedergegeben und sie zu seinem Verbündeten bei der Verteidigung der wiederhergestellten Verfassung gemacht, und zwar sowohl aus seinem Gefühl für Pflicht und Ehre heraus als auch, um den Schild der Navy von dem Schmutz reinzuwaschen, mit dem die Systemsicherheit ihn besudelt hatte. Und weil die Navy durch ihn das Gefühl zurückerhalten hatte, einem Zweck zu dienen, eine Pflicht zu haben und für etwas zu stehen, wäre sie ihm ohne mit der Wimper zu zucken durch die Tore der Hölle gefolgt.

Wie Shannon Foraker auch.

»Bitte um Erlaubnis, an Bord zu kommen, Sir«, ersuchte der Kriegsminister förmlich, als die kreischenden Pfeifen endlich verstummt waren, und Captain Reumann nickte knapp.

»Willkommen an Bord der *Sovereign,* Sir!«, antwortete er mit seiner dröhnenden Stimme. »Es ist mir ein Vergnügen, Sie wieder an Bord zu haben«, fügte er leiser und beiläufiger hinzu, dann reichte er Theisman die Hand.

»Ich bin froh, wieder hier zu sein, Pat«, antwortete

Theisman und schüttelte die hingestreckte Hand kräftig. »Ich wünschte nur, Schlupfloch wäre so nah an Nouveau Paris, dass ich öfter als drei- oder viermal im Jahr herkommen könnte.«

»Das wäre uns auch lieber, Sir«, versicherte ihm Reumann.

»Na ja«, sagte der Minister und blickte anerkennend durch den ordentlichen, disziplinierten Beiboothangar, »vielleicht ändert sich da bald was.«

»Wie bitte, Sir?« Der Kommandant neigte den Kopf zur Seite. Theisman grinste; allerdings war ihm noch etwas anderes außer Belustigung anzumerken, vielleicht eine Spur von Sorge.

»Machen Sie sich keine Gedanken, Pat. Ich verspreche, alles zu erklären, bevor ich in die Hauptstadt zurückkehre. Inzwischen haben Admiral Foraker und ich über ein paar Dinge zu reden.«

»Jawohl, Sir«, bestätigte Reumann und trat zurück, während Theisman sich umdrehte und Shannon die Hand reichte.

»Admiral«, sagte der Kriegsminister, und Shannon lächelte.

»Admiral«, wiederholte sie, denn sie wusste genau, wie sehr er sich selbst als Admiralstabsschef sah, als jemanden, der noch immer aktiver Raumoffizier war und nicht bloß ein Politiker. Seine Augen funkelten, während er ihr fest die Hand drückte, dann legte sie den Kopf schräg.

»Ich habe vorsorglich einen Cocktailempfang in der Offiziersmesse arrangiert«, sagte sie, »aber unsere Pläne sind nicht in Betokeramik gegossen. Soll ich Ihren Worten an Pat entnehmen, die Festivitäten ein wenig zurückzustellen, bis Sie mir erläutert haben, was Sie zu uns führt?«

»Tatsächlich wäre mir das lieber, wenn es den Leuten nicht ungelegen kommt«, sagte Theisman, und sie zuckte die Achseln.

»Wie ich schon sagte, wir hatten keine festen Pläne, Sir. Wir wussten zu wenig darüber, warum Sie zu uns kommen, um unverrückbare Arrangements zu treffen.« Sie wandte sich an einen stämmigen Captain, der rechts neben ihr stand. »Five, anscheinend habe ich schon wieder mein Com vergessen. Könnten Sie Paulette für mich anrufen? Bitten Sie sie, allen zu sagen, dass wir auf Plan Beta umschwenken.«

»Selbstverständlich, Ma'am«, antwortete Captain William Anders mit leisem Grinsen. Von der alten Shannon Foraker war eine gewisse – Geistesabwesenheit übrig geblieben, was die alltäglichen Dinge anbetraf. Man musste sich eigentlich schon anstrengen, um sein Armbandcom zu ›vergessen‹, doch ihr gelang es wenigstens zweimal in der Woche.

Der struppige Captain aktivierte sein eigenes Com und gab die Nummer von Lieutenant Paulette Baker ein, Forakers Flaggleutnant, und Shannon wandte sich wieder Theisman zu.

»Möchten Sie unter vier Augen mit mir reden, Sir? Oder soll ich den Stab zusammenrufen?«

»Ich werde den Stab instruieren, während ich hier bin«, antwortete er, »aber zunächst würde ich Sie lieber allein sprechen.«

»Wie Sie wünschen. Würden Sie mich dann in mein Arbeitszimmer begleiten?«

»Das wäre eine gute Idee«, stimmte er zu, und sie wandte sich wieder an Anders.

»Haben Sie das mitbekommen, Five?«

»Hab ich. Gebe ich auch an Paulette weiter.«

»Danke.« Sie lächelte ihn mit einer Liebenswürdigkeit an, die ihr schmales, höchst attraktives Gesicht völlig veränderte, dann bedeutete sie Theisman respektvoll, ihr zu den Lifts zu folgen.

»Nach Ihnen, Sir«, sagte sie.

Bis sie Forakers Arbeitszimmer erreichten, vergingen mehrere Minuten, obwohl die Konstrukteure es mit Vorbedacht in die Nähe des zentralen Liftschachts gelegt hatten. ›Nähe‹ freilich war an Bord eines Schiffe von der Größe der *Sovereign of Space* ein relativer Begriff. Der Superdreadnought war ein Koloss aus beinahe neun Millionen Tonnen Stahl und Panzerung. Er war das erste Schiff der größten und kampfstärksten Kriegsschiff-Klasse, welche die Republik Haven je gebaut hatte, obwohl er diese Auszeichnung wahrscheinlich nicht sehr lange behalten würde. Die Entwürfe für die nachfolgende *Temeraire*-Klasse befanden sich im letzten Stadium der Genehmigung, und wenn alles nach Plan verlief, würde das Typschiff in den nächsten drei bis vier Monaten hier bei Schlupfloch auf Kiel gelegt werden und würde nach drei Jahren fertig gestellt sein. Das war zwar eine beträchtlich längere Bauzeit als die Manticoraner benötigt hätten, doch in Begriffen Havens bedeutete sie einen gewaltigen Fortschritt – und den hatte man der Arbeit einer gewissen Vizeadmiral Shannon Foraker und ihres Stabes zu verdanken.

Nachdem Theisman und Foraker an dem Marineinfanteristen vorbeigegangen waren, der an der Luke zu Shannons Kajüte Posten stand, nahm Foraker die Mütze ab und warf sie Chief Callahan, ihrem Steward, zu.

Chief Petty Officer Sylvester Callahan fing die fliegende

Kopfbedeckung mit geübtem Griff und der Andeutung eines Seufzers auf, der langes Leiden ausdrücken sollte. Foraker wusste genau, dass sie seine Zurückhaltung nur Theismans Gegenwart verdankte, und grinste den Steward verschmitzt an. Dass sie zuerst überhaupt nicht mit Sly zurechtgekommen war, war ihr kaum anzumerken. Admiral hin oder her, sie hatte Monate gebraucht, um sich nur an den Gedanken zu gewöhnen, einen eigenen ›Steward‹ zu haben, denn solche ›elitären‹ Einrichtungen hatten zu den ersten Opfern von Robert Pierres systematischem Bestreben gehört, alle Spuren des alten legislaturistischen Offizierskorps auszumerzen. Innerlich hatte Foraker sich gegen die Wiederherstellung der Privilegien des alten Offizierskorps aufgelehnt, und sie war sehr froh gewesen, dass Theisman wenigstens die Hälfte davon nicht wieder eingeführt hatte. Schließlich aber hatte sie zugeben müssen, dass es durchaus seine Berechtigung hatte, Kommandanten und Flaggoffizieren einen Steward zuzuweisen. Jeder Befehlshaber hatte weitaus wichtigere Dinge zu erledigen als seine Kajüte sauberzumachen oder sich die Stiefel zu putzen. Noch wichtiger vielleicht war, dass hohe Offiziere jemanden brauchten, der sich um den reibungslosen Tagesablauf kümmerte, während sie sich selbst den zahllosen und nicht enden wollenden Entschlüssen und Ermessensentscheidungen widmeten, die ihre Arbeit ihnen abverlangte.

Und die Befehlshaber, die vielleicht ein bisschen zur Geistesabwesenheit neigen, brauchen einen Betreuer noch dringender als alle anderen, gab sie zu.

»Der Admiral und ich müssen einiges besprechen, Sly«, sagte sie zu Callahan. »Glauben Sie, Sie finden für uns inzwischen einen Happen zu essen?«

»Aber klar, Ma'am«, antwortete der Steward. »Wie

üppig hätten Sie's denn gern?« Sie sah ihn mit hochgezogener Augenbraue an, und er zuckte die Achseln. »Lieutenant Baker hat mich wegen der Planänderung schon angerufen«, erklärte er. »So, wie ich ihn verstanden habe, wird das Abendessen um eine Stunde verschoben und die Cocktails auf danach. Deshalb hab ich mich gefragt, ob der Admiral und Sie zum Überbrücken vielleicht gern einen Imbiss hätten oder lieber auch etwas Reichhaltigeres.«

»Hm.« Foraker runzelte die Stirn, dann sah sie Theisman an. »Admiral?«

»Ich laufe noch immer unter Nouveau Pariser Zeit«, antwortete der Minister. »Und das heißt, mein Mittagessen ist jetzt seit zwo Stunden überfällig. Deshalb klingt ›etwas Reichhaltigeres‹ genau nach dem, was ich gern hätte.«

»Haben Sie gehört, Sly?«

»Aber sicher, Ma'am.«

»Dann richten Sie sich danach«, befahl sie ihm grinsend, und er verneigte sich leicht und zog sich in seine Pantry zurück.

Sie blickte ihm nach, dann wandte sie sich Theisman zu und bot ihm einen bequemen Sessel an.

»Bitte setzen Sie sich, Admiral.«

»Danke sehr.«

Theisman ließ sich in den Sessel nieder, auf den sie deutete, und blickte sich nachdenklich um. Es war sein erster Besuch in Forakers Kajüte an Bord ihres Flaggschiffs, und er war beeindruckt, mit welch schlichtem Mobiliar sie sich umgab. Immerhin schien sie ihre Aversion dagegen, sich zu ›verwöhnen‹, zumindest so weit überwunden zu haben, dass sie elektrisch betriebene Sessel angeschafft hatte. Und die Bar in der Ecke des geräumigen Zimmers wirkte vielversprechend. Davon abgesehen beschränkte sie sich offenbar auf die von der Navy ausgegebenen Teppiche und Möbel, und die Hand voll Kunstwerke, die an den Schotten hingen, waren, obschon hübsch anzusehen, keineswegs teuer gewesen. Der Raum passte daher gut zu der Frau, die Theisman zur Leiterin des Projekts Schlupfloch erkoren hatte, und er freute sich zu sehen, dass Shannon Foraker trotz der Macht und der Autorität, über die sie nun verfügte, noch immer auf einer Linie mit ihm war.

In dieser Hinsicht hatten ihn einige der von ihm berufenen Flaggoffiziere enttäuscht, indem sie der Versuchung nachgegeben hatten, sich als die neuen Herren der neuen Republikanischen Navy zu betrachten statt als deren Verwalter und Diener. Manche dieser Offiziere hatten auf seine feinen Andeutungen reagiert und sich neu orientiert; die übrigen waren still, aber mit fester Hand auf Posten abgeschoben worden, wo sie ihm mit ihrem unleugbaren Können noch immer nützten, aber nicht mehr in der Lage waren, Theismans Navy ihren Stempel aufzudrücken.

»Sagen Sie mir«, sprach er, indem er den Blick auf Foraker richtete, die ihm gegenüber Platz nahm, »warum nennen Sie Captain Anders ›Five‹?«

»Habe nicht die leiseste Idee«, antwortete Foraker. »Als ich begann, ihn mit William anzureden, erklärte er mir höflich, aber bestimmt, dass er mit ›Five‹ angesprochen werden möchte. Ich bin mir nicht sicher, woher er den Spitznamen hat, aber ich schätze, er ist durch irgendeinen anrüchigen Zwischenfall daran gekommen, als er noch im Unterdeck zu Hause war. Andererseits würde ich ihn sowieso anreden, wie er will, solange er nur seinen Job so gut macht, wie er es tut.«

»Damit kann ich leben«, erwiderte Theisman lachend,

dann wurde er wieder ernster. »Wissen Sie, sosehr ich das Komitee für Öffentliche Sicherheit auch gehasst und verabscheut habe, ich muss doch zugeben, dass Pierre und seine Kohorten durchaus ein paar gute Dinge zuwege gebracht haben. Zum Beispiel ist es ihnen gelungen, die Wirtschaft endlich wieder auf den richtigen Kurs zu bringen, und sie haben das Offizierskorps aus dem Würgegriff der Legislaturisten befreit. Unter dem alten Regime hätte jemand wie Anders niemals das Offizierspatent erhalten. Und das wäre ein gewaltiger Verlust gewesen.«

Foraker nickte in völligem Einverständnis mit ihm. Anders war ein Petty Officer mit über fünfunddreißig T-Jahren Diensterfahrung gewesen, als Rob Pierre die Legislaturisten stürzte; auf einen höheren Rang hätte er unter dem alten Regime nicht aufsteigen können, und das wäre gewiss ein gewaltiger Verlust für die ganze Navy gewesen. Wie Foraker hatten die Kindheitserfahrungen mit dem alten legislaturistischen Erziehungssystem auch Anders gelehrt, dass er sich alles, was er wissen wollte, selbst beibringen musste, und genau das hatte er getan. Leider war er kein Legislaturist gewesen, sondern entstammte einer Dolistenfamilie, wodurch es schon eine außergewöhnliche Leistung darstellte, überhaupt den Rang eines Maates erreicht zu haben.

Doch nach der Zerschlagung der legislaturistischen Ordnung hatte die Volksflotte dringend fähige Leute gebraucht, egal, woher sie kamen. Nachdem Thomas Theisman Oscar Saint-Just erschossen hatte (vorausgesetzt, die Gerüchte über die genaue Todesart ihres ehemaligen Bürger Vorsitzenden waren so zutreffend, wie Foraker vermutete), war aus P.O. Anders Lieutenant-Commander Anders geworden. Selbst unter Pierre und Saint-Just wäre er wohl nicht mehr sehr viel höher aufgestiegen.

Vermutlich hätte er irgendwann vor einem Erschießungskommando gestanden, denn er hatte eine widersetzliche Ader, die mindestens einen Meter dick sein musste. Irgendwie schien es ihm an der Bewunderung für das ›Volk‹ zu gebrechen, die in der schönen neuen Welt von Menschen wie Rob Pierre und Cordelia Ransom der Zauberschüssel zur Beförderung war. Foraker glaubte, dass Anders' Widersetzlichkeit vor allem von seinem Bewusstsein herrührte, aus eigener Kraft die Beschränkungen seiner Kindheit überwunden und etwas aus sich gemacht zu haben, und zwar trotz des desolaten Bildungssystems der Volksrepublik; darum hatte Anders für Menschen, die sich nicht die gleiche Mühe gegeben hatten, nur Verachtung übrig.

Wie auch immer, Foraker jedenfalls war entzückt, ihn zum Stabschef zu haben, und seine Beförderungen seit dem Sturz des Komitees hatte er sich redlich verdient. In gewisser Weise bedauerte sie es, ihn aus seiner alten Verwendung in der Abteilung für Forschung und Entwicklung abgezogen zu haben, denn er war einer der besten autodidaktischen Ingenieure der Navy, wenn nicht der gesamten Republik. Leider brauchte sie ihn noch dringender in der Eigenschaft, in der er jetzt diente, als Dolmetscher für die Ingenieure nämlich, die mit ihren weniger begabten Vorgesetzten kommunizieren mussten. Und sie musste zugeben, sie brauchte Anders' Vermittlung auch, um selbst mit den Vorgesetzten dieser Ingenieure reden zu können.

Na ja, wenn die einzigen, mit denen ich kommunizieren muss, die Ingenieure wären, dachte sie, *dann könnte ich Five vielleicht doch wieder dorthin schicken, wohin er gehört. Leider leben wir in der Realität.*

»Bei der übrigen Navy weiß ich nicht, Sir«, sagte sie, »aber ich bin jedenfalls sehr froh, ihn hier zu haben.«

»Ich bin froh, Sie beide zu haben«, entgegnete Theisman ungekünstelt. »Lester Tourville hat Sie mir damals für Schlupfloch empfohlen, und Ihre Leistungen bestätigen nur den großen Wert, den ich auf sein Urteil lege.«

Foraker spürte, wie ihre Wangen sich röteten, doch sie hielt seinem Blick stand und schaute mit einer Andeutung von Erleichterung auf, als Callahan mit einem Tablett voller Sandwichs und rohem Gemüse zurückkehrte. Er stellte es auf dem niedrigen Tischchen zwischen den Sesseln ab, schenkte Kaffee ein, stellte die Kaffeekanne zwischen die Sandwichs und zog sich wieder zurück.

»Und das ist noch jemand, über den ich froh bin«, sagte Foraker mit schiefem Lächeln, während sie die Speisen und Getränke betrachtete, die wie durch Zauberkraft erschienen waren.

»Ich verstehe gar nicht, warum«, murmelte Theisman lächelnd und griff freudig nach einem Sandwich. »Hmmm ... köstlich!«, seufzte er.

»Er versteht was davon«, meinte Foraker und nahm sich eine Möhre. Zurückgelehnt knabberte sie daran, um dem Kriegsminister beim Essen Gesellschaft zu leisten, und wartete.

Lange brauchte sie nicht zu warten. Theisman aß ein Sandwich und verzehrte ein zweites zur Hälfte, dann nahm er sich einen kleinen Teller mit Sellerie und Möhren und ein wenig mehr von der dicken Blauschimmelkäsetunke, als er eigentlich essen sollte, und lehnte sich zurück.

»Nachdem die Gefahr des Hungertods nunmehr abgewendet ist, sollte ich wohl auf den Grund meines Besuchs zu sprechen kommen«, sagte er und zwinkerte, als Foraker sich mit konzentrierter Miene aufsetzte.

»Um ganz ehrlich zu sein«, fuhr er fort, »will ich hier vor

allem Ihre Berichte persönlich überprüfen. Nicht dass ich an ihrer Korrektheit zweifeln würde, aber ab und zu muss ich einfach mal einen Blick auf die Wirklichkeit hinter den Zahlen werfen.« Er schüttelte den Kopf. »Manchmal frage ich mich, ob Ihnen überhaupt klar ist, was Sie hier alles geleistet haben, Shannon.«

»Ich glaube, Sie dürfen davon ausgehen, dass wir alle das ziemlich genau wissen, Sir«, entgegnete sie. »Zumindest wissen wir genau, dass wir dazu fast vier T-Jahre – und manche von uns sogar fünf – mehr oder weniger im Exil verbringen durften!«

»Das weiß ich, und ich rechne damit, dass die ganze Navy es ebenso sehr zu schätzen weiß wie ich, wenn wir endlich damit herausrücken können, was Sie hier aufgebaut haben«, sagte er ernst. »Und obwohl ich mit mir selbst im Widerstreit liege, wann genau der Rest der Navy von Ihren Leistungen erfahren soll, wäre es möglich, dass die übrige Navy schon früher davon erfährt, als wir es eigentlich geplant hatten.«

»Tatsächlich?« Foraker kniff die Augen zusammen, und Theisman nickte.

»Ich weiß, dass Sie meinen ursprünglichen Zeitplan immer eingehalten haben. Offen gesagt wäre es mir auch lieber, wenn ich mich weiterhin an diesen Zeitplan halten dürfte. Leider könnte sich das als unmöglich erweisen. Und wenn es tatsächlich unmöglich ist, bleibt uns zumindest ein Trost: Sie, Captain Anders und der Rest Ihrer Leute haben in weniger Zeit mehr bewältigt, als ich je für möglich gehalten hätte.«

»Das freut mich zu hören, Sir … größtenteils jedenfalls«, sagte sie vorsichtig, als er schwieg. »Sosehr meine Leute Ihre Anerkennung auch verdient haben, sind wir doch zugleich noch sehr weit von den Einsatzstärken entfernt, die Sie damals gefordert haben, als Sie mir den Laden übergaben. Und während ich bei der Anzahl an Bauslips das Soll erfüllt habe, konnten wir bei einem Drittel von ihnen erst in den letzten sechs Monaten Schiffe auf Kiel legen.«

»Glauben Sie mir, Shannon, ich weiß das genauso gut wie Sie. Andererseits lassen die Vorgänge in Nouveau Paris mir vielleicht keine andere Wahl, als den Zeitplan zu beschleunigen.«

»Darf ich fragen, was für Vorgänge das sind, Sir?«, erkundigte sie sich noch zurückhaltender, und er schnaubte.

»Nichts Katastrophales!«, versicherte er ihr. »Vermutlich nicht einmal etwas Ernstes – jedenfalls noch nicht. Im Grunde, und das ist nur für Ihre Ohren bestimmt, wird es immer wahrscheinlicher, dass die Präsidentin und ich mit Minister Giancola aneinander geraten. Diese Information«, er kniff die Augen zusammen, und seine Stimme wurde ein wenig schärfer, »verlässt diesen Raum nicht, Shannon.«

»Selbstverständlich nicht, Sir«, versicherte sie ihm und spürte inwendig ein unleugbares Vergnügen, dass er ihr Informationen anvertraute, die er offensichtlich als heikel ansah.

»Ich weiß nicht, ob es wirklich Folgen hat«, fuhr er fort. »Ich halte es sogar für sehr gut möglich, dass die Präsidentin und ich uns unnötige Sorgen machen. Der Außenminister wird jedoch immer ungeduldiger mit den Mantys, und für uns sieht es ganz so aus, also würde er sich im Kongress einen Block erringen, der seine Position unterstützt. Um seine Forderungen zu untermauern, hat er unserer Ansicht nach hier und da einen Hinweis auf Unternehmen Schlupfloch fallen lassen.«

Forakers Gesicht spannte sich augenblicklich ungehalten an, und er lächelte sie schief an.

»Ich weiß, ich weiß! Das darf er nicht, und wenn er es tut, verstößt er gegen seine Geheimhaltungspflicht. Aber selbst dann können wir ihn nicht einfach abschießen wie einen kleinen Handlanger. Das heißt, wir könnten es schon, aber die Präsidentin fürchtet, dass der politische Preis dafür einfach zu hoch wäre. Er hat sich im Kongress einen gewissen Rückhalt aufgebaut. Wenn wir ihn wegen Geheimnisverrat bestrafen würden, gäbe es zumindest einige Leute, die die Anklage nur als eine Rechtfertigung dafür betrachten würden, einen politischen Gegner zu liquidieren. Wir hätten jedes Recht der Welt, gegen ihn vorzugehen – wenn er so schuldig ist, wie wir glauben. Aber praktisch würden wir damit vielleicht die Legitimität untergraben, für die wir so hart gearbeitet haben.«

»Ich glaube, ich verstehe, Sir«, sagte Foraker. »Mir gefällt es zwar nicht besonders, aber ich verstehe, worauf Sie hinauswollen.«

»Mir gefällt es auch nicht«, entgegnete Theisman verständnisvoll. »Ob es uns nun passt oder nicht, wir müssen uns entscheiden, wie wir darauf reagieren. Offensichtlich sind meine ursprünglichen Bedenken dagegen, die Karten zu früh auf den Tisch zu legen und damit die Mantys zu Panikschritten zu verleiten, nach wie vor begründet. Andererseits haben Sie durch die Optimierung des Fertigungsablaufs erheblich mehr zuwege gebracht, als ich gehofft hatte. Wie viele *Sovereigns* werden Sie voraussichtlich bis Ende des Quartals haben?«

»Vorausgesetzt, wir stoßen auf keine neue Engpässe mehr, können wir mit sechsundsechzig Stück rechnen, Sir«, antwortete sie mit unverhohlenem, gerechtem Stolz. »Achtunddreißig davon sind voll einsatztauglich, weitere sechzehn in verschiedenen Stadien der Ausrüstung, und Ende des Monats soll die Werft uns ein Dutzend weitere ausliefern.«

»Und die *Astra*-Klasse?«

»Wie Sie wissen, hat sie nicht die gleiche Priorität wie die Superdreadnoughts, Sir. Und Commander Clapp hat noch ein paar LAC-Modifikationen eingebracht, die wir nicht nur in die Maschinen auf der Fertigungsstraße, sondern nachträglich auch noch in die fertigen Vögel eingebaut haben. Das hat das Ganze noch ein wenig mehr verlangsamt. Wir haben ungefähr dreißig *Astras* entweder einsatzbereit oder in der Ausrüstung, aber es fehlen uns noch die kompletten LAC-Geschwader dafür. Der Engpass an LACs behindert auch unsere Schulungsprogramme. Ich fürchte, wir könnten am Ende des Quartals zwanzig Stück einsetzen, allerhöchstens zwo Dutzend.«

»Verstanden.« Theisman lehnte sich zurück und blickte an die Decke, die Lippen nachdenklich geschürzt. So verharrte er eine Weile, dann zuckte er die Schultern.

»Sie sind meinen Erwartungen wirklich weit voraus, Shannon«, sagte er. »Ich hoffe, dass wir Sie und Schlupfloch wenigstens noch ein weiteres Quartal geheim halten können, möglicherweise zwo. Aber ich fürchte, auf sehr viel mehr dürfen wir nicht hoffen. Und im allerschlimmsten Fall müssen wir schon im laufenden Quartal an die Öffentlichkeit gehen.«

Er sah ihren leicht verwirrten Gesichtsausdruck und winkte ab.

»Wenn Minister Giancola eine Situation herbeiführt, in der er, die Präsidentin und der Rest des Kabinetts in einer öffentlichen Debatte gegeneinander stehen, dann möchte ich nicht, dass er die Nachricht von unseren verbesserten militärischen Mitteln einschlagen lässt wie eine

Bombe. Jedenfalls nicht aus heiterem Himmel. Ich kann mir zwar nicht sicher sein, aber ich vermute, dass er zumindest überlegt, welche Vorteile es ihm einbringt, die Eigenschaften der Schiffe, die Sie hier bauen und ausrüsten, unversehens offen zu legen.

Die Mantys haben eindeutig kein ernsthaftes Interesse daran, einen Friedensvertrag auszuhandeln, demzufolge sie auch nur eine der besetzten Welten räumen müssten. Über die Gründe darüber besteht Uneinigkeit. Ich persönlich neige dazu, General Usher von der FIA zuzustimmen: Den Mantys könnte nichts gleichgültiger sein als unser Hoheitsraum, doch leider zieht High Ridges Klüngel daraus innenpolitische Vorteile. Aber andere Fachleute haben andere Theorien. Einschließlich, wie ich fürchte, etliche Experten beim FIS – und sogar beim FND.«

Foraker nickte. General Kevin Usher war die erste Wahl von Präsidentin Pritchart gewesen, als es darum ging, den Leiter der neu geschaffenen Federal Investigative Agency zu bestimmen, jener Institution, die Oscar Saint-Justs repressive Systemsicherheit ersetzen sollte. Die Kompetenzen der alten Organisation waren auf zwei getrennte Behörden verteilt worden: auf Ushers FIA, die als Bundespolizei für Ermittlungen innerhalb der Republik zuständig war, und auf den Federal Intelligence Service, der sich allein mit außenpolitischer Geheimdienstarbeit befasste. Die Bezeichnung der neuen Behörden waren mit Bedacht ausgesucht worden und brachen völlig mit alten Namen wie Interne Abwehr und Systemsicherheit, dennoch versahen die Behörden viele der alten Aufgaben. Mit Usher an der Spitze konnte Pritchart sichergehen, dass die FIA nie wieder zur alten Unterdrückungsmaschinerie wurde. Und es hielten sich Gerüchte, dass die Präsidentin ihm gerne alle Zuständigkeiten gegeben hätte, die nun von zwei Behörden versehen wurden. Viele Kongressabgeordnete hatten sich jedoch gesträubt, erneut eine einzige Organisation zu schaffen, die sowohl für die innere Sicherheit wie für die äußere Aufklärung zuständig war. Und sosehr Foraker auch hinter Präsidentin Pritchart stand, in dieser Hinsicht schloss sie sich doch ihren Widersachern an – und das nicht nur, weil auch sie fürchtete, dass eine solche Behörde unter einer anderen Präsidentin als Eloise Pritchart und unter einem anderen Direktor als Kevin Usher wieder zu einem neuen Amt für Systemsicherheit werden könnte. Von Wilhelm Trajan, dem Direktor des neuen FIS, war sie längst nicht so beeindruckt wie von Usher, doch hatte sie sich sehr gefreut, als Theisman innerhalb der Navy wieder einen unabhängigen Flottennachrichtendienst ins Leben gerufen hatte; schließlich gab es einfach Fragen, an die ein ziviler Experte nicht dachte und die er auch nicht hätte beantworten können.

Leider sah es ganz danach auch, als würden auch die alten Revierkämpfe zwischen den konkurrierenden Nachrichtendiensten wieder ihr hässliches Haupt erheben. Das war vermutlich unausweichlich, bedachte man, dass jede Gruppe von Fachleuten mit den eigenen institutionellen Prioritäten und Blickwinkeln an die Rohdaten heranging. Und fairerweise musste man bedenken, dass Usher sich mit inneren Angelegenheiten und Spionage*abwehr* befassen sollte, nicht mit der Analyse nachrichtendienstlicher Erkenntnisse. Natürlich brachte es auch gewisse Vorteile mit sich, über verschiedene, miteinander in Konkurrenz stehende Analysen zu verfügen, denn eine gründliche Erörterung war vermutlich die beste Möglichkeit, um an die eigentliche Wahrheit zu gelangen.

»Die Leute, die anderer Meinung sind als General

Usher, lassen sich im Wesentlichen in zwo Gruppen unterteilen«, sagte Theisman. »Die eine Gruppe stimmt mit Minister Giancolas Position überein und repräsentiert wahrscheinlich den größeren Teil der Abweichler; diese Gruppe glaubt, dass die manticoranische Regierung die besetzten Planeten für unbestimmte Zeit behalten möchte. Ihrer Ansicht nach steckt hinter Descroix' Weigerung, auf unsere Vorschläge zu antworten oder selbst ein ernst gemeintes Angebot zu machen, nichts anderes als ein Manöver, um Zeit zu gewinnen. Descroix wolle die öffentliche Meinung im Sternenkönigreich so weit beeinflussen, dass eine offene Annexion wenigstens einiger der besetzten Planeten akzeptiert wird. Die meisten Anhänger dieser Theorie ziehen gern Trevors Stern als Beispiel heran, geben aber immerhin zu, dass der Wurmlochterminus aus diesem Sonnensystem einen Sonderfall macht. Ein noch kleinerer Prozentsatz räumt sogar ein, dass die Art, wie erst die Legislaturisten und dann die SyS die San Martinos behandelt hat, aus Trevors Stern sogar einen ganz speziellen Sonderfall mache. Ich persönlich kann bei der manticoranischen Regierung durchweg keine Territorialgelüste erkennen, aber es wäre wahrscheinlich dumm, die Möglichkeit völlig von der Hand zu weisen. Besonders, wenn es in der Dynamik der manticoranischen Innenpolitik plötzlich eine drastische Veränderung geben sollte.

Die zwote Gruppe, die General Usher nicht zustimmt, zerbricht sich nicht den Kopf über tief schürfende Verschwörungstheorien, sondern ist der festen Überzeugung, dass die Mantys unsere natürlichen Feinde sind, mit denen der Krieg unvermeidlich ist. Ich weiß nicht, inwieweit dort noch alte Propaganda der Öffentlichen Information am Werk ist und wie viel einfach auf den langen Krieg gegen Manticore zurückzuführen ist. Wie die Leute also auch immer an ihre Meinung kommen, sie sind entweder nicht willens oder nicht in der Lage, sich einen andauernden Frieden mit dem Sternenkönigreich vorzustellen. In ihren Augen hat Manticore folglich auch kein Interesse, ernsthaft mit uns zu verhandeln. Ihnen zufolge schinden High Ridge und Descroix nur Zeit, bevor der unvermeidliche Krieg wieder ausbricht.«

»Ich hoffe, Sie vergeben mir meine Offenheit, Sir, aber das ist Blödsinn«, sagte Foraker, und Theisman blickte sie an. Mit erhobenen Brauen forderte er sie auf fortzufahren, und sie drehte leicht den Kopf und gehorchte.

»Ich habe einige Mantys näher kennen gelernt«, erinnerte sie ihn. »Sowohl nachdem Admiral Harrington mich in Silesia gefangen genommen hat, als auch nachdem sie wiederum in Admiral Tourvilles Gefangenschaft geriet. Sicher, ein paar Mantys hassen uns, und wenn auch nur, weil wir schon so lange gegeneinander kämpfen. Aber die meisten, denen ich begegnet bin, haben kein größeres Verlangen, die Republik zu erobern als ich, das Sternenkönigreich zu besetzen. Mir ist klar, dass man von Raumoffizieren erwartet, Befehle zu befolgen, und wenn die manticoranische Regierung den Krieg gegen uns fortsetzen wollte, würde die RMN ihn auch führen. Aber selbst wenn ich das zugebe, glaube ich noch lange nicht, dass irgendeine manticoranische Regierung dazu imstande wäre, entgegen der öffentlichen Meinung einen unnötigen Krieg zu führen.

Doch ganz abgesehen davon: Würde Manticore tatsächlich erwarten, bald wieder in den Krieg zu ziehen, würde die Regierung High Ridge ihre Navy doch nicht in dem Ausmaß verkleinern, den unsere Geheimdienstberichte andeuten.«

Theisman nickte. Durch ihre Position als Kommandeurin von Schlupfloch erhielt Foraker jede kleine Nachrichtendienstmeldung über manticoranische Baupolitik und Technik.

»Wenn die Mantys ernsthaft daran denken würden, die Kampfhandlungen wieder aufzunehmen«, fuhr sie fort, »würden sie doch nicht die Fertigstellung der Schiffe aussetzen, die sie für den Krieg bräuchten. Vielleicht begreifen sie wirklich nicht, dass sie uns durch ihr Verhalten die Gelegenheit bieten, ein Gegengewicht aufzubauen. Doch selbst wenn unser Abschirmdienst so gut funktionieren würde, wie wir hoffen, müsste Manticore doch daran interessiert sein, eine größtmögliche Überlegenheit beizubehalten. Vergessen Sie nicht, dass ihre Achte Flotte ihre einzige echte Speerspitze gewesen ist. Und jetzt, wo die Admiralität sie aufgelöst und ihren Schlachtwall der Dritten Flotte zugeteilt hat – ganz abgesehen vom Verschrotten und Einmotten der älteren Wallschiffe –, ist ihre ›Speerspitze‹ reichlich kurz geworden. Wie ich es sehe, reduzieren die Mantys fleißig und systematisch ihre Überlegenheit gegenüber dem Schlachtwall, den sie auf unserer Seite vermuten. Und das ist meines Erachtens der beste Hinweis, dass sie selber glauben, der Krieg sei vorbei.«

»Verstehe.« Theisman musterte sie kurz. »Und ich glaube, ich gebe Ihnen im Großen und Ganzen Recht. Aber sagen Sie mir eines, Shannon: Wenn die Mantys tatsächlich die besetzten Planeten und Sonnensysteme behalten wollen, würden Sie dann befürworten, die Kampfhandlungen wieder aufzunehmen, falls die Schiffe, die Sie hier bauen, tatsächlich das taktische Gleichgewicht wiederherstellen?«

»Meinen Sie mich ganz persönlich, Sir, oder möchten Sie wissen, was ich der Regierung raten würde?«

»Beides.«

Sie überlegte sehr gründlich und ließ sich Zeit; als sie antwortete, wirkte sie beinahe erstaunt.

»Wissen Sie, Sir, ich habe darüber noch nie richtig nachgedacht. Aber jetzt, wo Sie mich fragen, glaube ich, ich würde es wohl befürworten.« Sie schüttelte den Kopf, offensichtlich erstaunt über die eigene Schlussfolgerung. »Ich hätte nie gedacht, dass ich so was mal sagen würde, aber es ist wahr. Zum Teil ist es vielleicht Patriotismus und zum Teil ein Wunsch nach Vergeltung – um wieder aufzuholen, nachdem sie uns so fertig gemacht haben. Und so ungern ich's zugebe, ein bisschen ist es auch der Wunsch zu sehen, wie meine neuen Schiffe sich im Ernstfall halten.«

»Ich fürchte, Sie stehen mit Ihrer Meinung nicht allein, ganz gleich, woher sie rührt«, sagte Theisman ernst. Meiner Ansicht nach wäre es unter fast allen Umständen der helle Wahnsinn, erneut einen Krieg mit dem Sternenkönigreich vom Zaun zu brechen. Selbst wenn wir den Mantys durch Schlupfloch technisch annähernd ebenbürtig geworden sind, sollten unsere Erfahrungen aus den letzten fünfzehn Jahren doch eigentlich jedem zeigen, der auch nur so viel Verstand hat wie eine Amöbe, wie hoch der Preis für beide Seiten wäre. Doch die Präsidentin und ich dürfen nie vergessen, dass es bei uns immer noch sehr viel Wut auf den ›Feind‹ gibt, den wir so lange bekämpft haben – nicht nur innerhalb der Navy, sondern auch bei der Wählerschaft. Deshalb macht Giancola uns solche Angst. Wir fürchten, dass seine Forderung nach einer aggressiveren Außenpolitik diese Wut und diesen Hass noch schürt. Dadurch könnte eine öffentliche Unterstützung für die Fortsetzung des Krieges entstehen – und wenn es tatsächlich dazu kommt, möge Gott uns allen beistehen. Wenn wir diese dämlichen Mantys nicht dazu bewegen können, wenigstens einen ernsthaften Vorschlag für einen anhaltenden Frieden auf den Tisch zu legen, spielen sie den kriegslüsternen Idioten auf unserer Seite in die Hände.

Deshalb müssen Sie sich im Klaren sein, dass der Moment, in dem wir die Existenz der Schiffe, die Sie hier gebaut haben, bekannt geben, politisch sehr genau überdacht sein muss. Sowohl die Präsidentin und ich als auch die Anhänger Giancolas, die auf eine Konfrontation aus sind, möchten die Existenz der neuen Flotte zu einem möglichst vorteilhaften Zeitpunkt publik machen. Die Präsidentin und ich müssen einen Moment finden, der die Mantys nicht zu einem Präventivschlag bewegt. Und das heißt, dass wir den Augenblick so lange vor uns herschieben müssen wie möglich, damit wir ein starkes Abschreckungsmittel in der Hand haben. Giancolas Anhänger werden nach einem Moment suchen, in dem die Tatsache, dass wir nun mit den Mantys gleichziehen können, die günstigsten Auswirkungen auf ihre eigenen Ziele hat.

Die Entscheidung wird auf einer höheren Ebene getroffen als der Ihren. Trotzdem müssen Sie bereit stehen und wissen, dass Sie höchstwahrscheinlich nur eine geringe Vorbereitungszeit erhalten. Und«, er lächelte schief, »Sie müssen auch sofort mit Ihren Wundertaten anfangen und unsere Erwartungen übertreffen, denn sobald der Rest der Galaxis von Schlupfloch erfährt, werden wir alle verfügbare Schlagkraft bitter nötig haben.«

11

Als Hamish Alexander James MacGuiness durch die Tür der Privatturnhalle unter Honors Anwesen an der Jasonbai folgte, verharrte er mitten im Schritt.

Honor stand mitten in der großen, hell erleuchteten und gut ausgestatteten Halle auf der Matte. Sie trug einen traditionellen weißen *Gi* mit dem schwarzen Gürtel, der nun acht geflochtene Rang-Knoten zeigte. Hamish erstaunte das nicht, denn er wusste, dass sie den achten vor knapp einem T-Jahr errungen hatte. Obwohl der *Coup de Vitesse* nicht sein Sport war – er zog Fußball und Fechten vor –, wusste White Haven, dass ihr nur noch ein offizieller Grad fehlte. In Anbetracht der Hartnäckigkeit, mit der Honor Dinge verfolgte, die ihr am Herzen lagen, hatte sie diesen neunten Knoten schon so gut wie in ihrem Gürtel; es war nur eine Frage der Zeit.

Trotzdem hatte White Haven den Eindruck, dass es Honor an diesem Nachmittag nicht um ihren Grad ging: Weder befasste sie sich mit ihren Übungs-*Katas,* noch trainierte sie mit einem Partner. Nein, vielmehr kämpfte sie auf Vollkontakt gegen den menschenähnlichen ferngesteuerten Trainingsroboter, den sie eigens hatte anfertigen lassen, und das Gerät machte es ihr nicht leicht.

Wie schwer der Roboter es ihr tatsächlich machte, wurde klar, als er einen vernichtenden Angriff landete. White Haven kannte sich mit dem *Coup de Vitesse* zu wenig aus, um auch nur beschreiben zu können, was er beobachtet hatte. Es war wie beim Fechten, wo der Unkundige zwar die Bewegungen sieht, aber ihre Komplexität nicht im Mindesten begreift. White Haven wusste nur, dass sich die Hände des Roboters ausgesprochen schnell bewegt hatten, so schnell, dass sie vor seinen Augen verschwammen. Eine dieser Hände schloss sich um Honors rechten Arm und riss ihn hoch, während er ihr die andere mit geballter Faust gegen die Brust knallte. Dann fuhr der Roboter herum, verdrehte ihr den Arm und rammte Hüften und Schultern gegen ihren Oberkörper; im nächsten Moment wirbelte Honor durch die Luft und prallte mit einer Erschütterung, die sie bis in die Knochen spüren musste, auf die Matte.

White Havens Erstaunen schlug in Bestürzung um, als der Roboter ihr mit – im wahrsten Sinne des Wortes – unmenschlicher Geschwindigkeit nachsetzte. Honor indessen rollte sich auf der Matte ab und kam in einer flüssigen Bewegung auf die Knie; als der Roboter sie erreichte, erwarteten ihn ihre Hände. Sie griff nach oben, packte ihn an der Brust seines *Gi* und rollte nach hinten, als wollte sie ihn über sich ziehen. Als ihre Schultern bei dieser Rolle die Matte berührten, drückte sie dem Roboter die Knie gegen die Brust. Mit aller Kraft streckte sie die Beine, und plötzlich war es der Roboter, der durch die Luft sauste.

Als er auf der Matte landete, erbebte die Turnhalle. Augenblicklich versuchte er sich wieder aufzurichten, doch Honor hatte ihre Bewegung als Rückwärtssalto fortgesetzt. Bevor der Roboter sein Gleichgewicht wiederfand und sich erheben konnte, griff sie ihn von hinten an. Pfeilschnell schoss ihr rechter Arm vor, schlang sich um dem Hals des Roboters und drückte zu. Die Kante ihrer anderen Hand traf ihn mit der Wucht eines Vorschlaghammers gegen den Hinterkopf.

White Haven zuckte vor Mitleid zusammen. Trotz seiner wilden Gewalt war der linkshändige Schlag mit tödlicher Präzision ausgeführt, und dass es Honors linke Hand war, machte die Genauigkeit noch erstaunlicher, denn diese Hand war nicht mehr menschlich. White Haven vermutete, dass außer ihren Therapeuten (und wahrscheinlich Andrew LaFollet) niemand wusste, wie hart sie zu arbeiten hatte, um die Prothese für den Arm zu meistern, den sie auf Cerberus verloren hatte. Er wusste, nur wenige Menschen lernten je, eine motorisierte Prothese so natürlich wie die organische Gliedmaße zu verwenden, und wem es gelang, der brauchte dazu viele Jahre.

Honor hatte es in weniger als drei Jahren geschafft – und zwar so gut, dass sie beim *Coup de Vitesse* nicht nur ihre alte Form zurückerhalten hatte, sondern auch imstande gewesen war, den nächsten Rang zu meistern.

Natürlich bot die Prothese ihr mehrere ungewöhnliche Vorteile. Zum einen war sie um ein Mehrfaches kräftiger als natürliches Fleisch und natürlicher Knochen. Was sie mit dieser Kraft bewerkstelligen konnte, wurde allein durch ihre Schulter beschränkt, die beim Verlust des Armes nicht geschädigt worden war. Die natürlichen Grenzen des Gelenks bestimmten, wie stark sie es belasten durfte. Doch dass ›ihr‹ linker Arm weit kräftiger war, als jeder Arm sein sollte, trat dramatisch – manche hätten schauerlich dazu gesagt – zutage, als der Hinterkopf des Trainingsroboters sich unter der Gewalt des Treffers verformte und der Kopf insgesamt in der bestürzend realistischen Wiedergabe eines Genickbruchs nach vorne schnellte.

Der Roboter fiel aufs Gesicht, und Honor ließ sich auf seinen Rücken niedersinken. In der plötzlich stillen Turnhalle klang ihr rasselnder Atem doppelt schwer. Niemand regte sich, und White Haven blickte zu Andrew LaFollet und Simon Mattingly hinüber, die über ihre Gutsherrin wachten.

Ihre Gesichter wirkten alles andere als beruhigend. Roboter wie der von Honor waren selten. Das lag in erster Linie an ihrem Preis, aber auch daran, dass sie durchaus gefährlich waren. Genauer gesagt, konnten sie tödlich sein. Ihre maximale Körperkraft war – wie auch im Falle von Honors künstlichem Arm – weit höher als die jedes Menschen, selbst eines genetisch an eine hohe Schwerkraft angepassten wie Honor. Überdies reagierten die Roboter weitaus rascher. Jeder Trainingsroboter hatte eingebaute Regler und softwaregesteuerte Hemmschaltkreise, die den Anwender schützen sollten, doch für die Einstellungen war letztendlich die Person verantwortlich, die mit dem Roboter trainieren wollte. Schon mehr als ein Mensch war infolgedessen ernsthaft verletzt oder sogar getötet worden. Kein Roboter hatte je ›durchgedreht‹, doch verhielten sie sich genauso, wie ihre Besitzer es ihnen auftrugen, und manchmal begingen diese Besitzer einen Fehler in der Einschätzung ihrer eigenen Leistungsstärke.

Man konnte LaFollet am Gesicht ablesen, dass er befürchtete, Honor laufe allmählich Gefahr, diesen Fehler zu begehen. Angesichts dessen, dass LaFollet im Gegensatz zu White Haven ebenfalls den *Coup de Vitesse* praktizierte – und sogar regelmäßig mit Honor trainierte –, war der Waffenträger gewiss in der Lage, ein fundiertes Urteil zu fällen. Der Earl verbiss sich einen mentalen Kraftausdruck, während er zusah, wie Honor sich keuchend auf die Knie wuchtete und dann aufstand.

Er kannte sie seit Jahren und wusste seit dem Tag, an dem sie einander im Jelzin-System zum ersten Mal begegnet waren, dass ihr Temperament tödlich sein konnte. Man merkte es ihr nur selten an, und White Haven wusste auch, dass die Ruhe und Gelassenheit, die Honor für gewöhnlich ausstrahlte, ebenso echt waren. Dennoch verlor ihr Temperament, das Honor zwar ihrem Pflichtbewusstsein und Mitgefühl unterordnete, nie auch nur einen Deut seiner Kraft, und manchmal schüttelte es die Ketten ab. Über die Augenblicke, in denen Honors Temperament sich beinahe befreit hatte, war so manche Geschichte im Umlauf; das gehörte zu der Legende, die den ›Salamander‹ umrankte. Gleichwohl reichte Honors Temperament fast nie an ihre Selbstdisziplin und Willensstärke heran.

Fast nie … aber eben nur fast. White Haven hatte es immer gewusst, doch nun hatte er zum ersten Mal beobachtet, wie sie ihrem Temperament bewusst freien Lauf ließ. Deshalb machte LaFollet sich Sorgen, und darum hatte der ›Übungskampf‹ nur mit dem ›Tod‹ des Roboters enden können. Erneut zuckte der Earl innerlich zusammen, als ihm klar wurde, welch großer Schmerz Honor an diesen Punkt gebracht hatte.

Sie blieb eine Weile vor dem zusammengebrochenen Roboter stehen und musterte ihn, dann atmete sie tief durch, straffte die Schultern und blickte LaFollet an. Sie zog die Übungshandschuhe aus, legte den Mundschutz ab und nickte dem Waffenträger zu; LaFollet erwiderte das Nicken. Offensichtlich versuchte er seine Erleichterung zu verbergen, während er auf dem Gerät in seiner Hand einige Knöpfe drückte. In den Übungsroboter kam Bewegung, dann erhob er sich und verließ mit mechanischer Gelassenheit, völlig unberührt von seinem gerade erfolgten Untergang, die Kampfmatte. Honor sandte ihm einen Blick hinterher, dann wandte sie sich White Haven zu.

White Haven war lange nicht klar gewesen, dass Honor die Emotionen der Menschen in ihrer Nähe tatsächlich spüren konnte. Dass er es übersehen hatte, war ihm nicht anzulasten, denn nie zuvor hatte sich der empathische Sinn der Baumkatzen auf einen Menschen übertragen. Doch als White Haven die Wahrheit schließlich zu ahnen begann, so albern sie ihm auch erschien, fragte er sich, wie er es nur all die Jahre hatte übersehen können. Honors schier unheimliche Fähigkeit, andere Menschen zu ›durchschauen‹, wurde durch diesen Sinn erklärt – und auch, warum sie stets so natürlich auf die Menschen zuging und deren Schmerz linderte, ihre Verletzungen heilte.

Aber wer tut das für sie? Wer kann ihr auch nur ein wenig zurückgeben von dem, was sie allen anderen gibt?, fragte er sich bitter. *Ich nicht. Ich kann es nur noch schlimmer machen, indem ich hierher sitze und ausstrahle, wie sehr ich sie liebe, denn das ist genau das, was uns beide zerreißt.*

Auch nachdem er die Wahrheit zu erahnen begonnen hatte, verdrängte er erfolgreich, welche Folgen dies unausweichlich haben würde. Natürlich wusste sie, was er für sie empfand. Sie hatte es immer gewusst, und dieses Wissen hatte sie in das Geschwaderkommando getrieben, durch das sie schließlich als Kriegsgefangene auf Hades endete, wo sie beinahe den Tod gefunden hätte. Nun kannte er den Grund, weshalb sie geflohen war: weil sie seine Gefühle nicht nur gespürt hatte, sondern sie auch teilte. Und während er geglaubt hatte, er litte für sich in edlem, glanzvollem Alleinsein, indem er seine Liebe zu ihr verbarg, hatte sie die Last tragen müssen, genau zu wissen, was sie beide empfanden.

Als Honor ihn erblickte, flackerte ihre Miene kurz, dann lächelte sie ihn an, und White Haven hätte sich treten können. Dass er sich für seine Gefühle geißelte, nutzte ihnen beiden nichts. Es war auch nicht seine Schuld. Obwohl er all das wusste, beeinflusste dieses Wissen weder seine Empfindungen noch sein Schuldgefühl und seinen Ärger darüber, sie damit überschwemmt zu haben – und davon wurde alles nur noch schlimmer.

»Hamish«, sagte sie. Ihr Sopran klang heiser. An ihrer rechten Wange bildete sich ein großer blauer Fleck, und ihre Oberlippe war geschwollen. Ihm gefiel auch nicht besonders, wie sie ihre rechte Seite schonte, doch sie reichte ihm ihre natürliche Hand, und er nahm und küsste sie. Der Handkuss hatte nichts mehr gemein mit der schlichten graysonitischen Höflichkeitsgeste, und das wussten sie beide. *Was sollen wir nur tun?*, fragte er sich klagend.

»Honor«, antwortete er und ließ ihre Hand los.

Nimitz und Samantha sprangen von ihren Sitzstangen und trappelten durch die Turnhalle auf sie zu, doch das bemerkte White Haven kaum. Seine Aufmerksamkeit galt ganz Honor.

»Welchem Umstand verdanke ich das Vergnügen Ihres Kommens?«, fragte sie mit beinah normal klingender Stimme, und er setzte ein Lächeln auf, von dem er wusste, dass es keinen von ihnen täuschte.

Und hätte ich sie überhaupt täuschen wollen? So schwierig es ist und so viel Schmerz es ihr sicher bereitet: Es ist trotzdem irgendwie wunderbar zu wissen, dass sie meine Liebe genau spürt, ganz gleich, wie hoch der Preis ist, den wir beide dafür zahlen müssen. Und Emily.

Als er an seine Frau dachte, erinnerte er sich daran, warum er sich persönlich herbemüht hatte, anstatt anzurufen, und warum er mit Vorbedacht arrangiert hatte, dass sie seine Gefühle spürte. Ihre Augen flackerten kurz, und er verzog selbstironisch den Mund, als er es sah. *Wenigstens sind es nur Gefühle und keine Gedanken*, sagte er sich.

»Ich bringe eine Einladung«, sagte er weitaus unbeschwerter, als er sich fühlte. Nimitz und Samantha kamen bei ihnen an, während er sprach, und Honor nahm Nimitz auf, ohne je den Blick von White Havens Gesicht abzuwenden. Sie richtete sich auf und hielt den 'Kater in den Armen.

»Eine Einladung?«, wiederholte sie, und als er die Vorsicht in ihrem Ton bemerkte, durchfuhr ihn erneut ein Stich.

»Nicht von mir«, versicherte er ihr eilig und lachte ohne jede Heiterkeit. »Der Skandalpresse neue Munition zu liefern, wäre ja wohl das letzte, was Sie und ich jetzt tun sollten.«

»Richtig«, stimmte sie ihm zu und ließ ein Lächeln aufblitzen, das vielleicht echte Belustigung verriet. Es verschwand jedoch so rasch, wie es gekommen war, und sie sah ihn mit zur Seite geneigtem Kopf an. »Wenn nicht von Ihnen, von wem dann?«, fragte sie, und er holte tief Luft.

»Von meiner Frau«, sagte er sehr, sehr leise.

Honor regte sich zwar nicht, doch hatte White Haven in diesem Augenblick den Eindruck, als könnte er *ihre* Gefühle spüren, und er bemerkte, wie sie unter dem unerwarteten Hieb innerlich zusammenzuckte. Sie starrte ihn an, und er wollte die Arme ausstrecken und sie in die Arme nehmen. Doch das konnte er natürlich nicht tun.

»Ich weiß, es klingt bizarr«, fuhr er stattdessen fort, »aber ich verspreche Ihnen, ich habe keineswegs den Verstand verloren. Die Einladung war tatsächlich Emilys Idee. Es ist nur wenigen Menschen bewusst, aber sie versteht sich in Wahrheit besser darauf, politische Probleme zu zerpflücken und Lösungen dafür zu finden, als Willie. Und im Augenblick haben wir beide, Sie und ich, jede Hilfe nötig, die wir bekommen können. Emily weiß das ... und sie möchte uns diese Hilfe anbieten.«

Honor konnte den Blick nicht von seinem Gesicht abwenden. Ihr war, als hätte ihr der Trainingsroboter soeben noch mal in den Bauch geschlagen. Die völlig unerwartete Einladung traf sie wie ein Pulserbolzen, und unter ihrem Schreck verbarg sich noch ein anderes Gefühl: Angst. Nein, keine Angst – sondern Panik. Das konnte er doch nicht ernst meinen! Gewiss musste ihm mittlerweile klar sein, warum sie so beharrlich jeder Begegnung mit seiner Frau aus dem Weg gegangen war, und zwar lange, bevor die regierungstreue Presse mit der systematischen Vernichtung ihres Lebens begonnen hatte. Wie konnte er sie auch nur fragen, ob sie ausgerechnet jetzt Emily Alexander gegenübertreten wolle? Während seine Emotionen ihr geradezu zuschrien, dass er Honors Gefühle für ihn genau kannte? Und umgekehrt! Die unzähligen Ebenen des Betrugs, die ihrer Liebe innewohnten, die Qual und Verheerung, mit denen die Presseberichte sie überhäuft hatten, brachen über Honor herein und umschlangen sie wie ein erstickender Schleier. Dennoch spürte sie unter alledem, wie wichtig es ihm war, dass sie seine ›Einladung‹ annahm.

Honor ertrank, zerschmettert unter der Intensität, die von ihnen beiden ausstrahlte. Sie schloss die Augen und kämpfte um einen wenn auch zerbrechlichen Anschein von Ruhe. Es war unmöglich. Diesmal konnte sie nicht zurückweichen und ihre Empfindlichkeit, ihr Bewusstsein des Geschehenden drosseln; sie konnte den Schaltkreis nicht kurzschließen. Der ungezähmte Katarakt ihrer Emotionen wogte vor und zurück, beschleunigte sich immer mehr, als wäre es eine bizarre Rückkopplung, und ihre Gedanken steckten in Betokeramik fest. Sie spürte Nimitz, mitgerissen wie ein alter Walfänger auf Alterde, der sich bei einer ›Nantucket-Schlittenfahrt‹ auf die Seite legte, während ihr Gefühlssturm ihn hinter sich herzog wie ein Wal, der in der Tiefe der quälenden Harpune zu entkommen sucht, und auch daran konnte sie nichts ändern.

Am Grunde dieses Gezeitenstroms aber war Hamish. Hamish war immer dort, Quell von so viel Schmerz über etwas, das eigentlich wunderbar hätte sein müssen. Der Mann, der sich schließlich damit abgefunden hatte, dass sie seine Gefühle spürte und genau wusste, wie sehr er sie liebte. Und Honor wusste ebenso sehr, wie tief er seine Frau noch immer liebte und wie furchtbar ihn das Gefühl quälte, sowohl Honor als auch Emily betrogen zu haben, indem er sich gestattete, sie beide zu lieben. Und wie verzweifelt er sich wünschte, dass sie sein unmögliches Angebot akzeptierte.

Honor wankte, unfähig, sich ihm anzunähern – sie fürchtete sich zu sehr vor dem, was er vorschlug, um es anzunehmen. Doch zugleich war es ihr unmöglich, ihn zurückzuweisen. Und während sie so in der Luft hing, spürte sie plötzlich noch etwas. Etwas, das sie noch nie gespürt hatte.

Honor riss die Augen auf und drehte den Kopf, während sich ihr Blick auf Samantha richtete. Nimitz' Gattin hatte sich neben ihr zusammengekauert, und plötzlich durchfuhren Honor die Gefühle der Baumkatze wie ein weiterer Hurrikan. Unzählige Male hatte sie Samanthas Präsenz gespürt – das ›Geistesleuchten‹, wie die 'Katzen es nannten, seit sie die Zeichensprache erlernt hatten –, aber noch nie hatte sie es so wie jetzt gespürt. Niemals derart intensiv und machtvoll. Das Geistesleuchten wogte donnernd hin und her unter Samanthas Schock und Erkenntnis – und einer verzehrenden, singenden Freude, einer erstaunten Entdeckung.

Zu viel geschah auf einmal, zu viele unmöglich zu erfüllende Forderungen wurden gestellt, als dass Honor hätte begreifen können, was vor sich ging. Sie spürte aber, dass Samantha nach Kontakt suchte. Mental die Echthände ausstreckte. Für das, was die 'Katz im Augenblick tat, gab es in keiner einzigen Menschensprache ein Wort. Honor wusste, dass sie es nicht einmal sich selbst je wirklich erklären könnte, und doch erhielt sie eine winzige Vorwarnung, ein kurzes Aufblitzen des Bewusstseins. Es währte gerade lang genug, dass sie aufschrie, obwohl sie hinterher nicht mehr sagen konnte, ob es ein Ausruf des Protests oder des Entzückens gewesen war.

Das spielte auch keine Rolle. Was geschah, hätte sie ebenso wenig aufhalten können, wie sie Manticore auf seiner Umlaufbahn stoppen konnte. Nichts konnte es verhindern, und durch drei Augenpaare – ihre eigenen, Nimitz' und vor allem Samanthas – beobachtete Honor, wie Hamish Alexander den Kopf der Baumkatze zuwandte. In seinen eisblauen Augen blitzten Erstaunen und Unglaube auf, dann streckte er eine Hand aus, während Samantha mit einem hohen, gellenden Freudenblieken vom Boden absprang und in seinen Armen landete.

12

»Wie konnte das geschehen?«

Es war der erste zusammenhängende Satz, den Hamish Alexander in den letzten zehn Minuten hervorgebracht hatte. Er wiegte die heftig schnurrende Baumkatze in den Armen, als wäre sie das Kostbarste im Universum, und aus seinen blauen Augen leuchtete Unglaube und ein taumelndes Willkommen, während er sie anstarrte. Er wusste, was geschehen war. Niemand, der so viel Zeit mit Honor und Nimitz – und mit Samantha – verbracht hatte wie er, hätte eine Adoptionsbindung nicht erkannt, wenn er sie beobachtete. Doch zu wissen, was geschehen war, und es zu begreifen, waren zwei völlig verschiedene Paar Schuhe.

Honor musterte ihn, während in ihr noch immer ihre eigene geschockte Ungläubigkeit toste. Im Gegensatz zu White Haven gehörte sie zu den größten lebenden Autoritäten, was Baumkatzen anging. Im Laufe der Jahrhunderte waren mehr Harringtons von Baumkatzen adoptiert worden als Angehörige irgendeiner anderen Familie, und Honor hatte in ihrer Kindheit – besonders nach ihrer eigenen Adoption – sehr viel in den Tagebüchern ihrer adoptierten Vorfahren gelesen. Einige davon enthielten Spekulationen und Theorien, die niemals öffentlich diskutiert worden waren, ganz zu schweigen von einem konkurrenzlosen Schatz an Beobachtungen aus erster Hand. Darüber hinaus waren Nimitz und Samantha die ersten Baumkatzen, die die Zeichensprache gelernt hatten, und Honor hatte seither endlose Stunden ihren faszinierenden Erklärungen der Baumkatzenkultur und ihrer Gebräuche ›gelauscht‹, die auch ihre Vorfahren nur von außen hatten beobachten können.

Und das war nur ein Grund – unter allzu vielen – für ihren Schreck. Nach ihrem besten Wissen war noch nichts dergleichen je geschehen. Normalerweise erkannten 'Katzen ›ihre‹ Gefährten innerhalb von Sekunden, höchstens Minuten, nach der ersten Begegnung. Nur in ganz besonderen Fällen war dies anders – wie etwa dem von Prinzgemahl Justin und Monroe, dem 'Kater, der zuvor

Elizabeth' Vater adoptiert hatte. Monroe war so gut wie komatös gewesen, niedergeschmettert von König Rogers Tod, als Justin nach dem Attentat zum ersten Mal in seine Nähe gekommen war. Monroe hatte überhaupt nichts wahrgenommen, nicht einmal die trauernde Familie seiner ermordeten Person, bis der Verräter, der für den Tod des Königs verantwortlich gewesen war, törichterweise in seine Nähe kam, um auch Justin zu ermorden. Die intensive emotionale Belastung, die der 'Kater und der zukünftige Prinzgemahl teilten, während sie den Angriff des Mörders abwehrten, hatte Monroe vom Rand des Untergangs zurückgerissen und das Adoptionsband zwischen ihnen geschmiedet.

Doch solange eine Baumkatze, die eine Bindung eingehen wollte, nicht gerade an der Schwelle des Todes stand, erkannte sie stets die unerfüllte... Polarität des Menschen, der die andere Hälfte des Bundes bilden sollte. Und bei Samantha war das nicht der Fall gewesen. Sie war Hamish zu Dutzenden von Gelegenheiten begegnet, ohne auch nur einmal erkennend mit dem Schnurrhaar zu zucken.

»Das weiß ich nicht«, antwortete Honor auf Hamishs Frage und begriff, dass sie zum ersten Mal seit jenem lähmenden Augenblick etwas gesagt hatte.

Endlich hob der Earl den Blick von Samantha. Selbst wenn Honor seine Emotionen nicht hätte spüren können, hätte sie die Bestürzung geschmeckt, die sein Entzücken durchzog.

»Honor, ich ...«

Er verstummte, und sein Gesicht drückte die verschiedensten Gefühle zugleich aus: Verdruss und Abbitte, Freude und Entsetzen und die matte Erkenntnis wenigstens einiger Furcht erregender Konsequenzen. Offensichtlich schwebten die Worte, nach denen er suchte, gerade außerhalb seiner Reichweite, und entzogen sich seinen Versuchen, ihr den emotionalen Wirbelsturm zu erläutern, den er empfand. Das brauchte er indes auch nicht, und Honor schüttelte den Kopf und hoffte, ihr Gesicht verberge die Tiefe ihres Erstaunens – und ihrer Angst.

»Ich weiß, das war nicht Ihre Idee«, sagte sie zu ihm. »Sams auch nicht, aber ...«

Sie sah Nimitz an. Der 'Kater blickte zu Samantha, und sein lang gestreckter, sehniger Körper hatte sich in einem Schock versteift, der genauso tief ging wie Honors. Als er ihren Blick spürte, drehte er jedoch den Kopf und sah zu ihr hoch.

Honor hätte ihn am liebsten angeschrien, und Samantha auch. Selbst wenn ihr jemand zehn Jahre zum Nachdenken gegeben hätte, wäre ihr vermutlich nichts eingefallen, was die Situation noch hätte verschlimmern können. Wenn die Presse davon Wind bekam, würde alle Kraft, die die Angriffe auf White Haven und sie vielleicht verloren hatten, um das Zehnfache verstärkt zurückkommen.

Selbst jetzt, selbst nachdem die 'Katzen seit fast vier T-Jahren ›sprachen‹, betrachtete ein Großteil der manticoranischen Öffentlichkeit sie noch immer als intelligente Haustiere oder allenfalls als kleine, sehr kleine Kinder. Den Gedanken, dass sie eine vernunftbegabte Spezies mit einer alten, komplizierten Gesellschaft waren, hatte man vielleicht intellektuell akzeptiert, doch es würde noch Jahrzehnte dauern, bis das allgemein verbreitete Klischee des liebenswerten, flauschigen Tieres dadurch ersetzt worden wäre.

Deshalb würde es den Rufmördern nur allzu leicht fallen zu behaupten, dass Samantha einzig aus einem Grund bei White Haven war: weil Honor sie ihm geschenkt habe. Jeder Versuch zu erklären, was wirklich geschehen war, würde mit einem wissenden, höhnischen Blinzeln als fadenscheinige Ausrede abgetan werden, als Manöver, das sich die Ehebrecherin Harrington ausgedacht hatte, um in der Nähe ihres Geliebten sein zu können.

Und das wäre noch nicht einmal alles. Nimitz und Samantha waren Gatten, in vielerlei Hinsicht noch enger aneinander gebunden als Nimitz und Honor. Für eine Weile konnten sie durch Dinge wie militärische Notwendigkeiten getrennt werden, so wie verheiratete menschliche Krieger in den Jahrtausenden immer wieder getrennt worden waren. Auf Dauer aber konnte man sie nicht voneinander fernhalten. Schon der Versuch hätte eine Grausamkeit bedeutet, wäre schlichtweg falsch gewesen – falsch auf der grundsätzlichsten Stufe der Moralität. Aus diesem Grund würde Honor es nicht mehr rechtfertigen können, White Haven zu meiden, auch wenn sie sich auf dem gleichen Planeten befanden. Und da die Baumkatzen von ihren menschlichen Gefährten ebenso wenig getrennt werden durften wie voneinander, konnten sie nur dann zusammen sein, solange Honor und Hamish es auch waren.

Und genau das durften White Haven und sie nicht wagen.

Es war irrwitzig. Auf keinen Fall hatten High Ridge und North Hollow auch nur ansatzweise die vielen Folgen erkannt, die ihr schmutziges Politmanöver zeitigte. Selbst wenn sie dazu fähig gewesen wären, hätte sie das nicht von dem Manöver abgehalten. Denn abgesehen davon, dass ihre Intrige den Bruch zwischen Grayson und dem Sternenkönigreich komplett machen könnte, entwickelte sich auch alles andere wie gewünscht. Falls High Ridge und

North Hollow überhaupt je einen Gedanken an die Allianz verschwendeten (was Honor bezweifelte), dann betrachteten sie dabei zweifellos Manticore als dominante Wohltäterin und Grayson als dankbaren Bittsteller – nach dem Motto: Unter welch infantilen Wutanfällen die Graysons auch gerade leiden, sie kehren schon gehorsam in die Herde zurück, sobald Manticore ein ernstes Wort mit ihnen spricht.

Die Regierungsspitzen hatten wirklich nicht die leiseste Ahnung, wie schwer sie die besondere Beziehung beschädigten, die Elizabeth und Benjamin zwischen ihren Sternnationen aufgebaut hatten, oder wie tief sie die gewöhnlichen Siedler auf Grayson beleidigten. Daher würden sie diesen neusten katastrophalen Zug hohnlächelnd weiter ausbeuten, vollkommen blind gegenüber den Folgen, die es außerhalb der engen Grenzen der innenpolitischen Arena hervorrief.

Und deshalb konnte die Adoption eines einzelnen Menschen durch ein Wesen mit seidigem Pelz, das kaum acht Kilogramm wog, eine Allianz zu Fall bringen, die zu bilden im wahrsten Sinne des Wortes Billionen Dollar und Tausende von Menschenleben gekostet hatte.

»Ich weiß nicht, was geschehen ist«, wiederholte sie, »und ich habe nicht die leiseste Idee, was wir jetzt tun sollen.«

Was sie taten, war nach White Haven zu fliegen, dem Anwesen, das schon seit vierhundertsiebenundvierzig T-Jahren Sitz der Earls von White Haven war. Im ganzen Universum gab es keinen Ort, den Honor lieber gemieden hätte, doch war sie zu erschöpft, um weiter dagegen anzukämpfen.

Wortlos starrte sie aus dem Fenster der Fluglimousine auf die Geleitschutz fliegenden Stingships, und White Haven war klug genug, sie ihrem Schweigen zu überlassen. Sie hätten ohnehin nichts sagen können, und obwohl er ihre Bestürzung wegen des Geschehenen teilte, konnte er die hellen Funken der Freude nicht dämpfen, die ihn noch immer durchzuckten, während er über das warme, seidenweiche Gewicht auf seinem Schoß nachdachte. Honor verstand das gut, auch wenn es ihr die Sache nicht erleichterte, und so saß sie reglos da und spürte neben sich White Haven und hinter sich Andrew LaFollet sowie Armsman 1/c Spencer Hawke, während sie die Stingships betrachtete.

Auf Grayson wären es Flugzeuge des Guts von Harrington gewesen. Hier auf Manticore trugen sie die blau-silbernen Kennzeichen des Hauses Winton, und Colonel Ellen Shemais, stellvertretende Kommandeurin des Queen's Own Regiment und Elizabeth' Leibwächterin, hatte den Piloten des Geleitschutzes eines unmissverständlich klargemacht: Sollten sie jemandem gestatten, auf Schussentfernung an die Herzogin von Harrington heranzukommen, wäre es für die Piloten gesünder, als Feuerbälle am Boden anzukommen.

Gewöhnlich verzog Honor bei solchen Gedanken den Mund zu einem ironischen Lächeln, aber heute nicht. Heute konnte sie nur aus dem Fenster in den kobaltblauen Himmel schauen und zusehen, wie die Stingships im sich rötenden Licht des frühen, kaum substratosphärischen Abends flogen, während Honor sich Nimitz an die Brust drückte und sehr entschlossen versuchte, nicht nachzudenken.

Was ihr natürlich nicht gelang.

Sie wusste, dass White Haven der eine Ort war, den sie

eigentlich meiden sollte – doch dieses Wissen nutzte ihr nichts. Der Mahlstrom der Emotionen, der sie in der Turnhalle misshandelt hatte, gesellte sich zu der Erschöpfung durch die monatelangen persönlichen Angriffe. Honor fühlte sich völlig hilflos, betrachtete sich nur noch als den Keil, den man zwischen die beiden Sternnationen trieb, die sie liebte. Sie hatte alles in diesen Kampf investiert und den Kopf in der Öffentlichkeit immer hoch getragen, um dem Feind zu trotzen. Sie hatte ihre Kraft und ihr Kapital verschwenderisch eingesetzt, und nichts, was sie oder irgendeiner ihrer Verbündeten getan hatte, änderte auch nur das Geringste.

Sie war müde, aber nicht körperlich. Vielmehr hatte der tiefe Seelenschmerz ihren Kampfgeist in die Knie gezwungen, und sie konnte nicht mehr gegen das Unausweichliche ankämpfen. Nicht, wenn Hamish sich so sehnlich wünschte, dass sie diese Reise unternahm. Nicht, wenn irgendwo tief in ihr das Bedürfnis lauerte, der Frau gegenüberzutreten, der sie im Herzen Unrecht tat, auch wenn sie niemals einen offenen Betrug begangen hatte.

Die Limousine schoss nach Norden, während die Sonne im Westen tiefer und tiefer sank, und Honor Harrington saß still auf ihrem Sitz und wartete. Sie fühlte sich so leer wie die dünne, eisige Luft hinter dem Crystoplast.

White Haven war weit kleiner, als Honor gedacht hatte.

Nun, das Anwesen besaß durchaus eine größere Fläche als Harrington House auf Grayson, doch stand es auf einem lebensfreundlichen Planeten, nicht auf einer Welt, wo die Umwelt der tödlichste Feind der Menschheit war. Dieses Anwesen durfte sich behaglich über das sanft gewellte Gelände ausdehnen, und seine niedrigen Flügel, von denen keiner mehr als ein Obergeschoss hatte, schienen Besucher regelrecht einzuladen. Das Gebäude bestand aus Natursteinen und besaß noch die außerordentlich dicken Wände, wie die Kolonisten der ersten Welle sie gegen den rauen Winter in den nördlichen Breiten gebaut hatten. Es zeigte eine gewisse imponierende Präsenz, auch wenn der zentrale, älteste Block verriet, dass er geplant und errichtet worden war, bevor seine Besitzer geahnt hatten, dass sie einst Aristokraten sein würden. Er war kaum prunkhafter als ein außerordentlich großes, weitläufiges Bauernhaus. Die nachfolgenden Generationen hatten ihren Architekten bei jedem Ausbau klugerweise die strenge Order erteilt, die Erweiterung in Einklang zum alten, einfachen Gebäude zu planen. Andere Adelshäuser hatten weniger Weisheit bewiesen, und darum waren ihre Familiensitze oft ein stilistisches Durcheinander, eine architektonische Kakophonie.

Nicht jedoch White Haven. Das Haus war im Laufe der Jahre gewachsen, und dennoch eine Einheit geblieben; es weigerte sich, irgendetwas anderes zu sein. Modernere Landsitze – wie Harrington House – mochten auf den ersten Blick größer und prächtiger erscheinen, doch täuschte dieser erste Blick, denn White Haven wartete mit etwas auf, was kein Besitzer dieser modernen Anwesen kaufen konnte, so sehr er es sich mitunter auch wünschte: White Haven hatte Geschichte. Auf dem Gelände wuchsen Rasenflächen mit knöcheltiefen Soden, von Generationen von Gärtnern verhätschelt, und es standen dort altterranische Eichen, die an den Wurzeln anderthalb Meter durchmaßen und deren Setzlinge vier Jahrhunderte zuvor mit dem unterlichtschnellen Kolonistenschiff *Jason* von Alterde nach Manticore gekommen waren. Auf White Haven gab es dichtes, weiches Terramoos, unfasslich verflochtene Hecken und Dickichte aus Kronenblütenbüschen und Flammenkorn, die sich um Picknicktische, kleine Pavillons und halb versteckte Terrassen mit Steinfliesen rankten. White Haven saß an seinem Platz und wisperte jedem zu: *Ich war schon immer hier und werde immer hier sein.*

Auf Grayson gab es Bauwerke wie den Protectorenpalast, die noch älter waren und das gleiche Fluidum hohen Alters besaßen. Wie jedes andere Gebäude auf Grayson war der Protectorenpalast jedoch ein Bollwerk gegen die Welt, auf der es stand. Es gehörte zu ihr und war doch auf immer von ihr getrennt. Wie das Haus von Honors Eltern auf Sphinx trug White Haven sein Alter wie ein bequemes Gewand, wenngleich in einem weit größeren Maßstab. Diese Aura war Honor vertraut, und obgleich White Haven auf seine eigene Art eine Burg war, so trotzten seine Befestigungen nicht dem Planeten auf dem es stand, sondern unliebsamer, von Menschenhand geschaffener Drangsal.

Obgleich Honor alles andere als freiwillig hier war, spürte sie unweigerlich die lebendige Präsenz von Hamish Alexanders Haus, die sie willkommen hieß, und am liebsten hätte sie darauf geantwortet. Doch sosehr sie sich nach der Geborgenheit dieses Hauses sehnte, so genau wusste sie doch, dass es niemals ihr gehören könnte. Und während Simon Mattingly die Fluglimousine sanft auf das Landefeld absenkte, überflutete Honor eine neue, noch entmutigendere Welle von Trostlosigkeit.

Hamish stieg von seinem Sitz, Samantha in die Arme geschlossen, und sein leicht gezwungenes Lächeln lud Honor ein, ihn aus der Limousine zu begleiten. Sie war dankbar, dass er ihr überflüssige Höflichkeiten ersparte, und es gelang ihr, sein Lächeln zu erwidern.

Honor hielt Nimitz in den Armen, statt ihn wie üblich auf der Schulter zu tragen. Sie benötigte den zusätzlichen Körperkontakt, das Gefühl besonderer Verbundenheit, und sie klammerte sich daran, während sie mit White Haven auf eine Seitentür zuging, dicht gefolgt von LaFollet, Mattingly und Hawke.

Als sie näher kamen, öffnete sich die Tür, und ein Mann, der eine gewisse Verwandtschaft zu James MacGuiness ausstrahlte, blickte hinaus und verbeugte sich zum Gruß.

»Willkommen daheim, Mylord«, sagte er zu White Haven.

»Danke, Nico.« White Haven erwiderte den Empfang mit einem Lächeln. »Das ist die Herzogin von Harrington. Ist Lady Emily im Atrium?«

»Das ist sie, Mylord«, antwortete Nico und verbeugte sich förmlich vor Honor. Die Gefühlslage des Butlers war kompliziert; seine tiefe Loyalität zur Familie Alexander, besonders aber zu Hamish und Emily Alexander bildete einen wesentlichen Bestandteil, ebenso sehr die Überzeugung, dass an den hässlichen Geschichten über Hamish und Honor kein wahres Wort war. Sie schmeckte seine Sympathie für sie, aber auch einen scharfen Unterton von Unwillen, nicht wegen etwas, das sie getan hätte, sondern wegen des Schmerzes, den andere über Menschen gebracht hatten, die ihm wichtig waren, indem sie Honor als Waffe benutzten.

»Willkommen auf White Haven, Hoheit«, sagte er. Es sprach für ihn, dass sich seine gemischten Gefühle weder in seiner Stimme noch in seinem Verhalten andeuteten.

»Vielen Dank«, erwiderte sie und lächelte ihn so freundlich an, wie ihr emotional angeschlagener Zustand es erlaubte.

»Soll ich Sie Ihrer Ladyschaft melden, Mylord?«, fragte Nico den Earl.

»Nein, lassen Sie nur. Sie ... erwartet uns. Wir finden sie schon, aber bitten Sie die Köchin, ein leichtes Abendessen für drei Personen vorzubereiten. Nein, halt, für fünf«, verbesserte er sich und nickte den beiden Baumkatzen zu. »Sorgen Sie dafür, dass es reichlich Sellerie gibt.«

»Wie Sie wünschen, Mylord.«

»Und veranlassen Sie, dass Ihrer Hoheit Waffenträger ebenfalls zu essen bekommen.«

»Wie Sie wünschen«, wiederholte Nico, während er beiseite trat und die Tür hinter ihnen schloss. Honor wandte sich LaFollet zu.

»Ich denke, Earl White Haven, Lady White Haven und ich haben einige Privatangelegenheiten zu bereden, Andrew«, sagte sie ruhig. »Sie, Simon und Spencer bleiben hier.«

»Ich ...«, setzte LaFollet zu einem Protest an, doch dann biss er die Zähne zusammen.

Mittlerweile müsste ich eigentlich wirklich daran gewöhnt sein, sagte er sich. Die Gutsherrin hatte gewaltige Fortschritte gemacht, wenn es darum ging, seine Leibwächterpflicht zu unterstützen, ob es ihr passte oder nicht, doch zuweilen brach noch ihre alte Starrsinnigkeit durch. *Wenn es unbedingt jetzt sein muss, schön. Es gibt weit unsicherere Orte als White Haven. Und selbst wenn es anders wäre,* dachte er, während er ihr erschöpftes Gesicht betrachtete, *würde ich nicht mit ihr streiten. Nicht jetzt.*

»Selbstverständlich, Mylady«, erwiderte er.

»Vielen Dank«, sagte Honor leise und blickte Nico an.

»Passen Sie gut auf sie auf«, bat sie ihn, und er verbeugte sich noch tiefer als zuvor.

»Es ist mir eine Ehre, Hoheit«, versicherte er ihr, und sie

lächelte ein letztes Mal ihrem Waffenträger zu, dann folgte sie White Haven durch einen breiten, steingefliesten Korridor.

Später erinnerte sie sich vage an Fenster in tiefen Erkern, die in die immens dicken Wände eingesetzt waren – an geschmackvolle Gemälde, Läufer mit hellen Mustern und Möbel, die Kostspieligkeit und Alter mit Wohnlichkeit und Gebrauchswert kombinierten –, doch nichts davon sah sie wirklich. Und dann öffnete White Haven eine weitere Tür und führte sie in ein crystoplastüberdachtes Atrium, das zwanzig oder sogar dreißig Meter Seitenlänge besaß. Im Vergleich zu graysonitischen Verhältnissen war es nicht sehr groß, denn auf Grayson mussten Gärten ›im Freien‹ durch gewaltige Treibhauskuppeldächer gegen die tödliche Unwelt geschützt werden, doch es war der größte Innenhof, den Honor im gesamten Sternenkönigreich je in einem Privathaus gesehen hatte.

Das Atrium wirkte auch neuer als der Rest des Anwesens, und Honor blickte White Haven scharf an, als ein Aufflackern seiner Emotionen ihr verriet, woran das lag.

Er hatte das Atrium für Emily bauen lassen. Das Atrium gehörte *ihr,* und Honor empfand plötzlich das beklemmende Gefühl, etwas Grundfalsches zu tun. Sie war ein Eindringling, sie war unerwünscht. Sie hatte kein Recht, an diesem friedlichen, nach Pflanzen duftenden Ort zu sein. Trotzdem stand sie dort, und es war viel zu spät, um zu fliehen. Deshalb folgte sie White Haven in die Mitte des Atriums zu dem Koi-Teich mit dem plätschernden Springbrunnen.

Dort saß eine Frau und wartete. Ihr Lebenserhaltungssessel schwebte einen Meter über dem Boden und wandte sich ihnen auf seinem Kontragravfeld sanft und geräuschlos zu.

Honor versteifte sich unwillkürlich, nicht aus Feindseligkeit oder Abwehr, sondern aus Anerkennung der Gegebenheit und ... aus Respekt. Sie hob das Kinn und erwiderte offen Lady Emily Alexanders Blick.

Lady Emily war größer, als Honor erwartet hatte, oder vielmehr wäre sie es gewesen, wenn sie auf ihren Füßen hätte stehen können. Sie wirkte zerbrechlich, das genaue Gegenteil zu Honors schlanker, breitschultriger, muskulöser Physis. Während Honor dunkelhaarig und dunkeläugig war, hatte Lady Emily so goldenes Haar wie Alice Truman, und ihre Augen waren von einem tiefen Smaragdgrün. Sie sah aus, als würde schon ein zarter Windstoß sie aus dem Sessel heben und davontragen, denn sie konnte nicht mehr als vierzig Kilogramm wiegen, und ihre Hände waren langfingrig, schmal und zart.

Und noch immer war sie eine der schönsten Frauen im ganzen Sternenkönigreich.

Das lag nicht nur an ihrem Gesicht oder ihren Augen, an ihrem Haar oder ihrer Knochenstruktur. Jeder, der so wohlhabend war wie sie, hätte in einer Zeit, in der Bioskulptur und kosmetische Gentherapie alltäglich waren, ein solches Aussehen erlangen können. An Lady Emily Alexander jedoch war mehr, eine innere Eigenschaft, die sie während ihrer Zeit als Schauspielerin an die Kamera hatte vermitteln können und die sie weitaus stärker ausstrahlte, als man es durch ein elektronisches Medium je hätte übertragen können. Diese Eigenschaft berührte jeden Menschen, der in ihre Nähe kam, und als Honor sie spürte, durch Nimitz verstärkt und vervielfacht, begriff sie sehr genau, weshalb Nico der Gräfin so tief ergeben war.

»Emily« – White Havens Stimme klang tiefer als gewöhnlich –, »gestatte mir, dir die Herzogin von Harrington vorzustellen.«

»Willkommen auf White Haven, Hoheit.« Die Stimme war nur noch ein heiserer Schatten des warmen, fast schnurrenden Alts, mit dem sie einst so viele HD-Zuschauer bezaubert hatte, enthielt jedoch noch immer mehr als nur einen Hauch der alten Kraft. Die Gräfin streckte Honor eine zierliche Hand entgegen.

Die einzige Hand, die sie noch bewegen kann, erkannte Honor, trat vor und ergriff sie. »Ich danke Ihnen sehr, Lady White Haven«, sagte sie leise, und ihr Dank war aufrichtig und tief empfunden, denn Lady Emilys Willkommensgruß enthielt keinerlei Zorn oder Hass. Traurigkeit hingegen schon – einen gewaltigen, bodenlosen Kummer und eine Vorsicht, die fast an Honors Wachsamkeit heranreichte. Aber keinen Zorn. Zumindest keinen Zorn, der sich gegen Honor richtete. Lady Emily empfand nämlich durchaus eine tiefe, sengende Wut, doch sie wies auf ein anderes Ziel: auf die skrupellosen Männer und Frauen, die nicht nur Honor und Hamish, sondern auch sie selbst zu ihrem politischen Vorteil benutzt hatten.

»Sie sind nicht so groß, wie ich nach den Talkshows und Nachrichtensendungen erwartet hatte«, stellte Lady Emily mit mattem Lächeln fest. »Ich dachte, Sie müssten wenigstens drei Meter groß sein, und hier sind Sie und bringen es nur auf zweieinhalb.«

»Ich glaube, auf dem HD-Schirm sehen wir alle größer aus, Mylady.«

»Das ist wohl wahr.« Lady Emilys Lächeln wurde breiter. »Bei mir war es jedenfalls immer so«, fuhr sie fort, und ihrem Ton und ihren Emotionen war keinerlei selbstmitleidige Sehnsucht nach jenen ewig dahingegangenen

Tagen anzumerken. Sie neigte den Kopf – außer dem rechten Arm das einzige Körperteil, das sie bewegen konnte –, und sie sah nachdenklich zu Honor hoch.

»Sie machen den Eindruck, als wäre es für Sie schlimmer gewesen, als ich geglaubt hatte«, sagte sie ruhig. »Das bedaure ich ebenso wie die Tatsache, dass wir uns unter solchen Umständen kennen lernen müssen. Doch je mehr ich darüber nachgedacht habe, desto klarer wurde mir, dass es für uns lebenswichtig ist zu entscheiden, wie wir auf diese ... Leute reagieren wollen.«

Honor blickte ihr in die leuchtenden grünen, verständnisvollen Augen und spürte, während sie das aufrichtige Mitgefühl im Kern von Emily Alexander schmeckte, wie in ihr etwas nachzugeben begann. Sie merkte der Gräfin auch Groll an. Sie musste Groll empfinden, denn so besonders Emily Alexander auch war, sie blieb ein menschliches Wesen. Und keine Frau, die für immer an den Lebenserhaltungssessel gefesselt war, hätte es geschafft, eine jüngere Frau neben dem eigenen Mann stehen zu sehen, ohne diese zugleich um ihre körperliche Gesundheit und Vitalität zu beneiden. Doch dieser Neid war nur ein Aspekt von Emilys Empfindungen beim Anblick Honors, und ihr Verständnis, ihre Ablehnung jeder Vorverurteilung und Verdammung empfing ihre Besucherin wie eine tröstende Umarmung.

Lady Emily kniff leicht die Augen zusammen und spitzte den Mund. Dann sah sie Hamish an und zog die zierliche Augenbraue hoch, als sie die Baumkatze in seinen Armen entdeckte. Sie wollte etwas sagen, hielt jedoch inne und besann sich offensichtlich eines anderen.

»Wie ich sehe, gibt es noch mehr, worüber wir reden müssen«, stellte sie vielmehr fest, während sie Samantha neugierig musterte. »Doch das sollten wir wohl lieber hinten anstellen. Hamish, ich glaube, Ihre Hoheit und ich sollten uns ein wenig kennen lernen. Beschäftige dich doch bitte irgendwie anders.«

Ein launiges Lächeln nahm der Aufforderung die potenzielle Spitze, und Honor erwiderte es zur eigenen Überraschung. Honors Lächeln war zerbrechlich und müde, aber aufrichtig, und White Haven gluckste sogar.

»Mach ich«, stimmte er zu. »Aber ich habe Nico schon gebeten, die Köchin ein Abendessen vorbereiten zu lassen, also lasst euch nicht allzu viel Zeit.«

»Wenn es zu lange dauert, wäre es nicht das erste Mal, dass unter diesem Dach ein Abendessen kalt wird«, entgegnete seine Frau heiter. »Nun geh.«

Er verbeugte sich lachend vor den beiden Frauen, und dann waren sie plötzlich allein.

»Bitte, Hoheit«, sagte Lady Emily, »setzen Sie sich doch.«

Erneut winkte sie mit ihrem beweglichen Arm und wies auf eine Bank aus Naturstein mit einem dicken, gewobenen Sitzkissen. Die Bank war in eine Feldsteinmauer neben dem sprudelnden Springbrunnen eingelassen. Die herabhängenden Äste einer altirdischen Trauerweide in Miniaturausführung rahmten sie gastfreundlich ein, und aus eingelassenen steinernen Pflanzgefäßen ergossenen sich zu beiden Seiten manticoranische Wolkenblumen. Fast war es, als umgäben die Pflanzen die Bank mit einem schützenden, wohlriechenden Schild aus leuchtend blauen, roten und gelben Blüten, und Lady Emily drehte geräuschlos den Lebenserhaltungssessel, sodass sie der Bank gegenübersaß. Sie hatte den Sessel ohne eine einzige Bewegung mit der gesunden Hand manövriert, erkannte Honor. Offenbar war es den Ärzten gelungen, sie trotz der furchtbaren Schädigung ihres motorischen Zentrums über neuronale Schnittstellen zumindest eingeschränkt mit der Steuerung zu verbinden, und darüber war Honor froh.

»Vielen Dank, Lady White Haven«, sagte sie, ging zu der Bank und ließ sich darauf nieder. Sie setzte sich Nimitz auf den Schoß, wo er wachsam und auf der Hut lag, aber ohne die bebende Anspannung, die ihn unter anderen Umständen beherrscht hätte.

Emilys Lippen verzogen sich zu einem neuen schiefen Lächeln, und sie schüttelte den Kopf.

»Hoheit, was auch immer geschieht, wir beide werden uns so gut kennen lernen, dass wir diese Förmlichkeit sicher nicht aufrechterhalten können. Wenn Sie nichts dagegen haben, möchte ich Sie Honor nennen, und nennen Sie mich bitte Emily, auch wenn wir uns nicht duzen werden.«

»Selbstverständlich ... Emily«, willigte Honor ein. Merkwürdig, dachte sie. Emily war noch älter als Honors Mutter, und irgendwie respektierte sie diese Seniorität und reagierte darauf. Und das lag daran, begriff sie, dass sich Emily zwar Honors verhältnismäßiger Jugend bewusst war, aber dennoch keinerlei Überlegenheitsgefühl ausstrahlte. Sie verleugnete nicht ihr Alter und ihre Lebensweisheit, übersah aber auch nicht Honors Erfahrung. Emily war sich sicher, dass sie selbst diejenige war, die diesen peinlichen Augenblick weit besser zu überbrücken wusste; sie besaß andere Erfahrungen als Honor, aber keine überlegenen.

»Danke«, sagte Emily, und ihr Sessel neigte sich mitten in der Luft leicht nach hinten, während sie ihren Gast nachdenklich musterte.

»Ihnen ist bewusst, dass Hamish Sie auf meine Bitte hin

hierher gebeten hat«, sagte sie schließlich in einem Ton, der eher wie eine Feststellung denn wie eine Frage klang, und Honor nickte.

»Darauf hatte ich ebenso sehr gehofft wie auf Ihr Kommen«, fuhr Emily fort. »Was ich eben gesagt habe, war ernst gemeint: Ich bedauere es wirklich, dass wir uns unter diesen Umständen kennen lernen müssen. Ich bin seit Jahren neugierig auf Sie. In gewisser Weise bin ich also froh, endlich Ihre Bekanntschaft zu machen, auch wenn es mir wirklich lieber gewesen wäre, wenn die Umstände ein wenig erfreulicher wären.«

Sie hielt inne, dann gab sie sich einen Ruck und fuhr ein wenig forscher fort:

»Hamish und Sie – und ich – sind einer konzertierten, hinterlistigen Attacke zum Opfer gefallen. Einer anzüglichen, heuchlerischen Attacke, die nur jemand durchführen kann, der glaubt, dass der Zweck jedes Mittel heiligt. Und so hässlich sie ist, sie hat sich leider als überaus wirkungsvoll erwiesen, auch wenn durchaus die Möglichkeit besteht, dass die öffentliche Meinung angeekelt vor den Beschuldigern zurückzuckt. Die Anschuldigung basiert nicht auf einer offenen Anklage, sondern auf einem Messerstich in den Rücken. Deshalb kann man ihr weder mit vernünftigen Argumenten noch mit einem Unschuldsbeweis begegnen, ganz gleich, wie aufrichtig und wie überzeugend man sich verteidigt. Selbst wenn mein Mann und Sie eine Affäre hätten, was ich keine Sekunde lang glaube, sollte das noch immer Ihre Angelegenheit sein, und vielleicht meine, aber sie ginge niemand anderen etwas an. Und obwohl fast das gesamte Sternenkönigreich dieser Feststellung grundsätzlich zustimmen würde, ist sie als Verteidigung mittlerweile völlig nutzlos. Das ist Ihnen klar, richtig?«

»Jawohl.« Honor nickte wieder und streichelte Nimitz den seidigen Pelz.

»Ich weiß nicht, ob es überhaupt eine Verteidigung gibt«, sagte Emily offen. »Einen Gegenbeweis anzutreten ist immer schwierig. Und je mehr Sie beide oder Ihre Vertreter die Lügen abstreiten, die verbreitet werden, desto mehr bestärken Sie einen bestimmten Teil der Wählerschaft darin, sie für wahr zu halten. Zudem setzen die regierungstreuen Zeitungen und Kommentatoren allmählich voraus, dass Sie schuldig sind im Sinne der Anklage. Schon sehr bald wird man überhaupt keine Beweise mehr anführen, sondern schlichtweg in allem, was geschrieben oder gesagt wird, von der Erwiesenheit der Tatsache ausgehen. Der Makel bleibt dann an Ihnen haften, ganz gleich, wie Sie sich verhalten.«

Honor spürte, wie ihre Schultern wieder absackten, während Emily gleichmütig aussprach, was sie selbst bereits begriffen hatte.

»Der verdammendste Punkt ihrer ›Anklageschrift‹ – den ich persönlich als am kränkendsten empfinde – ist die Behauptung, Hamish hätte mich mit Ihnen *betrogen*«, fuhr Emily fort, und obwohl ihre Stimme so gleichmütig und nachdenklich klang wie zuvor, konnte sie ihren sengenden Zorn nicht mehr verbergen. Honor verstand diesen Zorn nur zu gut, denn Emily wusste, dass man sie zynisch als Waffe gegen alles benutzte, woran sie glaubte und wofür sie stand.

»Wenn diese Leute mich in ihre Schliche und Machenschaften hineinziehen«, sagte Emily Alexander, »dann sind sie es selber Schuld, wenn ich darauf reagiere. Mir ist klar, dass weder Sie noch Hamish mich gebeten haben, mich einzuschalten. Ich begreife sogar den Grund.«

Sie blickte Honor einen Moment lang sehr eindringlich

in die Augen, und Honor spürte, wie in der Gräfin Wut und Mitleid verschmolzen.

»Bis zu einem bestimmten Punkt, Honor, war ich gewillt, Ihren Wunsch zu respektieren und mich aus dem Streit herauszuhalten. Zum Teil wollte ich das auch deswegen, weil ich mich davor gefürchtet habe, mich einzumischen, das muss sich leider zugeben. Nein, ›gefürchtet‹ ist vielleicht nicht das richtige Wort. Eher meine ich, dass ich zu müde war. Im vergangenen Jahr ist es mir gesundheitlich nicht besonders gut gegangen, und zweifellos versucht Hamish auch deswegen, mich so weit wie möglich aus der Sache herauszuhalten. Und meine Krankheit erklärt auch, weshalb ich mich innerlich jedes Mal zusammengekrümmt habe, wenn darüber nachdachte, mich in die Sache einzuschalten. Es mag auch … andere Gründe gegeben haben.«

Erneut trafen sich ihre Blicke, und Honor spürte das Gewicht der komplexen Emotionen, die zwischen ihnen standen.

»Doch von meiner Seite war es Feigheit«, fuhr Lady Emily ruhig fort. »Eine Vernachlässigung meiner Pflicht, mich jedem zu stellen, der mein Leben zerstören will, und ihn zu bekämpfen. Und ganz besonders meiner Pflicht, moralische Zwerge mit der Ethik von Gossenratten daran zu hindern, die politische Landschaft des Sternenkönigreichs zu notzüchtigen.«

Sie biss die Zähne zusammen, und diesmal schmeckte Honor in ihren Emotionen noch etwas anderes: sehrende Selbstverdammung. Wut auf sich selbst, weil sie ihre Pflichten vernachlässigt hatte. Und nicht nur aus Müdigkeit oder Krankheit – nicht einmal wegen Hamishs Wunsch, sie zu schützen. Diese Frau hatte in den Spiegel geblickt und ihre Verletzung und Scham erkannt, ihre absolut natürliche Wut auf die jüngere Frau, deren Namen in der Öffentlichkeit mit dem Namen ihres Mannes verbunden war. Sie hatte sich diesen Dingen gestellt und sie überwunden, doch sie konnte sich nicht so recht vergeben, dass sie dazu so lange gebraucht hatte.

»Ich habe Hamish gebeten, Sie hierher einzuladen«, sagte Lady Emily Alexander mit festem Blick, »um Ihnen eines zu sagen: Ganz gleich, was er will – oder Sie –, dieser Kampf ist nicht allein Ihr Kampf, sondern auch meiner. Und ich beabsichtige, die Schlacht ins feindliche Gebiet zu tragen. Diese ... *Leute* haben es für vertretbar gehalten, mich und Menschen, die mir etwas bedeuten, in ihre billigen, verwerflichen Ränke hineinzuziehen. Und das lasse ich mir nicht gefallen.«

Die völlige Gelassenheit, mit der Lady Emily das sagt, ist irgendwie Furcht einflößend, dachte Honor.

»Wie ich es sehe, besteht die einzig mögliche Antwort«, fuhr White Havens Gattin fort, »darin, den Aufhänger ihrer Lügenkampagne gegen diese Leute zu wenden. Nicht eine Verteidigung aufzubauen, sondern einen Gegenangriff zu beginnen.«

Honor richtete sich gerader auf der Bank auf, dann beugte sie sich mit einem schwachen Aufflackern von Hoffnung vor, als sie Lady Emilys Entschlossenheit schmeckte.

»Ich möchte nicht eitel klingen«, sagte die Gräfin, »aber es wäre töricht von mir, so zu tun, als wüsste ich nicht, dass ich eine einzigartige Person des manticoranischen öffentlichen Lebens bin – wenn auch aus anderen Gründen als Hamish und Sie. Ich habe von Ihnen genug auf dem HD gesehen und genug von anderen gehört, um zu wissen, dass Sie Ihr öffentliches Ansehen für mehr als nur ein wenig peinlich und übertrieben halten. Mein eigenes kommt mir manchmal genauso vor, und dennoch existiert es; das ist der Grund, weshalb High Ridge und seine Spießgesellen Sie und Hamish so gezielt angreifen konnten.

Der Schlüssel zu ihrer Position liegt jedoch darin, mich als die Frau hinzustellen, die durch Ihr angebliches Tun ›verraten‹ wird. Der Zorn der Öffentlichkeit entsteht nicht aus dem Gedanken, dass Sie vielleicht eine Affäre mit Hamish haben könnten, sondern weil Hamish und ich kirchlich verheiratet sind und dieses empfangene Sakrament, das uns zu einer monogamen Ehe verpflichtet, niemals widerrufen oder abgewandelt haben. Und weil Sie Raumoffizier sind und keine registrierte Kurtisane. Wären Sie eine registrierte Kurtisane, könnte die Öffentlichkeit eine Beziehung zwischen Hamish und Ihnen zu meinen Gunsten verurteilen. Niemand würde in Erwägung ziehen, dass einer von euch beiden mich oder unsere Ehe ›verraten‹ hätte. Sie sind aber keine Kurtisane, und dadurch kann man eine Affäre zwischen Hamish und Ihnen als einen gegen mich gerichteten Angriff darstellen. Hamish und Sie haben bereits Dementi veröffentlicht und waren so klug, diese ersten Erklärungen stehen zu lassen, ohne weitere Dementi nachzuschieben, die von den meisten Leuten ohnehin als sicherer Schuldbeweis angesehen worden wären. Sie waren auch so weise, sich nicht mit der eher abstoßenden Taktik zu verteidigen, dass jeder ›es‹ tue, ungeachtet einer Schuld. Ich weiß, dass einige Ihrer Berater ein solches Vorgehen vorgeschlagen haben, mit dem Ziel, die angebliche Schwere des unterstellten Vergehens zurückzuweisen. Aber jeder Versuch in diese Richtung wäre gleichbedeutend gewesen mit dem Eingeständnis, dass die Anklagen gerechtfertigt wären. Doch obwohl Sie Ihr Dementi mit Würde und so gelassen und effizient gemacht haben, wie es nur möglich war, hat das nicht gereicht. Deshalb halte ich den Zeitpunkt für gekommen, zum nächsten Schritt des Gegenangriffs überzugehen.«

»Gegenangriff?«, fragte Honor.

»Genau.« Emily nickte nachdrücklich. »Wie Sie vielleicht wissen, verlasse ich White Haven in letzter Zeit kaum noch. Ich glaube, ich bin im letzten T-Jahr keine viermal vom Anwesen weg gewesen, denn ich bin gern hier. Und, offen gesagt, finde ich den Rest der Welt bei weitem zu ermüdend.

Aber das wird sich jetzt ändern. Die Regierungsschmierfinken, die Sie und Hamish in ihren Kolumnen so eifrig niedergemacht haben, waren so dumm, mich dazu zu benutzen. Ich habe deshalb schon Willie informiert, dass ich nächste Woche nach Landing komme. Ich werde einen oder zwei Monate in unserem Haus in der Hauptstadt verbringen und zum ersten Mal seit Jahrzehnten wieder Gäste empfangen, wenn auch in kleinem Maßstab. Und ich werde mein Möglichstes tun, um jedem klar zu machen, dass an den Vorwürfen, Hamish und Sie hätten je miteinander geschlafen, nicht ein Fetzen Wahrheit ist. Außerdem mache ich es zu meiner Sache, jeden, der es wissen will – und auch jeden anderen – darüber zu informieren, dass ich Sie nicht nur als enge politische Verbündete meines Mannes, sondern auch als meine persönliche Freundin betrachte. Ich könnte mir vorstellen, dass es diesen Rufmördern ein wenig schwerer fällt, ihr Gift zu verspritzen, wenn die ›verratene Frau‹ der ganzen Milchstraße verkündet, dass sie nicht verraten wird und niemals verraten wurde.«

Honor starrte sie an, und ihr Herz erhob sich, als sie zum ersten Mal seit Wochen einen echten Hoffnungsschimmer empfand. Sie war weder so naiv noch so töricht zu glauben, dass Emily nur den Zauberstab zu schwenken brauchte, und alles wäre vorbei. Doch in einer Hinsicht hatte Emily gewiss Recht: Der Teil der Regierungspresse, der solch riesige Krokodilstränen darüber vergoss, wie furchtbar Lady White Haven verraten worden war und wie schrecklich die Untreue ihres Gatten sie verletzt haben musste, konnte kaum weiterhin für sie weinen, wenn sie eifrig öffentlich über die Absurdität der Vorwürfe lachte.

»Ich ... ich glaube, das wäre unfassbar hilfreich, Emily«, sagte sie schließlich, und das leichte Zittern ihrer Stimme überraschte sie selbst.

»Das wäre es zweifellos«, erwiderte Emily, doch nun spürte Honor erneut Sorge in der Stimme ihrer Gastgeberin aufwallen. Die Gräfin war noch nicht fertig. Noch etwas anderes – etwas Schlimmeres – hatte sie zu sagen. Honor sah Emily an, während diese tief Luft holte.

»Zweifellos«, wiederholte Emily, »aber wir müssen noch über einen anderen Punkt sprechen, Honor.«

»Einen anderen Punkt?«, fragte Honor angespannt.

»Ja. Ich sagte, ich wüsste, dass Hamish und Sie kein Verhältnis haben, und das stimmt auch. Das weiß ich, weil ich, offen gesagt, schon seit langem wusste, dass er gelegentlich eine Geliebte hatte. Nicht viele natürlich, aber einige.«

Sie richtete den Blick von ihrem Gast auf etwas, das nur sie sehen konnte, und ihr tiefes, bittersüßes Verlangen trieb Honor die Tränen in die Augen. Honor spürte bei Emily weder Wut noch das Gefühl, verraten worden zu sein, sondern Bedauern. Verlust. Trauer um das eine, was sie und der Mann, der sie liebte und dessen Liebe sie von ganzem Herzen erwiderte, nie wieder teilen konnten. Sie warf ihm nicht vor, dass er es bei anderen Frauen gesucht hatte; doch ihr war es eine innere offene Wunde zu wissen, dass sie es ihm nicht mehr geben konnte.

»Alle diese Frauen waren registrierte Kurtisanen – mit einer einzigen Ausnahme, die Hamish tief bereut«, fuhr sie leise fort, »doch er hat sie trotzdem gemocht und respektiert. Wenn nicht, hätte er sie niemals zu sich ins Bett genommen. Er ist nicht die Sorte Mann, die eine oberflächliche Affäre hat oder sich ›durch die Betten schläft‹. Dazu ist seine Integrität zu hoch.« Sie lächelte traurig. »Es klingt wohl seltsam, wenn eine Frau ihren Mann für die Integrität lobt, die er bei der Wahl seiner Geliebten beweist, doch das ist das einzige Wort, das es passend beschreibt. Hätte er mich je danach gefragt, ich hätte ihm geantwortet: Ja, es tut weh, aber nicht, weil er mir ›untreu‹ war. Weh tut es, weil ich ihm nicht mehr das geben kann, was diese Frauen ihm geben ... und er nicht mehr mir. Deshalb hat er mich ja nie danach gefragt, weil er weiß, was ich antworten würde. Und das ist auch der Grund, weshalb er so unglaublich diskret ist. Er weiß, dass ihn in unseren Kreisen niemand verurteilen würde, weil er unter den gegebenen Umständen eine registrierte Kurtisane besucht hat. Und die meisten anderen Manticoraner würden ihn ebenfalls verstehen. Er hat es jedoch immer vermieden, es in dieser Hinsicht darauf ankommen zu lassen. Nicht, um seinen Ruf zu schützen, sondern mich – damit ich nicht noch zusätzlich darauf hingewiesen werde, dass ich diesen Sessel nicht mehr verlasse. Er würde mich auf keinen Fall demütigen wollen, indem er auch nur andeutet, ich wäre in irgendeiner Hinsicht ... unzulänglich. Ein Krüppel.

Und das will er nicht«, fuhr sie fort, indem sie Honor wieder ansah, »weil er mich liebt. Ich glaube aufrichtig, dass er mich noch immer so sehr liebt wie an dem Tag, an dem er mir den Heiratsantrag gemacht hat. Oder am Tag unserer Hochzeit. An dem Tag, an dem man mich aus dem Flugwagen schnitt und ihm sagte, dass ich nie wieder gehen und ohne Hilfe nie wieder atmen könnte.«

Sie holte noch einmal tief Luft, wozu ihre Zwerchfellmuskeln von den Schnittstellen des Lebenserhaltungssessels kontrolliert wurden, denn sie selbst vermochte es nicht mehr.

»Und das ist der Unterschied zwischen mir und all seinen Geliebten, Honor. Die Geliebten bedeuteten ihm etwas, und er hat sie respektiert, aber er hat sie nicht geliebt. Nicht so, wie er mich liebt.

Oder wie er Sie liebt.«

Honor fuhr auf ihrer Bank zusammen, als hätte Emily ihr soeben einen Dolch ins Herz gestoßen. Ihre Augen suchten Emilys Blick, und sie entdeckte die drohenden Tränen, das Wissen ... und das Mitleid.

»Er hat es mir nicht etwa gesagt«, sprach die Gräfin weiter. »Aber das braucht er auch nicht. Verstehen Sie, ich kenne ihn zu gut. Wäre es anders, hätte er Sie, weil Sie im Oberhaus so eng zusammenarbeiten, schon vor Jahren hierher eingeladen, damit wir uns kennen lernen. In dem Moment, in dem diese Hetzkampagne begann, hätte er sich an mich gewandt, anstatt so verzweifelt zu versuchen, mich aus der Sache herauszuhalten. Um mich zu schützen. Ich bin seine wichtigste Expertin und Beraterin, obwohl das nur sehr wenige Menschen ahnen, und auf jeden Fall hätte er es nicht versäumt, uns einander vorzustellen. Erst recht nicht nach den Angriffen von High Ridges Schergen auf Sie beide ... es sei denn, es hätte einen Grund gegeben, aus dem das nicht ging. Und dieser Grund – der Grund, aus dem er lieber seinen guten Ruf durch die falschen Vorwürfe verliert und den Kampf der

Opposition gegen High Ridge effektiv unterminieren lässt –, ist, dass er Angst hat, ich könnte die Wahrheit erkennen und mich durch seinen ›Verrat‹ verletzt fühlen. Und wie er bisher verhindert hat, dass wir uns kennen lernen, hat er nur deshalb, weil er Sie liebt, niemals einen Schritt unternommen, mehr zu werden als Ihr Freund und Offizierskamerad. Sie sind keine Professionelle, und selbst wenn Sie es wären, wüsste er, dass es keine kurze Affäre sein würde. Diesmal nicht. Und tief in seinem Innersten fürchtet er sich, dass er mich zum ersten Mal wahrhaft verraten könnte.«

»Ich ... Woher ...?«

Honor rang verzweifelt um ihre Fassung, aber es nutzte nichts. Emily Alexander hatte ihr den letzten Hinweis geliefert, den sie brauchte, das letzte Puzzleteil. Alles, was sie bisher von Hamish gespürt hatte, rutschte plötzlich an Ort und Stelle, und sie fragte sich, wie Emily ohne einen Baumkatzengefährten fähig gewesen sein konnte, den Kern der Wahrheit so umfassend zu erkennen.

»Honor, ich bin seit mehr als siebzig T-Jahren mit Hamish verheiratet. Ich kenne ihn wirklich, ich liebe ihn, und ich sehe, wie diese Schmutzkampagne ihn zerreißt. Sein Gefühl für Sie gab es schon, bevor die Hexenjagd begann, aber es hat ihn nicht in der Weise zerstört wie jetzt. Ich glaube ... Ich glaube, Folgendes ist geschehen: Die Lügen und die falschen Anklagen haben ihn gezwungen, sich näher mit Dingen zu befassen, die er irgendwie auf Abstand gehalten hat. Sie haben ihn dazu gebracht, sich die Wahrheit auf einer tieferen Ebene einzugestehen. Das Ausmaß seiner Liebe für Sie – und mich – und das Schuldgefühl, das er empfindet, weil er jemanden außer mir lieben kann, ist für ihn wie eine offene Wunde. Und als wäre das nicht schlimm genug« – sie sah Honor direkt in die Augen – »fürchtet er, dass er Ihnen seine Gefühle irgendwann offen eingestehen wird. Dass er mich wirklich ›verrät‹, indem er sich eine Geliebte nimmt, die er tatsächlich liebt.

Ich weiß nicht, wie ich reagieren würde, wenn das geschähe«, gab sie offen zu. »Ich fürchte mich davor. Noch mehr fürchte ich aber, dass es sich unmöglich geheim halten ließe, wenn Sie beide wirklich ein Paar würden. Es gibt zu viele Möglichkeiten, andere zu bespitzeln, zu viele verzweifelte Leute, die nach einem Beweis dafür suchen werden, dass er mir mit Ihnen untreu geworden ist. Sobald sie diesen Beweis finden, machen sie ihn publik. Und dann wäre alles, was ich vielleicht damit erreicht habe, der Welt Hamishs Unschuld zu versichern, augenblicklich dahin. Tatsächlich würde meine Beteuerung seiner Unschuld alles noch viel schlimmer machen. Und um ganz offen zu sein, ich fürchte sehr, dass Hamish seinen Gefühlen für Sie irgendwann nachgibt, wenn Sie beide weiterhin so eng zusammenarbeiten. Ich weiß weder, was das auf lange Sicht bei ihm anrichten würde, noch was ich dabei empfinden würde. Aber ich fürchte, wir finden es vielleicht heraus. Es sei denn ...«

»Es sei denn?«, fragte Honor gepresst, und ihre Finger schlossen sich um Nimitz' weiches Fell.

»Es sei denn, Sie tun, was er nicht kann«, sagte Emily fest. »So lange Sie beide auf dem gleichen Planeten sind, müssen Sie als politische Partner zusammenarbeiten, denn sie beide sind unsere effizientesten politischen Waffen – oder waren es zumindest vor der Schmutzkampagne. Und wenn Sie Ihre Zusammenarbeit beenden, würde das ebenfalls als Schuldeingeständnis bewertet. Aber damit das möglich ist, müssen *Sie* sicherstellen, dass niemals etwas zwischen Ihnen und Hamish vorfällt. Das ist nicht fair, ich weiß. Und ich sage Ihnen das nicht als besorgte Ehefrau, die fürchtet, Ihr Gatte könnte jemanden finden, den er mehr liebt als sie. Ich sage es Ihnen aus diesem Grund: Nachdem ich vorgetreten bin und dem gesamten Sternenkönigreich versichert habe, dass von einem Verhältnis zwischen Hamish und Ihnen nie die Rede gewesen sein kann, wäre es politischer Selbstmord, wenn es dann doch zu einem solchen Verhältnis käme. Ganz recht, politischer Selbstmord, und das nicht nur für Sie und Hamish.

Mehr als fünfzig T-Jahre lang ist mein Mann mir in jeder Hinsicht, die eine Rolle spielt, treu gewesen, obwohl ich an diesen Sessel gefesselt bin. Aber diesmal, Honor – diesmal glaube ich, dass er nicht stark genug ist. Oder besser gesagt, diesmal hat er es mit etwas zu tun, das zu stark für ihn ist. Deshalb müssen Sie seine Stärke sein. Fair oder nicht, Sie sind es, die zwischen Ihnen beiden Distanz halten muss.«

»Das weiß ich«, sagte Honor leise. »Das weiß ich gut. Ich weiß es schon seit Jahren, Emily. Ich muss uns auf Abstand halten und darf nie zulassen, dass er mich liebt. Darf niemals zulassen, dass ich ihn liebe.«

Sie blickte ihre Gastgeberin an, das Gesicht angespannt vor Schmerz.

»Ich weiß es ... und ich kann es nicht«, wisperte Honor. Und Lady Emily White Haven starrte Admiral Lady Dame Honor Harrington, Herzogin und Gutsherrin von Harrington, an, als diese in Tränen ausbrach.

13

Als sie endlich ins Esszimmer kamen, war das Abendessen in der Tat kalt geworden.

Honor konnte nicht sagen, wie sich die komplizierte, verfahrene Situation auflösen sollte. Sie hatte nicht einmal eine Ahnung, was sie deswegen empfand. Sie wusste nur, dass sie sich davor fürchtete, es herauszufinden.

Es war eigenartig, zumal sie liebevolle Eltern gehabt hatte, von denen sie in allem bestärkt worden war, ganz zu schweigen von ihrer Verbindung zu Nimitz und ihrer Fähigkeit, die Gefühle der Menschen in ihrer Nähe zu spüren. Eigenartig, und doch wahr.

Im Universum gab es eines, was ihr bodenlose Furcht einjagen konnte: ihr Herz.

Sie konnte es nicht begreifen – es war ihr immer unbegreiflich gewesen. Lebensgefahr, Pflicht, moralische Verantwortung – all dem konnte sie sich stellen. Nicht ohne Angst, aber ohne das lähmende Gefühl, vielleicht vor Furcht zu versagen. Hier war es anders, hier durchschritt sie eine andere Art von Minenfeld, eines, durch das sie keinen Weg fand und in dem sie sich höchst unsicher fühlte. Jawohl, Honor konnte sowohl Hamishs als auch Emilys Emotionen schmecken und teilen, doch zu wissen, was sie empfanden, war noch lange kein Zauberspruch, der ihr plötzlich verriet, wie sie alles ins Lot brachte.

Sie wusste, dass Hamish Alexander sie liebte. Sie wusste, dass sie ihn liebte. Und sie wusste, dass Hamish und Emily einander liebten und dass sie alle drei entschlossen waren, sich nicht gegenseitig zu verletzen.

Und nichts davon nützte irgendetwas, denn was auch immer sie taten, was auch immer geschah, jemand würde verletzt werden. Hinter diesem großen Schmerz erhob sich dräuend das Wissen darum, wie viele andere Menschen durch Entscheidungen beeinträchtigt werden würden, die eigentlich nur sie selbst etwas hätten angehen dürfen.

Vielleicht wäre es anders gewesen, wenn sie mehr Selbstvertrauen besessen hätte, überlegte Honor und nippte an ihrem Wein. Sie saß Emily und Hamish am Tisch gegenüber und beneidete die Gräfin um ihre Gemütsruhe, zumal sie deutlich gespürt hatte, wie bestürzt und erschüttert Emily von Honors Geständnis im Atrium gewesen war. Die Gräfin hatte bereits gewusst, was Hamish empfand; die unvermittelte Offenbarung Honors, seine Gefühle zu erwidern, hatte ihr einen Schlag versetzt. Ihre Reaktion hatte auch Zorn umfasst – nicht viel, aber ein heftiges, messerscharfes Aufflackern von Wut, weil Honor es wagte, *ihren* Mann zu lieben. Das war eine automatische Reaktion, die zunächst ungezügeltem Instinkt entsprang und dann der Überlegung, in welch ungleich größere Gefahr Honor sie alle mit ihren Gefühlen brachte. Die Gräfin hatte sich damit abgefunden, dass Hamish mit seinem Kampf gegen seine Gefühle auf verlorenem Posten focht; nun musste sie entdecken, dass die Person, die sie gern als Verbündete haben würde, im gleichen Kampf bereits unterlegen war. In diesem Augenblick der Erkenntnis hatte Honor ein gewaltiges Potenzial von Eifersucht als auch Unwillen in Emily gespürt, und Honor war sehr überrascht gewesen, wie rasch ihre Gastgeberin ihren Zorn beiseite schieben konnte.

Doch an Emily Alexander war einiges, worüber Honor immer wieder staunte. Sie war Honors Mutter überhaupt nicht ähnlich, es sei denn in einer Weise: Beide strahlten jenes gelassene Gefühl aus, genau zu wissen, wer sie waren, nicht nur in Bezug auf ihre Pflichten, sondern auch auf ihre Herzensangelegenheiten. Honor hatte ihre Mutter darum immer beneidet, fast so sehr, wie sie sie wegen ihrer Schönheit und ungenierten Sinnlichkeit beneidete, während Honor selbst ein hässliches Entlein von großknochiger, aufgeschossener, linkischer Heranwachsender war. Doch sosehr sie ihrer Mutter deswegen damals auch gegrollt hatte, sie hatte immer gewusst, wie töricht dies war. Ihre Mutter konnte für ihre Schönheit genauso wenig wie Honor für das, was sie war.

Das hatten ihre Eltern Honor gelehrt, fast ohne es zu bemerken. Gelungen war es ihnen durch ihr Beispiel und durch ihre Elternliebe, die keine Grenzen kannte. Sie hatten ihre Tochter in jeder bedeutenden Hinsicht zu einem ganzen Menschen gemacht. Nur in einer Hinsicht musste Honor nach wie vor an sich arbeiten: In einem stillen Winkel ihres Herzens musste sie ihren Glauben daran stärken, dass jemand sie wirklich lieben könnte, aus freien Stücken, völlig zwanglos.

Es war so dumm, dumm, dumm von ihr gewesen, das anzuzweifeln, sagte sie sich immer wieder. Wenn in der ganzen Milchstraße ein Mensch das hätte wissen können, dann gewiss sie – erst recht eingedenk ihren tollen Eltern und Nimitz' Hilfe. Doch es hatte nicht geholfen, und dann, auf der Akademie, waren Pavel Young und Mr Midshipman Cal Panokulous gekommen – der Möchtegern-Vergewaltiger und der junge Mann, der sie noch grausamer verletzt hatte. Der Schaden, den diese beiden ihr zugefügt hatten, war schrecklich gewesen, aber sie hatte es überlebt. Überlebt und dann, mit Paul Tankersleys Hilfe, tatsächlich zu genesen begonnen. Sie hatte langsam gelernt, dass es durchaus Menschen gab, die sie mögen konnten – und es taten. Mittlerweile hatte sie wirklich die

Zuneigung so vieler Menschen gespürt, die zu ihrem Leben gehörten. Bei Paul. Ihren Eltern, James MacGuiness, Andreas Venizelos, Andrew LaFollet, Alistair McKeon, Jamie Candless, Scotty Tremaine, Miranda LaFollet. Und bei Nimitz …

Doch tief in ihr, an einer Stelle, die der Heilungsprozess nie erreicht hatte, saß die Angst. Zwar fürchtete sie nicht mehr, ungeliebt zu sein, dafür aber, dass es *falsch* sein könnte, wenn jemand sie liebte. Dass das Universum die Menschen strafen könnte, die es wagten, denn zu viele waren schon dafür gestorben, dass sie Honor geliebt hatten.

Diese Angst war unvernünftig, das wusste Honor, aber sie hatte so viele verloren, und jeder einzelne Tod hatte ein neues Loch in ihre Seele gerissen. Offiziere, Unteroffiziere und Mannschaften, die mit ihr gedient und für die Siege – Honors Siege – mit ihrem Leben bezahlt hatten. Waffenträger, die gestorben waren, damit ihre Lehnsherrin lebe. Freunde, die sich um Honors willen mit Bedacht Gevatter Tod gestellt hatten – und ihm anheim gefallen waren. Das war zu oft geschehen und hatte zu viel gekostet, und der entsetzliche Gedanke, dass jemand, der sie zu lieben wagte, dem Tode geweiht war, verhöhnte sie, denn Logik ist nur eine schwache Waffe im Kampf gegen die tiefe, irrationale Überzeugung des Herzens. Im Kampf gegen diese Unvernunft hatte Honor große Fortschritte gemacht, das wusste sie. Doch auch wenn sie in einigen Schlachten gesiegt hatte, musste sie trotzdem noch den Krieg gewinnen, und das Gewirr aus Gefühlen und Bedürfnissen, aus Furcht und den Geboten der Ehre, die ihre Empfindungen für Hamish Alexander umwanden wie ein Schleier, drohte, ihr in diesem Kampf noch mehr Boden zu rauben.

»Also«, sagte Hamish endlich, und seine Stimme erschreckte Honor fast nach dem langen, gemeinsamen Schweigen, »was habt ihr beide denn entschieden? Wie packen wir's an?«

Er bewahrte einen gleichmütigen, fast humorigen Ton, doch damit täuschte er niemanden am Tisch, einschließlich seiner selbst, und Honor blickte Emily an.

»Ich glaube, wir haben zumindest eine Möglichkeit gefunden, wie wir anfangen können«, antwortete seine Gattin ihm mit einer ungespielten Gelassenheit, die Honor selbst jetzt noch überraschte. »Ich will nicht sagen, dass es leicht wird, und ich bin mir nicht sicher, ob es unter den gegebenen Umständen so wirkungsvoll sein kann, wie mir lieb gewesen wäre« – einen Herzschlag lang bedachte sie Honor mit einem Seitenblick –, »aber ich glaube, wir können ihrem Angriff wenigstens ein bisschen von seiner Wucht nehmen.«

»Es hat einen Grund, weshalb ich mich immer auf dich verlassen habe, wenn politische Wunder nötig wurden, Emily«, sagte Hamish lächelnd. »Lasst mich ein Raumgefecht führen oder eine Flottenaufstellung planen, und ich weiß genau, was ich zu tun habe. Aber wenn ich gegen Abschaum wie High Ridge und Descroix kämpfen soll ...?« Er schüttelte den Kopf. »Ich kann meinen Verstand einfach nicht genügend verbiegen, um zu wissen, wie ich mit denen umgehen muss.«

»Sei ehrlich, Lieber«, verbesserte Emily ihn sanft. »Schließlich ist es keineswegs so, dass du es nicht könntest, und das weißt du. Du wirst nur so schnell so wütend auf sie, dass du auf dein hohes Ross namens Moral steigst, damit du sie unter seinen donnernden Hufen zerschmettern kannst. Aber wenn du das Visier deines Ritterhelms schließt, dann ist dein Sichtfeld schon ein bisschen eingeschränkt, nicht wahr?«

Ihr Lächeln nahm ihren Worten den meisten Biss, aber er zuckte trotzdem zusammen, und dieses Zusammenzucken war zumindest teilweise aufrichtig.

»Mir ist klar, dass jeder politische Analytiker weiß, wann er brutal ehrlich sein muss, Emily, aber irgendwie trägt diese spezielle Metapher nicht sonderlich viel zu meinem Selbstbild bei«, sagte er so trocken, dass Honor gegen ihren Willen gluckste. Emily schenkte ihr ein Augenzwinkern.

»Er spielt den steifen, aristokratischen und beleidigten Raumoffizier, der aber viel zu höflich ist, um es zu zeigen, ganz gut, finden Sie nicht?«

»Ich weiß nicht, was ich darauf antworten soll«, erwiderte Honor. »Andererseits spricht manchmal schon einiges für die ... Direktheit eines Don Quichotte. Jedenfalls, solange die Windmühlen nicht zu fest zurückschlagen.«

»Stimmt schon, stimmt schon«, räumte Emily ein. Sie aß einhändig mit der Anmut, wie sie aus Jahrzehnte langer Übung entsteht, doch nun legte sie die Gabel ab, damit sie zur Betonung mit dem Finger deuten konnte. »Ich räume sogar ein, dass es in der Politik Menschen geben muss, die bereit sind, sich an den Klippen der Überzeugung zerschmettern zu lassen, anstatt Täuschung und Hinterlist gutzuheißen. Es ginge uns besser, wenn wir mehr von solchen Leuten hätten, und die Pflicht derjenigen, die wir haben, ist es, als das Gewissen hinter unserem parteipolitischen Aderlass zu dienen. Doch das können sie am besten in der Isolation – sie erhalten unsere Vorstellungen von Moral aufrecht, indem sie beispielhaft danach leben, und es ist egal, ob sie sonst noch etwas erreichen oder nicht. Um der Politik aber seinen Stempel aufzudrücken, braucht man mehr als nur Rückgrat, so bewundernswert es auch ist. Man muss zwar nicht zum Feind werden, aber verstehen muss man den Gegner schon, und dazu muss man nicht nur seine Motive, sondern auch seine Taktik begreifen. Denn erst dann kann man Gegenmaßnahmen entwerfen. Man braucht sich dazu auch nicht auf das gleiche Niveau herabzulassen; man braucht nur zu erkennen, was der Gegner vorhat, und sich darauf einzurichten.«

»Willie versteht sich darauf viel besser als ich«, gab Hamish nach einem Augenblick zu.

»Ja, das stimmt, und darum wird er eines Tages auch Premierminister und du nicht. Und das ist wahrscheinlich auch gut so.« Emily lächelte breit. »Andererseits, so sehr ich Willie mag, als Admiral wäre er furchtbar!«

Alle drei lachten sie, doch dann neigte Emily den Kopf zur Seite und blickte Honor nachdenklich an.

»Sie konnte ich natürlich längst nicht so lange beobachten, Honor«, sagte sie, »aber ich bin ein wenig überrascht, dass Sie ... flexibler zu sein scheinen als Hamish. Nicht dass ich glauben würde, Sie wären auch nur im Geringsten mehr dazu bereit, Ihre Prinzipien der Zweckmäßigkeit zu opfern. Vielmehr meine ich es in dem Sinne, dass Sie sich eindeutig besser in einen anderen Menschen hineinversetzen können.«

»Äußerlichkeiten können täuschen«, entgegnete Honor trocken. »Ich verstehe nicht einmal ansatzweise, wie ein High Ridge oder ein Janacek denkt. Und um ganz ehrlich zu sein, das möchte ich auch gar nicht.«

»Da liegen Sie falsch, wissen Sie«, widersprach Emily ihr so bestimmt, dass Honor sie überrascht ansah. »Sie verstehen zwar nicht, weshalb solche Leute sich ausgerechnet die Ziele gesetzt haben, die sie verfolgen, aber sie können es hinnehmen. Und sobald Ihnen das gelungen ist, sind Sie auch in der Lage, ganz genau zu analysieren, was sie tun könnten, um diese Ziele zu erreichen.«

»Nicht immer«, sagte Honor in finsterem Ton. »*Das*« – mit ihrer Handbewegung schloss sie alle drei, die am Tisch saßen, ein – »habe ich nie kommen sehen.«

»Nein, aber jetzt, wo es geschehen ist, begreifen Sie genau, was der Gegner damit bezweckt. Deshalb verletzt es Sie ja auch so sehr, mit ansehen zu müssen, wie High Ridge und Konsorten damit durchkommen«, erklärte Emily sanft. »Niemand kann Ihnen verübeln, von einer Taktik aus der Gosse überrascht zu werden, die Ihnen völlig fremd ist, Honor. Aber selbst auf dem Höhepunkt Ihres Zorns haben Sie sich von ihrer Wut nicht blenden lassen. Und nach allem, was ich von Ihnen sowohl in den Zeitungen gelesen als auch im HD gesehen habe, würde ich jetzt, wo ich Sie persönlich kenne, sagen, dass aus Ihnen mit der Zeit eine sehr geschickte Politikerin werden könnte.«

Honor starrte sie ungläubig an, und Emily lachte.

»Ach, freilich niemals ein Naturtalent wie Willie! Und wie Hamish werden Sie sich in einer kollegialen Atmosphäre, wie das Oberhaus sie bietet, immer am wohlsten fühlen. Ich habe mir jedoch Ihre Reden angesehen. Als öffentlicher Redner entfalten Sie eine erheblich größere Wirkung als Hamish.« Sie lächelte ihren Gatten an. »Das soll ihn keineswegs herabsetzen, wissen Sie. Er wird aber leicht ungeduldig, und dann beginnt er zu dozieren. Das tun Sie nicht.«

»Politische Arbeit besteht aber nicht nur aus guten Reden, Emily«, wandte Hamish ein.

»Natürlich nicht. Honor hat aber schon bewiesen, dass sie militärische Bedrohungen analysieren und Strategien entwickeln kann, um ihnen zu begegnen. Ich brauche sie nur im Oberhaus reden zu hören, und schon ist mir klar, dass sie ihre analytische Begabung auch auf andere Gebiete anwenden kann, sobald sie die Rahmenbedingungen kennt. Über Politik muss sie noch viel lernen, besonders über die Messerstecher-Variante, die hier im Sternenkönigreich praktiziert wird, doch wenn ich mir ihre Entwicklung in den letzten Jahren vor Augen halte, scheint mir, dass ihre Lernkurve sehr steil ist. Sie hat vierzig T-Jahre gebraucht, um ein Raumoffizier zu werden; gib mir halb so viel Zeit in der Politik, und ich mache aus ihr eine Premierministerin!«

»O nein, auf keinen Fall!«, lehnte Honor rundheraus ab. »Keine zehn Jahre, und ich erdolche mich selber!«

»Das kommt mir ein wenig drastisch vor«, entgegnete Emily milde. »Vielleicht steckt in Ihnen mehr von einer Doña Quichotte, als mir klar war.«

Ihre grünen Augen funkelten nur ganz kurz, und Honor spürte, wie die Gräfin Bedauern wegen ihrer Wortwahl überkam, doch sie schüttelte es rasch wieder ab.

»Nein, einfach nur mehr Vernunft«, stellte Hamish fest, ohne die raschen Blickwechsel zwischen den Frauen bemerkt zu haben. Er sah sie ohnehin nicht an. Wie schon den ganzen Abend immer wieder, war seine Aufmerksamkeit zu Samantha zurückgekehrt. Er nahm erneut einen Selleriestängel aus der Schale auf dem Tisch und bot ihn ihr an.

»Ihr wird davon noch schlecht, Hamish«, schalt Emily ihn, und er blickte rasch auf. Sein Gesichtsausdruck erinnerte so sehr an einen ertappten Schuljungen, dass Honor gluckste.

»Dazu braucht es schon viel mehr Sellerie, Emily«, versicherte sie der Gastgeberin. »Allerdings«, fuhr sie ernster fort, den Blick auf Hamish gerichtet, »ist zu viel Sellerie nicht gut für sie. Sie kann ihn nicht verdauen, und wenn sie zu viel davon isst, bekommt sie Verstopfung.«

Samantha wandte sich ihr zu und bedachte sie mit

einem würdevoll-missbilligenden Blick, und Honor war froh, die Erheiterung der Baumkatze zu spüren. Trotz ihres transzendenten Entzückens darüber, sich an Hamish gebunden zu haben, hatte Samantha augenblicklich die bestürzte Verwirrung gespürt, die sie damit über ihren neuen Gefährten und Honor brachte, und diese Wahrnehmung hallte noch immer in ihr wider.

Ihren Gefühlen nach war sich Samantha allerdings noch immer nicht ganz sicher, weshalb sich die Menschen derart aufregten. Das unterstrich Honors Ansicht nach nur die Tatsache, dass die Baumkatzen trotz ihrer Jahrhunderte langen Verbindung mit den Menschen eine fremdartige Spezies blieben. Für Nimitz und Samantha hatte es überhaupt keinen Sinn, die eigenen Emotionen zu verbergen – angesichts ihrer Fähigkeit, die Gefühle des anderen wahrzunehmen, galt das vermutlich für alle ihre Artgenossen auch. Nimitz hatte im Laufe der Jahre gelernt, dass es zumindest bei den Menschen manchmal unpassend war, seine Gefühle zu zeigen, insbesondere, wenn es sich um Wut handelte, die sich gegen einen Vorgesetzten Honors in der Navy richtete. Selbst Nimitz aber hielt sich an diese Gepflogenheiten – nicht etwa, weil er darin irgendeinen echten Sinn entdeckte, sondern wegen seiner guten Manieren (und weil er Konzessionen an diesen seltsamen menschlichen Verhaltenskodex machte, da es seiner Gefährtin so wichtig war). Weder er noch Samantha hätten auch nur im Traum versucht, ihre Ansichten oder Empfindungen zu verbergen – besonders, wenn es um etwas Wichtiges ging.

Daraus erklärte sich auch die wachsende Frustration, die Honor von ihnen empfangen hatte, während sie sich immer mehr gequält hatte, um ihre wachsenden Gefühle für Hamish zu unterdrücken und zu verleugnen. Die 'Katzen wussten, wie sehr Honor ihn liebte, sie wussten, wie sehr er sie liebte, und nach den Maßstäben der Baumkatzen bedeutete es vorsätzlichen Irrwitz, sich – und den anderen – solchem Schmerz zu unterwerfen. Und um die Sache noch schlimmer zu machen, war es ein Schmerz, dem die 'Katzen nicht ausweichen konnten, sondern mit ihr erdulden mussten.

Sowohl Nimitz als auch Samantha waren sich im Klaren, dass alle Menschen, mit der bemerkenswerten Ausnahme Honors, ›geistesblind‹ waren, wie es bei den Baumkatzen hieß. Sie begriffen auch, dass in der menschlichen Gesellschaft wegen dieser Geistesblindheit andere Gebote herrschten als in ihrer eigenen. Was sie jedoch intellektuell verstanden, berührte ihre Empfindungen nicht, und sie empfanden nicht nur Frustration, sondern auch Zorn über die unerklärliche menschliche Willkür, die Honor und Hamish daran hinderte, sich eine Wahrheit einzugestehen, die für jede Baumkatze auf der Hand lag. Eine Willkür, die sie davon abhielt, den Schmerz und das Leid abzuschütteln.

Doch nachdem nun die momentane Euphorie darüber, in Hamish einen menschlichen Partner erkannt und sich an ihn gebunden zu haben, verflogen war, sah sich Samantha wieder mit den Realitäten konfrontiert, mit denen ihre menschlichen Freunde leben mussten. Und dank ihrer außergewöhnlichen Intelligenz wusste sie auch, wie sehr ihre Adoptionswahl diese Realitäten durcheinander gebracht hatte, auch wenn sie noch mit den Gründen zu kämpfen hatte, weshalb das nun geschehen sein sollte.

»Wenn sie Sellerie nicht verdauen können und er ihnen ... hm, den Verdauungstrakt blockiert, warum lieben sie ihn dann so sehr?«, fragte Emily.

»Diese Fragen hat sich jeder Mensch gestellt, der je versuchte, die 'Katzen zu erforschen«, antwortete Honor. »Nachdem sie die Zeichensprache gelernt hatten, haben wir sie natürlich gefragt.« Sie zuckte mit den Schultern. »Zum Teil konnte man es sich schon denken – sie lieben einfach den Geschmack. Stellen Sie sich das schokoladensüchtigste menschliche Wesen vor, dem Sie je begegnet sind, und erheben Sie sein Verlangen in die dritte Potenz, dann kommen Sie allmählich in die Größenordnung, wie sehr Baumkatzen Sellerie lieben. Aber der Geschmack ist nur ein Grund. Ein anderer liegt darin, dass sphinxianischer Sellerie Spuren einer Verbindung enthält, die für sie lebenswichtig ist.«

»*Sphinxianischer* Sellerie?«, wiederholte Emily.

»Sie mögen den Geschmack von jedem Sellerie, egal woher er kommt«, erklärte Honor. »Doch als die Menschen damals zum ersten Mal ins Manticore-System kamen, mussten sie die altirdische Flora und Fauna geringfügig an die neue Umwelt anpassen. Was ja«, fügte sie in staubtrockenem Ton hinzu, indem sie flüchtig auf sich selbst wies, »in einigen Fällen auch an menschlichen Wesen vollbracht wurde. Im Falle von Sphinx waren keine drastischen Maßnahmen erforderlich. Aber die meisten terranischen Nutzpflanzen wurden genetisch leicht verändert, um zum Beispiel die Fixierung von Elementen zu verhindern, die wir nicht brauchen, und um es einigen besonders hartnäckigen einheimischen Schädlingen und den Pflanzenkrankheiten, die sie übertragen, schwer zu machen. Die grundlegende Idee war, dass die genmanipulierten Pflanzen eine auf Sphinx natürlich vorkommende organische Verbindung produzieren und speichern sollten, die für Menschen harmlos ist, aber Insekten abschreckt. Die Genveränderung funktionierte bei allen

Probanden, bei einigen besser als bei anderen, und beim Sellerie war sie am wirksamsten. Die Verbindung in den Abkömmlingen der modifizierten altirdischen Pflanzen unterscheidet sich leicht von der, die in der einheimischen Flora vorkommt. Sie ist ein Derivat. Offensichtlich ist sie aber entweder essentiell oder außerordentlich begünstigend für die Aufrechterhaltung der empathischen und telepathischen Sinne der 'Katzen.«

»Und woher haben sie diese Verbindung bekommen, bevor wir ihnen den Sellerie brachten?«, wollte Emily wissen.

»Es gibt eine sphinxianische Pflanze, die das einheimische Derivat produziert. Die 'Katzen nennen sie Purpurhorn und wissen schon seit Urzeiten davon. Es ist jedoch selten und schwer zu finden, und sie sagen, dass Sellerie ihnen offen gesagt viel besser schmeckt.« Honor hob wieder die Schultern. »Und das ist, wie sich herausstellte, die Antwort auf Das Große Rätsel des Verschwundenen Selleries, durch den Menschen und Baumkatzen einander zum ersten Mal begegnet sind.«

»Das ist faszinierend«, sagte Emily und musterte Honor gespannt, dann blickte sie auf Nimitz und Samantha. Sie betrachtete die Baumkatzen einen Moment lang, und die beiden erwiderten ihren Blick ernst, bis Emily tief Luft holte und sich wieder Honor zuwandte.

»Ich beneide Sie«, sagte sie offen. »Ich hätte Sie wahrscheinlich schon allein deswegen beneidet, weil Sie überhaupt adoptiert worden sind. Aber so viele Fragen beantworten zu können, nach so vielen Jahrhunderten die Lösungen so vieler Rätsel zu finden ... Das muss ganz besonders wunderbar sein.«

»Ja, das ist es«, sagte Honor leise, und dann überraschte sie beide Alexanders – und sich selbst auch – mit einem

Kichern. »Anderseits«, erklärte sie halb entschuldigend, als ihre Gastgeber sie erstaunt anblickten, »kann es sehr ermüdend sein, ihnen beim Signalisieren zuzusehen – besonders wenn ein Dutzend oder so vor Ihnen sitzt! Dann kommen Sie sich vor, als säßen Sie in einer Maschinenhalle oder einer Triebwerksturbine gefangen.«

»Ach du meine Güte!« Emily lachte entzückt auf. »Diese Seite hätte ich mir nie träumen lassen.«

Nimitz blickte zwischen den lächelnden Menschen hin und her, dann erhob er sich auf einem der Hochstühle, die Nico irgendwo für die Baumkatzen besorgt hatte, und begann zu signalisieren. Er hatte das Rückgrat vor beredter Würde gestrafft, und es gelang Honor, sich weiteres Lachen zu verkneifen, während sie für Emily und Hamish dolmetschte.

»Er sagt, wenn wir ›Zwei-Beine‹ es schwierig finden, bei all den Zeichen den Überblick zu behalten, dann sollten wir es mal von der Seite der ›Leute‹ aus betrachten. Und wenn wir als Spezies so viel Verstand hätten, uns nicht auf ›Mund-Laute‹ als einzige, erbarmungswürdige Verständigungsmöglichkeit zu beschränken, dann hätten die Leute vielleicht nicht lernen müssen, ihre Finger dermaßen zu verdrehen, nur um mit uns reden zu können.«

Der 'Kater hörte auf zu signalisieren und zuckte missbilligend mit den Schnurrhaaren, als die drei Menschen erneut loslachten. Hörbar schniefte er und hob die Nase, doch Honor spürte, wie er sich freute, sie zum Lachen zu bringen, und sie sandte ihm zur Antwort eine anerkennende, mentale Liebkosung.

»Das ist, wie Emily schon bemerkt hat, wirklich faszinierend«, sagte Hamish schließlich, »und ich sehe schon, dass ich mich hinsetzen und selber die Gebärdensprache lernen muss. Doch alle Leichtfertigkeit beiseite, Sie,

Samantha, Nimitz und ich müssen uns der Tatsache stellen, dass ihre Entscheidung, mich zu adoptieren, ganz gewaltige Probleme schafft. Ich bin ihr dafür dankbar – ich empfinde Ehrfurcht –, aber ich wüsste gern, wie es dazu kommen konnte, und darum sie diesen bestimmten Augenblick dazu auswählte.«

»Sie müssen noch sehr viel über Baumkatzen lernen, Hamish«, entgegnete Honor in bedachtsam unverbindlichem Ton. »Wir alle. In gewisser Weise haben wir umso mehr zu lernen, je länger wir adoptiert sind, weil wir uns bestimmte lieb gewonnene Theorien und Vorstellungen aus dem Kopf schlagen müssen. Und eine dieser Vorstellungen ist, dass eine 'Katz sich einen Menschen in einer Art bewusstem Prozess ›aussucht‹.«

»Wie meinen Sie das?«, fragte Emily forschend.

»Ich habe stundenlang mit Nimitz und Samantha darüber gesprochen, aber ich weiß noch immer nicht mit Sicherheit, ob ich alles richtig verstanden habe«, antwortete Honor. »Aber um es auf das Einfachste zu reduzieren: Alle 'Katzen sind sowohl Telepathen als auch Empathen, aber einigen von ihnen scheint die besondere Fähigkeit angeboren zu sein, nicht nur mit anderen Angehörigen ihrer Spezies Kontakt aufzunehmen, sondern auch mit Menschen.«

Beide Alexanders nickten, doch Honor merkte genau, dass sie hinsichtlich der neusten Erkenntnisse über Baumkatzen nicht auf dem Laufenden waren. *Vielleicht wäre es keine schlechte Idee,* dachte sie, *ihnen ein wenig mehr Hintergrundwissen zu vermitteln, ehe ich ihnen eine Frage zu beantworten versuche, deren Antwort nicht einmal mir ganz klar ist.*

»Alle Baumkatzen sind in der Lage, sowohl die Gedanken als auch die Gefühle einer anderen 'Katz zu spüren«, begann sie. »Gedanken bezeichnen sie als ›Geistesstimme‹ und Gefühle als ›Geistesleuchten‹. Nun, um genauer zu sein, sind das Menschenwörter, die sie sich haben einfallen lassen, als sie versuchten, uns diese Dinge zu erklären. Soweit wir heute wissen, hatte Dr. Arif Recht mit ihrer Theorie, dass Telepathen überhaupt keine gesprochene Sprache benutzen. Tatsächlich war das sogar der große Stolperstein bei ihren Versuchen, mit uns zu kommunizieren. Sie wussten zwar, dass wir uns durch ›Mund-Laute‹ verständigen, doch das Konzept der Sprache war ihnen so fremd, dass sie im wahrsten Sinne des Wortes Jahrhunderte brauchten, um die Bedeutung von mehr als einer Hand voll Wörter zu erlernen.«

»Wie konnten sie das überhaupt schaffen?«, fragte Hamish, während er die Hand vorstreckte und Samanthas aufgestellte Ohren sanft und zärtlich streichelte.

»Nun, in gewisser Weise bringt uns das wieder zu Samantha zurück«, sagte Honor, und Hamish blickte scharf von der 'Katz auf.

»Es wird uns Jahre über Jahre kosten, unser Verständnis der Baumkatzen zu vervollständigen«, fuhr sie fort, »aber wir haben schon erheblich mehr erfahren, als wir bislang wussten. Es ist noch immer schwierig, komplizierte Ideen auszutauschen, besonders wenn es um Konzepte geht, die mit Fähigkeiten wie Telepathie und Empathie zu tun haben, wo den Menschen einfach jede Erfahrung fehlt.«

Absichtlich übersah sie den nachdenklichen Blick, den Hamish ihr nach ihrem letzten Satz zuwarf.

»Eine Sache, die mittlerweile festzustehen scheint, ist, dass 'Katzen einfach nicht sehr innovativ sind. Ihr Verstand arbeitet nicht in diese Richtung – zumindest nicht in der Vergangenheit. Ich halte es für möglich, dass sich das jetzt ändert, nachdem sie endlich vollständiger mit Menschen kommunizieren können. Traditionell aber sind

'Katzen, die zu neuen Erkenntnissen fähig sind oder sich neue Lösungswege für Probleme einfallen lassen, immer sehr, sehr selten gewesen. Das ist ein Grund, weshalb die Baumkatzengesellschaft immer sehr stabil gewesen ist und warum es ihnen als Spezies so schwer zu fallen scheint, sich umzuentscheiden, nachdem sie sich einmal für einen bestimmten Weg entschlossen haben.«

Jetzt ist wohl nicht der richtige Zeitpunkt, um anzumerken, dass die Baumkatzen seit fast vierhundert T-Jahren das wahre Ausmaß ihrer Intelligenz systematisch vor uns Menschen verbergen, sann Honor. *Vor uns, die wir ungefragt auf ihren Planeten gekommen sind und uns dort angesiedelt haben.* Die Beweggründe der 'Katzen verstand sie sehr gut, und sie war zuversichtlich, dass das auch für Emily und Hamish gelten würde. Doch es konnte nicht schaden, noch weitere Vorarbeit zu leisten, bevor sie oder die Öffentlichkeit in die ganze Wahrheit über die kleine Täuschung der Baumkatzen eingeweiht wurden.

»Aber auch wenn sie nur eine begrenzte Anzahl von Neuerern hervorbringen«, fuhr sie stattdessen fort, »haben sie zumindest einen gewaltigen Vorteil, wenn es darum geht, eine Veränderung zu verbreiten. Sobald eine 'Katz etwas Neues herausfindet, kann das neue Wissen sehr rasch an alle anderen Baumkatzen weitergeben werden.«

»Telepathie.« White Haven nickte, und seine blauen Augen strahlten. »Sie geben einander einfach ›Bescheid‹!«

»Nicht ganz«, widersprach Honor. »Nach allem, was ich von Nimitz und Samantha höre, ist das Ausmaß der Verständigung zwischen den meisten Baumkatzen relativ analog zu dem der menschlichen Sprache, zumindest soweit es den bewussten Austausch von Information angeht. Ich bezweifle, dass die meisten Menschen sich jemals vorstellen können, was es bedeutet, all diese emotionalen ›Unterschwingungen‹ zu empfangen, die jedes ›Gespräch‹ zwischen Baumkatzen begleiten. Ihre Fähigkeit, sich Dinge auf der kognitiven Ebene zu erläutern, ist eigentlich gar nicht viel größer als bei uns. Schneller ist es wohl – sehr viel schneller –, aber man hat es nicht mit diesem Austausch von Geist zu Geist, diesem mein-Geist-ist-dein-Geist zu tun, das einige Science-Fiction-Autoren ersonnen haben.«

»Wie machen die 'Katzen es dann?«, fragte der Earl. »Sie haben gesagt, sie könnten neues Wissen sehr rasch übertragen, also passiert offensichtlich doch etwas anderes.«

»Genau. Sehen Sie, die Gesellschaft der 'Katzen dreht sich komplett um eine bestimmte Gruppe von ihnen, die ›Sagen-Künderinnen‹ genannt werden. Sagen-Künderinnen sind immer weiblich – anscheinend, weil Weibchen von Natur aus stärkere Geistesstimmen und Geistesleuchten haben. Und die Baumkatzengesellschaft ist fast, aber nicht ganz matriarchalisch.«

Honor runzelte nachdenklich die Stirn.

»Die Baumkatzen-Clans werden von den Ältesten regiert. Diese Ältesten wählt man hauptsächlich nach ihrer besonderen Befähigung für ein bestimmtes Handwerk oder für eine Betätigung aus, die überlebenswichtig für den Clan sind. Diese Auswahl hat anscheinend keinerlei Ähnlichkeit mit Wahlen oder einer erblichen Weitergabe des Amtes, wie wir Menschen sie kennen. Die Sagen-Künderinnen bilden eine besondere Gruppe, fast eine Kaste, und werden vom gesamten Clan mit großer Ehrerbietung behandelt. Tatsächlich ist jede Sagen-Künderin automatisch eine Clan-Älteste, ganz gleich, wie alt sie wirklich ist. Und weil sie für den Clan so wichtig sind, werden sie fanatisch bewacht und beschützt. Jede Aktivität, die eine Sagen-Künderin in Gefahr bringen könnte, ist ihr streng verboten – ähnlich wie bei einem Gutsherrn.«

Zum ersten Mal seit einer Zeit, die ihr wie Jahre vorkam, grinste sie zwanglos, und die beiden Alexanders lachten mitfühlend.

»Die Sagen-Künderinnen sind deshalb so wichtig, weil sie die Geschichte und das Wissen der 'Katzen bewahren. Sie können eine so tiefe geistige Bindung mit jeder anderen 'Katz eingehen, dass sie jedes Erlebnis dieser anderen 'Katz selbst erleben, als wäre es ihnen selbst widerfahren. Weiterhin können sie diese Erfahrungen präzise in allen Einzelheiten wiedergeben und sie mit anderen 'Katzen teilen – oder sie an andere Sagen-Künderinnen weiterreichen. Man könnte es als die Vollendung der mündlichen Überlieferung ansehen, nur dass die gesamte Erfahrung weitergegeben wird, und nicht von einer 'Katz an die andere, sondern von Generation zu Generation. Nimitz und Samantha zufolge gibt es ein Sagen-Lied, das die ›Zeugenaussage‹ eines Baumkatzen-Kundschafters wiedergibt – eines Kundschafters, der die erste Landung eines Vermessungsteams auf Sphinx vor fast tausend T-Jahren beobachtet hat.«

Hamish und Emily bedachten die beiden Baumkatzen mit einem Blick, der sehr ehrfurchtsvoll wirkte, und Nimitz und Samantha erwiderten ihn gelassen.

»Also bekommen diese ... ›Sagen-Künderinnen‹«, sagte White Haven langsam, »ein neues Konzept oder eine neue Fertigkeit von der 'Katz mitgeteilt, die als Erste darauf verfällt, und dann versenden sie es an alle anderen.« Er schüttelte den Kopf. »Mein Gott. Auch wenn sie langsam sind mit dem Neuen, sie sind gewiss gut ausgestattet, um die gute Neuigkeit zu verbreiten.«

»Ja, das sind sie«, stimmte Honor ihm zu. »Aber für die Baumkatzen sind diejenigen Individuen am wichtigsten, die sowohl Neuerer als auch Sagen-Künderinnen sind. Offensichtlich war eine Schwester von Löwenherz – das ist der 'Kater, der meine Urahnin adoptiert hat – so eine Sagen-Künderin. Sie hat praktisch im Alleingang sämtliche anderen 'Katzen davon überzeugen können, dass Bindungen zwischen Baumkatzen und Menschen eine gute Sache sind.

Das bringt mich auf das, worauf ich mit dieser weit ausholenden Erklärung eigentlich hinauswollte: Keine 'Katz konnte sich einen Reim darauf machen, wie wir Menschen uns verständigen, bis sich eine ihrer Sagen-Künderinnen bei einem Sturz verletzte.«

Ihre Miene verfinsterte sich kurz, dann riss sie sich zusammen und fuhr mit kühler Stimme fort:

»Wie Sie sicher beide wissen, wurde auch Nimitz ... verletzt, während wir in Gefangenschaft waren, und hat infolgedessen seine Geistesstimme verloren. Er konnte mit keiner anderen 'Katz mehr sprechen, bis meine Mutter auf die Idee kam, ihm und Samantha die Gebärdensprache beizubringen. Schon vor Jahrhunderten war das versucht worden, ohne Erfolg, weil die Baumkatzen zu dieser Zeit noch nicht erkannt hatten, wie die Menschen sich verständigen. Weil sie überhaupt keine Worte benutzen, waren sie einfach nicht imstande, eine Verbindung zwischen Handgesten und Gedanken herzustellen, weil sie auch die ›Mund-Laute‹ nicht mit Gedanken in Verbindung brachten.

Das hatte sich aber schon zu der Zeit geändert, als Nimitz und Samantha auf die Welt kamen. Denn die Sagen-Künderin, die sich bei dem Sturz verletzte – die 'Katzen nennen sie übrigens »Sängerin aus der Stille« –, hatte nicht ihre Geistesstimme verloren, sondern ihre Fähigkeit, andere Geistesstimmen zu hören. Sie konnte noch immer Emotionen wahrnehmen, noch immer das Geistesleuchten schmecken, aber gegenüber allem anderen war sie taub.«

Honor atmete tief durch.

»Das muss vernichtend gewesen sein, erst recht für eine Sagen-Künderin. Sie konnte noch immer senden, noch immer die Sagen-Lieder weitergeben, die sie vor ihrem Unfall gelernt hatte, aber nie wieder ein neues lernen. Was das betraf, so konnte sie nie sicher sein, ob irgendjemand sonst sie richtig gehört hatte, denn es gab keinen ›Rückkanal‹, keine Möglichkeit festzustellen, ob sie unverzerrt sendete.

Deshalb gab sie ihre Position als Älteste auf, verließ ihren Clan und zog zum Clan des Hellen Wassers – Nimitz' Clan, der gleiche, aus dem auch Löwenherz stammte. Sie hat sich den Clan des Hellen Wassers ausgesucht, weil er von allen Clans immer den innigsten Kontakt mit Menschen gepflegt hatte. Sie wollte Zeit unter den Zwei-Beinen verbringen. Sie wusste, dass sich die Menschen auch ohne Geistesstimme verständigen, und wollte diese Verständigungsart unbedingt erlernen.

Am Ende gelang es ihr nicht, weil 'Katzen die Laute der menschlichen Sprache einfach nicht bilden können. Jahrelang hörte sie den Menschen beim Sprechen zu. Und obwohl sie nie ihre mentale Taubheit überwand, gelang es ihr zu schlussfolgern, wie gesprochene Sprache grundsätzlich funktioniert. Und da sie noch immer Sagen-Lieder senden konnte, war sie in der Lage, ihr Wissen an alle Baumkatzen weiterzugeben. Nur deshalb haben die 'Katzen uns schon verstanden, bevor sie eine Möglichkeit fanden, mit ihren Händen zu antworten.«

»Faszinierend«, wiederholte Hamish noch einmal. Er sprach leise, mit hingerissenem Gesichtsausdruck. Dann neigte er stirnrunzelnd den Kopf zu Seite. »Aber Sie sagen, all das hänge irgendwie mit Sam zusammen.«

»Ja, das ist richtig. Sehen Sie, Samanthas Baumkatzen-Name lautet Goldene-Stimme. Sie ist eine Sagen-Künderin, Hamish.«

»Was ist sie?« White Haven starrte Honor einen Moment lang verständnislos an, dann Samantha, die seinen Blick erwiderte und unmissverständlich nickte wie ein Mensch.

»Eine Sagen-Künderin«, bestätigte Honor ihm. Erinnern Sie sich, ich sagte schon, dass eine 'Katz, die adoptiert, keine Wahl im menschlichen Sinn des Wortes trifft. Ich weiß nicht, ob es nun eine besondere Empfindsamkeit oder eine Fähigkeit ist, durch die eine Baumkatze ein Geistesleuchten so schmecken kann, dass eine Adoption möglich wird. Doch was immer es ist: Es treibt diejenigen von ihnen, die dieses Etwas besitzen, zu uns. Sie wissen aus den Sagen-Liedern anderer 'Katzen, die schon Menschen adoptiert hatten, *wonach* sie suchen müssen, haben aber nicht die leiseste Ahnung, *wen* sie suchen. Sie entscheiden sich für die Adoption – genauer gesagt, die 'Katzen, denen eine Adoption möglich wäre, entscheiden sich, so nahe bei den Menschen zu leben, dass eine Adoption geschehen kann. Aber der Augenblick der Adoption wird nicht so sehr von der Suche bestimmt, sondern vom Erkennen. Es ... es geschieht einfach, wenn sie der richtigen Person begegnen.

Nun, soweit die Baumkatzen wissen, ist Samantha – Goldene-Stimme – die erste 'Katz, die mit der geistigen Kraft einer Sagen-Künderin geboren wurde und zugleich das geheimnisvolle Etwas hat, das 'Katzen zur Adoption eines

Menschen antreibt. Nach allem, was sie mir mitgeteilt hat, war es eine entsetzliche Entscheidung, eine dieser beiden Möglichkeiten aufzugeben. Aber sie hat sich entschlossen, die Adoption zu suchen, und dadurch Harold Tschu kennen gelernt und ihn adoptiert.«

White Haven nickte bedächtig. »Aber Tschu ist unter Ihrem Befehl in Silesia gefallen, nachdem Samantha und Nimitz Gatten geworden waren«, sagte er.

»Was der einzige Grund ist, weshalb sie nach Harolds Tod keinen Selbstmord begangen hat«, pflichtete Honor ihm düster bei. Der Earl kniff die Augen zusammen, und Honor blickte ihn fast trotzig an, als sie die unmittelbar in ihm aufflackernde Ableugnung einer solchen Möglichkeit spürte.

»Das ist es, was Baumkatzen für gewöhnlich tun, wenn sie ihre Adoptivmenschen oder ihre Gatten verlieren, Hamish«, sagte sie ruhig. »Selbstmord oder ... sie essen und trinken nichts mehr und verhungern oder verdursten. Drei T-Jahrhunderte lang war das die große Tragödie der Adoption, bis das Prolong es uns möglich machte, so lange zu leben wie die 'Katzen. Sie wussten, dass sie mit beinahe völliger Gewissheit Jahrzehnte ihres Leben aufgaben, manchmal ein ganzes Jahrhundert oder mehr, wenn sie einen Menschen adoptierten ... aber dennoch trieb das Bedürfnis nach dem menschlichen Geistesleuchten sie dazu.«

Sie sah, wie das Verständnis in seinen Augen dämmerte und nickte langsam.

»Die Verschmelzung ist so tief und so vollständig, zumindest auf Seiten der 'Katzen, dass eine tiefe Leere in ihnen zurückbleibt, wenn sie die andere Hälfte des Adoptionsbundes verlieren. Die meisten von ihnen entscheiden sich dann dafür, nicht weiterzuleben. König Rogers

'Kater Monroe hätte sich unweigerlich zu Tode gehungert, wenn ...«

Sie unterbrach sich unvermittelt. Dass Königin Elisabeths Vater einem Anschlag havenitischer Agenten zum Opfer gefallen war, wusste nur eine Hand voll ihrer Untertanen. Honor gehörte dazu, und ihr war bekannt, dass William Alexander ebenfalls eingeweiht war, weil sie es gleichzeitig erfahren hatten. Sie hatten jedoch Geheimhaltung geschworen.

»Er hätte sich unweigerlich zu Tode gehungert, wenn Prinz Justin nicht von einem Verrückten angegriffen worden wäre, während er versuchte, Monroe zum Essen zu bewegen – Justin war zu der Zeit natürlich noch gar nicht Prinzgemahl; er war mit Elizabeth verlobt, aber sie hatten noch nicht geheiratet«, fuhr sie stattdessen fort. »Der Anschlag riss Monroe aus seiner Lethargie, und während des Kampfes gegen den Verrückten banden sich Justin und er aneinander. Nur deshalb ist Monroe heute noch am Leben. Nun, die Situation war bei Samantha und Nimitz ähnlich, denn soweit wir wissen, sind sie das einzige Baumkatzenpaar, bei dem beide Partner einen Menschen adoptiert haben. Samanthas Band zu Nimitz war stark genug, um sie bei uns zu halten.«

»Ich verstehe.« White Haven blickte sie einen Moment lang an, dann senkte er die Hand auf Samantha und strich ihr über den weichen, dichten Pelz.

»Warst du einsam?«, fragte er sie. »Lag es daran?«

Die kleine, schlanke Baumkatze hob den Blick, richtete ihre bodenlosen, grasgrünen Augen auf ihn, dann sah sie zu Honor und erhob sich auf ihre Echtpfoten, um signalisieren zu können.

Sie drückte sich den Daumen der rechten Echthand unters Kinn, dann beschrieb sie mit ihm einen flachen

Bogen nach vorn. Sie hob beide Echthände, spreizte jeweils den kleinen Finger ab und hielt sie einen halben Zentimeter voneinander entfernt; dann führte sie sie vier Mal aneinander und trennte sie wieder. Danach positionierte sie die rechte Echthand horizontal unter der linken, die Handflächen einander zugewandt, die Finger gekrümmt, und drehte sie in unterschiedliche Richtungen.

»Sie sagt, sie war verwirrt, nicht einsam«, dolmetschte Honor, doch dann bewegten sich Samanthas Hände noch drängender.

»Hör zu, bevor du redest«, geboten ihr die flinken Finger. »Du quälst dich. Er quält sich. Nimitz und ich fühlen euren Schmerz. Es tut uns genauso weh wie euch, aber wir verstehen. Euer Schmerz ist Zwei-Bein-Schmerz, weil alle außer dir geistesblind sind. Deine Leute können nicht schmecken, was die Leute schmecken, und es gibt Gründe, weshalb ihr kein Paar werden könnt. Trotzdem müsst ihr tun, was ihr tun müsst. Wenn ihr es nicht tut, quält ihr euch noch mehr. Als er kam, war dein Schmerz sehr groß. So groß, dass sogar ein Geistesblinder ihn schmecken konnte. Und er hat ihn geschmeckt. Das machte seinen Schmerz noch viel, viel schlimmer. Schmerz ist etwas Schreckliches, aber Schmerz kann das Geistesleuchten noch heller machen, und das ist passiert. Zum ersten Mal habe ich ihn wirklich geschmeckt, nicht nur allein, sondern auch durch dich, und sein Geistesleuchten nahm mich gefangen. Hatte es nicht geplant. Wollte es nicht mal. Aber jetzt ist es wunderbar. Tut mir Leid, dass es alles noch schwieriger macht, aber hätte es nicht geändert – konnte es nicht ändern.«

Sie hörte auf zu signalisieren, die Hände wieder reglos, und blickte vertrauensvoll zu Honor auf.

Eigenartig, dass jede 'Katz eine eigene ›Sprechweise‹ hat, dachte Honor fast geistesabwesend, dann riss sie sich innerlich zusammen und geißelte sich dafür, sich hinter unwesentlichen Überlegungen zu verbergen.

Honor konnte noch immer nicht sagen, wie das hoffnungslose Sehnen, dass Hamish und sie empfanden, jemals gestillt werden sollte, wie das Unmögliche je möglich werden konnte. Da die Situation so aussichtslos war, belastete sie das Adoptionsband zwischen Hamish und Samantha vielleicht mit dem gleichen Schmerz und Unglück, wenn Samantha ihm sagte, dass nur seine Qual sie zu ihm hingezogen hatte. Honors Fähigkeit, Samanthas Geistesleuchten und die ›emotionalen Unterströmungen‹ zu schmecken, die sie Hamish und Emily gegenüber erwähnt hatte, verrieten ihr, dass die Adoption nicht von dem abhing, was sie und Hamish füreinander empfanden oder nicht. Nicht ihre verzweifelte Liebe hatte Samantha auf Hamishs Geistesleuchten aufmerksam gemacht, sondern allein der Schmerz, der aus dieser Liebe resultierte. Hamish fehlte Honors Empfindsamkeit. Er würde nie den unumstößlichen Beweis spüren können, dass Samanthas Band zu ihm völlig unabhängig war von Nimitz' Band zu Honor oder der komplexen emotionalen Spannung zwischen ihm und Honor. Und Samantha wusste das. *Was bei einer Sagen-Künderin wohl auch nicht sonderlich verwunderlich ist,* dachte Honor. Selbst nach all den Jahren war sie überrascht und zugleich tief berührt, wie empfänglich Samantha gegenüber den fremdartigen Regeln, Gedanken und Gefühlen der Menschen war – und über ihre Entschlossenheit, Hamish mit den scharfen, bitteren Aspekten nicht zu verletzen.

Nun war es an Honor, ihn ebenfalls zu beschützen, und

sie blickte von Samantha auf und erwiderte seinen wartenden Blick.

»Sie sagt«, erklärte Honor Harrington, »dass die Spannung, unter der Sie und ich stehen, Ihr Geistesleuchten verstärkt habe. So sehr, dass Samantha Sie zum ersten Mal wirklich ›sehen‹ konnte.«

»Wirklich?« White Haven lehnte sich überrascht zurück, dann lächelte er zögerlich, und Honor spürte die zahlreichen bittersüßen Schichten in ihm.

»Ich verstehe«, sagte er mit einem Blick auf sie, ohne zu ahnen, dass Honor – und Emily – ihm durch seine Augen bis ins Herz sehen konnten. »Na, so schlecht der Zeitpunkt auch gewählt war – wenn uns das zusammengebracht hat, dann kann ich nicht anders, als dafür wenigstens ein bisschen dankbar zu sein.«

14

»Verdammt.« Der Vierzehnte Earl von North Hollow sprach das einzelne Wort leise, beinahe gelassen aus, doch wenn der Ausdruck seiner Augen eines nicht war, dann gelassen. Es gelang ihm, die Wut aus seinem Blick zu bannen, als er durch die weite Queen Caitrin's Hall im Mount Royal Palace starrte, aber nur, weil er genau wusste, das jedes Auge auf ihm ruhte, das nicht den livrierten Kammerherrn beobachtete, der sich soeben an der Tür dazu anschickte, den nächsten Gast anzukündigen.

»Ihre Hoheit Admiral Lady Dame Honor Harrington, Herzogin und Gutsherrin von Harrington, und Nimitz!«

Das fortschrittliche Audiosystem des riesigen Saales trug die Durchsage sanft an jedes Ohr, ohne dass etwas so Grobes wie Brüllen nötig gewesen wäre – und das, obwohl die Queen Caitrin's Hall so groß war, dass man darin wenigstens zwei Basketballspiele gleichzeitig hätte austragen können. Die Stimme des Kammerherrn war zwar nicht so aufdringlich, dass sie ein Gespräch hätte stören können, dennoch erstarben die Unterhaltungen im Saal. Eine Welle des plötzlichen Schweigens breitete sich von dem Eingang aus, als jeder Gast sich der großen, schlanken Frau gewahr wurde, die soeben den Saal betrat.

Wie zu allen offiziellen Anlässen im Sternenkönigreich trug sie ihre Abwandlung der traditionellen graysonitischen Frauenkleidung, doch war ihr Kleid an diesem Abend tiefblau wie ein erlesener Stein, nicht schmucklos weiß wie gewöhnlich. Die wappenrockähnliche Weste von dem dunklen Jadegrün, das bei den Modedesignern zweier Sternnationen mittlerweile nur noch ›Harrington-Grün‹ hieß, passte gut zu dem Blau, und doch war die Kombination weit auffallender als ihre gewöhnliche Kleidung. Der Stern von Grayson und der Schlüssel von Harrington glänzten golden auf ihrer Brust. Ihr Haar war glatt und wurde im Nacken von einem ebenfalls Harringtongrünen Seidenband gehalten, bevor es ausgebreitet auf ihren Rücken fiel. Die dunkelbraune Kaskade war mit Raffinesse so angeordnet, dass es natürlich aussah, während sie elegant links abfiel und nicht dem Baumkater auf ihrer rechten Schulter ins Gehege kam.

Sie war vermutlich die größte Frau in der gewaltigen Queen Caitrin's Hall, und wenn nicht, so gehörte sie jedenfalls zu den größten. Sie bewegte sich mit der leichtfüßigen, natürlichen Anmut einer Kampfsportlerin, während sie in das Schweigen trat. Andrew LaFollet und Spencer Hawke, beide in makelloser Galauniform der Gutsgarde von Harrington, folgten ihr auf dem Fuße, vom Kammerherrn zwar nicht angekündigt, aber keineswegs unbemerkt. Hier und dort verdüsterte sich ein Gesicht vor Missbilligung, weil die Leibwächter ihre in Gürteltaschen steckenden Waffen in die Nähe der Königin brachten, doch niemand war so dumm, eine Bemerkung darüber fallen zu lassen. Nicht hier. Nicht vor Elisabeth III.

Die Queen hatte sich mit Lord William Alexander und Theodore Harper, dem Planetaren Großherzog von Manticore, unterhalten und aufgeblickt, als die Herzogin von Harrington angekündigt wurde. Nun kam die Königin ihr in kompletter Missachtung des Jahrhunderte alten Protokolls durch den Saal entgegen, die Hände ausgestreckt und ein strahlendes Begrüßungslächeln im Gesicht. Die Herzogin erwiderte das Lächeln und vollführte einen tiefen Knicks im graysonitischen Stil, dann ergriff sie die Hand, die ihr die Königin reichte, und schüttelte sie fest.

Etwas wie ein stiller Seufzer schien durch den Saal zu ziehen, doch wenn Harrington ihn spürte, so ließ weder sie noch die 'Katz auf ihrer Schulter es sich auch nur im Geringsten anmerken. Ihr Gesicht war ruhig und aufmerksam, während sie den Kopf neigte, um zu hören, was die Königin sagte, und dann lachte sie mit einer Leichtigkeit, die völlig natürlich erschien. Die Queen fügte etwas hinzu, berührte Harrington leicht an der Schulter und wollte sich wieder dem Großherzog von Manticore zuwenden, als der Kammerherr den nächsten Ankömmling meldete. Die Königin hielt inne.

»Admiral Earl von White Haven mit Lady White Haven und Samantha!«

War beim Eintreffen der Herzogin von Harrington eine

Welle des Schweigens durch den Saal gegangen, so rief diese Ankunft eine weit intensivere Reaktion hervor. Es war, als hätten alle der vielen Gäste gleichzeitig tief Luft geholt – und sie angehalten.

Der Earl war etwa zwei Zentimeter größer als Lady Harrington, und der Lebenserhaltungssessel seiner Frau schwebte geräuschlos an seiner Seite, während sie sich durch die Stille bewegten. Keiner von ihnen ließ sich anmerken, ob sie sich der musternden Blicke bewusst waren; nur die Schweifspitze der schlanken, getupften Baumkatze auf der Schulter des Earls zeichnete langsam kleine Bögen in die Luft. Sie durchschritten den Eingang, hielten kurz inne, als sie die Herzogin entdeckten, und näherten sich ihr dann umso rascher, auf dem Gesicht ein ebenso breites Lächeln wie die Königin.

»Honor!« Die Freude in Lady White Havens Stimme schnitt klar durch die unnatürliche Stille, obwohl sie ihre Stimme gewiss nicht erhoben hatte. Andererseits hatte sie schon vor einem halben Jahrhundert als Schauspielerin gelernt, wie man die Stimme am besten einsetzt. »Wie schön, Sie wiederzusehen!«

»Hallo, Emily«, erwiderte Harrington die Begrüßung, während sie der Gräfin die Hand schüttelte, dann nickte sie White Haven zu. »Hamish«, sagte sie und lächelte die 'Katz auf seiner Schulter an. »Und hallo, Sam!«

»Guten Abend, Honor«, antwortete der Earl, dann verbeugte er sich und küsste der Königin die Hand.

»Eure Majestät.« Seine tiefe Stimme trug fast so gut wie die seiner Frau. Allmählich wurden im Saal die Gespräche wieder aufgenommen.

»Mylord«, sagte die Queen und lächelte Lady White Haven mit offensichtlicher Freude an. »Ich bin so froh, dass Sie sich doch noch durchringen konnten zu kommen, Emily«, sagte sie gerade laut genug, dass die Umstehenden sie hören konnten. »Wir sehen Sie einfach nicht oft genug in Landing.«

»Das liegt daran, dass ich Landing leider ein wenig ermüdend finde, Eure Majestät«, entgegnete Emily Alexander. Trotz ihrer hellen Hautfarbe wiesen ihre Züge eine gewisse Ähnlichkeit mit denen der Königin auf – man spürte sie mehr, als dass man sie sah, und doch war sie vorhanden. Überraschend war es nicht, weil die beiden entfernte Cousinen waren. Außerdem war Elizabeth nicht die einzige Verwandtschaft Emilys, die an diesem Abend anwesend war. Emily neigte mit einem weiteren Begrüßungslächeln den Kopf, als der Großherzog von Manticore sich zu ihnen gesellte.

»Hallo, Teddy«, empfing sie ihn.

»Herzlichen Glückwunsch zum Geburtstag, Tante Emily«, sagte er, beugte sich vor und küsste sie auf die Wange. »Ist es nicht nett von Ihrer Majestät, alles zu arrangieren, damit ich keine Geburtstagsgala für dich ausrichten muss?«, neckte er sie augenzwinkernd, und sie schnaubte.

»Bei der Party bist du vielleicht davongekommen«, sagte sie, »aber ich erwarte, dass du das mit den Geschenken wieder ausgleichst!«

»Na gut. Ich kann schließlich immer Grundbesitz veräußern, um an das Geld zu kommen«, seufzte er und wandte sich Hamish zu, um ihm die Hand zu schütteln. »Gut, dich zu sehen, Hamish«, sagte er fröhlich. »Ich habe mich schon sehr darauf gefreut, deine neue Freundin kennen zu lernen«, fügte er hinzu und verbeugte sich knapp und förmlich vor Samantha.

Die 'Katz erwiderte die Begrüßung mit einem königlichen Nicken, und er gluckste entzückt.

»Ich habe gehört, du hättest die Gebärdensprache schon gelernt, Teddy?«, erkundigte sich Emily und schnaubte erneut, als er nickte. »Wenn das so ist, kannst du Sam wahrscheinlich überreden, dir beim Üben zu helfen – vorausgesetzt, du bestichst sie mit genügend Sellerie und benimmst dich.«

»Jawohl, Tantchen«, versprach er gehorsam, und sie schnaubte erneut, dann hob sie den Arm und tätschelte ihm den Oberarm, bevor sie ihre Aufmerksamkeit wieder der Herzogin und der Königin zuwandte.

Alles nur eine Frage des Zeitpunkts, dachte Honor, während die Gäste in den Bankettanbau der Queen Caitrin's Hall strömten. Vielleicht war einer der Anwesenden so naiv zu glauben, Hamish und Emily seien rein zufällig unmittelbar nach Honor erschienen. Womöglich glaubte sogar jemand, Elizabeth und Emilys Neffe hätten sich aus purem Zufall zu den dreien gesellt, (nun, fünfen, wenn man Nimitz und Samantha einrechnete) ins Blickfeld jedes einzelnen Gastes. Es war sogar denkbar, dass der gleiche Arglose annahm, es sei Zufall, dass Honor jeden anwesenden Gast im Titel übertraf, außer den Großherzog von Manticore. Durch diesen ›Zufall‹ saß Honor zur Linken und der Großherzog zur Rechten der Queen. Und weil der Empfang offiziell zu Ehren von Emilys Geburtstag gegeben wurde und Emily zur königlichen Familie gehörte, hatte Elizabeth einen idealen Vorwand, sie und ihren Gatten an ihren Tisch zu setzen, obwohl Hamish ›nur‹ ein Earl war. Dadurch saßen Honor und Emily gleich nebeneinander, und jeder einzelne andere Gast konnte deutlich sehen, wie fröhlich und unbefangen sie miteinander sprachen.

Niemand konnte die Botschaft missverstehen, die zu

verbreiten der eigentliche Grund war, aus dem die Königin von Manticore an diesem Abend eingeladen hatte.

Timing ist alles, dachte Honor, während sie Nimitz einen frischen Selleriestängel anbot und gleichzeitig die emotionale Aura des Banketts prüfte. Das überwältigende Geistesleuchten einer solch großen Versammlung zu beurteilen, war niemals einfach, doch spürte sie einen allgemeinen Trend, der ihr tiefe Befriedigung verschaffte. Die Botschaft hatte ihr Ziel erreicht, beschloss sie und atmete innerlich erleichtert auf.

Vielleicht funktionierte es am Ende doch noch.

»So viel zu Plan A«, knurrte Stefan Young, während er mit kindischem Trotz seinen offiziellen Gehrock über einen Stuhl warf.

»Ich habe dich gewarnt, dass es nach hinten losgehen und uns alle in den Hintern beißen könnte«, entgegnete seine Frau. Vor einer halben Stunde war sie mit ihrem Mann vom Ball gekommen und hatte ihr höfisches Kostüm bereits abgelegt. Nun saß sie vor dem Schlafzimmerspiegel und betrachtete sich. Sie steckte ihrem Spiegelbild die Zunge heraus und musterte es kurz, dann zuckte sie mit den Schultern und wandte sich dem Rest ihres Äußeren zu. Sie trug einen Morgenmantel aus schwach leuchtender gryphonischer Wasserseide, eines von Gryphons teuersten Exportgütern. Der Morgenmantel hatte mehr gekostet als ein preisgünstiger Flugwagen und war jeden Penny davon wert, dachte sie mit einem trägen Lächeln, während sie bewunderte, wie der Stoff sich an jede Rundung ihres Körpers schmiegte. Dann verblasste ihr Lächeln, sie zuckte die Achseln und wandte sich Stefan Young zu.

»Wir haben mehr als vier Monate lang Nutzen davon gehabt«, machte sie ihm klar. »Es hat genügt, um uns durch die Debatten über die Flottenreduzierung zu bringen und über die Abstimmung wegen der neuen innenpolitischen Ausgaben.«

»Ich weiß.« Der Earl hatte kurz im Studierzimmer Halt gemacht, um seine Frustration mit Weinbrand zu zementieren. Sie roch den Alkohol in seinem Atem und verbarg einen angewiderten Gesichtsausdruck, während er die altmodischen Manschettenknöpfe löste und sie mit finsterer Miene in die Schmuckschatulle warf. Ihm hatte es gar nicht gepasst, wie die Queen Emily Alexander und die Herzogin von Harrington neben sich gesetzt und sie dann den ganzen Abend lang in Anspruch genommen hatte.

»Ich hatte einfach auf eine längere Nutzungsdauer gehofft«, sagte er schließlich. »Vielleicht sogar, dass wir ewig davon zehren. Und ich sage immer noch: Wir müssen weitermachen, damit es dazu kommt.«

»Nein, das wäre ein Fehler, nachdem Emily Alexander uns so säuberlich einen Strich durch die Rechnung gemacht hat.«

»Wen schert das denn?«, wollte North Hollow wissen und wandte sich ihr mit wütendem Gesicht zu. »Natürlich deckt sie ihn! Was sollte sie auch sonst tun? Und bei Elizabeth ist es das Gleiche. Nur ein Idiot würde meinen, diese ganze Farce wäre nicht ausschließlich dazu inszeniert worden, damit die Alexander ihren Gatten schützen kann! Wir brauchen nur auf das politische Kalkül hinzuweisen, das dahinter steckt, und aufzuzeigen, wie zynisch sie einem Paar Ehebrechern Vorschub leistet, und dann hat auch sie die öffentliche Meinung gegen sich!«

»Wer? *Emily Alexander?*« Georgia Young lachte höhnisch. »Zwei Drittel aller Wähler im Sternenkönigreich halten die Frau für eine Heilige! Sie anzugreifen wäre der größte strategische Patzer, seit die Havies den Krieg bei Hancock Station zu früh begonnen haben!«

»Hm«, grunzte North Hollow mit noch finstererer Miene, als er an die Schlacht erinnert wurde, die zur Entehrung seines älteren Bruders geführt hatte. »Ich lasse sie nur nicht gern vom Haken, nachdem wir sie schon in die Flucht geschlagen hatten«, sagte er ein wenig wehleidig.

»Weil du schon wieder mit dem Bauch denkst«, versetzte Georgia. Sie erhob sich und strich in einer langsamen, sinnlichen Bewegung über die Wasserseide, die einen eigenartigen visuellen Kontrapunkt zu ihrer kühlen, leidenschaftslosen Stimme setzte. »Ich weiß, wie sehr du Harrington hasst – und White Haven. Aber wenn du deinen Hass über deine Strategie bestimmen lässt, ist dein Plan schon von vornherein zum Scheitern verurteilt.«

»Weiß ich«, sagte North Hollow mit mürrischem Gesicht. »Aber ich war es nicht, der mit dieser Idee angekommen ist, weißt du.«

»Nein, das warst du nicht. Ich war's«, pflichtete sie ihm im gleichen, klinischen Ton bei. »Aber *du* hast die Idee an dich gerissen und bist im gleichen Augenblick, in dem ich den Vorschlag gemacht habe, damit losgestürmt, nicht wahr?«

»Weil es so klang, als würde es klappen«, entgegnete er.

»Weil es so klang, als würde es klappen ... und weil du ihnen schaden wolltest«, verbesserte sie ihn und schüttelte den Kopf. »Seien wir doch ehrlich, Stefan. Dir war es wichtiger, dass sie leiden, als dass die Strategie funktioniert, oder etwa nicht?«

»Ich wollte auch, dass es funktioniert!«

»Aber das war für dich zweitrangig«, sagte sie unerbittlich und schüttelte wieder den Kopf. »Ich will nicht sagen, dass es unvernünftig von dir war, sie für das bestrafen zu wollen, was sie Pavel angetan haben. Aber begehe nicht den gleichen Fehler, den er begangen hat. Menschen neigen von Natur aus dazu zurückzuschlagen, wenn man sie verletzt – dass du Harrington und White Haven strafen willst, ist dafür Beweis genug. Leider ist Honor Harrington nicht gerade für Mäßigung bekannt. White Haven ist zivilisiert. Er würde sich verpflichtet fühlen, die Regeln einzuhalten, aber wenn Harrington zurückschlägt, findet man sich schnell bis zu den Waden in Leichen wieder, und ich möchte nicht zu den Toten gehören.«

»Ich mache schon keine Dummheiten«, knurrte er.

»Und ich lasse dich keine Dummheiten begehen.« Ihr Blick war so kalt wie ihre Stimme. »Darum habe ich dich gebeten, die Idee High Ridge vorzuschlagen und sie durch seine Strohmänner ausführen zu lassen. Wenn Harrington beschließt, sich an jemandem zu rächen, hält sie sich zuerst an Hayes und dann an unseren geliebten Premierminister.« Die Gräfin lachte humorlos. »Außerdem kann nicht einmal sie die gesamte Regierung töten. Sie muss spätestens aufhören, wenn sie von oben zum Handelsministerium vorgestoßen ist!«

»Ich habe keine Angst vor ihr«, schoss Stefan zurück, und der Blick seiner Frau verhärtete sich.

»Dann bist du noch dümmer als dein Bruder es war«, entgegnete sie in gleichmütigem, tödlich unbewegtem Ton. Stefan Young verzog das Gesicht vor Ärger, doch seine Frau begegnete seinem zornigen Blick mit einer eisigen Ruhe, die seine Hitzigkeit mühelos abwehrte.

»Wir haben diese Diskussion schon einmal geführt, Stefan. Und ja, Pavel war ein Dummkopf. Ich habe ihn gewarnt, dass er, wenn er sich mit Harrington anlegt – noch dazu auf seine Art –, genauso gut einem verletzten

Hexapuma mit einem Buttermesser ins Unterholz folgen könnte. Aber er bestand darauf, und ich war nur seine Angestellte, also befolgte ich seine Anweisungen. Er ist tot – sie lebt. Darüber hinaus ist sie sehr viel mächtiger als damals, und sie hat gelernt, ihre Macht auch zu benutzen. Pavel hat sie damals schon unterschätzt; wenn du heute keine Angst vor ihr hast, obwohl sie seitdem solche Macht und so viele Verbündete angehäuft hat und du dir vor Augen hältst, was sie mit Pavel gemacht hat, dann bist du ein Narr!«

»Sie würde es nicht wagen, mich persönlich anzugreifen«, protestierte North Hollow. »Nicht nachdem sie Pavel niedergeschossen hat. Die öffentliche Meinung würde sie ans Kreuz nageln!«

»Das hat sie in Pavels Fall auch nicht abgehalten. Warum um alles in der Welt glaubst du, jetzt wäre es anders? Es gibt nur zwei Gründe, weshalb sie dir noch nicht auf den Pelz gerückt ist: weil ihre politischen Verbündeten wie William Alexander sie daran hindern. Und weil sie nicht weiß – zumindest nicht mit Bestimmtheit –, dass du High Ridge diese Attacken vorgeschlagen hast. Wenn sie das sicher wüsste, dann könnten wahrscheinlich weder Alexander noch die Queen sie aufhalten, wenn man bedenkt, was zwischen ihr und deiner Familie schon alles vorgefallen ist. Also fürchte dich vor ihr, Stefan. Fürchte dich sehr vor ihr, denn einem gefährlicheren Menschen wirst du dein Lebtag lang nicht mehr begegnen.«

»Wenn sie so gefährlich ist, warum hat sie es sich dann gefallen lassen, Georgia? Sie hätte sich wehren können, ohne gewalttätig zu werden! Warum hat sie sich nicht hingestellt und die ganze Macht, von der du sprichst, irgendwie genutzt?«, begehrte North Hollow auf, doch seine Fragen klangen bockig, nicht herausfordernd.

»Weil unser Angriff von der Art war, für die sie am verletzlichsten ist«, erklärte die Gräfin ihm geduldig. »Ihr fehlt die Erfahrung, um angemessen auf solche Attacken zu reagieren. Deshalb war sie von Anfang an in der Defensive, weil es nicht ihre Art von Schlachtfeld war. Aus diesem Grund haben sie ja auch Emily Alexander als Feldherrin für sich angeworben. Aber wenn du ihr zu sehr zusetzt oder den Fehler begehst, offen jemandem zu schaden, der ihr wichtig ist, und sie sieht, wer schuld war, dann wird sie gar nicht erst versuchen, deine Art von Schlacht zu führen, Stefan. Dann wendet sie sich direkt und persönlich gegen dich, auf ihre Weise, und die Folgen sind ihr gleich. In deiner Familie sollte man das besser wissen als irgendwo sonst.«

»Na, dann müssen wir uns eben etwas anderes einfallen lassen, aber was? Wenn Plan A sie nicht auf die Bretter schickt, was schlagen wir High Ridge dann als Plan B vor? Nachdem Emily Alexander nun unseren Kolumnisten an den Hals gesprungen ist, weil sie es wagen anzudeuten, ihr Mann und ihre ›gute Freundin‹ Harrington könnten zusammen bumsen, wie halten wir uns die beiden jetzt vom Leib? Du weißt ja, sie werden jetzt noch schwieriger zu handhaben sein, nachdem sie eine Stinkwut auf uns haben.«

»Da ist vermutlich etwas Wahres dran«, stimmte Georgia Young ihm zu. »Und ich bin mir nicht ganz sicher, was wir als Plan B vorschlagen sollen – jedenfalls noch nicht. Ich bin aber zuversichtlich, dass sich etwas ergeben wird, sobald sich die Lage klärt. Aber was immer es ist, Stefan, es darf nichts sein, dass sie zu dir oder mir zurückverfolgen kann. Wenn's dir egal ist, ob sie dir die Lungen rausreißt, dann ist das deine Sache, aber ich möchte meine dort behalten, wo sie sind, vielen Dank.«

North Hollow fuhr sie regelrecht an. »Ich hab schon verstanden, Georgia.« Er sah missmutiger aus denn je, doch hinter seinem Missmut schwelte Angst, was Georgia sehr erleichterte.

Die Angst hielt ihn vielleicht davon ab, eine außergewöhnliche Dummheit zu begehen. *Aber für einen Abend hast du die Peitsche lang genug eingesetzt,* sagte sie sich. *Zeit für das Zuckerbrot.* Sie berührte den Kragen ihres Morgenmantels.

Er sank an ihren Knöcheln zu einer seidenen Pfütze zusammen, und plötzlich dachte Stefan Young an alles, aber nicht mehr an Honor Harrington.

Honor stand neben dem Katheder, die Hände auf dem Rücken, und beobachtete, wie sich die Reihen des riesigen Vorlesungssaals füllten.

Die Ellen D'Orville Hall der Abteilung für Taktik rühmte sich jedweder elektronischen Lehrhilfe, die der Menschheit bekannt war. Ihre Simulatoren konnten jede Umgebung erzeugen, angefangen vom Cockpit einer Pinasse bis hin zur Operationszentrale eines Superdreadnoughts als Verbandsflaggschiff, und sie konnten sowohl die Bilder als auch die Geräuschkulisse des denkbar schrecklichsten Gefechts generieren. Die vernetzten Lehrterminals konnten für jedwede Zahl an Kadetten einen Ausbilder stellen, ob für einen einzigen, eine kleine Gruppe oder einen ganzen Jahrgang mit Hunderten von Kadetten. Zudem machten die Terminals Nachschlagewerke, Geschichtsbücher, Vorlesungsskripte, Lehrpläne, Kriegstagebücher, Analysen alter Feldzüge und Stundenpläne augenblicklich verfügbar und übertrugen Arbeiten und Klausuren der Akademieschüler ebenso unverzüglich an die Ausbilder.

Auf Saganami Island wurden solche Einrichtungen effizient und in vollem Umfang eingesetzt. Dennoch hielt die Royal Manticoran Navy die Tradition sehr hoch, und wenigstens einmal pro Woche fanden sich alle Kursteilnehmer persönlich in ihren Vorlesungssälen ein. Honor war zwar bereit zuzugeben, dass dieser traditionelle Weg nicht unbedingt die modernste Möglichkeit darstellte, Wissen weiterzugeben, doch kam sie damit gut zurecht. Wenn man zu sehr auf das elektronische Klassenzimmer setzte, beraubte man die Schüler zu stark der sozialen Wechselwirkung, die ebenfalls zum Lernprozess gehörte, das hatte Honor schon als Kind entdeckt. Die Elektronik konnte zu einem Schild werden, einer Barrikade, hinter der sich ein Schüler versteckte oder sogar vorgeben konnte, eine ganz andere Persönlichkeit zu besitzen – manchmal sogar vor sich selbst. Bei der Ausbildung von Zivilisten war das vielleicht kein ernst zu nehmender Nachteil. Offiziere der Navy und der Marines hingegen konnten sich Wälle der Selbsttäuschung, die ihre eigene Identität vor ihnen verschleierten, ebenso wenig leisten wie eine unterentwickelte soziale Kompetenz. Die Berufspflichten verlangten von ihnen nicht nur, in einer kollektiven, hierarchisch geordneten Umgebung mit anderen umzugehen, sondern auch Zuversicht und Können auszustrahlen; das galt besonders dann, wenn sie das Kommando in Situationen hatten, in denen ihr Führungstalent im wahrsten Sinne des Wortes den Unterschied zwischen Leben und Tod bedeuten konnte – oder, was manchmal noch entscheidender war, den Unterschied zwischen Erfolg und Fehlschlag. Vor allem aus diesem Grund betonte man auf Saganami Island unermüdlich die Traditionen und Handlungsweisen, die Kadettinnen und Kadetten zwangen, von Angesicht zu Angesicht miteinander und mit ihren Vorgesetzten und Ausbildern umzugehen.

Davon abgesehen, gestand Honor sich mit gelassener Miene ein, *genieße ich es, die Gesichter meiner Schüler auf einem Haufen zu sehen.* Die Freude, jungen Köpfen etwas beizubringen und sie herauszufordern und dabei gleichzeitig für die Zukunft der Navy zu sorgen, war ihr ein ungetrübtes Vergnügen: das Einzige, was sie vorbehaltlos an ihrem nun schon fast fünf T-Jahre dauernden Aufenthalt auf Manticore schätzte. Sie gestattete sich sogar zu glauben, dass sie mit ihrer Arbeit endlich eine angemessene Anzahlung auf die Schuld geleistet hatte, mit der sie bei ihren eigenen Ausbildern und besonders bei Raoul Courvosier in der Kreide stand. In Augenblicken wie diesen, wenn sie tatsächlich einen ihrer Kurse vor sich versammelt sah, alle zur gleichen Zeit am gleichen Ort, wurde ihr das Gefühl der Kontinuität von Vergangenheit und Zukunft und ihrem eigenen Platz in der endlosen Kette am stärksten bewusst.

Und in diesem besonderen Augenblick brauchte sie dieses Gefühl.

Nimitz rührte sich unruhig auf ihrer Schulter, und sie schmeckte seinen Unmut, doch daran ließ sich nicht viel ändern, das wussten sie beide. Außerdem galt sein Unmut nicht ihr; Nimitz war – wie sie selbst auch – mit der Situation unzufrieden.

Ein neuerlicher Anfall von Schmerz durchzuckte sie, den sie mit gelassener Miene vor den versammelten Kadettinnen und Kadetten verbarg, und sie verfluchte ihre innere Schwäche.

Eigentlich hätte sie eine der glücklichsten Frauen des Sternenkönigreichs sein müssen, sagte sie sich einmal mehr. Emily Alexanders Gegenangriff hatte High Ridges

Schmutzkampagne aufgerollt wie einen Teppich, zumal die Königin hinter der Gräfin stand und kräftig mit anschob. Ein oder zwei der erbittertsten Nachrichtendienste und Kommentatoren setzten die Attacke fort, doch die allermeisten hatten die Anwürfe fallen gelassen wie eine heiße Kartoffel, kaum dass Emilys Intervention die Umfragezahlen praktisch über Nacht umgekehrt hatte. Die abrupte Gleichzeitigkeit, mit der die Kampagne von fast allen Teilnehmern abgebrochen worden war, hätte eigentlich jedem unvoreingenommenen Beobachter ins Auge springen müssen: als Zeichen dafür, dass die Kampagne von Anfang an sorgfältig koordiniert worden war. Nur ein Befehl von oben konnte so viele scharfe Stimmen gleichzeitig zum Verstummen bringen. Und nur ein Menschenschlag konnte seine Prinzipen in dem Moment, in dem sie unbequem wurden, mit solcher Eilfertigkeit über Bord werfen: ein Menschenschlag nämlich, der seine starken, auf Prinzipien beruhenden Bedenken von Anbeginn an vorgegaukelt hatte.

Doch obwohl der Angriff zurückgeschlagen war, hatte er noch in seiner Niederlage Narben hinterlassen. Die Öffentlichkeit auf Grayson zum Beispiel war noch immer empört, dass es überhaupt je zu den Attacken gekommen war. Darüber hätte sich Honor in jedem Fall gesorgt, doch nun hatten sich die oppositionellen Schlüssel im Konklave der Gutsherren darauf gestürzt und versuchten sie zu instrumentalisieren, um Benjamins IX. politische Macht zu beschneiden. Ihre fortgesetzten Angriffe auf die Manticoranische Allianz – oder genauer, ihr Infragestellen, ob es weise sei, dieser Allianz noch länger anzugehören – waren bereits sehr beharrlich gewesen, bevor die Bezichtigungen von Untreue je das Licht des Tages erblickt hatten. Die Opposition gegen die Allianz hatte sogar die Hinrichtung ihres Gründers, des Gutsherrn von Mueller, überlebt, und die unentschuldbare, hohlköpfige Arroganz, mit der die Regierung High Ridge ihre Verbündeten behandelte, hatten ihr seither einen gefährlichen Einfluss verliehen. Die gleichen Gutsherren nahmen die Angriffe auf Honor nun als willkommene Waffe, um ihre Argumente zu untermauern. Und der Umstand, dass die meisten von ihnen sie als Symbol der verhassten ›Mayhew-Restauration‹ verabscheuten, verschaffte ihnen nur eine bittere, ironische Genugtuung, wenn sie die Attacken zu ihren Gunsten einsetzten.

Das war übel genug. In seinen Briefen wies Benjamin zwar darauf hin, dass die Empörung mit der Zeit schon verschwinden werde, doch Honor kannte ihn zu gut. Zwar glaubte er das vielleicht wirklich, doch war er sich längst nicht so sicher, wie er sich in seinen Briefen an sie gab. Und selbst wenn er daran glaubte, Honor glaubte es nicht. Sie hatte sich immer und immer wieder gesagt, dass es um ihr Urteilsvermögen nicht sonderlich gut bestellt sei, wenn sie sich mit der Möglichkeit konfrontiert sah, dass man sie gegen ihre Freunde oder ihre Überzeugungen benutzen konnte. Sie hatte sich zu Gedächtnis gerufen, wie oft Benjamin die politischen und gesellschaftlichen Dynamiken besser beurteilt hatte als sie. Stunden hatte sie damit verbracht, politische Krisen und Skandale der Vergangenheit nachzulesen, von denen einige bis zur Erde vor der Diaspora zurückreichten. Sie hatte versucht, die Langzeitfolgen dieser Krisen herauszuarbeiten und Parallelen zu ihrer eigenen Situation zu finden. Nichts davon hatte irgendetwas beeinflusst, das wirklich eine Rolle spielte. Woran Benjamin auch glaubte, was immer sich auf lange Sicht als wahr erwiese: Auf kurze Sicht hatten Benjamins Gegner seinen Bemühungen, eine Allianz unter Einbeziehung Graysons zu erhalten, gewaltig geschadet. Wie die graysonitische Öffentlichkeit die Ereignisse in fünfzehn T-Jahren betrachtete, war völlig unerheblich, wenn der Planet sich in Kürze von der Allianz abspaltete und seine Beziehungen zum Sternenkönigreich beendete.

Doch so schrecklich dieses dräuende politische Desaster auch war, eine fast ebenso entsetzliche Katastrophe drohte Honor im Privatleben, denn Emily hatte Recht gehabt: Honors lange Beziehung zu Hamish war den Attacken zum Opfer gefallen, und zwar endgültig. Die Vorsicht – oder Feigheit –, die sie beide daran gehindert hatte, sich gegenseitig ihre Gefühle füreinander einzugestehen, war niedergerissen worden. Nun wussten sie beide genau, was der andere empfand, und auch wenn sie sich nach wie vor den Anschein gaben, es sei anders, wurde dieser Anschein doch mit jedem Tag löchriger und fadenscheiniger.

Es war so dumm ... und wohl auch so menschlich, vermutete sie, obwohl ihr diese Feststellung nicht den geringsten Trost bot. Sie waren beide reife Erwachsene. Und so unvollkommen sie sich auch oft vorkamen, ihr Pflichtgefühl und ihr persönlicher Ehrenkodex war weit stärker ausgeprägt als bei den meisten Menschen. Eigentlich hätten sie dazu imstande sein müssen, sich ihre Gefühle einzugestehen. Sie hätten sich damit abfinden müssen, dass niemals etwas daraus entstehen würde. Auch wenn es ihnen wohl nicht möglich war, der Tatsache unversehrt den Rücken zu kehren, sollten sie doch verhindern können, dass sie ihnen ihr Leben zerstörte!

Aber das ging nicht.

Honor wollte so gern glauben, dass ihre Schwäche eine direkte Folge ihrer Fähigkeit war, Hamishs Gefühle zu spüren. Vielleicht stimmte das sogar zum Teil. Sie spürte die Liebe und das Verlangen, die ihm entströmten, egal, wie sehr er es zu verbergen suchte, und wie konnte da irgendjemand von Honor erwarten, dass sie nicht darauf reagierte? Zum ersten Mal in ihrem Leben begriff sie wirklich, was die Motte näher und immer näher an die alles verzehrende Hitze der Kerzenflamme lockte. Oder was Baumkatzen dazu bewegt hatte, sich vor dem Prolong an Menschen zu binden, obwohl sie wussten, dass sie ihre Lebenserwartung dadurch halbierten. Vielleicht hätte sie sich von ihren Gefühlen für Hamish abwenden sollen, doch es war ihr im wahrsten Sinne des Wortes unmöglich.

Und dann war da noch Samantha.

Der Sphinxianische Forstdienst hatte auf Honors Anfrage hin in seinen Akten recherchiert, und der Bericht bestätigte Honors Vermutungen. Nicht ein einziger Fall war bekannt, in dem beide Hälften eines Baumkatzenpaars sich an Menschen gebunden hatten – vor Nimitz und Samantha. Zwar hatte es bereits Paare gegeben, bei denen eine 'Katz einen Menschen adoptiert hatte, doch war in diesen äußerst seltenen Fällen nur *ein einziger* Mensch beteiligt gewesen. Bisher hatte noch nie eine 'Katz zwischen Zwei-Beinen wählen müssen, die nicht zusammen waren oder nicht zusammen leben konnten. Und daher hatte auch noch keine Baumkatze die Möglichkeit einer dauerhaften Trennung von entweder Gatten oder Adoptivmenschen in Betracht ziehen müssen.

Da Honors Situation einzigartig war, gab es auch keinen Präzedenzfall, an dem man sich hätte halten können. Doch nun hatten Nimitz und Samantha wie schon so oft ihre eigenen Präzedenzen geschaffen, ohne auch nur einen Blick auf Geschichte und Tradition zu verschwenden.

Manchmal wunderte sich Honor, was wohl geschehen wäre, wenn Harold Tschu nicht in Silesia gefallen wäre. Hätte sich Hamishs Verhältnis zu ihr dann auch so drastisch gewandelt? Hätten sie und Harold sich unvermeidlich zueinander hingezogen gefühlt? Obwohl das gewiss möglich war, bezweifelte Honor, dass es geschehen wäre. Harold war ein feiner Kerl gewesen, und sie hatte ihn respektiert, aber er war ihr Untergebener gewesen. Zwischen ihnen hatte ein dienstliches Verhältnis bestanden, nicht mehr, und so weit Honor es sagen konnte, hatten sich die Bindungen zwischen ihren 'Katzen nicht auf ihr gegenseitiges Verhalten ausgewirkt. Dass er je mehr hätte sein können als ein Freund, der menschliche Gefährte von Nimitz' Gattin und der menschliche ›Onkel‹ ihrer Nachkommenschaft, war ihr erst in den Sinn gekommen, nachdem sein Tod jede Möglichkeit ausgelöscht hatte, dass es tatsächlich einmal so kommen könnte.

Doch das bedeutete für ihre gegenwärtige unerträgliche Situation gar nichts. Wie Emily herausgestellt hatte, blieb Honor und Hamish keine andere Wahl, als weiter zusammenzuarbeiten und so eng und ... vertraut zu kooperieren wie vor den Attacken. Und dass Nimitz' Gattin sich an Hamish gebunden hatte, schlug in die gleiche Kerbe wie die politischen Erwägungen, die es ihr unmöglich machten, ihm aus dem Weg zu gehen. Auf keinen Fall konnte sie Nimitz von seiner Frau trennen, aber gerade die Intensität der Bindung zwischen den Baumkatzen machte Honor nur umso empfänglicher für alle romantischen Berührungspunkte zwischen ihr und Hamish.

Kein Wunder, dass Empathen es für Irrsinn hielten, wenn jemand abzuleugnen versuchte, was er wirklich empfand!

Die Reihen des Hörsaals waren beinahe gefüllt, und

Honor blickte auf das Zeitdisplay an der Wand. Noch neunzig Sekunden. Gerade lang genug für ein weiteres Abtauchen in ihr selbstmitleidiges Elend, sagte sie sich bissig.

Doch Selbstmitleid hin und her, vor der grimmigen Wahrheit, die dahinter steckte, gab es kein Entrinnen. Emily hatte ihr eine Atempause verschafft, das war alles. Freunde und Verbündete konnten sie vor Angriffen von außen verteidigen, aber nicht vor ihren inneren Schwächen und ihrer Verletzlichkeit. Niemand konnte sie davor schützen. Die einzige mögliche Reaktion, die ihr einfiel, bestand darin, Abstand zwischen sich und die Quelle ihrer Qualen zu bringen. Womöglich gelänge ihr das nicht auf Dauer, aber vielleicht doch lang genug, um zu lernen, mit ihrer Lage besser zurechtzukommen, als es momentan der Fall war. Und auch wenn sie es nicht lernte, brauchte sie trotzdem dringend eine Atempause, damit sie innehalten, Atem holen und neue Kraft sammeln konnte.

Nur nutzte ihr diese Erkenntnis nichts, sie konnte nicht Abstand von Hamish nehmen, ohne sich zugleich von den politischen Grabenkämpfen im Sternenkönigreich zurückzuziehen. Es sei denn, sie wollte jeden, ob Freund oder Feind, davon überzeugen, dass sie die Flucht antrat. Auch wenn nicht jeder alle Gründe für ihre Flucht kannte, blieb es doch das Gleiche: Der Schaden wäre angerichtet, besonders auf Grayson.

Wie also, fragte sie sich, sollte sie den geschützten Hafen finden, den sie so dringend brauchte, ohne dass es aussah, als ließe sie sich aus der Stadt jagen?

Ihr Armchrono piepte leise, und nach einem tiefen Atemzug stützte sie sich mit den Händen auf das traditionell polierte Holz des Katheders, während sie auf die respektvoll versammelten Kadetten blickte.

»Guten Tag, Ladys und Gentlemen.« Lady Dame Honor Harringtons Sopran ertönte klar und gelassen und gelangte mühelos an jedes Ohr. »Heute ist die letzte Vorlesung des Trimesters, und bevor wir damit beginnen, für die Abschlussprüfung zu rekapitulieren, möchte ich Ihnen sagen, welche Freude es mir bereitet hat, diesen Kurs zu unterrichten. Es war mir ein Vergnügen und ein Vorrecht und auch eine große Ehre. Ihr Engagement, die Art, in der Sie jede Herausforderung gemeistert haben, bekräftigt mir die Stärke und Intaktheit unserer Waffengattung und ihre Zukunft. Diese Zukunft sind Sie, Ladys und Gentlemen, und es stimmt mich außerordentlich zufrieden zu sehen, in welch guten Händen der Königin Navy und die Flotten unserer Verbündeten in Zukunft liegen werden.«

Schweigen folgte auf ihre Worte, tief und vollkommen, und die verletzten Ecken ihrer Seele entspannten sich ein ganz klein wenig, als die Gefühlsreaktion ihrer Kadetten wie eine Flutwelle auf sie einströmte. An dieses Gefühl klammerte sie sich aus tiefster Zerschlagenheit mit dem gierigen Verlangen eines durchgefrorenen, verhungernden Streuners, der unter dem Fenster einer warmen Küche kauert. Gleichwohl zeigte sich nichts davon in ihrem gelassenen Gesicht, mit dem sie die Kadetten betrachtete.

»Nun aber«, fuhr sie forscher fort, »haben wir sehr viel zu wiederholen und nur zwo Stunden Zeit dazu. Also, dann wollen wir mal, Ladys und Gentlemen.«

»Die Frau ist ein verdammter Vampir!«, knurrte der Baron von High Ridge und knallte den Ausdruck der letzten Meinungsumfrage auf die Schreibunterlage.

»Wer?«, fragte Elaine Descroix mit einem aufreizend gewinnenden Kleinmädchenlächeln. »Emily Alexander oder Harrington?«

»Beide – *jede!«,* fauchte der Premierminister. »Verflucht noch mal! Da denke ich, wir haben uns endlich von Harrington und White Haven erlöst, und plötzlich kommt White Havens Frau an – seine *Frau,* das muss man sich erst mal vorstellen! – und erweckt sie beide wieder von den Toten. Was müssen wir denn noch tun? Müssen wir ihnen den Kopf abhacken und Holzpflöcke ins Herz rammen?«

»Vielleicht wäre das genau das Richtige«, brummte Sir Edward Janacek, und Descroix gluckste leise. Obwohl sie lächelte, klang es nicht sehr angenehm.

»Vielleicht wäre es wirklich keine schlechte Idee, sie mit Weihwasser zu übergießen und bei Vollmond am Wegkreuz zu begraben«, sagte sie, und High Ridge schnaubte verächtlich. Dann blickte er die beiden anderen Anwesenden an.

»Ihr Vorschlag hat sogar noch besser funktioniert als ich gehofft hatte – auf kurze Sicht«, sagte er zu Georgia Young, ohne auch nur den Anschein zu wahren, die Idee hätte von ihrem Ehemann gestammt. »Harrington und White Haven waren völlig kaltgestellt, während wir den neuen Haushalt durchbrachten. Jetzt aber sieht es aus, als würde sich unser Sieg langfristig als Niederlage erweisen. Es sei denn natürlich, Sie hätten sich eine Gegenmaßnahme gegen ihre ansteigende Popularität bei den Proleten ausgedacht.«

Fast jeder im vertäfelten Büro des Premierministers richtete die Augen auf Lady North Hollow, doch sie erwiderte die halb anschuldigenden Blicke mit Ruhe und Gelassenheit. Dann zeigte sie mit einer geschmeidigen

Handbewegung auf den Zweiten Lord der Admiralität, die einzige Person, von der sie im Moment nicht angefunkelt wurde, und lächelte High Ridge an.

»Tatsächlich, Herr Premierminister, glaube ich, dass Reginald und mir eingefallen ist, wie wir die Lage in gewisser Weise bereinigen können. Perfekt ist unsere Lösung zwar nicht, aber was auf der Welt ist schon perfekt?«

»Lösung? Was für eine Lösung?«, verlangte Janacek zu wissen. Er stellte die Frage zwar als Erster, aber nur knapp.

»Ich habe ein wenig über Harrington und White Haven ... nachgeforscht«, antwortete die Gräfin. »Leicht war das nicht. Tatsächlich war es unmöglich, jemanden in Harringtons Haushalt oder ihren inneren Kreis einzuschleusen. Um ihre Sicherheit kümmert sich ausschließlich ihre Gutsherrengarde, unterstützt vom Palastwachdienst, und das macht es so gut wie unmöglich, zu ihr vorzudringen. Ganz zu schweigen von der Tatsache, dass sie die Menschen in ihrer Nähe verdammt gut durchschaut. So was habe ich noch nie erlebt.

Zum Glück ist White Haven eine nicht ganz so harte Nuss. In Bezug auf die vertraulichen Dokumente, die er als Angehöriger des Ausschusses für Flottenfragen erhält, wahrt er die Sicherheit ausgezeichnet. Seine Angestellten sind beinahe so loyal wie Harringtons, aber in Fragen des ... Haushalts nicht so sicherheitsbewusst. Mir ist es zwar nicht gelungen, jemanden in seine Nähe oder die seiner Frau einzuschleusen, aber ich konnte einige Abhöranlagen in den Quartieren der Dienerschaft unterbringen lassen. Und einige seiner Leute lassen mehr aufschlussreiche Bemerkungen fallen, als sie selbst glauben, wenn man ihnen die richtigen Fragen stellt.«

High Ridge und Janacek blickten sich voll Unbehagen

an, als die Gräfin ihnen so unverhohlen auftischte, mit welchen Mitteln sie arbeitete. Die gelassene, sachliche Art, in der sie über das Ausspionieren von politischen Gegnern sprach, beunruhigte sie beide, und sei es nur wegen der Konsequenzen, die ihnen drohten, wenn man ihnen auf die Schliche käme. Derartige Verletzungen der Privatsphäre waren gesetzlich verboten, doch die Geldbußen oder sogar Haftstrafen, die dem Gesetzesübertreter drohten, verblassten neben dem vernichtenden Schaden im öffentlichen Ansehen, die er und seine Anhänger erlitten, zur Bedeutungslosigkeit. Was für einen Durchschnittspolitiker schlimm genug gewesen wäre, würde für ein führendes Mitglied der gegenwärtigen Regierung, die sich die Verhinderung solcher Taten auf die Fahnen geschrieben hatte, den Ruin bedeuten.

So unbehaglich den beiden Konservativen damit auch war, Houseman schien sich keine Sorgen zu machen, sondern wirkte fast so, als sähe er keinen Grund, weshalb man das Tun der Gräfin auch nur im Mindesten als unrecht betrachten könnte. *Vielleicht,* überlegte High Ridge sarkastisch, *rechtfertigt der überragende Edelmut seiner Ziele ja jedes Mittel, um sie zu erreichen.* Und was Descroix anbelangte, so grinste sie, als halte sie die ganze Angelegenheit für einen gewaltigen, zweideutigen Scherz.

Lady North Hollow ließ das Schweigen so lange lasten, bis alle Aufmerksamkeit ihr galt. Dann, nachdem sie auf diese Weise alle daran erinnert hatte, wie wichtig es ist, sich von der Tüchtigkeit dessen zu überzeugen, den man die Schmutzarbeit machen lässt, fuhr sie fort:

»Das Ironische an unseren Gerüchten ist, wie nahe wir mit ihnen der Wahrheit gekommen sind.«

Als High Ridge und Janacek sich offensichtlich überrascht anblickten, lächelte sie.

»Oh, es gibt absolut keinen Beweis, dass sie je zusammen im Bett waren«, versicherte Lady North Hollow ihnen. »Aber ganz sicher nicht, weil sie nicht dazu versucht gewesen wären. Einigen von White Havens Dienstboten zufolge schmachten White Haven und Harrington sich an wie zwei liebeskranke Teenager. Vor der Öffentlichkeit können sie es zwar verbergen – bisher jedenfalls –, aber sie leiden in wahrhaft rührendem edlen Schweigen.«

»Wirklich?« Descroix neigte den Kopf, und ein berechnender Ausdruck trat in ihre Augen. »Sind Sie sich da sicher, Georgia? Ich meine, sie verbringen tatsächlich unanständig viel Zeit miteinander. Dadurch konnte unser ursprünglicher Plan ja auch erst funktionieren. Aber wollen Sie allen Ernstes andeuten, dass zwischen ihnen wirklich etwas vorgeht?«

»Darauf scheinen die Indizien hinzudeuten«, antwortete die Gräfin. »Einige der Dienstboten auf White Haven sind darüber ziemlich erbittert. Anscheinend empören sie sich aus Loyalität zu Lady White Haven darüber, dass Harrington versuchen könnte, sie durch Intrigen auszustechen. Um ehrlich zu sein, ist diese Empörung durch unsere Kampagne wahrscheinlich noch verstärkt worden und hat sich in den letzten Wochen deutlich abgeschwächt. Aber ihr ursprünglicher Nährboden war die Tatsache, dass die meisten von ihnen schon seit Monaten, wenn nicht gar schon Jahren merken, dass sich White Haven in Harrington verliebt hat. Mir ist klar, dass alles, was sie zu meinen Detektiven gesagt haben mögen, als Hörensagen abgeschmettert werden kann. Aber letztendlich wissen die Dienstboten in der Regel besser als ihre Herrschaft, was im Haus vorgeht. Außerdem bestätigen die … technischen Spielzeuge, die ich auf White Haven einschmuggeln lassen konnte, die Aussagen der Diener.«

»Na schön«, murmelte Descroix. »Wer hätte gedacht, dass ein Trauerkloß wie White Haven nach so langer Zeit so tief sinken könnte? Bei seiner Ergebenheit zur heiligen Emily, die einem Schoßhündchen sicher gut anstehen würde, ist mir immer ein bisschen übel gewesen, wissen Sie. Rührselig war das – und eher etwas für die Unterschicht. Aber dass auch er so ein brennendes Verlangen spüren kann, gibt einem doch den Glauben an die menschliche Natur zurück, oder?«

»Wird wohl so sein«, entgegnete High Ridge. Descroix schien sich des abschätzigen Blickes nicht bewusst zu sein, und er wandte sich wieder an Lady North Hollow.

»So interessant das auch ist, mir ist nicht klar, was das mit unseren augenblicklichen Problemen zu tun hat, Georgia.«

»Unmittelbar eigentlich gar nichts«, erwiderte die Gräfin gleichmütig. »Aber wir sollten die Sache im Hinterkopf behalten, während wir uns mit diversen anderen Punkten beschäftigen. Zum Beispiel ist es offensichtlich, dass Harrington im Moment sehr besorgt ist über die innenpolitischen Reaktionen Graysons auf die ganze Geschichte. Dann ist zu berücksichtigen, dass die Gattin ihres Baumkaters es für passend gehalten hat, den Earl zu adoptieren. Die Diener auf White Haven, die sowieso schon etwas gegen Harrington hatten, haben meinen Detektiven einiges dazu gesagt – aber dann ist diese Quelle völlig versiegt. Anscheinend zieht die Bindung zwischen den 'Katzen White Haven und Harrington noch näher aneinander. Zumindest einige der Dienstboten waren überzeugt, dass das Weibchen den Earl auf Harringtons Geheiß hin adoptiert hat, damit sie sich auf diese Weise klammheimlich in

Lady White Havens Position drängen kann. Ich persönlich glaube nicht, dass an dieser Theorie irgendetwas dran ist. Ganz zu schweigen davon, dass Lady White Haven auf diese Dinge völlig gelassen zu reagieren scheint, jedenfalls den Aufzeichnungen zufolge, die meine Abhöranlagen machen konnten. Wie auch immer es dazu gekommen ist, die Adoption bereitet den beiden Kummer und sorgt für Anspannung. Sogar bei allen dreien, würde ich sagen.

Der Langen Rede kurzer Sinn, Mylord: Sowohl White Haven und Harrington, ganz besonders Harrington, scheinen unter gewaltigem emotionalem und politischem Druck zu stehen, auch wenn die Umfragezahlen gerade eine Kehrtwende gemacht haben. Und ich habe mich mit ihren Akten befasst. Sie können Harrington nicht genügend Druck machen, dass sie vor etwas zurückschreckt, was sie für ihre Pflicht hält, ganz gleich, unter welchen Umständen – außer einem. Sie können auf Harrington schießen, sie in die Luft sprengen, ihr mit Mord drohen oder sagen, dass ihre Prinzipien politischen Selbstmord bedeuten, und sie spuckt Ihnen ins Gesicht. Aber wenn Sie Harrington davon überzeugen, dass etwas, das sie braucht oder will, im Widerstreit mit dem steht, was ihre Pflicht von ihr verlangt, dann sieht die Sache ganz anders aus. Wenn Sie das schaffen, nimmt sie von ihrem Vorhaben Abstand, egal was es ist, statt ›selbstsüchtig‹ ihre Eigeninteressen zu verfolgen. Und sobald sie emotional verwickelt ist, verschwindet auch die Entschlossenheit des ›Salamanders‹.«

»Wie meinen Sie das?«, fragte Descroix aufmerksam, und die Gräfin zuckte mit den Achseln.

»Ich meine, dass es ihr überhaupt nicht leicht fällt, sich an die erste Stelle zu setzen«, sagte sie unverblümt. »Vielmehr scheint es sie zu verängstigen, wenn ihre persönlichen Bedürfnisse auch nur annäherungsweise etwas bedrohen, woran sie glaubt.«

»Zu verängstigen?«, wiederholte High Ridge, eine Braue hochgezogen, und Lady North Hollow zuckte mit den Schultern.

»Vielleicht ist ›verängstigen‹ nicht der treffendste Ausdruck, aber mir fällt nichts Besseres ein. Ihre Akte ist in dieser Hinsicht bemerkenswert eindeutig, und man findet erste Hinweise darauf schon in der Zeit, als sie noch Midshipwoman war. Es ist allgemein bekannt, dass sie sich nach einem bestimmten Zwischenfall geweigert hat, Anzeige wegen versuchter Vergewaltigung zu erstatten.« Sie hielt kurz inne, bis ihre Zuhörer ihr mit einem Nicken bestätigten, ihnen sei klar, dass sie diesen Punkt vermutlich nicht angeschnitten hätte, wäre ihr Gatte zugegen gewesen.

Vermutlich.

»Man kann sich darüber streiten, weshalb Harrington in diesem besonderen Fall den Mund gehalten hat«, fuhr die Gräfin fort. »Ich glaube, dass es zumindest zum Teil an ihrem Alter lag. Sie war noch jung und hatte noch nicht das nötige Selbstvertrauen entwickelt, um zu glauben, dass man ihr diese Behauptung glauben würde. Es ist aber höchst wahrscheinlich, dass Harrington außerdem angenommen hat, ein solcher Skandal könnte der Navy schaden. Vermutlich war sie nicht dazu bereit, etwas, das ihr persönlich widerfahren war, über das Wohl der Navy zu stellen. Diese Haltung hat sie seither jedenfalls wiederholt unter Beweis gestellt. Wenn sie sich in einer Situation wiederfindet, in der ihre Bedürfnisse mit ihrer Pflicht oder den Bedürfnissen eines anderen konkurrieren, wird sie jede Möglichkeit nutzen, sich dieser Situation zu entziehen, solange sie damit nicht ihren persönlichen Kodex bricht. Vor der Ersten Schlacht von Jelzins Stern hat sie sich so verhalten, indem sie ihr Geschwader aus dem Jelzin-System abzog. Sie fürchtete damals, dass ihre Gegenwart Courvosiers Bemühungen unterminieren könnten, Grayson zum Beitritt zur Allianz zu bewegen.«

Ihr Ton blieb beiläufig, ihr Gesicht ohne Regung, während sie Housemans plötzliche Grimasse übersah. *Housemans alter Hass und seine deutliche Angst zeigen sich so unwillkürlich, dass er es vermutlich nicht einmal selbst bemerkt,* überlegte High Ridge.

»Wenn die Fanatiker, die ihr das Leben schwer machten, das Gleiche bei jemandem versucht hätten, der unter ihrem Befehl stand«, fuhr die Gräfin fort, »dann hätte sie sich auf sie gestürzt wie eine Furie. Sie ist schließlich nicht gerade für Mäßigung bekannt. Doch diese Bigotterie und der Hass waren gegen sie selbst gerichtet, und sie wollte nicht Courvosiers Mission gefährden, indem sie den gleichen Respekt für sich forderte, den sie für jeden anderen verlangt hätte. Deshalb hat sie damals klein beigegeben und sich zurückgezogen.«

»Es klingt fast, als würden Sie Harrington bewundern, Georgia«, stellte Descroix fest, und die Gräfin antwortete mit einem Schulterzucken:

»Bewunderung ist wohl kaum das richtige Wort. Aber eine Gegnerin aus Gehässigkeit zu verharmlosen, während man sich das Vorgehen gegen sie überlegt, das ist dumm.«

Diesmal rührte sich Houseman neben ihr wie ein Mann, der jeden Moment zu explodieren droht, doch auch das ignorierte sie und sprach weiterhin Descroix direkt an.

»Außerdem, wenn sie es aus dem richtigen Blickwinkel betrachten, ist Harrington auf Grayson vor einem Problem davongelaufen, anstatt es offen anzugehen. Das ist durchaus ein Zeichen von Schwäche, nicht von Stärke.

Anscheinend hat sie das Gleiche getan, als sie zum ersten Mal bemerkte, dass White Haven und sie in verbotene Gefilde abzugleiten drohten. Sie ist vor der Situation fortgelaufen – und vor ihm –, indem sie vorzeitig ihr Geschwaderkommando antrat. Und so kam es, dass die Havies sie gefangen nehmen konnten. Auf Hades hat sie es wieder getan, als sie sich weigerte, ein Kurierboot zur Allianz zu schicken, nachdem sie eines in ihre Gewalt bekommen hatte.«

»Wie bitte?« Janacek schaute sie erstaunt an. »Wollen Sie damit sagen, dass Harrington von Hades ›weggelaufen‹ ist?«

»Nicht von Hades, Edward«, entgegnete die Gräfin geduldig. »Sondern vor einer besonders qualvollen persönlichen Entscheidung, die sie nicht treffen wollte. Als Gutsherrin von Harrington hatte sie eindeutig die Pflicht, nach Grayson zurückzukehren und sich dort schnellstmöglich wieder ihren Aufgaben zu widmen. Ihr muss klar gewesen sein, dass die Graysons auf jeden Fall wenigstens ein Schiff geschickt hätten, ganz gleich, ob die Admiralität nun den Schiffsraum für eine Massenevakuierung der Gefangenen aus dem Cerberus-System zusammenkratzen konnte oder nicht. Und sie hätten Harrington notfalls mit vorgehaltener Waffe an Bord dieses Schiffes gebracht. Dann aber hätte Harrington sich durch ihre Pflicht als Gutsherrin gezwungen gesehen, ihre persönliche Verpflichtung gegenüber den Gefangenen auf dem Planeten hintanzusetzen. Sie wollte sich weder von dieser Verpflichtung abwenden noch dazu zwingen, die Gefangenen ›im Stich zu lassen‹, obwohl sie wusste, dass sie es eigentlich hätte tun müssen. Sie hat die Allianz nicht von den Vorgängen auf Hades informiert und stattdessen genügend Schiffsraum zu kapern versucht, um alle fluchtwilligen

Gefangenen mitnehmen zu können, und dieses Verhalten lässt sich ganz klar erklären: Harrington hat sich vorsätzlich vor einer Entscheidung gedrückt, die zu qualvoll für sie war, um sie auch nur in Erwägung zu ziehen, ob ihr das nun bewusst war oder nicht.«

»Auf diese Interpretation wäre ich nie gekommen«, sagte Janacek langsam, und Lady North Hollow zuckte mit den Achseln.

»Das überrascht mich nicht, Edward. Was das angeht, so bezweifle ich sehr, ob Harrington es je so gesehen hat. Falls ja, wäre sie wahrscheinlich trotzdem nicht in der Lage gewesen, sich anders zu verhalten. Und das ist der Grund, weshalb sie gar nicht erst darüber nachdenkt. Aber für uns ist dieser gewisse Charakterfehler wichtig. Durch ihn erhalten wir einen Ansatzpunkt, um sie in die Richtung zu lenken, in die wir sie lenken wollen.«

»Und wie?«, fragte High Ridge und runzelte angestrengt die Stirn.

»Der Schlüssel besteht darin, dass sie *nichts* ausweicht, solange es eine ›ehrenhafte‹ Lösungsmöglichkeit gibt«, sagte die Gräfin. »Sie kann sich vielleicht etwas so zurechtlegen, dass sie unter mehreren verschiedenen Handlungsmöglichkeiten einen Ausweg findet. Aber das macht sie nie bloß, um sich zu retten. Sie muss noch einen anderen Grund darin sehen. Es muss etwas geben, das getan werden muss, etwas, bei dem sie überzeugt werden – oder sich selbst einreden – kann, dass es ihre Pflicht sei. Hält man ihr eine ehrenvolle Aufgabe unter die Nase, am besten eine Pflicht, die von ihr gewisse Opfer verlangt, stehen die Chancen beträchtlich besser als eins zu eins, dass Harrington diese Aufgabe annimmt.«

»Was für eine ›Pflicht‹ haben Sie im Sinn?«, fragte Descroix mit hochgezogenen Augenbrauen. »Ich persönlich kann mir keine Pflicht vorstellen, bei der Harrington sich gezwungen sähe, sie für uns zu erfüllen – außer vielleicht in der Hölle ein wenig mehr Wasserstoff in die Glutöfen zu pumpen, auf denen wir braten!«

»Im Gegenteil«, ergriff Reginald Houseman zum ersten Mal das Wort, »ich glaube, wir haben genau die richtige Aufgabe für Harrington. Genauer gesagt, gleicht diese Aufgabe einer Mission, mit der wir sie schon früher einmal betraut haben. Sie hat sie angenommen und wäre dabei fast umgekommen.«

Er grinste mit einer hässlichen Rachsucht, die er einem anderen Publikum niemals gezeigt hätte, schon gar nicht seinen freiheitlerischen Parteifreunden.

»Wer weiß? Vielleicht haben wir diesmal mehr Glück.«

15

»Ich kann nicht glauben, dass es Ihr Ernst ist!«

Hamish Alexander schüttelte ruckartig den Kopf und funkelte Honor an. Sie saßen im Arbeitszimmer seiner Villa in Landing. Samantha lag auf seiner Stuhllehne, und ihr Kinn ruhte auf den Rücken ihrer Echthände. Nimitz lag auf Honors Stuhllehne, und sie spürte das Elend der 'Katzen, ihren Kummer über die Aussicht auf eine lange Trennung. Honor schmeckte jedoch auch ihr Einverständnis.

Von diesem Gefühl war beim Earl von White Haven indes nichts zu spüren.

»Es ist mir vollkommen Ernst, Hamish«, antwortete sie weit gelassener, als ihr zumute war. »Und ehe Sie es sagen:

Mir ist natürlich klar, dass es von High Ridges Perspektive aus ein Trojanisches Pferd politischer Art ist. Aber Willie und Sie haben die Situation im Parlament so gut im Griff, wie es in Anbetracht der Umstände nur geht, und was immer wir von Janacek halten, jemand muss diese Aufgabe erledigen. Und da Sidemore darin eine Rolle spielt, fühle ich mich persönlich verantwortlich, mein Möglichstes zu tun, damit das Marsh-System in dem Getümmel nicht untergeht.«

»Verdammt noch mal, Honor, darauf zählen die doch! Sie wissen genau, wie Sie reagieren, wenn man bei Ihnen den Verantwortungsknopf drückt! Man manipuliert Sie, die Mission zu übernehmen, und das wissen Sie genauso gut wie ich!«

»Vielleicht ist es so«, stimmte sie ihm gleichmütig zu. »Und ich sehe natürlich auch, dass es ihnen nutzt, mich aus dem Sternenkönigreich zu entfernen. Aber seien wir ehrlich, Hamish. Es könnte durchaus auch für uns seine Vorteile haben, wenn ich Manticore für eine Weile verlasse.«

»Irgendwie glaube ich kaum, dass Willie dieser Meinung wäre«, entgegnete White Haven in scharfem Ton. »Und selbst wenn, ich –«

»Willie würde Sie vielleicht überraschen«, schnitt Honor ihm das Wort ab. »Und ich habe Sie gebeten, ehrlich zu sein. Als ich von Vorteilen für uns sprach, habe ich nicht an das Parlament gedacht.«

Er schloss unvermittelt den Mund und verbiss sich, was immer er hatte sagen wollen. Honor zuckte innerlich zurück vor dem plötzlichen Schmerz, der in seinen eisblauen Augen aufflackerte; sie fühlte sich fast wie eine Verräterin. Sie konnte es sich nicht leisten, das zu zeigen, darum erwiderte sie seinen Blick gleichmütig. Mehrere

Sekunden lang knisterte zwischen ihnen die Stille, bis Honor traurig lächelte.

»Wir brauchen Abstand, Hamish«, sagte sie sanft. Er wollte etwas sagen, doch mit gehobener Hand hieß sie ihn schweigen. »Nein. Sagen Sie nichts. Ich bin nicht hier, um meine Entscheidung zu diskutieren oder gar mit Ihnen zu streiten. Ich bin gekommen, weil ich mich schon entschieden habe, das Kommando anzunehmen. Ich wollte es Ihnen persönlich sagen. Die Entscheidung ist mir nicht leicht gefallen, und ich bin mir durchaus im Klaren, dass Janacek es mir nicht gerade aus Herzensgüte anbietet. Trotzdem ist es, als wäre sein Angebot ein Gottesgeschenk.«

»Aber –«

»Ich sagte nein«, schnitt sie ihm leise das Wort ab. »Hamish, wir schleichen seit Jahren um den heißen Brei herum, und es richtet uns beide zugrunde. Sie wissen es, Nimitz und Samantha wissen es. Ich weiß es ... und Emily auch.«

White Haven wurde totenblass, und Honor spürte sein ungestümes Bedürfnis, ihre Worte abzustreiten, zurückzuweichen, irgendwie vorzugeben, es wäre anders. Doch dazu reichte seine Aufrichtigkeit zu tief, darum sagte er nichts. Honor schmeckte seine Beschämung darüber, dass es am Ende ihr überlassen geblieben war, für sie beide der Wahrheit offen ins Gesicht zu sehen.

»Ich liebe Sie«, sagte Honor sehr, sehr leise. »Und Sie lieben mich, und Sie lieben Emily. Das weiß ich. Ich weiß aber auch, dass wir auf keinen Fall nach unseren Empfindungen handeln dürfen, schon gar nicht nach der Schmutzkampagne High Ridges und seiner Spießgesellen. Wir können nicht, wie wir möchten, Hamish, ganz gleich, wir sehr wir es wollen. Ich bin aber nicht stark genug, um mit dem Wünschen aufzuhören.« Tränen traten ihr in die Augen, doch sie weigerte sich, sie fließen zu lassen. »Ich glaube nicht, dass ich je so stark sein werde. Das ändert aber nichts, deshalb muss ich eine andere Möglichkeit finden. Und dieses Kommando ist der einzige Ausweg, den ich sehe, ohne zugleich einen unannehmbaren politischen Preis bezahlen zu müssen.«

»Aber man bietet Ihnen dieses Kommando nur an, weil man hofft, dass Sie damit scheitern«, entgegnete er.

»Ich weiß nicht, ob ich das auch so sagen würde«, entgegnete sie. »Die Aufgabe ist echt, und jemand muss sie lösen; wer immer das ist, die Admiralität braucht jemanden, der daraus kein komplettes Desaster baut. Aber Sie haben natürlich Recht, wenn Sie sagen, dass Janacek einen Sündenbock braucht, falls es sich doch zu einem Desaster entwickelt. Und wenn ich ehrlich bin, vermute ich sehr, dass er nicht an mich gedacht hätte, wenn er nicht glauben würde, dass es in einem Desaster endet. Vielleicht hat er ja sogar Recht. Dessen völlig ungeachtet muss jemand die Mission übernehmen – und ich kann dadurch ein wenig Abstand zwischen uns bringen. Bitte, Hamish. Es ist mir sehr wichtig, dass Sie das begreifen. Ich kann Ihnen nicht so nahe sein, ohne genau zu wissen, was Sie empfinden, ohne zu wissen, was ich fühle. Ich kann einfach nicht. Es ist nicht Ihre Schuld, und meine auch nicht. Aber so ist es eben.«

Sie spürte seinen Kummer und seine Wut ebenso wie seine Scham, doch auch sein Verständnis. Gern gab er nicht zu, dass er sie verstand, und er stimmte ihr keineswegs zu, doch war sein Verständnis Honor wichtiger als alle andere.

»Wie lange brauchen Sie den Abstand denn?«, fragte er, indem er die Hand hob, um Samantha zu streicheln.

»Ich weiß es nicht«, sagte sie ehrlich. Manchmal glaube

ich, es gibt im ganzen Universum nicht genug Platz für uns. Dann wieder hoffe ich, dass vielleicht nur eine Unterbrechung nötig ist, die uns beiden erlaubt, Atem zu schöpfen. Doch wie auch immer, es ist das Beste, was ich leisten kann. Wenn es eine Antwort gibt, irgendeine Lösung, kann ich sie jedenfalls nicht finden, während ich mich dagegen wehre, Sie zu lieben.«

White Haven schloss die Augen, das Gesicht angespannt, und sie spürte, wie leidenschaftlich er sich nach einer Möglichkeit sehnte, ihr zu widersprechen. Doch es gelang ihm nicht. Daher öffnete er nach einem endlosen Moment des Schweigens die Augen und blickte Honor wieder an.

»Es gefällt mir nicht«, sagte er. »Es wird mir nie gefallen. Das heißt jedoch nicht, dass ich eine bessere Lösung wüsste. Aber seien Sie um Gottes willen vorsichtig, Honor! Stürzen Sie sich nicht wieder in einen Schmelzofen, denn, Gott helfe uns allen, Sie haben Recht. Ich liebe Sie wirklich. Bringen Sie Abstand zwischen uns, wenn Sie müssen, aber jedes Mal, wenn Sie ausziehen und einen dieser ›Salamander‹-mäßigen Todesritte hinlegen, stirbt etwas in mir. Alles hat seine Grenzen. Einschließlich der Male, die Sie auf der Rasierklinge reiten und dennoch wieder zu mir nach Hause kommen können.«

Nun vermochte sie die Tränen nicht mehr zurückzuhalten. Nicht nachdem er endlich zugegeben hatte, was sie beide wussten. Sie wollte etwas sagen, doch diesmal hob er Schweigen gebietend die Hand.

»Ich weiß, dass Sie Recht haben«, sagte er. »Wir dürfen nicht beieinander sein – das geht nicht. Gleichzeitig kann ich Sie einfach nicht verlieren. Als die Havies damit herumprotzten, sie hätten Sie hingerichtet, habe ich schon einmal gedacht, ich hätte Sie verloren. Ich kann das nicht noch einmal durchmachen. Also kommen Sie zurück, Honor Harrington. Kommen Sie aus Silesia zurück, und zwar lebendig. Irgendwie finden wir schon eine Antwort, und dann sollten Sie verdammt noch mal lieber hier bei uns sein!«

»Es tut mir furchtbar Leid, Hoheit, aber es ist schlichtweg unmöglich.«

Honor lehnte sich auf ihrem Stuhl zurück und schlug die Beine über. Mit schokoladenbraunen Augen, die eiskalt wirkten, blickte sie die Frau hinter dem Schreibtisch an. Admiral der Roten Flagge Josette Draskovic war eine dunkelhaarige, schlanke Frau und etwa fünfunddreißig T-Jahre älter als Honor. Sie verfügte über ein Übermaß an nervöser Energie und schien manchmal selbst dann zu zappeln, wenn sie völlig reglos dasaß. Außerdem war sie die Nachfolgerin von Sir Lucien Cortez als Fünftem Raumlord und verantwortlich für die Personalangelegenheiten der Royal Manticoran Navy. Obwohl sich in ihrem Gesicht nicht auch nur ein Muskel um einen Millimeter bewegte, spürte Honor, wie sie innerlich triumphierte und frohlockte.

»Dann schlage ich vor, dass Sie es möglich machen«, empfahl Honor ihr gleichmütig.

Draskovic versteifte sich. »Wie soll ich das verstehen?« Ihre aufschießende Wut war regelrecht sichtbar, und Honor gestattete sich beim Erspüren der Emotionen ihres Gegenübers ein dünnes Lächeln. Nimitz lag zusammengerollt auf ihrem Schoß und wirkte völlig entspannt, fast schläfrig. Honor jedoch wusste es besser: Sie spürte seine brodelnde Wut ebenso deutlich, wie sie Draskovics kleinliches Machtgefühl empfand.

Honor und Admiral Draskovic waren einander nie begegnet, bevor Sir Edward Janacek erneut zum Ersten Lord der Admiralität ernannt worden war. Seither hatten sie zweimal die Klingen gekreuzt, und keiner ihrer Auftritte vor dem Flottenausschuss des Oberhauses war für Draskovic auch nur ein bisschen angenehm gewesen. Diesen Mangel an Vergnüglichkeit verdankte sie einer gewissen Herzogin von Harrington, die beim ersten Mal mit einem eigenen Gutachten über die Personalzahlen des gegenwärtigen Flottenhaushalts angerückt war. Die nackten Zahlen, die Draskovic dem Parlament genannt hatte, waren nicht im eigentlichen Sinn des Wortes irreführend gewesen, sehr wohl hingegen die Art, in der sie präsentiert wurden. Und Honor hatte sie nicht nur auf frischer Tat ertappt, sondern dem Raumlord zunächst so viel Leine gelassen, dass sie sich daran erhängen konnte. Und erst dann hatte sie die tatsächliche Aufschlüsselung zwischen aktivem und auf Halbsold befindlichem Personal eingebracht.

Dieser Tag hatte nicht zu Draskovics Glanzstunden gehört, und ihr zweiter Auftritt war nicht viel besser verlaufen. Diesmal hatte sie sich zwar bei keiner offenkundigen Lüge ertappen lassen, doch Honors gnadenlose, vernichtende Fragen hatten Draskovic an den Rand des Gestammels getrieben, während sie versuchte, Richtlinien der Admiralität zu verteidigen, die einfach nicht zu vertreten waren. Sie erschien völlig unfähig – wie ein auf ganzer Linie deklassierter Amateur. Und ihre Herabwürdigung verletzte sie umso mehr, weil sie im Gegensatz zu Honor immer zu der Koterie ›politischer‹ Admirale gehört hatte, die Karriere gemacht hatten, indem sie in den Sälen der Patronage schacherten. Was ohne Zweifel auch der Weg war, der sie in ihre gegenwärtige Position geführt hatte.

Nun sah Draskovic eine Möglichkeit, es Honor heimzuzahlen. Als Fünftem Raumlord unterstanden ihr alle Personalentscheidungen innerhalb der Royal Manticoran Navy, und zu diesen Entscheidungen gehörte auch, dass sie einem Verbands- oder Flottenkommandeur seine Stabsoffiziere und den Flaggkommandanten zuwies. In der manticoranischen Navy war es Tradition, dass sich ein Flaggoffizier, der den Befehl über eine Flottenstation des Sternenkönigreichs erhielt, in sehr breitem Umfang Offiziere auf diese Positionen berufen konnte. Das Büro für Personalangelegenheiten musste diese Anforderungen zwar absegnen, doch das war nur eine Formsache. Traditionell war der einzige limitierende Faktor die Verfügbarkeit der fraglichen Offiziere, doch Draskovic hatte mit Tradition offensichtlich nicht viel im Sinn. Besonders dann nicht, wenn das Ignorieren besagter Tradition ihr zur Rache an jemandem verhalf, der sie zutiefst gedemütigt hatte.

Honor stellte fest, dass sie das Gefühl Admiral Draskovics, gedemütigt worden zu sein, überhaupt nicht berührte. Draskovic hatte selbst beschlossen, sich dafür herzugeben, unter Janacek und High Ridge zu dienen. Jede Peinlichkeit, die ihr dadurch entstand, musste sie sich selbst zuschreiben.

Offensichtlich sah Draskovic das jedoch anders, doch zu ihrem Pech war Honor nicht bereit, ihre kleingeistige Vergeltung hinzunehmen. Hinter Honors harten Augen blitzte ein Zorn, der dem von Nimitz gleichkam. Ihr war zwar durchaus bewusst, dass diese Wut ebenso sehr durch ihre beruflichen Bedenken geschürt wurde wie durch den Schmerz über den Trümmerhaufen, den die Attacken auf sie und Hamish aus ihrem Privatleben gemacht hatten, doch das war ihr gleichgültig.

Nein, dachte sie. *Sei ehrlich, Honor. Gleichgültig ist es dir nicht. Denn dass Draskovic eine politische Hure ist, die sich sogar mit diesem Abschaum einlässt, macht sie zu einem absolut angebrachten Ziel deiner Rage.*

Sie hatte ihr Gesicht genügend unter Kontrolle, dass sich ihre vernichtende Wut nicht einmal ansatzweise darauf zeigte, doch ihre Augen wurden noch härter, und ihr schmales Lächeln war sehr, sehr kalt.

»Ich habe vorgeschlagen, dass Sie es möglich machen, Admiral«, wiederholte Honor kühl. »Ich habe Ihnen eine Liste von Offizieren vorgelegt, deren Dienste ich benötige, um meine Aufgaben als Kommandeurin von Sidemore Station wahrnehmen zu können. Angesichts des reduzierten Ausmaßes unserer Operationen gegen Haven und des jüngsten drastischen Abbaus unseres Schlachtwalls kann ich nicht glauben, dass die Offiziere, die ich angefordert habe, an ihren gegenwärtigen Positionen unabkömmlich sind.«

»Mir ist bewusst, dass Sie sich als Expertin auf dem Gebiet der Personalangelegenheiten betrachten, Hoheit«, entgegnete Draskovic angespannt und mit hässlichem Unterton. »Trotzdem stünde es Ihnen gut an, wenn Sie akzeptieren würden, dass ich in einer etwas besseren Position bin, um die Verfügbarkeit aktiver Offiziere in Ihrer Majestät Navy zu beurteilen.«

»Ich bezweifle nicht, dass Sie das besser beurteilen könnten – wenn Sie es denn tun würden«, erwiderte Honor tonlos.

»Und was genau soll das heißen, Admiral Harrington?«, fuhr Draskovic sie an.

»Ich denke, ich habe mich deutlich ausgedrückt, Admiral. Für mich ist es offensichtlich, dass Sie nicht beabsichtigen, die Verfügbarkeit der von mir angeforderten Offiziere zu prüfen. Ich bezweifle sogar sehr, dass Sie überhaupt je deren Akten geprüft haben.«

»Wie können Sie es wagen?« Draskovic saß stocksteif aufgerichtet auf ihrem Stuhl, und ihre Augen blitzten. »Ich bin mir sehr wohl im Klaren darüber, dass Sie meinen, für den großen ›Salamander‹ gälten nicht die gleichen Regeln wie für uns gewöhnliche Sterbliche, aber ich versichere Ihnen, das ist durchaus der Fall.«

»Da bin ich mir ganz sicher«, pflichtete Honor ihr gelassen bei. »Das hat jedoch nicht das Geringste mit dem Thema unserer augenblicklichen Diskussion zu tun, Admiral. Das wissen Sie so gut wie ich.«

»So übermäßig aufgebläht Ihr Selbstbild auch sein mag, *Admiral,* ich möchte Sie daran erinnern, dass ich nicht nur Raumlord, sondern auch gute fünfzehn T-Jahre dienstälter bin als Sie«, knirschte Draskovic. »Und ich rufe Ihnen außerdem ins Gedächtnis, dass weder ein Admiralsrang noch eine Peerswürde und auch nicht die Tapferkeitsauszeichnung des Parlaments Sie vor der Anklage der Insubordination schützen!«

»Das würde ich auch nicht erwarten – normalerweise.« Selbst jetzt im Zorn staunte ein kleines Eckchen in Honor über die Worte, die sie da aussprach. War sie vielleicht tatsächlich deswegen so aggressiv, weil sie sich, wie Draskovic andeutete, für jemand Besonderen hielt? So gern sie es auch getan hätte, sie konnte es nicht völlig ausschließen. Im Moment jedoch störten sie ihre Selbstzweifel nicht besonders.

»Was soll das nun wieder heißen?«, fauchte Draskovic und beugte sich mit einem bohrenden Blick über den Schreibtisch vor.

»Das soll heißen, ich bin mir ebenso bewusst wie Sie – oder Sir Edward Janacek –, dass mir dieses Kommando nicht angeboten wurde, weil die Admiralität eine so ungeheuer hohe Meinung von mir hat. Ich habe es zu einem nicht geringen Teil einem taktischen Winkelzug zu verdanken, durch den ich hier im Sternenkönigreich politisch kaltgestellt werden soll.«

Draskovic lehnte sich augenblicklich zurück. Ihr Gesicht war wie gelähmt. Ganz eindeutig hatte sie nicht mit Honors Unverblümtheit gerechnet, und während Honor das Erstaunen der Frau schmeckte, schlich sich eine winzige Spur echter Belustigung in ihr Lächeln. Dass Honor während ihrer Laufbahn niemals politische Beziehungen hatte spielen lassen, bedeutete nicht, dass sie nicht wusste, wie das funktionierte; augenscheinlich war Draskovic diese Möglichkeit noch gar nicht in den Sinn gekommen. Doch wenn Honor sich auf dieses Spiel einließ, dann nur nach ihren eigenen Regeln – Frontalangriff, und zum Teufel mit den Verlusten. Sollte Draskovic reagieren, wie sie wollte; sie würden ohnehin nie auf der gleichen Seite stehen.

»Außerdem wurde mir das Kommando deswegen übertragen«, fuhr sie eisig fort, »weil Silesia das Potenzial hat, zu einer größeren Katastrophe auszuwachsen. Vielleicht haben Sie geglaubt, ich wäre mir nicht im Klaren, dass die gegenwärtige Admiralität durchaus einen Flaggoffizier auswählen würde, den sie von vornherein zum Sündenbock erkoren hat – für den Fall, dass unsere Beziehungen zu den Andermanern zusammenbrechen. Wenn ja, dann haben Sie sich geirrt.

Unter diesen Umständen, Admiral Draskovic, lässt es mich wirklich völlig unberührt, welchen Schaden Ihr Autoritätsgefühl durch mein Verhalten nimmt. Sie und ich, wir wissen beide, dass meine Personalanforderungen nur deshalb ›schlichtweg unmöglich‹ zu erfüllen sind, weil Sie aus kleinlicher Bosheit heraus entschieden haben, mir die traditionellen Vorrechte eines Stationskommandeurs zu verweigern. Ich kann Sie nicht daran hindern, Ihre Autorität in dieser Wese zu missbrauchen, Admiral. Sollten Sie sich jedoch entscheiden, meine Anfragen weiterhin abzulehnen, muss ich dem Ersten Lord wohl leider mitteilen, dass es mir doch unmöglich sei, das Kommando anzunehmen.«

Draskovic hatte den Mund schon zu einer heftigen Erwiderung geöffnet, doch nach Honors letztem Satz schloss sie ihn mit einem vernehmlichen Klicken. Ihre Gefühle loderten auf, und ein Donnerkeil aus kalter Bestürzung brannte sich durch den Kern ihres hitzigen Zorns. Auch Erschrecken gehörte zu diesem Auflodern – Unglaube, dass Honor das zynische politische Kalkül, das hinter ihrer Mission in Silesia stand, so verächtlich ans Tageslicht zerrte. So etwas tat man doch nicht, und die ungeheure Überraschung lähmte für einen Augenblick das Sprachzentrum des Fünften Raumlords.

Honor schmeckte Draskovics Reaktion in jeder Nuance, und das boshafte Vergnügen, das sie dabei empfand, erstaunte sie selbst jetzt noch ein wenig. Doch ließ sie nicht zu, dass auch nur eine Spur davon in ihr Gesicht trat. Sie lehnte sich lediglich zurück und beobachtete Draskovic, die mit dem Gedanken rang, Honor könnte wirklich Regierung und Admiralität zwingen, Farbe zu bekennen.

»Ich ...«, begann Draskovic, dann hielt sie inne und räusperte sich.

»Mir gefällt Ihr Ton nicht, Hoheit«, sagte sie nach einem Augenblick, doch ihre Stimme klang schwach, fast müde. »Und ich stimme auch nicht Ihrer so genannten Analyse der ... Lage zu. Und schon gar nicht bin ich bereit, Insubordination und Unverschämtheit von irgendwem hinzunehmen, ganz gleich, wer sie ist oder was sie in der Vergangenheit geleistet hat.«

»Na schön.« Honor nahm Nimitz in die Arme und erhob sich. »Wenn das so ist, entferne ich mich aus Ihrer Gegenwart, Admiral, bevor ich erneut Anstoß errege. Seien Sie bitte so gut, Sir Edward zu informieren, dass ich das Kommando über Sidemore Station zu meinem Bedauern ablehnen muss. Ich hoffe, Sie finden einen anderen kompetenten Offizier für diesen Posten. Einen guten Tag.«

Sie drehte sich um und machte sich auf den Weg zur Tür. Wie ein Waldbrand loderte hinter ihr Wut, Bestürzung und Panik von Draskovic auf.

»Halt!«

Draskovic stieß das einzelne Wort fast gegen den eigenen Willen aus, und Honor blieb stehen. Sie machte auf der Stelle kehrt, blickte den Fünften Raumlord an und hob höflich fragend die Augenbrauen. Die Muskeln an Draskovics Kiefer schwollen an, so kräftig biss sie die Zähne zusammen. Honor sagte kein Wort. Sie stand nur da und wartete.

»Ich ... bedaure jedes ... Missverständnis, das zwischen uns vielleicht aufgetreten ist, Hoheit«, brachte Draskovic schließlich hervor, und bei jedem Wort war ihr, als würde ihr ein mit Widerhaken besetzter Splitter aus dem Fleisch gezogen. »Offensichtlich haben sich hier die ... Gemüter zu stark erhitzt. Auch das bedaure ich. Dass Sie und ich politisch unterschiedlicher Meinung sind und öffentlich Meinungsverschiedenheiten ausgefochten haben, sollte unseren Dienst als Offiziere der Königin nicht berühren.«

»Das hätte ich nicht besser sagen können«, entgegnete

Honor mit tödlicher Leutseligkeit, während sie den seelischen Schlaganfall ihres Gegenübers genoss, und Draskovic rang sich ein Totenschädelgrinsen ab.

»Gut. Es wäre möglich, dass ich ein wenig vorschnell geurteilt habe, was die Verfügbarkeit einzelner Offiziere auf Ihrer Liste betrifft, Hoheit«, sagte sie. »Ich glaube, es wäre vielleicht angemessen, wenn ich meine Entscheidung in diesen Fällen noch einmal überprüfe.«

»Dafür wäre ich sehr dankbar«, entgegnete Honor. »Ich müsste jedoch darauf bestehen – mit allem Respekt selbstverständlich –, dass die Verfügbarkeit *sämtlicher* fraglichen Offiziere neu überprüft wird. Es wäre in höchstem Maße traurig, wenn die Nichtverfügbarkeit auch nur eines einzigen von ihnen es mir unmöglich machen würde, das ehrenhafte Kommando über Sidemore Station auszuschlagen.«

Ihre Stimme war gelassen, heiter beinahe, doch ihre Augen sahen aus wie brauner Feuerstein auf Panzerstahl, und sie spürte, wie in Draskovic etwas erschlaffte.

»Die Admiralität ist immer bedacht, den Besetzungswünschen von Stationskommandeuren so weit entgegenzukommen wie nur möglich, Hoheit«, sagte sie nach einer sehr kurzen Pause. »Ich versichere Ihnen, dass ich Ihren Anfragen meine ungeteilte und ernste Aufmerksamkeit widmen werde.«

»Vielen Dank. Das weiß ich sehr zu schätzen, Admiral«, sagte Lady Dame Honor Harrington leise.

16

»Ich weiß nicht, wie Sie es geschafft haben, Ma'am, aber es war ganz bestimmt eine Menge Dampf dahinter.«

Fröhlich lächelnd kippte Captain of the List Rafael Cardones den Stuhl zurück, während er mit beiden Händen den Bierkrug umfasste, den James MacGuiness ihm gereicht hatte. Sie saßen im Büro in Honors Haus, und die Schiebewand aus Crystoplast, die das Erkerfenster bildete, stand offen, sodass aus dem Erker ein Balkon entstand, der sich zu dem kühlen Frühlingsabend hin öffnete. Nachtvögel, sowohl manticoranische Ureinwohner als auch von Alterde eingeführte Arten, sangen in der Dunkelheit, und helle Sterne glitzerten über der Jasonbai. Einer der Monde Manticores goss silbriges Licht wie Sirup über die peinlich gepflegten Rasenflächen des Anwesens, während die Positionslichter eines Flugwagens wie rote, weiße und grüne Juwelen über das spiegelglatte Wasser trieben.

»Nach allem, was ich wusste«, fuhr Cardones fort, »sollte die *Werewolf* auf einen Routineeinsatz nach Trevors Stern – sehr langweilig. Und dann …«

Er zuckte mit den Schultern und schwenkte begeistert das Old Tilman; Honor unterdrückte ein Lächeln, indem sie an ihrem eigenen Krug nippte. Noch recht klar erinnerte sie sich an einen unerfahrenen, übermäßig nervösen und stümperhaften, aber außerordentlich talentierten Lieutenant Junior-Grade, auf dessen Schultern die Verantwortung des diensttuenden Taktischen Offiziers an Bord des veralteten Leichten Kreuzers HMS *Fearless* lastete. Der entspannte, gut aussehende und tüchtig wirkende Captain, der an ihrem Couchtisch saß, zeigte nichts mehr von der alten Nervosität und dem mangelnden Selbstvertrauen früherer Jahre, doch von seinem helläugigen Eifer, an den sich Honor ebenfalls erinnerte, war Cardones fast nichts verloren gegangen.

»Die Wege von BuPers sind unergründlich, Rafe«, sagte sie nach einem kurzen Moment mit heiterem Gesichtsausdruck. »Ich brauchte Admiral Draskovic nur zu erklären, wie dringend ich Sie benötige, und schon hat sie alles Weitere veranlasst.«

Er neigte skeptisch den Kopf zur Seite, und Honor spürte seinen amüsierten Unglauben. Anscheinend hatte er das Unglück, Josette Draskovic persönlich kennen gelernt zu haben, und offenbar vermutete er, welche ... Geistesverwandtschaft der Fünfte Raumlord und Honor untereinander entdeckt haben mussten. Er setzte an, um etwas zu erwidern, besann sich dann jedoch sichtlich eines anderen und behielt den Gedanken für sich. Stattdessen sagte er: »Nun, ich will nicht behaupten, dass ich Trevors Stern vermissen werde, Ma'am. Es ist ein wunderbares Sonnensystem, und die San Martinos sind einfach tolle Leute, aber außer Übungen gibt es dort nicht viel zu tun. Ich hoffe, Sie wissen, wie sehr ich mich über den Posten freue und wie geschmeichelt ich mich fühle. Es ist wirklich schön, Sie wiederzusehen, und dass Sie sich an Bord der *Werewolf* einquartieren ... nun, darüber hat sich die ganze Besatzung gefreut.«

»Da bin ich froh ... vorausgesetzt, Sie schmieren nicht einfach nur dem Admiral Honig um den Mund«, entgegnete Honor grinsend, und er wies die Anklage leise lachend und mit einem Kopfschütteln ab. »Aber im Ernst«, fuhr sie fort und ließ ihr Lächeln verblassen, »ich war wirklich beeindruckt, wie gut Sie und Ihr Schiff sich bei Unternehmen Butterblume gehalten haben, Rafe. Sie haben Erstaunliches geleistet, und Ihre Erfahrung wird uns von großem Nutzen sein, wenn in Silesia alles den Bach runtergeht.«

»Wie wahrscheinlich ist es, dass es dazu kommt?«, fragte ihr neuer Flaggkommandant. Sein Gesicht war nüchtern geworden, und er beugte sich ein wenig vor, die Ellbogen auf die Oberschenkel gestützt, den Krug noch immer mit beiden Händen umfasst, und musterte mit scharfen, dunklen Augen ihr Gesicht.

»Ich wünschte, ich könnte es Ihnen genau sagen«, seufzte Honor. »Das ONI soll uns komplette Analysen der andermanischen Schiffsbewegungen im und rund um den Marsh-Sektor zur Verfügung stellen. Unsere Informationen sollten für die unmittelbare Umgebung recht zuverlässig sein, aber nach allem, was ich bisher gesehen habe, nimmt die Zuverlässigkeit steil ab, sobald man sich ein wenig vom Sektor entfernt.«

Sie verstummte und blickte Cardones nachdenklich an. Sie hatte bereits beschlossen, ihre Konfrontation mit Draskovic unerwähnt zu lassen, und zwar aus mehreren Gründen. Zum einen war es natürlich ihr Kampf und nicht seiner. Zum anderen bezweifelte Honor zwar, dass Draskovic sich rächen würde, indem sie die von Honor angeforderten Offiziere ruinierte, aber sicher sein konnte sie sich in dieser Hinsicht nicht. Eines jedoch wusste sie sicher: Wenn Rafael Cardones im Streit zwischen seinen Vorgesetzten Stellung bezöge, müsste er zumindest kurzfristig mit katastrophalen Folgen für seine Karriere rechnen. Auf längere Sicht würde er wahrscheinlich überleben, was immer ihm zustieß, denn über kurz oder lang musste Janacek zwangsläufig seine Position als Kopf der Admiralität verlieren. Sobald das geschah, bestand die erste Amtshandlung seines Nachfolgers vermutlich darin, die Offiziere zu rehabilitieren, die Janacek entlassen hatte. Doch später rehabilitiert zu werden machte die Vergeltung, an der jemand wie Draskovic Freude fand, für den betreffenden Offizier keinen Deut vergnüglicher. Und Honor kannte ihren Rafe Cardones. Seine Loyalität vergab er in der gleichen Weise, wie er alles andere tat – mit Überzeugung, Begeisterung und hundertzehnprozentigem Einsatz. Außerdem besaß er eine Leidenschaft (wenngleich gut verborgen, wie er glaubte) fürs Drachentöten, und das bestärkte Honor nur in ihrer Entscheidung, ihm nicht alles zu sagen. Sie brauchte niemanden, der ihre Kämpfe für sie focht, und um Rafe aus der Schusslinie zu halten, durfte sie ihm gar nicht erst verraten, dass eine Schlacht ausgefochten wurde.

Gleichwohl gab es noch eine weitere unangenehme Wahrheit über die derzeitige Admiralitätsverwaltung, und obwohl Honor nicht geplant hatte, darauf einzugehen – noch nicht jedenfalls –, würde Rafe ihr Flaggkommandant sein, ihr taktischer Stellvertreter, ihre rechte Hand. Darum blieb ihr keine andere Wahl, als ihm ihre Bedenken mitzuteilen. Es war nicht nur absolut lebenswichtig für ihn, jederzeit zu wissen, was sie dachte und warum, sondern sie schuldete ihm schlichtweg so viel Offenheit und Aufrichtigkeit.

»Was ich nun sage, bleibt unter uns, bis Sie etwas anderes von mir hören, Rafe«, sagte sie nach einem Augenblick und sah zu, wie er sich tiefer in den Sessel sinken ließ. Die Bewegung war subtil, und Honor spürte sie mehr durch ihren empathischen Link, als dass sie sie sah. Cardones straffte die Schultern ein wenig und kniff gespannt die Augen zusammen.

»Ich traue dem Urteil unseres Nachrichtendienstes nicht«, sagte sie leise und sah ihm offen in die Augen.

»Unter uns, Admiral Jurgensen ist nicht der richtige Mann für das ONI. Er ist immer ein Verwalter gewesen, ein Bürokrat, aber kein Spion. Und ich habe den Eindruck, dass er dazu neigt, seine Analysen ... sagen wir, abzutönen, damit sie die Anforderungen seiner Vorgesetzten erfüllen. Oder ihre Wünsche.«

Sie hob ihre künstliche linke Hand in einer fragenden Gebärde, und Cardones nickte bedachtsam.

»Mir ist auch nicht ganz wohl bei den Quellen, auf deren Aussagen die ONI-Analysen beruhen«, fuhr sie fort. »Das ONI war schon immer zurückhaltend, was das Nennen von Quellen betrifft, und das ist auch richtig so. Aber aus dem, was ich zwischen den Zeilen lese – vor allem daraus, was dort nicht zu lesen ist –, schließe ich, dass unsere menschlichen Aktiva momentan sowohl in Silesia als auch im Kaiserreich sehr dünn gesät sind. Admiral Jurgensen hat mir versichert, dass meine Bedenken in dieser Hinsicht unbegründet seien, und ich habe gewiss keinen greifbaren Beweis dafür, dass er sich irrt. Aber ich bin schon mehrmals in Silesia eingesetzt gewesen, Rafe, und es ist ein deutlicher Unterschied zwischen den Nachrichtendienstberichten von heute und denen, die ich oder meine Kommandanten damals erhalten haben. Ich kann nicht genau sagen, inwiefern sich die Berichte unterscheiden, aber sie kommen mir ... unfertig vor. Unvollständig.

Die Meldungen des Außenministeriums sind auch nicht viel besser. Nicht, dass das Ministerium zu wenig Quellen hätte, vielmehr muss man dort fast einen Überfluss an Informationen bewältigen. Sie enthalten zu viele Einzelheiten – zu viele Details und zu wenig Hinweise, was die Andermaner nun wirklich vorhaben. Die offizielle Meinung des Außenministeriums lautet, dass die Andermaner momentan selbst nicht sicher seien, was sie vorhätten. Die Andys peilen mit ihren Stärkedemonstrationen rings um Sidemore Station die Lage. Offiziell rät das Außenministerium uns, die letztendliche Politik der Andermaner mitzubestimmen, indem wir ›entschlossen und konsequent‹ auftreten.«

»Verzeihen Sie die Frage, Ma'am«, sagte Cardones, »aber ist von diesen Beamten im Außenministerium überhaupt auch nur einer in Silesia gewesen? Oder im Kaiserreich?«

Honor zuckte mit den Lippen, als sie seinen kläglichen Ton hörte, die dahinter verborgenen Emotionen spürte. Trotzdem versagte sie sich entschieden ein Lächeln und schüttelte den Kopf.

»Einige ganz sicher«, entgegnete sie bewundernswert beherrscht. »Irgendwann jedenfalls einmal.«

»Klingt aber nicht danach«, sagte Cardones offen. »Sie und ich sind dort gewesen, Ma'am, und irgendwie glaube ich nicht, dass jemand Geringeres als der Teufel höchstpersönlich eine Chance hat, Gustavs XI. Außenpolitik ›mitzubestimmen‹.«

»Ich will einräumen, dass der Kaiser dazu neigt, sehr unmittelbar auf die Politik des Reiches einzuwirken. Ich glaube, er weiß sehr genau, was er erreichen will. Leider ist er immer ein wenig unberechenbar gewesen.«

Cardones sah aus, als wollte er etwas einwerfen, und sie schüttelte rasch den Kopf.

»Na schön, nicht nur unberechenbar. Starrsinnig und halsstarrig bis an die Grenze der Sturheit. Das macht ihn aber nur umso unberechenbarer. Ich glaube, dass er der Pragmatik zuneigt, und ganz offensichtlich mangelt es ihm nicht an Intelligenz, aber wenn er sich einmal etwas in den Kopf gesetzt hat, bringt ihn niemand mehr davon ab, da kann man versuchen, was man will. Deshalb ist es normalerweise nicht nur nutzlos, sondern sogar gefährlich, über sein Vorgehen zu spekulieren. Denn selbst wenn man absolut logische Annahmen macht, besitzen sie nur zu oft überhaupt keine Beziehung zu dem, was Gustav XI. dann tatsächlich tut. Angesichts seiner rigiden Kontrolle ist darum auch die Politik des Kaiserreichs von Zeit zu Zeit recht unberechenbar. Und nein, Rafe, ich glaube nicht, dass die Experten des Außenministeriums diesmal richtig liegen. Sie sind aber nicht sonderlich daran interessiert zu erfahren, was ich von ihrer Meinung halte. Man könnte sagen, dass die gegenwärtige Regierung und ich nicht auf der gleichen Seite des Textbuches stehen.«

Cardones versuchte erfolglos, sein schnaubendes Gelächter als Hustenanfall zu tarnen, und diesmal lächelte Honor, obwohl sie die Lage eigentlich nicht sonderlich amüsant fand.

»Worauf es mir ankommt, Rafe«, fuhr sie ein wenig forscher fort, »ist: Sie haben ein Recht zu wissen, dass wir geradewegs auf ein Minenfeld zusteuern. Unsere Aufklärung ist unvollständig, und meiner Meinung nach sind die Motive derjenigen, von denen die Erkenntnisse analysiert werden, suspekt. Die Regierung hat ein großes Interesse daran, die Probleme in Silesia unter den Teppich zu kehren, und ich fürchte sehr, dass Außenministerin Descroix ihre Leute dazu drängt, Annahmen zu treffen, die ich für überzogen optimistisch halte. Ich hoffe, ich irre mich, aber ich glaube, dass es nicht mehr lange dauert, bis die Andys in Silesia offen Gebietsansprüche erheben. Ich glaube, das ist alles, was hinter ihren Stärkedemonstrationen und ihrer intensivierten Präsenz in der Konföderation steckt. Und dass das ONI nun andeutet, es könnte bei der Kaiserlichen Weltraumflotte einige ›nicht näher spezifizierte waffentechnische Verbesserungen‹ geben, beruhigt mich auch nicht gerade.«

»Das klingt wirklich nicht sehr spaßig, Ma'am.« Cardones' Heiterkeit war verflogen. Er wirkte nicht etwa verängstigt – nur konzentriert und sehr nachdenklich. In seinen Augen stand sachliche Besorgnis. »Haben wir neue politische Verhaltensmaßregeln erhalten?«

Honor verzog das Gesicht. »Nein«, räumte sie ein. »Den Einweisungen zufolge, die mir sowohl die Admiralität als auch das Außenministerium gegeben haben, wäre es zurzeit noch ›verfrüht‹, eine neue Haltung zu formulieren. Das heißt, dass unsere althergebrachte Verhaltensweise – wir sind nicht bereit, irgendwelche Verletzungen der silesianischen territorialen Unversehrtheit durch Drittmächte hinzunehmen –, weiterhin gültig bleibt. Wir haben den Auftrag, dieser Politik Geltung zu verschaffen – aber natürlich, ohne irgendeine Konfrontation mit dem Kaiserreich zu provozieren.«

»Und was ist, wenn die Andys es auf eine Konfrontation mit uns anlegen?«

»In dem Fall tun wir, was wir können.« Honor kniff sich seufzend in den Nasenrücken. »Um ganz ehrlich zu sein, Rafe, ich fürchte, dass die Regierung zu keinem Zeitpunkt offen und deutlich Stellung nehmen wird, welche Position sie hinsichtlich Gustavs XI. bezieht. Durch das Fehlen klarer, eindeutiger Signale vom Sternenkönigreich könnte er sich aber gerade ermutigt sehen, noch härter und umfassender vorzugehen als ursprünglich geplant. Und wenn das geschieht, sehen wir uns plötzlich einer Situation gegenüber, die uns nur allzu leicht aus der Hand gleiten kann.«

»Bei allem schuldigen Respekt, Ma'am, aber welcher Teufel hat Sie geritten, dieses Kommando anzunehmen?

Sie kennen Silesia besser als schätzungsweise neunzig Prozent unseres Offizierskorps, ganz zu schweigen von den Aktenschiebern im Außenministerium. Und Sie kennen die Andys ebenfalls. Wenn man Ihnen so wenig in die Hand gegeben hat, wie ich glaube, dann sind wir hoffnungslos unterlegen, wenn das Kaiserreich die Zähne zeigt. Und wie Sie schon sagten, die Regierung funkt nicht so ganz auf der gleichen Wellenlänge wie Sie.«

Er wollte noch mehr sagen, verbiss sich aber die Worte, doch Honor wusste genau, was er hatte hinzufügen wollen.

»Es ist durchaus möglich, dass Sie Recht haben«, entgegnete sie ruhig. »Ich würde nicht so weit gehen zu behaupten, dass irgendjemand in der Regierung es wirklich auf einen echten Bruch in unseren Beziehungen zum Kaiserreich anlegt. Wenn es aber so weit kommt, wären einige Figuren in dieser Regierung alles andere als traurig, mich dafür zum Trocknen aufzuhängen. Ich kann aber nicht einfach daneben stehen und zusehen, wie der Karren in den Graben rollt. Es sind zu viele Unbeteiligte betroffen, und wir haben eine Verpflichtung gegenüber den Sidemorern zu erfüllen. Was das angeht, sind wir allen Silesianern verpflichtet.«

»Es ist aber nicht Ihre Aufgabe, der Außenpolitik des Sternenkönigreichs Schlüssigkeit zu verleihen, Ma'am.«

Aus dem Munde von jemandem, den Honor nicht so lange und so gut kannte, hätte in dieser Feststellung vielleicht Missbilligung mitgeklungen. Bei Cardones brauchte sie nicht erst ihre empathischen Fähigkeiten zu bemühen, um zu wissen, dass er das genaue Gegenteil davon meinte: Er ging nicht davon aus, dass Honor selbstgefällig annahm, sie könne einen Unterschied ausmachen; vielmehr sorgte er sich, dass sie bei einem gescheiterten Versuch zwischen den Stühlen landen und zermalmt werden könnte.

»Nein, natürlich nicht«, stimmte sie ihm zu. »Ich habe aber die Aufgabe zu tun, was ich für richtig halte und was die Queen meiner Meinung nach von jedem ihrer Offiziere verlangen würde. Manchmal ist das wirklich nicht das Leichteste, und manchmal hat es Folgen, denen wir uns eigentlich nicht stellen zu brauchen sollten. Aber niemand hat je behauptet, es wäre einfach, und wer keinen Spaß versteht, sollte nicht in die Navy eintreten.«

Cardones verzog den Mund zu einem Grinsen, als er die altehrwürdige Unterdecksredensart hörte, und Honor lächelte schief zurück.

»Deshalb«, sagte sie sachlich, »würde ich verstehen, wenn Sie Bedenken hätten, die Position des Flaggkommandanten anzunehmen.« Er wollte rasch etwas einwenden, doch sie hob die Hand. »Das ist mir ernst, Rafe. Für jeden Beteiligten könnte es sehr unangenehm werden. Ich glaube, Sie haben noch immer nicht das nötige Dienstalter, dass jemand ein Exempel an Ihnen statuieren könnte, falls alles schief geht. Ich kann das jedoch nicht garantieren und erwarte von Ihnen, dass Sie es sich sehr genau überlegen, ob Sie das Risiko eingehen wollen, nur weil ich mich für eine weibliche Reinkarnation von Don Quichotte halte.«

»Da brauche ich überhaupt nicht nachzudenken, Ma'am«, entgegnete er. »Sie haben vermutlich Recht, wenn Sie sagen, dass keiner einem kleinen Captain die Schuld zuschiebt, wenn die Torte ins Klo fällt. Aber selbst wenn es so kommt, wäre ich wirklich in sehr guter Gesellschaft. Und Sie haben Recht – soweit ich mich erinnern kann, hat uns auf Saganami Island niemand erzählt, man würde uns unseren fürstlichen Sold für leichte Arbeit zahlen. Wenn Sie verrückt genug sind, um das Kommando anzunehmen, dann ist es mir eine Ehre, mich Ihnen anzuschließen.«

»Ich wusste, dass Sie das sagen würden«, antwortete sie. »Und ich nehme an, ich sollte mich ein wenig dafür schämen, dass ich darauf gezählt habe. Tue ich aber nicht.«

»Das will ich auch nicht hoffen. Wenn ich's mir recht überlege, ist es wahrscheinlich sowieso Ihre Schuld«, entgegnete er. »Da war ich, ein junger, leicht zu beeindruckender Lieutenant, und Sie gehen hin und geben mir ein absolut unrealistisches Beispiel.« Er schüttelte trauervoll den Kopf. »Wenn ich darüber nachdenke, wie viel einfacher mein Leben vielleicht gewesen wäre, wäre ich nie mit Ihnen nach Basilisk Station gegangen, dann fühle ich mich völlig leer.«

»Ich weiß nicht, ob es einfacher gewesen wäre, aber wahrscheinlich weniger lebensgefährlich«, entgegnete sie trocken. »Ich glaube aber nicht, dass es allein meine Schuld war. Sie waren nie so klug, den Kopf unten zu lassen.«

»Das ist nun aber wirklich nicht fair, Ma'am«, sagte er streng. »Es hängt nicht damit zusammen, ob ich klug genug bin, meinen Kopf unten zu lassen – sondern damit, dass ich sowieso nicht besonders klug bin. Ende.«

Honor kicherte, dann hob sie ihren Krug zu einem stummen Gruß. Cardones erwiderte ihn und lehnte sich wieder zurück.

»Nachdem das nun mehr oder minder geklärt ist, Ma'am – was kommt als Nächstes?«

»Wenn ich richtig verstanden habe, ist die *Werewolf* demnächst komplett überholt.« Honor machte aus der Feststellung eine Frage, und Cardones nickte.

»Jawohl, Ma'am. Die Werftheinis sollen uns in zwo

Wochen freigeben. Ich glaube, es wird aber noch ein bisschen länger dauern. Die Werftzeiten sind insgesamt wieder länger geworden, als die Friedensgespräche begannen, und seit wir offiziell die Flotte reduzieren, hat das Tempo noch weiter abgenommen.«

»Ich weiß. Und um ehrlich zu sein, bin ich nicht böse, wenn Ihre Umrüstung noch ein bisschen länger dauert. Mein Eindruck ist, dass sich die Lage in Silesia zwar zuspitzt, uns aber durchaus noch ein bisschen Zeit bleibt. Ich möchte auf keinen Fall den Aufbruch zur Station verzögern, aber die Admiralität wird sowieso noch knapp einen Monat brauchen, bis sie die Verstärkung zusammengezogen hat, die wir nach Sidemore mitnehmen.«

»Das freut mich zu hören«, sagte er rundheraus, »weil ich schon angefangen hatte, ein bisschen zu schwitzen.«

»Kein Flaggkommandant möchte, dass sein Admiral von ihm denkt, er wäre ein Bummelant, Rafe. Aber ich bin selber schon Flaggkommandantin gewesen, das wissen Sie. Man kann nicht viel unternehmen, um sein Schiff früher von den Werftheinis loszueisen. Man bekommt es erst, wenn sie willens und bereit sind, es freizugeben.«

»Das«, gab er zu, »ist noch nicht einmal mein einziges Problem. Captain Thurmond, mein COLAC, hat soeben Trauerurlaub bekommen. Seine Frau ist bei einem Bootsunglück auf Gryphon umgekommen, und sie haben – hatten – drei Kinder. Wenn ich mich nicht irre, kommt er nicht wieder. Ganz bestimmt aber nicht, bevor die Umrüstung fertig ist und wir uns wieder einarbeiten.«

»Das weiß ich auch«, sagte Honor. »Machen Sie sich deshalb keine Sorgen. Während Admiral Draskovic und ich verschiedene Personalfragen erörterten, habe ich einen neuen COLAC für Sie angefordert. Ich glaube, Sie kennen ihn. Ein Captain J-G ... Tremaine heißt er, glaube ich.«

»Scotty? Sie haben mir Scotty verschafft?« Cardones' Zähne blitzten hell auf, während er breit lächelte. »Darf ich zu hoffen wagen, dass Harkness ebenfalls kommt?«

»Wo der eine von ihnen hingeht, da ist der andere nicht weit«, sagte Honor.

»Einfach Klasse!« Cardones grinste sie noch eine Sekunde lang an, dann schüttelte er den Kopf. »Ich glaube allmählich, Sie müssen bei Admiral Draskovic außerordentliche Überzeugungsarbeit geleistet haben, Ma'am.«

»Das kann man so sagen«, räumte Honor ein.

»Und wen haben Sie noch für uns, wenn ich fragen darf?«

»Mal überlegen. Ich habe eine Kampfgruppenchefin namens Truman und einen Kampfgruppenchef namens McKeon.« Honor blickte zur Decke und rieb sich nachdenklich das Kinn. »Auf meine dringliche Bitte hat Hochadmiral Matthews eingewilligt, eine gewisse Commodore Brigham freizustellen, damit sie als meine Stabschefin dienen kann. Und als Operationsoffizier habe ich Captain Andrea Jaruwalski. Ich weiß nicht, ob Sie sie schon kennen, Rafe, aber sie ist gut. Sehr gut. Ach ja, und Fritz Montaya ist der Chefarzt.« Sie zuckte mit den Schultern. »Kann sein, dass da noch ... na ja, ein, zwo andere sind, die ich eigens angefordert habe, aber das sind die Höhepunkte.«

»Das wird ja genau wie damals, was?«, stellte Cardones fest.

»Nicht ganz so wie ›damals‹, hoffe ich.« Honor runzelte ganz leicht die Stirn. »Ich glaube, es ist ein guter, solider Kern, aber als ich die Mannschaft zusammenstellte, musste ich immer wieder an die alte *Fearless* denken.«

»Das überrascht mich nicht, Ma'am. Wir haben bei Basilisk so viele Leute verloren. Und bei Jelzins Stern auch. Aber beide Male haben wir erreicht, was wir erreichen wollten, nicht wahr?« Er blickte ihr in die Augen, bis sie nickte, fast gegen den eigenen Willen. Dann zuckte er mit den Schultern. »Na, dann müssen wir's eben noch einmal tun. Wenigstens haben wir Übung.«

»Mehr als mir lieb ist«, stimmte Honor ihm wehmütig zu.

»Darum geht's bei uns aber, Ma'am.«

»Wahrscheinlich haben Sie Recht.«

Honor nahm einen tiefen Zug Bier und verzog das Gesicht, als ihr Armbandchrono piepte.

»Rafe, es tut mir Leid, aber ich habe eine Verabredung mit Richard Maxwell und Merlin Odom. Ich muss noch ein paar Verwaltungsdetails klären, bevor ich mich nach Silesia aus dem Staub mache!«

»Das macht gar nichts, Ma'am. Wenn ich überlege, wie viele ›Hüte‹ Sie dieser Tage so tragen, kann ich mir vorstellen, dass Sie sich um einen ganzen Haufen ›Details‹ zu kümmern haben.«

»Da liegen Sie nicht falsch«, rief sie erbittert. »Ja, ich muss sogar einen kurzen Abstecher nach Grayson machen, um dort die gleichen Details zu klären. Ich nehme die *Tankersley* und hoffe, dass ich zurück bin, wenn die *Werewolf* aus der Werft kommt, aber ich kann es nicht versprechen.«

»Wir überleben bis zu Ihrer Rückkehr«, versicherte Cardones ihr.

»Das weiß ich. Ich bringe Mercedes mit, wenn ich von Grayson zurückkehre. Nach dem letzten Bericht von BuPers soll Alistair übermorgen auf *Hephaistos* eintreffen, also noch vor meiner Abreise. Und Captain Jaruwalski ist schon im Sternenkönigreich. Sie müssten sie morgen kennen lernen. Ich gebe einen kleinen Dinnerempfang hier im Haus, und Sie sind beide eingeladen.« Cardones nickte, und sie zuckte mit den Achseln. »Vielleicht ist auch Alice rechtzeitig hier; wenn nicht, steht sie in ein bis zwo Tagen zur Verfügung, und Sie vier können hoffentlich alles handhaben, was hier anfällt, bis Mercedes und ich wieder hier sind. Wenn nicht, legen Sie es auf Eis. Ich habe der Admiralität erklärt, dass meine Pflichten als Gutsherrin von Harrington einige Verzögerungen verursachen könnten, und ich glaube nicht, dass man Ihnen allzu heftig in den Nacken atmet, während ich weg bin.«

»Ich bin sicher, dass Admiral McKeon und Admiral Truman mit allen Schreibtischhengsten fertig werden, solange Sie weg sind, Ma'am«, stimmte Cardones ihr zu.

»Und wenn nicht, weiß ich noch wen«, versicherte Honor ihm mit einem leisen Lachen. »Scotty und Sir Horace kommen ebenfalls zum Dinner. Wenn die Dinge allzu sehr außer Kontrolle geraden, denken Sie einfach daran, dass Harkness sich mit Computern auskennt, und setzten Sie ihn auf die Datenbank der Admiralität an.«

17

»Sagen Sie es ihm ein letztes Mal, Mecia«, befahl Captain Erica Ferrero, Kommandantin von HMS *Jessica Epps.* Ihre Stimme klang kalt und tonlos. »Und machen Sie ihm klar, dass wir nicht noch einmal fragen.«

»Aye, aye, Ma'am!«, antwortete Lieutenant Mecia McKee, Signaloffizier der *Jessica Epps*, zackig. Indem sie eine verirrte Strähne ihres langes roten Haares zurückstrich, wandte sie sich wieder ihrer Konsole zu und schaltete das Mikrofon ein.

»Unidentifiziertes Sternenschiff, wir weisen Sie an, Ihren Impellerkeil zu streichen und sich auf die Enterung vorzubereiten. Falls Sie unserer Aufforderung nicht folgen, werden wir äußerste Gewalt anwenden. Das ist unsere letzte Warnung. *Jessica Epps*, aus.«

Das scharlachrote Icon auf Ferreros Plot reagierte in keiner Weise auf die Warnung des jungen Signaloffiziers. Es floh weiterhin bei maximaler Beschleunigung, und das war ziemlich dumm, überlegte die Kommandantin. Das Icon symbolisierte ein kleineres Sternenschiff, das – bei gleichem Wirkungsgrad des Trägheitskompensators – gegenüber einem Schiff mit der Tonnage der *Jessica Epps* einen Beschleunigungsvorteil von wenigstens dreißig Gravos hätte besitzen müssen. Dummerweise verfügte das unbekannte Schiff nicht über den gleichen Wirkungsgrad, denn an Bord der *Jessica Epps* arbeitete das allerneuste Modell des Trägheitskompensators der Royal Manticoran Navy. Sogar wenn die *Jessica Epps* sich auf die bei der RMN üblichen achtzig Prozent des Maximalschubs beschränkte, betrug der Vorteil des verdächtigen Schiffes kaum noch einundzwanzig Gravos, ein Viertel Kilometer pro Sekundenquadrat. Sobald Ferrero sich entschied, das Risiko eines Kompensatorversagers einzugehen und Maximalschub einzusetzen, hätte die Beschleunigung der *Jessica Epps* die des unidentifizierten Schiffes sogar noch übertroffen.

Nicht dass es irgendeine Rolle spielte, denn Ferreros Kreuzer hatte das andere Schiff dabei ertappt, wie es sich mit einer niedrigen Grundgeschwindigkeit herumdrückte. Damit hatte es überhaupt erst die Aufmerksamkeit des Taktischen Offiziers geweckt. Seine geringe Größe und niedrige Geschwindigkeit waren ebenso verdächtig wie seine Position – gerade innerhalb der Hypergrenze des Adelaide-Systems, mit Kurs auf die Sonne. Ein Schiff von der Größe einer sehr kleinen Fregatte konnte nur einen Grund haben, sich mit solch niedriger Geschwindigkeit systemeinwärts zu bewegen (besonders in Silesia): Es musste ein Pirat oder Freibeuter sein, der auf eine Prise lauerte. Die geringe Geschwindigkeit, die Frachtschiffe normalerweise nach der letzten Transition in den Normalraum übrig behielten, machte sie außerordentlich verwundbar gegen Abfangmanöver unmittelbar nach der Ankunft, zumal es noch eine Weile dauerte, bis die Ortungsgeräte wieder imstande waren, auch nur die nächste Umgebung abzutasten. Und solange die Ortung nicht funktionierte, wusste die Besatzung auch nicht, ob eine Bedrohung vorhanden war, und erst recht konnte sie keine geeigneten Ausweichmanöver einleiten. Selbst wenn ein Handelsschiff bemerkte, dass ihm Gefahr drohte, änderte das nichts daran, dass Frachter grundsätzlich langsam und behäbig waren. Wenn ein potenzieller Feind auch noch das Überraschungsmoment auf seiner Seite hatte, war die Chance, dass ein Handelsschiffer ihm entkommen konnte, bestenfalls sehr gering.

Wenn das Ausweichmanöver fehlschlug und ein bewaffnetes Schiff, sei es noch so klein, in Gefechtsentfernung auf einen *unbewaffneten* Frachter herankam, war das Handelsschiff ihm hilflos ausgeliefert. Um das zu erreichen, lief das bewaffnete Schiff am besten bei relativ niedriger Geschwindigkeit auf annähernd dem gleichen Kurs, wie ihn ein Handelsschiff einschlagen würde, das im System eintraf. Zu viel Relativgeschwindigkeit, und das Piratenschiff würde an seinem auserkorenen Opfer vorbeischießen, weil es nicht rechtzeitig zum Rendezvous abbremsen konnte, und der Frachter würde seine Beschleunigung umkehren, über die Hypergrenze hinaus ausbrechen und wieder in den Hyperraum fliehen. Hätte der Pirat zu wenig Relativgeschwindigkeit, würde es selbst ein walartiger Frachter irgendwie schaffen, sich auf die Seite zu wälzen und zur Hypergrenze zurückzukehren, bevor er eingeholt wurde.

Das Schiff auf Ferreros Plot hatte ganz offensichtlich auf der Lauer gelegen. Dass es in dem Augenblick auf Maximalbeschleunigung gegangen war, in dem die *Jessica Epps* sich identifiziert und es angewiesen hatte, zur Kontrolle beizudrehen, bestätigte in ihren Augen hinreichend, dass sie es mit einem Piratenschiff zu tun hatten. Die taktischen Überlegungen, die für einen Frachter galten, der bei niedriger Geschwindigkeit einem Piratenschiff zu entkommen suchte, galten natürlich auch für Piraten, die bei geringer Geschwindigkeit vor einem Schweren Kreuzer fliehen wollten – mit einem wichtigen Unterschied. Ein Pirat musste ein Rendezvous mit dem Prisenschiff ausführen, um es zu plündern; ein Schwerer Kreuzer brauchte kein Rendezvous mit dem Piraten zu versuchen, weil er besagtes Piratenschiff auch im Vorbeiflug bequem in Trümmer schießen konnte. Und genau diese Situation traf hier zu.

Ferrero und ihre Crew hatten für diesen Nachmittag eigentlich keine Piratenjagd geplant, doch manchmal belohnt Gott die Tugendhaften, wenn sie es am wenigsten erwarten. Eindeutig war dies einer dieser Momente, und die *Jessica Epps* schoss mit nur wenig mehr als sechsunddreißigtausend Kps systemeinwärts. Unter Einbezug der Geometrie der Abfangkurve ergab sich daraus ein Aufholvorteil von vierzigtausend Kilometer pro Sekunde –

40.007,162 Kps, wenn Ferrero ganz genau war – bei einem Anfangsabstand von dreieinhalb Lichtminuten. Daher konnte ihr das Piratenschiff selbst bei seinem geringen Beschleunigungsvorteil nicht entkommen. Vielmehr hätte die *Jessica Epps* unter der Voraussetzung, dass beide Beschleunigungswerte konstant blieben, ihre Beute in weniger als fünfundzwanzig Minuten eingeholt und wäre schon lange vorher auf Raketenreichweite.

Es musste für den Kommandanten des anderen Schiffes daher offensichtlich sein, dass Ferreros einziges Problem in der Entscheidung bestand, wann sie die eigene Beschleunigung senkte, um die Vorbeiflugzeit zu erhöhen und ihr Opfer ganz gemütlich in durchs All treibende Trümmer zu verwandeln. Unter diesen Umständen blieb ihm wirklich keine andere Wahl, als beizudrehen und sich von Ferreros Marineinfanteristen entern zu lassen, und der gesunde Menschenverstand musste ihm raten, das so früh wie möglich zu tun, bevor der offensichtlich reizbare Kommandant der *Jessica Epps* beschloss, es sei der Mühe zu viel, Gefangene zu nehmen und sich um die Prozesse zu kümmern.

Anscheinend mangelte es an Bord des fliehenden Raumschiffs jedoch an Vernunft. Entweder das, oder die Crew stand auf der Liste verurteilter Piraten, die kein Verfahren mehr zu erwarten hatten, das über die notwendige Feststellung ihrer Identität hinausging. Immerhin war man in Silesia, und silesianische Gouverneure hatten die schlechte Angewohnheit, verurteilte Piraten, die ihnen das Sternenkönigreich übergeben musste, häufiger zu ›verlieren‹, als sie hinter Schloss und Riegel zu bringen oder hinzurichten. Aus diesem Grunde hatte die Admiralität die Skipper bevollmächtigt, solche ›Flüchtigen‹ summarisch zu exekutieren, falls sie ein zweites Mal von einem manticoranischen Schiff auf frischer Tat ertappt wurden. Da das interstellare Recht für Piraterie die Todesstrafe vorsah, war diese Ermächtigung vollkommen legal. Ferrero hegte den dringenden Verdacht, dass die Crew des anderen Schiffes genau wusste, ob ihre Namen irgendwo auf dieser Liste standen. In diesem Fall wären sie nach der Enterung genauso tot, als hätte man sie im Gefecht zusammengeschossen, und es gab immer eine (wenn auch noch so kleine) Chance, dass man es irgendwie schaffte, das Schiff zu rollen und sich vom Gegner davonzuschleichen.

Bevor das geschieht, fahren wir in der Hölle Schlittschuh, Herr Pirat!, dachte sie kalt. *Aber wenigstens habe ich ein reines Gewissen, denn ich habe dich gewarnt – und dir eine Chance gelassen.*

Und das genügte Erica Ferrero, die vor Piraten noch größeren Abscheu empfand als die meisten manticoranischen Offiziere.

»Keine Antwort, Ma'am«, meldete Lieutenant McKee unnötigerweise, und Ferrero nickte.

»Verstanden, Mecia«, sagte sie und wandte sich der taktischen Sektion des Kommandodecks zu. »Ich sehe keinen Grund, weshalb wir uns von diesem Idioten verarschen lassen sollen, Shawn.«

Lieutenant-Commander Shawn Harris, der Taktische Offizier der *Jessica Epps*, blickte von seinem Display auf, und sie grinste ihn dünn an.

»Wir geben einen einzigen Warnschuss ab«, sagte sie tonlos. »Genau wie die Rules of Engagement es verlangen. Schließlich wäre es möglich, dass die Signalanlage ausgefallen ist und niemand in der Crew sie reparieren kann. Aber wenn er auch nach diesem dezenten Hinweis nicht stoppt, bekommt er eine volle Raketenbreitseite in den

Kilt. Und keine nuklearen Geschosse, sondern wir nehmen Laser-Gefechtsköpfe.«

»Jawohl, Ma'am«, bestätigte Harris den Befehl ohne Überraschung. Mit seinen 1,91 überragte der braunhaarige, schnurrbärtige Taktische Offizier seine zierliche Kommandantin wie ein Turm, doch Erica Ferreros Akte bewies eindringlich, dass fiese Dinge auch in kleinen Paketen kommen können. Sie machte mit Piraten nicht viel Federlesens, diese Captain Ferrero, und Harris hatte bald gemerkt, dass sie Gerichtsverfahren als unwirksame Technik betrachtete, um den Piraten beizukommen. Sie war sorgfältig darauf bedacht, nicht automatisch schuldhaftes Verhalten anzunehmen, und achtete peinlich darauf, jedem der Piraterie Verdächtigen die Chance zu lassen, sich zu ergeben – wenigstens einmal. Doch wenn jemand es ablehnte, sich von ihr entern und in Übereinstimmung mit dem interstellaren Recht überprüfen zu lassen, so war ihr das hinreichender Beweis, dass der Betreffende etwas auf dem Gewissen hatte. In diesem Fall war sie dazu bereit, sich alle verfügbaren Möglichkeiten zunutze zu machen und mit Hilfe ihrer überlegenen Feuerkraft eine Friedensdemonstration zu beginnen.

Was, wenn man es recht überlegte, Lieutenant-Commander Harris sehr gut in den Kram passte. Ein Raumoffizier musste nur ein, höchstens zweimal die Hinterlassenschaften eines Piratenüberfalls gesehen haben, um eine tiefe ... Abneigung gegen diesen Menschenschlag zu entwickeln.

Er wandte sich seiner Konsole zu und begann, die Parameter der Beschießung einzugeben. Sonderlich schwierig sah es nicht aus. Das verfolgte Schiff masste gerade fünfzigtausend Tonnen, kaum mehr als zwölf Prozent eines

Schweren Kreuzers der *Edward-Saganami*-Klasse wie der *Jessica Epps.* Kein hyperraumtüchtiges Kriegsschiff konnte bei dieser begrenzten Verdrängung sehr viele Offensiv- und Defensivwaffen führen. Selbstverständlich brauchte ein Piratenschiff nicht allzu stark bewaffnet zu sein, um die völlig unbewaffneten und schutzlosen Frachter zu bedrohen, die es plünderte, und Harris empfand grimmige Befriedigung dabei, wie das Blatt sich in diesem Fall gewendet hatte.

Er hatte gerade die Abschusssequenz in die Lade-Warteschlange der Breitseiten-Raketenwerfer eingegeben, als es in seinem Ohrhörer summte. Er hörte einen Moment lang zu, zog überrascht die Augenbrauen hoch und wandte sich dann an die Kommandantin.

»OPZ hat soeben eine weitere Impellersignatur erfasst, Ma'am«, meldete er.

»Wie bitte?« Ferrero drehte sich ihm mit dem Kommandosessel zu. »Wo?«

»Annähernd siebzig Millionen Kilometer auf eins-null-sieben zu null-zwo-neun«, antwortete er. »Hält ebenfalls genau auf unseren Bogey zu, Ma'am«, fügte er hinzu, und die Kommandantin runzelte die Stirn.

»Warum zum Teufel haben wir ihn nicht früher gesehen?«, fragte sie. Wahrscheinlich war es nur eine rhetorische Frage, doch klang der Tonfall der Kommandantin sehr gereizt, was Harris sehr gut verstand.

»Ich weiß es nicht genau, Ma'am«, sagte er zu ihr, »aber der Beschleunigung zufolge, muss es entweder ein Kampfschiff sein – oder ein anderer Pirat. OPZ schätzt ihre Tonnage auf etwa dreihundertfünfzig Kilotonnen.«

Ferrero kniff die Augen zusammen. »Wie hoch ist die Beschleunigung?« Vorausgesetzt, die Verdrängung stimmte auch nur annäherungsweise, war der Neuankömmling so groß wie ein Schwerer Kreuzer, viel zu groß für einen typischen Piraten. Vielleicht war es ein Kaperschiff, das im Dienste einer der unzähligen Revolutionsregierungen innerhalb der Föderation stand, doch das erschien eher unwahrscheinlich.

»OPZ bestimmt sie auf fünfhundertzehn Gravos auf einer Grundgeschwindigkeit von sechs Komma fünf Tausend Kps«, antwortete Harris. Die Kommandantin zeigte Überraschung, und er nickte. »Wie ich sagte, Skipper – es muss ein Kampfschiff sein, und sie betreibt ihren Keil mit null Sicherheitsspielraum für den Kompensator. Unsere Annäherungsgeschwindigkeit beträgt annähernd siebzigtausend Kps bei ihrem augenblicklichen Kurs. Es gibt nur einen Grund, weshalb wir einen solch starken Keil, der sich fast genau auf uns zu bewegt, nicht schon viel früher entdeckt haben: Das Schiff war unter Stealth getarnt.«

»Irgendwelcher Signalverkehr, Mecia?«, fragte Ferrero.

»Nichts, Ma'am«, antwortete der Signaloffizier.

»Nun, rufen Sie das Schiff an«, befahl die Kommandantin. »Bei dieser Tonnage muss es eigentlich ein Kriegsschiff sein und kein anderer Pirat, der unserem Idioten hier zu Hilfe kommt. Trotzdem, ich möchte jedes Missverständnis vermeiden. Seien Sie höflich und richten Sie ihr meine Empfehlungen aus, aber das Ziel gehört uns und sonst niemandem.«

»Aye, aye, Ma'am«, bestätigte McKee und begann, in ihr Flüstermikrofon zu sprechen. »Unbekanntes Schiff auf null-drei-sieben zu null-zwo-neun, hier spricht Ihrer Majestät Schiff *Jessica Epps* unter Captain Erica Ferrero, bei der Verfolgung eines der Piraterie verdächtigen Schiffes auf null-null-sechs zu null-eins-fünf von unserer Position. Captain Ferrero richtet Ihnen ihre Empfehlungen aus und erbittet Ihre Identifikation und die Erklärung Ihrer Absichten. *Jessica Epps*, aus.«

Angesichts der Entfernung zwischen den Schiffen benötigte Lieutenant McKees Ruf drei Minuten und dreiundfünfzig Sekunden, um die Leere zwischen der *Jessica Epps* und dem unbekannten Kampfschiff zu durchqueren. Während dieser Zeit verringerte ihre Bewegung den Abstand um beinahe sechzehneinhalb Millionen Kilometer, weshalb die Antwort des unbekannten Kommandanten nur ein wenig mehr als zweieinhalb Minuten unterwegs war.

McKee zuckte sichtlich in ihrem Sessel zusammen, als sie diese Antwort hörte. Sie wandte sich an die Kommandantin.

»Das sollten Sie sich lieber persönlich anhören, Ma'am«, sagte sie.

Ferrero wollte fragen, weshalb, doch dann zuckte sie mit den Schultern und nickte. Eine schroffe Stimme mit starkem andermanischen Akzent drang aus dem Brückenlautsprecher.

»*Jessica Epps,* hier spricht Seiner Kaiserlichen Majestät Schiff *Hellebarde* unter dem Kommando von Kapitän Gortz.« In der Männerstimme klang ein starker Unterton mit, den Ferrero zwar nicht genau identifizieren konnte, doch wusste sie gleich, dass er ihr nicht gefiel. »Wir sind in der besseren Position, das Schiff abzufangen, das Sie verfolgen. Wir kümmern uns darum. Brechen Sie ab. *Hellebarde,* aus.«

Ferrero begriff McKees Reaktion auf dieses barsche Signal durchaus. Die Kommandanten der Sternenschiffe souveräner Sternnationen verschwendeten nicht unbedingt übertriebenes militärisches Zeremoniell aufeinander, doch es gab gewisse Standards der Höflichkeit, an die jeder sich hielt. Dieses Signal jedoch war wenig mehr als eine barsche Entlassung, eine Aufforderung, der *Hellebarde* den Weg freizumachen, ohne dass Ferrero auch nur namentlich angesprochen wurde. An ein Kriegsschiff einer Navy gerichtet, die vor gar nicht langer Zeit den Titel der leistungsstärksten Raumflotte innerhalb von mehreren hundert Lichtjahren Umkreis für sich errungen hatte, war es im Grunde eine gezielte Beleidigung. Nach den geltenden interstellaren Raumkampfprotokollen besaß die *Jessica Epps* dadurch, dass sie bereits die Verfolgung aufgenommen und das Aufschließmanöver eingeleitet hatte, den vorrangigen Anspruch auf die Prise. Das Ziel gehörte ihr und nicht der *Hellebarde.*

»Schalten Sie mich auf Sendung, Mecia«, sagte sie tonlos.

»Aye, aye, Ma'am.« McKee gab einen Befehl in ihre Konsole und nickte der Kommandantin zu. »Aufnahme, Ma'am.«

»*Hellebarde,* hier spricht Captain Ferrero.« Die Kommandantin zwang sich zu einem freundlichen Ton, gestattete sich jedoch eine gewisse Schärfe. »Wir wissen Ihr Hilfsangebot zu schätzen, haben die Lage jedoch in der Hand. Seien Sie informiert, dass wir unseren ersten Warnschuss in annähernd« – sie blickte auf den Datenbalken in ihrem Taktischen Display – »achtzehn Minuten abfeuern werden. Captain Ferrero, aus.«

Sie winkte mit der Hand, was für McKee bedeutete, das Signal zu senden, dann lehnte sie sich zurück und überlegte, was dieser Kapitän Gortz sich wohl einbilde. Ein Schiff von der Größe dieses vermutlichen Piraten war schließlich kein horrendes Prisengeld wert. Keine Navy kaufte etwas so Kleines und Leichtbewaffnetes wie ein typisches Piratenschiff, um es in Dienst zu stellen. Deshalb bestand die einzige Chance auf Prisengeld in den tausend Dollar ›Kopfgeld‹, die das Sternenkönigreich für jeden gefangen genommenen – oder bei dem Versuch getöteten – Piraten zahlte. Angesichts der geringen Größe des gegenwärtigen Kandidaten beliefe sich diese Summe auf nicht mehr als vierzig- bis fünfzigtausend Dollar, die unter der gesamten Besatzung der *Jessica Epps* aufgeteilt werden würden. Weder Ferrero noch ihre Crew war hier draußen, weil sie hoffte, durch die Piratenjagd reich zu werden, doch es ging auch um das Prinzip. Ganz zu schweigen davon, dass die Gepflogenheiten beim gegenseitigen Umgang zwischen den einzelnen Raumstreitkräften verlangten, dass ein gewisses Mindestmaß an Höflichkeit gewahrt wurde. Schließlich ...

»Raketenstart!«, rief Harris plötzlich. »Bestätige multiple Raketenstarts!«

Ferrero sprang fast von in ihrem Sessel auf und fuhr erstaunt zur taktischen Abteilung herum. Harris nahm sich noch einen Sekundenbruchteil Zeit, um sich der unglaublichen Werte zu vergewissern, dann blickte er auf.

»Der Andy hat soeben auf den Piraten gefeuert, Skipper! Ich habe drei Vögelchen in der Ortung.«

Ferrero senkte den Blick auf ihr Wiederhol-Display und schluckte einen ungläubigen Fluch herunter, als es sich aktualisierte. So unfassbar es klang, die *Hellebarde* hatte soeben in einem völlig Bruch aller interstellarer Raumgefechtstraditionen das Feuer auf die Prise der *Jessica Epps* eröffnet. Ganz zu schweigen von einem halben Dutzend formeller Abkommen, die Ferrero gleich in den Sinn kamen.

Weder sie noch irgendjemand sonst im Universum konnte verhindern, was als nächstes geschah. Die *Helle-*

barde war dem Ziel weit näher als die *Jessica Epps*, und die Flugzeit ihrer Raketen betrug nur wenig mehr als siebzig Sekunden. Keine dieser Raketen war ein Warnschuss.

Der unglückliche mutmaßliche Pirat änderte den Kurs und rollte hektisch das Schiff in dem Versuch, das Dach seines Impellerkeils zwischen sich und die näher rasenden Lenkwaffen zu setzen. Der Versuch war erfolglos, seine erbärmlich unterlegenen Antiraketen und Nahbereichs-Abwehrlaser ähnlich nutzlos. Vierundsiebzig Sekunden nach den Raketenstarts von der *Hellebarde* hatte sich das Siebenundvierzigtausend-Tonnen-Piratenschiff in ein expandierendes Trümmerfeld aus sehr kleinen Wrackteilen verwandelt.

»*Jessica Epps*, hier spricht *Hellebarde*«, drang die gleiche schroffe, harte Stimme aus den Brückenlautsprechern. »Wie gesagt, wollten wir uns darum kümmern. *Hellebarde*, aus.«

Jedes Auge auf der Brücke der *Jessica Epps* wandte sich Erica Ferrero zu. Die meisten wandten sich fast genauso schnell wieder ab, denn nicht einer ihrer Offiziere konnte sich erinnern, jemals solch ungezügelte Wut im Gesicht ihrer Kommandantin gesehen zu haben. Sie funkelte den Plot an, die Lippen fest zusammengepresst, und mit jeder Faser ihres Körpers wollte sie nach dem Besitzer dieser selbstgefälligen, geringschätzigen Stimme schlagen.

Dennoch erhob sich in ihrem Hinterkopf ein leises, aber klares Wort der Warnung. Ferrero bezweifelte nicht, dass Kapitän Gortz – wer immer sie oder er war – genossen hatte, was gerade vorgefallen war. Doch allein die Tatsache, dass es geschehen war, warf ein neues Licht auf die verstärkte andermanische Präsenz in diesem Sektor und wies auf sehr viele unangenehme Möglichkeiten hin. Kein Kampfschiff-Kommandant verletzte grundlos das allgemein akzeptierte interstellare Recht und die Verhaltensstandards und beleidigte gleichzeitig eine andere Raumstreitkraft in der Weise, wie Gortz es getan hatte – es sei denn, es gab einen sehr guten Grund dafür.

Es bestand natürlich die Möglichkeit, dass Gortz den Verstand verloren hatte, doch das schien, gelinde gesagt, sehr unwahrscheinlich. Denkbar war auch, dass Gortz zu den Andermanern gehörte, die sich in besonderem Maße über die Präsenz der RMN in Silesia empörten – oder genauer: der Weigerung des Sternenkönigreichs, dem Kaiserreich freie Hand innerhalb der Konföderation einzuräumen. Solche Leute glaubten, die eigene gesellschaftliche Herkunft (oder hinreichend mächtige Gönner innerhalb der Weltraumflotte) würden sie vor den Konsequenzen ihres Handelns schützen.

Ist aber ebenso möglich, dachte Ferrero, *dass Gortz nur den Befehl befolgt hat, sich genau so zu verhalten. Oder zumindest so ähnlich.*

Die Andermaner begegneten manticoranischen Kampfschiffen seit einigen Monaten immer feindseliger und aggressiver. So unverhohlen hatte sich noch niemand verhalten, doch wenn Gortz' Tun ein absichtsvolles, im Voraus sanktioniertes Unterfangen darstellte, dann war es im Grunde nur die logische Fortsetzung der jüngsten andermanischen Verhaltensweise. War das der Fall, so handelte es sich um eine substanzielle Eskalation, eine vorsätzliche Provokation.

Was auch immer, es war Erica Ferreros Aufgabe, angemessen darauf zu reagieren.

»Skipper?«

Lieutenant-Commander Harris' Stimme zog ihre Aufmerksamkeit auf sich. Sie blickte von dem W-Display auf, das sie wütend angestarrt hatte.

»Ja, Shawn?« Sie war nur ein wenig überrascht, wie gelassen sie klang.

»OPZ hat soeben eine Analyse der andermanischen Raketen beendet, Ma'am«, erklärte Harris ihr. »Sie haben mit einundneunzigtausend Gravos beschleunigt. Und sie sind fünfzigtausend Kilometer vom Ziel entfernt detoniert.« Ferrero weitete erstaunt die Augen, und Harris nickte. »Nicht nur das, OPZ schätzt, dass eine wenigstens fünfundachtzigprozentige Trefferquote erzielt wurde.«

Ferrero begriff augenblicklich, weshalb die Operationszentrale ihre Analyse an Harris weitergeleitet hatte – und weshalb Shawn sie darüber unverzüglich in Kenntnis setzte. Die Werte überstiegen die maximale Beschleunigung eines andermanischen Schiffskillers laut ONI um sieben Prozent, während fünfzigtausend Kilometer eine Steigerung von mehr als sechzig Prozent gegenüber jedem Distanzangriff bedeutete, den die RMN jemals zuvor bei einem andermanischen Laser-Gefechtskopf beobachtet hatte.

Und fünfundachtzig Prozent Trefferquote ist für einen Laser-Gefechtskopf immer verdammt beeindruckend, egal auf welche Entfernung, dachte sie.

Die Frage war nur, weshalb Gortz diese Verbesserungen der andermanischen Kampfkraft der *Jessica Epps* absichtlich enthüllen sollte. Es musste nämlich Absicht gewesen sein. Die *Hellebarde* hatte ihre Raketen ganz sicher nicht mit maximaler Beschleunigung starten müssen (vorausgesetzt, das war überhaupt geschehen, denn vielleicht hatten sie ja sogar noch mehr Antriebskraft in Reserve). Zudem war es taktisch nicht notwendig gewesen, die Reichweite und Treffergenauigkeit der Laser-Gefechtsköpfe offen zu legen. Es war sehr gut möglich, dass der Andermaner noch größere Leistungsreserven besaß, überlegte sie. Selbst wenn Gortz mit Vorbedacht eine Erklärung abgab, wäre es nicht dumm gewesen, wenigstens eine kleine Reserve zurückbehalten, mit der man im Notfall als Überraschung aufwarten konnte. Doch ob das, was sie nun gerade gesehen hatten, die maximale Leistungskraft der neusten andermanischen Raketen darstellte oder nicht, ganz offensichtlich hatten die Andermaner mit ihrem Gerät Fortschritte gemacht, und die alten Grenzen galten nicht mehr.

Und das wiederum deutete darauf hin, dass sich in dieser Episode ganz eindeutig ein neuer und noch gefährlicherer Zuwachs in der Aggressivität der andermanischen Außen- und Flottenpolitik niederschlug.

»Aufzeichnen für Übertragung, Mecia«, sagte Ferrero nach einem Augenblick.

»Aufzeichnung läuft, Ma'am.«

»Captain Gortz«, sagte Erica Ferrero in eisigem Ton, »hier spricht Captain Ferrero. Ihre eigenmächtige Einmischung in meine Verfolgung eines *mutmaßlichen* Piratenschiffs bedeutet einen Verstoß gegen das etablierte Protokoll zwischen dem Andermanischen Kaiserreich und dem Sternenkönigreich von Manticore. Ihre Vernichtung des fraglichen Schiffes, die zum Tode aller Menschen an Bord führte, deren Schuld oder Unschuld noch nicht feststand und die keinen Warnschuss erhalten hatten, der ihnen nach zahlreichen interstellaren Abkommen zusteht, bedeutet ferner eine unannehmbare Verletzung der Gepflogenheiten des Raumgefechts. Sie haben zudem interstellare Gesetze missachtet, durch die sich Ihr Handeln mit einigem Recht als kaltblütiger Mord einstufen lässt. Ich protestiere aufs Schärfste gegen Ihr Vorgehen und werde meinen vorgesetzten Dienststellen sowie dem Außenministerium über diesen Vorfall Meldung erstatten. Ich werde empfehlen, augenblicklich ein interstellares Gerichtsverfahren gegen Sie und Ihre Brückenoffiziere einzuleiten, und ich blicke erwartungsvoll dem Moment entgegen, in dem Sie hoffentlich vor ein Kriegsgericht Ihrer Admiralität zitiert werden, um Ihr Verhalten an diesem Nachmittag zu erklären und sich dafür zu rechtfertigen. Ferrero, aus.«

»Auf dem Chip, Ma'am«, bestätigte McKee leise, und Ferrero grinste ohne jede Heiterkeit, als sie den Ton ihres Signaloffiziers hörte. Dennoch blieb ihr keine andere Wahl, als eindeutig und kompromisslos auf Gortz' Tun zu reagieren – besonders, wenn sein Verhalten ankündigte, dass die Kaiserlich-andermanische Weltraumflotte ihr Verhalten gegenüber der Royal Manticoran Navy zu ändern gedachte. Höhere Dienststellen konnten später noch immer von ihrer harten Linie zurückweichen. Doch bis diese Dienststellen überhaupt Kenntnis von dem Zwischenfall besaßen, lag es an ihr, die Andermaner dazu zu bewegen, ihren Konfrontationskurs noch einmal zu überdenken.

»Senden«, befahl sie McKee, dann wandte sie sich Lieutenant McClelland, dem Astrogator, zu.

»Bringen Sie uns auf Gegenkurs, James«, wies sie ihn an. »Wir überschreiten die Hypergrenze. Berechnen Sie einen zeitoptimierten Kurs nach Marsh.«

»Aye, aye, Ma'am.« Der kleine, braunhaarige und braunäugige Mann, einer der wenigen geborenen Sidemorer in der Besatzung der *Jessica Epps*, musterte seinen Plot, dann wandte er sich an den Rudergänger des Kreuzers.

»Ruder, Kursumkehr mit fünf-null-fünf Gravos«, sagte er.

»Kursumkehr mit fünf-null-fünf Gravos, aye, Sir«, antwortete der Rudergänger, und die *Jessica Epps* schwang um die vertikale Hauptträgheitsachse herum und begann abzubremsen.

»Captain«, sagte McKee in sehr förmlichem Ton, »die *Hellebarde* ruft uns. Sie ... sie scheinen Sie sehr dringend sprechen zu wollen.«

»Ignorieren«, befahl Ferrero mit einer Stimme so kalt wie flüssiges Helium.

»Aye, aye, Ma'am«, bestätigte McKee, und Ferrero wandte ihre Aufmerksamkeit wieder dem Plot zu.

18

Die Frau, die unter dem Crystoplast-Dach des Landeplatzes auf Honor wartete, während der Shuttle im graysonitischen Sprühregen niederging, hatte dunkles Haar und dunkle Augen. Ihr Haar war vielleicht ein klein wenig mehr mit Silber durchzogen als bei ihrer letzten Begegnung mit Honor, doch das angenehme, lebhafte Gesicht war noch das Gleiche.

Die Uniform nicht. Mercedes Brigham war ein Konteradmiral innerhalb der Grayson Space Navy, die jedoch lediglich an die graysonitische Raumstreitkraft ›ausgeliehen‹ war – wie so viele RMN-Offiziere. An diesem Nachmittag trug sie manticoranische Uniform. In der Königin Navy war ihr Dienstgrad nur Commodore, und Honor hatte sich ein wenig Sorgen gemacht, was Brigham wohl davon halten würde, eine Rückstufung hinzunehmen, nur um im Stab eines anderen Flaggoffiziers zu dienen. Sie kannte Mercedes allerdings schon lange genug, um sich relativ sicher zu sein, dass die ältere Frau sich auf die neue

Aufgabe freute. Gleichzeitig fürchtete Honor aber, dass Mercedes die Versetzung nur aus Freundschaft und einem Gefühl der Verpflichtung heraus akzeptierte, ohne auf die eigenen Wünsche Rücksicht zu nehmen.

Wenigstens beruhigte das breite Lächeln des Commodore und der Geschmack ihrer Emotionen Honor in dieser Hinsicht.

»Mercedes!«, rief Honor, als sie von der Shuttlerampe stieg. Der frische, nach Leben duftende Geruch des Frühlingsregens umgab sie. Nach einer Woche Schiffsluft wirkte der Geruch wie der Atem eines Leben tragenden Planeten, und doch stand sie auf einer Welt, dessen Atmosphäre langfristig für jeden Menschen giftig war, besonders für jemanden, der von einer anderen Welt stammte. Honors war sich dessen nur zu gut bewusst, doch ihre Instinkte sahen das ganz anders, und allen Protesten ihres Großhirns zum Trotz sog sie den Duft tief in die Lungen ein.

»Es ist schön, Sie wiederzusehen«, fuhr Honor fort, ergriff Brighams vorgestreckte Hand und drückte sie fest, aber behutsam, ohne ihre Schwerweltler-Körperkraft zu vergessen.

»Gleichfalls, Hoheit«, sagte Brigham und erwiderte den Druck. Sie nickte LaFollet, Hawke und Mattingly zu. Die drei Waffenträger nahmen kurz Haltung an, dann gingen sie wieder in Wachposition. Zwei weitere Waffenträger der HGG machten mit Honors Gepäck den Abschluss, und Brigham winkte mit der freien Hand einen wartenden Wagen in den Farben des Guts von Harrington herbei.

»Wenn Ihre Freunde und Sie mir folgen wollen, Hoheit«, sagte sie noch immer lächelnd, »Ihr Chauffeur wartet nur darauf, Sie nach Harrington zu bringen.«

»Nicht nach Austin City?«, fragte Honor gelinde überrascht.

»Nein, Hoheit. Hochadmiral Matthews ist heute Nachmittag nach Blackbird gerufen worden und wird nicht vor morgen am späten Vormittag zurückerwartet. Der Protector und er haben beschlossen, dass es für Sie sinnvoller wäre, sich vor den offiziellen Treffen zu Hause einzurichten. Ihre Eltern und die Kinder freuen sich schon auf ein Abendessen mit Ihnen, und wie ich höre, kommen Lord Clinkscales und seine Frauen auch. Ihre Mutter sagte, sie hätte ... einiges mit Ihnen zu bereden.«

Honors Lippen zuckten in einer Mischung aus Belustigung und liebevollem Entsetzen. Es war in den vergangenen Wochen immer schwieriger geworden, ihre Mutter davon abzuhalten, Grayson zu verlassen und sich auf Manticore ins Gefecht zu stürzen. Und nachdem Lady Emily dem Skandal den Kopf abgeschlagen hatte, war es noch wichtiger gewesen, dass Allison Harrington blieb, wo sie war. Honors Mutter war nicht für Mäßigung bekannt, wenn es um ihre Familie ging, und Honor konnte sich sehr gut vorstellen, wie sie wenigstens ein Dutzend politisch prominente Manticoraner mit ›Ich hab's Ihnen doch gesagt‹-Ansprachen grinsend und gnadenlos und so öffentlich wie möglich niedermetzeln würde.

»Ich glaube, der Regent hat auch eine kleine Gutsangelegenheit mit Ihnen zu bereden, solange Sie hier sind«, fuhr Brigham fort.

Und wahrscheinlich möchte er außerdem ein paar manticoranische Politikos in Streifen schneiden – zumindest verbal, wenn er sie schon nicht persönlich in die Hände bekommt, dachte Honor resigniert.

»Damit sollten Sie an Ihrem ersten Abend hier hinlänglich beschäftigt sein«, sagte Brigham. »Morgen haben Sie eine Privataudienz beim Protector zum Mittagessen im

Palast. Das ist ganz bequem, denn danach treffen wir uns dort mit Hochadmiral Matthews.«

»Natürlich ist das bequem«, stimmte Honor zu und blickte LaFollet an.

»Sie wollen doch sicher den Wagen nach versteckten Attentätern untersuchen, Andrew«, sagte sie mit dem für sie typischen schiefen Lächeln zu ihm.

»Wenn Commodore Brigham zu beeiden bereit ist, dass sie den Wagen keine Sekunde aus den Augen gelassen hat, wäre ich wiederum dazu bereit, auf meine normale Gründlichkeit zu verzichten, Mylady«, versicherte LaFollet ihr mit einem kaum merklichen Aufblitzen von Humor, und sie lachte.

»In diesem Fall steigen wir lieber rasch ein, Mercedes – bevor er sich's doch anders überlegt!«, sagte sie, und Brigham lachte und begleitete Honor. Sie ging respektvoll einen halben Schritt hinter ihr zum Flugwagen, während die Waffenträger ihre vertraute Dreiecksformation mit der Gutsherrin in der Mitte bildeten.

Honor nahm auf dem Rücksitz der luxuriösen, gepanzerten Fluglimousine Platz und setzte sich Nimitz auf den Schoß. Brigham folgte ihr, LaFollet setzte sich auf den Klappsitz gegenüber, während Mattingly höflich, aber bestimmt den Fahrer ablöste und Hawke auf dem Beifahrersitz Platz nahm, von dem auch die Eloka des Flugwagens bedient wurde. Mattingly machte sich kurz mit dem Flugplan vertraut, dann hob er mit dem Wagen ab und schlug den Kurs nach Harrington City ein. Die auch auf diesem kurzen Flug unvermeidlichen Stingships nahmen Geleitposition ein, und Honor wandte sich Brigham zu.

»Fast hätte ich den Hochadmiral nicht um Ihre Freistellung gebeten«, sagte sie. »Zum einen, weil ich weiß, wie wichtig Sie für Alfredo im Protector's Own sind, und zum anderen, weil ich gezögert habe, Sie zu bitten, eine Rangstufe abzugeben, und sei es nur vorübergehend.«

»So ungern ich auch etwas sage, was meine anscheinende Unersetzlichkeit unterminiert, Hoheit: Wenn der Admiral muss, kommt er auch ohne mich sehr gut zurecht«, entgegnete Brigham. »Und in Anbetracht der Tatsache, dass ich nicht mehr damit gerechnet hatte, über den Dienstgrad eines Lieutenant hinauszukommen, als wir nach Basilisk aufbrachen, ist der Rang eines Commodore gar nicht so übel. Außerdem meine ich mich zu erinnern, dass Sie auch schon ein paar Mal zwischen den Navys hin und her gewechselt sind und zurückgestuft wurden.«

»Dann wird es wohl stimmen«, räumte Honor ein. »Ich möchte Ihnen nur noch einmal sagen, wie sehr ich Ihre Einwilligung zu schätzen weiß, mir diesmal zu helfen.«

»Hoheit«, sagte Brigham rundheraus, »mir ist es eine Ehre, dass Sie mich erneut fragen. Und wenn nicht, so bin ich nicht die Einzige, der eine Zurückstufung bevorsteht.«

Honor nickte. »Ja, ich weiß.« Nimitz legte ganz schwach die Ohren an, als er ihre emotionale Reaktion auf Brighams offensichtliche Anspielung schmeckte: Dame Alice Truman würde ebenfalls zurückgestuft werden.

Wie Hamish Alexander, aber sogar noch weniger gerechtfertigt, war auch Truman den Säuberungen durch Janacek zum Opfer gefallen. Honors Kontakt zur gegenwärtigen Admiralität war längst nicht so gut wie zur Amtszeit der Baronin von Morncreek. Doch gab es Gerüchte, dass Alice während ihrer Zeit als Kommandantin von HMS *Minotaur* jemand recht weit oben Stehenden auf die Füße getreten sei. Im Verein mit dem Umstand, dass die Trumans seit fast so vielen Generationen ununterbrochen in der Royal Manticoran Navy dienten wie die Alexanders und gleichsam eifrige Angehörige der Anti-Janacek-Fraktion waren, hatte dieser Zwischenfall Alice die Bestätigung ihrer Beförderung zum Vizeadmiral gekostet und ihr Halbsold eingebracht.

Selbst Sir Edward Janacek und Josette Draskovic hatten ihre Entscheidung nur sehr schwer rationalisieren können, denn Konteradmiral Truman, die zeitweilig mit dem Rang eines diensttuenden Vizeadmirals ›bekleidet‹ worden war, hatte während des Feldzugs, in dem die Volksrepublik Haven in die Knie gezwungen worden war, die LAC-Träger der Achten Flotte kommandiert. Doch davon hatten sich Janacek und Draskovic nicht beirren lassen, und Alice' völlig unverhohlene Missbilligung der damaligen Maßnahmen hatten es ihnen leicht gemacht, die Rückstufung – oder zumindest die Verweigerung eines Kommandos – mit unversöhnlichen Meinungsverschiedenheiten zu erklären. Auch wegen Truman, wie Honor durchaus begriffen hatte, war Draskovic hinsichtlich der angeforderten Offiziere so kleinlich gewesen.

»Auf jeden Fall«, fuhr sie nach einem Augenblick in bewusst fröhlicherem Ton fort, »ist Ihr – und Alice' – Unglück mein Glück. Janacek und Chakrabarti sind vielleicht nicht in der Lage – oder willens –, so viele Schiffe auszuspucken, wie ich eigentlich bräuchte, aber wenigstens haben wir eine gute Führungsebene. Wenn ich die Aufgabe also nicht schaffe, wissen wir alle, wer daran Schuld ist, oder?«

»Ich würde es nicht ganz so ausdrücken, Hoheit, aber ich stimme Ihnen zu, dass wir einen sehr guten Haufen beisammen haben. Ich freue mich schon darauf, Alistair und Rafe wiederzusehen. Und« – plötzlich grinste sie – »ganz besonders auf Scotty und ›Sir Horace‹!«

»Das war köstlich«, seufzte Honor und ließ sich mit einem angenehmen Sättigungsgefühl in den Stuhl zurücksinken.

Die geplünderten Reste des Mittagessens lagen zwischen ihr und Benjamin Mayhew IX., dem Protector des Planeten Grayson, über den Tisch verstreut. Sie saßen auf einer der abgeschiedenen, überkuppelten Terrassen des Protectorenpalasts, einen Kontinent weit entfernt vom Gut von Harrington, doch auch hier regnete es; allerdings ging hier nicht das feine Nieseln nieder, das Honor begrüßt hatte, sondern ein schwerer Wolkenbruch, der hart gegen die Kuppel über ihnen prasselte. Gelegentlich war deutlich Donnergrollen zu hören, und Honor blickte auf, als ein gegabelter Blitz die kohlschwarze Wolkendecke aufriss. Angesichts des grauen, nassen Nachmittags in seiner fast Unheil verkündenden Finsternis freute sie sich umso mehr an der Behaglichkeit der geheizten Terrasse.

Bis auf Nimitz, LaFollet und Benjamins persönlichen Waffenträger und ständigen Begleiter Major ›Sparky‹ Rice waren sie allein, und der Protector lachte über ihren Kommentar, während er nach dem Weinglas griff.

»Ich freue mich, dass es Ihnen geschmeckt hat«, versicherte er ihr. »Mein Küchenchef hat das Rezept für das Stroganoff von Ihrem Vater gestohlen, und der Karamellkuchen – von dem Sie, wenn ich mich recht entsinne, drei Stücke hatten – ist nach dem Rezept Ihrer Mistress Thorn gebacken worden.«

»Mir kam beides bekannt vor. Aber Master Batson hat das Stroganoff irgendwie abgeändert, oder?«

»Ich wäre überrascht, wenn nicht«, stimmte Benjamin ihr zu. »Aber was genau es war …« Er zuckte mit den Achseln.

»Dill, glaube ich«, sagte Honor nachdenklich. »Aber das ist noch nicht alles ...« Sie blickte sinnend in den Regenguss, dann hob auch sie die Schultern. »Was auch immer, warnen Sie ihn, dass Daddy versuchen wird, es von ihm zurückzuklauen.«

»Einer Bemerkung zufolge, die Ihre Mutter vor einigen Wochen gemacht hat, ist es ihm wohl schon gelungen«, entgegnete Benjamin grinsend. »Ich glaube, Master Batson ist sich noch immer unschlüssig: Soll er sich nun darüber empören, dass der Vater einer Gutsherrin seine Rezeptdateien plündert, oder soll er sich über die Qualität der Konkurrenz geschmeichelt fühlen?«

»Geschmeichelt. Er sollte sich definitiv geschmeichelt fühlen!«, versicherte Honor dem Protector.

»Ich werde es ihm sagen«, erwiderte Benjamin, dann nippte er seinen Wein und neigte den Kopf zur Seite. »Und wie geht es Ihren Eltern? Und meinen Patenkindern?«

»Sehr gut, vielen Dank«, sagte Honor, dann schüttelte sie mit einem schiefen Grinsen den Kopf. »Mutter und Daddy möchten beide ungefähr ein Drittel der manticoranischen Bevölkerung erwürgen – angefangen beim Premierminister. Und Howard ...!« Sie schüttelte wieder den Kopf. »Ihren Patenkindern geht es prima. Sie sind gesund und laut.« Ihre Zwillingsgeschwister hatten gerade erst den sechsten Geburtstag hinter sich, und Honor war entsetzt gewesen, welche ungezügelte Energie sie zur Schau stellten. Besonders Faith, obwohl James ihr nicht sehr weit nachstand. Keiner der beiden hatte es indes mit Samanthas und Nimitz' Nachkommenschaft aufnehmen können, die sich nun rapide den Entwicklungsjahren näherte und sogar noch wilder war als die Zwillinge. *Und,* dachte Honor mit einem innerlichen Erschauern, *sie schaffen es noch leichter, an Stellen zu gelangen, wo sie definitiv nicht hingehören.* Ihnen zu erklären, weshalb Nimitz diesmal ohne ihre Mutter zurückkehrte, war nicht einfach gewesen, aber weniger traumatisch, als sie befürchtet hatte. Wahrscheinlich, weil ihre Ziehmütter alle zugegen gewesen waren und ihnen geholfen hatten, sich damit abzufinden.

Natürlich, überlegte sie, *kann es auch daran liegen, dass sie die ersten Baumkatzen sind, die von Geburt an unter Menschen aufwachsen.* Absolut sicher sein konnte sie sich zwar nicht, denn Nimitz war voll ausgewachsen gewesen, als sie sich begegneten, doch es schien ihr, als hätte sie bereits einen subtilen Unterschied im Geschmack ihrer Geistesleuchten entdeckt. Das Bewusstsein eines erweiterten Horizonts. Oder eines *anderen* Horizonts. Etwas in dieser Richtung.

Sie schüttelte die Gedanken ab. »Tatsächlich war das ganze Haus froh, mich zu sehen«, erklärte sie Benjamin. »Ich habe überall blaue Flecken vom Drücken, die das beweisen.«

»Gut.« Benjamin trank einen Schluck Wein, dann stellte er das Glas auf den Tisch. Honor hätte seine Geste, es sei nun Zeit für die Arbeit, auch ohne ihren emphatischen Sinn richtig gedeutet. Sie neigte den Kopf zur Seite.

»Ich hatte einen bestimmten Grund, Sie zu bitten, allein mit mir zu speisen«, sagte er. »Tatsächlich sogar mehr als nur einen. Wenn Katherine oder Elaine abkömmlich gewesen wären, hätte ich sie hinzugebeten, aber Cat hatte schon für eine Ansprache vor dem Verband der Ehefrauen von Navyangehörigen zugesagt, und dann hat Alexandra noch die Grippe bekommen.« Er schüttelte rasch den Kopf, als die Sorge über die Krankheit seiner jüngsten Tochter aus Honors Augen sprach. »Es ist nichts Ernstes, aber Alex gibt genauso ungern zu, wenn es ihr nicht gut geht, wie Honor, und sie war schon ein wenig geschwächt, bevor sie ihren Müttern mitteilte, dass sie krank sei. Deshalb spielt Elaine heute Nachmittag die tyrannische Mami.«

»Verstehe, und es freut mich zu hören, dass es nicht schlimmer ist. Aber ich muss zugeben, dass Sie mich mit Ihrer ominösen Einladung doch ein bisschen nervös gemacht haben.«

»Das wollte ich nicht, aber andererseits habe ich wirklich einige ernste Sorgen, und ich hatte mich auf die Gelegenheit gefreut, mit Ihnen von Angesicht zu Angesicht darüber zu sprechen.«

Seine Stimme war ruhig, doch seine Augen blickten forschend, und während Honor ihn ansah, traf sie die Erschöpfung und die Sorge, die sich hinter seinem gefassten Äußeren verbargen. Und sein Alter, wie sie plötzlich begriff. Er war siebenundvierzig T-Jahre alt, dreizehn Jahre jünger als sie, und doch sah er älter aus als Hamish, und sie empfand einen plötzlichen Stich, fast einen Vorboten des Verlustes.

Das Gleiche hatte sie am Abend zuvor gespürt, als sie mit ihren Eltern, mit Faith und James und den Clinkscales beim Abendessen gesessen hatte und ihr plötzlich klar geworden war, wie viel gebrechlicher Lord Clinkscales in den vergangenen Jahren geworden war. Nun bemerkte sie den gleichen Verfall, wenn auch in kleinerem Ausmaß, beim Protector. Wie so viele ihrer graysonitischen Freunde, die für das Prolong zu alt gewesen waren, rückte ihm das Alter unaufhaltsam zu Leibe. Honor entsetzte es tief zu begreifen, dass er bereits im mittleren Alter war. Noch immer war er vital und voller Energie, doch sein dunkles Haar wurde weiß, und er hatte schon zu viele Runzeln im Gesicht.

Und, dachte sie mit plötzlichem Frösteln, als sie neben sich den Waffenträger spürte, während der Donner wieder über der Kuppel krachte, *er ist fünf Jahre* jünger *als Andrew!*

Darüber mochte Honor im Augenblick überhaupt nicht nachdenken, und resolut schob sie den Gedanken beiseite.

»Ich wünschte, ich könnte sagen, dass mich Ihre Sorge überrascht«, entgegnete sie Benjamin nüchtern.

»Aber dem ist natürlich nicht so.« Benjamin neigte den Kopf und musterte sie mit forschendem und mitleidsvollem Blick zugleich. Dann hob er ganz leicht die Schultern.

»Honor, ich habe Sie aus zwei Gründen nicht gefragt, ob die Gerüchte über Earl White Haven und Sie der Wahrheit entsprechen. Der erste und mir persönlich wichtigste besteht darin, dass Sie es beide abgestritten haben, und ich wüsste nicht, dass jemand von Ihnen je auch nur die kleinste Unwahrheit gesprochen hat. Und das trifft mit großer Sicherheit nicht auf die Menschen zu, die noch immer behaupten, Sie hätten gelogen. Der zweite Grund ist, dass es meiner Meinung nach allein Ihre Angelegenheit wäre, wenn an den Gerüchten etwas dran sein sollte, und nicht meine – ganz bestimmt aber nicht die von High Ridge und seinen Speichelleckern.

Ich weiß, dass Sie das eigentlich gar nicht von mir zu hören bräuchten«, fuhr er ruhig fort. »Aber ich musste es Ihnen persönlich und direkt sagen, denn Sie haben in dieser Hinsicht meine Rückendeckung sowohl als Freund wie auch offiziell als Ihr Lehnsherr verdient. Aber ich habe das Thema zu meiner Schande auch deswegen angesprochen, weil wir darüber reden müssen, wie diese leidigen Attacken die Beziehungen Graysons zum Sternenkönigreich beeinflusst haben.«

»Ich weiß, dass die Angelegenheit nichts Gutes bewirkt hat«, sagte Honor düster. »Wir haben über dieses Thema korrespondiert.«

»Das stimmt«, gab er ihr Recht. »Doch dass Sie nun nach Silesia aufbrechen, ist der Sache nicht gerade förderlich.« Er hob die Hand, als sie etwas einwenden wollte. »Ich bin mir durchaus bewusst, dass Sie diese Aufgabe aus einem Gefühl der Verantwortung gegenüber den Sidemorern heraus angenommen haben – und auch, weil es für Ihr Pflichtempfinden gegenüber Elizabeth und dem Sternenkönigreich keine Rolle spielt, wie die augenblickliche Regierung sie behandelt. Ich bewundere es, dass Sie zu dieser Entscheidung gekommen sind, und ich widerspreche Ihnen keineswegs. Doch hier auf Grayson gibt es Elemente, besonders unter den Schlüsseln, die mich dazu drängen wollen, unsere Haltung zur Allianz zu überdenken. Denn offenbar betrachtet die Regierung High Ridge den Auftrag, mit dem man Sie betraut, als eine willkommene Möglichkeit, um Sie ›aus der Stadt zu jagen‹, ohne es gleichzeitig zugeben zu müssen.«

»Ich habe befürchtet, dass man es so sehen würde«, seufzte sie. »Leider sehe ich keinen Ausweg.«

»Und ich auch nicht. Und ganz gewiss möchte ich nun nicht Ihre Entscheidung hinterfragen. Wie schon gesagt, halte ich sie in vielerlei Hinsicht für richtig, aber ich bedaure sehr die möglichen persönlichen Folgen für Sie, wenn sich die Lage in Silesia so sehr verschlechtert, wie ich befürchte.«

»Haben Sie für diese Befürchtungen einen besonderen Grund?«, fragte sie gespannt.

»Keinen konkreten.« Benjamin schüttelte den Kopf. »Aber Gregory und ich haben viel über den Berichten Ihres ONI und unserer eigenen Nachrichtendienstler gebrütet. Und das Bild, das sich daraus ergibt, will uns ganz und gar nicht gefallen.«

»Ich war auch nicht besonders froh über das, was Admiral Jurgensens Leute mir bei der Einweisung gesagt haben«, entgegnete Honor. »Aber Sie klingen, als würden Greg und Sie etwas noch Schlimmeres voraussehen als ich damals.«

»Ich weiß nicht, ob es *schlimmer* ist, aber ich habe das Gefühl, wir sehen *mehr.*«

»Mehr? Wie meinen Sie das?« Honor wirkte höchst konzentriert. Gregory Paxton war Honors Nachrichtenoffizier beim Stabe gewesen, als sie hier im Jelzin-System ihr erstes Schlachtgeschwader geführt hatte. Paxton besaß mehrere Doktortitel und war einer der brillantesten Analytiker, mit denen Honor je zusammengearbeitet hatte. Benjamin und sein ermordeter Kanzler, Lord Prestwick, hatten Paxton von der Navy losgeeist, als sie einen neuen Direktor für den Geheimdienst des Schwertes benötigten, und nach allem, was sie seither gehört hatte, leistete er dabei noch beeindruckendere Arbeit als damals in ihrem Geschwaderstab.

»Ich wollte Ihnen darüber nichts in meinen Briefen schreiben«, gab Benjamin zu, »weil Sie mit dem Sternenkönigreich schon genug Sorgen hatten, auch ohne dass ich Ihnen Anlass zu weiteren und wahrscheinlich grundlosen Bedenken gegeben hätte. Aber bevor Admiral Givens … in den Erholungsurlaub gegangen ist, hatte sie mit Greg arrangiert, dass wir die Rohdaten ihrer Quellen ebenso zu sehen bekommen wie ihre Analysen. Seit sie die Admiralität verlassen hat, ist das, was wir zu Gesicht bekommen, weitaus enger gefasst.«

»Inwiefern?«

»Wir erhalten die Rohdaten nicht mehr. Offiziell ist das

ONI darauf bedacht, die Geheimhaltung zu verbessern. Und wenn ich ganz ehrlich bin, betrachten viele unserer Nachrichtendienstler dieses Bestreben – das an dem Tag begann, an dem Admiral Jurgensen auf den Plan trat – als eine ernste Beleidigung.«

Benjamin hatte es leichthin ausgesprochen, aber Honor spürte den Zorn hinter seinen Worten und wusste, dass seine Geheimdienstleute nicht die einzigen waren, die über diese Unterbrechung des Informationsflusses beleidigt waren.

»Nach unserem besten Wissen«, fuhr er fort, »und Admiral Jurgensen hat uns nichts vorgelegt, was zeigt, dass unser Wissen unvollständig wäre, hat es bei uns nie ein Sicherheitsloch gegeben. Geheimmaterial war bei uns immer gut aufgehoben. Das kann das ONI nicht von sich behaupten, denn anscheinend sind in wenigstens zwei Fällen, in denen es von uns Informationen erhalten hat, diese Informationen irgendwie den Havies in die Hände gefallen. Und während Jurgensen sich nicht offen dazu geäußert hat, hat er durch die Blume doch unmissverständlich deutlich gemacht, dass er sich vor allem über die beiden ›abtrünnigen Havies‹ in unseren Diensten Sorgen macht.«

Honors Nasenflügel blähten sich, und in ihren Augen blitzte die plötzlich aufwallende Wut.

»Alfredo und Warner sind zwo der ehrenwertesten, verlässlichsten Menschen, denen ich je begegnet bin!«, rief sie mit Nachdruck. »Dass jemand wie Jurgensen es wagt –«

»Ruhig, Honor. Ganz ruhig!« Benjamin schüttelte belustigt den Kopf. »Ich wusste, Sie würden deswegen explodieren. Und offen gesagt bin ich der gleichen Ansicht wie Sie. Bitte glauben Sie mir, dass Jurgensens Verfolgungswahn in diesem Sonnensystem niemanden interessiert. Wir haben keinerlei Bedenken, unseren ›Abtrünnigen‹ zu trauen.«

»Das will ich auch hoffen!«, schnaubte Honor. Dann lehnte sie sich bedachtsam zurück. Nimitz glitt von seinem Hochstuhl auf ihren Schoß, stellte sich wie ein altirdischer Präriehund auf die Echtfüße und lehnte sich mit dem Rücken an sie. Honor umschlang ihn mit ihrem Arm aus Fleisch und Blut.

Sie kannte Alfredo Yu und Warner Caslet sehr gut, daher wusste sie genau, dass die beiden über die Veränderungen entzückt waren, die Eloise Pritchart und Thomas Theisman in der Republik Haven vornahmen. Beide hatten sie Theisman gut gekannt. In vielerlei Hinsicht war Yu in dem Maße Theismans Mentor gewesen, wie Raoul Courvosier für Honor, und sowohl Yu als auch Caslet wären am liebsten in die Republik zurückgekehrt, um an ihrer Neugeburt teilzuhaben.

Honor wusste jedoch auch, dass die beiden wirklich so ehrenwert waren, wie sie sie einschätzte. Die beiden hatten Grayson und der Manticoranischen Allianz die Treue geschworen. Tatsächlich war auch Caslet seit drei T-Jahren graysonitischer Staatsbürger, Yu schon viel länger. Die Entscheidung, ob sie Grayson treu blieben oder nicht, auch wenn sie damit das Risiko eingingen, eines Tages vielleicht wieder gegen die Republik kämpfen zu müssen, war ihnen nicht leicht gefallen. Aber eigentlich hatte nie ein wirklicher Zweifel bestanden, wozu sie sich entschließen würden.

Und dass sie durch High Ridges Weigerung, einen echten Frieden zu schließen, technisch noch Landesverräter während eines Krieges sind, hat ihnen die Entscheidung nicht leichter gemacht, dachte sie grimmig. Innerlich zitterte sie noch immer vor

Wut darüber, dass Jurgensen, ein politisch bestallter Kretin und Möchtegern-Raumoffizier, es wagte, Caslet und Yu in ihrer Ehre anzugreifen.

»Auf jeden Fall«, fuhr Benjamin fort, als er sicher war, dass sie sich wieder in der Gewalt hatte, »hat Jurgensen unsere Sicherheitsmaßnahmen offen – wenngleich natürlich höflich – abgekanzelt, während er gleichzeitig seine eigenen Löcher entweder geflissentlich übersieht oder sie abstreitet. Im Lichte unserer unterschiedlichen Leistungen und der schieren Arroganz dieses Menschen, sind viele von Gregs höhergestellten Leuten – besonders die, die seit der Gründung des Protector's Own am engsten mit Alfredo zusammengearbeitet haben – tief beleidigt über seine Andeutungen, wir könnten in irgendeiner Weise weniger sicherheitsbewusst sein als das Sternenkönigreich.

In praktischer Hinsicht sind weniger unsere verletzten Gefühle das größte Problem, sondern die Verlässlichkeit des Materials, das uns überlassen wird. Wenn ich nur als graysonitisches Staatsoberhaupt spreche, dann muss ich sagen, dass ich die zusätzliche Reibung, die daraus entsteht, wirklich nicht gebrauchen kann – und schon gar nicht ausgerechnet jetzt. Die Verrückteren unter den Schlüsseln drängen darauf, dass wir uns wegen der ›Beleidigungen‹ Graysons – und unserer einzigen Schlüsselträgerin – vom Sternenkönigreich trennen sollten, und das ist schon schlimm genug. Da müssen nicht auch noch hohe Offiziere meiner Navy von ihren Äquivalenten in der RMN verarscht werden, wenn Sie mir diesen Ausdruck verzeihen. Aber damit kann ich leben, in gewissem Rahmen wenigstens, weil mein Offizierskorps weiß, wie man Befehle befolgt, einschließlich des Befehls, mit Idioten wie Sir Edward Janacek und seinen Handlangern auszukommen.«

Der Protector hatte die ganze Zeit in humorigem Tonfall gesprochen, doch schwang eine grimmige, schneidende Schärfe in seiner Stimme mit. Honor begriff einmal mehr, wie selten für ihn solche Momente waren, in denen er seine wahren Gefühle jemandem zeigen konnte, der nicht zu seinem engsten Familienkreis und dem innersten Zirkel seines Rats gehörte.

»Wie ich schon sagte«, fuhr er fort, »machen wir uns deshalb so große Sorgen, weil das, was wir aus den ONI-Berichten erfahren, nicht zu dem passt, was uns unsere eigenen Quellen melden. Wir wissen natürlich, dass Manticore seine nachrichtendienstlichen Netze Jahrzehnte lang oder noch länger aufgebaut hat. Aber während wir in dem Spiel wirklich noch Anfänger sind, wissen wir doch, woher unsere Informationen kommen. Hingegen wissen wir nicht, woher die Erkenntnisse stammen, anhand deren Jurgensen seine Zusammenfassungen erstellt. Und er will es uns auch nicht sagen. Im Endeffekt erscheinen uns unsere Schlussfolgerungen verlässlicher, weil wir eben wissen, woher die Daten stammen. Und dass in letzter Zeit so viel von dem, was wir vom ONI erhalten, wirklich Schaumschlägerei ist, bestärkt uns nur in unseren Zweifeln.«

»Ich glaube, mir gefällt überhaupt nicht, was ich da höre, Benjamin«, sagte Honor ruhig. »Nicht nur, weil es jeden Offizier in graysonitischer Uniform beleidigt. Sagen Sie mir, wenn ich mich irre, aber für mich klingt es so, als wären die Meldungen, die Jurgensen Ihnen zukommen lässt, nicht nur unvollständig, sondern auch ... tendenziös.«

»Ich fürchte, damit treffen Sie den Nagel auf den Kopf«, entgegnete Benjamin offen heraus. »Ich weiß nicht, ob Jurgensens Leute so weit gehen, dass sie vorsätzlich Informationen fälschen. Aber es kommt mir und Greg ganz so vor, als würden beim ONI alle Erkenntnisse ignoriert, die nicht die Schlussfolgerung untermauern, zu der man von vornherein gelangen wollte.«

»Haben Sie dafür ein konkretes Beispiel?«, fragte Honor sehr ernst.

»Ich kann Ihnen nichts Eindeutiges zeigen, weil wir eben die Originaldaten nie zu Gesicht bekommen haben. Aber ich werde Ihnen zwei mögliche Beispiele geben, die ich besonders beunruhigend finde.

Erstens: Silesia. In den amtlichen ONI-Meldungen läuft alles darauf hinaus, dass Kaiser Gustav noch immer mit der Entscheidungsfindung befasst ist, welche Politik er hinsichtlich der Konföderation verfolgen will. Gleichzeitig zeigte das ONI bis vor einem Monat absolut keine Besorgnis über mögliche Fortschritte in der andermanischen Raumwaffentechnik. Doch nach unseren Quellen in den diplomatischen Kreisen sowohl in der Konföderation als auch auf Neu-Potsdam, hat der Kaiser schon vor Monaten seine Entscheidung getroffen, eventuell sogar schon vor einem T-Jahr. Das können wir selbstverständlich nicht verifizieren, aber die aggressiven Züge der Andermaner und das insgesamt viel stärker provokative Verhalten ihrer Raumstreitkräfte im und um den Marsh-Sektor stützt in unseren Augen diese These.

Greg ist zu demselben Schluss gekommen wie ich: Das Kaiserreich hat beschlossen, dass es allmählich Zeit ist, in Silesia zuzuschlagen. Die Andermaner haben den Silesianern noch keinerlei offizielle Forderungen oder Ultimaten vorgelegt, und ganz gewiss haben sie Lady Descroix kein einziges Kommuniqué zu diesem Thema übersandt. Aber das liegt unserer Meinung nur daran, dass sie noch den kleinen Zeh ins Wasser halten und sich positionieren.

Sobald das Kaiserreich sich vergewissert hat, dass das Sternenkönigreich nicht zurückschlägt – oder nicht in der Lage ist zurückzuschlagen –, wird es mit aller Deutlichkeit seine Forderungen stellen. Und es wird bereit sein, diesen Forderungen mit militärischer Stärke Nachdruck zu verleihen.

Damit sind wir bei unseren anderen Bedenken in Bezug auf Silesia, nämlich unserer Befürchtung, dass das ONI das Ausmaß bei weitem unterschätzt, in dem die Andermaner ihre Raumkampftauglichkeit verbessert. Unsere unumstößlichen Beobachtungsdaten sind sehr dünn, doch sie reichen, um uns zu überzeugen, dass die Andermaner beim Wirkungsgrad ihrer Kompensatoren einen Riesenschritt vorwärts gemacht haben. Die Reichweite und die Zielerfassung ihrer Raketen wurde wesentlich erhöht, *und* sie haben begonnen, mit eigenen LACs zu experimentieren. Wir glauben nicht, dass ihre LAC-Technik der unseren auch nur annähernd das Wasser reichen kann – noch nicht –, aber wir können die Möglichkeit nicht ausschließen, dass sie ihre LACs nun auf Trägern stationieren. Uns ist völlig klar, dass die Andermaner wissen, was die Achte Flotte mit den Havies angestellt hat. Deshalb ist ihr neu erwachtes Interesse an LACs wirklich beunruhigend. Eines nämlich ist die Kaiserlich-andermanische Weltraumflotte nicht: dumm. Die Andermaner würden es niemals auf einen Konflikt mit jemandem ankommen lassen, der gerade erst den Havies den Kopf gewaschen hat, wenn sie nicht glauben würden, ihre Technik wäre gut genug, um die Waagschalen wieder auszugleichen. Und im Gegensatz zu uns haben sie eine recht gute Vorstellung davon, gegen welche Technik sie antreten müssen, denn ihre Beobachter haben unsere Waffen im Gefecht erlebt.«

Er verstummte und schaute Honor mit hochgezogener Augenbraue an. Sie erwiderte seinen Blick, und ihr Gesicht glich einer Maske, hinter der sie über das nachdachte, was er gerade gesagt hatte. Die Schlussfolgerungen, die sich daraus ergaben, machten ihr Angst. Honor hatte zwar vermutet, dass ihre Einweisung in die Lage durch Jurgensen und seinen Stab überzogen optimistisch gewesen war, aber sie hatte nicht damit gerechnet, dass man tatsächlich Erkenntnisse ignorierte oder verschwieg, die laut Benjamin existierten. Sie wünschte, dass die Graysons sich irrten, aber sie hatte zu eng mit ihnen zusammengearbeitet, um ihre Fähigkeiten zu unterschätzen.

Und das, musste sie zugeben, war im Falle von Jurgensen und Janacek wirklich anders.

»Jetzt weiß ich sicher, dass mir nicht gefällt, was ich höre«, sagte sie ihm nach einem Augenblick. »Ich hoffe, Greg und Sie teilen mir Ihre Informationen und Auswertungen mit.«

»Aber selbstverständlich!« Benjamin klang gereizt, und Honor spürte seinen plötzlich aufflackernden Unmut, als sei er beleidigt, weil sie sich diese Frage auch nur einen Augenblick lang stellte. Sie machte mit der rechten Hand eine entschuldigende Gebärde, und er blickte sie einige Herzschläge lang streng an, dann verzog er das Gesicht und schnaubte.«

»Verzeihen Sie. Ich weiß, dass Sie es nicht so gemeint haben. Dass ich es überhaupt in Betracht gezogen habe, zeigt wahrscheinlich nur, wie schwer High Ridge, Janacek und ihre Kreaturen uns die Zusammenarbeit machen. Glauben Sie mir, an Ihnen meine Frustration abzulassen ist wirklich das Letzte, was ich möchte, Honor!«

»Das weiß ich. Ich weiß auch, wie schwer es ist. Besonders bei jemandem wie mir, der zwischen zwo Stühlen sitzt. Sie müssten ein Übermensch sein, um zu vergessen, dass ich zuerst Manticoranerin war, Benjamin, und im Moment haben Sie jeden erdenklichen Grund, auf alle Manticoraner sauer zu sein.«

»Aber nicht auf einen, der zufälligerweise auch ein Grayson ist und außerdem die Person, die von beiden Seiten am meisten einstecken muss«, entgegnete er.

»Vertrauen Sie mir, im Vergleich zu dem, was ich mir auf der anderen Seite gefallen lassen musste, ist alles, was ich von irgendeinem Grayson ›einstecken‹ musste, bloß ein Schlag mit dem Kissen!«

»Vielleicht«, räumte er ein, dann kehrte er zum eigentlichen Gegenstand ihres Gesprächs zurück.

»Ich sagte ja, es gibt zwei Punkte, die uns Sorgen machen, und Silesia ist nur einer davon. Und wenn wir ehrlich sind, ist Silesia sogar der unwichtigere Schauplatz.«

»Der unwichtigere?« Honor neigte stirnrunzelnd den Kopf zur Seite. »Mir kommt er schlimm genug vor.«

»Ich wollte auch nicht sagen, dass er nicht schlimm ist, aber im Vergleich zu dem, was wir aus der Republik Haven hören, ist Silesia definitiv zweitrangig.«

»Aus Haven?« Honor setzte sich kerzengerade auf, und Nimitz versteifte sich auf ihrem Schoß, als ein plötzlicher Stoß der Sorge ihn durchlief.

»Aus Haven«, bestätigte Benjamin grimmig. »Und erneut haben wir nicht besonders viele unumstößliche Beweise. Dass Jurgensen seine Quellen nicht mit uns teilen will, steuert unseren Analysen einen gewaltigen Unsicherheitsfaktor bei, aber es gibt im Grunde drei Dinge, die seine Berichte unserer Meinung nach signifikant untertreiben oder völlig übersehen.

Zum einen wäre das seine Analyse über das, was der Kampf gegen die SyS-Bastionen und gegen die abtrünnigen regulären Flottenoffiziere für Theismans Offizierskorps bedeutet hat.«

»Ich glaube, ich weiß, worauf Sie da hinauswollen«, unterbrach Honor ihn, »und wenn Sie Recht haben, dann stimme ich Ihnen völlig zu. Sie wollen sagen, dass Jurgensen meint, die Kämpfe hätten das erfahrene havenitische Personal beständig dezimiert. Dass sie die Flotte geschwächt hätten.«

»Genau das wollte ich sagen«, stimmte er ihr zu.

»Nun, nur ein Idiot – oder ein politischer Admiral, falls es da einen Unterschied gibt –, könnte so etwas glauben«, entgegnete Honor rundweg. »Natürlich werden die Havies bei den Kämpfen Schiffe und Leute verloren haben. Aber der Großteil ihrer Offiziere und Besatzungen hat überlebt und die letzten T-Jahre nichts anderes getan, als Kampferfahrung zu sammeln. Während des Krieges haben wir es geschafft, ihr Offizierskorps immer wieder zurückzuschneiden, meistens jedenfalls, obwohl Giscard und Tourville bereits vor Unternehmen Butterblume eine Wende eingeleitet hatten. Jetzt aber ...« Sie zuckte mit den Achseln. »Ich kann nicht in Zahlen ausdrücken, was es für die Havies bedeutet, aber ich bin absolut davon überzeugt, dass sich ihr Kampfwert um einen unangenehm großen Faktor verbessert hat – und nicht verringert, wie Jurgensen es behauptet.«

Benjamin nickte. »Das sehen wir genauso. Und das ist ein Grund dafür, warum wir uns über den zweiten Punkt, von dem ich gesprochen habe, solche Sorgen machen. Sie wissen bestimmt, dass Pierres Finanzreformen die havenitische Wirtschaft tatsächlich ein großes Stück vorangebracht haben.«

Er betonte diese Feststellung fast wie eine Frage, und Honor nickte zur Antwort.

»Nun, wir haben unser Bestes getan, um abzuschätzen, inwieweit ihre Wirtschaft sich verbessert hat. Offensichtlich ist das eine Frage von Annahmen, die auf Mutmaßungen basieren, zumal alle amtlich veröffentlichten Zahlen über die havenitische Wirtschaft seit wenigstens vier oder fünf Jahrzehnten auf ganzer Linie erfunden sind, um den Verfall zu kaschieren. Trotzdem haben wir unsere Modelle vorwärts und rückwärts rechnen müssen, und alle Experten sind sich einig, dass die Republik mehr Geld in der Kasse haben müsste, als sie offiziell zugibt.«

Honor blickte ihn fragend an, und er zuckte mit den Achseln.

»Wir kennen die havenitische Steuerstruktur, und wir haben einen über den Daumen gepeilten Wert ihres Wirtschaftsaufkommens, der unserer Einschätzung nach wahrscheinlich um nicht mehr als fünfzehn Prozent vom tatsächlichen abweicht. Und wenn wir die Untergrenze unserer postulierten Spanne nehmen, dann liegen die Steuern, die sie eingenommen und ausgegeben haben wollen, jedes Jahr um mehrere hundert Milliarden manticoranischer Dollar zu niedrig. Und wenn unsere Obergrenze dichter am richtigen Wert liegt, dann ist die Diskrepanz noch viel, viel schlimmer.«

»*Mehrere* hundert Milliarden?«, wiederholte Honor sehr achtsam. Sie versuchte sich zu erinnern, ob irgendein Nachrichtendienstler der Regierung High Ridge jemals einem Parlamentsmitglied gegenüber Bedenken wegen der veröffentlichten Haushaltszahlen aus der neuen Republik hatte anklingen lassen. Soweit sie sich erinnerte, war das nie geschehen. Sie musste auch zugeben, dass sie nie auf die Idee gekommen war, danach zu fragen oder vorzuschlagen, dass jemand eine Analyse anstellte wie die, von der Benjamin sprach.

Und das, sagte sie sich, *war ungewöhnlich dumm von mir.*

»Mindestens«, sagte Benjamin. »Wir haben nicht herausfinden können, wohin dieses Geld tatsächlich fließt. Das liegt zum Teil an der Größe dieser Republik, die einen solch riesigen Binnenmarkt besitzt, dass das Geld einfach in der Binnenwirtschaft hängen geblieben sein könnte. Um genauer zu sein, ist ihre Ökonomie so lange Zeit in der Notlage gewesen, dass es quasi unmöglich ist, sämtliche denkbaren legitimen Stellen anzuführen, in die Haven vielleicht Gelder pumpt. Leider glauben wir nicht an diese Erklärung. Genauer gesagt, fürchten wir zwar, dass es so sein könnte, aber wahrscheinlich würde es uns nicht gefallen herauszufinden, wofür sie all das Geld wirklich ausgeben.«

»Und das wäre?«, fragte Honor, als er schwieg.

»Wir wissen es nicht genau«, gab Benjamin zu, »aber wir haben bisher zwei Anhaltspunkte ermittelt. Einer davon ist die Existenz eines Geheimprojekts, das offenbar schon mehrere Jahre vor dem McQueen-Putsch unter der Komiteeherrschaft begonnen und unter Pritchart und Theisman fortgesetzt wurde. Sicher wissen wir davon nur den Codenamen: Er lautet ›Schlupfloch‹. Fest steht auch, dass Pierre und Saint-Just selbst auf dem Höhepunkt des Krieges und trotz aller Finanznöte große Summen in dieses Projekt gepumpt haben. Wir konnten nicht bestätigen, dass Pritchart und Theisman die Finanzierung auf dem gleichen Niveau weiterlaufen lassen, aber die Diskrepanz zwischen dem Steueraufkommen, das Haven haben sollte, und dem, was die Republik meldet, weist doch sehr darauf hin, dass noch immer eine erkleckliche Summe in die ›schwarze Kasse‹ dieses Projekts fließt.

Das ist Anhaltspunkt Numero eins. Anhaltspunkt Numero zwei ist der Name eines Offiziers, der unseren Quellen zufolge seit Theismans kleiner Revolution eng mit ›Schlupfloch‹ verbunden ist – worum auch immer es dabei gehen mag. Und ich glaube, Sie kennen diesen Offizier.«

»Tatsächlich?« Honor war sichtlich erstaunt.

»O ja, Sie kennen diesen Offizier«, antwortete Benjamin mit etwas, das fast grimmige Belustigung war. »Sie heißt Vizeadmiral Shannon Foraker.«

»Ach du lieber Gott.« Honor saß kerzengerade auf ihrem Stuhl. »Foraker? Sind Sie sicher?«

»Hundertprozentig sicher sein können wir uns nicht. Mit Gewissheit können wir sagen, dass ihr Name auf den Beförderungslisten auftaucht, dass wir nicht in der Lage waren, sie irgendwo anders aufzustöbern, und dass wenigstens zwei unabhängige Quellen innerhalb der Republik angedeutet haben, sie sei dorthin verschwunden, wo immer ›Schlupfloch‹ sich herumtreibt.« Der Protector zuckte mit den Achseln. »Es lässt sich nicht bestätigen, aber wäre *ich* Havens Kriegsminister und würde ein kostenintensives Projekt in angewandter Forschung und Entwicklung durchführen, dann wüsste ich genau, was ich mit jemandem anfangen würde, der Fähigkeiten wie Foraker unter Beweis gestellt hat.«

»Da sind wir schon zwo«, sagte Honor kopfschüttelnd. »Sie haben Recht. Das ist weitaus beunruhigender als die Aussicht, mit den Andys um Silesia zu zanken. Trotzdem kann ich nicht glauben, dass Thomas Theisman die Wiederaufnahme der Feindseligkeiten vorantreibt! Dafür ist er einfach zu intelligent.«

»Ich neige Ihnen zuzustimmen. Präsidentin Pritchart hingegen ist eine unbekannte Größe, und selbst wenn nicht, könnten wir uns in Theisman täuschen. Und auch, wenn wir Recht haben, arbeiten weder er noch Pritchart in einem Vakuum.«

»Nein, das nicht. Auf jeden Fall wäre es für sie eine ganz natürliche Sache, nach Möglichkeiten zu suchen, unsere taktischen Vorteile zu beseitigen. Tatsächlich wären sie pflichtvergessen, wenn sie es nicht täten.«

»Völlig richtig. Darüber machen sich Greg und ich ja auch solche Sorgen. Nun, darüber und über den Umstand, dass bislang niemand – einschließlich unserer Quellen – auch nur die geringste Verbesserung ihrer Vorkriegstechnik zu Gesicht bekommen hat. Es ist nun fast vier T-Jahre her, Honor. Glauben Sie wirklich, dass eine Navy, die der Achten Flotte hoffnungslos unterlegen gewesen war, nach vier Jahren noch kein einziges neues, verbessertes Waffensystem eingeführt hat?«

»Nein«, sagte Honor leise und hätte sich am liebsten getreten, weil sie nicht selbst auf diese Idee gekommen war, als sie Jurgensens selbstsichere Berichte über die technologische Lücke gelesen hatte, die angeblich zwischen dem Sternenkönigreich und der Republik klaffte.

»Das ist der eigentliche Grund, weshalb Wesley und ich so unbeirrt auf einem hohen Flottenetat bestehen«, erklärte Benjamin ihr. »Allmählich wird die Opposition dagegen immer größer, aber wir sind entschlossen, die Flotte so lange auszubauen, wie wir können. Das Problem ist nur, wir können absehen, dass es sich noch höchstens zwei T-Jahre machen lässt, allerhöchstens drei. Danach werden wir unsere Bauprogramme zurückfahren müssen. Eventuell sind wir sogar gezwungen, sie vollständig einzustellen.«

Honor nickte. Zu viele manticoranische Politiker teilten die kaum verhohlene Ansicht der Regierung, dass

Benjamins besessener Ausbau der Grayson Space Navy nur seinen Größenwahn widerspiegele, denn immerhin sei der Krieg doch nun ›vorüber‹. Schließlich könne kein Ein-Planeten-Sonnensystem wie Jelzins Stern eine Flotte unterhalten, die eine Sternnation wie das Sternenkönigreich oder die Republik Haven aufbauen konnte. Benjamin schien das nicht ganz begriffen zu haben, und die GSN besaß mittlerweile fast einhundert Wallschiffe – von denen zudem fast alle Lenkwaffen-Superdreadnoughts waren. Zu dieser Zahl kamen die LAC-Träger, die Grayson auf manticoranischen Werften hatte bauen lassen oder in Bestellung gegeben hatte, um besagte Superdreadnoughts zu unterstützen. Nur zwei Dinge hatten es Grayson erlaubt, seine Neuerwerbungen auch zu bemannen: die gewaltigen Fortschritte der Bordautomation (obwohl die GSN auch sehr viel demobilisiertes manticoranisches Navypersonal angezogen hatte) und die skandalöse, ständig anwachsende Zahl von Frauen, die der Arbeitswelt des Planeten beitraten. Honor hatte nicht Benjamin gebraucht, um zu wissen, dass der fortgesetzte Aufbau eine ruinöse finanzielle Belastung bedeutete.

»Haben Sie diese Beobachtungen an Jurgensen weitergeben?«, fragte sie schließlich.

»Wir haben es versucht«, versetzte Benjamin bitter. »Leider scheint er bei allem, was er nicht hören möchte, auf dem Standpunkt zu stehen, dass alles, was nicht hausgemacht ist, auch nicht gut sein kann.«

»Und mir wird er ebenfalls nicht zuhören«, stellte Honor fest.

»Was Sie nicht sagen, kaum zu glauben!«, stimmte Benjamin ihr beißend zu.

»Die wahrscheinlichste Erklärung«, fuhr sie fort, »weshalb wir die neue havenitische Technik noch nicht gesehen haben, ist selbstverständlich, dass man sie noch nicht in nützlichen Stückzahlen gefertigt hat. Bei Thomas Theisman bin ich mir in einer Hinsicht ganz sicher: Er wird nicht den Fehler begehen, so etwas kleckerweise einzuführen.«

»Was nur bedeuten kann: Wenn er es einführt, dann im großen Stil«, entgegnete Benjamin.

»Sie verstehen sich wirklich darauf, mit angenehmen Aussichten daherzukommen, Benjamin, wussten Sie das eigentlich?«

»Ich gebe mir Mühe. Und obwohl ich es nur ungern erwähne, gibt es da noch etwas, was ich Ihnen mitteilen sollte.« Zu Honors Überraschung stockte er beim Sprechen ein wenig, und Nimitz stellte die Ohren auf, als sie beide im Geistesleuchten des Protectors einen gewissen Kummer schmeckten – fast das Gefühl, ein Vertrauen zu enttäuschen.

»Und das wäre?«, fragte Honor sanft, als er weiterhin unschlüssig schwieg, und er seufzte.

»Nichts davon ist offiziell«, warnte er sie und wartete ab, bis sie mit einem Nicken bestätigte, sie habe verstanden. »Unter dieser Voraussetzung sollte ich Ihnen wohl mitteilen, dass wir einige Besorgnis erregende diplomatische Fingerzeige entdeckt haben. Eigentlich sind es eher Andeutungen.«

»Was für Andeutungen?«, fragte sie, als er wieder schwieg.

»Über Erewhon«, gab Benjamin zu. »Sie wissen natürlich, dass man dort beinahe genauso verärgert darüber war wie hier, dass High Ridge Saint-Justs Waffenstillstandangebot unilateral angenommen hat.«

Honor nickte wieder. Benjamin untertrieb im Grunde die erewhonische Reaktion – immerhin war Erewhon weit länger gezwungen gewesen, unter dem Schatten der havenitischen Eroberungsgelüste zu leben als Grayson. Die erewhonische Regierung hatte sich seinerzeit entschieden, ihr Bündnis mit der Solaren Liga zu beenden und stattdessen der Manticoranischen Allianz beizutreten – im Lichte der neuen Situation verschlimmerte das die Verärgerung der Erewhoner beträchtlich. Man sah es dort so, dass man einen lange bewährte Sicherheitspakt mit der mächtigsten politischen und wirtschaftlichen Gemeinschaft in der Geschichte der Menschheit aufgegeben hatte, um Seite an Seite mit Manticore zu kämpfen, und nachdem die Gefahr gebannt war, hatten die neuen Bündnispartner nichts Besseres zu tun, als Erewhon in den Rücken zu fallen.

»Nun, weder Greg noch ich haben irgendeinen Beweis, aber in den letzten Wochen erhalten wir Hinweise, dass Erewhon seine Beziehung zur Republik Haven ... neu überdenkt.«

»Neu überdenkt?« Gegen ihren Willen klang Honors Stimme schärfer, und sie kniff die Augen zusammen. »In welcher Hinsicht?«

»Vergessen Sie nicht, dass das Ganze zu neunzig Prozent Mutmaßung auf der Grundlage dünner Beweise ist«, warnte Benjamin sie, und als sie wieder nickte, verriet sich darin ein Anklang von Ungeduld.

»Greg und ich vermuten folgendes«, fuhr der Protector fort. »Der augenblickliche erewhonische Präsident und sein Kabinett glauben, dass es Theisman und Pritchart ernst damit ist, die Alte Republik neu zu errichten, und dass sie der expansionistischen Außenpolitik der Legislaturisten und des Komitees für Öffentliche Sicherheit aufrichtig abgeschworen haben. Erewhon liegt viel näher bei der Republik als bei Manticore, und im Gegensatz zu uns kontrolliert Erewhon einen Wurmlochknoten, der es – und all seine Freunde – direkt mit der Solaren Liga verbindet.«

»Wollen Sie damit wirklich sagen, dass Erewhon über … engere Beziehungen zu Haven nachdenkt?«, fragte Honor scharf, und er nickte.

»Wie ich schon sagte, wir haben keinen Beweis, aber wir haben insgeheim Gespräche unter vier Augen mit verschiedenen kleineren Mitgliedern der Allianz geführt.« Sie musterte ihn durchdringend, und er zuckte in einer eigenartigen Mischung aus Abbitte und Gereiztheit die Schultern. »Niemand ist daran interessiert, hinter dem Rücken Manticores Koalitionen zu schmieden, Honor. Eigentlich nicht. Aber sehen wir der Wahrheit ins Gesicht. Dank High Ridges idiotischer Außenpolitik droht der Allianz im Augenblick ernsthaft die Auflösung. Wir haben unser Bestes getan, um die schlimmsten Brandherde zu löschen, bevor sie außer Kontrolle geraten und das gesamte Gebäude zum Einsturz bringen.«

»Verstehe.« Honor verstand in der Tat, was er meinte, und sie empfand dumpfe Scham bei dem Gedanken, wie hart sich Benjamin offenbar anstrengte, um die lebenswichtigen Bündnisse zu erhalten, wegen denen sich High Ridge ebenso offenbar in keiner Nacht den Schlaf rauben ließ.

»Auf jeden Fall«, sagte Benjamin nach einem Moment, »klingen einige der Äußerungen, die der erewhonische Botschafter in solchen Gesprächen gemacht hat, sehr nach den Beschwichtigungen und Einwendungen, wie sie zwischen Staaten gemacht werden, die einander nicht völlig trauen – oder die etwas zu verbergen haben –, und weniger nach dem Ton, der eigentlich zwischen Verbündeten herrschen sollte. Ich glaube auch nicht, dass das, was er sagt, auf seinem Mist gewachsen ist. Wahrscheinlich handelt er auf offizielle Anweisung seiner Regierung hin, und ich wundere mich eben, weshalb Erewhon nicht nur das Sternenkönigreich, sondern uns *alle* auf Abstand hält. Und eine Möglichkeit, die sich mir aufdrängt, ist eben, dass Erewhon in Erwägung ziehen könnte, auf die andere Seite zu wechseln.«

»Mein Gott, ich hoffe, Sie irren sich!«, rief Honor inbrünstig nach zwei oder drei Herzschlägen des Schweigens. »Nach Grayson hat Erewhon die größte Navy aller Alliierten.«

»Und Zugriff auf alle technischen Neuerungen«, sagte Benjamin grimmig. Honor sog scharf die Luft ein, und er zuckte mit den Schultern. »Ihre Industrie war nie so leistungsfähig wie unsere, weil sie niemals so umfassend überholt und modernisiert wurde. Trotzdem kann Erewhon alles fertigen bis auf Geisterreiter – und zum Teil verfügt Erewhon meiner Meinung nach sogar über diese Technologie. Und wenn die Havies Zugriff darauf erhalten ...«

Honor erschauerte, als die Möglichkeit, die Benjamin gerade heraufbeschworen hatte, ihr wie der Hauch des Weltraums durch die Knochen blies.

»Ich wollte eigentlich die Admiralität bedrängen, auf der Grundlage Ihrer ersten kleinen Bombe die Kampfkraft von Sidemore Station beträchtlich aufzustocken«, sagte sie ihm, nachdem sie eine Weile angestrengt nachgedacht hatte. »Jetzt bin ich mir gar nicht mehr sicher, ob das eine gute Idee wäre. Nicht, wenn die Volksflotte – ich meine, die *Republik* – wahrscheinlich etwas auspackt, das Shannon Foraker entwickelt hat, während ihr ein Riesenetat zur Verfügung stand! Und wenn auch nur die Möglichkeit besteht, dass Sie in Bezug auf die Erewhoner richtig vermuten, dann ist die Situation noch viel verfahrener.«

»Ich muss Ihnen zustimmen, dass es wahrscheinlich eine schlechte Idee wäre, die RMN noch dünner zu verteilen«, räumte Benjamin ein. »So ungern ich es zugebe, aber obwohl unsere Navy fast halb so groß ist wie die aktive Flotte des Sternenkönigreichs, sind nicht wir es, von denen eine abschreckende Wirkung ausgeht. Jeder blickt auf Manticore; wir sind nur der ›schneidige kleine Raufbold‹, der für die Royal Manticoran Navy Rückendeckung spielt.« Honor blickte ihn besorgt an, doch er schüttelte den Kopf. »Aus mir spricht kein Groll, Honor. Ich spreche nur Tatsachen aus, und es wäre unvernünftig zu erwarten, dass sich diese Sicht so rasch ändert, ganz gleich, wie sich die relative Größe unserer Flotten entwickelt. Wichtig ist nur eines: Bei der Wahrnehmung spielt im Moment die Größe der Verbände, die von der RMN eingesetzt werden könnten, eine weit größere Rolle als die Größe der GSN.«

»Ich fürchte, da haben Sie Recht«, sagte Honor. »Wissen Sie, ich glaube nicht, dass irgendjemand, der einmal das zweifelhafte Vergnügen hatte, mit ein paar Graysons in den Clinch zu gehen, es noch genauso sieht, aber darum geht es schließlich nicht.«

»Nein, darum geht es nicht. Aber vielleicht ergibt sich daraus ein logischer Schluss, den wir berücksichtigen sollten.«

»Was denn für einer?«, fragte Honor.

»Nun, wenn niemand sich Gedanken über die Größe *unserer* Flotte macht, dann besteht die Lösung für Ihr silesianisches Problem vielleicht darin, dass wir Ihnen hier bei uns ein paar Verstärkungen suchen. Graysonitische Schiffe auszusenden wird die Havies sicherlich nicht von ihren abenteuerlichen Vorhaben abhalten, aber die Ankunft unserer Schiffe in Silesia bewegt Kaiser Gustav vielleicht dazu, sich das Ganze noch mal zu überlegen.«

»Einen Augenblick, Benjamin! Im Moment sind die Beziehungen zwischen Grayson und dem Sternenkönigreich recht wacklig, und was meinen Sie wohl, wie die innenpolitischen Gegner der Allianz reagieren würden, wenn Sie plötzlich Ihre Navy ausschicken, um für Manticore die Kastanien aus dem Feuer zu holen?«

»Wer hat denn irgendetwas von der Navy gesagt?«, fragte Benjamin sie, und ein Grinsen stahl sich in sein Gesicht.

»Sie!«

»Nein, ich habe von ›graysonitischen Schiffen‹ gesprochen. Ich kann mich nicht erinnern, auch nur ein Wort über unsere reguläre Navy gesagt zu haben.«

Honor kniff die Augen zusammen, dann riss sie sie plötzlich auf, als ihr etwas dämmerte, und Benjamin nickte lachend.

»Ich habe nicht vor, eine Abteilung Kampfschiffe abzustellen, damit sie einem manticoranischen Admiral auf einer manticoranischen Flottenstation untersteht, Honor. Ich werde vielmehr das Protector's Own Squadron auf sein erstes größeres interstellares Manöver entsenden, und zwar unter der direkten Oberaufsicht seiner ständigen Kommandeurin, der Gutsherrin von Harrington!«

»Sie müssen den Verstand verloren haben! Selbst wenn diese juristische Fiktion Ihnen auch nur den geringsten Nutzen bringt, sobald die Opposition im Konklave der Gutsherren davon Wind bekommt, dürften Sie doch die möglichen Konsequenzen nicht vergessen. Wenn es zu einer kriegerischen Auseinandersetzung mit den Andermanern kommt, dann ziehen Sie Grayson an der Seite des Sternenkönigreichs in den Konflikt hinein. Und ich kann Ihnen sagen, dass die Kaiserlich-andermanische Weltraumflotte ein erheblich härterer Brocken ist, als die Volksflotte es jemals war!«

»Glauben Sie denn wirklich, das spielt eine Rolle?« Die kurze Belustigung war aus Benjamins Augen verschwunden, und er schüttelte müde den Kopf. »Baron High Ridge ist ein Idiot, Honor. Das wissen Sie und ich ebenso gut, wie wir wissen, dass er viel zu sehr mit seinen innenpolitischen Manövern beschäftigt ist und das interstellare Desaster, das er nach unser beider Meinung schürt, fast völlig übersieht. Trotzdem ist das Sternenkönigreich noch immer unser natürlicher Verbündeter, und wenn es zum Schlimmsten kommt, dann hat Manticore sehr rasch eine neue Regierung. Wenn das Sternenkönigreich in den Krieg zieht, ob nun gegen die Andermaner oder die Haveniten, bleibt uns keine andere Wahl, als es zu unterstützen. Denn ohne das Sternenkönigreich wird Grayson und jedes andere Mitglied der Manticoranischen Allianz zum natürlichen Ziel für gleich welchen Aggressor. Und weil das so ist, befinde ich mich in der wenig beneidenswerten Lage, High Ridge und Janacek den Rücken decken zu müssen, obwohl sie zu dumm sind, um zu bemerken, dass sie ungedeckt sind!«

»Aus diesem Blickwinkel hatte ich es noch gar nicht betrachtet«, gab Honor zu. »Selbst wenn Sie Recht haben, wird es innenpolitisch aber sehr schwierig werden, und das wissen Sie.«

»Darum kümmere ich mich, wenn es so weit ist«, entgegnete er ihr tonlos. »Und wenn die Opposition auf Konfrontation aus ist, dann liefere ich ihr einen Kampf, der ihr wenig Spaß machen wird. Außerdem muss ich zwar High Ridge den Rücken decken, aber wenigstens kann ich dabei jemandem den gleichen Gefallen tun, den ich tatsächlich mag. Also widersprechen Sie nicht. Es nutzt

Ihnen sowieso nichts. Wenn Sie sich stur stellen, schicke ich Ihnen einfach Alfredo Yu mit der Order hinterher, dem Marsh-System einen ausgedehnten ›Höflichkeitsbesuch‹ abzustatten.«

»Das brächten Sie wirklich fertig, was?«

»Darauf können Sie sich verlassen.« Er lachte plötzlich. »Und verglichen mit einigen anderen Problemen, die ich habe, ist dieses besondere wenigstens noch einfach zu lösen!«

»Wenn das einfach sein soll, dann möchte ich gar nicht wissen, was Sie für kompliziert halten!«

»Nur keine Sorge, heute nach dem Abendessen werden Sie sehen, wovon ich rede.«

»Was hecken Sie denn jetzt schon wieder aus, Benjamin Mayhew?«, verlangte Honor zu erfahren.

»Gar nichts«, versicherte er ihr. »Doch anscheinend hat Abigail Hearns letzten Herbst auf Saganami Island graduiert, und während es Ihnen vielleicht entgangen ist, hat Rachel gerade erst ihren sechzehnten Geburtstag gefeiert. Und nun raten Sie mal, wer in die Fußstapfen der Tochter des Gutsherrn von Denby treten möchte?«

»Ach du lieber Himmel.« Honor spürte, wie ihr Mund zitterte, doch es gelang ihr irgendwie, ein Auflachen zu unterdrücken. Nimitz andererseits konnte sein amüsiertes Blieken nicht ganz unterdrücken, und Benjamin bedachte ihn mit einem entrüsteten Blick.

»Für dich und deine sechsbeinigen Freunde mag das ja ganz lustig sein«, entgegnete er dem Baumkater düster. »Ich würde auch sagen, dass Hipper in dieser Angelegenheit nicht gerade eine Hilfe war.«

»Ich begreife durchaus, dass der Zeitpunkt nicht sehr glücklich sein mag«, sagte Honor bedachtsam. »Aber sie hat nicht Unrecht, Benjamin. Abigail ist auf Saganami

Island sehr gut zurechtgekommen, und ich glaube, Rachel würde sich noch besser schlagen. Und schließlich ist sie nicht Ihre Erbin. In der Erbfolge stehen Bernard Raoul und Michael noch immer vor ihr, selbst wenn die Schlüssel bereit wären, einen weiblichen Protector zu akzeptieren. Was, wie Sie und ich sehr genau wissen, nicht der Fall ist.«

»Ich weiß, ich weiß! Cat und Elaine versichern mir ständig das Gleiche, aber Gott sei Dank wenigstens nicht, wenn Rachel dabei ist. Wenn ich als Protector von Grayson spreche und nicht als besorgter Vater, muss ich ja zugeben, dass es unter anderen Umständen gewiss eine wunderbare Idee sein könnte. Doch momentan, bei derart angespannten Beziehungen und solch großem Widerstand gegen jede weitere Annäherung an das Sternenkönigreich, hieße es das Unglück heraufzubeschwören, wenn der Protector seine Tochter auf die Flottenakademie der Royal Manticoran Navy schicken würde.«

»Das begreife ich ja. Aber selbst wenn Sie sie im Mindestalter nach Saganami Island schicken würden, müsste sie wenigstens siebzehn T-Jahre alt werden, und das heißt, Sie haben noch ein Jahr Zeit, um den Boden zu bereiten. In einem Jahr kann sich auch eine Menge ändern.«

»Aber es könnte auch einiges bleiben, wie es ist«, versetzte Benjamin. »Und wenn das so ist, wenn es politisch noch immer undurchführbar wäre, Rachel auf die Akademie zu schicken, dann möchte ich ihr nicht versprochen haben, sie dürfe gehen, nur um dann mein gegebenes Wort brechen zu müssen. So etwas habe ich noch nie getan, und ich möchte jetzt nicht damit anfangen, auch wenn mir die Staatsräson keine andere Wahl lässt.«

»Das kommt nur davon, dass Sie ein guter Vater sind«, sagte sie sanft und lächelte. »Ich sag Ihnen was. Wenn Sie möchten, rede ich heute nach dem Abendessen mal mit ihr. Ich kenne Rachel gut und weiß, dass sie die politischen Ereignisse im Sternenkönigreich beobachtet, auch wenn sie es Ihnen und ihren Müttern gegenüber vielleicht nicht zugibt. Sie muss begreifen, dass Ihre Entscheidungen im Moment sehr von politischen Faktoren beeinflusst werden – von denen einige auch sie persönlich betreffen. Von mir nimmt sie es vielleicht leichter auf, wenn ich ihr schildere, wie unangenehm es ist, von einem Haufen Kretins wie High Ridge, Solomon Hayes und Regina Clausel als Fußball missbraucht zu werden. Dann erkläre ich ihr so behutsam, wie ich kann, weshalb es vielleicht nicht möglich sein wird, sie im nächsten Jahr nach Saganami Island zu schicken. Sie sind immerhin ihr Vater, und bei einem Teenager spielen in solchen Dingen Autoritätsfragen immer eine große Rolle. Ich hingegen bin nur Tante Honor, und wenn ›Admiral Harrington‹ irgendwelcher Glamour anhängt, kann ich ihn bei Rachel vielleicht ausnahmsweise mal ausnutzen.«

19

»Sehen Sie sich das an, Jordin.«

Jordin Kare blickte von seinem Terminal auf und drehte den Stuhl in Dr. Richard Wiggs Richtung. Wiggs hatte rotblondes Haar und einen struppigen Bart, einen Schnäuzer, der mehrere Schattierungen heller war als sein Haar, und genoss einen gewissen Ruf als trinkfester Zecher. Er erfreute sich des Spitznamens ›Tons of Joy Bear‹, auch wenn Kare nicht sagen konnte, woher das ›Bärige‹ nun stammen sollte. Andererseits war Dr. Wiggs, wenn er sich nicht gerade als die Verkörperung der Geselligkeit zeigte, ein ausgesprochen tüchtiger Astrophysiker. Was noch wichtiger war, er besaß einen einzigartigen intuitiven Sinn für Zusammenhänge zwischen Einzeldaten, die er fast mehr durch Gefühl als durch Analyse erkannte.

»Was haben Sie denn?«, fragte Kare.

»Na ja«, entgegnete Wiggs nach außen hin gelassen, »sicher bin ich mir natürlich noch nicht, aber wenn ich mich nicht furchtbar irre, dann hat die letzte Messreihe von Admiral Haynesworth' Leuten den Eintrittsvektor entdeckt.«

»Was!?« Kare stand neben Wiggs und starrte auf dessen Display, ohne sich bewusst erinnern zu können, von seinem Stuhl aufgestanden zu sein. »Das ist doch albern! Das kann nicht sein. Wir haben noch keinen definitiven geometrischen Ort gefunden ... woher zum Teufel sollen wir da einen *Eintrittsvektor* kennen?«

»Weil Gottes Wege unerforschlich sind?«, entgegnete Wiggs.

»Sehr komisch, TJ«, sagte Kare ungehalten. Er beugte sich näher zum Display, dann griff er über Wiggs Schulter und gab einen Befehl in das Datenterminal ein. Das Display sann einen Augenblick über seine Anfrage nach und schaltete sich gehorsam um, und Kare murmelte einen leisen Fluch, den sein Rabbi nicht hätte gutheißen können.

»Sehen Sie?«, fragte Wiggs mit nur ganz geringer Überheblichkeit.

»Allerdings«, entgegnete Kare langsam. Seine Augen klebten an den Vektorpfeilen auf dem Display und der eingefügten Datentabelle. Er schüttelte den Kopf, ohne den Blick von den irrwitzigen Werten abwenden zu können. »Begreifen Sie überhaupt, wie astronomisch hoch – verzeihen Sie den Ausdruck – die Chancen dagegen stehen, TJ?«

»Der Gedanke ist mir in meinen zugegebenermaßen seichten Sinn gekommen«, stimmte Wiggs zu. »Nach meinen konservativsten Schätzungen hätten wir noch wenigstens sechs bis sieben Monate gebraucht, bloß um den geometrischen Ort zu finden, geschweige denn den Vektor.« Nun schüttelte er den Kopf. »Aber da ist er, Jordin.« Er gestikulierte in Richtung Display. »Die Gravstrudel lassen nicht viel Raum für Zweifel, oder?«

»Nein. Nein, wirklich nicht«, entgegnete Kare. Er richtete sich auf und verschränkte die Arme. Stirnrunzelnd überdachte er die Folgen von Wiggs Entdeckung. Soweit Michel Reynaud und er wussten, hatten sie es recht gut vor ihren politischen Oberherren verborgen gehalten, dass sie dem lang gesuchten siebten Terminus des Manticoranischen Wurmlochknotens dicht auf der Fährte waren. Diese Neuigkeit hingegen könnten sie nicht mehr unterdrücken. Wie Wiggs richtig sagte, hatten sie soeben mindestens ein halbes T-Jahr Suchzeit gespart – wahrscheinlich eher ein ganzes. Deshalb war mit einem Himmelherrdonnerwetter zu rechnen, wenn die Politikos entdecken sollten, dass die Lakaien versucht hatten, sie über ihre Fortschritte im Dunkeln zu lassen.

Andererseits ...

»Das ist eine großartige Neuigkeit!«, rief die Gräfin von New Kiev triumphierend aus. In den Augen des Premierministers hatte sie ein unübertreffliches Talent, das Offensichtliche darzulegen. Allerdings fand High Ridge, dass er der Finanzministerin diese Eigenart unter den gegebenen Umständen lieber nicht unter die Nase reiben sollte.

In dem abschirmten Konferenzraum unterhalb der Residenz des Premierministers hatte er eine Arbeitsgruppe von Kabinettsmitgliedern zusammengerufen. Obwohl eine fast fünfzig Meter dicke Schicht aus Erdreich und Betokeramik über ihnen lag, hatten die Planer des Konferenzraums sich bemüht, eine ›Bunkeratmosphäre‹ gar nicht erst entstehen zu lassen. Die Einrichtung war elegant und teuer, angefangen bei dem dicken Florteppich im Silber und Blau des Hauses Winton bis zu den motorisierten Sesseln am riesigen Konferenztisch aus handpoliertem dunklem Holz. Eine programmierbare ›smarte‹ Wand nahm eine ganze Seite des großen Raums ein, und die holografische und nanotechnische Ausstattung der Wand erzeugte soeben die atemberaubend realistische Illusion eines Fensters mit einem prächtigem Ausblick auf die Jasonbai.

Doch allen Versuchen zum Trotz, sie vom Gegenteil zu überzeugen, war sich jeder der Anwesenden vollkommen bewusst, wie tief unter der Oberfläche sie waren – und wie unmöglich sie daher belauscht werden konnten.

»Ich stimme natürlich zu, dass das eine wunderbare Neuigkeit ist, Marisa«, sagte Stefan Young. »Offensichtlich wäre die gesamte Handelswelt wie elektrisiert, wenn sie von der Möglichkeit hört, dass sich eine weitere Handelsroute durch das Wurmloch eröffnet, und als Handelsminister bin ich über die Aussicht entzückt. Zurzeit jedoch könnte uns die Ankündigung einige … Schwierigkeiten bereiten.«

»Aber keine unüberwindlichen«, entgegnete High Ridge ihm mit einem leichten, beschwichtigenden Stirnrunzeln, das er New Kiev nicht sehen ließ. Es war einfach der falsche Zeitpunkt, die Gräfin an die unbedeutenden

Unregelmäßigkeiten in der Buchhaltung der RMAIA zu erinnern. Für diese Angelegenheiten hatte er schließlich Melina Makris in Reynauds Stab eingeschleust. Makris wusste genau, wem sie was zu verdanken hatte, und als New Kievs Vertreterin beim Erkundungsamt war sie die ideale Mittlerin zwischen der Finanzministerin und den tatsächlichen Büchern – eine gute Sache, wenn man bedachte, dass der Gräfin immer dann politische Skrupel kamen, wenn man überhaupt nicht damit rechnete. Ihr Gewissen schien sie ohnedies eher bei Kleinigkeiten zu beißen als bei den bedeutenden Angelegenheiten. High Ridge vermutete, dass es sich dabei um eine Art Schutzmechanismus handelte. Vielleicht fixierte die Gräfin sich unbewusst auf untergeordnete Dinge, weil ihr Pragmatismus sie daran hinderte, auf irgendwelche größeren Sünden im Amt zu reagieren.

»Gewiss nicht!«, stimmte Elaine Descroix enthusiastisch zu. »Das ist die größte Entdeckung seit Jahrzehnten – nein, seit Jahrhunderten! Der Knoten leistet den wichtigsten Beitrag zum Wohlstand des Sternenkönigreichs; wenn seine Kapazität steigt, erleben wir den größten Wirtschaftsaufschwung seit fast hundert T-Jahren. Und den Terminus, der das ermöglicht, hat ein Amt gefunden, das wir ins Leben gerufen haben.«

»Selbstverständlich wissen wir nicht, wohin dieser Terminus führt«, sagte New Kiev in etwas bodenständigerem Ton, als finde sie Descroix' selbstzufriedene Abwägung der politischen Vorteile abstoßend. »Die Wahrscheinlichkeit spricht dafür, dass er mit einer unbesiedelten Region verbunden ist.«

»Die ›Wahrscheinlichkeit‹ stand auch dagegen, dass die zuerst entdeckten Termini des Knotens nach Beowulf und Trevors Stern führten«, erwiderte Descroix scharf.

»Und selbst wenn er in völlig unerforschten Raum führt: Das tat der Basilisk-Terminus auch, als wir ihn entdeckten«, fügte North Hollow hinzu. »Schon allein die Gelegenheit für neue Erkundungs- und Vermessungsarbeiten sollte zu einem merklichen wirtschaftlichen Aufschwung führen.«

»Ich will ganz gewiss nicht abstreiten, dass es sich um eine außerordentlich wichtige Entdeckung handelt.« New Kiev klang ein wenig defensiv, fand High Ridge. »Ich sage nur, solange wir noch kein Schiff hindurchgeschickt und es wieder nach Hause geholt haben, können wir nicht wissen, wie wichtig der Terminus sein wird. Besonders auf kurze Sicht.«

»Stimmt«, sagte High Ridge und nickte weise. »Gleichzeitig darf ich aber von Ihrer Zustimmung ausgehen, dass eine Neuigkeit dieser Größenordnung so schnell wie möglich verkündet werden muss?«

»Aber natürlich. Da will ich nicht widersprechen. Ich warne nur davor, die Neuigkeit in einer Weise bekannt zu geben, durch die Erwartungen geweckt werden, die wir dann vielleicht nicht erfüllen können.«

»Selbstverständlich nicht«, beruhigte High Ridge sie. Seiner Ansicht nach bestand überhaupt keine Notwendigkeit, irgendwelche Erwartungen durch offizielle Verlautbarungen zu wecken. Das ging schließlich auch ganz wunderbar durch Spekulationen von privater Seite, und wenn dergleichen nicht von allein geschah, gab es genügend Denkfabriken, die der Regierung noch Gefallen schuldeten. High Ridge war sich ganz sicher, die Sache ins Rollen bringen zu können, ohne irgendwo seine Fingerabdrücke zu hinterlassen.

»Wie bald *können* wir denn ein Schiff hindurchschicken?«, fragte Descroix.

»Wir wissen es nicht genau«, räumte High Ridge ein. »In den Berichten von Admiral Reynaud und Professor Kare wimmelt es nur so von Vorbehalten. Mir kommt es so vor, als wollten sie damit alle Eventualitäten abdecken, aber damit ist schließlich zu rechnen, und es wäre nicht klug, wenn wir versuchen, uns über sie hinwegzusetzen. Beide betonen sie, dass niemand eine grundlegende Entdeckung dieser Größenordnung hätte vorhersehen können. Ihren Berichten zufolge sind sie über die entscheidenden Beobachtungsdaten mehr oder weniger gestolpert, und beide weichen sie nicht davon ab, dass es noch einige Zeit braucht, ihre gegenwärtig groben Zahlen zu verfeinern. Offensichtlich haben sie den Annäherungsvektor für dieses Ende des neuen Terminus recht genau festgelegt, aber sie müssen noch etliche Sonden hineinschicken, um ihre Zahlen zu überprüfen und sicherzustellen, dass ihre Daten nicht fehlerhaft sind. Außerdem wollen sie sich mit Messwerten befassen, die ihnen die Sonden während des Transits senden. Rey zufolge kann man ohne diese Zahlen und besonders ohne die Messwerte der Sonden keine Steueranweisungen liefern, durch die ein gefahrloser Transit garantiert werden kann. Bis dahin raten sie aktenkundig von jedem Transitversuch eines bemannten Schiffes ab.«

»Klingt mir eher, als hätten sie Angst vor dem eigenen Schatten«, sagte Descroix rundheraus mit einem schneidenden, verächtlichen Unterton.

»Und mir kommt es vor«, entgegnete New Kiev scharf, »als würden sie sich über mögliche Verluste an Menschenleben durch unnötige Hast sorgen! Wir sind Jahrhunderte lang mit nur sechs Termini zurechtgekommen, Elaine – da können wir doch sicher die paar Monate warten, bis das siebte erforscht ist.«

Beim Ton der Gräfin richtete sich Descroix wütend auf, und hastig versuchte High Ridge die Wogen zu glätten.

»Ich bin sicher, dass niemand in diesem Raum das Leben von Vermessungspersonal unnötigen Risiken aussetzen möchte, Marisa. Allerdings kann ich auch Elaines Ungeduld nachvollziehen. Je früher wir diese neue Route vermessen können, desto eher profitiert das Sternenkönigreich wirtschaftlich davon. Und auch wenn es ein wenig berechnend erscheinen mag, ich kann mir nicht vorstellen, dass jemand mit auch nur einem Funken Fairness im Leibe es uns verdenken würde, wenn wir die Entdeckung zu einem gewissen Grad auch uns anrechnen.« Er blickte New Kiev ruhig in die Augen. »Schließlich ist die Entdeckung einem Amt zu verdanken, das von dieser Regierung gegründet wurde und finanziert wird – gegen, wie ich betonen möchte, einen recht energischen Widerstand Alexanders und seiner Meute. Und genauso sehr, wie eine Regierung die Verantwortung für alles trägt, was während ihrer Amtszeit schief geht, ist es doch nur fair, wenn man ihr auch das Verdienst anrechnet für das, was ihr gelingt.«

»Selbstverständlich«, räumte die Gräfin ein. »Ich finde nur, wir sollten nicht allzu schrill herumschreien, dass das Verdienst für diese Entdeckung allein uns gehöre. Jemand wird das politische Kapital ernten, das daraus entsteht, und ich finde, dieser Jemand sollten wir sein. Ich sage nur, dass es von einem rein politischen Blickpunkt aus höchst unklug wäre, Admiral Reynaud zu irgendwelchen Erkundungsfahrten zu drängen, die er für verfrüht hält. Wenn wir das tun, und jemand kommt zu Tode, dann geht das auch auf unsere Kappe.«

»Da haben Sie gewiss nicht Unrecht«, stimmte High Ridge ihr zu und sah Descroix mit hochgezogener Braue an. »Elaine?«

»Ja, natürlich wollen wir nicht, dass jemand unnötig das Leben verliert«, sagte die Außenministerin verdrießlich. »Aber gleichzeitig halte ich es nicht für falsch, Reynaud und Kare ein wenig Druck zu machen. Ich will ja nicht vorschlagen, dass wir sie übergehen. Aber wenn wir sie wissen lassen, dass die Regierung fest entschlossen ist, so rasch voranzukommen wie möglich, könnte es dazu beitragen, ihr Augenmerk vor allem darauf zu richten, wie man die Angelegenheit gefahrlos beschleunigt.«

New Kiev schien kurz vor einer weiteren scharfen Erwiderung zu stehen, doch nach einem warnenden Blick High Ridges hielt sie sich zurück.

»Ausgezeichnet«, sagte der Premierminister lebhaft. »Dann sind wir wohl einer Meinung, wie wir mit der Erkundung fortfahren. Im Augenblick müssen wir uns jedoch mit der Frage befassen, wie genau – und wann – wir die Entdeckung verlautbaren. Ich finde, wir sollten sie so schnell als möglich bekannt geben. Unschlüssig bin ich mir darüber, ob wir es durch Clarence oder auf einer Nachrichtenkonferenz der RMAIA tun sollten. Ihre Meinung dazu?«

›Clarence‹ war Sir Clarence Oglesby, High Ridges langjähriger Leiter der Öffentlichkeitsarbeit und der gegenwärtige Pressesprecher der Regierung.

»Wir sollten die Neuigkeit über Clarence bekannt geben«, sagte Descroix sofort.

»Ich weiß nicht Recht«, widersprach New Kiev fast augenblicklich. »Die RMAIA wäre für die erste Verlautbarung sicherlich der nahe liegende Kanal. Sähe es nicht zu offensichtlich danach aus, als wollten wir die öffentliche Aufmerksamkeit einheimsen, wenn der Regierungssprecher ihnen die Schau stiehlt?«

»Ich darf aber davon ausgehen, Marisa«, entgegnete Descroix mit einem dünnen Lächeln, »dass Sie nichts einzuwenden haben, wenn wir dieses unbedeutende kleine Ereignis wenigstens mit einer kurzen amtlichen Note würdigten?«

New Kiev öffnete verärgert den Mund, doch High Ridge glättete noch einmal die Wogen. »Das hat Marisa nie gesagt, Elaine«, warf er in bestimmtem Ton ein und bezwang sie mit seinem Blick, als es aussah, als wolle sie eine scharfe Antwort geben. Bei Descroix konnte er das. Im Gegensatz zu New Kiev würde sie wahrscheinlich niemals ihren Prinzipien gestatten, ihrem Ehrgeiz in die Quere zu kommen. Und sie verstand sich auf die Feinheiten der Manipulation – ob der Wählerschaft oder ihrer Kabinettskollegen – mit einer Meisterschaft, die eine New Kiev niemals erreichen konnte.

»Persönlich«, fuhr er fort, als er sicher war, dass die Außenministerin nicht noch mehr Wasserstoff auf die flammende Wut seiner Finanzministerin sprühen würde, »glaube ich, dass beide Standpunkte ihre Berechtigung haben. Es handelt sich um eine wissenschaftliche Entdeckung, und deshalb sollte sie auch von der wissenschaftlichen Behörde bekannt gegeben werden, die sie gemacht hat. Gleichzeitig handelt es sich um ein wichtiges politisches Ereignis mit Auswirkungen auf das gesamte Sternenkönigreich, angefangen beim Finanzsektor, aber ganz gewiss nicht darauf beschränkt. Deshalb halte ich es für die beste Vorgehensweise, wenn Admiral Reynaud eine Presskonferenz anberaumt, auf der er seine Neuentdeckung bekannt gibt. Clarence wird in der Rolle des Moderators teilnehmen. Damit wäre er in der Lage, auf die politischen und wirtschaftlichen Folgen der Entdeckung einzugehen, während gleichzeitig dafür gesorgt ist, dass die Wissenschaftler, die sie eigentlich gemacht haben, die verdiente Anerkennung bekommen.«

Er lächelte strahlend in die Runde, zufrieden mit seinem Kompromiss, und New Kiev nickte. Descroix stimmte zurückhaltender zu, aber sie willigte ein, und sein Lächeln wurde noch breiter.

»Ausgezeichnet!«, sagte er wieder. »Wenn das so ist, soll sich Clarence augenblicklich mit Admiral Reynaud in Verbindung setzen, um das Nötige zu besprechen. Nun zu diesen Schiffbausubventionen, die Sie empfehlen möchten, Marisa. Mir scheint es ...«

»Schön, Sie wieder zu Hause zu haben, Honor!«, sagte Konteradmiral Alistair McKeon mit Nachdruck, als Honor den Flaggbesprechungsraum von HMS *Werewolf* betrat. Alice Truman und er waren an Bord von Honors neuem Flaggschiff gekommen, bevor der Shuttle der *Tankersley* das Rendezvous abgeschlossen hatte. Mercedes Brigham hatte Honor begleitet, und Rafael Cardones und Captain Andrea Jaruwalski hatten sie im Beiboothangar empfangen und zum Besprechungsraum begleitet.

»Rafe und Alice ist es gelungen, die Dinge in Gang zu halten, mehr oder wenigstens zumindest«, fuhr McKeon fort, während er ihr kräftig die Hand drückte. »Doch bei der Admiralität scheint man es in keiner Hinsicht eilig zu haben, und ich glaube, wir brauchen einfach jemand mit einem etwas höheren Rang, der denen mal kräftig in den Hintern tritt.«

»Wenn es Ihnen recht ist, Alistair«, sagte sie milde und erwiderte den Händedruck, »würde ich es vorziehen, wenigstens – na, eine oder zwo Stunden vielleicht – mit dem Auspacken meiner Koffer zu verbringen, bevor ich gegen Admiral Draskovic und den Ersten Raumlord in die Schlacht ziehe.«

»Entschuldigung.« Er verzog das Gesicht und grinste schief. »Es ist nur einfach so, dass der Umgang mit Schreibtischtätern noch nie meine Stärke war. Und wenn ich ganz ehrlich bin, habe ich das Gefühl, dass ein paar von ihnen uns diesmal absichtlich Sand ins Getriebe streuen.«

»Es würde mich überhaupt nicht wundern, wenn Alistairs Verdacht sich als wahr erweist«, warf Dame Alice Truman ein und reichte Honor ebenfalls die Hand. Ihr Lächeln war echt, doch es verriet einen gewissen Verdruss. »Ich weiß nicht genau, was Sie Draskovic antun mussten, damit sie Ihnen die angeforderten Stabsoffiziere und Kommandeure genehmigt, aber ich habe den Verdacht, die Admiralität würde uns viel mehr entgegenkommen, wenn Sie sich Leute ausgesucht hätten, die bei denen da oben in besserem Ansehen stehen – angefangen bei Ihrer Stellvertreterin.«

»Angefangen bei der Stationskommandeurin, meinen Sie wohl, Ma'am«, entgegnete Jaruwalski. Der dunkelhaarige weibliche Captain mit dem Falkengesicht erinnerte kaum noch an die defensive, halb gebrochene Frau, die einst mit der Verantwortung für das Desaster von Seaford 9 gebrandmarkt gewesen war. Sie erwiderte Honors scharfen Blick mit einem beißenden Grinsen.

»Das war vielleicht nicht der diplomatischste aller Kommentare, Andrea«, tadelte Honor sie, und ihr neuer Operationsoffizier zuckte mit den Achseln.

»Wenn ich eins gelernt habe über die Zusammenarbeit mit der neuen Admiralität, Hoheit, dann, dass wir nichts erledigen können, wenn wir darauf hoffen, dass Admiralty House irgendetwas für uns tut. Und mit allem schuldigen Respekt, Ma'am, Sie wissen das genauso gut wie wir. Also können wir doch offen sein, solange wir ›unter uns‹ sind, oder?«

»Wahrscheinlich haben Sie Recht«, räumte Honor nach einem Augenblick ein, zuckte mit den Achseln und wandte sich wieder an McKeon. »Wir müssen uns zusammensetzen und die Lage genau analysieren, nachdem Mercedes nun auch hier ist«, sagte sie. »Und wenn sich etwas zeigt, wo ich die Admiralität vielleicht zu größerem Tempo bewegen kann, dann schwinge ich sicher den Knüppel, egal, wie groß er sein muss. Aber wenn es etwas ist, um das wir uns selber kümmern können, selbst wenn wir es auf geheimen Kanälen organisieren müssten, wäre mir das lieber. Ich würde gern weitere ... Gespräche mit der Admiralität so weit als möglich vermeiden.«

»Das kann ich verstehen«, stimmte McKeon zu. »Und ich nehme an, es würde dem Rest von uns nicht schaden, wenn wir uns so viel auf die Schultern laden wie möglich, statt Sie dem Gutdünken von Admiralty House zu überlassen.«

»Ich würde es nicht ganz so formulieren, auch nicht hier ›unter uns‹«, entgegnete Honor. »Aber im Großen und Ganzen ist es sicher keine schlechte Idee, mich in Reserve zu halten, so lange es geht, anstatt den Einfluss zu verzetteln, den ich vielleicht ausüben kann. Wobei mir einfällt ...« – sie setzte den Gang zum Stuhl am Kopf des Konferenztisches fort, den sie unterbrochen hatte, nahm Platz und setzte sich Nimitz von der Schulter auf den Schoß – »... wie weit sind wir denn nun eigentlich?«

»Etwa zwo Wochen hinter Ihrem Zeitplan«, antwortete Truman. Honor blickte sie mit hochgezogener Braue an, und der goldhaarige weibliche Admiral zuckte mit den Achseln. »*Hephaistos* hat die *Werewolf* vorzeitig freigegeben, und Rafe und Scotty haben das LAC-Geschwader schon recht gut eingearbeitet. Mit dem Zusammenziehen des übrigen Trägerverbands hinken wir wenigstens eine

Woche hinterher. Bis wir die Träger und die LACs alle hier haben, ist es unmöglich, sich ein Gesamtbild von den LAC-Geschwadern zu machen. Ich bezweifle, dass sie den Standards der *Werewolf* genügen, aber das dürfte für so gut wie jedes Geschwader gelten, das sie uns schicken können. Scottys Piloten haben zusätzliche Gefechtsübungen ebenfalls bitter nötig, aber wenigstens zwo Drittel von ihnen besitzen Kampferfahrung, und meiner Meinung nach machen sie sich sehr gut. Würden Sie mir zustimmen, Alistair?«

»Sieht für mich jedenfalls ganz danach aus«, sagte McKeon.

»Verstehe.« Honor nickte und wandte sich an Jaruwalski. »Und die andere Sache, über die wir geredet haben, Andrea?«

»Ist soweit im Zeitplan, Hoheit«, versicherte Jaruwalski ihr. »Die Daten sind wie angewiesen versteckt, und Commander Reynolds und ich haben uns bereits unsere Gedanken darüber gemacht. Wir sind zwar noch nicht ganz so weit, dass wir sie mitteilen möchten, aber ich glaube nicht, dass Sie davon enttäuscht sein werden.«

»Gut.« Honor lächelte dünn. Das Lächeln war eigenartig erwartungsvoll, doch es wurde breiter und wärmer, als sie die Verwirrung ihrer Untergebenen schmeckte. Nun, später wäre noch genug Zeit, sie einzuweihen. Sie rechnete nicht damit, dass jemand von ihnen irgendwelche Einwände gegen ihr Vorhaben hätte, dem sie den Decknamen *Unternehmen Wilberforce* gegeben hatte. Doch angesichts der ... vertraulichen Natur der Informationen, durch die Wilberforce erst durchführbar wurde, zog sie es vor, die Einzelheiten nur dem kleinstmöglichen Kreis anzuvertrauen, bis sie in Silesia eingetroffen waren.

Sie wandte sich wieder Truman zu. »Sie glauben also,

die LAC-Besatzungen sind schwer auf Draht, wenn wir Sidemore erreichen?«, fragte Honor. Ihre Stellvertreterin machte eine Handgeste, die ›vielleicht ja, vielleicht auch nicht‹ bedeutete.

»Ich denke schon«, sagte sie. »Ich bin zuversichtlich, dass sie am Ende Scotts Standards erfüllen, aber das möchte ich nicht absolut garantieren, bevor wir unsere Station erreichen.«

»Sie sind unsere LAC-Expertin, Alice«, sagte McKeon, »aber ich glaube, Sie sind vielleicht ein wenig zu pessimistisch. Nach den Simulationen sieht es für mich so aus, als schlagen sie sich schon ganz gut. Aber was weiß ich schon? Soweit ich weiß, Hoheit« – er grinste Honor an –, »wollten Sie mich doch dabei haben, damit ich mich um die altmodischen Dinge kümmere.«

»So altmodisch sind sie nun auch wieder nicht«, entgegnete Honor nüchtern.

»Altmodischer, als Sie vielleicht geglaubt hätten, Ma'am«, erwiderte Jaruwalski säuerlich. Als Honor sie fragend anblickte, verzog sie das Gesicht. »Nach der neusten Anweisung Admiral Chakrabartis müssen wir eines unserer *Medusa*-Geschwader hier bei der Homefleet lassen. Dafür bekommen wir zwo Geschwader mit gondellosen Typen. Und meinen Quellen zufolge sind wenigstens zwo der gondellosen Schiffe Dreadnoughts und keine Superdreadnoughts.«

»Nur zwo Geschwader?«, begehrte Mercedes Brigham auf und wandte sich Honor zu. »Ich weiß, Sie haben mich gewarnt, dass man mit der Tonnage geizig umgeht, Hoheit, aber das ist doch lächerlich! Auf keinen Fall können zwo Geschwader gondellose Schiffe ein einziges Geschwader Lenkwaffen-Superdreadnoughts ersetzen!«

»Nein, das können sie nicht«, stimmte Honor ihr mit

gewaltiger Beherrschung zu. Im Stillen fragte sie sich, ob wohl einige von Benjamins Befürchtungen hinsichtlich der Republik Haven mittlerweile bis zu dem durchgedrungen waren, was beim ONI neuerdings als Gehirn galt. Honor erinnerte sich, dass sie William Alexander und Elizabeth noch über Benjamins Vorahnungen in Kenntnis setzen musste – einschließlich der möglichen Absichten Erewhons. Doch im Augenblick musste das hinter ihren unmittelbaren Problemen zurückstehen. Ihr fiel im Moment kein anderer Grund ein, warum die Admiralität ihr ausgerechnet den Verband reduzierte, der ausgesandt wurde, um die Andermaner gehörig abzuschrecken. Wenn es tatsächlich bei der neuen Zusammensetzung des Kampfverbands blieb, gab die Admiralität ihr nur ein Geschwader Lenkwaffen-Superdreadnoughts mit auf den Weg. Gewiss, gleichzeitig verfügte sie über achtzehn Superdreadnoughts älteren Baumusters – *oder Dreadnoughts, wenn Andrea Recht hat,* verbesserte sie sich –, mit denen sie die Lenkwaffen-Superdreadnoughts unterstützen könnte. Zudem hatte sie die beiden unterbesetzten Schlachtgeschwader, die bereits unter Admiral Hewitt im Marsh-System stationiert waren. Und es stimmte auch, dass sechs der neuen Schiffe durchaus ganz allein in der Lage sein sollten, eine ganze Flotte der veralteten Typen zu vernichten, aber dennoch erschien es ihr als sehr draufgängerischer Zug.

Soll ich ihnen schon von dem Protector's Own erzählen?, fragte sie sich. Eigentlich bestand kein Grund, der dagegen sprach – nur dass Benjamin mit ihr übereingekommen war, niemanden einzuweihen – außer Alfredo Yu –, bis die graysonitischen Schiffe tatsächlich in Silesia eintrafen. Nach eingehender Überlegung war der Protector zu dem Schluss gekommen, dass sich innenpolitische Diskussionen über seine Entscheidung am besten dadurch vermieden ließen, dass er niemandem etwas davon sagte. Soweit der Rest der Navy und die Bewohner Graysons wussten, begab sich das Protector's Own, begleitet von seinen Versorgungsschiffen, lediglich auf eine ausgedehnte interstellare Übungsfahrt. Der Hauptzweck bestand darin zu demonstrieren, dass das Leitgeschwader des Protectors dazu fähig war, sich auf unabhängigen Langstreckeneinsätzen aus seinen logistischen Ressourcen selbst zu versorgen. Und dass diese Übungsfahrt das Protector's Own ausgerechnet in das Sonnensystem führte, in dem seine offizielle Kommandeurin von der RMN stationiert worden war, gehörte einfach zu jenen glücklichen Zufällen, die sich von Zeit zu Zeit einfach ereignen.

Ferner hatte Wesley Matthews auf einen wichtigen Punkt hingewiesen: Es war Sir Edward Janacek oder Simon Chakrabarti durchaus zuzutrauen, dass sie die Gelegenheit nutzen und die rein manticoranischen Kräfte Honors noch weiter reduzieren würden, sobald sie erführen, dass Grayson die Kampfkraft stellen wollte, die Honor fehlte. Im Lichte von Jaruwalskis Neuigkeit gewann diese Einschätzung zusätzliches Gewicht.

Nein, beschoss Honor daher. *Es wäre nicht fair von mir, es ihnen zu sagen, wenn Benjamin es nicht einmal seinen eigenen Leuten verrät. Es ist zwar nicht besonders nett von mir, ihnen zu verschweigen, dass noch Graysons zu uns stoßen, aber es hat auch sein Gutes. Solange meine Leute nichts davon wissen, kümmern sie sich jedenfalls mit mehr Elan darum, dass das, was wir offiziell bekommen, so gut wie möglich ist. Außerdem* – sie musste ein plötzliches Grinsen verbergen – *braucht man sich nur zu überlegen, was für eine angenehme Überraschung es sein wird, wenn Alfredo im Marsh-System eintrifft. Vorausgesetzt natürlich, meine Leute lynchen mich nicht, weil ich sie nicht vor seinem Eintreffen gewarnt habe!*

»Nun«, sagte sie laut, »dann werden wir wohl irgendwie ohne sie zurechtkommen müssen, oder?«

20

Das leuchtend weiße Icon, das Trevors Stern repräsentierte, strahlte am Mittelpunkt des gewaltigen holografischen Plot-Displays in der Operationszentrale der *Sovereign of Space,* doch Shannon Foraker hatte keinen Blick für unwichtige Ablenkungen wie Sonnen und Planeten. Ihre Augen hafteten wie festgenietet an den dicht gedrängten, scharlachfarbenen Punkten, die von den größeren, blutroten Icons der Verteidigerflotte ausschwärmten.

»Es sieht so aus, als hätten sie uns geortet, Ma'am«, stellte Captain Anders, der neben ihr stand, leise fest, und sie nickte. Trotz aller Fortschritte der Republican Navy auf dem Gebiet der Stealth-Technik waren ihre Geräte den manticoranischen Gegenstücken noch immer weit unterlegen. Dass die angreifende Flotte beim Anmarsch entdeckt würde, hatte von vornherein festgestanden; unsicher war nur gewesen, wie groß der Vorteil wäre, den die Gegenseite dadurch erlangte.

»Wir erhalten erste Ortungsberichte von den vordersten LACs«, meldete Commander Clapp, und Foraker wandte sich ihm zu. »Zusammensetzung entspricht ungefähr unseren Vermutungen, Admiral«, sagte der Commander. Er legte eine Hand über den Ohrhörer, der in seinem rechten Ohr steckte, und lauschte aufmerksam. »Anscheinend übernehmen ihre Lenkwaffen-LACs die Spitze.« Er hörte noch länger zu und verzog das Gesicht.

»Wir können es nicht hundertprozentig bestätigen, Ma'am. Ihre Eloka ist noch zu stark, um sie auf diese Entfernung zu erfassen, und die erste Analyse der Ortungsberichte durch OPZ deutet darauf hin, dass die Formation bereits mit Täuschkörpern gespickt ist.«

»Verstanden«, bestätigte Foraker und blickte wieder in den Plot. Wie Clapp wäre es ihr lieber gewesen, wenn die Operationszentrale die Ortungsrohdaten direkt von den LACs erhalten hätte, um sie selbst auswerten zu können, statt sich auf die Interpretationen der Taktischen Offiziere an Bord der Leichten Angriffsboote verlassen zu müssen. Leider war das unmöglich – vorerst jedenfalls. Immerhin hatte auf der Gegenseite noch niemand *(so hoffen wir zumindest,* fügte Foraker in Gedanken pflichtschuldig hinzu) einen Grund zu argwöhnen, dass es der Republican Navy endlich gelungen war, das manticoranische Geheimnis der überlichtschnellen Signalübermittlung zu knacken. Wie die Manticoraner es bewerkstelligten, wusste die RHN schon seit Jahren; sie hatte es bis vor kurzem nur nicht nachahmen können.

Genauer gesagt, hatten Forakers Techniker dazu doch ein wenig Hilfe von den Firmen aus der Solaren Liga gebraucht; besagte Firmen hatten Rob Pierres Volksrepublik Militärtechnologie verkauft, im Austausch gegen Gefechtsberichte und Geldzahlungen in einer Höhe, die das finanzknappe Komitee für Öffentliche Sicherheit gerade noch hatte zusammenkratzen können. Immerhin hatten die havenitischen Techniker nur sehr wenig Hilfe gebraucht, und Foraker empfand einen tiefen, unkomplizierten Stolz auf ihre Leute in der Forschung und Entwicklung, die das Problem in die Hand genommen und gelöst hatten. Sie war sich selbst gegenüber zu ehrlich, um ernsthaft zu glauben, die havenitischen Forscher spielten in der gleichen Klasse wie ihre manticoranischen Kollegen. Doch waren sie heute weit besser als früher. Noch immer hatten sie viel aufzuholen, aber es war ihnen schon gelungen, ein gutes Stück des Abstands zwischen ihnen und ihren potenziellen Feinden wettzumachen.

Und auch das haben wir Pierre und seinen Schlächtern zu ›verdanken‹, dachte sie. *Wenigstens haben sie die verkrusteten Forschungshierarchien der Legislaturisten gesprengt und tatsächlich ein paar Leute mit Verstand gefunden, die den Laden übernehmen konnten!*

»Ich wünschte, wir könnten Drohnen aussetzen wie die Mantys«, murmelte Anders. Foraker verzog den Mund zu einem schmalen, ironischen Grinsen, als offenkundig wurde, dass ihr Stabschef genau das Gleiche gedacht hatte wie sie. Masse und Energiebedarf der aktuellen havenitischen Gravimpulssender waren zu hoch, um sie in Langstrecken-Drohnen montieren zu können, wie sie die RMN und ihre Verbündeten einsetzten. Bei der Technik der superdichten Fusionsflasche und auf mehreren anderen Gebieten – einschließlich des supraleitenden Kondensators – war das Sternenkönigreich erheblich weiter. Haven konnte in seinen ferngesteuerten Systemen längst nicht die für Gravimpulssender nötigen Energiemengen erzeugen. Außerdem waren die Geräte zu groß, als dass man sie in einer engen Sonde hätte unterbringen können. Tatsächlich passten sie in nichts, was kleiner war als ein LAC. Ein weiteres Problem blieb nach wie vor bestehen, und Foraker vermutete stark, dass auch die Manticoraner damit zu kämpfen gehabt hatten, nachdem sie das System entwickelt hatten: Um eine überlichtschnelle Nachricht abzusetzen, musste ein LAC oder Sternenschiff seine Beschleunigung vorübergehend auf Null senken. Durch die geringe Impulswiederholrate, die die Geräte bisher erreicht hatten, konnte man nur sehr kurze und einfache Botschaften übermitteln, oder man musste vordefinierte Signale benutzen, die in abgekürzten Codegruppen gesendet werden konnten. Aus diesem Grund erhielt die Operationszentrale der *Sovereign of Space* keine Rohdaten; dafür stand einfach nicht die nötige Bandbreite zur Verfügung.

Noch nicht, erinnerte sie sich nicht zum ersten Mal.

»Sie nähern sich zum Frontalangriff«, berichtete Commander Clapp. »Unsere vordersten LACs melden Radar- und Lidar-Treffer, die zu bekannten manticoranischen Feuerleitsystemen gehören.«

»Was für eine Überraschung«, bemerkte Commander Doug Lampert ironisch. Als Captain Reumanns Taktischer Offizier gehörte er eigentlich auf die Brücke der *Sovereign of Space,* doch dieses Gefecht wurde auf eine Reichweite geführt, die selbst die der *Sovereign* überschritt. Darum hatte sich Lampert für den Ringplatz in der Operationszentrale entschieden, in der es die besseren Instrumente und einen weit detaillierteren Hauptplot gab als auf dem Kommandodeck.

»Schon«, entgegnete Anders. »Trotzdem bin ich mir nicht sicher, dass das ihre logischste Reaktion sein soll. Die Mantys haben ja bemerkt, dass wir eine Welle von LACs vorschicken, und sie müssten wissen, dass wir das nur dann täten, wenn unsere LACs es mit den ihren aufnehmen könnten.«

»Ich finde, es ist vernünftig anzunehmen, dass sie so reagieren würden«, widersprach Foraker leise, ohne den Blick vom Plot zu nehmen, in dem die roten Feind-Icons sich immer mehr den grünen Lichtkennungen ihrer eigenen LACs näherten. »Natürlich wissen sie, dass wir LACs vorschicken. Trotzdem haben sie die neuen Vögel noch nicht in Aktion erlebt. So weit wir wissen, ahnen sie nicht einmal, dass die *Cimeterre*-Klasse existiert. Deshalb gibt es für die Mantys nur eine Möglichkeit herauszufinden, womit sie es zu tun haben: rauskommen und nachsehen. Und wenn Sie dann noch den technischen Vorteil in Rechnung stellen, ist es für die Mantys absolut vernünftig, sich so zu verhalten.«

»Ich verstehe Ihre Überlegung durchaus, Ma'am«, erwiderte der Stabschef in einem Tonfall stiller Beharrlichkeit. »Mir ist nur nicht wohl dabei, unsere gesamte Doktrin auf dieser Annahme aufzubauen.«

»Bei allem schuldigen Respekt, Captain«, warf Clapp schüchtern ein, »wir bauen ja gar keine Doktrin darauf auf. Wir haben nur für die ersten paar Gefechte vorausgesetzt, dass es so kommt.«

»Mag sein«, sagte Anders. »Ich kann mich nur des Eindrucks nicht erwehren, dass diese ›ersten paar Gefechte‹ das Grundmuster festsetzen, aus dem dann die Doktrin entsteht. Ich sage ja nur, Mitchell, wir müssen darauf gefasst sein, dass die Mantys ihr operatives Verhalten anpassen, sobald sie begriffen haben, dass wir neue Bootstypen ins Gefecht bringen. Deshalb müssen wir schon jetzt überlegen, wie sie reagieren, wenn sie zum ersten Mal unseren *Cimeterres* begegnen. Und wir müssen uns damit befassen, wie sie sich an die neue Bedrohung anpassen.«

»Niemand widerspricht Ihnen da, Five«, warf Foraker milde ein. »Ganz offensichtlich werden die Mantys sich anpassen – genauso, wie wir die *Cimeterres* überhaupt erst als Reaktion auf ihre LACs entwickelt haben. Das Einzige, was noch schlimmer wäre, als keine Anpassung ihrerseits zu berücksichtigen, wäre, mit zu wenigen Daten zu weit vorauszuplanen. Wir glauben zwar, momentan die feindliche Technik und Leistungsfähigkeit besser zu kennen als die Mantys die unsrige, aber trotzdem gibt es noch eine ganze Reihe von Punkten, über die wir nur Vermutungen anstellen können. Ohne eine genauere Vorstellung von den gegnerischen Möglichkeiten könnte es uns sehr rasch passieren, dass wir ihre Reaktion völlig falsch einschätzen.«

»Das ist mir bewusst.« Anders blickte düster in den Plot, dann blähte er die Wangen, stieß die Luft aus und schaute Foraker mit einem leicht verlegenen Lächeln an. »Tut mir Leid«, sagte er. »Ich schätze, da hat der Ingenieur in mir gesprochen. Ich weiß, wir leben in einem realen Universum, wo wir die Parameter nicht beschränken können wie bei einem Forschungsprogramm. Besonders dann nicht, wenn wir darauf zählen können, dass der Gegner ausgerechnet das tut, was auch immer wir am wenigsten gebrauchen können.« Er verzog das Gesicht und nickte Clapp zu. »Ich wollte ganz bestimmt nicht an Ihnen herumkritteln, Commander. Aber –«

»Aber es gehört zu den Aufgaben eines Stabschefs, die Kassandra zu spielen, besonders, wenn alle anderen übertrieben pessimistisch erscheinen«, vollendete Foraker lächelnd den Satz für ihn. »Nicht dass Sie als trojanische Prinzessin eine besonders tolle Figur abgeben würden, Five«, fügte sie hinzu, und ihr Lächeln schlug in ein Grinsen um, während sie seinen haarlosen Schädel betrachtete.

»Danke ...«, entgegnete Anders.

»Die Mantys kommen gleich auf Raketenreichweite«, warf Lampert ein. Der Taktische Offizier der *Sovereign of Space* interessierte sich nicht im Geringsten für die Mythologie Alterdes und hatte im Gegensatz zu den anderen drei keine Sekunde lang die Augen von den einkommenden Wellenfronten der feindlichen Icons auf dem Plot genommen. Seine Ankündigung lenkte auch die Aufmerksamkeit der anderen wieder auf die taktische Darstellung.

Er hatte Recht, und während Foraker sich noch die Datenfelder ansah, sah sie, wie sich die Icons der manticoranischen LACs verdoppelten, erneut duplizierten und dann noch einmal verdoppelten: Ihre teuflisch wirksame Bord-Eloka und die noch ärgerlicheren Drohnen und ferngesteuerten Täuschkörper schalteten sich ein.

»Genau nach Plan«, murmelte Clapp neben ihr, und sie blickte ihn an. Der Commander war sich offenbar nicht klar, dass er laut gesprochen hatte, und Foraker verbarg ein Lächeln darüber, dass sie einen Widerhall ihres alten Ichs in ihm entdeckte.

Mitchell Clapp war auf einem nicht ganz orthodoxen Weg in seine gegenwärtige Position gelangt. Im Gegensatz zur Mehrheit der Raumoffiziere, die nach einem höheren Rang trachteten, hatte er eine Laufbahn als Schiffstechnischer oder Taktischer Offizier nicht einmal in Erwägung gezogen. Seine erste und anhaltende Liebe galt den Raumbooten, und er hatte sich einen Namen gemacht als einer der recht dünn gesäten Offiziere, die sich zum einen als Ingenieur auszeichnen konnten und zum anderen als Testpilot der Volksflottenprogramme zur Entwicklung und Verbesserung von Pinassen und Shuttles. Die Arbeit, die er geleistet hatte, war lebenswichtig gewesen, brachte jedoch sehr wenig Kampfesruhm ein, zumindest nicht in den Augen der Offizierskameraden. Das war mit ein Grund, weshalb ein Mann mit seinen Verdiensten noch immer ein einfacher Lieutenant gewesen war, als Oscar Saint-Just ums Leben kam.

»Gleich ... jetzt!«, hauchte der Commander, und der Plot sah schlagartig ganz anders aus, denn eine gewaltige Welle kleinerer Icons trennte sich von den grünen Punkten der republikanischen LACs und strebte der näher kommenden roten Flut entgegen.

Foraker bemerkte, dass sie den Atem anhielt, während sie zusah, wie die winzigen, feurigen grünen Pfeile den Mantys entgegen flogen. Ohne Zweifel hätte jeder Manticoraner, der den Raketenstart beobachtet hatte, mittlerweile seine Panik bezwungen. Schließlich stand fest, dass kein Zielsucher einer republikanischen LAC-Rakete in der Lage war, die solide Wand aus Täuschkörpern und Störsendern zu durchdringen, die die Manticoraner aufboten. Und schon gar keine Chance hätten sie gegen die Systeme zur elektronischen Kampfführung an Bord der manticoranischen LACs. Dennoch jagten dem havenitischen Beschuss Antiraketen entgegen, aber nicht in der Stückzahl, die man gegen die kampfstärkeren Raketen größerer Gegner eingesetzt hätte. Dutzende der einkommenden Vögelchen wurden ausgelöscht, doch eindeutig sparten sich die manticoranischen Raketenabwehroffiziere ihre begrenzten Vorräte an Antiraketen auf, um sie gegen eine glaubhaftere Bedrohung als von havenitischen LACs abgefeuerte Lenkwaffen einzusetzen.

Schließlich wussten sie ja, dass die wenigen hundert havenitischer Raketen, die auf sie zurasten, ihnen nicht schaden könnten.

Wie die Dinge standen, hatten sie damit sogar Recht – bis zu einem gewissen Punkt. Dieser Punkt war erreicht, als die republikanischen Raketen das Ende ihrer Flugbahn erreichten, obwohl sie noch fast vierzigtausend Kilometer von den manticoranischen Booten entfernt waren, und die erste Welle detonierte.

Aus dieser Entfernung konnten sie die Raumfahrzeuge nicht angreifen, weil es keine Laser-Gefechtsköpfe waren. Auch handelte es sich nicht um gewöhnliche atomare Gefechtsköpfe im konventionellen Sinn des Wortes. Ferner trugen sie keine der raffinierten und teuflisch wirksamen elektronischen Kampfsysteme, wie die Manticoraner sie besaßen, denn so ungern Shannon Foraker es auch zugab, es würden Jahre vergehen, wenn nicht gar Jahrzehnte, bis die Republik Haven aufgeholt hatte und technisch so leistungsfähig geworden war wie Manticore. Wie Commander Clapp schon vor zwei T-Jahren zu Foraker gesagt hatte, bestand die einzige praktische Lösung darin, einen Weg zu finden, auf dem man die technische Überlegenheit der Manticoraner *umgehen* konnte.

Und genau dazu war die *Cimeterre*-Klasse und ihre Bewaffnung gebaut worden. Clapps Lösung war ohne Zweifel der vielen Zeit zu verdanken, in der er über die begrenzten, mit Hindernissen überhäuften, von Gefahren wimmelnden Umgebungen nachgedacht hatte, in denen Pinassen und Sturmshuttles routinemäßig operieren mussten. Beständig hatte Clapp neue Szenarien ersonnen. Nur wenige Taktische Offiziere dachten an solche Gefechtsbedingungen, wenn ›richtige‹ Raumschiffe beteiligt waren, selbst wenn es sich bei den fraglichen Raumschiffen nur um LACs handelte. Immerhin waren Pinassen und Sturmshuttles letztendlich entbehrlich. Jeder wusste, dass ein bestimmter Prozentsatz von ihnen verloren gehen würde, ganz gleich, welche taktische Doktrin angewandt wurde. Zum Glück waren sie billig und im Vergleich zu Sternenschiffen mit so wenig Personal besetzt, dass auch ein relativ hoher Verlustfaktor vertretbar war, solange die LACs nur ihr Missionsziel erreichten.

Und das war auch der hauptsächliche taktische Vorteil des LAC, wie Clapp dargelegt hatte. Nur weil es immerhin auch dreißig- bis vierzigtausend Tonnen masste, waren die meisten Menschen der Ansicht, dass ein LAC nicht mit einer Pinasse oder einem Shuttle vergleichbar sei. Selbst wer die taktischen Realitäten begriffen hatte, vollzog dieses Verständnis nicht auf der emotionalen Ebene nach und plante ihren Einsatz noch immer in Begriffen von Gefechtsentfernung, komplizierten Bordsystemen und all den anderen Elementen, die aus einem LAC die Miniaturvariante eines größeren, weitaus leistungsfähigeren Hyperraumschiffes machte.

Mitchell Clapp hatte seinen Entwurf mit einem leeren Stück Papier begonnen. Anstatt ein Sternenschiff im Kleinen zu entwickeln, hatte er es als Gelegenheit begriffen, eine Pinasse im Großen zu konstruieren. Rücksichtslos hatte er alles weggelassen, was nicht absolut notwendig war für die Kampfaufgaben, die er im Sinne hatte. Bald hatte er bemerkt, dass es möglich war, eine ganz erstaunlich hohe Tonnage einzusparen.

Er hatte damit begonnen, die maximale Lebenserhaltungsdauer auf sechsundneunzig Stunden zu begrenzen, statt die Wochen und Monate zu ermöglichen, die von den meisten LAC-Konstrukteuren für unverzichtbar gehalten wurden. Als Nächstes warf Clapp sämtliche Energiewaffen hinaus bis auf eine ausgesprochen karge Anzahl von Nahbereichsabwehr-Laserclustern. Der FND hatte zweifelsfrei herausgefunden, dass die Manticoraner radikale Neuerungen eingeführt haben mussten, um die Energiemengen bereitzustellen, die ihre neuen LACs benötigten. Ihre Eloka-Systeme mussten wahre Stromfresser sein, und der gigantische Graser, um den sie eine ihrer neuen LAC-Klassen gewickelt hatten, war gewiss noch unersättlicher. Der FND vermutete sehr, dass die Manticoraner einen sehr fortschrittlichen Kernspaltungsmeiler entwickelt hatten, der mit gewaltig verbesserten und/oder vergrößerten supraleitenden Speicherringen ausgestattet war. Ansonsten hätten sie den Energiehunger solcher Anlagen unmöglich stillen können. Ferner hatten sie mit ihren

Beta-Emittern etwas zutiefst Widernatürliches angestellt, denn sie konnten Impellerkeile einer Stärke erzeugen, wie sie eigentlich nur mit unvertretbaren Tonnageansprüchen zu verwirklichen gewesen wären. Auch diese Dinge würde Haven erst in den kommenden Jahren nachvollziehen können. Doch Clapp hatte erbarmungslos die Energiewaffen gestrichen, die Lebenserhaltungsdauer beträchtlich verringert und mehr als die Hälfte der dreifach redundanten Schadensermittlungs- und Reparatursysteme weggelassen, die in ›richtigen‹ Kampfschiffen eingebaut waren; dadurch hatte er ein LAC-Baumuster erzeugen können, das den Leistungen der manticoranischen ›Super-LACs‹ schon sehr nahe kam. Der geringere Wirkungsgrad des Trägheitskompensators bedingte zwar eine geringe Maximalbeschleunigung, doch das havenitische Modell war tatsächlich ein klein wenig flinker und manövrierfähiger als es die manticoranischen LACs den Beobachtungen zufolge sein durften.

Freilich war es gegenüber den gegnerischen Typen erheblich schlechter bewaffnet, doch an dieser Stelle suchte sich Clapp fremde Hilfe für sein Projekt. Da Energiewaffen völlig fehlten, waren die *Cimeterres* nur mit Raketen armiert, und die Forschungsteams hatten gewaltige Fortschritte dabei gemacht, rückwärts entwickelte solarische Technik mit ihren Eigenentwicklungen zu kombinieren. Wie die LACs entsprachen auch die Raketen, die Clapps Leute entwickelt hatten, keineswegs den manticoranischen Standards. Doch insgesamt waren die neuen havenitischen LACs sehr viel besser als jedes vorherige Modell. Wenn der FND die Leistungsgrenzen der manticoranischen Waffen nicht völlig falsch einschätzte, dann kamen die Vögelchen der *Cimeterres* ihnen in Bezug auf Reichweite und Beschleunigung fast gleich; man brauchte dazu nur ein etwas größeres Gehäuse. Auch in diesem Fall musste etwas geopfert werden, um solche Leistung in ein Produkt zu packen, das die Republik erzeugen konnte: Clapp ließ die hochgezüchteten Zielsucher und Durchdringungshilfen weg, deren sich die manticoranischen Raketen rühmten. Doch als Clapp und seine Kollegen fertig waren, hatten sie ein Kampfboot produziert, das wendiger aufs Ruder gehorchte, eine fast genauso gute Beschleunigungsrate besaß und mit Raketen bewaffnet war, deren Reichweite fast so hoch lag wie bei allem, was die Manticoraner bisher gezeigt hatten.

Und weil Clapp rücksichtslos jedes Bordsystem ausgemerzt hatte, das seiner Ansicht nach für die Aufgaben der *Cimeterres* überflüssig war, fasste jedes dieser LACs eine wahrlich beeindruckende Anzahl von Raketen für ihre mit hochentwickelten Rotationsmagazinen ausgestatteten Werfer.

Raketen wie diejenigen, die plötzlich viel früher detonierten, als irgendein Manticoraner erwartet haben konnte. Raketen, die keinerlei Zielsucher enthielten, keine Durchdringungshilfen, keine Laser-Gefechtsköpfe – nur die größten, vernichtendsten und *schmutzigsten* Nuklearsprengköpfe, die Mitchell Clapp und seine Kollegen hatten konstruieren können. Diese Sprengköpfe waren nicht dazu ausersehen, feindliche LACs zu vernichten, sondern sollten den Feind seiner Vorteile in der elektronischen Kampfführung berauben, und im Plot ließ sich deutlich erkennen, dass ihnen das auch gelungen war.

Von dem Tsunami der Raketen waren brutale Wellenfronten aus Plasma und Strahlung nach vorn gepeitscht. Seit Jahrhunderten hatte niemand mehr solch eine brutale Methode angewendet, um Täuschkörper und Störsender zu beseitigen. Selbst nach der Neugeburt der Raketengondel, die als ›weiches Ziel‹ höchst verwundbar war gegen nukleare Naheinschläge, hatte nie jemand versucht, die gleiche Taktik auf Eloka-Drohnen und ferngesteuerte Plattformen anzuwenden. Das jedoch lag vor allem an den Entfernungen, über die hinweg Raumgefechte für gewöhnlich ausgetragen wurden, und an der Tatsache, dass die Impellerkeile von Kampfschiffen Hunderte von Kilometern durchmaßen. Für die überdimensionalen Pinassen, die Clapp entwickelt hatte, galten diese Beschränkungen in keiner Weise. Die *Cimeterre* war noch mehr als ihr manticoranisches Gegenstück dazu gebaut, ihr Gefecht auf geringste Entfernungen zu führen. Sie war eine Messerkämpferin, keine Scharfschützin, und sie verzichtete auf Finesse und Raffinement zugunsten eines Handgemenges mit Zähnen und Klauen und bloßen Fäusten und allen schmutzigen Tricks.

Die ersten Detonationen hatten ein thermonukleares Loch in den elektronischen Schild gerissen, der die manticoranischen LACs beschützte, und eine zweite Welle der gleichen massiven Salve raste durch die Öffnung. Ihre Vögelchen detonierten zehntausend Kilometer dichter an den Manticoranern, rissen das Loch noch weiter auf, und die nächste Raketenwelle nutzte die Öffnung aus, die von der zweiten erzeugt worden war. Sie schloss bis auf knapp dreitausend Kilometer zu den manticoranischen LACs auf, bevor sie in einer letzten Wellenfront aus Gaspartikeln, Hitze und harter Strahlung verging.

Kumulativ war die Wirkung vernichtet. Der ›Dreier‹, wie Clapp ihn getauft hatte, bestrahlte nicht nur die ferngesteuerten Drohnen und Täuschkörper (die, die er nicht gleich vernichtete) und nahm ihnen einen Großteil ihrer Wirksamkeit, er richtete auch eine heillose, wenngleich kurze Verheerung in den Ortungsanlagen und Feuerleitsystemen der manticoranischen LACs an. Wie alle Kampfschiff-Sensoren waren sie recht resistent gegen einen EMP, doch nichts hatte sie auf die präzise synchronisierte Detonation so vieler Multi-Megatonnen-Sprengköpfe in einem solch kleinen räumlichen und zeitlichen Volumen vorbereitet. Tatsächlich war es sogar recht fraglich, ob irgendetwas sie darauf hätte vorbereiten *können*. Es war, als blickten die Ortungsanlagen plötzlich in den Bauch einer Sonne, und wertvolle Sekunden lang waren sie von der schieren, unvorstellbaren Grimmigkeit des Ereignisses geblendet und verwirrt.

Und während sie noch benommen waren, raste die zweite Salve der *Cimeterres* heran. So unterlegen die Zielsucher und Durchdringungshilfen der Raketen in dieser Salve auch sein mochten, gegen Abwehrsysteme, die kaum in der Lage waren, die herannahenden Lenkwaffen zu erkennen, genügten sie allemal. Brüllend stürzten sie sich auf ihre Ziele, hängten sich gnadenlos an ihre Fersen und folgten den auserkorenen Opfern während der letzten verzweifelten Ausweichmanöver, die ihnen ihr halb geblendeter Zustand erlaubte. Und dann detonierten sie auf Entfernungen von höchstens fünftausend Kilometern.

Diesmal handelte es sich um Abstandswaffen, und die scharlachroten Icons der manticoranischen ›Super-LACs‹, die während der Offensive der Achten Flotte einen havenitischen Verband nach dem anderen zerfleischt hatten, begannen mit entsetzlicher Geschwindigkeit aus dem Plot zu verschwinden.

»Zwoundachtzig Prozent Abschüsse, mein Gott!«, rief Commander Lampert überglücklich, als die Zahlen bekannt wurden. »*Zwoundachtzig* Prozent!«

»Zwoundachtzig bisher«, verbesserte Foraker ihn ruhig, und Lampert nickte zustimmend, während die *Cimeterres* weiterhin gegen die zerrissenen und gequälten Formationen ihrer manticoranischen Gegner anstürmten.

Die schweren Energiewaffen an Bord der manticoranischen LACs der *Shrike*-Klasse kamen zum Tragen, auch wenn ihre Feuerleitsysteme beeinträchtigt waren, und republikanische LACs verschwanden aus dem Plot, sobald die starken Graser sie trafen. Doch von den *Shrikes* waren nicht mehr viele übrig, und die, die noch lebten, wurden von Kurzstreckenraketen bombardiert, die zwar einzeln nicht sehr wirksam, dafür aber zahlenmäßig überwältigend waren. Den ersten vier, fünf oder sechs Raketen konnte man noch ausweichen oder sie durch Nahbereichsabwehr abschießen, aber die siebte, achte oder neunte kam durch. Die *Cimeterres* erlitten etwa zehn Prozent Verluste, doch zum Ausgleich vernichteten sie jedes einzelne manticoranische LAC. Der absolute Tonnagenverlust war weniger einseitig, aber noch immer gewaltig zum Vorteil der Republik, und Captain Anders schlug Commander Clapp siegestrunken so heftig auf den Rücken, dass er ins Taumeln geriet.

»Simulation beendet!«, verkündete eine Stimme, doch sie ging beinahe unter in dem Gewirr aufgeregter Freudenrufe, die durch die Operationszentrale der *Sovereign of Space* gellten.

»Es war nur eine Simulation!«, entgegnete Clapp so deutlich, wie es unter dem Hintergrundlärm und Anders' Schulterklopfen möglich war.

»Aber die beste Simulation, die wir bisher zustande gebracht haben«, sagte Foraker. »Eine Simulation, bei der wir die denkbar pessimistischsten Annahmen über unsere relative Leistungsstärke als Grundvoraussetzung eingebaut haben.« Sie schüttelte den Kopf und grinste fast so breit wie Anders. »Wenn überhaupt, dann fällt das wahrscheinliche Ergebnis sogar besser aus, Mitchell!«

»Aber nur in den ersten Gefechten«, versetzte Clapp und wies auf den Stabschef. »Wie Captain Anders sehr genau feststellte, werden die Mantys ihre Taktik anpassen, sobald wir dieses Spiel ein- oder zwomal mit ihnen getrieben haben. Vermutlich verteilen sie zunächst ihre Eloka-Drohnen stärker und schicken dichter aufeinander folgende Wellen los, die es uns erschweren, sie während unserer Annäherung zu vernichten.«

»Natürlich werden sie das tun«, stimmte Foraker zu. »Und Sie haben selbstverständlich Recht«, fügte sie ernster hinzu, »unsere relativen Verluste werden enorm zunehmen, sobald das geschieht. Doch grundsätzlich besagt Ihr Konzept doch, dass unsere größte Hoffnung darin besteht, sie zu zermürben – jedenfalls, solange wir nicht wie sie Sternenschiffe mit LACs vernichten können. Wir wollten sie daran hindern, Schiffe zu neutralisieren, weil wir nicht die nötigen technischen Mittel haben, um uns diese Fähigkeit selbst anzueignen. Und genau das haben Sie geschafft, Mitchell. Schön ist es nicht und auch nicht elegant, aber es funktioniert. Und das ist wichtiger als alles andere.« Sie schüttelte den Kopf. »Um ganz ehrlich zu sein, hoffe ich, dass wir nie die Gelegenheit erhalten, Ihre Schöpfung im Ernstfall zu testen. Aber wenn es doch dazu kommen sollte, wird sie genau das leisten, wofür Sie sie konstruiert haben.«

21

»Ist mir gleich, was die ›Experten‹ vom Geheimdienst sagen«, knurrte Arnold Giancola. »Ich sage Ihnen, dass die verdammten Mantys nicht mal im Traum daran denken, uns unsere Sonnensysteme zurückzugeben.«

Er schob sich tiefer in den Sessel zurück und blickte an dem Konferenztisch in die Runde. Der Tisch stand in einem geräumigen, kostbar vertäfelten Privatbesprechungsraum des Parlamentsgebäudes, das früher einmal Volkshalle geheißen hatte. Nun trug es wieder seinen älteren Namen – Senat –, und eigentlich war der Außenminister hierher gekommen, um vor dem Ausschuss für Auswärtige Angelegenheiten zu sprechen. Doch die Sitzung begann erst in anderthalb Stunden. Da er ein wenig zu früh eingetroffen war, hatte Giancola beschlossen, sich ein paar Minuten Zeitvertreib zu gönnen, indem er mit einigen Freunden sprach.

Soeben verkniff sich einer dieser Freunde, Senator Samson McGwire (der zufällig der Vorsitzende des Ausschusses für Auswärtige Angelegenheiten und ein alter Kampfgenosse Giancolas war), fast sichtlich ein Seufzen und schüttelte den Kopf.

»Das hast du schon oft gesagt, Arnold«, entgegnete er. »Und ich sage gar nicht, dass du Unrecht hast. Aber sehen wir der Tatsache ins Auge – es gibt für mich keinen Grund, weshalb die Mantys die meisten dieser Systeme behalten wollen sollten. Teufel, diese Syteme hingen dem Alten Regime wirtschaftlich gesehen wie ein Klotz am Bein, vielleicht abgesehen von einem halben Dutzend! Warum sollte ein Haufen geldgieriger Plutokraten sich ausgerechnet an Geld fressende Eroberungen klammern?«

»Warum haben die Mantys uns die Systeme dann noch nicht zurückgegeben?«, versetzte Giancola zornig. »Wir verhandeln mit ihnen weiß Gott lange genug darüber! Außerdem stehen die Ökonomien einiger dieser Systeme nach allem, was ich lese, kurz vor dem Umschwung.

O natürlich – wenn die Mantys an unserem eigenen wirtschaftlichen Aufschwung teilnehmen könnten, würde es den Systemen noch viel besser gehen. Und sicher würden die Leute, die dort leben, das einem Dasein als Lohnempfänger in Betrieben vorziehen, die letztendlich irgendwelchen Manticoranern gehören. Trotzdem, ihre Ökonomien erzeugen allmählich einen Überschuss – für die Mantys, aber nicht für die Menschen, denen diese Welten gestohlen wurden. Und wenn die Mantys alle besetzten Systeme in Geldkühe umwandeln, dann glaubt ihnen keiner mehr, dass sie sie im Endeffekt schon irgendwann zurückgeben wollen!«

»Und vergessen Sie nicht die militärischen Aspekte«, warf Senator Jason Giancola scharf ein. »Manticore hat die Sonnensysteme in erster Linie als Sprungbretter für Operationen erobert, die tief in republikanischem Gebiet durchgeführt sollen. Deshalb sehe ich mindestens einen Grund, warum sie sie behalten wollen, und dieser Grund hat nichts mit wirtschaftlichen Erwägungen zu tun.«

»Das weiß ich«, entgegnete McGwire schwermütig. Anders als die meisten Senatoren der Republik hatte McGwire vor dem Pierre'schen Putsch einer untergeordneten Legislaturistenfamilie angehört. Seine Familie war nicht wichtig genug gewesen, um während der Säuberungen die Aufmerksamkeit des Volkstribunals auf sich zu ziehen, doch im Krieg gegen Manticore hatte er zwei Cousins und einen Neffen verloren, und seine Feindseligkeit – und sein Misstrauen – gegen das Sternenkönigreich saßen tief. »Aus diesem Grund bin ich bereit, Sie zu unterstützen, Arnold, obwohl ich eigentlich nicht der Meinung bin, dass Ihre Ideen ökonomisch sehr sinnvoll sind.«

»Diese Diskussion ist gut und nützlich«, bemerkte Representative Gerald Younger. Wie der Außenminister war er als Abgeordneter des havenitischen Repräsentantenhauses technisch ein Fremder in diesem Gebäude, doch tatsächlich gingen viele Repräsentanten im Senat ein und aus; Younger gehörte zu ihnen. Er war mehrere Jahrzehnte jünger als alle anderen Gesprächsteilnehmer, und er klang forsch, fast ungeduldig. »Tatsache ist doch, wir können denken, was wir wollen, aber Präsidentin Pritchart wird anderer Meinung sein. Und mit allem schuldigen Respekt, Arnold, mir sieht es ganz danach aus, als hätte sie den Rest des Kabinetts fest im Griff.«

»Ja, das stimmt auch ... bisher«, gab der ältere Giancola zu. »Aber das steht auch längst nicht so unverrückbar fest, wie es von außen vielleicht ausschaut. Theisman steht natürlich unbeirrbar auf ihrer Seite. Ebenso Hanriot, LePic, Gregory und Sanderson, wenn auch in unterschiedlichem Maße.« Rachel Hanriot war die Finanzministerin, Dennis LePic der Justizminister, Stan Gregory der Städtebauminister und Walter Sanderson der Innenminister. »Aber Sanderson ist schon halb so weit, dass er die Dinge mit meinen Augen sieht, und Nesbitt, Staunton und Barloi haben mir alle unter vier Augen mitgeteilt, dass sie meine Sicht teilen.« Toby Nesbitt war der Handelsminister, Sandra Staunton die Ministerin für Biowissenschaften und Henrietta Barloi die Ministerin für Technologie. »Wenn Sanderson sich durchringt, offen auf unsere Seite zu treten, dann ist das Kabinett also fast in der Mitte durchgeteilt.«

»Wirklich?« Younger klang überrascht, und er verzog nachdenklich das Gesicht.

»Darauf können Sie sich verlassen«, antwortete der Außenminister.

»Was ist mit Trajan und Usher?«, fragte Younger. Wilhelm Trajans Foreign Intelligence Service und Kevin

Ushers Federal Investigative Agency unterstanden beide dem Justizministerium, und ihre Direktoren waren, sehr zu Giancolas nachtragendem Verdruss, LePic verantwortlich. Seiner Meinung nach sollte dem Justizministerium die FIA gehören, dem Außenministerium aber gebührte die Kontrolle über ForInt. Pritchart hatte die Dinge anders gesehen, und ihre Entscheidung, beide LePic zu unterstellen war, soweit es Giancola anging, ein weiterer Streitpunkt.

»Beide stehen natürlich hinter der Präsidentin Schlange«, sagte er gereizt. »Haben Sie etwas anderes erwartet? Allerdings besitzt auch keiner von ihnen einen Posten auf Kabinettsebene. Sie sind nur sehr ranghohe Bürokraten, und was sie denken, beeinflusst nicht das Machtgleichgewicht im Kabinett, wenn Sie es so nennen wollen.«

»Was auch nicht viel nützt«, entgegnete McGwire gelassen. »Eloise Pritchart ist schließlich die Präsidentin und kann das gesamte Kabinett überstimmen. Und selbst wenn es anders wäre, würden Sie es wirklich riskieren, sich Thomas Theismans Zorn zuzuziehen?«

»Wenn er ein Pierre oder Saint-Just wäre, ganz bestimmt nicht«, gestand Giancola offen. »Das ist er aber nicht. Er ist wirklich davon besessen, die ›Rechtsstaatlichkeit‹ wiederherzustellen. Wäre es anders, hätte er sich von vornherein nie Pritchart vor die Nase gesetzt.«

»Und wenn er glaubt, Sie wollen die ›Rechtsstaatlichkeit‹ untergraben, dann kriegen Sie wahrscheinlich eine prima Chance zu einem Erfahrungsaustausch mit Oscar Saint-Just«, erwiderte McGwire trocken.

»Nicht so lange ich mich mit dem, was ich tue, innerhalb des verfassungsgemäßen Rahmens bewege«, erwiderte Giancola. »So lange kann er nicht direkt gegen mich vorgehen, ohne selbst das Recht zu brechen, und das wird er nicht tun. Das wäre, als würde er sein eigenes Kind erwürgen.«

»Da könnten Sie Recht haben«, lenkte McGwire nach einem Moment ein. »Aber wenn Pritchart sich entschließt, Ihre Amtsniederlegung zu verlangen, dann steht er auch hinter ihr. Besonders wenn LePic und das Justizministerium sie ebenfalls unterstützen.«

»Nun, ja – und nein«, sagte Giancola mit einem breiten, gefährlichen Grinsen.

»Was soll das heißen, ›nein‹?«

»Nun, zufällig könnte es geringfügig unterschiedliche Ansichten darüber geben, ob ein Präsident einen Kabinettsminister aus einer Laune heraus einfach so entlassen kann oder nicht.«

»Das ist doch lächerlich«, sagte McGwire tonlos. »Natürlich, ich stimme Ihnen zu, es wäre schon praktisch, wenn sie es nicht so einfach könnte«, fuhr er in leicht beschwichtigendem Tone fort, als Giancola ihn finster ansah. »Doch die Präzedenzen unter der alten Verfassung sind eindeutig, Arnold. Kabinettsminister dienen nach Ermessen des Präsidenten, und der Präsident kann jeden von ihnen entlassen, wann immer er es wünscht.«

»Das ist so nicht ganz richtig«, entgegnete Jason Giancola. »Das heißt, es mag nach der alten Verfassung gestimmt haben, aber unter der neuen kann sich das geändert haben.«

»Aber die neue Verfassung ist identisch mit der alten«, sagte McGwire.

»Zum großen Teil«, erwiderte der ältere Giancola und übernahm wieder die Kontrolle über das Gespräch. »Aber wenn Sie sich genau mit den Protokollen der Verfassungsgebenden Versammlung beschäftigen und sich die Formulierung in der Resolution näher ansehen, in der die Verfassung aus der vorlegislaturistischen Zeit wieder in Kraft gesetzt wird, dann werden Sie eines feststellen: Der zweite Absatz von Unterabschnitt drei legt fest, dass ›alle Maßnahmen, Gesetze, Resolutionen, Exekutiventscheidungen und/oder Erlasse zur Wiederinkraftsetzung der Verfassung beraten und verabschiedet werden müssen, und zwar von dieser Versammlung und dem Kongress, der ihre Nachfolge antritt‹.«

»Ja, und?« McGwires Verwirrung war offenkundig.

»Man könnte also anführen, dass Pritcharts Auswahl der Mitglieder ihres ersten Kabinetts – des Kabinetts, unter dessen Vorsitz die Verfassung offiziell neu verabschiedet wurde – unter die Kategorie ›Exekutiventscheidungen und/oder Erlasse zur Wiederinkraftsetzung der Verfassung‹ fällt. In diesem Fall hätte also der gesamte Kongress das Recht und die Pflicht, jede Veränderung zu genehmigen, die sie einseitig entscheidet. Besonders eine Veränderung, bei der sie denjenigen ersetzt, der eine Übergangsregierung leiten müsste, falls ihr etwas zustoßen sollte.«

»Das ist aber ganz schön übertrieben, Arnold«, sagte der Senator skeptisch.

»Ich nehme an, manch einer würde es so sehen«, räumte Giancola sachlich ein. »Andere aber nicht. Und angesichts der ernsten verfassungsrechtlichen Auswirkungen dieser Frage käme gewiss nur eine politische Gruppe infrage, die sie zur endgültigen Klärung dem Rechtsausschuss vorlegt: diejenige nämlich, die anderer Meinung ist als die Präsidentin. Und die gleiche Gruppe müsste natürlich einen Unterlassungsbefehl erwirken, an den die Präsidentin sich halten muss, bevor der Oberste Gerichtshof sich damit befassen konnte.«

»Und ich«, fügte sein Bruder Jason mit nur schlecht verhohlenem Triumph hinzu, »weiß aus einer recht zuverlässigen Quelle, dass Oberrichter Tullingham bereit wäre, diese Frage sehr genau zu erwägen, sollte es so weit kommen.«

»Das wäre er?« McGwire setzte sich plötzlich ein wenig aufrechter hin und blickte Arnold Giancola forschend an, der mit der Erklärung seines Bruders nicht völlig einverstanden zu sein schien: Der Minister funkelte den Bruder für die Dauer eines Herzschlags an, zuckte dann mit den Schultern und wandte sich wieder McGwire zu.

»Jeff Tullingham ist ein sehr verantwortungsbewusster Jurist, der zudem der Verfassungsgebenden Versammlung als stimmberechtigtes Mitglied angehört hat. Es ist seine Pflicht, die Befolgung der Resolution dieser Versammlung zu beaufsichtigen und die Einhaltung der Verfassung zu überwachen, und diese Pflicht nimmt er sehr ernst. Was natürlich der Grund ist, warum ich ihn so sehr gefördert habe, als er für das Gericht nominiert wurde.«

Hinter McGwires Stirn rastete sichtlich etwas ein, und der Blick, mit dem er Giancolas völlig ausdruckslose Miene betrachtete, verriet mehr als offenkundig, wie angestrengt er nachgrübelte.

»Das ist natürlich sehr interessant«, sagte er langsam, »aber im Moment doch noch ein wenig voreilig. Schließlich hat es im Parlament noch keine offene politische Meinungsverschiedenheit gegeben, und soweit ich weiß, hat die Präsidentin noch niemanden um eine Amtsniederlegung gebeten.«

»Selbstverständlich nicht«, stimmte Giancola ihm zu.

»Wenn es jedoch je eine offene Misshelligkeit gäbe«, fuhr McGwire fort, »um welches Thema würde sie kreisen? Und warum würde sie überhaupt entstehen?«

»Wahrscheinlich würde am ehesten eine Meinungsverschiedenheit darüber entstehen, ob man die Mantys nun bedrängen sollte, unsere besetzten Sonnensysteme zurückzugeben. Und ob man sie dazu anhalten soll, einen offiziellen Friedensvertrag zu unterzeichnen, dessen Bedingungen für die Republik annehmbar sind. Und sicher gäbe es auch Uneinigkeit darüber, wie groß der Druck sein darf, den man gegebenenfalls auf die Mantys ausübt. Selbstverständlich reden wir hier lediglich über Möglichkeiten, die zu diesem Zeitpunkt noch rein hypothetisch sind, nur damit wir uns recht verstehen.«

»O ja, natürlich. Aber wenn wir diese Hypothese weiterdenken, warum sollte dann irgendein Angehöriger des Kabinetts dieses Thema so wichtig nehmen, um darüber ein Zerwürfnis mit der Präsidentin zu riskieren?«

»Aus einem Gefühl der Verantwortung gegenüber den Bürgern der Republik und ihrer territorialen Unversehrtheit«, entgegnete Giancola. »Wenn die augenblickliche Regierung nicht willens oder außerstande ist, entschlossener auf einen gerechten, ehrenvollen Frieden hinzuarbeiten, dann haben offensichtlich alle, die für eine entschiedenere Politik eintreten, die Pflicht, dem Kongress und den Wählern eine ... Führungsalternative zu bieten.«

»Ich verstehe«, sagte McGwire sehr leise. Schweigen senkte sich über den Konferenzsaal, dann legte McGwire die Hände vor der Brust aneinander, schlug die Beine über und blickte Arnold Giancola mit zur Seite geneigtem Kopf an.

»Gibt es einen besonderen Grund, weshalb wir uns hier und heute mit der Möglichkeit einer solch energischeren Politik befassen müssen?«, fragte er freundlich.

»Vielleicht.« Giancola kippte seinen Sessel nach vorn. Sein Gesicht wirkte nun alles andere als ausdruckslos: Der scharfe, ehrgeizige Verstand dahinter ließ die Maske fallen. »Die silesianische Lage holt allmählich zu den Mantys auf. Ich glaube, sie haben noch nicht ganz begriffen, was sich dort wirklich entwickelt. Auf keinen Fall können sie wissen, dass das Kaiserliche Auswärtige Amt sich offiziell nach der Position der Republik erkundigt hat, sollte das Kaiserreich bestimmte Grenzkorrekturen in der Konföderation beschließen.«

»Und warum haben wir beim Ausschuss für Auswärtige Angelegenheiten davon nichts gehört?«, verlangte McGwire zu erfahren.

»Weil die Anfrage erst vorgestern eingetroffen ist. Außerdem ist sie vertraulich und beeinflusst nicht unsere eigene Außenpolitik. Die Republik hat keine Interessen in Silesia.« Der Außenminister lächelte kaum merklich. »Infolgedessen verspüren wir nicht den Wunsch, uns dort in die Unstimmigkeiten anderer verwickeln zu lassen. Das habe ich dem Kaiserlichen Botschafter bei einem privaten Abendessen erklärt.«

McGwire kniff die Augen zusammen, und Jason Giancola fiel es offenbar schwer, ein Kichern zu unterdrücken.

»Planen Sie eventuell, noch mehr Blankovollmachten zu erteilen, Arnold?«, erkundigte sich McGwire. »Als Vorsitzender des Ausschusses für Auswärtige Angelegenheiten würde ich es wirklich begrüßen, wenn Sie uns wenigstens eine Vorwarnung zukommen ließen, bevor sie die Republik effektiv verpflichten, die Augen vor der territorialen Expansion einer anderen Sternnation zu verschließen.«

»Warum? Ich meine, wir haben doch keinerlei Interessen in Silesia, oder?«, entgegnete Giancola. »Und selbst wenn es anders wäre, selbst wenn wir Einwände hätten gegen die Pläne der Andermaner – worin auch immer sie bestehen –, was sollten wir Ihrer Meinung nach denn unternehmen? Die Konföderation ist *dreihundert* Lichtjahre von Nouveau Paris entfernt, Simon. Bevor wir vor unserer eigenen Haustür aufgeräumt haben – den Schlamassel, den die Mantys uns eingebrockt haben –, sollten wir uns wirklich nicht in irgendwelche Geschehnisse in Silesia verwickeln lassen!«

»Und ist das auch Präsidentin Pritcharts Ansicht?«, fragte McGwire mit einer Stimme, die bewusst nichts preisgab.

»Auf der Grundlage unserer vielen zurückliegenden Gespräche über ähnliche Themen bin ich mir da sicher«, erwiderte Giancola in noch neutralerem Ton. »Und weil ich sicher war, die Ansichten der Präsidentin bereits zu kennen, habe ich keinen Sinn darin gesehen, ihre kostbare Zeit zu verschwenden, indem ich solche Dinge erneut mit ihr bespreche.«

»Verstehe.« Die Spannung im Konferenzsaal schoss in die Höhe, dann stieß McGwire ein Kichern aus, so trocken wie die Wüste. »Ich nehme mal an, es ist wirklich nicht unsere Sache, das Kaiserreich davon abzuhalten, seine langfristigen und vielleicht nicht einmal unberechtigten Ansprüche in Silesia durchzusetzen. Besonders nicht, wenn so ein Versuch die Mantys entlasten würde.«

»Jedenfalls nicht, bevor sie aus unseren Sonnensystemen abgezogen sind«, stimmte Younger nachdrücklich zu.

»Dieser Gedanke ist mir durch den Sinn gegangen«, gab Giancola zu. »Ferner weiß ich, was die manticoranische Navy soeben bekannt gegeben hat: Sie setzt einen größeren Kampfverband in Marsch, um ihre Sidemore Station zu verstärken. Jason?«

»Laut der letzten Berichte, die dem Flottenausschuss vorgelegt wurden, handelt es sich um wenigstens fünf

Geschwader Wallschiffe plus mindestens ein LAC-Trägergeschwader. Natürlich ist diese Information schon wieder veraltet, weil das Kurierboot von Trevors Stern beinahe zwei Wochen bis hierher gebraucht hat. Wenn Manticore bei der ursprünglichen Planung bleibt, ist der Verband schon unterwegs, obwohl der FND meldet, dass sie ein wenig ihrem Zeitplan hinterherhinken. Aber auch, wenn sie eine Weile brauchen, um sich zu organisieren, ist und bleibt es eine beträchtliche Streitmacht. Und sie haben Harrington das Kommando gegeben.«

»Harrington also?« McGwire blickte nachdenklich drein.

»Genau. Jeder weiß, dass High Ridge und sie nicht gerade Busenfreunde sind«, sagte der Außenminister. »Trotzdem muss sogar er sich im Klaren sein, dass Harrington einer der besten manticoranischen Raumoffiziere ist. Dass Manticore bereit ist, über dreißig zusätzliche Wallschiffe nach Silesia zu schicken und sie von jemandem wie ihr befehligen zu lassen, zeigt doch, dass sie gegenüber dem Kaiserreich eine recht rigorose Linie verfolgen wollen.«

»Und aus dem Gespräch, dass Botschafter von Kaiserfest mit Ihnen beim Abendessen geführt hat, geht wohl hervor, dass die Andys bereit sind, ebenso ... strikt vorzugehen, richtig?«, dachte McGwire laut nach.

»Das habe ich mir auch schon überlegt«, antwortete Giancola. »Und auch der Umstand, dass die Mantys noch mehr Schiffe nach Silesia verlegen müssten, wenn es dort zum Schlimmsten kommt. Was zufälligerweise bedeutet, dass sie diese Schiffe direkt von uns wegbewegen müssen.«

»Ich bin mir nicht sicher, ob mir diese Aussichten gefallen, Arnold.« McGwire klang plötzlich erheblich vorsichtiger, geradezu alarmiert. »Es ist eine Sache, die Möglichkeit einer außenpolitischen Ablenkung für High Ridge und Descroix zu überdenken, aber etwas ganz anderes, einer neuen militärischen Auseinandersetzung mit den Mantys den Weg zu bereiten! Ich hoffe, Sie haben nicht vergessen, was ihre Achte Flotte mit uns gemacht hat. Ich weiß es jedenfalls noch ganz genau, das kann ich Ihnen sagen. Und ich bin nicht bereit, irgendwas zu unterstützen, was uns wieder in die gleiche Lage bringen könnte!«

»Ich auch nicht«, versicherte Giancola ihm. »Doch diese besondere Situation wird sich höchstwahrscheinlich auch nicht mehr wiederholen.«

»Seit Monaten machen Sie nun schon klugscheißerische Anmerkungen, aber bisher habe ich nur Schall und Rauch gesehen, nichts mit Substanz«, entgegnete McGwire ihm frostig. »Und offen gesagt, bräuchte es schon verdammt viel Substanz, um mich zu überzeugen, dass die Mantys uns nicht noch mal in den Fleischwolf packen, wenn wir uns wieder mit ihnen anlegen. Sie glauben vielleicht, wir könnten uns um diese Lage herumwinden oder es überleben, wenn uns der Konflikt voll trifft. Zufälligerweise stimme ich Ihnen da nicht zu. Und bei allem schuldigem Respekt bin ich nicht bereit, das Überleben der Republik auf die bloße Möglichkeit zu setzen, dass Sie wissen, wovon Sie da reden!«

»Es ist keine ›Möglichkeit‹«, entgegnete Giancola gelassen, »sondern so gut wie sicher. Theisman mag nichts von Außenpolitik verstehen und ist offensichtlich unfähig, die Theorie der Realität unterzuordnen, sobald die ›Rechtsstaatlichkeit‹ auf den Plan tritt, aber ich glaube, sein Können als Raumoffizier ist über jeden Zweifel erhaben. Würden Sie mir da zustimmen?«

McGwire fuhr ihn beinahe an: »Das würde jeder, der kein kompletter Idiot ist.«

»Es freut mich, das aus Ihrem Munde zu hören«, entgegnete Giancola ihm. »Denn zufälligerweise kreisen meine ›klugscheißerischen Anspielungen‹ allesamt darum. Anscheinend hat sich der Herr Kriegsminister still und heimlich, aber sehr effizient unserer militärischen Unterlegenheit angenommen, ohne sich die Mühe zu machen, irgendjemanden darin einzuweihen.«

»Und was genau hat er getan?«, fragte McGwire gespannt.

»Durch glückselige Umstände sind wir tatsächlich in der Lage, Ihnen diese Frage zu beantworten, Samson«, sagte Arnold Giancola gelassen und sah seinen Bruder an. »Jason, erzähl Samson und Gerald doch mal etwas über das hübsche kleine Schlupfloch des Admirals.«

22

Sie benutzten nicht die Route, die üblicherweise verwendet wurde, um Schiffe nach Silesia zu verlegen.

Unter gewöhnlichen Umständen hätte ein manticoranischer Kampfverband die Konföderation erreicht, indem er zum Terminus des Wurmlochknotens im Gregor-System transistiert wäre. Doch Gregor war ein andermanischer Doppelstern nahe am Zentrum des Kaiserreichs. Dem Sternenkönigreich gehörte der Terminus an sich, und es besaß auch das verbriefte Recht, das Raumgebiet ringsum zu befestigen; ferner durfte Manticore eine Flottenbasis in einer Umlaufbahn um den Begleiter des Hauptsterns unterhalten, doch der Rest des Systems war andermanischer Hoheitsraum.

Darum hatte sich Honor entschieden, die Dreieck-Route rückwärts zu nehmen. Anstatt durch das Wurmloch nach Gregor zu gelangen, von dort nach Silesia zu fahren und über Basilisk nach Hause zurückzukehren, wie die meisten Handelsschiffe es zu tun pflegten, war der Kampfverband 34 in ›nördlicher‹ Richtung nach Basilisk gesprungen und dann ›westlich‹ nach Silesia marschiert. Das war zwar nicht die schnellste Möglichkeit, dorthin zu gelangen, weil man so die gesamte Konföderation durchqueren musste, um schließlich nach Marsh zu gelangen, doch Honor ging auf diese Weise jeder unangenehmen ... Begegnung mit den Andermanern aus dem Weg, bevor sie ihr neues Kommando erreichte. Gern nahm sie die zusätzlichen vierunddreißig Lichtjahre zwar nicht auf sich, doch selbst auf dem Zeta-Band des Hyperraums dauerte die Reise keine fünf Tage, und die zusätzliche Verzögerung war unter den gegebenen Umständen mehr als annehmbar.

Nicht dass jeder ihrer Offiziere ihr darin zugestimmt hätte.

»Ich sage noch immer, diese Leisetreterei ist albern«, knurrte Alistair McKeon.

Er, Alice Truman und ihre Stabschefs waren auf Einladung Honors zum Abendessen per Pinasse an Bord der *Werewolf* gekommen. Honors Abendessen galten in der Flotte als fast legendär, und jeder wusste, dass sie von ihren Gästen erwartete, ihre Ansichten und alle Problemen, mit denen sie womöglich zu kämpfen hatten, auf den Tisch zu bringen. McKeon wusste das besser als die meisten, und Honor hatte schon damit gerechnet, dass er das Thema ›Leisetreterei‹ – erneut – zur Sprache bringen würde, sobald der Wein eingeschenkt wäre.

»Mit ›Leisetreterei‹ hat das nichts zu tun, Alistair«, erwiderte sie milde und trank von ihrem Kakao, während vor ihren Gästen ein besonders guter sphinxianischer Burgunder stand. Der Wein musste gut sein, denn ihr Vater hatte ihn für sie ausgesucht, doch Honor schätzte ihn trotzdem nicht besonders.

»Ich sag nur, was ich denke«, entgegnete er ihr mit einem schiefen Grinsen. »Wir schleichen wie die Katze um den heißen Brei, so kommt's mir vor. Geht nicht gegen dich, Nimitz«, fügte er hinzu und nickte dem Baumkater zu, der auf dem Hochstuhl neben Honor saß und ihm amüsiert gähnend die knochenweißen Reißzähne zeigte.

»In vielerlei Hinsicht muss ich Alistair Recht geben«, warf Truman ein. »Nicht dass Wraith und ich die zusätzliche Zeit nicht gebrauchen könnten.«

Sie wies mit einer Kopfbewegung auf Captain Senior-Grade Craig Goodrick, ihren Stabschef, der sich für seine Arbeit an den elektronischen Kampfmitteln der ersten *Shrike*-LACs den Spitznamen ›Wraith‹, Gespenst, verdient hatte. Er wirkte unscheinbar, doch hinter der bescheidenen Fassade verbarg sich einer der brillantesten Geister innerhalb der RMN – vorausgesetzt, man konnte ihn dazu bewegen, sein Kartenspiel aus der Hand zu legen. Nun zuckte er mit den Schultern.

»Tatsächlich, Ma'am, habe ich überhaupt nichts gegen die längere Reisezeit einzuwenden. Ich bin nicht besonders versessen darauf, auf Zehenspitzen zu gehen, um den Andys nicht auf Füße zu treten, seit sie solche Nervensägen sind. Aber wenn ich mir unsere LAC-Geschwader so ansehe, dann nehme ich jede Möglichkeit zur Übung wahr und bin dankbar dafür.«

»Lästerei!«, rief McKeon aus, doch seine Augen funkelten, und Commander Roslee Orndorff, seine Stabschefin, lachte laut auf. Es war ein sehr kräftiges Lachen, und es kam von einer sehr kräftigen Frau; der 'Kater auf dem Stuhl neben ihr blickte. Honor kannte Orndorff nicht besonders gut, doch der aschblonde weibliche Commander gehörte zu der Handvoll von Raumoffizieren, die von Baumkatzen adoptiert worden waren. Banshee, ihr 'Kater, schien es nicht zu stören, dass er den Namen einer mythischen Todesverkünderin trug. Er war jünger als Nimitz, etwa in Samanthas Alter, doch für Honor war offensichtlich, dass er den gleichen gemeinen Sinn für Humor besaß wie ihr Gefährte.

»Sie sind in der Unterzahl, Sir«, sagte sie zu McKeon. »Und es sind nicht nur die LACs, die noch ein bisschen ackern müssen, bis sie die volle Einsatzbereitschaft erreicht haben, nicht wahr?«

»Wir könnten es mit allen Andys, die ich je gesehen habe, hier und jetzt aufnehmen«, verkündete McKeon.

»Träumen Sie weiter, Alistair«, entgegnete Truman trocken. McKeon blickte sie an, und sie schüttelte den Kopf. »Ich räume zwar dem Patriotismus und dem Korpsgeist einen großen Stellenwert ein und meinetwegen auch dem Provinzialismus, aber eigentlich sollten Sie es besser wissen.«

»Ja, vielleicht«, gab er zu. »Trotzdem sind auch die Andermaner nicht vier Meter groß und über und über mit langem, lockigem Haar besetzt. Und wenn ich Ihnen auch zubillige, dass es bei uns hier und da noch etwas hakt, haben wir genügend kampferfahrene Leute dabei, und das können die Andys von sich nicht behaupten.«

»Da haben Sie zwar Recht«, sagte Honor, »aber vergessen Sie nicht, vor dem Kriegsausbruch waren es die Havies und nicht wir, die über viel Kampferfahrung verfügten. Wir hatten zwar hin und wieder Piraten bekämpft und manchmal auch ein Geschwader so genannter ›Freibeuter‹ gejagt, aber echte, neuere Gefechtserfahrung unter Kriegsbedingungen hatten wir keine. Wenn Sie es sich recht überlegen, ist das ziemlich genau der Punkt, an dem die Andermaner heute stehen.«

»Vielleicht«, stimmte McKeon ihr mit einer ernsteren Miene zu, »aber wir sind auch keine Havies. Die Havies hatten Erfahrung darin, einzelne Sonnensysteme mit überwältigender Übermacht zu erobern, aber bei ihren ›Kriegen‹ haben sie eigentlich auch kaum etwas anderes getan als ebenfalls ›Freibeuter-Geschwader‹ niederzukämpfen.«

»Irgendwie glaube ich nicht, dass Präsident Ramirez Ihrer Einschätzung zustimmen würde, soweit es die Navy von San Martin betrifft«, entgegnete Truman noch trockener.

»Sie sind alle gegen mich«, beschwerte sich McKeon mit gespielter Wehleidigkeit.

»Das kommt von Ihrem blinden Eifer«, entgegnete Honor ihm. »Außerdem ist es gefährlich, eine zu enge Analogie zwischen der havenitischen Vorkriegsflotte und der Volksflotte zu ziehen, der wir dann gegenüberstanden. Die Offiziere mit der meisten Erfahrung waren oft Legislaturisten und verschwanden zum Großteil in Pierres Säuberungen, ohne dass wir ihnen je im Gefecht gegenübergestanden hätten. Aber gegen diejenigen, mit denen wir es zu tun bekamen, wie Parnell – oder Alfredo Yu, als er noch in havenitischen Diensten stand –, war es alles andere als leicht. Und das trotz unseres technischen Vorteils.«

»Sie unterminieren Ihre eigene Argumentation«, wandte McKeon ein. »Wenn wir die übertrieben selbstbewussten Havies sein sollen und die Andys die unterschätzten, aber schneidigen Underdogs, dann dient es ja wohl kaum Ihrem Zweck, wenn Sie erwähnen, wie tüchtig Parnell und Yu gewesen sind, oder?«

»Eigentlich nicht. Selbst Parnell hat eindeutig unterschätzt, wozu wir in der Lage waren. Gerade dass er so gut war zeigt, wie rasch auch ein tüchtiger Offizier aufgrund der hohen Erfahrung seiner Leute unvorsichtig werden kann. Und genau davor wollen wir Sie ganz sanft warnen, Alistair.«

Sie lächelte engelhaft, und Truman schnaubte, als sie McKeons Gesicht sah.

»Erwischt!«, rief sie.

»Na schön. Na schön!«, kapitulierte McKeon. »Ich gebe zu, dass wir die zusätzliche Schulungszeit brauchen können, aber Spaß beiseite, es wurmt mich einfach gewaltig, dass ein manticoranischer Kampfverband sich durch die Hintertür einschleichen muss.«

»Das verstehe ich«, sagte Honor, »und Sie stehen mit dieser Ansicht auch nicht alleine da. Erinnern Sie sich aber an die neuesten Meldungen von Marsh, die schon drei Wochen alt waren, bevor wir das Manticore-System überhaupt verlassen haben. Ich möchte nicht provokanter auftreten als nötig. Wenn Kaiser Gustav wirklich plant, Silesia in einem aggressiven Handstreich zu nehmen, dann sollten wir ihm keine militärischen Vorwände liefern, die er ausnutzen kann. Und gleichzeitig besteht eine ernsthafte Wahrscheinlichkeit, dass es zu Feindseligkeiten mit dem Kaiserreich kommt. In dem Fall möchte ich nicht mit einem Kampfverband tief in kaiserlichem Gebiet festsitzen.«

»Das verstehe ich genau«, sagte McKeon, und nun zeigten sein Gesicht und seine Stimme keinerlei Heiterkeit. »Und ich widerspreche Ihnen eigentlich auch nicht. Das ist einer der Gründe, weshalb ich so sauer bin. Wir sollten uns über Provokationen nicht so viele Gedanken machen, dass wir fünfunddreißig Lichtjahre Umweg in Kauf nehmen, nur um der *Möglichkeit* auszuweichen. Sosehr ich mich deswegen auch beschwere, ich sehe durchaus, weshalb eine verantwortungsbewusste Stationschefin sich so entscheiden muss. Doch es zu verstehen bedeutet noch lange nicht, dass ich mich mit den Umständen abfinden muss, die dieses Vorgehen zur verantwortungsbewusstesten Lösung machen.«

»Nein«, stimmte Honor ihm zu, »und auf dieser Ebene sind wir einer Meinung. Trotzdem haben Alice und Wraith Recht, dass wir die zusätzliche Schulungszeit gut brauchen können.«

McKeon nickte, und Honor schmeckte, dass er die Gebärde ernst meinte und ihr wirklich zustimmte. Zwar tat er das ein wenig widerwillig, aber nicht, weil er ihre Position zurückwies. Vielmehr passten ihm die Gründe, aus denen die Besatzungen noch stärker gedrillt werden mussten, genauso wenig wie die Umstände, durch die Honor provokative Situationen vermeiden musste – oder Situationen, die als provokativ aufgefasst werden konnten.

Und er hat Recht, überlegte sie. *Es ist absolut albern, dass die Queen's Navy in nur vier T-Jahren dermaßen außer Form geraten ist. Ich vermute, dass hat Hamish gemeint, als er von der ›Friedenskrankheit‹ gesprochen hat. Aber ich weiß verdammt genau, dass es niemals so weit gekommen wäre, wenn Baronin Morncreek noch Erster Lord und Sir Thomas Caparelli noch Erster Raumlord wären.*

Aber wenn sie es sich richtig überlegte, war das wohl die eigentliche Crux daran. Jede militärische Organisation neigt ganz ausgeprägt dazu, sich die Haltung ihrer Oberbefehlshaber zu Eigen zu machen, und nun färbte die

Selbstgefälligkeit und Arroganz der politischen Admirale, die zur Zeit die Navy führten, auf einen leider sehr großen und ständig anwachsenden Anteil der Raumoffiziere ab. Der Personalabbau, den der Flottenabbau erforderte, hatte unverhältnismäßig stark die erfahrenen Leute getroffen, besonders die älteren Unteroffiziere und Mannschaften. Das erklärte das nunmehrige Problem zwar zum Teil, war aber keine Entschuldigung. Die zahlenmäßige Reduktion des regulären Offizierskorps war niedriger als irgendwo sonst, weil es Priorität gehabt hatte, Reserveoffiziere zur Handelsflotte und in die Zivilwirtschaft zurückkehren zu lassen. Der Anteil der aktiven Offiziere, die Akademieabgänger waren, war dadurch zwar angestiegen, doch viele der fähigeren Berufsoffiziere verabscheuten die Janacek-Admiralität mittlerweile so sehr, dass sie freiwillig auf Halbsold gegangen und den Reservisten in die Handelsflotte gefolgt waren. Übrig geblieben waren nur zu oft die, die fanden, dass es sich unter der neuen Admiralität bequem leben lasse – und das verhieß nichts Gutes, was ihren Ausbildungsstand und ihre Gefechtsbereitschaft anging.

Dieser Verfall war nicht so offensichtlich, dass die Offiziere, die nicht davon betroffen waren, ihn effektiv hätten bekämpfen können. Es war nur ... Schludrigkeit – der angenehme Glaube der Navy an die eigene, gottgegebene Überlegenheit gegenüber jedem, der so dumm wäre, mit ihr die Klingen zu kreuzen. Und dieser Glaube ließ die Gefechtsübungen und den harten Drill, der stets zur Royal Manticoran Navy gehört hatte, plötzlich überflüssig erscheinen.

Die Unerfahrenheit der LAC-Besatzungen, die Alice Truman zugeteilt waren, stellte nur die eine Seite der Münze dar. Durch die gewaltige Erweiterung des LAC-

Bestandes (die Kosten senkende Antwort der Janacek-Admiralität auf Sicherung der Etappen) waren die gefechtserfahrenen Besatzungen zu weit verteilt worden, und die LAC-Geschwader hatten in jedem Gefecht erfahrene Leute verloren. Die große Mehrheit der LAC-Besatzungen aber war erst nach dem Waffenstillstand mit ihren derzeitigen Aufgaben betraut worden, was gewiss ihre Ungeschliffenheit erklärte. Ob das ihre Unerfahrenheit auch *rechtfertigte*, stand indes auf einem ganz anderen Blatt. Ihre Ausbilder hatten Zugriff besessen auf alle Gefechtsberichte sämtlicher COLACs, die je *Ferrets* oder *Shrikes* in den Kampf geführt hatten. Sie hatten auch auf Trumans kommentierten ersten Ausbildungslehrplan zurückgreifen können. Den grünen, unerfahrenen Crews, die Honor für Sidemore Station zugeteilt worden waren, merkte man davon jedoch nichts an.

So verständlich die Defizite ihrer LAC-Geschwader auch waren, bei den Schlachtgeschwadern sah es nicht viel besser aus, und dort gab es weniger Entschuldigungen. Die schleichende Seuche der Selbstgefälligkeit und Vernachlässigung von Routineübungen hatte sich auch über die Wallschiffe verbreitet – besonders betroffen waren die älteren, raketengondellosen Klassen. Diese Schiffe wurden praktisch allerorten als bestenfalls veraltet angesehen. Selbst ihre eigenen Besatzungen betrachteten sie als zweitklassig, als Rückendeckung für die Lenkwaffen-Superdreadnoughts.

»Um ganz ehrlich zu sein«, sagte sie zu ihren Gästen, »ich hätte vermutlich auch dann den langen Weg gewählt, wenn wir uns keine Gedanken über die Empfindlichkeiten der Andys machen müssten. Weiß Gott brauchen wir die Zeit, um den Rost runterzuschruppen!« Sie schüttelte den Kopf. »Ich gebe es nur ungern zu, aber während der ganzen Zeit, in der Earl White Haven und ich gegen Janacek und High Ridge auf dem Schlachtfeld der Beschaffungspolitik kämpften, haben wir einen viel wichtigeren Ball aus den Augen verloren. Wir haben uns so sehr um die Schiffe gesorgt, dass wir vergaßen, uns Gedanken um die Menschen zu machen. Wir haben uns nicht gefragt, ob ihre Ausbildung sie überhaupt dazu befähigt, die Schiffe zu bedienen, die sie noch hatten.«

»Selbst wenn es anders gewesen wäre, was hätten Sie denn erreichen können, Ma'am?« Mercedes Brigham klang respektvoll, aber auch entschlossen, beinahe kurz angebunden. »Sie können nicht an allen Fronten gleichzeitig kämpfen«, fuhr sie fort. »Und verzeihen Sie mir, dass ich Sie schon wieder darauf hinweise, aber Sie dürfen sich nicht die Schuld für die Folgen politischer Entscheidungen geben, denen Sie sich widersetzt haben. Und Sie haben sich der gesamten Denkweise widersetzt, die diesen Fehler erst ermöglicht hat.«

»Das ist schon richtig. Aber nicht, weil ich es hätte kommen sehen. Ich glaube, das stört mich dabei am meisten. Ich bilde mir gern ein, klug genug zu sein, um derartige Entwicklungen zu bemerken, wenn sie sich anbahnen. Und ich *hasse* es herauszufinden, dass ich doch nicht so klug war.«

»Hin und wieder fliegt jedem mal ein Ei ins Gesicht«, entgegnete McKeon philosophisch und grinste. »Einige von uns kommen natürlich öfter in den Genuss dieses Gefühls als andere, das stimmt schon. Wie der demütige Kommandeur Ihres Schlachtwalls.«

»Oder jemand«, fügte Goodrick finster hinzu, »der sich mit Leuten wie Manpower einlässt.«

Der Captain lächelte dünn und sehr, sehr kalt. Von allen Anwesendem in dem Salon hatte Wraith Goodrick das persönlichste Hühnchen mit den mesanischen Sklavenhändlern zu rupfen, denn seine Mutter war genetisch designt und als lebendiges Eigentum verkauft worden. Sie hätte eigentlich in einem der berüchtigten ›Vergnügungszentren‹ enden sollen, über die man nur im Flüsterton sprach. Sosehr die Existenz dieser Zentren auch verschleiert wurde, sie war ein offenes Geheimnis. Goodricks Mutter war ihrem Schicksal nur entgangen, weil der Frachter, zu dessen Ladung sie gehörte, die unangenehme Erfahrung machte, einem Leichten Kreuzer der RMN vor die Werferrohre zu kommen. Daher war sie im Sternenkönigreich freigelassen worden, und darum hatte Goodrick einen tiefen Hass auf alles Mesanische sozusagen mit der Muttermilch eingesogen.

Was wiederum seine beinahe religiöse Erleuchtung erklärte, als Honor und Andrea Jaruwalski gleich nach dem Aufbruch den leitenden Offizieren von Kampfverband 34 erklärt hatten, was es mit Unternehmen Wilberforce auf sich hatte.

»Wir können immerhin hoffen, dass es für einige von ihnen so kommt«, sagte Honor; sie wusste ebenso gut, wovon Goodrick sprach, wie die anderen. »Nicht dass wir hundertprozentig darauf zählen könnten, fuhr sie etwas vorsichtiger fort. »Wir operieren immerhin in Silesia, nicht in manticoranischem Weltraum.«

»Nach den Folgen, die der Manpower-Skandal im Sternenkönigreich hatte, könnte es sogar von Vorteil sein, wenn uns die großen Fische ins Netz gehen sollen, Hoheit«, warf Orndorff ein.

»Vielleicht«, sagte Honor. »Andererseits glaube ich noch nicht ganz, dass diese Sache wirklich so komplett abgeschlossen ist, wie es jetzt vielleicht aussieht. Die Umstände, die zu der ... Beschränkung der Untersuchung geführt haben, werden nicht in alle Ewigkeit Bestand haben. Und die Informationen, die an die Krone übermittelt wurden, sind vielleicht nicht vollständig gewesen. Vielleicht findet man auch noch einiges, wenn man an der richtigen Stelle nachsieht.«

»Nun, auf jeden Fall hat jemand an der richtigen Stelle nachgeguckt, um die ›Wilberforce-Informationen‹ zu bekommen«, stellte Alice Truman in leicht fragendem Tonfall fest.

Jeder im Salon verzehrte sich vor Neugier darüber, woher Honor ihre privaten Informationen über das Netz silesianischer System-Gouverneure und Flottenoffiziere hatte, die offenbar mit Mesa sehr profitable Übereinkünfte erzielt hatten. Die Informationen waren viel zu detailliert und konsistent, als dass man an ihrer Richtigkeit hätte zweifeln können. Aber niemand konnte sich auch nur ansatzweise vorstellen, wie sie Honor in die Hände gefallen waren.

Und Honor wollte, dass es so blieb. Das war sie Anton Zilwicki für das Vertrauen schuldig, das er in sie setzte.

»Gerade diese Informationen bieten ein gutes Beispiel für das, worüber ich spreche«, stimmte sie mit einem milden Lächeln zu, welches Truman signalisierte, dass ihre Schnüffeltour ergebnislos bleiben würde. »Nicht dass irgendetwas davon Verbindungen ins Manticore-System hätte – jedenfalls keine direkten. Aber wenn es um Gensklaverei geht, bin ich mit jedem Fortschritt zufrieden, egal wo. Und da wir wissen, welche silesianischen Sonnensysteme und Frachtlinien wir im Auge behalten müssen, bewirken wir mit Wilberforce vielleicht wirklich etwas.

Trotzdem«, fügte sie hinzu und führte das Gespräch auf das ursprüngliche Thema zurück, »hat nichts davon irgendetwas damit zu tun, dass die Opposition – und besonders ein oppositionsnaher Raumoffizier wie meine Wenigkeit – hätte bemerken müssen, wie … schlapp Ihrer Majestät Navy geworden ist. Ich wünsche mir sehr, der Navy so viel Aufmerksamkeit geschenkt zu haben, dass ich bemerkt hätte, wie sich dieser Fehler anbahnen konnte!«

»Nun«, entgegnete Goodrick und akzeptierte den Themenwechsel für alle Anwesenden, »wir alle bemerken es *jetzt*, Hoheit. Da der Fehler schon begangen worden ist, bleibt uns nichts anderes übrig, als uns einzugraben und so viel Schaden rückgängig zu machen wie möglich, bevor wir über Sidemore ankommen.«

»Einverstanden.« McKeon nickte knapp und beugte sich vor. Er benahm sich plötzlich sehr sachlich. »Und Scherz beiseite, Roslee und ich haben uns Gedanken über eine neue Serie von gemeinsamen Manövern gemacht, die wir in den Simulatoren ausführen können.«

»Ich nehme an, Sie reden nicht von Manövern, die sich auf die Wallschiffe beschränken?« Truman betonte ihre Erklärung wie eine Frage, und McKeon nickte wieder.

»Wir arbeiten bereits von dieser Seite daran, Alice. Roslee und ich würden jetzt gern darüber sprechen, wie wir unsere Simulationen am besten planen, damit der Schlachtwall und die LACs gemeinsam üben können, sowohl kooperativ als auch gegeneinander.«

»Das halte ich für eine ausgezeichnete Idee«, sagte Honor fest. Tatsächlich waren derartige Diskussionen der eigentliche Grund, weshalb sie solchen Wert darauf legte, regelmäßig mit ihren Offizieren zu Abend zu essen, und sie blickte über die Schulter Andrew LaFollet an.

»Andrew, würden Sie bitte Andrea ausrichten, sie soll so bald zu uns stoßen, wie es ihr möglich ist?«, bat sie. Der persönliche Waffenträger nickte bestätigend und griff nach dem Com, während sich Honor wieder ihren Gästen zuwandte und sich ein wenig vorbeugte.

»Ich bin sicher, Andrea wird uns einige sehr sinnvolle Vorschläge machen können«, sagte sie. »Doch bis sie kommt, sollten wir uns an die Arbeit machen. Also, warum sagen Sie Mercedes und mir nicht, was genau Sie im Sinn haben?«

»An alle, hier *Cockatrice Eins-Alfa.* Wie nehmen Alfa Delta Neun-Sechs.« Captain Scotty Tremaine lauschte der Stimme, die aus seinem Ohrhörer stammte. »*Werewolf Vier,* übernehmen Sie den vordersten Schlachtkreuzer. *Werewolf Fünf* und *Sechs,* Sie nehmen Bandit Zwo. Alle *Chimera*-Staffeln: Wählen Sie Ihre Ziele hinter Bandit Zwo in der Erfassungsreihenfolge. *Centaur-* und *Cockatrice*-Geschwader: abbremsen und Abstand Baker-Acht erzeugen – Sie sind heute die Ausputzer. Ausführen!«

Aufmerksam beobachtete Tremaine auf seinem Plot in der Zentralen Flugleitstelle an Bord von HMS *Werewolf,* wie die massierten Staffeln der vier LAC-Träger, die zu Kampfverband 34 gehörten, Commander Arthur Bakers Befehle befolgten und ausschwärmten. Die Besatzungen flogen an diesem Tag schon die dritte Angriffsübung, und den ersten beiden waren nicht gerade herausragende Erfolge beschieden gewesen.

Wenigstens sind wir besser als gestern, sagte er sich gequält. *Und außerdem sind Manöver schließlich genau dazu da: um herauszufinden, was man besser machen kann.*

Er hätte den Angriff lieber persönlich geleitet, und das aus mehreren Gründen. An seiner Aufgabe als ranghöchster COLAC des Kampfverbands schätzte er mit am höchsten, dass er trotz seiner verhältnismäßig erlauchten Position auf der Kommandoleiter noch immer mit seinen Leuten in den Raum ging, statt irgendwo an Bord eines Flaggschiffs zurückzubleiben. Dadurch bot sich ihm zwar eine höhere Chance zu fallen als dem Kommandeur eines Schlachtgeschwaders oder einer Kampfgruppe, doch andererseits brauchte er auch niemandem vorzuschicken und etwas abzuverlangen, was er selbst nicht ebenfalls riskierte.

Außerdem gab es keine andere Möglichkeit. LACs operierten zu weit von ihren Mutterschiffen entfernt, um selbst mit Hilfe überlichtschneller Gravimpulssender von dort gesteuert werden zu können. Wie Jackie Harmon im allerersten LAC-Geschwader festgelegt hatte, gab es für einen anständigen COLAC nur einen Platz: bei seinen Besatzungen und seinen Angriffsvögeln.

Im Augenblick jedoch wurde Tremaine von Commander Baker vertreten, dem COLAC von HMS *Cockatrice.* Nach der *Werewolf* war die *Cockatrice,* Admiral Trumans Flaggschiff, das ranghöchste Schiff unter den LAC-Trägern des Kampfverbands. Das bedeutete, dass Baker übernehmen würde, sollte Tremaine etwas zustoßen. Tremaine hatte den Eindruck, dass Baker zwar das nötige Talent und Können, jedoch noch nicht sonderlich viel Erfahrung besaß. Außerdem neigte Baker noch immer dazu, ein wenig zu sehr wie der Zerstörer-Kommandant zu denken, als der er vorgesehen gewesen war, bevor man ihn versetzte und unversehens zu einem Mitglied der wachsenden LAC-Gemeinde machte. Zwar entwickelte er schon die nötigen ›Fliegeras-Allüren‹, aber noch lief bei ihm nicht alles glatt, und vor allem brauchte er noch ein wenig mehr Selbstvertrauen.

Und aus diesem Grund drillte er die Staffeln, während Tremaine und Chief Warrant Officer Sir Horace Harkness sich um die Übungsszenarien kümmerten.

Anders als bei den beiden Manövern am Vormittag handelte es sich diesmal um eine umfassende Gefechtsübung und keine einfache Simulation. Der Kampfverband befand sich im Augenblick unter Impellerantrieb auf dem Weg von einer Gravwelle zur anderen, was Schiffen ohne Warshawski-Segeln – wie LACs – gestattete, die Hangars zu verlassen, ohne augenblicklich vernichtet zu werden. Außerdem erlegte der Transit der Gefechtsübung eine Zeitbegrenzung auf, denn die hyperraumtüchtigen Schiffe würden in gut drei Stunden in die nächste Gravwelle eintreten.

Tremaine sah zu, wie das Schlachtkreuzergeschwader, das Admiral McKeon von seinen Abschirmverbänden für die Rolle des Aggressors abgestellt hatte, den Kurs änderte und direkt auf die LACs zuhielt. Offensichtlich schwärmten die LACs aus, weil sie den Verband angreifen wollten. Gleichzeitig versteckten sich die klaren, scharf umrissenen Icons auf dem Hauptplot der Leitstelle hinter einem formlosen Nebel aus Störsendern und Täuschkörpern.

»Jede Wette, Commander Baker ist nicht grade begeistert davon, Skipper«, meinte Harkness mit einem schadenfrohen Grinsen, und Tremaine lachte leise.

»Ich hab ihn gewarnt, dass wir ein paar Überraschungen vorbereitet hätten«, entgegnete er.

»Klar, aber ich wette, er rechnet im Leben nicht damit, dass Sie Admiral Atwaters Geschwader mit Geisterreitern auf ihn schießen lassen!«

»Nicht meine Schuld, dass er nicht dabei war, als Dame Alice uns das Gleiche angetan hat«, versetzte Tremaine. »Und dass die Havies nichts haben, was Geisterreitern gleichkommt, heißt noch lange nicht, dass auch die Andys nichts erfunden haben, was unseren Vögelchen annähernd gleichkommt.«

»Kein Einwand, Skip«, stimmte Harkness ihm in weit ernsterem Ton zu. Obwohl er lediglich Chief Warrant Officer war, besetzte er die Planstelle eines Lieutenant-Commander, denn er war der oberste LAC-Bordingenieur der *Werewolf.* Dadurch wurde er automatisch zum Chef-Elektroniker und Waffenoffizier für die gesamte Trägergruppe des Kampfverbands. In dieser Eigenschaft besaß er Zugang zu allen amtlichen ONI-Lageberichten über Silesia, und zu sagen, er sei von ihrer Gründlichkeit nicht sonderlich beeindruckt gewesen, wäre ein Meisterstück der Untertreibungskunst gewesen.

Harkness sah zu, wie Bakers sorgfältig geplantes Manöver anscheinend in Massenverwirrung versank und die Taktischen Offiziere versuchten, den Verlust von fünfundachtzig Prozent ihrer Ortungskapazität irgendwie auszugleichen. »Übrigens«, fügte er nach einer kurzen Pause hinzu, »hab ich gestern was aufgeschnappt, was ich Ihnen noch erzählen wollte, Sir.«

»Und das wäre?«, fragte Tremaine, ohne die Augen von den Icons zu nehmen. Die scheinbare Verwirrung ordnete sich erstaunlich schnell und präzise zu einer revidierten Angriffsformation. Offensichtlich hatte es Baker vollkommen überrascht, als die Elektronische Kampfführung des Gegners plötzlich neue Größenordnungen angenommen hatte – ganz wie von Tremaine beabsichtigt –, aber der Commander war nicht in Panik geraten, sondern hatte begriffen, dass ihm noch Zeit blieb, bevor er sich den Schlachtkreuzern auf Gefechtsentfernung genähert hatte. Aus diesem Grund ordnete er eine eher defensive Formation an, in der die mit Raketen armierten *Ferrets* durch ihre Täuschkörper und Störsender die mit schweren Energiewaffen ausgestatteten *Shrikes* abschirmten. Offensichtlich war er zu dem gleichen Schluss gelangt, den auch Tremaine an seiner Stelle gezogen hatte: Gegen solch starke Eloka musste er aus der Nähe mit den Grasern angreifen, und dazu gab es kein besseres Mittel als die Eloka-Raketen der *Ferrets.*

»Ich bin die Berichte durchgegangen, die uns der graysonitische Flottennachrichtendienst überlassen hat«, sagte er. In seinen Augen zeigte sich Anerkennung dafür, wie sich Baker an die veränderten Rahmenbedingungen seines Einsatzes anpasste. »Alle wissen, dass die Graysons unseren allwissenden Geheimdienstfuzzies nicht das Wasser reichen können, das ist mir schon klar. Aber ich muss Ihnen schon sagen, Skip, mir gefällt's nicht, was die GSN so über die elektronischen Systeme der Andys erzählt.«

»Was?« Tremaine drehte den Kopf und blickte den CWO überrascht an ... und ein wenig verdrossen. »Das muss ich übersehen haben, Chief.«

»Na ja, ist ja auch eine ganze Latte durchzusehen«, meinte Harkness. »Und ich finde, ihr Inhaltsverzeichnis ist Kraut und Rüben. Das, was mir aufgefallen ist, stand unter dem Abschnitt ›Technik‹, nicht unter ›Taktik‹, und wahrscheinlich hab ich's deshalb gefunden und Sie nicht.«

»Danke, aber hören Sie schon auf, sich für mich zu entschuldigen. Sagen Sie mir lieber, was drinstand«, befahl Tremaine mit schiefem Grinsen, und Harkness zuckte mit den Schultern.

»Wie bei allem anderen auch muss man recht dünne Daten richtig deuten, Skip. Den Graysons ist es jedenfalls gelungen, Zugriff auf einen vertraulichen Bericht der Konföderierten Navy zu ›erhalten‹. Sieht für mich ganz so aus, als hätten sie jemandem die Handfläche mit ein paar guten, altmodischen Dollars gekitzelt.

Egal, wie sie drangekommen sind, es ist jedenfalls der

Bericht eines Kreuzerkommandanten der Sillys. Anscheinend war er zufällig in der Nähe, als ein ›Freibeuter‹, den die gesamte Konföderierte Navy über ein halbes Jahr lang gejagt hatte, geradewegs in einen Hinterhalt der Andys fuhr. Dieser spezielle konföderierte Skipper scheint mir ein bisschen mehr drauf zu haben als der typische Silly-Offizier. Stellen Sie sich vor: Er hat den Piraten schon identifiziert und will sich unter seinen eigenen Stealth-Systemen gerade an ihn ranschleichen, als ein andermanisches Zerstörerpaar und ein Schwerer Kreuzer ›plötzlich auftauchen‹ und den Raider in Fetzen schießen.«

»Plötzlich auftauchen?«, wiederholte Tremaine, und Harkness nickte.

»Ein Zitat, Skip. Nun weiß ich natürlich, dass die Ortungsgeräte der Sillys nicht gerade erste Wahl sind, und ihre Ortungstechniker erreichen unsere Standards normalerweise nicht – sie genügen nicht mal den Maßstäben der Havies. Aber diesem Bericht nach zu urteilen hat dieser Skipper sein Schiff für einen Silesianer wirklich fest in der Hand. Und er hat ausdrücklich noch mal drauf hingewiesen, dass weder er noch irgendeiner seiner Leute von den Andys auch nur das Geringste geahnt hat, bis sie plötzlich ihr Stealth abgeschaltet und das Feuer eröffnet haben.«

»Wie weit war der Silly denn entfernt?«, fragte Tremaine aufmerksam.

»Deswegen mache ich mir eigentlich die meisten Gedanken«, gab Harkness zu. »Für den Kerl, der den Bericht geschrieben hat, sah es so aus, als hätten die Piraten die Andys nie gesehen. Die Lumpenhunde sind natürlich noch schlampiger als selbst die meisten Besatzungen der Konföderierten Navy; das muss also nicht unbedingt was heißen. Aber der Silly-Kreuzer war bloß ungefähr vier

Lichtminuten vom nächsten Andy-Schiff entfernt, als es anfing zu schießen, und er hat sie ebenfalls vorher nicht gesehen.«

»Vier Lichtminuten?« Tremaine kaute einen Moment lang auf der Unterlippe. »Verstehe, warum Ihnen das nicht besonders gefallen hat, Chief«, sagte er. »Kopieren Sie mir die Berichte bitte in meinen Posteingang?«

»Wird gemacht, Skip.«

»Wahrscheinlich muss ich sie markieren, damit die Alte Lady und McKeon und Truman auf jeden Fall auch einen Blick hineinwerfen. Wenn die Andy-Eloka derart verbessert ist, wie dieser Kreuzerkommandant behauptet …«

»Absolut, Skip«, stimmte Harkness ihm zu und nickte dem Display zu, wo Commander Baker seine neue Angriffsformation eingenommen hatte und sich dem Opfer näherte. »Vielleicht stellt es sich ja noch als verdammt gute Idee heraus, Ihre Jungens und Mädels gegen Eloka allererster Güte zu drillen«, sagte er leise.

23

»Wissen Sie«, sagte Erica Ferrero zu ihrer Brückencrew, »langsam gehen mir diese Scherzkekse auf den Nerv.«

Niemand antwortete auf ihre Feststellung. Zum Teil lag das daran, weil ihr Tonfall verriet, dass jeder, der so dumm war, in diesem Moment ihren Zorn auf sich zu lenken, es bereuen würde. Allerdings hatte das ohnehin kein Brückenoffizier der *Jessica Epps* vor, denn jeder einzelne von ihnen stimmte der Kommandantin aus vollem Herzen zu.

»Haben wir irgendeine Vorstellung davon, was sie dieses Mal planen, Shawn?«, fuhr sie fort.

»Jawohl, Skipper«, antwortete Lieutenant-Commander Harris mit leichtem Zögern. »Ich glaube sogar, ich weiß ganz genau, was sie vorhaben.«

Ferrero drehte sich mit dem Kommandosessel dem Taktischen Leitstand zu und forderte Harris mit einer Kopfbewegung auf fortzufahren, und der Taktische Offizier zuckte mit den Schultern.

»Wenn ich mich nicht sehr irre, Captain«, sagte er förmlicher, »führen sie eine Zielverfolgungsübung aus – an uns.«

»Ach wirklich, das denken Sie?« Ferreros beiläufiger Ton ließ bei den meisten ihrer Offiziere die Alarmglocken schrillen.

»Jawohl, Ma'am.«

»Und Sie glauben das, weil …?«, ermutigte ihn die Kommandantin.

»Weil sie jedes Mal Kurs und Beschleunigung ändern, wenn wir eine Ruderkorrektur vornehmen, Skipper«, sagte Harris. »Sobald unser Vektor sich ändert, ändert sich auch ihrer. Sie laufen auf einem ständig aktualisierten Spiegelkurs.«

Ferrero blickte den Signaloffizier an. »Ich nehme nicht an, dass man uns darüber informiert hat und Sie vergessen haben, mir das zu melden, Mecia?«, fragte sie.

»Nein, Ma'am, man hat uns nicht informiert«, versicherte Lieutenant McKee ihr.

»Komisch, das habe ich mir gleich gedacht«, erwiderte die Kommandantin.

Es war nicht ungewöhnlich, wenn ein Kampfschiff Ortungs- und Zielverfolgungsübungen anhand von Frachtern oder sogar Kriegsschiffen anderer Flotten durchführte. Doch verlangte die einfachste Höflichkeit – und der gesunde Menschenverstand –, ein anderes Kriegsschiff darüber zu informieren, wenn man ihm nachschleichen wollte ... Es sei denn natürlich, man verfolgte Absichten, die nicht freundschaftlich waren. Aus diesem Grund gebot schon eine ganz praktische Vorsicht, vorher um Erlaubnis zu bitten, denn nur so ließen sich Missverständnisse vermeiden, die unangenehme Folgen nach sich ziehen konnten. Besonders galt das in Zeiten mit angespannter interstellarer Lage.

»Anzeichen für aktive Ortung?«, fragte sie den Taktischen Offizier nach einem Augenblick.

»Nein, Ma'am.« Die Frage war nicht so töricht, wie sie vielleicht klang. Ferrero wusste genauso gut wie Harris, dass sie auf diese Entfernung auf keinen Fall von den Ortungsanlagen eines Schiffs getroffen worden sein konnten. Doch danach hatte Ferrero sich auch gar nicht erkundigt. »Ich finde keinerlei Anzeichen für irgendwelche Langstrecken-Plattformen«, beantwortete Harris ihre eigentliche Frage.

»Verstehe«, sagte Ferrero säuerlich. Bei dem gegenwärtigen Abstand zwischen den beiden Schiffen konnte Harris das andere Schiff nur über die Tastsatelliten im Auge behalten, die von der *Jessica Epps* in den Außenbezirken des Harston-Systems ausgesetzt worden waren, nachdem Ferrero ihre Piratenjagd dorthin verlegt hatte. Die Gravimpulssender dieser Langstreckenplattformen übermittelten dem Taktischen Offizier Echtzeitdaten aus dem äußeren Sonnensystem, ohne weit gefächert Geisterreiter-Aufklärungsdrohnen einsetzen zu müssen. Solche Drohnen waren nicht nur sehr teuer, sondern auch etwas, womit die Royal Manticoran Navy nicht unnötig herumprotzte: Schließlich konnte eine andere Flotte keinerlei

Ortungsdaten über ein Gerät erhalten, wenn sie es gar nicht erst zu sehen bekäme.

Die Tastsatelliten hatten außerdem eine viel höhere Dauerleistung als die teureren Drohnen, denn sie verharrten an einer Stelle, ohne Impellerkeile aufrechterhalten zu müssen. Wegen dieser Faktoren war es mittlerweile allgemein bekannt, dass patrouillierende Kreuzer der RMN die äußeren Bereiche der Sonnensysteme, für die sie verantwortlich waren, routinemäßig mit überlichtschnell sendenden Scansats spickten. Die Stealth-Systeme dieser Satelliten waren recht rudimentär; daher wusste man, dass man nach ihnen Ausschau halten musste und dass sie für Schiffsortungsanlagen recht leicht zu entdecken waren. Eindeutig war dem anderen Kreuzer schon seit einiger Zeit klar, dass die *Jessica Epps* von seiner Gegenwart wusste – zumindest grundsätzlich. Genauso offensichtlich war jedoch, dass das andere Schiff die *Jessica Epps* über die gegebene Distanz nur mit Langstrecken-Drohnen verfolgen konnte, und wenn selbst die Ortungsgeräte eines manticoranischen Kreuzers sie nicht finden konnten, mussten diese Drohnen eindeutig weit bessere Stealth-Systeme haben, als es Erica Ferrero recht war. Dennoch, Harris hatte seinen Bericht noch nicht beendet.

»Äh, verzeihen Sie, Ma'am, aber ich bin mir nicht sicher, ob Sie verstanden haben. Völlig verstanden«, fügte er schnell hinzu, als sie einen scharfen Blick auf ihn abschoss.

»Dann würde ich vorschlagen, dass Sie mich erleuchten, Mr Harris«, entgegnete sie kühl.

»Ma'am, die Andys sind fast siebzehn Lichtminuten von uns entfernt«, erinnerte er sie respektvoll. »Trotzdem passen sie durchschnittlich drei Minuten nach unserer Kursänderung ihren Vektor an.«

Ferrero erstarrte, und der Taktische Offizier nickte und tippte auf sein Display.

»Ich beobachte seit achtzig Minuten passiv ihren Impellerkeil, Ma'am. Das längste Intervall dauerte bisher sechs Komma sieben Minuten, das kürzeste keine zwo. Die Daten sind auf dem Chip, falls Sie einen Blick darauf werfen wollen.«

»Ich stelle Ihre Beobachtungen nicht infrage, Shawn«, sagte die Kommandantin mit täuschend milder Stimme. »Ich tanze bloß nicht vor Freude über das, was Sie mir sagen.«

»Mich macht es auch nicht besonders froh, Skipper«, gab Harris zu und lächelte zögerlich, weil ihr verbindlicherer Tonfall andeutete, dass sie ihn vielleicht doch nicht in der Luft zerreißen würde.

Ferrero gestattete sich ein knappes Lächeln als Antwort, doch ihre Gedanken galten ganz dem kühlen Licht-Icon im Plot, das die *Hellebarde* repräsentierte. Im Laufe der letzten Wochen war der andermanische Kreuzer zu einer Art beständigem Begleiter der *Jessica Epps* geworden, und das gefiel der Kommandantin wenig. Dieser Kapitän Gortz – sie wusste noch immer nicht, ob es eine Frau war oder ein Mann – konnte der *Jessica Epps* auf keinen Fall zufällig so oft über den Weg laufen. Gortz folgte also Ferreros Schiff von Sonnensystem zu Sonnensystem aus dem alleinigen Grund, die *Jessica Epps* zu schikanieren. Eine andere Möglichkeit gab es nicht, und das zunehmend beleidigende Verhalten des anderen Schiffes war nicht nur schlecht für Ferreros Blutdruck, sondern wies zudem darauf hin, dass seine Kommandantin oder sein Kommandant einen sorgsam instrumentierten Plan befolgte. Die Frage lautete natürlich, ob der Plan auf Kapitän Gortz' Mist gewachsen oder ihm (oder ihr) von höherer Stelle aufgetragen worden war.

Was Ferrero nun von Harris erfahren hatte, verlieh den Absichten des anderen Schiffes noch eine ganz andere Dimension.

Impellersignaturen sind das einzige dem Normalraum zugehörige Phänomen, das sich mit einer Geschwindigkeit bewegt, die effektiv die des Lichtes übersteigt. Diese Beschreibung allerdings trifft nicht ganz zu: Vielmehr erzeugt die intensive Verzerrung der Gravitation, die ein Impellerkeil verursacht, auf der Grenzschicht zwischen dem niedrigen Alpha-Band des Hyperraums und dem Normalraum ein ›Kräuseln‹. Dieses Kräuseln, das man besser als die Resonanzschwingung einer Hyperraum-Signatur bezeichnet, nimmt der Warshawski eines Sternenschiffs auf.

Doch im Augenblick waren die Mechanismen dieses Vorgangs nicht weiter wichtig. Entscheidend war, dass Impellersignaturen von den Gravitationssensoren eines Schiffes über deren gesamte Reichweite in Echtzeit detektiert und verfolgt werden konnten. Schön und gut, doch Harris hatte Ferrero gerade daran erinnert, dass sie sich weit jenseits der Reichweite jener Gravitationssensoren befanden, mit denen andermanische Kreuzer für gewöhnlich ausgestattet waren. Darum spielte es keine Rolle mehr, dass diese Gravitationssensoren effektiv überlichtschnell arbeiteten. Wenn die *Hellebarde* so rasch auf die Kursänderungen der *Jessica Epps* reagierte, musste die Kommunikation zwischen ihr und den Langstrecken-Sensorplattformen ebenfalls überlichtschnell ablaufen.

Folglich hatte die Kaiserlich-andermanische Weltraumflotte in der Zwischenzeit nicht nur ihren eigenen Gravimpulssender entwickelt, sondern ihn zudem so weit miniaturisiert, dass er sich in etwas so Kleines wie eine Aufklärungsdrohne packen ließ.

Und zwar in eine Drohne mit ausgesprochen guten Stealth-Systemen und einem Sender, der seine Streustrahlung so gut abschirmt, dass Shawn sie nicht finden kann, obwohl er weiß, dass sie irgendwo dort draußen sein muss, dachte sie unfroh.

Und auch das *reibt Gortz uns unter die Nase.*

»Bisher haben Sie nur passiv nach Drohnen gesucht, richtig?«, fragte sie nach kurzem Nachdenken.

»Jawohl, Ma'am. Bis ich begriffen habe, was hier vorgeht, habe ich keinen Grund gesehen, aktiv zu orten. Soll ich jetzt damit anfangen?«

»Nein. Wozu ausposaunen, dass wir die Drohnen, die uns die *Hellebarde* angehängt hat, zuerst gar nicht bemerkt haben? Trotzdem möchte ich jetzt wissen, wo sie sind. Wenn wir sie also mit den passiven Sensoren nicht finden, dann setzen wir selbst noch ein paar Drohnen aus und jagen sie.«

»Wenn die Andys unsere Drohnenstarts bemerken, wissen sie aber, was wir vorhaben, Skipper«, warnte Harris.

»Das ist richtig. Ich glaube aber, es ist soweit, dass wir Geisterreiter ans Werk schicken.«

Harris blickte abrupt auf, als wollte [illegible] fragen, ob sie sich da wirklich sicher sei. Doch trotz seiner Überraschung war er nicht töricht genug, die Frage auszusprechen, und Ferrero verkniff sich ein schiefes Grinsen, als sie sein Gesicht sah.

»Keine Sorge, Shawn«, beruhigte sie ihn. »Ich habe keineswegs den Verstand verloren. Geisterreiters Existenz steht aber nicht mehr auf der Liste der Offiziellen Geheimnisse. Jeder weiß ein bisschen darüber, was Geisterreiter kann, und ich bin mir sicher, dass der andermanische Nachrichtendienst mehr weiß als nur ein bisschen.

Ich möchte keineswegs die volle Leistungsfähigkeit von Geisterreiter an die große Glocke hängen, aber ich will wissen, wo diese Drohnen sind, und ich will sie finden, ohne dass die Andys erfahren, wie lange wir gebraucht haben, um ihre Existenz zu erahnen.«

»Verstanden, Skipper«, bestätigte Harris, doch sie bezweifelte, dass er wirklich in vollem Ausmaß begriffen hatte, was sie plante. Andererseits hatte er, wie seine nächste Bemerkung deutlich machte, immerhin genug davon verstanden:

»Ich lasse sie aus den Rohren ›treiben‹ und programmiere sie so, dass sie nach – sagen wir – zehn Minuten einen Impellerkeil der Stärke eins einschalten. Wenn wir vier oder fünf Minuten nach dem Start unsere Beschleunigung auf zwohundert Gravos senken könnten und sie eine Weile auf diesem Wert belassen, dann können die Drohnen allmählich wieder zu uns aufholen, ohne eine Signatur zu erzeugen, die so stark ist, dass sie ihre Stealth-Systeme durchdringt.«

»Gut gedacht, Shawn«, lobte sie ihn und blickte den Astrogator an. »Haben Sie gehört, James?«

»Aye, aye, Ma'am«, bestätigte der sidemorische Lieutenant. »Fünf Minuten, nachdem Mr Harris den Start bekannt gegeben hat, senke ich unsere Beschleunigung auf zwohundert Gravos. Soll ich den Kurs beibehalten?«

»Nein«, antwortete Ferrero nachdenklich. »Die Andys sollen sich schließlich nicht wundern, warum wir plötzlich den Schub senken, nur um dann auf dem gleichen Kurs weiterzutrödeln.« Sie trommelte einen Moment lang mit den Fingern auf die Sessellehne, dann lächelte sie. »Rufen Sie den Eins-O für mich, Mecia«, befahl sie.

»Aye, aye, Ma'am«, sagte Lieutenant McKee, und einen Augenblick später erschien auf Ferreros kleinem Combildschirm das leicht verschwitzte, von einem sandfarbenen Haarschopf gekrönte Gesicht von Commander Robert Llewellyns, dem Ersten Offizier der *Jessica Epps.*

»Sie haben gerufen, Skipper?«, fragte er.

»Ja, richtig. Wo sind Sie?«

»Mit einem Arbeitstrupp in Magazin Vier«, antwortete Llewellyn und wies auf etwas, das vom Aufzeichner des Schott-Coms nicht mehr erfasst wurde. »Chief Malinski und ich glauben, dass wir den Fehler im Ersatzkabelbaum des Zuführrohrs endlich gefunden haben, und im Moment bauen wir die Deckplattierung aus, um ranzukommen.«

»Freut mich, dass Sie es gefunden haben, aber uns kommt etwas anderes dazwischen. Ich fürchte, Sie müssen das Zuführrohr dem Chief überlassen, denn ich brauche Sie im Beiboothangar.«

»Im Hangar?«, fragte Llewellyn.

»Richtig. Ich muss einem allzu neugierigen Andy-Kreuzer Sand in die Augen streuen, damit er nicht merkt, warum ich gleich die Beschleunigung senke. Deshalb führen wir eine Serie von Gefechtsübungen mit einem oder zwo unserer Beiboote durch, und Sie nehmen das in die Hand. Ich weiß, es ist sehr kurzfristig, aber wahrscheinlich können Sie einfach mit einer simulierten Suche nach einem Holländer anfangen. Bis die Suche beendet ist, haben Sie sich gewiss noch ein paar andere Aufgaben für die Pinassencrews ausgedacht. Und wenn Sie schon dabei sind, lassen Sie sich eine Art Abfangübung einfallen, die uns einen Vorwand liefert, zwo nachgeschleppte Eloka-Drohnen auszusetzen. Glauben Sie, dass Sie das schaffen?«

»Sehe keinen Grund, weshalb nicht«, stimmte der I.O. zu, obwohl er sich offensichtlich schon sehr wunderte, was sie vorhatte. Nun, es bliebe noch genügend Zeit, um ihn vollständig einzuweihen.

»Gut. Rufen Sie mich noch einmal, wenn Sie im Hangar sind. Ich lasse Mecia die Leute warnen, dass Sie auf dem Weg sind.«

»Aye, aye, Ma'am.«

Llewellyns Gesicht verschwand von dem Combildschirm, als der I.O. die Verbindung trennte, und Ferrero winkte McKee zu, das Hangarpersonal von der bevorstehenden Ankunft des Ersten Offiziers zu verständigen. Dann blickte sie Harris und McClelland an.

»Also gut. Sobald der Eins-O uns sagt, dass er bereit ist, wird die Beschleunigung wie besprochen gedrosselt, und wir leiten die ›Pinassen-Übungen‹ mit einer Kursänderung um dreißig bis vierzig Grad ein. Die Drohnen werden fünf Minuten vorher ausgesetzt. Verstanden?«

Beide Untergebene nickten zum Zeichen, dass sie verstanden hatten, und Ferrero lehnte sich in den Kommandosessel zurück und grinste den Lichtpunkt der *Hellebarde* auf ihrem Plot an.

»Das war's, Ma'am«, sagte Lieutenant-Commander Harris schließlich. »Vier Stück sind es.«

»Gute Arbeit, Shawn«, sagte Ferrero aufrichtig, während sie ihm über die Schulter auf sein detailliertes Display blickte. Dort waren tatsächlich vier andermanische Drohnen zu sehen, so angeordnet, dass sie die *Jessica Epps* einschlossen, gleichgültig, welche Kursänderung der manticoranische Kreuzer anschlug. Sie befanden sich wenige tausend Kilometer von den Punkten entfernt, an denen Ferrero sie platziert hätte, und das unterstrich nur, wie schwierig es für Harris gewesen war, sie zu finden. Er hatte an den Stellen nach den Drohnen zu suchen begonnen, an denen er sie vermutete, und trotzdem hatte es den Taktischen Offizier fast viereinhalb Stunden gekostet, um die Positionen aller vier Drohnen eindeutig zu bestimmen. Selbst das hätte er so früh vielleicht nicht geschafft, wenn die Andys nicht gezwungen gewesen wären, neue Drohnen heranzuführen, weil die Energieversorgung der alten erschöpft war. Er hatte eine der Ersatzdrohnen bei ihrer Annäherung entdeckt, und nachdem er ihren geometrischen Ort einmal ermittelt hatte, konnte er von dort ausgehend auch die anderen finden.

Das verriet einiges über die teuflische Stealth-Technik, die in den Drohnen verbaut war. Immerhin schien die Betriebsdauer der Drohnen geringer zu sein als bei den Modellen der RMN, doch das bot im Augenblick nur geringen Trost.

Ferrero musterte die Icons für die schwer ortbaren Drohnen noch kurz. Sie war sich relativ sicher, dass die Andermaner die noch besser getarnten Geisterreiter-Drohnen nicht geortet hatten, die sich von hinten an sie herangeschlichen hatten. Doch Ferrero hätte keine größere Summe darauf gesetzt. Nicht, nachdem es den Andermanern gelungen war, ihr diese Drohnen anzuhängen. Alles, was Harris und Bob Llewellyn detektieren oder schlussfolgern konnten, wies darauf hin, dass die Geisterreiter den andermanischen Modellen überlegen waren, doch das setzte voraus, dass die andermanischen Systeme mit voller Leistung arbeiteten, ohne sich Reserven zurückzubehalten. Immerhin erschien das wahrscheinlich, aber sicher sein konnte man sich nicht.

Andererseits stand fest, dass die passiven Sensoren der andermanischen Drohnen außerordentlich empfindlich sein mussten. Daraus ergab sich automatisch, wie Erica Ferrero die Situation am besten meistern konnte.

Sie blickte auf das Chronometer am Schott und legte Harris mit einem boshaften Grinsen eine Hand auf die Schulter.

»Ich fürchte, Ihr Tagwerk ist noch nicht ganz verrichtet, Shawn«, sagte sie zu ihm. »Wir beenden die Pinassenübungen, sobald das aktuelle Manöver abgeschlossen ist. Danach werden Sie diese Dinger noch ... siebenundneunzig Minuten verfolgen. Ich weiß, es wird nicht einfach sein, sie erfasst zu halten, ohne dass die Andys es spitzkriegen, aber ich möchte einfach ein bisschen mehr Zeit zwischen unseren Kursänderungen für die Übungen und den Augenblick der Wahrheit bringen.«

»Den Augenblick der Wahrheit, Ma'am?«, wiederholte Harris.

»Genau. Ich weiß nicht, ob die Idee von Captain Gortz oder von seinen oder ihren Vorgesetzten stammt, aber Gortz versucht ganz eindeutig, uns die technischen Leistungen des Kaiserreichs unter die Nase zu reiben. Unter diesen Umständen halte ich es für sinnvoll, auch unsere Fähigkeiten einmal unter Beweis zu stellen. Am Ende dieser siebenundneunzig Minuten schwenken Sie daher unsere geschleppten Plattformen herum, sodass ihre aktiven Sensoren auf die Andy-Drohnen weisen. Und dann gehen Sie auf volle Leistung. Ich möchte nicht bloß eine Radar-Rumpfabtastung dieser Drohnen haben, Shawn. Ich möchte die Schlosskombinationen ihrer Wartungsklappen lesen. Ich möchte ihre verfluchten Seriennummern sehen und die Fingerabdrücke des letzten Technikers, der sie gewartet hat. Und ganz besonders möchte ich zuschauen, wie die passiven Sensoren dieser verdammten Dinger zusammenschrumpeln und schmelzen. Haben Sie verstanden?«

»Aber ja, Skip!« Harris stimmte ihr mit einem Grinsen zu, das dem ihren an Boshaftigkeit in nichts nachstand. »Viermal frittierte Aufklärungsdrohnen mit *Sauce hollandaise,* kommt sofort!«, versprach er.

»Gut.« Sie klopfte ihm noch einmal auf die Schulter. »Sehr gut«, sagte sie und ging zu ihrem Kommandosessel zurück.

Sie setzte sich wieder, und ihr Lächeln verblasste ein wenig, als sie in ihren Plot blickte und die rot leuchtenden Punkte der andermanischen Aufklärungsdrohnen betrachtete. So befriedigend es auch war, dem andermanischen Kreuzerkommandanten seine Unhöflichkeit mit Zinsen heimzuzahlen (und sie war sich selbst gegenüber so ehrlich zuzugeben, dass es sehr befriedigend sein würde), es änderte doch nichts daran, dass es der *Hellebarde* gelungen war, ihr unbemerkt diese Läuse in den Pelz zu setzen.

Warum Gortz beschlossen hatte, ihr solche Fähigkeiten zu offenbaren, blieb nach wie vor rätselhaft, doch ließ sich in den Taten des anderen Kommandanten eindeutig ein Muster erkennen. Er (oder sie) eskalierte langsam aber gleichmäßig, enthüllte dabei immer mehr raffiniertere Technik und nutzte zugleich die Gelegenheit, die Möglichkeiten der *Jessica Epps* auszuloten. Das war ein Grund, weshalb Ferrero sich solche Mühe machte zu verbergen, dass sie Geisterreiter einsetzte. Die nachgeschleppten Eloka-Plattformen, die sie Llewellyn als Teil seiner ›Übungsmanöver‹ hatte aussetzen lassen, waren kaum etwas Neues; man benutzte so etwas schon seit Generationen und würde es noch Generationen lang benutzen. Denn im Gegensatz zu den leistungsstärksten Drohnen wurden sie durch das Schiff, das sie ausgesetzt hatte, mit Energie versorgt, und das verlieh ihnen praktisch eine unbegrenzte Betriebsdauer. Dadurch konnten sie ferner außerordentlich starke Täuschsender, Störsender und Sensoren tragen, denn sie bezogen die zum Betrieb notwendige Energie ja vom Mutterschiff. Wenn Ferrero also mit ihnen die Plattformen der *Hellebarde* ausschaltete, benutzte sie dazu ›altbekannte‹ Technik.

Doch gleichzeitig würde sie Gortz zeigen, dass die *Jessica Epps* die Spione der *Hellebarde* bemerkt hatte, und zwar hoffentlich, ohne zu enthüllen, wann und wie es ihr gelungen war. Gortz sollte sich unbedingt erinnern, dass die beste Technik aller Sternnationen noch immer die RMN besaß, auch wenn die Andermaner große Fortschritte gemacht hatten. Ferrero hoffte inständig, dass diese Voraussetzung weiterhin zutraf.

Doch was Ferrero die eigentliche Vorfreude bereitete, war die andere Botschaft, die übermittelt werden würde. Denn wenn Lieutenant-Commander Harris die außerordentlich empfindlichen Spürsysteme an Bord der Drohnen in nutzlosen Schrott verwandelte, würde die persönliche Botschaft von Captain Erica Ferrero an Kapitän Gortz überdeutlich sein:

Leg dich bloß nicht mit mir *an, du Klugscheißer!*

24

»Mir gefällt es nicht.« Thomas Theisman klang milde, und er lehnte sich in seinem bequemen Sessel in Präsidentin Pritcharts Büro zurück. Sein Gesichtsausdruck indes wirkte alles andere als entspannt. Grimmig runzelte Theisman die Stirn, während er überdachte, was er gesagt hatte. »Es gefällt mir kein bisschen«, fügte er hinzu.

»Glauben Sie etwa, es gefällt mir?«, entgegnete Eloise Pritchart schroff. Theisman wusste, dass ihre Wut nicht ihm galt. »Andererseits lässt Kevins Bericht uns nicht besonders viele Möglichkeiten, oder?«

»Sie können den Mistkerl jederzeit feuern«, meinte Theisman.

»Das habe ich mir auch schon überlegt. Gründlich sogar«, gab Pritchart zu. »Leider hat er gewissen anderen Quellen zufolge die Absicht, eine Rücktrittsforderung meinerseits als verfassungswidrig anzufechten.«

»Verfassungswidrig?« Theisman starrte sie ungläubig an, und sie lächelte bitter.

»Nun, zumindest als rechtswidrig. Einer immerhin nicht ganz unbegründeten juristischen Lesart zufolge hat die Resolution, die alte Verfassung wieder in Kraft zu setzen, dem Kongress das Recht verliehen, meinen Kabinettsentscheidungen zuzustimmen oder sie abzulehnen.«

»Das ist doch lächerlich!«

»Ganz meine Meinung. Dadurch lässt sich Giancola aber nicht abhalten, mit der Sache vor Gericht zu ziehen, wenn ich versuche, ihn zu feuern.«

»Haben Sie mit Dennis darüber gesprochen?«

»Habe ich«, bestätigte ihm die Präsidentin. »Er der gleichen Meinung wie Sie. Leider hat die Quelle, die mir angedeutet hat, dass Arnold so etwas versuchen könnte, auch auf seine lange Freundschaft zu Oberrichter Tullingham hingewiesen.«

»Ach du Scheiße«, murmelte Theisman mit tiefem Abscheu.

»Ganz genau«, stimmte Pritchart ihm zu. »Ich bezweifle sehr, ob er auf lange Sicht gewinnen könnte, aber er könnte uns mit gerichtlichen Erörterungen wochenlang die Hände binden – wenn nicht sogar für Monate. Auf lange Sicht wäre das genauso schlimm. Folglich kann ich nichts unternehmen, um ihn zu bestrafen.«

»Uns bleibt zumindest noch eine andere Möglichkeit«, knurrte Theisman. Pritchart neigte den Kopf zur Seite, und er lächelte gepresst. »Wenn Sie ihn schon nicht feuern können, dann sorgen sie doch einfach dafür, dass Dennis den intriganten Hundesohn anklagt.«

»Den Außenminister anklagen?« Pritchart starrte ihn an.

»Verdammt richtig«, sagte Theisman. »Wir können ihm schließlich nachweisen, dass er Geheiminformationen ausgeplaudert hat, und das ist auf keinen Fall irrtümlich ›geschehen‹! Nicht angesichts des Sauhaufens, vor dem er Kevin zufolge darüber gesprochen hat.«

»Er ist aber auch Kabinettsminister«, entgegnete Pritchart. »Und auch wenn ich Ihnen persönlich hundertprozentig Recht gebe, verfügen die Leute, vor denen er ›geplaudert‹ hat, allesamt über die Unbedenklichkeitsbescheinigung für die höchste Geheimhaltungsstufe.«

»Aber außer seinem verlogenen Bruder hatte keiner die Freigabe für diese Informationen, und außerdem bestand kein Grund, warum auch nur einer von ihnen davon in irgendeiner Weise erfahren musste«, versetzte Theisman. »Sie wissen genau, dass es jetzt, nachdem er sie eingeweiht hat, nur eine Frage der Zeit ist, bis die Informationen an die Öffentlichkeit geraten. Damit stehen wir wieder vor den gleichen Bedenken für die nationale Sicherheit wie an dem Tag, an dem wir beschlossen haben, das Projekt Schlupfloch weiterzuführen.«

»Ich bin Ihrer Meinung.« Pritchart rutschte tiefer in ihren Sessel und kniff sich müde in den Nasenrücken. »Das Problem ist nur, Tom, dass er uns damit in der Zwickmühle hat. Der politische Preis, den wir zahlen müssten, wenn wir ihn entlassen, wäre zu hoch, und Sie wissen genau, dass das auch für Ihren Vorschlag gilt. Wenn wir ihn anklagen und verurteilen lassen, dann muss genau das, was wir geheim halten wollen, vor Gericht offen gelegt werden. Es sei denn, Sie sind bereit, einen Geheimprozess gegen einen Kabinettsminister der Regierung zu führen, von deren Legitimität wir die Wähler noch immer zu überzeugen versuchen?«

»Ich ...« Theisman setzte zu einer ärgerlichen Antwort an, dann besann er sich eines anderen und atmete sehr tief durch. Mehrere Herzschläge lang blieb er völlig still sitzen, dann riss er sich zusammen.

»Sie haben Recht.« Er schüttelte den Kopf. »Und das Schlimmste daran ist, ich habe keinen Moment lang bezweifelt, dass er es von Anfang an so geplant hat, um sich zu schützen, falls wir seine Absichten herausfinden.«

»Das ist ja eben das Problem, Tom. Wir wissen noch gar nicht, was er vorhat. Die Informationen, die er seinen Verbündeten mitgeteilt hat, sind für ihn Mittel zum Zweck, aber nicht der Zweck an sich. Natürlich, ich habe einige starke Vermutungen, was er letztendlich im Schilde führt, aber momentan wissen wir nicht genau, auf welches konkrete Ziel er hinarbeitet.«

»Kevin hat keinerlei Idee?« Theisman klang beinahe ungläubig, und Pritchart verzog die Lippen zu einem schiefen Lächeln.

»Kevin Usher hat die Instinkte einer paranoiden Katze und das Herz eines Löwen. Im Kern ist er ganz weich, aber er betreibt großen Aufwand, um das zu verbergen. Allerdings beherrscht er weder die Telepathie, noch besitzt er seherische Gaben. Wir können von Glück reden, dass er so viel herausgefunden hat. Und wir haben Glück«, gab sie zu, »dass er beschlossen hat, es mir persönlich zu melden.«

»Und wem hätte er es sonst melden sollen?«

»Wir haben Kevin aus gutem Grund für die FIA ausgesucht«, erklärte Pritchart geduldig, »denn er kennt einfach zu genau die Schattenseiten, die es hat, wenn man Informationen der inneren Sicherheit dazu benutzt, sich politische Vorteile zu verschaffen. Mit Recht könnte man alles, was Giancola bisher getan hat, auf ein schlechtes Urteilsvermögen und ein loses Mundwerk schieben. Auch wenn er einen Rechtsbruch begangen hat, könnte es einfach daran liegen, dass er zur Geschwätzigkeit neigt, und Kevin ist sich wahrscheinlich besser als jeder andere in dieser Stadt bewusst, wie groß die Spannung zwischen Giancola und mir ist. Deshalb garantiere ich Ihnen, dass er es sich zweimal überlegt hat, und vielleicht auch dreimal, bevor er mir Informationen übergeben hat, mit denen ich Giancola fertig machen könnte. Wahrscheinlich hätte er mir seine Erkenntnisse nicht mitgeteilt, wenn er mich nicht so gut kennen würde.«

»Wollen Sie damit sagen, er hätte seine Informationen unter einem anderen Präsidenten für sich behalten?« Theisman runzelte die Stirn. »Irgendwie passt das nicht zu dem Eindruck, den ich von ihm habe. Oder anders gesagt, wenn ich ihm das je zugetraut hätte, wäre ich sehr unglücklich gewesen, als Sie ihn für diese Aufgabe ausgesucht haben.«

»Ich habe nicht gesagt, dass er irgendetwas für sich behalten würde. Ich meine nur, dass die Information ihn weder über seine offiziellen Kanäle erreicht hat noch das Zwischenergebnis einer laufenden Untersuchung ist. Er hätte sie nicht im eigentlichen Sinne ›für sich behalten‹ müssen. Denn es ist eine reine Ermessensfrage, ob er etwas an mich weitergeben soll, was als kaum fundierte Gerüchte beginnt. Er wollte sich unbedingt erst vergewissern, ob an den Gerüchten tatsächlich etwas dran ist – und das hat er getan, ohne eine offizielle Untersuchung einzuleiten. Aber es gab absolut keinen Grund, warum er diesen Gerüchten aus eigenem Ermessen nachgehen sollte, nur damit er mir etwas berichten konnte, wonach ich gar nicht gefragt hatte. Diese Entscheidung hat er ganz auf eigene Faust getroffen, und zwar, weil er der Meinung war, ich würde weder seine Informationen missbrauchen noch das System oder das Vertrauen, das er in mich setzt. Und vermutlich auch aus dem Grund, weil er mit mir einer Meinung ist, dass Arnold Giancola und seine Anhänger die größte Gefahr sind, mit der wir im Moment zu tun haben.«

»Intern«, stimmte Theisman zu. »Aber extern?« Er schüttelte wieder den Kopf. »Ich glaube nach wie vor, dass die Mantys und besonders dieser Schafskopf Janacek eine unmittelbarere und weit gefährlichere Bedrohung darstellen.«

»Tom, Tom.« Pritchart seufzte und rieb sich beide Augen mit den Handflächen, dann verzog sie das Gesicht. »Ich stelle keineswegs Ihr Urteil infrage, zu welchem Ausmaß an Dummheit Janacek, High Ridge und irgendein anderer von ihnen imstande ist. Das Problem ist nur, wir können nicht beeinflussen, was sie tun, egal, wie sehr wir es versuchen. Die einzige Lage, die wir hoffentlich beherrschen können, ist unsere innenpolitische Situation. Die interstellare Lage muss sich im Augenblick einfach um sich selbst kümmern. Und wenn Janacek und sein Chef sich zu etwas wirklich Dummem entschließen, dann ist es an Ihnen und an der Flotte, uns vor den Folgen zu schützen.«

Theisman blickte sie mehrere Sekunden lang schweigend an, und sie konnte fast die Intensität seiner Gedanken spüren, die ihm durch den Kopf schossen.

»Sie sind sich absolut sicher, dass Sie so verfahren wollen?«, fragte er schließlich.

»Eigentlich *will* ich gar nicht so verfahren«, fuhr sie ihn fast an. »Es ist einfach nur das kleinste Übel unter etwa einem halben Dutzend abscheulicher Möglichkeiten. Kevin weiß vielleicht nicht genau, welches Ziel Giancola verfolgt, aber ich garantiere Ihnen, dass ich wenigstens zwei Ziele kenne, die er anstrebt. Eines davon ist, mich – und wahrscheinlich auch Sie – dazu zu zwingen, mit den Mantys zu verhandeln. Das zweite ist, dass er sich eine gute Ausgangsposition bei den nächsten Präsidentschaftswahlen verschaffen will – wenn er so lange wartet.«

Theisman setzte sich kerzengerade auf. »Wie meinen Sie das, ›wenn er so lange wartet‹? Glauben Sie wirklich, dass er Überlegungen in dieser Richtung anstellt?«

»Nein. Nein, das glaube ich nicht.«

Theisman betrachtete sie mit zusammengekniffenen Augen, und sie seufzte erneut.

»Also schön, vielleicht doch«, räumte sie demonstrativ unwillig ein. »Und ich wünschte, ich hätte diese Möglichkeit zum Teufel noch mal Ihnen gegenüber nicht durchblicken lassen, Tom Theisman! Denn im Moment weiß ich nur, dass ich ihm nicht traue, ihn nicht mag und dass er ehrgeizig, überheblich und stur ist. Nichts davon wäre ein Grund für irgendwelches ›sofortiges Handeln‹.«

»Auch wenn es nicht so aussieht, Eloise«, sagte er in täuschend mildem Ton, »eigentlich ist es gar nicht meine Gewohnheit, zu putschen. Jedenfalls nicht ohne erheblich größere Provokation als das.«

»Weiß ich«, sagte sie zerknirscht. »Ich schätze, ich reagiere nur ein wenig verrückt, sobald Giancola ins Spiel kommt. Wissen Sie, ich glaube keinen Augenblick, dass er lange zögern würde, wenn er die Gelegenheit für das eine oder andere Manöver im alten Stil bekäme. Im Moment jedoch vereiteln Kevin und Dennis diese Möglichkeit für jeden. Deshalb kommt Giancola auch aus einer anderen Richtung. Und deshalb dürfen wir es nicht ihm überlassen, den Informationsfluss zu kontrollieren. Er benutzt die Existenz von Schlupfloch als Hebelpunkt, Tom. Er lässt Tatsachen durchblicken, weil das seinen Ruf als Eingeweihten stärkt. Er sieht sich gern als jemanden mit Zugang zu den Schalthebeln der Macht und dem zugehörigen Wissen. Und wenn er sich dann hinsetzt, um jemanden auf seine Seite zu ziehen, der ohnehin schon unglücklich oder besorgt darüber ist, dass die Mantys jedes sinnvolle Gespräch absichtlich verzögern, dann kann er die Schlachtschiffe als Argument nutzen, um meine Politik als noch schwächer hinzustellen. Denn wenn wir es schließlich geschafft haben, in den militärischen Mitteln mit dem Sternenkönigreich gleichzuziehen, aber die Mantys noch immer nicht unter Druck setzen wollen, dann sind wir offensichtlich zu verzagt, um die Rückgabe der besetzten Sonnensysteme je durchzusetzen.«

»Und wenn wir versucht hätten, die Rückgabe durchzusetzen, als er es wollte, hätten wir nie die Gelegenheit erhalten, mit den Mantys gleichzuziehen!«, schoss Theisman zurück.

»Freilich nicht, aber meinen Sie denn, Giancola würde sich mit solchen Kleinigkeiten aufhalten?« Pritchart lachte sehr humorlos. »Selbst wenn wir in die Position kämen, ihm das unter die Nase zu reiben, ohne uns an die Öffentlichkeit zu wenden, würde es nichts nützen. Niemand interessiert sich dafür, was vor drei oder vier Jahren gewesen ist. Alle achten nur darauf, wie die Lage *heute* ausschaut, und auf sonst nichts. Und laut Giancola haben wir heute die nötigen militärischen Mittel, um den Mantys die Stirn zu bieten, wenn wir sie nur einsetzen *wollten.*«

»Also werden Sie tun, wozu er Sie bewegen will.« Theismans Satz hätte durchaus wie ein Vorwurf klingen können, doch so war es nicht. Obwohl nach wie vor deutlich war, dass er der Politik, die sie vorschlug, nicht zustimmte, war doch klar, dass er sehr wohl verstand, was sie dazu trieb. Und er begriff, dass sie Recht hatte. Es gab keinen ›guten‹ Weg, nur die Wahl zwischen verschiedenen Übeln.

»Ich sehe keine andere Möglichkeit als den Versuch, seinen Manövern zuvorzukommen«, entgegnete Pritchart. »Wenn wir die Existenz der neuen Schiffe selbst bekannt geben und gleichzeitig beginnen, die Mantys an den Verhandlungstisch zu zwingen, nehmen wir seiner Anstrengung größtenteils die Schneide. Hoffe ich.«

»Aber wir dürfen die Mantys nicht zu hart und nicht zu rasch bedrängen«, warnte Theisman. »Selbst wenn das Sternenkönigreich unsere Enthüllungen erheblich ruhiger entgegennimmt als ich vermute, wird es eine Verzögerung zwischen dem Moment geben, in dem wir die Existenz von Schlupfloch zugeben, und dem Zeitpunkt, zu dem sie ihre Strategie an die neuen Gegebenheiten angepasst haben. Es lässt sich kaum sagen, wie sie reagieren, wenn wir den Druck hochregeln, bevor sie diese Neuanpassung abgeschlossen haben.«

»Das ist mir klar. Trotzdem meine ich, dass die Situation dann viel besser zu kontrollieren ist, als wenn Giancola wie eine aus der Bahn geratene Null-G-Kegelkugel im Zickzack durch Nouveau Paris springt. Es dauert wenigstens einen Monat, bis die Presseverlautbarungen über Schlupfloch nach Manticore gelangen. Wir lassen die diplomatische Note, in dem wir unsere neue, härtere Position verkünden, ein paar Tage später dort eintreffen, und wir achten darauf, sie möglichst unprovokativ zu formulieren.«

»Sie wollen ›unprovokativ‹ verlangen, dass die Mantys aufhören, unsere Zeit zu verschwenden?« Theisman zog fragend die Braue hoch, und Pritchart schnaubte.

»Ich habe nicht gesagt, dass sie sich freuen werden, wenn sie die Note lesen. Aber wir können fest unsere Position vertreten, ohne wie ein Haufen Wahnsinniger zu klingen, denen es in den Fingern juckt, ihre neuen Militärspielzeuge auszuprobieren!«

»Als derjenige, dem die Spielzeugkiste gehört, kann ich dem nur zustimmen«, sagte Theisman inbrünstig. Er kratzte sich am Kinn und runzelte nachdenklich die Stirn. »Trotzdem wäre ich glücklicher, wenn Giancola nicht Außenminister wäre. Er hat einfach zu viel Gelegenheit, allem, was wir den Mantys sagen, seinen eigenen Stempel aufzudrücken.«

»Mir ist der gleiche Gedanke gekommen«, räumte Pritchart ein. »Leider können wir ihn weder feuern noch anklagen, also müssen wir uns damit abfinden, dass er uns erhalten bleibt. Manchmal wünschte ich, unser System würde dem der Mantys mehr ähneln. Nicht dass unseres in seiner Stabilität nicht seine Vorzüge hätte – zum Beispiel lassen sich plötzliche, unerwartete Trendwenden in der Regierungspolitik verhindern, wie damals, als Cromarty starb. Doch da unsere Kabinettsmitglieder auf bestimmten Posten vom Kongress bestätigt werden müssen, können wir die Amtsbereiche nicht einfach wie die Mantys verschieben, wenn es uns gerade in den Kram passt. Und solange Giancola Außenminister ist, können wir ihn nicht aus der diplomatischen Kette ausschließen.

Gleichzeitig weiß er natürlich, dass er von mir keine

Grußkarte zu Weihnachten kriegt, so herzlich unsere Beziehungen in der Öffentlichkeit auch erscheinen mag. Deshalb ist es mir egal, ob ich seine zarten Gefühle verletze, wenn ich darauf bestehe, jede Note an die Mantys durchzusehen, bevor wir sie versenden.« Sie schnaubte wieder, und diesmal zeigte sich ein klein wenig echte Belustigung in ihrem flüchtigen Lächeln. »Wer weiß? Vielleicht ärgert er sich so sehr, dass er uns allen einen Gefallen tut und sein Amt niederlegt.«

»Halten Sie bloß nicht den Atem an, während Sie darauf warten«, riet ihr Theisman. »Anoxie ist eine hässliche Todesart.«

»Wo Leben ist, da ist auch Hoffnung«, gab sie zurück.

»Wird wohl so sein.« Theisman überlegte kurz. »Wie also wollen Sie die erste Bekanntgabe von Schlupfloch handhaben? Soll sie aus meinem Ministerium kommen oder von Ihnen?«

»Aus Ihrem«, sagte Pritchart sofort. »Ich bin sicher, dass ich bei meiner nächsten Pressekonferenz darüber alle möglichen Fragen zu hören bekomme, aber die erste Bekanntgabe ist Angelegenheit der Navy.«

»Und was, wenn mich jemand fragt, weshalb Schlupfloch in keinem offiziellen Haushalt aufgeführt ist?«

»Ich hoffe sogar, dass jemand Ihnen diese Frage stellt«, gab Pritchart zu. »Wenn das geschieht, sollten Sie den Fragenden darauf hinweisen, dass sich die Republik ohne einen offiziellen Friedensvertrag mit dem Sternenkönigreich noch immer im Kriegszustand befindet und dass eine Veröffentlichung des Flottenhaushalts für jeden möglichen Gegner eindeutig eine große Hilfe wäre. Verbinden Sie nicht von selbst die Begriffe ›Manticore‹ und ›möglicher Gegner‹, aber dementieren Sie auch nicht, wenn jemand anderes auf den Zusammenhang hinweist.

Es schadet nicht, das manticoranische Denken schon ein klein wenig zu erschüttern, bevor wir die erste offizielle diplomatische Note ins Sternenkönigreich senden. Dieses Argument früh anzubringen nimmt auch jedem den Wind aus den Segeln, der – wie unser geschätzter Herr Außenminister und seine Verbündeten – anführen könnte, wir wären zu furchtsam gewesen. Ich bezweifle, das irgendjemand schon vergessen hat, was die manticoranische Navy uns vor ein paar Jahren beinahe angetan hätte, aber es kann nicht schaden, jeden noch einmal daran zu erinnern.«

»Ich sehe, was Sie im Sinn haben. Und wenn wir uns schon an einen schlafenden Hund anschleichen müssen, um ihm dann gegen die Nase zu treten, können wir es wenigstens so effizient wie möglich tun.« Er schüttelte den Kopf. »Wissen Sie, als Dennis und ich entschieden haben, dass Saint-Just weg musste, hätte ich nie gedacht, dass eine demokratische Regierung, frei und geheim von ihren Bürgern gewählt, sich mit solchen Mitteln gegen einen der eigenen Kabinettsminister verteidigen müsste.«

»Und darum ziehen Sie das Militärische der Politik vor«, entgegnete Pritchart ihm ein wenig traurig. »Nicht dass ich es ihnen verdenke. Trotzdem kommt es sehr auf den Zeitpunkt an, Tom. Gestehen Sie der Republik noch weitere fünfzehn oder zwanzig T-Jahre zu, um wieder Boden unter die Füße zu bekommen. Bis dahin hat sich die Wählerschaft auch an die Rechtsstaatlichkeit gewöhnt, und wir brauchen uns nicht solche Gedanken zu machen über einen übermäßig ehrgeizigen, skrupellosen Politiko. Dann kann ich nämlich auf seiner Amtsniederlegung bestehen und mich darauf verlassen, dass alle Folgen von der Verfassung abgefangen werden. Leider sind wir noch nicht so weit.«

»Ich weiß. Und ich freue mich schon auf eine Zeit, wenn

wir nicht als Erstes ... annehmen müssen, dass Giancolas Idiotie uns in einen neuen heißen Krieg gegen die Manticoraner treibt.«

»Das halte ich für den schlimmstmöglichen Fall«, entgegnete Pritchart ernst. »High Ridge ist noch skrupelloser und ehrgeiziger als Giancola, wenn Wilhelm und seine Experten es richtig deuten. Gleichzeitig ist er aber auch ein feiger Hund. Ich will nicht die Möglichkeit von der Hand weisen, dass er etwas Unüberlegtes tut, wenn man ihn in die Ecke drängt. Aber auf keinen Fall will er den Krieg mit uns weiterführen. Schon gar nicht, wenn er den Eindruck gewinnt, als hätte Schlupfloch die Chancen wirklich ausgeglichen. So lange wir also darauf achten, ihn nicht zu sehr zu bedrängen, wird er nicht den Startschuss für einen neuen Krieg gegen uns geben. Und ich habe ganz gewiss nicht die Absicht, einen zu beginnen!«

»Ich würde mich viel wohler fühlen, wenn ich nicht wüsste, wie viele Kriege ausgebrochen sind, obwohl beide Seiten sie nicht gewollt haben«, entgegnete Theisman trocken.

»Sicherlich. Trotzdem kann ich der schieren Möglichkeit auch nicht gestatten, uns zu lähmen. Das Universum ist nicht perfekt, Tom, und wir können nicht mehr tun als unser Bestes.«

»Ich wünschte, ich könnte Ihnen widersprechen. Kann ich aber nicht. Also nehme ich an, ich sollte mal wieder in mein eigenes Büro zurückkehren. Wenn wir die Existenz von Shannons kleinem Projekt bekannt geben, dann setze ich mich besser mit Arnaud Marquette zusammen und mache meinem Planungsstab Feuer unter dem Hintern. Was immer wir uns wünschen oder erwarten, mein Job ist es jetzt, einen Kriegsplan in der Schublade zu haben, falls der Zug uns doch noch entgleist.«

25

»... sobald also die notwendigen Sondendaten vorliegen, werden wir ein voll ausgestattetes Vermessungsschiff hindurchschicken«, antwortete Michel Reynaud der Reporterin.

»Und wie lange werden Sie brauchen, um die nötigen Informationen anzusammeln, Admiral?«, hakte sie rasch nach, bevor jemand anders im überfüllten Auditorium ihr das Wort entreißen konnte.

»Das ist natürlich völlig unwägbar«, erklärte Reynaud ihr geduldig. »Wie Sie alle ohne Zweifel wissen, sind selbst heute einfach nicht sehr viele Wurmlochknoten bekannt. Daher ist unser Bestand an Vergleichsdaten sehr begrenzt. Wir können die Eigenschaften des Phänomens, das wir beobachten, mathematisch beschreiben, aber wir haben kein Modell für die zugrunde liegenden Mechanismen, auf dessen Grundlage man Voraussagen treffen könnte. Mit Sicherheit kann ich Ihnen nur sagen, dass wir wissen, welche Daten wir benötigen. Aber bevor wir die ersten Sonden tatsächlich ins Wurmloch schicken, können wir nicht sagen, wie lange wir brauchen werden, um sie zu erhalten.«

»Aber ...«, begann die Journalistin starrsinnig, und Reynaud knirschte hinter seinem freundlichen Lächeln mit den Zähnen. Neben ihm stand Sir Clarence Oglesby, der Regierungssprecher, was seine Laune in keiner Weise verbesserte. Selbst in den besten Momenten konnte er Oglesby nicht besonders gut leiden, und auch diesmal war es nicht anders. Schließlich waren größtenteils Oglesbys optimistische Kommentare über die gewaltigen Möglichkeiten des neuen Terminus dafür verantwortlich, dass die

Pressevertreter von Reynaud nun einen genauen Zeitplan für die Ankunft des Füllhorns verlangten.

Mit solchen Situationen bin ich nie gut zurechtgekommen, dachte er. *Und wenn ich dieser Hohlbirne sagen würde, was ich von ihrer offensichtlichen Unfähigkeit halte, trotz ihres Berufs einfache Sätze zu verstehen …*

»Wenn ich dürfte, Admiral?«, fragte Jordin Kare schüchtern, der vor den Augen der Öffentlichkeit vorzügliche Manieren bewies. Reynaud gelang es irgendwie, seine Erleichterung zu verbergen, während er nickte.

»Wie Admiral Reynaud schon dargelegt hat«, sagte der Astrophysiker im besten autoritativen Ton eines Professors, »ist jedes Wurmloch, das wir kennen, ein einzigartiger Sonderfall. Unserer eigener Wurmlochknoten unterscheidet sich sehr von allen anderen, die wir bisher erforscht haben, und diese anderen gleichen sich untereinander ebenfalls wenig. Ich habe einen Großteil meines Berufslebens auf diesem Gebiet gearbeitet, und während ich fundierte Aussagen über die bekannten Wurmlochknoten treffen kann, lässt sich nichts davon auf neue anwenden – oder auch nur auf noch unerforschte Termini eines bekannten. Was die Schwerkraft angeht, sind wir im Grunde in der gleichen Lage wie, sagen wir, die Menschen im letzten Jahrhundert Ante Diaspora. Sie konnten die Gravitation in großen Einzelheiten beschreiben, besaßen Modellvorstellungen und vermochten ihre Wirkungen vorherzusagen, doch niemand hatte auch nur die leiseste Ahnung, wie man sie in der Weise erzeugen und manipulieren könnte, zu der wir heute fähig sind. Das läuft darauf hinaus, dass wir auf der Grundlage unseres Wissens über die anderen Wurmlochtermini und andere Wurmlochknoten zwar gewisse Arbeitshypothesen aufstellen können, aber sie bleiben letztlich eben, was sie sind:

Hypothesen. Bevor wir ihre Richtigkeit eindeutig nachweisen können, steht es völlig außer Frage, ein bemanntes Schiff hindurchschicken.«

Er lächelte mit unbeschwertem Autoritätsbewusstsein, in den Schutzmantel seiner akademischen Leistungen gehüllt, und die Reporterin nickte in tiefem Respekt, als hätte er ihr gerade nicht das Gleiche gesagt wie Reynaud. Obwohl der Direktor der RMAIA für Kares Einwurf sehr dankbar war, konnte er sich kleinerer Mordfantasien gegen die Reporterin nicht erwehren, als diese sich endlich wieder setzte.

Die übrigen Korrespondenten drückten fast augenblicklich ihre Meldeknöpfe, und Reynaud nickte einem schmal gebauten, dunkelhaarigen Mann zu, als ein holografisch projiziertes grünes Licht über ihm erschien und anzeigte, dass er den Wettstreit gewonnen habe.

»Ambrose Howell, Admiral«, stellte der Reporter sich vor, »vom *Yawata Crossing Dispatch.*«

»Ja, Mr Howell?«

»Wir haben viel über den potenziellen Wert dieser Entdeckung gehört, und Professor Kare und Sie haben stichhaltig die Schwierigkeiten und den Maßstab der Entdeckung und der Erforschung dargelegt. Ich möchte Ihnen, wenn ich darf, zwei Fragen stellen. Erstens: Wir wissen seit Jahrhunderten aus den mathematischen Modellen des Knotens, dass es zusätzliche Termini geben muss; warum hat es so lange gedauert, an der richtigen Stelle zu suchen? Und zweitens, warum haben wir ausgerechnet jetzt angefangen, danach Ausschau zu halten?«

»Das sind zwei ausgezeichnete Fragen«, ergriff Oglesby mit tiefem, volltönendem Bariton das Wort, bevor Reynaud reagieren konnte, »und wenn es Ihnen recht ist, werde ich die zweite zuerst beantworten.«

Er bedachte den RMAIA-Direktor mit einem entschuldigenden Lächeln, offensichtlich vollkommen blind gegen die glühende Wut, die Reynaud über seine unerwünschte Einmischung empfand.

»Offensichtlich«, fuhr er fort, indem er sein nunmehr bescheidenes Lächeln auf Howell richtete, »bin ich als Laie und völliger Ignorant auf dem Gebiete der Hyperphysik kaum in der Position, Ihre erste Frage zu beantworten. Der Zeitpunkt der Entdeckung jedoch ist zu gleichen Teilen glücklichem Zufall und Voraussicht zu verdanken. Obwohl die heiklen Fragen weiter bestehen, die einen endgültigen Friedensvertrag mit Haven bisher unmöglich gemacht haben, hat die Regierung doch die Gelegenheit dazu bekommen, sich anderen wichtigen Dingen zuzuwenden, denn beide Krieg führenden Seiten sind sich einig, dass ein unsicherer Waffenstillstand dem Blutvergießen vorzuziehen ist. Niemand könnte den bisherigen Regierungen vorwerfen, sich mehr mit interstellaren Sicherheitsfragen und Flottenbudgets befasst zu haben, und solange kein offizieller Friedensvertrag unterzeichnet ist, unterliegt auch die jetzige Regierung der unbedingten Pflicht, die Sicherheit des Sternenkönigreichs an die allererste Stelle zu setzen. Trotzdem erlaubt uns die augenblickliche politischen Lage, dass wir vom Abgrund der aktiven Kriegführung zurücktreten und unsere Gedanken etwas anderem widmen können, das besser ist, als unsere Mitmenschen zu töten.

Die gegenwärtige Regierung weiß, wie wichtig es ist, den Prozess der Befriedung innenpolitisch ebenso fortzuführen wie außenpolitisch. Deshalb hat sie eine ganze Phalanx von Initiativen ins Leben gerufen, um, wie der Premierminister und die Lordschatzkanzlerin sich ausdrückten, ›den Frieden aufzubauen‹. Einige dieser Initiativen sind dazu gedacht, Angehörigen der Streitkräfte die Rückkehr ins Zivilleben zu erleichtern. Andere wiederum sollen die Schäden beheben, die sowohl Einzelpersonen als auch bestimmte Bereiche der Wirtschaft – an dieser Stelle sei nur das Basilisk-System genannt – bei den Kämpfen erlitten haben. Und die Schaffung der Royal Manticoran Astrophysics Investigation Agency mit Admiral Reynaud an der Spitze gehörte auch dazu. Die Regierung hat es als eine ideale Gelegenheit betrachtet, grundlegend in die Zukunft des Sternenkönigreichs zu investieren. Und, um völlig aufrichtig zu sein, die Regierung betrachtet die RMAIA und ihre kühne Suche als genau die Art friedfertiger Herausforderung, die das Beste aus einer Bürgerschaft hervorholt, die der Opfer und der Gewalt einer Dekade des Krieges müde geworden ist. Ich bin wie jeder andere auch, der im weiteren Sinne mit der Regierung und besonders der RMAIA zusammenarbeitet, sehr froh, dass diese Anstrengung so unerwartet früh von so großem Erfolg gekrönt wurde.«

Oglesby strahlte Howell und die HD-Kameras an, und Reynaud sagte sich, dass es nicht sehr klug wäre, diesen albernen, aufgeblasenen Opportunisten vor so vielen Zeugen zu erwürgen. Wenigstens besaß Oglesby kein so Ekel erregendes Naturell wie Makris. Einen Augenblick erwog der Admiral, Oglesby zu bitten, den Reportern auch von den … Diskrepanzen im Haushalt der RMAIA zu berichten, die Reynaud' entdeckt hatte und die von Makris gebilligt worden waren. Aber nein, auch das hätte keinen Zweck. Daher wartete er still ab, bis Oglesby vom Podium zurücktrat, und blickte Howell direkt an, ohne im Geringsten auf den Pressesprecher des Premierministers zu achten.

»Nachdem Sir Clarence Ihre zwote Frage in solch …

beeindruckender Weise beantwortet hat, Mr Howell«, sagte er. »beschränke ich mich auf die erste. Die einfachste Antwort lautet, dass die weitgehend akzeptierten Modelle unseres Wurmlochknotens einen Fehler enthielten – einen Fehler, den Professor Dr. Kare und seine Arbeitsgruppe an der Valasakis University erst vor etwa sechs T-Jahren entdeckt haben. Er ist wegen dieser Arbeiten als Leiter unseres Projekts ausgewählt worden.

Die entdeckte Diskrepanz ist eigentlich kein grundlegender Fehler, aber sie hat trotzdem bewirkt, dass unsere Vorhersagen der wahrscheinlichen geometrischen Orte um einen beträchtlichen Betrag von der Realität abwichen. Der Manticoranische Wurmlochknoten ist ein kugelförmiger Bereich des Weltalls, der annähernd eine Lichtsekunde durchmisst. Er hat folglich ein Volumen von etwa vierzehn Billiarden Kilometern. Ein Terminus ist erheblich kleiner; er ist eine Kugel mit höchstens dreitausend Kilometern Durchmesser. Daher nimmt ein Terminus weniger als ein siebenhundertmillionstel Prozent des Gesamtvolumens des Knotens ein. Dadurch hatte auch der sehr kleine Fehler in den Voraussagen unseres alten Modells eine gewaltige Wirkung. Darüber hinaus ist die ›Signatur‹ des neuen Terminus außergewöhnlich schwach im Vergleich zu denen, die wir bereits kennen. Unsere theoretischen Studien haben immer angedeutet, das könnte der Fall sein, doch diese Schwäche bedeutete auch, das man abwarten musste, bis empfindlichere Instrumente und leistungsstärkere Computer entwickelt worden waren. Erst dann durften wir realistischerweise darauf hoffen, einen neuen Terminus zu entdecken.«

Der Admiral zuckte mit den Schultern.

»Verglichen mit den Schwierigkeiten bei der Jagd nach diesem Terminus hätte die sprichwörtliche Nadel im Heuhaufen keine Herausforderung bedeutet. Ich muss zugeben, dass wir es trotz der starken Unterstützung, die der RMAIA gewährt wurde, genauso sehr wie allem anderen dem altmodischem Glück zu verdanken haben, dass wir den neuen Terminus so rasch entdecken konnten.

Ich nehme an, damit sind Ihre Fragen beantwortet, Mr Howell?«

Der Reporter nickte und setzte sich, und Reynaud wandte sich dem nächsten holografischen Heiligenschein zu.

»Nun, ich glaube, Clarence hat sich wacker geschlagen«, bemerkte der Baron von High Ridge, während er die Kaffeetasse hob. Er hatte seinen eigenen Butler in die Residenz des Premierministers mitgebracht, und nun reagierte der wohlgeschulte Diener augenblicklich mit der Kanne auf den stillen, aber herrischen Befehl. Anerkennend trank High Ridge von dem duftenden Gebräu. Selbstverständlich dankte er dem Mann weder noch nahm er dessen Existenz wahr.

»Denke ich auch«, räumte Elaine Descroix ein, die vor den Resten ihres Frühstücks saß. Sie trank etwas Kaffee, tupfte sich die Lippen mit einer altmodischen Stoffserviette ab und verzog leicht das Gesicht.

»Auf jeden Fall hat Clarence dafür gesorgt, dass der Verdienst dort angerechnet wird, wo er geleistet wurde«, entgegnete sie High Ridge. »Besonders hat mir gefallen, wie er es immer wieder verstanden hat, unseren Slogan ›Den Frieden aufbauen‹ in seine Antworten einzuflechten. Aber dieser Kare, und besonders Reynaud ...!« Sie schüttelte den Kopf. »Was für ein todlangweiliges Gespann!«

»Von Berufsbürokraten und Wissenschaftlern kann

man kaum einen geschärften politischen Sinn erwarten, Elaine«, schalt High Ridge sie sanft.

»Nein«, stimmte sie zu. »Aber ich habe besonders diesen Reynaud im Auge behalten. Ihm gefiel es gar nicht, wie Clarence ihm fortwährend den Wind aus den Segeln genommen hat. Werden wir mit ihm in Zukunft Probleme haben?«

High Ridge runzelte die Stirn. »Was für Probleme denn?«

»Na, kommen Sie schon, Michael! Er ist der Direktor der RMAIA, und so wenig ich ihn mag, Verstand hat er offensichtlich. Ich bin mir ziemlich sicher, dass er rechnen kann, und selbst Melina kann nicht verhindern, dass er einen Blick in seine eigenen Bücher wirft.«

High Ridge stellte die Tasse ab und sah über die Schulter hinweg den Butler an. Descroix besaß die bestürzende Neigung zu vergessen, dass die Dienerschaft Ohren hatte. Der Premierminister war sich dieses Zuges an ihr besonders deutlich bewusst, weil er selbst ständig darauf achten musste. Ihm waren jedoch zu viele Beispiele dafür bekannt, welchen Schaden undankbare, übelnehmerische Dienstboten ihrer Herrschaft zufügen konnten, wenn letztere nicht darauf achtete, was sie in deren Beisein sagte. Diese Lektionen gedachte er nicht zu vergessen, und obwohl sein Butler schon seit dreißig T-Jahren in seinen Diensten stand, hatte es keinen Sinn, unnötige Risiken einzugehen.

»Das wäre dann alles, Howard«, sagte er zu dem Mann. »Lassen Sie die Kanne hier. Ich summe, wenn wir fertig sind.«

»Sehr wohl, Mylord«, murmelte Howard und verschwand diskret.

High Ridge blickte Descroix forschend an. »Also, Elaine«, sagte er, »worauf wollen Sie hinaus?«

»Ich weise darauf hin, dass er seine Bücher einsehen

kann. Ich gebe zu, dass Melina die fiskalischen Einzelheiten besser geregelt hat als erwartet, aber sie kann dem Mann, der technisch ihr Vorgesetzter ist, nicht einfach den Einblick in die Konten seines Amtes verwehren. Reynaud ist vielleicht Admiral, aber er ist im Astro-Lotsendienst aufgestiegen, Michael. Er hat genügend Verwaltungserfahrung. Er mag kein Buchhalter sein, aber ich bin mir gar nicht sicher, ob er Melinas kleine ... Tricks nicht vielleicht doch durchschaut. Und angesichts dessen, dass er Clarence offensichtlich nicht ausstehen kann – und damit auch uns – wäre es durchaus möglich, dass er sich als Ritter auf weißem Ross betrachtet. Vielleicht lässt ihn sein empfindsames Gewissen zum Judas werden.«

»Das halte ich für unwahrscheinlich«, entgegnete High Ridge nach kurzem Nachdenken. »Wenn ihm das zuzutrauen ist, warum hat er es dann nicht schon längst getan? So weit ich weiß, hat er noch nie unbequeme Fragen gestellt, geschweige denn irgendein Anzeichen gezeigt, mit seinem Verdacht – wenn er denn einen hegt – an die Öffentlichkeit zu gehen. Und selbst wenn sich herausstellt, dass er es doch will, stünde doch effektiv sein Wort gegen das Ihrer Majestät Regierung.« Er schüttelte den Kopf. »Nein, ich sehe nicht, wie er uns unter diesen Umständen schaden könnte.«

»Vermutlich haben Sie Recht – im Augenblick«, sagte Descroix. »Andererseits dachte ich gar nicht ans Jetzt oder an die nächsten Monate oder Jahre. Trotzdem, sehen wir den Tatsachen ins Gesicht, Michael. Wir wissen beide, dass es früher oder später zu einem Regierungswechsel kommt.«

»Cromarty war mit nur drei Unterbrechungen fast sechzig T-Jahre lang Premierminister«, entgegnete High Ridge ein wenig steif.

»Und er hatte die begeisterte Unterstützung der Krone

hinter sich. Ein sehr angenehmer Zustand«, bemerkte Descroix trocken, »der in unserem Fall kaum gegeben sein dürfte.«

»Wenn die Unterstützung der Krone Grundvoraussetzung für die Regierungsbildung wäre, hätten wir die Genehmigung dazu niemals bekommen!«, versetzte High Ridge scharf.

»Natürlich nicht. Aber darum geht es auch gar nicht, oder? So unbeherrscht die Queen auch ist, sie ist eine scharfsinnige politische Beobachterin, und sie hatte Recht. Die Differenzen unserer Ideologien und Prioritäten – besonders zwischen Ihnen und mir einerseits und Marisa andererseits – sind zu grundlegend, als dass unser Zusammenhalt ewig Bestand haben könnte. Und darin sind mögliche äußere Kräfte noch gar nicht einkalkuliert. Sehen Sie sich nur diese bescheuerte Montaigne an.« Descroix verzog das Gesicht. »Ich glaube zwar nicht, dass sie die geringste Chance auf Erfolg hat, aber es ist eindeutig, was sie mit diesem dramatischen Verzicht auf ihren Titel bezweckt. Ich glaube, dass die Chancen letztlich hoch gegen sie stehen, aber andererseits hatte ich auch nicht damit gerechnet, dass sie ihre kleine Sonderwahl gewinnt. Deshalb habe ich überhaupt kein Verlangen, mein politisches Überleben davon abhängen zu lassen, dass sie es meiner Meinung nach nicht schaffen wird.«

»Sie glauben also, sie könnte wirklich Marisa als Parteivorsitzende herausfordern?«, fragte High Ridge.

»Wie die Dinge im Moment stehen, wahrscheinlich nicht«, sagte Descroix. »Aber darum geht es mir ja. Wir wissen beide, dass Politik dynamisch ist und nicht statisch. Die Dinge ändern sich, und Montaignes Herausforderung könnte Marisa so sehr schwächen, dass jemand anderes, der weiter oben in der Hierarchie steht, sie erfolgreich herausfordert. Oder vielleicht besinnt sich Marisa auch wieder auf die ›wahren Werte‹ der Freiheitler und distanziert sich von uns. Offen gesagt halte ich das für das wahrscheinlichste Ende unserer Regierung. Denn Marisa hat es nie besonders behagt, mit uns zusammenzuarbeiten.«

»Es ist auch nicht sehr hilfreich, wenn Sie sie bei jeder Kabinettssitzung aufs Korn nehmen«, entgegnete High Ridge in schneidend unbeteiligtem Ton.

»Das weiß ich. Aber ihre verdammte Scheinheiligkeit und Heuchelei regt mich so sehr auf, dass ich einfach nicht an mich halten kann. Geben Sie es doch zu, Michael! Wenn es hart auf hart ankommt, ist Marisa genauso sehr wie Sie und ich – wahrscheinlich sogar noch eher – dazu bereit, alles Nötige zu tun, um die Macht in der Hand zu behalten. Natürlich tut sie das nur, weil ihre pharisäische Ideologie es rechtfertigt, mit der sie das Universum und die Menschheit vor der Erbsünde erretten will.«

»Wird wohl so sein.« High Ridge nahm noch einen Schluck Kaffee und verbarg hinter der Tasse sein Gesicht, bis er sicher war, es wieder in der Gewalt zu haben. Ihm war bewusst gewesen, dass Descroix' Ungeduld mit New Kiev beständig gewachsen war, dennoch traf ihn die ungemilderte Galle im Ton der Außenministerin wie ein Schlag. Besonders, weil sich ihr Tonfall durchaus als das erste Vorzeichen des Bruchs erweisen konnte, vor dem Descroix ihn warnte.

»Oh, machen Sie sich keine Sorgen«, sagte sie, als könnte sie seine Gedanken lesen. »Ich verabscheue diese Frau so, wie sie wahrscheinlich ihm Gegenzug auch mich verabscheut. Wir sind uns jedoch beide bewusst, wie sehr wir uns im Augenblick brauchen, und keine von uns wird eine Dummheit begehen.

Letztendlich aber«, fuhr sie fort und unterminierte

sogleich wieder das kurze Gefühl der Erleichterung, das High Ridge befallen hatte, »werden wir entweder unser Ziel erreichen, für das wir uns überhaupt erst verbündet haben, oder es gelingt Alexander und der Queen, uns vorher aus dem Amt zu drängen. Im ersten Fall können wir davon ausgehen, dass der Bruch unserer Partnerschaft von einer gewissen ... Bitterkeit begleitet wird. Im zweiten Fall – den ich, wie ich hinzufügen muss, als unwahrscheinliches, schlimmstmögliches Szenario ansehe – können Sie davon ausgehen, dass Ihre Majestät auf Blut aus sein wird. Unser Blut. Wie auch immer, es werden einige sehr scharfe Messer darauf warten, ihren Ehrenplatz in irgendjemandes Rücken zu erhalten, und Reynaud könnte eines davon in der Faust halten.«

»Ich glaube, Sie machen sich unnötige Sorgen«, sagte der Premierminister. »Die eine oder andere ... Unregelmäßigkeit gibt es immer, aber keine Seite hat irgendein Interesse, sie öffentlich zu machen, wenn die Regierung wechselt. Schließlich wird es, wie Sie selbst sagen, irgendwann wieder einen neuen Wechsel geben. Wenn die neue Regierung ihre Vorgängerin wegen jeder kleinen Diskrepanz anschwärzt, dann fordert sie die gleiche Behandlung für sich heraus, sobald wieder ein Wechsel ansteht, und wer will das schon?«

»Bei allem schuldigen Respekt, Michael, wir reden hier aber nicht von ›kleinen Diskrepanzen‹«, entgegnete Descroix kühl. »Ich wäre die Erste, die unterstreicht, wie gerechtfertigt unsere Entscheidungen gewesen sind, aber trotzdem handelt es sich doch wohl kaum um unbeabsichtigte Fehler oder mangelhafte Dokumentationen. Es hat keinen Sinn, so zu tun, als könnte jemand wie Alexander unsere Maßnahmen übertrieben aufblähen und deswegen eine Art Hexenjagd anzetteln. Und was immer er als realistischer, pragmatischer Politiker auch gern täte, die Königin *wird* zur größten, lautesten Hexenjagd wie möglich blasen, weil es um uns geht. Um genau zu sein« – Descroix lächelte schmal –, »bin ich mir sicher, dass sie im Mount Royal Palace schon Holz für den Scheiterhaufen aufschichtet.«

»Es ist jetzt ein wenig spät, um noch kalte Füße zu bekommen, Elaine«, entgegnete High Ridge. »Wenn Sie gedacht haben, wir gingen unvertretbare Risiken ein, dann hätten Sie sich rechtzeitig melden sollen.«

»Ich habe gerade erst gesagt, dass ich sie für gerechtfertigt halte«, entgegnete sie gelassen, aber betont. »Ich stelle nur klar, dass ich deswegen nicht blind bin für die möglichen Folgen, die später eventuell auf uns zukommen könnten.«

»Und warum weisen Sie so beflissen darauf hin?«, fragte er in einem Ton, der, wie er bemerkte, für einen manticoranischen Premierminister schon fast ein wenig zu quengelig klang.

»Weil Reynauds Verhalten gegenüber Clarence meine Bedenken zur Kristallisation gebracht hat. Ich bin mir der Risiken von Anfang an bewusst gewesen, aber die Alltagsgeschäfte haben sie von ihrem Ehrenplatz auf meiner Liste der Dinge, über die ich mich sorgen muss, verdrängt. Wenn wir jetzt nicht anfangen, uns darüber Gedanken zu machen, dann werden wir später sehr viel Zeit damit verbringen, sie immer wieder zu überdenken.«

»Soll heißen?«

»Soll heißen, dass es Zeit ist, die Rettungsboote auf Lecks zu überprüfen. Wenn das Schiff sinkt, ist es dazu zu spät.« Sie gestattete sich, amüsiert über sein gereiztes Gesicht zu lächeln, beschloss aber, Gnade zu zeigen und endlich auf den Punkt zu kommen.

»Irgendwann wird irgendjemand sehr gezielt Fragen stellen, Michael. Dafür sorgt schon Elizabeth Winton, auch wenn es sonst niemand will. Deshalb ist mir in den Sinn gekommen, dass es ein guter Moment wäre, um mit der Anfertigung von Dokumentationen zu beginnen – Dokumente, anhand deren wir die Antworten belegen können, die wir später geben wollen.«

»Verstehe«, sagte der Premierminister langsam, lehnte sich zurück und musterte sie aufmerksam und voller Respekt. »Und wie sollen wir das anstellen?«, fragte er schließlich.

»Wir fangen damit an, dass jede kleine … finanzielle Unregelmäßigkeit zu unserer geschätzten Lordschatzkanzlerin und zu unserem verdienten Innenminister MacIntosh führt.« Sie seufzte. »Wie tragisch! Der Gedanke, dass solche selbstlosen Diener am Allgemeinwohl sich als so korrupt und unredlich erweisen, dass sie Regierungsmittel in Schmiergelderfonds und Stimmenkaufpläne umleiten! Und wie doppelt unglückselig, dass Sie durch Ihr Vertrauen in die wohlbekannte Rechtschaffenheit der Freiheitlichen Partei nicht rechtzeitig bemerkt haben, was da vor sich ging!«

»Verstehe«, wiederholte er. Er hatte schon immer gewusst, dass Elaine Descroix so gefährlich war wie eine altirdische Kobra, doch selbst jetzt noch entsetzte ihn das Ausmaß ihrer Skrupellosigkeit.

»Selbstverständlich«, räumte sie fröhlich ein, »muss das in aller Stille vor sich gehen, und ehrlich gesagt weiß ich noch nicht, wie man es am besten angeht. Eine nachlässige Arbeit, die unsere Fingerabdrücke trägt, wäre völlig nutzlos, sogar gefährlich.«

»Da stimme ich Ihnen ganz gewiss zu!«

»Gut. Denn wenn das so ist, sollten wir uns damit an Georgia wenden.«

»Sind Sie sicher, dass Sie Georgia ganz in diese Sache einweihen möchten?« High Ridge wusste, dass man ihm seine Zweifel ansah, doch Descroix lächelte nur.

»Michael«, sagte sie geduldig, »Georgia hat schon Zugriff auf die North-Hollow-Dateien. Ich bin mir sicher, dort findet sich genügend Belastungsmaterial, um jeden zu vernichten, den sie vernichten möchte. Sie benötigt kein weiteres Wissen, um für uns zur Bedrohung zu werden. Außerdem haben Sie Georgia doch schon bestimmt ein halbes Dutzend mal für Dinge benutzt, deren Legalität von einem echten ... Pedanten durchaus bestritten werden könnte. Mir kommt da auf Anhieb die Überwachung von Harrington und White Haven in den Sinn.

Worauf ich hinaus will: Sie weiß schon so viel über uns, dass sie uns hochgehen lassen kann. Sie kann es nur nicht, ohne sich selbst ebenfalls zu belasten. Das Gleiche gilt für Melina. Nach Reynaud ist sie das größte potenzielle Leck bei der RMAIA. Aber sie hat auch sehr gute Arbeit dabei geleistet, Marisa vor der bösen Wirklichkeit zu bewahren, und das heißt, wenn das Amt untergeht, reißt es sie mit.«

Descroix zuckte die Achseln. »Georgia und Melina haben beide sehr gute Gründe, dafür zu sorgen, dass jeder hässliche Verdacht von ihnen abgewendet und auf einen anderen gelenkt wird. Wenn ich Melina für hinreichend qualifiziert hielte, würde ich vorschlagen, dass die Angelegenheit ganz in ihren Händen bleibt. Leider traue ich ihr das nicht zu ... wohingegen Georgia hinreichend bewiesen hat, wie versiert sie in solchen Dingen ist. In Anbetracht dessen, wie gut sie sich auf solche Dinge versteht, erscheint es mir wenig sinnvoll, noch einen Dritten hinzuzuziehen. Je mehr Leute wir einweihen, desto größer das Risiko, dass jemand sich versehentlich verplappert – ganz zu schweigen davon, dass jemand wie Reynaud uns schaden könnte, wenn er unsere Bemühungen bemerkt. Also legen wir das Projekt in die Hände einer Einzelperson, die ein starkes Interesse daran hat, unsere Spuren zusammen mit den eigenen zu verwischen.«

»Verstehe«, sagte High Ridge zum dritten Mal. Und dann begann er zögernd zu lächeln.

26

Der G6-Stern im Herzen des Marsh-Systems war eine außerordentlich durchschnittliche Sonne. Nichts Bemerkenswertes, dachte Honor, die neben dem Fenster aus Armoplast am Schott lehnte und in die klare, diamantbesprenkelte Schwärze blickte. Nur ein unbedeutender Glutofen mehr, in dem mit unvorstellbarer Wut die Feuer der Schöpfung loderten und ihren großartigen Glanz in die Hallen von Gottes endloser Nacht entsandten.

Ganz gewiss nicht wichtig genug, dass das Sternenkönigreich von Manticore darüber einen Krieg riskieren würde.

Sie schnaubte und schmeckte Nimitz' Widerhall ihres dunklen Trübsinns. Er entspannte sich auf der Sitzstange neben seinem ans Schott montierten Lebenserhaltungsmodul. Selbstverständlich wusste Honor, dass die Düsterkeit, die sie beide empfanden, mehr Gründe hatte als nur die unmögliche Aufgabe, der sie sich hier gegenübersah. Für den 'Kater war es die Einsamkeit, die Trennung von seiner Gattin. Diese Trennung allerdings hatten Nimitz und Samantha schon früher durchgestanden, und sie würden auch jetzt wieder damit zurecht kommen. Und wenigstens hatte Nimitz Honor und Samantha Hamish. Beide 'Katzen wussten, dass Trennung der unvermeidliche Preis der Bindung an ihre Menschen war, und auf eigenartige Weise war dieses Wissen wie ein Panzer. Es minderte nicht die Pein ihrer Trennung – die für Empathen weit schlimmer war als für ›geistesblinde‹ Menschen –, aber wenigstens wussten sie beide genau, wie wichtig sie einander waren ... und dass sie nach dem Abschluss der Mission wieder zusammenkämen.

Honor wusste bei weitem nicht so viel. Sie bedauerte tief, Nimitz und Samantha getrennt zu haben, und ihr Bedauern trug einen starken Unterton von Schuld mit sich. Doch tief in ihrem Inneren konnte sie ein schändliches Neidgefühl nicht unterdrücken, das fast der Eifersucht glich. Sosehr die beiden 'Katzen einander nun auch vermissten, ihre Trennung würde enden. Honors Trennung nicht. So viel wusste sie, und doch war diese hohle, peinigende Einsamkeit besser als die Qual und das hoffnungslose Verlangen, das sie empfunden hatte, bevor sie Abstand zwischen sich und Hamish gebracht hatte. Das versicherte sie sich jedenfalls wenigstens ein Dutzend Mal am Tag, und meistens glaubte sie es auch.

Meistens.

Sie wandte den Kopf und ließ den Blick über die nächsten Schiffe ihres gesammelten Kampfverbands schweifen. Sie trieben im Orbit um den Planeten Sidemore, das Weltraum-Gegenstück einer im sicheren Hafen ankernden Flotte. Zu ihrer Freude hatte Honor bei ihrer Ankunft festgestellt, dass Konteradmiral Hewitt erhöhte Dauerbereitschaft befohlen hatte. Die Parkumlaufbahnen seiner Schiffe waren so gewählt gewesen, dass es keinerlei Probleme mit Keilüberschneidungen geben würde, falls es erforderlich wäre, rasch die Impeller hochzufahren. Und er hatte angeordnet, dass bei jeweils einem seiner Schlachtgeschwader die Impelleremitter zu allen Zeiten ›heiß‹ sein sollten. Die Impeller-Bereitschaft rotierte zwischen seinen Geschwadern, doch seine Vorsichtsmaßnahmen hatten zur Folge, dass seine Schiffe ihre Keile binnen nur dreißig bis fünfundvierzig Minuten hochfahren konnten.

Honor hatte ihm nicht nur versichert, wie viel sie von seiner Wachsamkeit hielt, sondern seine Dauerbefehle aufrechterhalten und auf ihren Kampfverband 34 ausgedehnt, einschließlich der Orbitzuteilung. Was natürlich zur Folge hatte, dass selbst Schiffe von atemberaubender Größe wie die *Werewolf* oder Alistair McKeons Superdreadnought *Troubadour* wie Spielzeugmodelle erschienen, wenn man sie mit bloßem Auge betrachtete.

Freilich waren nicht alle bloßen Augen gleich beschaffen, und trotz ihres Trübsinns lächelte Honor, als sie die Teleskopfunktion ihres künstlichen linken Auges aktivierte und die fernen, treibenden Berge aus Panzerstahl wie durch Zauberhand wuchsen und aufblühten.

Dort hingen sie in der Leere wie Schwertwale in einem endlosen Ozean aus dunklem Tang: besetzt mit den grünen und weißen Positionslichtern von Sternenschiffen im Orbit, die Flanken getupft mit den geometrisch präzisen Umrissen von Waffenschächten oder LAC-Startröhren. Honor sah Dutzende von ihnen, riesige Großkampfschiffe, die, schwanger mit Feuerkraft und Vernichtung, ihre Befehle erwarteten. Einschließlich der Verstärkungen, die Honor von Manticore mitgebracht hatte, unterstanden ihr acht vollzählige Schlachtgeschwader plus Alices unterstarkes LAC-Trägergeschwader. Diese Geschwader wurden wiederum von fünf Schlachtkreuzergeschwadern, drei Leichten Kreuzergeschwadern und zwei Zerstörerflottillen abgeschirmt ... nicht eingerechnet die Dutzende von Kreuzern und Zerstörern, die in den näheren Sektoren der Konföderation Piraten jagten. Honor hatte nicht weniger als zweiundfünfzig Wallschiffe unter ihrem Kommando, wodurch ihr Kampfverband eigentlich eine Flotte war, auch wenn er nicht so hieß. Es war bei weitem die größte Streitmacht, die man je ihrem Befehl unterstellt hatte, und wenn sie aus dem Fenster auf die Kampfkraft blickte, die auf ihre Befehle wartete, hätte sie eigentlich Vertrauen in die Stärke ihrer Waffe haben sollen, die sie vielleicht würde benutzen müssen.

Doch bewusst war sie sich vor allem ihrer Makel.

Sie konnte weder etwas an dem Bereitschaftszustand aussetzen, den Hewitt aufrechterhalten hatte, während er Stationskommandeur gewesen war, noch konnte sie ihm verübeln, wie fröhlich er ihr die Kommandogewalt bei ihrer Ankunft übergeben hatte. Alistair McKeon und Alice Truman hatten Kampfverband 34 während der Reise weitaus mehr auf Zack gebracht, als Honor zu hoffen gewagt hatte, und Hewitts Geschwader brachte ohnedies eine weit höhere Gefechtsbereitschaft mit sich als Homefleet. Das lag zweifelsohne daran, dass seine Kommandanten sich genauso sehr wie er selbst bewusst waren, wie weit sie von der nächsten Hilfsquelle entfernt waren, sollte die Lage in Silesia außer Kontrolle geraten.

Doch alle Bereitschaftszustände der Milchstraße änderten nichts an den Tatsachen. Nur sechs ihrer zweiundfünfzig Wallschiffe waren Lenkwaffen-Superdreadnoughts der *Medusa*-Klasse, und sie verfügte über kein einziges der noch neueren *Invictus*-Schiffe. Elf der anderen waren nur Dreadnoughts mit kaum zwei Dritteln der Größe und Kampfkraft ihrer anderen Superdreadnoughts aus der

Ära vor den Raketengondel-Schiffen. Honor bezweifelte nicht, dass Janacek und High Ridge jedem Reporter, der gezielt nach dem Zustand der Sidemore Station fragte, die Zahl zweiundfünfzig in passend gewichtigem Ton vorlegen würden. Allerdings würden sie kaum erwähnen, wie klein und veraltet einige dieser zweiundfünfzig Schiffe waren. Oder dass man ihr von den acht LAC-Trägern, die sie angefordert hatte, nur vier zugeteilt hatte. Oder dass die neuesten ONI-Meldungen der Kaiserlich-andermanischen Weltraumflotte mehr als zweihundert Wallschiffe zumaßen.

Honor holte tief Luft und richtete sich auf, straffte die Schultern und schalt sich, dass sie sich in solch einen Pfuhl der Verzweiflung fallen ließ. Als sie das Kommando angenommen hatte, war ihr schließlich klar gewesen, dass es so und nicht anders kommen würde, obwohl sie selbst Janacek nicht zugetraut hätte, ihr jeden einzelnen Dreadnought zuzuschieben, der bei der Royal Manticoran Navy noch in Dienst stand. Doch selbst wenn er jeden einzelnen davon durch gondellose Superdreadnoughts ersetzt hätte, wäre ihre Kampfkraft noch immer zu gering, falls die Andermaner die Situation wirklich zu offenen Feindseligkeiten eskalieren ließen. Daher leuchtete es von Janaceks Standpunkt gesehen vermutlich ein, ihr so viel obsolete Schiffe aufzuhalsen wie möglich. Wenn sie sie einbüßte, wäre schließlich nichts Lebenswichtiges verloren. Außer natürlich den Menschen an Bord.

Honor schalt sich erneut, wenngleich etwas weniger energisch. Sie musste sich unbedingt vorsehen, dem Ersten Lord schäbige Motive zu unterstellen – nicht weil sie bezweifelte, dass er sie hatte, sondern weil selbst ein Sir Edward Janacek nicht ausschließlich unlautere Beweggründe haben konnte. Damit hätte sie völlig seine Fähigkeit abgewertet, solche Dinge nicht aus Berechnung, sondern aus purer Dummheit zu begehen.

Ihre Lippen verzogen sich zu einem Grinsen, und sie überraschte sich selbst, als sie auflachte. Das Lachen war zwar nur kurz, aber immerhin aus reiner Heiterkeit entsprungen, und sie spürte von Nimitz, dass er ihre Belustigung teilte. Und seine Freude darüber, dass sie wenigstens noch lachen konnte.

Sie ließ den Blick erneut über das Panorama hinter der Armoplastscheibe schweifen und öffnete sich bewusst der unendlichen Schönheit von Gottes Schmuckkästchen, damit sie Honor wie eine reinigende Brise durchfegen konnte. Die stille Pracht der unzähligen, stecknadelkopfgroßen Sterne leuchtete vor ihr, und die blau-weiße, von Wolkenwirbeln überzogene Schönheit Sidemores erfüllte das untere Viertel des Fensters. Mit ihrem kybernetischen Auge konnte sie die treibenden Edelsteine ausmachen, die die orbitalen Solarenergiekollektoren des Planeten waren, und die kleineren Lichtfunken von Nachrichtensatelliten, orbitalen Ortungsantennen und all den anderen Dingen, mit der eine raumfahrende Industriegesellschaft ihren Planeten umgibt.

Nichts davon hatte es gegeben, als sie vor zehn T-Jahren erstmals im Marsh-System gewesen war. Damals war Sidemore völlig abgelegen gewesen, ein Planet, zu dem sich Handelsschiffe nur durch einen Navigationsfehler verirrten, und daher das ideale Versteck für die brutalen ›Freibeuter‹, die ihn übernommen hatten. Einunddreißigtausend sidemorische Bürger hatten unter dieser Besatzung ihr Leben verloren, ein Drittel davon in dem entsetzlichen Augenblick, in dem André Warnecke eine Atombombe explodieren ließ, um seinen Verhandlungsargumenten Nachdruck zu verleihen. Das würde nie wieder geschehen, dachte Honor mit tiefer Genugtuung. Selbst wenn die RMN am nächsten Tag abzöge, würde die Sidemore Navy Hackfleisch aus jedem Freibeuter oder Piraten machen, der so dumm war, seine Nase in dieses Sonnensystem zu stecken.

Sidemore war nicht in der gleichen Liga wie Grayson, was Honor nicht verwunderte, denn Sidemore war für Manticore auch nie so wichtig gewesen wie Grayson und hatte darum weit weniger Hilfen erhalten. Das Sternenkönigreich hatte alle Register gezogen, um aus Grayson ein industrielles Schwergewicht zu machen, und trotz der Unterlegenheit seines technischen Standes hatte sich Grayson mehr als sechzig Jahre lang energisch am eigenen Haar aus dem Sumpf gezogen, bevor Manticore zum ersten Mal auf den Plan getreten war. Und so sehr Honor den Planeten, der sie adoptiert hatte, auch mochte und die Betriebsamkeit und Entschlossenheit seiner Bewohner respektierte, gab sie doch aufrichtig zu, dass er allein durch seine astrografische Position die Aufmerksamkeit des Sternenkönigreichs auf sich gezogen hatte.

Das Gleiche galt zwar auch für Sidemore, doch hatte man damals Grayson als lebenswichtig für die manticoranische Sicherheit angesehen; Sidemore war nur praktisch gewesen. Darum hatte Sidemore nicht die gleichen Darlehen erhalten wie Grayson, und es waren dort weder die gleichen Investitionsanreize und Steueranreize geschaffen worden, noch hatte man in der Umlaufbahn solche Bauwerften errichtet wie bei Grayson. In gewisser Hinsicht erschien das, was die Sidemorer erreicht hatten, dadurch umso beeindruckender, auch wenn es gegenüber den Leistungen der Graysons verblasste.

Zu ihrer Freude entdeckte Honor die unmissverständlichen Anzeichen für einen Planeten, dessen Industrialisierung bereits ein Eigenleben entwickelt hatte. In der Umlaufbahn um Sidemore wurden Frachter gefertigt, nicht nur die leichten Kampfschiffe der Sidemore Navy, und der planetare Präsident hatte Honor bereits stolz durch die neuen orbitalen Rohstoffgewinnungsanlagen und Schmelzöfen geführt. Diese Betriebe verdankte der Planet zwar fast ausschließlich dem Materialbedarf der RMN für ihr orbitales Reparaturdock, das für die Schiffe der Sidemore Station unerlässlich war, doch einmal gebaut, vermehrten sie sich fast von allein. Das Marsh-System wäre noch lange nicht in der Lage, die manticoranische Handelsbilanz mit Silesia zu bedrohen, doch Honor sah mit Freude, wie gewitzt und erfolgreich sich der Planet im Zuge seiner Industrieleistung Absatzmärkte in der Konföderation erschloss. Solange nichts sehr Unerfreuliches geschähe – wie ein Krieg, während dem die andermanische Flotte sich im Marsh-System austobte –, wäre Sidemore imstande, seinen neu erworbenen Wohlstand zu bewahren und auszubauen, auch wenn sich Manticore aus der Region zurückzog.

Und nur so schaffen wir es, aus der Konföderation etwas anderes zu machen als ein fortlaufendes Blutbad im kleinen Maßstab, dachte Honor mit einem Hauch von Grimmigkeit. *Wir versuchen weiß Gott schon lang genug, die Piraten auszurotten! Aber letztendlich wird man sie doch nur los, wenn man den Menschen hier den Wohlstand verschafft, aus dem heraus sie selber die Fähigkeit erlangen, das Ungeziefer auszumerzen.*

Zu schade, dass die Regierung der Konföderation so korrupt ist, dass es nicht dazu kommt.

Indes verwandelte sich Marsh nicht allein deshalb so erfolgreich in ein modernes, wohlhabendes Sonnensystem, sondern auch, weil Manticore Interesse an dem System und dem Fleiß seiner Bewohner zeigte. Hier gab es keinen silesianischen Gouverneur, der sich an Schmiergeldern mästete und jede fortgesetzte industrielle Expansion im Keim erstickte.

Doch nichts davon, erinnerte Honor sich forsch, hatte besonders viel mit der Aufgabe zu tun, die sie nach all den Jahren ins Marsh-System zurückgeführt hatte.

Sie wandte dem Fenster den Rücken zu und ging zu ihrem Schreibtisch, auf dem viel zu viele Berichte auf sie warteten. Mercedes hatte die zehn oder zwölf wichtigsten für sie markiert, trotzdem kam Honor mit dem Lesen nicht nach. Mercedes verstand sich furchtbar gut darauf, ihr ein unerträgliches Schuldgefühl einzupflanzen, indem sie Honor nur tadelnd ansah. Honor vermutete, dass sie bei James MacGuiness Vorlesungen in ›Grundlagen des Tadelnden Blicks I‹ gehört hatte. Und da für den Nachmittag eine Große Stabsbesprechung des gesamten Kampfverbands angesetzt war, war es wahrscheinlich eine gute Idee, wenn Honor ihrer Stabschefin einen Grund weniger lieferte, den *Blick* einzusetzen.

Sie lachte leise und rief den ersten Bericht in der Warteschlange auf.

»Verzeihen Sie, Ma'am.«

Honor blickte von dem Brief an Howard Clinkscales auf, den sie gerade aufzeichnete. James MacGuiness stand in der offenen Luke ihres Arbeitszimmers.

»Ja, Mac? Was kann ich für Sie tun?«

»Lieutenant Meares hat mich gebeten, Sie zu informieren, dass ein Frachterkapitän soeben die Fernmeldezentrale angerufen hat und bittet, Ihnen einen Höflichkeitsbesuch abstatten zu dürfen.«

»Wirklich?« Honor runzelte nachdenklich die Stirn.

Timothy Meares, ihr Flaggleutnant, war noch ein wenig jung, hatte aber schon früh den gesunden Menschenverstand bewiesen, sich von MacGuiness bei der Verwaltung seines Admirals helfen zu lassen. Unter anderen hatte Meares sehr rasch begriffen, dass MacGuiness normalerweise besser wusste als irgendjemand sonst an Bord der *Werewolf*, wie beschäftigt Honor zu einem gegebenen Zeitpunkt wirklich war. Mittlerweile verließ sich der Adjutant auf das Urteil des Stewards, wann man Honor mit einer Routineangelegenheit behelligen konnte und wann lieber nicht.

Meares wusste ferner, dass Honor von ihm erwartete, die Wichtigkeit solcher Routineangelegenheiten eigenständig zu beurteilen, und er schätzte Honors Wichtigkeit weit höher ein als sie selbst. Darum sagte der Umstand, dass er die Anfrage überhaupt MacGuiness vorgelegt hatte, einiges aus. Offensichtlich hielt er es aus einem guten Grund für nicht opportun, den fraglichen Kapitän kurzerhand abzuweisen, der sich zum Abendessen einlud – bildlich gesprochen natürlich. Gleichzeitig aber hatte Meares das Ersuchen durch den Filter namens MacGuiness geschickt: ein Hinweis darauf, dass er sich fragte, ob ein weiserer Kopf, der viel länger bei Honor war als er, vielleicht doch beschließen würde, es abzuweisen.

Wenn das seine Absicht gewesen war, so hatte sich MacGuiness offensichtlich gegen die Abweisung entschieden, und als Honor die Empfindungen des Stewards sondierte, wurde ihre leichte Neugier augenblicklich erheblich stärker, denn sie spürte eine Mischung aus Vorfreude, eigener Neugierde, einem klein wenig Bestürzung und den Nachhall von etwas, das nicht ganz Heiterkeit war.

»Darf ich fragen, ob dieser Frachterkapitän gesagt hat, wer er ist und weshalb er mich sprechen möchte?«

»Wie ich verstanden habe, Ma'am, ist er manticoranischer Staatsbürger, obwohl er schon seit vielen Jahren in der Konföderation lebt. Meinen Informationen zufolge hat er sich eine kleine, aber außerordentlich erfolgreiche Schifffahrtslinie aufgebaut. Er besitzt eine Sondergenehmigung, seine Schiffe zu bewaffnen, und Lieutenant Meares sagt, aus unseren Dossiers gehe hervor, dass er in den vergangenen zehn T-Jahren mindestens ein Dutzend Piratenschiffe aufgebracht hat. Was den genauen Grund angeht, weshalb er Sie sprechen möchte, so hat er dem Lieutenant gegenüber tatsächlich nur von einem Höflichkeitsbesuch gesprochen. Meiner Meinung nach hingegen vermutet der Lieutenant, dass der gute Herr Kapitän auf hiesige Informationen gestoßen ist, die er Ihnen unbedingt mitteilen möchte.«

Nichts hätte ausdrucksloser sein können als MacGuiness' Miene oder Tonfall, doch die Unterströmung des Nicht-ganz-Erheiterten war nun, während er Honor ernst musterte, stärker denn je. Und sie bemerkte, dass in gleichem Maße auch seine Bestürzung zugenommen hatte.

»Das ist alles außerordentlich interessant, Mac«, sagte sie ihm mit einem Zwinkern, das gemäßigte Strenge ausdrückte. »Allerdings beantwortet es meine erste Frage nicht so ganz. Ich nehme doch an, dass dieser geheimnisvolle Skipper einen Namen hat?«

»Oh, aber selbstverständlich, Ma'am. Habe ich vergessen, ihn zu erwähnen?«

»Nein«, erwiderte sie. »*Vergessen* haben Sie gar nichts. Sie haben sich entschieden, es mir nicht zu sagen, weil diese eigenartige, verdrehte Gabe, die Ihnen als Sinn für Humor dient, Ihnen davon abgeraten hat.«

Er grinste über ihren Volltreffer, dann zuckte er ein wenig zu beiläufig die Schultern.

»Sie sind von Natur aus misstrauisch, Ma'am«, sagte er mit tugendsamer Stimme. »Zufällig hat der Gentleman tatsächlich einen Namen. Bachfisch heißt er, glaube ich. *Thomas* Bachfisch.«

»*Captain Bachfisch?*« Honor richtete sich kerzengerade auf ihrem Schreibtischstuhl auf, und Nimitz, der auf der Sitzstange am Schott geruht hatte, riss den Kopf hoch. »Hier?«

»Jawohl, Ma'am.« MacGuiness' Grinsen war verschwunden, und er nickte ernst. »Lieutenant Meares hat den Namen nicht erkannt. Ich schon.«

»Captain Bachfisch«, wiederholte sie leise und schüttelte den Kopf. »Ich kann es kaum fassen. Nicht nach so langer Zeit.«

»Ich kenne den Namen durch Sie, denn Sie haben ihn vor einiger Zeit erwähnt«, sagte MacGuiness ruhig. »Lieutenant Meares zufolge scheute der Captain sich ein wenig, Sie um ein Treffen zu bitten, aber ich war mir sicher, dass Sie sich diese Gelegenheit nicht entgehen lassen wollten.«

»Da hatten Sie allerdings Recht!«, rief sie nachdrücklich und neigte den Kopf. »Sie sagten, er habe sich ›gescheut‹, nach mir zu fragen?«

»So hat Lieutenant Meares sich ausgedrückt, Ma'am«, antwortete MacGuiness. »Ich bin sicher, die Signalabteilung besitzt eine Aufzeichnung der Originalanfrage, wenn Sie sie sehen möchten; ich selbst habe sie nicht gesehen.«

»›Gescheut‹ hat er sich«, wiederholte Honor und empfand tief in ihrem Innersten einen merkwürdigen Schmerz. Dann riss sie sich zusammen. »Nun, vielleicht scheut er sich, aber ich scheue mich nicht! Sagen Sie Tim, die Anfrage sei angenommen, und ich möchte den Captain sehen, sobald es ihm möglich sei.«

»Jawohl, Ma'am«, bestätigte MacGuiness, und indem er so leise verschwand, wie er gekommen war, überließ er Honor ihren Gedanken.

Er ist alt geworden, dachte Honor und verbarg ihre Bestürzung, während der blau uniformierte Mann mit den Hängeschultern sich aus der Schwerelosigkeit der Zugangsröhre in die Standardgravitation auf der Beiboothangargalerie schwang. Sie hatte die Offiziersliste der RMN im Datenspeicher der *Werewolf* eingesehen und Bachfischs Namen darauf gefunden. Ihr alter Kommandant war nun ein Volladmiral, aber nur, weil man auch auf Halbsold an Seniorität gewann, und auf Halbsold war Bachfisch nun seit fast vierzig T-Jahren. Vierzig schweren Jahren, dachte sie, als sie ihn ansah. Reichlich durchzogen silberne Strähnen das dunkle Haar, obwohl er die Prolong-Behandlung der ersten Generation erhalten hatte. Nimitz verschob sich leicht auf Honors Schulter, denn voll Unbehagen schmeckten sie beide den Schmerz und das Verlustgefühl, das Bachfisch durchfuhr, als er nach langer Zeit wieder an Bord eines Schiffs der Königin kam.

»*Pirates' Bane* trifft ein!«, verkündete das Intercom des Hangars in klarem Ton, und die Seite nahm Haltung an, als die formelle Begrüßung aus den Bootsmannspfeifen schrillte.

Bachfisch riss erstaunt die dunklen Augen auf, und seine Schultern strafften sich wie von selbst. Nur einen Augenblick lang schwollen Schmerz und Verlustgefühl zu unerträglicher Stärke an, doch dann wurden sie von etwas Wärmerem verdrängt. Keine Dankbarkeit, sondern viel mehr Begreifen – das Bewusstsein um die Gründe, aus denen Honor einen einfachen Frachterkapitän mit allen militärischen Ehren empfing, was auch immer sein Halbsold-Rang sein mochte. Er nahm Habtachtstellung ein und salutierte vor dem weiblichen Hangaroffizier, einem Lieutenant Junior-Grade, der die Seite leitete.

»Bitte um Erlaubnis, an Bord zu kommen, Ma'am«, sagte er förmlich.

»Erlaubnis erteilt, Sir«, antwortete sie und erwiderte seinen Gruß mit einer Ehrenbezeugung, der sie sich auch bei einer Parade nicht hätte schämen müssen. Rafe Cardones trat vor und grüßte Bachfisch.

»Willkommen an Bord der *Werewolf*, Admiral Bachfisch«, sagte Honors Flaggkommandant und streckte die Hand vor.

»Lassen Sie's bei ›Captain Bachfisch‹, Captain«, verbesserte Bachfisch ihn ruhig. »Aber vielen Dank.« Er schüttelte Cardones fest die Hand. »Ein sehr schönes Schiff«, fuhr er aufrichtig fort, doch sein Blick heftete sich über Cardones' Schulter hinweg auf Honor, und die Gefühle, die ihn durcheilten, waren zu intensiv und zu kompliziert, als dass Honor sie hätte aufschlüsseln können.

»Danke, Sir«, sagte Cardones. »Ich bin selbst ziemlich stolz auf sie. Wenn Sie die Zeit erübrigen können, nehme ich Sie mit auf die Fünf-Dollar-Führung, bevor Sie an Bord Ihres Schiffes zurückkehren.«

»Das ist sehr freundlich von Ihnen. Wenn es möglich ist, komme ich auf Ihr Angebot zurück. Ich habe schon viel von dieser Klasse gehört, aber heute habe ich zum ersten Mal Gelegenheit, ein solches Schiff zu sehen.«

»Dann bitte ich unseren COLAC, Captain Tremaine, sich uns anzuschließen«, versprach Cardones. »Er kann dann die Perspektive des LAC-Jockeys beisteuern.«

»Ich freue mich darauf«, versicherte Bachfisch ihm, ohne die Augen von Honor zu nehmen, und Cardones lächelte ein wenig schief und trat zurück, um seiner Vorgesetzten Platz zu machen.

»Captain Bachfisch«, sagte sie leise und reichte ihm die Hand. »Wie schön, Sie wiederzusehen, Sir.«

»Ganz meinerseits ... Hoheit.« Er lächelte, und hinter diesem Ausdruck verbarg sich ein ganzes Universum der Genugtuung und des Bedauerns. »Sie haben sich gemacht. Das hört man wenigstens.« Er grinste breiter, und ein wenig von seinem Schmerz verschwand.

»Ich hatte einen guten Lehrer«, entgegnete sie und drückte ihm fest die Hand.

Bachfisch zuckte mit den Achseln. »Ein Lehrer ist immer nur so gut wie seine Schüler, Hoheit.«

»Sagen wir einfach, es war eine gemeinschaftliche Anstrengung, Sir«, sagte sie, gab seine Hand frei und nickte Cardones zu. »Und ich darf mich Captain Cardones' Willkommensgruß anschließen. Ich hoffe, Sie sind so freundlich, mit uns zu Abend zu essen und mir zu gestatten, Ihnen meine übrigen Offiziere vorzustellen?«

»Hoheit, Sie sind sehr freundlich, aber ich würde mich nicht aufdrängen wollen, und –«

»Sie können es mir unmöglich abschlagen, Sir«, unterbrach Honor ihn nachdrücklich. »Ich habe Sie seit fast vierzig T-Jahren nicht mehr gesehen, und Sie verlassen dieses Schiff nicht, ohne mit mir und meinen Offizieren soupiert zu haben.«

»Ist das ein Befehl, Hoheit?«, fragte Bachfisch sarkastisch, und sie nickte.

»Verlassen Sie sich darauf«, sagte sie, und er hob die Schultern.

»Wenn das so ist, nehme ich natürlich an.«

»Gut. Wie ich sehe, haben Sie noch immer Ihre rasche Auffassung der taktischen Lage, Sir.«

»Ich gebe mir Mühe«, sagte er mit einem scheuen Lächeln.

»Wenn Sie mir dann in mein Arbeitszimmer folgen möchten?«, fragte sie. »Wir haben viel zu bereden vor dem Abendessen.«

»Das haben wir, Hoheit«, stimmte er ihr leise zu und folgte ihr zur Liftkabine. Andrew LaFollet schloss sich ihnen an.

27

»Es ist wirklich wunderbar, Sie wiederzusehen, Sir«, sagte Honor leise, während sie ihn in ihr Arbeitszimmer führte. Als sie ihm einen der bequemen Sessel am Couchtisch aus gehämmertem Kupfer anbot, fiel sein Blick auf die Tischplatte, und sie sah, wie die Lachfältchen um seine Augenwinkel sich vertieften: Er hatte entdeckt, dass das Basrelief auf der Platte den Wappenschild des Guts von Harrington wiedergab.

»Ein Geschenk von Protector Benjamin«, erklärte sie in halb entschuldigendem Ton, doch er schüttelte nur den Kopf.

»Ich habe es nur bewundert, Hoheit. Und darüber nachgedacht, wie *sehr* Sie sich gemacht haben ... nicht darüber, wie prahlerisch es wäre, ein simples Möbelstück mit seinem Monogramm zu zieren.«

»Ich bin erleichtert, dass Sie das sagen«, entgegnete sie trocken, und es war die Wahrheit: Sie war unfassbar erleichtert über den schalkhaften Humor, der seine Worte begleitete.

»Nun«, fuhr er fort, »die Galaxis würde es Ihnen vermutlich sogar durchgehen lassen, wenn Sie mittlerweile einen Anflug von Überheblichkeit entwickelt hätten. Andererseits würde es mich sehr wundern, wenn die Midshipwoman, an die ich mich erinnere, sich Überheblichkeit gestatten würde.«

»Ich mache mir gelegentlich bewusst, dass ich auch nur sterblich bin.« Honors Versuch, heiter zu klingen, gelang nicht ganz, und sie spürte, wie ihr die Wangen warm wurden. Bachfisch bedachte sie mit einem Seitenblick, dann zuckte er die Schultern.

»Und ich will versuchen, Sie nicht mehr in Verlegenheit zu bringen, Hoheit. Außer, indem ich mein Bedauern ausspreche, dass Raoul Courvosier nicht lang genug gelebt hat, um Sie jetzt zu sehen. Nach dem Zwischenfall auf Basilisk Station hat er mir geschrieben, um sicherzustellen, dass ich die ganze Geschichte kenne. Darum weiß ich, dass er den Dank für sein Vertrauen in Sie noch gesehen hat. Ich weiß aber, wie sehr es ihn gefreut hätte zu erleben, dass auch andere das Gleiche in Ihnen erkannt haben wie er.«

»Ich vermisse ihn«, sagte Honor leise. »Ich vermisse ihn sehr. Und es bedeutet mir viel zu erfahren, dass er den Kontakt zu Ihnen aufrechterhalten hat.«

»Raoul war immer ein treuer Freund, Hoheit.«

Honor sah ihm in die Augen. »Captain, ich weiß, es ist neununddreißig T-Jahre her, aber als wir uns das letzte Mal gesehen haben, war ich nur ein diensttuender Ensign. Und ob auf Halbsold oder nicht, Sie sind selber Admiral. Wenn es Ihnen nichts ausmacht, wäre ich sehr dankbar, wenn Sie sich erinnern würden, dass ich einmal Kakerlak unter Ihnen war, und die ›Hoheiten‹ vergessen könnten.«

»Das ist leichter gesagt als getan, Ho ...« Bachfisch unterbrach sich und lachte. »Schieben Sie es auf automatische gesellschaftliche Reflexe«, bat er. »Aber wenn ich Sie nicht mehr mit ›Hoheit‹ anreden soll, was wäre Ihnen dann recht? Irgendwie glaube ich, dass ›Ms Midshipwoman Harrington‹ auch nicht mehr ganz angemessen wäre, was meinen Sie?«

»Wahrscheinlich nicht«, räumte sie ein und musste selber lachen. »Und ›Admiral Harrington‹ wäre mir auch nicht lieb. Also schlage ich vor, wir versuchen es mit ›Honor‹.«

»Ich ...«, begann der Kapitän, verstummte wieder und räusperte sich. »Wenn Ihnen das wirklich lieber ist ... Honor«, sagte er dann.

»Ist es«, versicherte sie ihm, und er nickte. Dann nahm er auf dem angebotenen Sessel Platz und schuf eine kurze Gesprächspause, indem er sich zurücklehnte und die Beine überschlug, bevor er den Blick durch das übrige Arbeitszimmer schweifen ließ.

Seine Augen verharrten kurz auf der Glasvitrine mit dem Schwertgestell, dem glänzenden Gutsherrn-Schlüssel und einem vielstrahligen goldenen Stern, dessen scharlachrotes Band mit bräunlichen Flecken besprenkelt war. Darüber hing eine Goldplakette mit einer wie von großer Hitze verbogenen und gewellten Ecke, die das Bild eines altmodischen Segelflugzeugs zeigte. Ein weiterer Kasten enthielt Honors anachronistisches ›Modell 1911A1‹ vom Kaliber .45 – und eine moderne 10-Millimeter-Duellpistole.

All das blickte Bachfisch einige Sekunden lang an, als wolle er die Beweise in sich aufnehmen, wie viel Zeit seit ihrer letzten Begegnung vergangen war – wie sehr sie gelebt hatte. Dann atmete er tief durch und wandte sich Honor wieder zu.

»Hat sich einiges geändert, seit wir zum letzten Mal zusammen in Silesia waren«, stellte er ironisch fest.

»Das würde ich auch sagen«, pflichtete sie ihm bei. »Aber es bringt viele alte Erinnerungen zurück, nicht wahr?«

»Ja, das stimmt. Das stimmt allerdings.« Er schüttelte den Kopf. »Einige davon sind gut ... andere nicht so sehr.«

»Sir«, sagte sie mit leichtem Zögern, »bei der Untersuchungskommission nach unserer Rückkehr ... Ich wollte aussagen, aber –«

»Das weiß ich, Honor. Ich habe der Kommission gesagt, Sie hätten nichts hinzuzufügen.«

»*Das* haben Sie der Kommission gesagt?« Sie starrte ihn ungläubig an. »Aber ich war doch auf der Brücke. Ich wusste genau, was geschehen ist!«

»Natürlich«, stimmte er ihr beinahe sanft zu. »Aber ich kannte Sie zu gut, um Sie in den Zeugenstuhl zu holen.« Sie starrte ihn weiterhin an, und eine plötzliche Kränkung sprach aus ihren Augen. Bachfisch schüttelte den Kopf. »Missverstehen Sie mich nicht. Ich habe mir keine Sorgen gemacht, dass irgendetwas, das Sie sagen, mir vielleicht schaden könnte. Die offizielle Aussage enthielt jedoch schon alles, was Sie hätten aussagen können, einschließlich Ihres Gefechtsberichts. Außerdem waren Sie noch nie dafür bekannt, einen allzu ausgeprägten Selbsterhaltungstrieb zu haben. Im Zeugenstuhl hätten Sie vermutlich irgendetwas Nachdrückliches zu meiner Verteidigung gesagt, und ich wollte nicht, dass es später auf Sie zurückfällt.«

»Es wäre mir eine Ehre gewesen, wenn etwas auf mich zurückgefallen wäre, mit dem ich Ihnen vielleicht geholfen hätte, Sir«, sagte sie leise.

»Das weiß ich. Das habe ich auch damals gewusst, als ich meinem Verteidiger verboten habe, Sie als Zeugin zu benennen. Für eine Midshipwoman hatten Sie jedoch schon genug eigene Feinde, und ich wollte nicht, dass Sie die Anerkennung für die Rettung meines Schiffes wegwarfen, die Sie sich so redlich verdient hatten. Nicht, wenn nichts, was Sie hätten sagen können, noch eine Rolle gespielt hätte.«

»Das konnten Sie nicht wissen!«, protestierte sie.

»O doch, das konnte ich, Honor«, sagte er mit halb bitterem, halb amüsiertem Lächeln. »Weil es nämlich nun einmal so war, dass ich es verdient habe, mein Schiff zu verlieren.«

»Das haben Sie nicht verdient!«, widersprach sie ihm augenblicklich.

»Da höre ich aber mehr die Midshipwoman, die unter mir gedient hat, und nicht den Admiral, mit dem ich am Couchtisch sitze«, entgegnete er fast leichthin. Sie öffnete den Mund, doch er hob kopfschüttelnd die Hand. »Denken Sie darüber nach – als Flaggoffizier, nicht als Midshipwoman. Ich will ja nicht behaupten, dass es keine mildernden Umstände gegeben hätte, aber seien wir ehrlich. Aus irgendwelchen Gründen habe ich Dunecki mit seinem Schiff auf Kernschussweite herangelassen, und infolgedessen hätte man mir fast das Schiff unterm Hintern weggeschossen. Ich habe zu viele meiner Leute in den Tod geführt«, fuhr er in düsterem Ton fort.

»Aber das konnten Sie nicht wissen«, wandte sie ein.

»Sie waren ein Zögling Raouls«, entgegnete er. »Was hat er immer zum Thema Überraschungen gesagt?«

»Dass sie normalerweise eintreten, wenn ein Kommandant sich in etwas täuscht, das er die ganze Zeit vor Augen hatte«, gab sie zögernd zu.

»Und genau das ist mir passiert.« Er zuckte mit den Achseln. »Glauben Sie nur nicht, es wäre mir gleichgültig gewesen, dass Sie bereit waren, für mich auszusagen. Es war mir wichtig. Und Sie dürfen auch nicht glauben, dass ich mich wegen dieses einzelnen Zwischenfalls für einen kompletten Versager halte. Trotzdem kann nichts etwas daran ändern, dass ich das Schiff, das mir der König anvertraut hatte, in Gefahr gebracht habe. Und ich hätte es verloren, wären da nicht eine Midshipwoman auf ihrer Kadettenfahrt und eine unfassliche Menge Glück gewesen. Wenn ich ganz ehrlich bin, war ich erstaunt, dass man mich nur auf Halbsold gesetzt hat und nicht ganz aus der Navy entließ.«

»Ich finde noch immer, dass die Kommission Unrecht hatte«, entgegnete Honor eigensinnig. Auf Bachfischs fragenden Blick hob sie unbehaglich die Schultern. »Also schön. Wenn ich wegen eines ähnlichen Zwischenfalls in einer Untersuchungskommission säße und nur die offiziellen Berichte kennen würde, würde ich *vielleicht* zustimmen, dass eine Buße für den Kommandanten angebracht wäre. Vielleicht. Trotzdem glaube ich, dass ich nach meinen Erfahrungen im Zweifelsfall stets für den Angeklagten stimmen würde, denn mittlerweile habe ich zu oft gesehen, wie tüchtige Offiziere alles richtig machen und trotzdem scheitern.«

»Das sind vielleicht Ihre Erfahrungen«, räumte er ein. »Und wenn der Zwischenfall sich nicht zu Friedenszeiten ereignet hätte, wenn die Offiziere in der Kommission die gleichen Erfahrungen gemacht hätten wie Sie, dann hätten sie vielleicht anders entschieden. Aber zu unterschiedlichen Zeiten gelten unterschiedliche Regeln, Honor.« Er schüttelte den Kopf. »Ich will nicht vorgeben, dass es nicht weh getan hätte. Nichtsdestoweniger hatte ich nie den

Eindruck, einem Justizirrtum zum Opfer gefallen zu sein. Und« – er wies auf seine blaue Uniformjacke – »mein Leben war dadurch schließlich nicht zu Ende.«

»Nein, das wohl nicht. Aber wenn Sie mir die Bemerkung verzeihen, in Schwarz und Gold gefallen Sie mir immer noch besser als in Blau, und die Navy hätte Ihre Erfahrung verdammt gut brauchen können, als der Krieg schließlich losging.«

»Ich glaube, das hat mich am schwersten getroffen«, gab er mit leicht abwesender Stimme zu, während er in eine Ferne blickte, die nur er sehen konnte. »Ich habe mich so viele Jahre auf das vorbereitet, was dann wirklich geschah, aber als der Sturm schließlich losbrach, war es mir nicht erlaubt, mit dem Gelernten das Sternenkönigreich zu verteidigen.« Noch einige Sekunden betrachtete er das unsichtbare Etwas, dann riss er sich zusammen und richtete seine Aufmerksamkeit wieder auf Honors Gesicht. »Aber«, sagte er forsch, »es hatte überhaupt keinen Sinn, rumzusitzen und über das Geschehene nachzubrüten. Und ich habe hier und da durchaus etwas gefunden, um mich zu beschäftigen.«

»Ich habe gehört, Sie besitzen eine eigene Schifffahrtslinie«, sagte Honor.

»Das ist vielleicht ein bisschen übertrieben ausgedrückt«, entgegnete er heiter. »Mir gehören zwo Schiffe, und ich bin Hauptanteilseigner von drei weiteren. Nicht ganz der Maßstab des Hauptmann-Kartells – oder von Grayson Sky Domes –, aber in Silesia gar keine so üble Leistung, denke ich.«

»Sie kommen mir vor wie ein Meister der Untertreibung. Und ist es richtig, dass Sie wenigstens zwo bewaffnete Handelsschiffe haben?«

»Richtig«, sagte er. »Sie wundern sich, wie ich das geschafft habe?« Sie nickte, und er zuckte die Achseln. »Wie für alles andere in der Konföderation auch muss man dazu nur tief in die Tasche greifen können und die richtigen Leute kennen. Für einen Frachterkapitän mag Silesia ein gefährliches Pflaster sein, aber genau aus dem Grund ist viel Geld für Sie drin, wenn Sie überleben. Und ich war so lange hier draußen, dass ich von einigen Leichen im Keller erfahren und Leute kennen gelernt habe, die mir hinterher einen Gefallen schuldeten.« Er hob wieder die Schultern »Deshalb sind die *Pirates' Bane* und die *Ambuscade* dem Namen nach Hilfsschiffe der Konföderierten Navy. Aber nur dem Namen nach.«

»Dem Namen nach«, wiederholte Honor, und er lächelte. »Und praktisch?«, erkundigte sie sich.

»Praktisch sind die amtlichen Vollmachten der Konföderierten Navy nichts als ein Mittel, das silesianische Verbot bewaffneter Handelsschiffe zu umgehen, und dieses Mittel steht jedem zur Verfügung, der die richtigen Verbindungen zu einem Gönner in den entsprechenden Regierungskreisen besitzt. Jeder weiß, dass solche Hilfsschiffe niemals zum Flottendienst herangezogen werden. Im Gegenteil, einige dieser Hilfsschiffe sind selber Piraten!« Das schien er, auf eine sehr grimmige Art, tatsächlich amüsant zu finden.

»Darf ich fragen, wer Ihr Gönner ist?«, fragte sie mit unbeteiligter Stimme, und er lachte leise.

»Ich denke, Sie werden ihr irgendwann schon einmal begegnet sein«, antwortete er. »Sie heißt Patricia Givens.«

Honor starrte ihn an, völlig überrascht. »*Admiral* Givens?«

»Indirekt«, räumte Bachfisch ein. »Wissen Sie, ich wäre wahrscheinlich schon von allein so weit gekommen – das denke ich jedenfalls. Mir gehörte schon die Hälfte der

Ambuscade, und um ganz ehrlich zu sein, hatte ich sie schon in geringem Ausmaß bewaffnet. Mein Partner war darüber nicht besonders glücklich, aber wir hatten uns geeinigt, dass ich die volle Verantwortung übernehmen würde, falls wir deshalb Ärger mit den Sillys bekämen. Natürlich wusste wenigstens ein halbes Dutzend konföderierter Kommandanten – und mindestens ein Flaggoffizier –, dass die *Ambuscade* bewaffnet war, aber ich war damals schon lange genug hier draußen, dass sie mich ebenfalls als Silly betrachteten und nicht als einen dieser aufdringlichen manticoranischen Einmischer.

Tatsächlich hat es in Silesia schon immer viel mehr private Schiffe mit Waffen an Bord gegeben, als die meisten Leute wissen. Ich bin mir sicher, Sie sind während Ihrer Einsätze hier auf etliche davon gestoßen, oder?« Er hob fragend die Brauen, und Honor nickte. »Das Problem dabei ist eben, die Wölfe von den Schäferhunden zu unterscheiden«, fuhr er fort, »aber aus welchem Grund auch immer hielt die Konföderierte Navy mich für einen Schäferhund. Das mag mit den beiden Piratenschiffen zusammenhängen, denen ein Missgeschick widerfuhr, während die *Ambuscade* in der Nähe war.«

»Ich hoffe, Sie fassen meine Frage nicht falsch auf, Sir, aber warum sind Sie eigentlich hier draußen in Silesia geblieben?« Er blickte sie an, und sie fuhr mit der Hand durch die Luft. »Ich meine, Sie haben viel geleistet, aber im Sternenkönigreich hätten Sie doch mehr und bessere Kontakte gehabt als hier, und die Konföderation ist ja wohl kaum die rechtschaffenste Umgebung, die man sich denken kann.«

»Ich nehme an, dass Scham eine gewisse Rolle gespielt hat«, gab er nach einem Augenblick zu. »Das Urteil der Kommission war zwar recht gemäßigt formuliert, aber zwischen den Zeilen schwang einiges ziemlich deutlich mit. Und ich wollte genauso wenig bemitleidet werden wie verurteilt. Es ging mir also auf jeden Fall ein bisschen darum, ganz neu anzufangen, an einem Ort, wo ich ein unbeschriebenes Blatt war.

Andererseits war ich einer der alten ›Silesiafahrer‹ der Navy. Wie Sie war ich während meiner Laufbahn mehrmals hier eingesetzt, und es gab hier Leute, die mich kannten, entweder persönlich oder weil sie von mir gehört hatten. Man hat hier nicht allzu viele manticoranische Offiziere meiner Seniorität oder Erfahrung in privaten Diensten, und deshalb war es für mich in mancher Hinsicht leichter, in Silesia meinen Neuanfang zu machen als im Sternenkönigreich.«

Er schwieg kurz, und sie spürte seine Gefühle, während er sich überlegte, ob er es dabei belassen sollte oder nicht. Dann zuckte er leicht mit dem Kopf – eine Eigenart, die bei ihm hieß, dass er eine Entscheidung gefällt hatte.

»Und wenn ich schon die Wahrheit sage – nun, ich habe auch ein wenig nach der großen Geste geschielt. Eine Möglichkeit, der ganzen Galaxis zu beweisen, dass ich allen Urteilen der Untersuchungskommission zum Trotz jemand war, mit dem man ... rechnen musste, nehme ich an. Ich musste hinausgehen und beweisen, dass ich hier Erfolg haben und gleichzeitig eine Schneise durch alle Piraten schlagen konnte, die mir in die Quere kamen.«

»Und vielleicht war auch ein bisschen Abenteuerlust im Spiel?«, fragte Honor sanft. Bachfisch blickte sie ausdruckslos an, und sie lehnte sich lächelnd zurück. »Ich bezweifle kein Wort von dem, was Sie gesagt haben, Sir. Trotzdem glaube ich, dass da auch eine Spur von ›einmal ein Offizier der Königin, immer ein Offizier der Königin‹ eine Rolle spielt.«

»Wenn Sie damit meinen, dass ich glaube, das Universum sei ohne Piraten ein besserer Ort, dann haben Sie vielleicht Recht«, räumte Bachfisch ein. »Aber begehen Sie nicht den Fehler, mir allzu hehre Motive zu unterstellen.«

»Ich habe gar nichts über hehre Motive gesagt«, erwiderte Honor. »Ich konnte mir nur einfach nicht vorstellen, dass Sie unter irgendwelchen Umständen einfach still dahinschwinden. Herauszufinden, dass Sie der Eigner von Q-Schiffen in Privatbesitz sind – denn darauf läuft es hinaus –, zeigt doch deutlich, dass Sie noch immer ein Piratenjäger sind. Und wenn Sie nun einfach den Namen des früheren Zwoten Raumlords fallen lassen, dann vermute ich mit meinem angeborenen Misstrauen doch gleich, dass es zwischen Ihnen und Ihrer Majestät Navy eine direktere Verbindung gibt, als die meisten Leute ahnen.«

»Da ist was Wahres dran«, gab er zu. »Nicht dass ich auf so eine Verbindung von Anfang an hingearbeitet hätte. Denn selbst wenn ich auf diese Idee gekommen wäre, hätten mich die Umstände, unter denen ich auf Halbsold gesetzt worden war, doch entmutigt, mich an irgendjemanden in der Admiralität zu wenden. Das ONI hat jedoch immer sein Bestes gegeben, die Navyoffiziere im Auge zu behalten, ob sie aktiv sind oder nicht. Und nachdem ich mich hier etabliert hatte, wurde ich vom ONI angesprochen. Tatsächlich war es auch das ONI, das mir im Stillen den Weg geebnet hat, damit die Waffen der *Ambuscade* amtlich genehmigt wurden. Und wenn ich mich nicht sehr irre, hat das ONI auch dafür gesorgt, dass ich auf die *Bane* aufmerksam wurde, als die Andys sie ausgemustert haben. Niemand hat es je offen ausgesprochen, aber die Versteigerung des Schiffs damals lief einfach viel zu gut für mich, als dass alles mit rechten Dingen zugegangen sein konnte.

Aber ob ich da nun richtig vermute oder nicht, Admiral Givens – oder zumindest ihre Vertrauten – unterhielten bis zum Waffenstillstand mit den Havies regelmäßig Kontakt zu mir. Ich nehme an, technisch war ich eine dieser ›menschlichen Ressourcen‹, auf die sich das ONI bezieht, wenn es Offiziere für einen Silesia-Einsatz einweist.«

»Sie sagen, das ONI unter Givens *hielt* regelmäßigen Kontakt zu Ihnen?«, fragte Honor mit einem nachdenklichen Blick, und er nickte.

»Genau das habe ich gesagt. Und ich habe damit auch genau das gemeint, was Sie glauben. Seit Jurgensen Givens abgelöst hat, scheint das ONI seine menschlichen Ressourcen in Silesia kaum noch zu bemühen. Ich kann nicht sagen, wie es anderswo aussieht, aber hier in der Konföderation schenkt anscheinend niemand mehr den alten Quellen und Netzen noch viel Beachtung. Und offen gesagt, Honor, halte ich das für einen schweren Fehler.«

»Ich wünschte, ich könnte Ihnen widersprechen, Sir«, sagte Honor langsam. »Wenn Sie Recht haben, dann bestätigt das nur meine Befürchtungen. Je näher man sich mit den Geheimdienstmeldungen befasst, die wir mit auf den Weg bekommen haben, desto mehr scheint es, als hätten die Experten, die sie zusammenstellten, den Bezug zur Realität verloren.«

»Das habe ich befürchtet«, seufzte er. »Ich konnte natürlich nicht wissen, was das ONI den Offizieren mitteilt, die hierher geschickt werden. Aber dass mir niemand mehr Fragen gestellt hat, deutet für mich darauf hin, dass sie … unvollständig eingewiesen worden sind. Und wenn ich mich in Bezug auf die Absichten der Andys nicht sehr irre, hat da jemand ein sehr, sehr ernstes Versehen begangen.«

»Glauben Sie, dass er Recht hat, Hoheit?«, fragte Mercedes Brigham leise, während sie mit Honor, Nimitz, Lieutenant Meares und LaFollet im Lift zum Flaggbesprechungsraum fuhr, wo eine Große Stabskonferenz angesetzt war.

»Ich fürchte, ja«, antwortete Honor genauso leise.

»Ich weiß, dass Sie sich schon sehr lange kennen, Hoheit«, sagte Brigham nach kurzem Zögern, und Honor lachte ohne Erheiterung auf.

»Ja, er war mein erster Captain. Und richtig, Mercedes, das verleiht ihm in meinen Augen eine gewisse Autorität bei allem, was er sagt. Trotzdem bin ich nicht blind gegenüber den Veränderungen, die jemand nach dreißig oder vierzig Jahren durchgemacht haben kann. Und ich übersehe auch nicht die Möglichkeit, dass trotz aller guten Absichten seine Informationen – oder seine Deutung – fehlerhaft sein könnten.« Sie schüttelte den Kopf. »Ich erwäge so unvoreingenommen und skeptisch wie ich kann, was er gesagt hat. Leider passt allzu viel davon sehr gut zu den Vorzeichen, die wir schon anderswo entdeckt haben.«

»Ich wollte keineswegs andeuten, dass er versuchen könnte, Ihnen Falschinformationen unterzuschieben, Hoheit. Ich gebe zu, dass seine Analyse der andermanischen Absichten verdammt gut zu dem passt, was wir bereits befürchten. Ich denke, meine Vorbehalte beruhen hauptsächlich darauf, dass er dem neuen Gerät der Andys eine viel größere Leistungsfähigkeit zumisst als das ONI. Was das betrifft, sogar mehr als selbst die *Graysons.*«

»Zugegeben, aber zugleich hat er die Andys aus viel größerer Nähe beobachten können als das ONI und Benjamins Leute. Im Falle des ONI liegt es daran, dass Jurgensen und seine Leute entschieden haben, sich nicht aller Informationsquellen zu bedienen, die ihnen zur Verfügung stehen. Wenn ich mich nicht sehr irre, war der Captain nicht die einzige menschliche Ressource, auf die Jurgensen verzichtet hat. Im Falle der Graysons ist es eine Frage von Zeit und Entfernung. Außerdem wussten die Graysons ja gar nicht, dass es den Captain gibt, deshalb kann man ihnen wohl kaum vorwerfen, dass sie seine Informationen nicht verwertet haben.

Selbst wenn man das alles einräumt, stimmt das, was Captain Bachfisch herausgefunden hat, so genau mit Greg Paxtons zusammengetragenen Informationen überein, dass es einem glatt den Schlaf raubt. Ganz zu schweigen von Captain Ferreros Berichten. Oder was dieser sidemorische Spezialist sagt, wie heißt er noch?« Sie runzelte die Stirn. »Zahn.«

»Lieutenant-Commander Zahns Ehemann?«, fragte Brigham.

»Genau den meine ich«, sagte Honor. »George hat gerade einen seiner Lageberichte zu Ende gelesen und mich gestern Abend ins Bild gesetzt.«

Brigham nickte. Commander George Reynolds war Honors Nachrichtenoffizier im Stab, und Honor hatte ihn zumindest teilweise auf Brighams Empfehlung hin als ihren ›Spion‹ ausgesucht. Die Stabschefin hatte schon vorher mit ihm zusammengearbeitet und war von ihm beeindruckt gewesen – vor allem von seiner Fähigkeit, in seinem Denken die ausgetretenen Wege hinter sich zu lassen.

»George war nicht bereit, Zahns Schlussfolgerungen vorbehaltlos zu unterschreiben«, fuhr Honor fort, »aber er sagt, dass die Argumentation ihm sehr stichhaltig erscheint. Vorausgesetzt, die Informationen, auf die er sie gründet, treffen zu. Nun scheint Captain Bachfisch genau diese Informationen aus einer unabhängigen Perspektive zu bestätigen.«

»Wenn sie beide wirklich Recht haben«, entgegnete Brigham widerstrebend, »dann ist unser Knüppel noch kürzer, als wir dachten, Hoheit.«

»Ich wünschte, Sie würden sich irren«, sagte Honor. »Leider glaube ich das nicht.«

»Was unternehmen wir also deswegen?«

»Das weiß ich nicht. Noch nicht. Das Erste wäre jedoch dieses Treffen. Wir müssen den Rest des Stabs so rasch wie möglich einweisen, damit sie anfangen können, über mögliche Gefahren nachzudenken und sich Reaktionen zu überlegen. Und natürlich sollen Alice und Alistair ebenfalls instruiert werden und sich ihre Gedanken machen. Mit etwas Glück kommen wir so auf ein oder zwo nützliche Ideen. Außerdem weite ich die Einladungsliste für das heutige Abendessen aus. Ich möchte, dass wenigstens Sie, George, Alistair, Alice, Roslee, Wraith und vielleicht auch Rafe sich zum Abendessen zu mir und Captain Bachfisch gesellen.«

»Wird ihm das recht sein, Hoheit?«, fragte Brigham. Als Honor sie fragend anblickte, zuckte sie mit den Achseln. »Ganz offensichtlich hat er lange gebraucht, um sich hier zu etablieren. Wenn durchsickert, dass er dem manticoranischen Geheimdienst berichtet, könnte ihm das sehr schaden. Man könnte ihn deswegen sogar ermorden. Ich habe mich nur gefragt, ob es wirklich gut wäre, wenn so viele Leute erfahren, wer Ihre Informationsquelle ist. Ich befürchte zwar nicht, dass sich einer von ihnen verplappert, wenn die falschen Ohren zuhören, aber Captain Bachfisch kennt unsere Leute nicht so gut wie wir.«

»Ich habe ihn danach gefragt, mehr oder minder«, antwortete Honor nach kurzem Überlegen. »Er hatte schon darüber nachgedacht, bevor er darum ersuchte, an Bord der *Werewolf* kommen zu dürfen. Ich glaube nicht, dass er hier wäre, wenn er nicht auf die Fragen vorbereitet wäre, die wir ihm höchstwahrscheinlich stellen werden. Und auch wenn er meine Offiziere nicht kennt, er kennt mich, und ich glaube, er vertraut auf mein Urteil, wer ein Risiko für seine Sicherheit bedeuten könnte und wer nicht.«

»Wenn das so ist, Hoheit«, sagte die Stabschefin, als die Liftkabine ihr Ziel erreichte und die Türen sich zischend öffneten, »dann müssen wir eben dafür sorgen, dass keiner von uns zum Risiko wird, oder?«

28

»… also habe ich mich genau an die Anweisungen des Herrn Piraten gehalten«, sagte Thomas Bachfisch boshaft grinsend. »Wir drehen bei, öffnen die Personenschleusen und warten darauf, geentert zu werden. Und dann, als ihre Entershuttles ungefähr fünfhundert Kilometer zurückgelegt hatten, öffneten wir die Geschützpforten und durchbohrten ihr Schiff mit einem Achtzig-Zentimeter-Graser.«

Mehr als einer seiner Zuschauer biss die Zähne zusammen bei dem Gedanken, was an Bord des Piratenkreuzers in jenem flüchtigen Augenblick vorgegangen sein musste. Ganz gewiss hatte die Besatzung nicht mehr begriffen, was geschehen war. Dennoch hatte niemand Mitleid für die fragliche Crew. Nur erfahrene Raumoffiziere saßen am Tisch; sie alle hatten schon zu viel von dem Elend gesehen, das Piraten hinter sich zurückließen.

»Ihre Schiffe müssen für die Piratengemeinschaft hier draußen eine hässliche Überraschung gewesen sein, Sir«, stellte Roslee Orndorff fest, während sie Banshee einen weiteren Selleriestängel reichte.

»Für die Gemeinschaft an sich nicht so sehr, aber ganz bestimmt für die Schiffe, die uns in die Quere gekommen sind«, erwiderte Bachfisch. »Wir haben nie versucht, aus unserer Gegenwart ein Geheimnis zu machen – schließlich besteht die Wirkung eines Q-Schiffs zur Hälfte daraus, dass die potenziellen Räuber von seiner Existenz wissen. Solange sie ahnungslos sind, zerbrechen sie sich nicht den Kopf, ob es sich bei dem Frachter, den sie gerade beobachten, vielleicht doch um das Q-Schiff handelt. Gleichzeitig haben wir natürlich niemals eine Beschreibung unserer Schiffe verbreitet, und von Zeit zu Zeit ändern wir den Anstrich. Die smarte Farbe kostet ein hübsches Sümmchen, aber sie ist es wert.«

»Ich denke oft, dass sie für Q-Schiffe viel nützlicher ist als für gewöhnliche Kriegsschiffe«, meinte Alistair McKeon und rief damit allgemeines Kopfschütteln hervor. Die ›Farbe‹, die von der RMN und den meisten anderen Raumstreitkräften benutzt wurde, bestand aus Nanotechnik und reaktiven Pigmenten, die sich willkürlich fast einschränkungslos programmieren und verändern ließen. Wie McKeon gerade andeutete, war die resultierende Veränderbarkeit des Anstrichs für ein Kriegsschiff nur von sehr begrenztem Nutzen: Die für Kampfschiffe typischen, auffälligen Hammerköpfe an beiden Rumpfenden verrieten sofort, dass es sich um keinen Frachter handeln konnte, egal, welche Farbe das Schiff hatte. Außerdem identifizierte niemand ein Kampfschiff visuell, und deshalb war bei den meisten Raumstreitkräften die Neigung sehr ausgeprägt, es bei einem charakteristischen Anstrich zu belassen – wie dem einfachen Weiß der manticoranischen Kriegsflotte.

Bei Handelsschiffen verhielt es sich anders. Auch bei ihnen verließen sich Kreuzer und Piratenschiffe gleichermaßen vor allem auf Transpondercodes, doch wer die Ladung eines Frachters rauben wollte, musste sich persönlich zu ihm begeben. Und dabei wurde visuelle Identifizierung – wie auch *Fehl*identifizierung – zur Norm.

»Wenn Sie smarte Farbe benutzen, Admiral, dann verwenden Sie sicher auch ... einfallsreiche Transpondercodes«, warf Lieutenant-Commander Reynolds ein. Bachfisch sah aus, als wolle er erneut die Anrede ›Admiral‹ korrigieren, dann ergab er sich sichtlich in sein Schicksal und nickte nur.

»Ich bin mir ziemlich sicher, dass meine Leute so gut wie jeden Piraten in offenem Kampf ausschalten könnten«, sagte er. »Aber wenn ich ehrlich sein soll, besteht unsere Hauptbeschäftigung im Befördern von Fracht. Außerdem sind wir zwar bewaffnet, und die *Pirates' Bane* hat ihre Existenz gewiss als bewaffnetes Hilfsschiff begonnen, aber dadurch wird sie nicht zum Dreadnought. Sie besitzt einen militärtauglichen Trägheitskompensator und die dazu gehörigen Impeller und Partikelschirme. Und sowohl die *Bane* als auch die *Ambuscade* haben ganz respektable Seitenschild-Generatoren. Keines unserer Schiffe hat jedoch einen Kriegsschiffsrumpf oder die entsprechenden Reparatursysteme.

Sie waren mit dem Q-Schiff-Geschwader Ihrer Hoheit vor einigen Jahren hier in Silesia, nicht wahr, Admiral Truman?«, fragte er an Honors Stellvertreterin gewandt und zuckte mit den Achseln, als Truman bejahend nickte. »Nun, dann wissen Sie, wie es an Bord eines Handelsschiffs aussieht, wenn es einen Treffer von einem schweren Schiffsgeschütz erleidet. Unter den gegebenen Umständen sind weder meine Crews noch ich besonders versessen auf ›faire‹ Gefechte mit Piraten. Deshalb benutzen wir praktisch niemals unsere echten Transpondercodes, bis wir tatsächlich unseren Bestimmungsort erreichen.«

»Und die Konföderierte Navy lässt Ihnen das durchgehen, Sir?«, fragte Rafe Cardones; eine vernünftige Frage, denn die Manipulation des Transpondercodes war nach dem Gesetz der meisten Sternnationen eine mittelschwere Straftat – und das galt auch für die Silesianische Konföderation.

»Offiziell weiß die Navy nichts davon«, entgegnete Bachfisch mit leichtem Schulterzucken, »und was sie nicht weiß, macht sie nicht heiß. Tatsächlich wissen die meisten silesianischen Kommandanten zwar, was wir da machen, aber sie machen uns keine Schwierigkeiten, solange wir ihnen hin und wieder einen Piraten abschießen.«

»Leuchtet mir ein«, sagte Truman und griff nach ihrem Weinglas. Wie durch Zauberkraft erschien James MacGuiness neben ihr und schenkte Truman nach, bevor sie es berührt hatte. Sie lächelte ihm dankend zu, trank einen Schluck von der rubinroten Flüssigkeit und wandte sich wieder Bachfisch zu.

»Ich muss sagen, wir haben vermutlich größeres Glück als wir verdienen, dass Sie uns über den Weg gelaufen sind, Admiral Bachfisch«, sagte sie in förmlicherem Ton.

»Ich bin Ihnen eigentlich nicht über den Weg gelaufen, Admiral«, entgegnete Bachfisch mit schiefem Lächeln, »ich habe nach Ihnen gesucht.«

»Das weiß ich.« Truman sah ihn nachdenklich an. »Und dafür bin ich Ihnen dankbar. Gleichzeitig verstehen Sie bestimmt, warum wir ein bisschen vorsichtig sein müssen, wenn die Aussage einer Einzelperson bestimmten Teilen unserer ONI-Meldungen glatt widerspricht, da kann diese Person so glaubwürdig sein, wie sie will.«

»Nun«, sagte Bachfisch mit noch breiterem Grinsen, »ich weiß, warum ich ein bisschen vorsichtig wäre, aber als ich noch aktiv war, konnten die Leute beim ONI wenigstens noch ihren eigenen Hintern finden – wenn sie beide Hände frei hatten, heißt das.«

Gegen ihren Willen zuckten Trumans Lippen, und Cardones grinste unverhohlen.

»Was ich sagen wollte, Sir«, fuhr der weibliche Admiral mit den goldenen Haaren fort, als sie sicher war, ihre Stimme wieder in der Gewalt zu haben: »Ich könnte ihre Informationen mit einem besseren Gefühl verwerten, wenn Sie mir aus erster Hand schildern könnten, wie Sie sie bekommen haben.«

»Ich weiß schon, worauf Sie hinauswollen, Dame Alice«, sagte Bachfisch ernster. »Und ich verüble es Ihnen weiß Gott nicht, wenn Sie ein bisschen zögern, bevor Sie sich auf einen zufälligen warmen Informationsregen verlassen. Ich habe Admiral Harrington schon zugesichert, Ihnen meine Ortungslogbücher zu übergeben, die einige meiner Beobachtungen belegen. Dazu gehören etwa die Beschleunigungswerte, die ich bei den neuen Kreuzern festgestellt habe, und die verbesserten Stealth-Eigenschaften, die der andermanische Schwere Kreuzer im Melbourne-System gezeigt hat. Daraus können Sie dann Ihre eigenen Schlüsse ziehen, und offen gesagt sind Sie dafür auch besser gerüstet als wir.

Trotzdem machen Ihnen vermutlich die Berichte, die ich nicht durch Logbuchaufzeichnungen untermauern kann, die größeren Schwierigkeiten. Besonders der Bericht über die neuen andermanischen Schlachtkreuzer.«

»Ich gebe gern zu, dass das tatsächlich eines der Themen ist, die mir das größte Kopfzerbrechen bereiten«, räumte Truman ein, offensichtlich erleichtert, dass Bachfisch ihre Sorgen verstand und nicht etwa als Anwurf gegen seine Glaubwürdigkeit auffasste.

»Ich habe Commander Reynolds schon möglichst detaillierte Beschreibungen vorgelegt«, sagte Bachfisch. »Sie besorgen sich diese Details wahrscheinlich besser von ihm, weil sie auf den Notizen basieren, die ich unmittelbar nach der Beobachtung des Schiffes niedergeschrieben habe, und nicht etwa auf Erinnerungen, die ich im Nachhinein festgehalten habe. Wie wir überhaupt in eine Position kommen konnten, den Schlachtkreuzer zu beobachten, hat viel mit den Q-Schiff-Operationen zu tun, über die wir gerade sprechen. Ich hatte den Silly-Behörden im Crawford-System einen Haufen eingefangener Piraten zu übergeben, aber ein andermanisches Schlachtkreuzergeschwader durchquerte das Sonnensystem und brachte meine Ablieferung zu einem jähen Ende. Der konföderierte Gouverneur«, fügte er ironisch hinzu, »hat sich nicht besonders darüber gefreut. Ich glaube, er hielt den andermanischen Admiral wegen dieser Sache für ziemlich selbstherrlich.«

McKeon zog eine Grimasse. »Warum überrascht mich das nicht?«, murmelte er. »Weiß Gott, für die Sillys gibt es nur eine Sorte Menschen, die noch arroganter sind als Andermaner, nämlich Manticoraner!«

»Bei allem schuldigen Respekt, Admiral«, widersprach Bachfisch ihm, »als jemand, der beide Seiten kennt, glaube ich, dass die Sillys nicht ganz Unrecht haben. Aus ihrer Sicht verhalten sich sowohl die Royal Manticoran Navy als auch die Kaiserlich-andermanische Weltraumflotte grenzenlos anmaßend. Auch wenn sie es nicht zeigen, sie wissen genau, dass sie ohne Hilfe von außen keine Chance haben, ihre Schifffahrtswege zu sichern, und das macht es nur noch schlimmer. Wie würden Sie sich fühlen, wenn eine fremde Navy im Sternenkönigreich auftaucht, um unsere Handelsschifffahrt zu beschützen? Oder wenn diese Navy in unserem Raumgebiet festgenommene Kriminelle in Gewahrsam nimmt, weil sie der Integrität unseres Rechtssystems misstraut – und der Ehrbarkeit unserer Regierungsvertreter?« Er schüttelte den Kopf. »Ich weiß, die Situation ist nicht vergleichbar, aber gerade weil unser mangelndes Vertrauen in die Silesianer so oft gerechtfertigt ist, ärgert es sie umso mehr, es unter die Nase gerieben zu bekommen. Und zu viele andermanische und manticoranische Raumoffiziere lassen sich ihre Verachtung anmerken. Was das angeht, bin ich wohl auch nicht anders gewesen, als ich noch aktiv war!

Ich glaube jedenfalls, dem Geschwaderchef war zuerst nicht klar, dass ich Manticoraner bin, als er mir befahl, ihm meine Gefangenen zu übergeben. Dass ich Raumoffizier auf Halbsold bin, hat er ganz gewiss nicht bemerkt! Und mir war es nur recht, die Piraten den Andys zu überlassen, weil ich dadurch sicher sein konnte, dass sie nicht umgehend wieder auf freien Fuß kämen. Aber ich muss schon sagen, seine Art hat mir überhaupt nicht gepasst. Und es war interessant, wie sich sein Gebaren änderte, als er bemerkte, dass er nicht mit einem Silesianer sprach.

Andererseits schien er sich nicht besonders darüber zu freuen, dass er jemanden, der vielleicht für das Sternenkönigreich arbeitet, nah genug an sich heran gelassen hatte, um einen genauen Blick auf den Heck-Klotzkopf seines Flaggschiffs zu werfen. Unter den gegebenen Umständen erschien es mir nicht besonders klug, eine Kamera aus der Tasche zu ziehen und ein paar Bilder zu knipsen. Und nachdem ich wieder an Bord der *Pirates' Bane* war, achteten die Andys genau darauf, uns nur noch den Bug zuzuwenden, deshalb bekam ich keine guten Bilder. Trotzdem war dieses Schiff definitiv anders konstruiert als ein normaler Schlachtkreuzer. Mein Personenshuttle hat das Heck auf weniger als einem halben Kilometer Abstand passiert, als wir unsere ›Gäste‹ ablieferten. Es war offensichtlich, dass sie kaum Heck-Jagdbewaffnung besaß. Dafür gab es eine sehr große Frachtluke.«

»Das höre ich aber gar nicht gerne«, sagte McKeon.

»Also, ein Schlachtkreuzer als Gondelschiff hätte ja kurzfristig eine sehr hohe Feuerkraft«, warf Wraith Goodrick ein. »Aber für wie lange? Und wie lange könnten die Schutzsysteme eines Schlachtkreuzers gegen ein echtes Wallschiff standhalten, besonders wenn es ebenfalls Gondeln absetzt?« Er schüttelte den Kopf. »Ich weiß nicht. Mir kommt es nicht wie ein wirklich praktikables Konzept vor.«

Honor und Brigham tauschten einen Blick, und Honor nickte ihrer Stabschefin ganz knapp zu.

»Tatsächlich«, sagte Mercedes an den Rest des Tisches gewandt, »sind die Andys nicht die Ersten, die diese Idee hatten. Und wenn sie doch von allein darauf gekommen sind, so haben die Graysons sie völlig unabhängig davon selber entwickelt.«

»Wirklich?« McKeon sah sie scharf an. »Warum haben wir dann nie etwas davon gehört?«

»Das müssen Sie mit Hochadmiral Matthews ausmachen, Sir«, entgegnete Brigham ihm gelassen. »Wenn ich raten sollte, würde ich sagen, es handelt sich wahrscheinlich um einen Fall von ›Wie Du mir, so ich Dir‹. Erster Lord Janacek und Admiral Chakrabarti haben kurz nach der Übernahme der Admiralität beschlossen, die gemeinsamen manticoranisch-graysonitischen Forschungsteams aufzulösen. Offiziell handelte es sich um eine weitere Sparmaßnahme, doch ich fürchte, in der GSN hielt sich hartnäckig das Gerücht, die neue Navyleitung wolle den Informationsfluss zu den Graysons abdrehen.«

»Wie um alles auf der Welt kommen die Graysons denn darauf?«, fragte Truman ungläubig. »Wir sind doch schließlich Verbündete, um Gottes willen!«

»Ich gebe nur die Gerüchte wider, Ma'am«, entgegnete Brigham mit betont unbeteiligter Stimme. »Niemand hat je behauptet, dass Gerüchte vernünftig sein müssen.«

»Aber …«

Truman hatte zu einer hitzigen Antwort angesetzt, dann schloss sie mit fast hörbarem Klicken den Mund, und Honor verbarg ein bitteres Lächeln, als sie spürte, wie ihre Freundin plötzlich begriff, welchen Schaden Janacek und High Ridge dem Band zugefügt hatte, das durch so viel Blutvergießen zwischen den Graysons und der Navy Ihrer Majestät geschmiedet worden war.

»Jedenfalls«, fuhr Brigham fort, indem sie sich wieder McKeon zuwandte, »sind die neuen Schlachtkreuzer der *Courvosier-II*-Klasse Gondelschiffe. Das Amt für Schiffsbau hat ihre konventionelle Raketenbreitseite um mehr als achtzig Prozent reduziert, wodurch man Energiewaffen vom Superdreadnoughtkaliber einbauen konnte.« McKeon riss die Augen auf, und ihr Ausdruck wirkte plötzlich sehr nachdenklich. Die Stabschefin zuckte mit den Schultern. »Ich glaube, es wurde ein gewisser Druck ausgeübt, mehr in Richtung der *Invictus*-Klasse zu gehen und die Breitseiten-Raketenwerfer ganz wegzulassen, aber das Amt für Schiffsbau entschied sich dagegen. Dennoch hat Wraith Recht, wenn er sagt, dass so ein Schiff seine Raketenfeuer-Höchstgeschwindigkeit bei weitem nicht so lange aufrechterhalten kann wie ein Lenkwaffen-Superdreadnought. Andererseits konnte ein konventioneller Schlachtkreuzer auch nicht dem Lenkwaffenbeschuss eines Wallschiffs aus der Zeit vor Einführung der Raketengondeln standhalten. Die Gefechtsübungen, die wir im Jelzin-System durchgeführt haben, deuten darauf hin, dass diese Neukonstruktion im Kampf gegen Wallschiffe eine größere Überlebenschance hat.«

»Aber nicht im Gefecht Schiff gegen Schiff«, wandte Goodrick ein.

»Das kommt darauf an, wie alt das Wallschiff ist«, entgegnete Brigham. »Gegen ein konventionelles Wallschiff hätte eine *Courvosier* sogar eine verdammt gute Chance. Sie kann genügend Gondeln absetzen, um eine Salve zu feuern, die selbst die Nahbereichsabwehr eines Superdreadnoughts übersättigt. Zwar kann sie das nicht oft, aber immerhin ist sie imstande, sich gegen einen Superdreadnought der älteren Klassen zu behaupten, vielleicht sogar gegen zwo. Und wenn sie das Offensivfeuer des Superdreadnoughts erst mal niedergekämpft hat, hat sie auch die Energiewaffen, um durch seine Seitenschilde zu kommen. Wenn sich zwo oder drei *Courvosiers* auf ein einzelnes Ziel konzentrieren, bekommt sogar ein Lenkwaffen-Superdreadnought Schwierigkeiten. Er muss schon zu ihnen durchkommen und sie sehr rasch vernichten, sonst machen sie es mit ihm.«

Goodrick wirkte allein schon von dem Gedanken schockiert, und Brigham grinste ihn an.

»Und das ist noch nicht alles. Auf Energiewaffendistanz sind die *Courvosiers* noch viel gefährlicher, und die Konstrukteure haben die neuen Automatsysteme wie in der *Harrington*-Klasse verbaut, aber viel ausgedehnter. Die Besatzungen sind wirklich sehr klein. Tatsächlich kann man, eines dieser Schiffe notfalls mit nur dreihundert Menschen betreiben.«

»Dreihundert?«, wiederholte Goodrick fast ungläubig, und Brigham nickte.

»Dreihundert«, bestätigte sie. »Dadurch schrumpfen die Lebenserhaltungssysteme so weit, dass man, gekoppelt mit dem Hohlkern-Bau, die Schiffe mit außerordentlich schweren Graser-Breitseiten versehen kann. *Courvosiers* haben nur zwo Drittel der Lafetten ihrer Vorgängermodelle, aber diese Lafetten sind genauso energiestark wie die eines *Harrington*-Superdreadnoughts.«

»Und darum geht es bei dem Baumuster letztendlich, Wraith«, warf Honor ein. »Nicht um die Energiebreitseite als solche und auch nicht um die Möglichkeit, es mit einem Superdreadnought aufzunehmen: Die Graysons haben einen Schlachtkreuzer gebaut, der für alte Schlachtkreuzertypen das bedeutet, was der Lenkwaffen-Superdreadnought für den alten Superdreadnought bedeutet hat. Wenn die Andermaner der gleichen Entwurfsphilosophie folgen, dann sind die Schiffe, die Captain Bachfisch uns beschrieben hat, sogar noch gefährlicher, als wir bisher angenommen haben.«

»Ganz mein Reden«, stimmte Bachfisch zu.

»Haben Sie etwas von echten Lenkwaffen-Superdreadnoughts gesehen – oder gehört –, Sir?« Lieutenant-Commander Reynolds klang mehr als nur ein wenig nervös, doch Bachfisch schüttelte den Kopf.

»Nein, Commander, das habe ich nicht. Leider heißt das nicht, dass sie keine hätten; nur wenn sie welche haben, so habe ich sie noch nicht gesehen. Andererseits dachte ich neulich, dass man Schlachtkreuzer natürlich wesentlich schneller bauen kann als Wallschiffe. Es könnte also gut sein, dass sich noch Lenkwaffen-Superdreadnoughts im letzten Konstruktionsstadium befinden oder bereits gebaut werden, aber noch nicht in Dienst gestellt wurden.«

»Und das könnte der Grund sein, weshalb die Andys zwar schrittweise den Druck erhöhen, aber noch keine wirklichen Schritte unternommen haben«, dachte Rafe Cardones laut.

»Ich würde mich auf diese Möglichkeit nicht allzu sehr verlassen, Rafe«, warnte Honor. »Selbst wenn es der Fall ist, können wir nicht wissen, wie weit sie mit ihren Vorbereitungen schon sind. Und wenn tatsächlich etwas anderes vorgeht und wir von falschen Tatsachen ausgehen ...«

»Verstanden, Hoheit«, lenkte Cardones ein. »Trotzdem halte ich die Möglichkeit für sehr interessant.«

»Das ist sie auch«, stimmte Bachfisch ihm zu. »Und ich wäre nicht allzu überrascht, wenn diese oder eine sehr ähnliche Überlegung keine Rolle in der andermanischen Planung gespielt hätte. Aber wie Ihre Hoheit schon sagt, verlassen möchte ich mich darauf nicht.«

»Nein, das sehe ich ein«, pflichtete Truman ihm bei und lehnte sich zurück, einen konzentrierten Ausdruck in den Augen, während sie erwog, was Bachfisch gesagt hatte. Ihr Gesicht verriet deutlich (und noch mehr der Geschmack ihrer Gefühle), dass sie ihre Bedenken, die sie in Bezug auf ihre Informationsquelle gehegt hatte, sehr rasch wieder verwarf.

»Wraith und ich freuen uns sehr darauf, uns Ihre Ortungsdaten vorzunehmen, Admiral«, sagte sie. »Besonders die von den neuen LACs der Andys.«

»Das überrascht mich nicht«, sagte Bachfisch und lächelte knapp. »Und ehrlich gesagt war ich auch sehr interessiert an den Daten, die ich hier im Marsh-System über Ihre LACs eruieren konnte, Admiral. Mir fehlte bisher die Zeit, sie eingehend miteinander zu vergleichen, aber nach meinem ersten Eindruck sind Ihre Maschinen noch immer schneller und kampfstärker als alles, was ich von den andermanischen Vögeln gesehen habe.«

»Aber von den andermanischen LAC-Trägern keine Spur?«, fragte Truman nach.

»Nein, die habe ich nie gesehen. Aber ich wäre an Stelle der Andys wahrscheinlich auch nicht sehr erpicht darauf, dass jemand von meinen LAC-Trägern und meinen Gondel-Schlachtkreuzern erfährt. Und sie geheim zu halten ist mit Gewissheit nicht schwierig. Sie wissen ja selbst, wie leicht es ist, seine LAC-Träger in einem abgelegenen Sonnensystem zu verstecken und dort zu drillen.«

»Tatsächlich, Admiral, weiß ich sogar *ganz* genau, wie leicht das ist«, sagte Truman lachend. Dann wurde sie ernst und blickte Honor an.

»Ich stimme Alistair zu, Hoheit. Mir gefällt überhaupt nichts von alledem. Nicht, wenn man Zahns Analysen und Ferreros Berichte hinzunimmt. Und Ferreros Meldungen gefallen mir schon gar nicht. Wenn die Andys uns absichtlich ihren technischen Vorsprung unter die Nase halten, gleichzeitig aber eifrig die Existenz der neuen Gondel-Schlachtkreuzer vor uns geheim halten – oder es wenigstens versuchen ...«

Sie ließ ihre Stimme verebben, und Honor nickte. Der gleiche Gedanke war ihr ebenfalls gekommen. Das Verhalten des Kommandanten der *Hellebarde* wirkte mehr und mehr wie gezielte Provokation. Falls dem tatsächlich so war, stellten Gortz' Enthüllungen der neuen andermanischen Waffen und Ortungssysteme nichts anderes dar als einen absichtlichen Einschüchterungsversuch. Zumindest machte sich Honor als Kommandeurin der Sidemore

Station Gedanken darüber, was sie sonst noch in petto hätte. Den Berichten zufolge verhielten sich die Andermaner gegenüber den Silesianern genauso wie gegenüber Manticore. Folglich versuchten sie die Konföderierte Navy ebenso sehr einzuschüchtern. Dass sie nicht auch mit den neuen Kampfschifftypen protzten, wies Unheil verkündend darauf hin, dass sie einige größere Überraschungen in der Hinterhand behielten – ganz gleich, was sie an neuer Technik offen zeigten.

Honor atmete tief durch und blickte in die Runde der Offiziere – und zu Thomas Bachfisch. Zwischen dem Schwarz und Gold der RMN wirkte seine Handelsdienstuniform völlig fehl am Platze, dennoch hatte sie das eigenartige Gefühl, etwas sei vollendet worden, als sie ihn an ihrem Tisch sitzen sah. Irgendwie war es richtig, dass ihr erster Kommandant anwesend war, wenn sie ihr erstes Kommando über eine Station antrat. Und während sie ihn anblickte, spürte sie, dass er ebenso – oder doch zumindest sehr ähnlich – darüber dachte.

»Nun gut, Ladys und Gentlemen«, wandte sie sich an alle. »Dank Captain Bachfisch besitzen wir bedeutend mehr Informationen über mögliche Bedrohungen als bei unserer Ankunft. Als Nächstes werden wir uns daher in den Simulator des Flaggdecks begeben und mit einigen der neuen Möglichkeiten herumspielen. Und wenn Sie die Zeit erübrigen könnten, Captain«, sagte sie, indem sie ihm direkt in die Augen blickte, »so wäre es mir eine Freude und eine Ehre, wenn Sie sich zu uns gesellen würden. Ihre Anregungen wären sehr wertvoll für mich.«

»Die Ehre wäre ganz meinerseits, Hoheit«, antwortete Bachfisch nach einem Augenblick.

»Gut!«, rief Honor mit breitem Lächeln, erhob sich und setzte sich Nimitz auf die Schulter.

Sie lächelte Bachfisch erneut an, dann sagte sie zu ihren Offizieren: »Also, Herrschaften, dann wollen wir mal.«

29

»*Wayfarer*, hier spricht die *LaFroye*. Unsere Pinasse nähert sich Ihnen niedrig aus sechs Uhr. ETA ist nun zwölf Minuten.«

»Verstanden, *LaFroye*. Äh, darf ich fragen, worum es eigentlich geht?«

Jason Ackenheil lehnte sich im Kommandosessel zurück und sah Lieutenant Gower, seinem Signaloffizier, zu, der mit einer gewissen Captain Gabrijela Kanjcevic sprach. Kanjcevic war nach Gott Herrin über das unter solarischer Flagge laufende Handelsschiff *Wayfarer*. Der Kommandant lächelte dünn, ohne dass es etwas ausmachte, denn er saß außerhalb des Erfassungsbereichs von Gowers Aufzeichner. Die *Wayfarer* war für ein Handelsschiff nicht besonders groß – ein Expressfrachter, der für begrenzte Passagierzahlen und relativ kleine Ladungen ausgelegt war (nach den Standards der Leviathane, die die interstellaren Tiefen durchkreuzten). Die *LaFroye* ließ sie dennoch wie ein Winzling erscheinen. Dieser Winzling jedoch hatte Zähne, der Wal nicht, und deshalb sollte der Wal zum Winzling lieber außerordentlich höflich sein. Andererseits waren einige Handelsschiffer gleicher als andere, und die *Wayfarer* fühlte sich unter ihrer solarischen Flagge zweifellos sehr sicher. Kein manticoranischer Kommandant, der noch alle Sinne beisammen hatte, provozierte absichtlich einen Zwischenfall mit der

Liga, der seine Karriere beendet hätte. Darum klang Kanjcevic – zumindest bis jetzt – zwar wachsam, aber eigentlich nicht besorgt.

Das würde sich bald ändern – vorausgesetzt natürlich, Ackenheils Informationen trafen zu.

In dieser Hinsicht setzte er nämli[illegible] auf eine Karte.

»Nur Routine, Captain«, versicherte Gower dem Gesicht auf ihrem Combildschirm. Er blickte sich über die Schulter, als wollte er sich vergewissern, ob jemand in der Nähe war, dann lehnte er sich zu Kanjcevic' Bild vor.

»Ganz unter uns, Ma'am, es ist eigentlich recht albern. Uns liegen Berichte vor, dass während der letzten Monate ein ganzer Haufen von Frachtern in diesem Sektor verloren gegangen sei, und der Nachrichtendienst meint, dass jemand einen bewaffneten Handelskreuzer benutzt. Also haben wir von Sidemore Order erhalten, jedes Handelsschiff, das uns über den Weg läuft, persönlich in Augenschein zu nehmen.« Er zuckte mit den Schultern. »Wir haben bisher elf Stück untersucht, ohne das geringste Bisschen zu finden.« Er unterdrückte ein angehängtes ›natürlich‹, doch sein Ton verriet eindeutig, was er dachte. »Sollte nicht mehr als 'n paar Minuten dauern, bis unsere Pinasse angedockt hat, die Leute an Bord gehen und sich vergewissern, dass Sie nirgendwo Graser versteckt haben, und dann lassen wir Sie weiterziehen. Aber wenn wir's nicht überprüfen ... na ja ...«

Er zuckte wieder mit den Schultern, und Kanjcevic lächelte.

»Verstanden, Lieutenant«, sagte sie. »Und ich sollte mich wohl über niemanden beschweren, der den Piraten das Leben schwerer macht. Wir erweisen Ihren Leuten volle Zusammenarbeit.«

»Danke, Captain. Das wissen wir zu schätzen. *LaFroye*, aus.«

Gower trennte die Verbindung und wandte sich grinsend dem Kommandanten zu.

»Wie war ich, Skipper?«

»Perfekt, Lou. Einfach perfekt«, versicherte Ackenheil ihm. *Jetzt lasst uns hoffen, dass Reynolds in dieser nachrichtendienstlichen Einweisung keinen Blödsinn erzählt hat,* fügte er im Stillen hinzu.

In der Pinasse stand Captain Denise Hammond, RMMC, auf und ging zur Mitte des Truppenabteils. Darin war es ein wenig beengt, denn immerhin hatte man zwei Züge Soldaten in Panzeranzügen hineingestopft.

»Also gut, Leute«, sagte sie. »In fünf Minuten legen wir an. Sie kennen die Prozedur. Wir lassen uns nichts gefallen, aber kein Blutvergießen, wenn's sich irgendwie vermeiden lässt. Verstanden?«

Ein Chor der Zustimmung drang aus ihrem Helmcom, und sie nickte zufrieden. Dann wandte sie sich der Luke zu und wartete mit einem erwartungsvollen Grinsen. Wenn der Skipper Recht hatte mit seiner Vermutung, was sie hier finden würden, dann wäre es einer der besten Tage, den sie seit Monaten und vielleicht sogar Jahren erlebt hatte. Wenn er sich irrte ... Nun, sie war nur eine Marineinfanteristin. Niemand würde ihr den Kopf abreißen, weil sie einen Befehl befolgt hatte. Und außerdem konnte sie Sollys nicht ausstehen.

Die Pinasse senkte sich ins Andockgerüst, die Zugangsröhre verband sich mit der Luftschleuse, und der Lieutenant der solarischen Handelsflotte, den Kanjcevic dazu abgestellt hatte, um die Inspekteure in Empfang zu nehmen, richtete sich zu einer Pose auf, die man mit viel Nachsicht vielleicht Haltung hätte nennen können. Er mochte Mantys nicht besonders – was waren sie anderes als verdammte arrogante Emporkömmlinge, die ständig solarischen Schiffen das Geschäft vermasselten. Aber er war angewiesen, diesmal nett zu ihnen zu sein. Und wenn es ihm noch so gegen den Strich ging, in Anbetracht der Umstände betrachtete er das Nettsein als gute Idee. Daher zauberte er sich ein Lächeln ins Gesicht, als über der Röhrenluke das grüne Licht aufflammte, das eine dichte Verbindung anzeigte.

Sein Lächeln wich einem ungesunden Entsetzen, als die Luke aufglitt und er plötzlich in die Mündung eines Betäubergewehrs blickte. Eines Betäubergewehrs in den Motorhandschuhen eines Royal Manticoran Marine, der in einem bedrohlichen Panzeranzug steckte. Eines Marine, stellte der Lieutenant fast wie betäubt fest, dem Dutzende anderer Marines zu folgen schienen ... und die meisten von ihnen trugen offensichtlich weit tödlichere Waffen als Betäuber.

»Ich heiße Hammond, Lieutenant«, sagte der weibliche Marine hinter dem Betäubergewehr aus den Helmlautsprechern; die Sopranstimme hätte unter anderen Umständen wahrscheinlich angenehm melodisch geklungen. »Captain Hammond, Royal Manticoran Marinecorps. Ich ersuche Sie, mich zu Ihrem Kapitän zu führen.«

»Ich ... ich ...« Der Lieutenant schluckte mühsam. »Äh, worum geht es?«, herrschte er sie an – das heißt, er versuchte zumindest, sie anzuherrschen; seine Frage klang jedoch mehr wie ein verwirrtes, angstvolles Blöken.

»Dieses Schiff steht unter dem Verdacht, gegen die Bestimmungen der Cherwell-Konvention zu verstoßen«, erklärte Hammond ihm und empfand eine tiefe innerliche Befriedigung, als sein Gesicht plötzlich leichenblass wurde. »Deshalb schlage ich vor«, fuhr sie fort, während der Rest ihres Enterkommandos rasch und umfassend den Beibootshangar sicherte, »dass Sie mich zu Ihrem Kapitän führen. Und zwar auf der Stelle.«

»Es steht fest, Skipper«, meldete Denise Hammond Captain Ackenheil. Eine Bildübertragung fehlte, weil sie ihr Helmcom benutzte. Doch Ackenheil benötigte auch keine visuelle Verbindung, denn er hatte bereits die Bilder von den Helmkameras der Marines gesehen, die an Bord der *Wayfarer* die Luken der so genannten Passagierkabinen aufgebrochen hatten. Selbst in Silesia und sogar an Bord von Frachtern mit sehr begrenztem Passagierraum packte man Fahrgäste nur selten zu zwölft in eine Kabine.

Natürlich hatte die Crew der *Wayfarer* den Leuten geholfen, Raum in ihren Quartieren zu sparen. Schließlich brauchten sie keinen Platz, um ihre persönliche Habe unterzubringen, weil sie gar keine mehr hatten – nicht einmal mehr Kleidung.

Bei den Mienen grenzenlosen Entsetzens auf den Gesichtern dieser splitternackten, aller Hoffnung beraubten ›Passagiere‹ hätte sich jedem der Magen umgedreht. Dann wiederum war es ein ganz besonderer Moment gewesen, als diese Menschen begriffen, dass vor ihnen manticoranische Marineinfanteristen standen und nicht die brutalen Schläger, die von ihren zugedachten Eigentümern als Wärter beschäftigt wurden. Die Veränderung ihrer Mienen war fast so viel wert wie das ängstliche, gelähmte Gesicht Kanjcevic', als sie begriff, was geschehen war – und als ihr einfiel, dass den interstellaren Abkommen zufolge das Sternenkönigreich von Manticore berechtigt war, einen Bruch der Cherwell-Konvention gegen den Menschenhandel mit Piraterie gleichzusetzen.

Worauf die Todesstrafe stand.

»Gute Arbeit, Denise«, sagte Ackenheil ernst. »Sehr gute Arbeit. Behalten Sie die Besatzung noch zwanzig Minuten im Auge, dann ist die Prisenmannschaft bei Ihnen.«

»Aye, aye, Sir. Wir gehen nicht weg.«

»Wissen Sie, was ich an unseren politischen Herren und Gebietern am meisten hasse?«, wollte Dr. Wiggs wissen.

Jordin Kare lehnte sich in seinen Sessel zurück und neigte mit fragendem Gesicht den Kopf zur Seite, während er den Astrophysiker betrachtete, der gerade völlig unsanft in sein Büro geplatzt war. Neben einem halb verzehrten Croissant Kares stand eine dampfende Kaffeetasse. Es war noch sehr früh am Tag – der einzige Grund, weshalb Wiggs nicht von der Sekretärin aufgehalten worden war, die Kare während der üblichen Arbeitszeit abschirmte.

»Nein«, entgegnete er milde, hob die Serviette und wischte sich die Krümel vom Mund, »ich weiß nicht, was Sie an unseren politischen Herren und Gebietern am meisten hassen, TJ. Aber ich habe das deutliche Gefühl, dass Sie es kaum abwarten können, mich zu erleuchten.«

»Hm?« Wiggs hielt an der Tür inne; der Tonfall seines Vorgesetzten gab ihm deutlich zu verstehen, dass er soeben einen *Fauxpas* begangen habe. Dann zeigte er immerhin so viel Anstand zu erröten. »Hoppla. 'tschuldigung, Chef. Ich hatte vergessen, dass es für Sie Frühstückszeit ist.«

»Für mich? Die meisten Leute frühstücken früher als ich, TJ – nach dem Aufstehen und bevor sie zur Arbeit gehen«, entgegnete Kare. Dann erst bemerkte er, dass Wiggs ein wenig schmuddlig aussah, und seufzte. »TJ, Sie sind gestern Abend doch irgendwann noch nach Hause gefahren, oder?«

»Nun, fast«, gab Wiggs zu. Kare holte tief Luft, doch bevor er eine weitere Predigt zu dem Thema halten konnte, wie wichtig doch ein halbwegs regelmäßiger Schlafrhythmus sei, fuhr der jüngere Wissenschaftler fort:

»Ich wollte nach Hause, ehrlich. Aber dann führte eins zum anderen, und ... na ja ...« Er tat die Frage ungeduldig mit einem Schulterzucken ab. »Auf jeden Fall«, fuhr er energischer fort, »habe ich mir die neusten Daten noch mal angesehen – Sie wissen schon, die Daten, die letzte Woche die *Argonaut* gebracht hat?«

Noch bevor Wiggs den Satz vollendet hatte, erkannte Kare, dass jeder Tadel vergebens wäre. »Ja«, sagte er resigniert. »Ich kenne die Daten, von denen Sie reden.«

»Also«, fuhr Wiggs fort und begann, vor Aufregung im Büro umherzustapfen, »ich habe sie mir noch mal vorgenommen und durchlaufen lassen, und ich will verdammt sein, wenn wir nicht den richtigen Annäherungsvektor gefunden haben. Ja«, er winkte ab, als Kare sich ein wenig im Sessel aufrichtete, »wir haben noch viel Verfeinerungsarbeit zu tun. Ich möchte noch wenigstens zwei oder drei Messreihen vornehmen lassen, damit wir eine breitere Grundlage an Beobachtungsdaten erhalten, durch die wir meine groben Berechnungen überprüfen können. Aber wenn ich mich nicht völlig irre, wird die Auswertung bestätigen, dass wir das Ziel ziemlich genau auf die Nase getroffen haben.«

»Ich wünschte«, sagte Kare nach kurzem Nachdenken, »Sie würden das lassen, TJ.«

»Was lassen?«, fragte Wiggs, offensichtlich verwirrt über den Tonfall seines Vorgesetzten.

»Dinge vor dem Zeitplan herauszufinden«, rief Kare. »Nachdem der Direktor und ich Tage darauf verwendet haben, den Schreibtischhengsten klarzumachen, wie nötig die zeitaufwändige Detailarbeit ist, gehen Sie hin und finden den verdammten Annäherungsvektor gut vier Monate zu früh! Haben Sie überhaupt eine Vorstellung, wie schwer es uns fallen wird, die Politikos das nächste Mal davon zu überzeugen, dass wir für den Abschluss unserer Forschungen noch mehr Zeit brauchen?«

»Selbstverständlich«, entgegnete Wiggs in mäßig beleidigtem Ton. »Das ist es ja, was ich an unseren politischen Herren und Gebietern am meisten hasse, wenn Sie sich an den Satz erinnern, mit dem ich dieses Gespräch eingeleitet habe. Außerdem versaut es mir wirklich den Tag, wenn ich gleich am Morgen über etwas stolpere, worüber ich mich freuen sollte, nur um dann festzustellen, wie sehr es mich ärgert, weil ich damit meinen idiotischen Arbeitgebern ihren Willen tue. Na ja, deswegen und weil ich weiß, dass diese Arschlöcher sich auch noch den Ruhm zuschustern.«

»Ihnen ist aber klar, wie paranoid – wenn nicht sogar kleingeistig – zwei verhältnismäßig intelligente Erwachsene wirken, wenn sie ein solches Gespräch führen wie wir gerade, oder?«, fragte Kare mit schiefem Grinsen, und Wiggs zuckte mit den Schultern.

»Ich komme mir nicht besonders paranoid vor, und für

kleingeistig halte ich uns auch nicht. Das ist es ja, was mich so erbost – ich arbeite nicht gern für einen Premierminister, der ein Paradebeispiel für Kleingeistigkeit ist. Und sobald wir es ihnen melden, kommt dieser blöde Sack von Oglesby zurück und veranstaltet wieder eine Pressekonferenz. Und dann können Admiral Reynaud und Sie von Glück reden, wenn Sie überhaupt zu Wort kommen.«

»O nein, TJ! Diesmal nicht«, entgegnete Kare mit einem Engelslächeln. »Sie haben es gefunden, und diesmal werden Sie sich selber abstrampeln, um mal zu Wort zu kommen.«

»Das war köstlich, Hoheit«, seufzte Mercedes Brigham und lehnte sich mit einem angenehmen Gefühl der Sättigung vom Frühstückstisch zurück. Auf dem Teller, der vor ihr stand, klebten die Überreste der *Sauce hollandaise* ihrer Eier Benedikt und einige Schinkenspeckbröckchen, während auf einem kleineren Teller die Schale einer Wassermelone lag und an den Kiel einer abgetakelten Arche erinnerte. Daneben lagen zwei blaue Weinbeeren, die irgendwie dem Massaker entgangen waren, das über ihre Kameraden hereingebrochen war.

Honors Frühstück war, wie immer, erheblich gehaltvoller gewesen, ein Zugeständnis an ihren beschleunigten Stoffwechsel, und sie lächelte bei Brighams Kommentar, während sie nach der Kakaokanne griff und sich noch eine Tasse einschenkte.

»Freut mich, dass es Ihnen geschmeckt hat«, sagte sie, und ihr Lächeln wurde breiter, als James MacGuiness mit einer frischen Tasse heißem Kaffee, den ihre Stabschefin bevorzugte, aus der Pantry kam. »Allerdings bin nicht ich es, an den Sie Ihr Kompliment richten sollten.«

»Nein, und das habe ich auch nicht«, entgegnete Brigham. »Ich habe nur eine Feststellung getroffen, denn die Person, der ich ein Kompliment machen wollte, war zu diesem Zeitpunkt noch nicht zugegen. Jetzt aber ist er da.« Sie schnüffelte und sah zu MacGuiness hoch. »Das war köstlich, Mac«, sagte sie würdevoll.

»Vielen Dank, Commodore«, sagte MacGuiness ernst. »Wünschen Sie noch ein Ei?«

»Es gibt Leute, die leider ein bisschen besser darauf achten müssen, wie viel sie essen, als andere«, lehnte Brigham bedauernd ab.

»Nur nicht den Kopf hängen lassen, Mercedes«, sagte Honor zu ihr, während Nimitz mit einem Selleriestängel im Maul bliekend lachte. »Bald gibt's Mittagessen.«

»Darauf freue ich mich schon«, versicherte Brigham ihr mit einem Lachen, während sie den Steward anlächelte.

»Ich werde mein Bestes tun, um Sie nicht zu enttäuschen«, versicherte MacGuiness ihr. Er wollte noch etwas hinzufügen, doch da klingelte leise das Com. Der Steward verzog leicht das Gesicht – ein Ausdruck von Ärger, den er sich für die Momente aufsparte, in denen das äußere Universum seinen Admiral bei den Mahlzeiten störte. Dann ging er zum Terminal am Schott und drückte die Annahmetaste.

»Arbeitszimmer des Admiral, MacGuiness«, teilte er dem Aufzeichner in entschieden abwehrendem Ton mit.

»Brücke, Wachhabender Offizier«, antwortete respektvoll der Signaloffizier der *Werewolf*, Lieutenant Ernest Talbot. »Ich unterbreche Ihre Hoheit nur ungern beim Frühstück, Mr MacGuiness, aber der Captain hat mich gebeten, sie darüber zu informieren, dass die Vorposten soeben einen unidentifizierten Hyperabdruck erfasst haben – einen großen, zwoundzwanzig Lichtminuten Sonnenabstand. Laut OPZ sind es mehr als zwanzig Antriebsquellen.«

MacGuiness zog die Brauen hoch und wollte sich gerade zu Honor umdrehen, doch sie stand bereits neben ihm, bevor er die Bewegung auch nur halb vollendet hatte. Sie legte ihm eine Hand auf die Schulter und beugte sich ein wenig näher an den Aufzeichner.«

»Hier spricht der Admiral, Lieutenant Talbot«, sagte sie. »Ich gehe davon aus, dass per Gravimpuls bereits eine Aufforderung zur Identifizierung gesendet wurde?«

»Jawohl, Hoheit.« Talbot klang plötzlich sehr viel zackiger. »Er wurde unverzüglich nach Erfassung gesendet, genau vor …« – er hielt inne, offenbar um auf die Uhr zu sehen – »sieben Minuten, fünfundvierzig Sekunden. Keine Antwort.«

»Verstehe.« Honor sah von dem Hinweis ab, dass der Hyperabdruck kaum als unidentifiziert gelten könne, wenn der Anruf beantwortet worden wäre. Dann empfand sie einen schwachen Stich des Schuldgefühls. Ein guter Offizier ging niemals davon aus, dass sein Gegenüber sich aller Tatsachen bewusst war, über die er sich selbst im Klaren war. Und Untergebene, die in Kauf nahmen, dumm zu klingen, damit ihre Vorgesetzten auf jeden Fall alle relevanten Informationen erhielten, waren es wert, dass man sie schätzte und nicht verspottete.

»Na ja«, fuhr sie fort, »es könnten trotzdem befreundete Schiffe sein, die nur ein wenig langsam antworten.« Ihr Tonfall zeigte, dass sie laut nachdachte, und Talbot gab keine Antwort. Das war ohnedies nicht nötig. Beide wussten, dass mittlerweile jedes manticoranische oder alliierte Kriegsschiff mit einem überlichtschnellen Gravimpulssender ausgerüstet war. Kein alliierter Signaloffizier konnte so langsam sein, dass er noch immer nicht geantwortet hätte.

»Trotzdem«, fuhr Honor fort, »sollten wir im Moment lieber kein Risiko eingehen. Meinen Gruß an Captain Cardones, Lieutenant, bitten Sie ihn, Alarm für den Kampfverband zu geben.«

»Aye, aye, Ma'am!«, entgegnete Talbot zackig, und keine vier Sekunden später erwachte das ›Klar Schiff zum Gefecht‹ zu tumultuösem, ohrenbetäubendem Leben.

Admiral der Grünen Flagge Francis Jurgensen spürte, wie sich sein Magen zu einem einzigen, massiven Eisklumpen zusammenzog, während er das Display mit dem Bericht vor sich anstarrte. Mehrere Sekunden lang verweigerte sein Gehirn ihm schlichtweg den Dienst.

Dann setzte die echte Panik ein.

Purer, entsetzter Unglaube hatte ihn in seinem lähmenden Griff gehalten, als er das kurze, knappe Kommuniqué und die angehängte Kopie der offiziellen Verlautbarung gelesen hatte. Nichts davon konnte wahr sein! Doch noch während er sich das versicherte, hatte er gewusst, dass das Kommuniqué der Wahrheit entsprach. Nun hatte der Schock so weit nachgelassen, dass die lähmende Wirkung verschwunden war, und er fuhr mit einer Plötzlichkeit von seinem bequemen Schreibtischstuhl auf, die jeden erschreckt hätte, der nur sein selbstbeherrschtes Äußeres kannte. Einen Augenblick lang stand er angespannt da und wirkte fast, als wollte er vor dem niederschmetterten Inhalt des Berichtes körperlich die Flucht ergreifen. Doch natürlich konnte er nirgendwohin fliehen. Nervös leckte er sich die Lippen.

Mit ruckhaften Schritten trat er an sein Bürofenster und

lehnte sich an die hoch aufragende Crystoplastscheibe, während er über die frühabendliche Skyline der City von Landing hinausblickte. Vor dem kobaltblauen Gewölbe des sternbesetzten Himmels von Manticore bewegte sich pausenlos der Luftverkehr über der Hauptstadt des Sternenkönigreichs. Jurgensen schloss die Augen, während die juwelengleichen funkelnden Lichtpunkte unbeirrt ihren Geschäften nachgingen. Irgendwie machte die Ruhe der alltäglichen Szene den Inhalt des Berichtes und die Schlüsse, die er daraus ziehen musste, nur noch schlimmer.

Allmählich begann sein Verstand wieder zu funktionieren, in gewisser Weise jedenfalls. Seine Gedanken schossen hin und her, wie ein verängstigter Fisch in einem zu kleinen Aquarium, der mit der Schnauze immer wieder gegen die unnachgiebige Kristallwand stößt. Und wie der Fisch fanden auch seine Gedanken keinen Ausweg.

Es hatte überhaupt keinen Sinn, auch nur zu versuchen, die Informationen zu unterdrücken. Hier hatte er es weder mit einem Agentenbericht noch mit dem respektvoll formulierten Einwand eines Experten gegen Jurgensens Standpunkt zu tun, den man ignorieren oder verlegen konnte. Vielmehr handelte es sich um eine mehr oder minder wörtliche Wiedergabe von Thomas Theismans Presseverlautbarung. Der Hochgeschwindigkeitskurier, den der zuständige Agent in Nouveau Paris gechartert hatte, um Jurgensen das Schreiben so rasch als möglich zuzuspielen, konnte vor dem normalen Agenturdepeschenboot nur wenige Stunden Vorsprung gehabt haben. Allerhöchstens einen Standardtag. Wenn er also nicht Sir Edward Janacek – und damit der Regierung High Ridge insgesamt – meldete, was er soeben gelesen hatte, würden sie es aus der Morgenzeitung erfahren.

Allein die Vorstellung machte ihn schaudern. Sie erstickte jede Versuchung im Keim, diesen Bericht zu ›verlegen‹, wie er von Zeit zu Zeit schon andere verlegt hatte. Dieser Bericht war anders. Er war nicht nur unbequem; er war katastrophal.

Nein. Er durfte ihn nicht unter den Teppich kehren oder so tun, als habe er ihn nie erhalten. Trotzdem blieben ihm noch mehrere Stunden, bevor er gezwungen war, ihn den anderen Raumlords und ihren politischen Vorgesetzten mitzuteilen. Somit hatte er wenigstens etwas Zeit, um Schadensbegrenzungsmaßnahmen einzuleiten – obwohl es sehr unwahrscheinlich war, dass sie auch nur annähernd so wirksam ausfielen wie nötig.

Während sich sein Verstand in vertrautere Bahnen lenkte und mehrere Möglichkeiten zu erwägen begann, um die Konsequenzen zu minimieren, wurde ihm sein größter Fehler bewusst: Er hatte Janacek mit unbotmäßiger Gewissheit versichert, dass Haven keine modernen Kampfschiffe hätte. Darüber würde der Erste Lord sich ereifern. Doch obwohl Jurgensen mit Sicherheit erwarten durfte, dass Janacek sich auf diesen Aspekt des nachrichtendienstlichen Debakels konzentrieren würde, wüsste er doch, dass dieses haushohe Versagen des ONI nur die Spitze des Eisbergs war. Schlimm genug, dass es Haven gelungen war, so viele Wallschiffe zu bauen, ohne dass Jurgensen auch nur der leiseste Verdacht beschlichen hatte. Doch außerdem besaß er keinerlei konkrete Informationen darüber, welche Art von Gerät man an Bord dieser Schiffe installiert hatte.

Er dachte noch angestrengter nach, schob die unverdaulichen Informationsbrocken hin und her und betrachtete sie von allen Seiten, immer auf der Suche danach, wie er sie am besten präsentieren sollte.

Doch wie auch immer … unangenehm würde es auf jeden Fall.

Der Rest von Honors Stab wartete auf der Flaggbrücke der *Werewolf*, als Mercedes und sie, beide nun in den hautengen Raumanzügen, aus dem Lift traten. Honor grüßte die Leute mit einem Nicken, ihre Aufmerksamkeit jedoch galt ganz Andrea Jaruwalski, ihrem Operationsoffizier.

»Noch immer keine Antwort auf unseren Ruf?«, fragte sie. Sie hob die Hand und kraulte Nimitz, der in seinem maßgefertigten Skinsuit auf ihrer Schulter saß, und der 'Kater drückte den Kopf gegen ihre Finger. Seinen Miniaturhelm hatte er sich unter einen Mittelarm geklemmt. Honor lächelte, als der Geschmack seiner Emotionen sie durchflutete.

»Nein, Ma'am«, antwortete Jaruwalski. »Sie beschleunigen mit konstant vierhundert Gravos systemeinwärts und haben noch kein Wort gesagt. Die Operationszentrale hat die Ortungsdaten mittlerweile verfeinert. Demnach sind es zwoundzwanzig Superdreadnoughts oder Dreadnoughts, acht Schlachtkreuzer oder große Schwere Kreuzer, fünfzehn bis zwanzig große Zerstörer oder Leichte Kreuzer, dazu vier Schiffe, bei denen es sich anscheinend um Transporter handelt.«

»Transporter?« Honor blickte ihren Operationsoffizier mit fragend erhobener Augenbraue an, und Jaruwalski zuckte mit den Achseln.

»Das ist momentan die wahrscheinlichste Vermutung der OPZ, Ma'am. Diese vier Schiffe sind auf jeden Fall groß, ihre Impellerstärke erscheint für Kriegsschiffe ihrer geschätzten Tonnage jedoch zu gering. Deshalb sieht es so aus, als wären es militärische Hilfsschiffe der einen oder anderen Art, ob es nun wirklich Transporter sind oder nicht.«

»Verstanden.« Honor durchquerte das Flaggdeck zum Kommandosessel und stellte ihren Anzughelm in die Halterung. Die Kommandostation war nur drei lange Schritte vom Flaggplot entfernt, und während sie Nimitz von der Schulter nahm und auf die Rückenlehne setzte, schaltete sich flackernd ihr Combildschirm ein. Rafe Cardones blickte sie aus dem Schirm an, und sie lächelte ihm zu.

»Guten Morgen, Rafe«, sagte sie.

»Guten Morgen, Ma'am«, antwortete er förmlicher. Sein Lächeln war ein wenig angespannter als ihres. »Anscheinend bekommen wir Besuch.«

»Das habe ich auch schon gehört«, stimmte sie ihm zu. »Lassen Sie mir ein paar Minuten, dann entscheiden wir, welchen Teppich wir dafür auslegen.«

»Jawohl, Ma'am«, sagte er, und sie wandte sich dem Plot zu.

Die *Werewolf* war ein neues Schiff, und ihre Klasse war vom Kiel auf dazu gebaut, als Flaggschiff eines Kampfverbands oder einer Flotte zu dienen. Das Hologramm des Flaggplots besaß darum wenigstens zwei Drittel der Größe des Hauptplots in der Operationszentrale. Weil automatische Filter unwichtige Echos entfernten, die nur ablenkten und wahrscheinlich verwirrten – etwa die raumgestützte zivile Infrastruktur des Marsh-Systems –, wirkte er weniger überfüllt als der Hauptplot. Wenn Honor diese Echos sehen wollte, konnten sie jederzeit zugeschaltet werden, doch im Moment hatte sie nur Augen für die roten Icons der unbekannten Sternenschiffe, die sich von der Hypergrenze des Sterns beharrlich systemeinwärts bewegten.

»Wann erreichen sie die Sidemore-Umlaufbahn?«, fragte Honor.

»Sie sind auf unserer Seite der Sonne materialisiert, Hoheit«, antwortete Lieutenant Theophile Kgari, ihr Stabsastrogator, knapp. Kgaris Großeltern waren von Alterde direkt ins Sternenkönigreich ausgewandert, und seine Haut war beinah so dunkel wie die Michelle Henkes. »Ihr Transit ist bei sehr niedriger Geschwindigkeit erfolgt – höchstens einhundert Kps, der Vektor zeigt fast genau systemeinwärts. Seitdem beschleunigt der Verband. Er ist vor fast genau ...« – nun musste er eine Zeitanzeige ablesen – »neunzehn Minuten aus dem Hyperraum gekommen, also ist er im Augenblick vier Komma drei vier tausend Kps schnell. Unter Voraussetzung eines Rendezvous mit Sidemore erreicht der Verband in fast genau zwo Stunden den Schubumkehrpunkt und hat annähernd drei zwo Komma neun tausend Kps Geschwindigkeit bei sieben Komma sechs fünf Lichtminuten Abstand vom Planeten.«

»Danke, Theo«, sagte Honor und lächelte ihm kurz zu, dann blickte sie wieder in den Plot. Sie streichelte Nimitz wieder die Ohren; er hatte sich auf der Rückenlehne ihres Kommandosessels aufgesetzt. Einige nachdenkliche Sekunden lang blieb sie stehen und betrachtete schweigend die Lichtpunkte, dann holte sie Luft, zuckte mit den Schultern und wandte sich ihrem Stab zu.

»Solange man sich uns nicht anderweitig identifiziert, betrachten wir den Verband als feindlich gesinnt«, sagte sie. »Zwar müssten die eine ganze Menge Unverfrorenheit mitbringen, wenn sie sich mit nur zwoundzwanzig Wallschiffen mit uns anlegen wollten, aber das heißt ja nicht, dass niemand so verrückt wäre, es doch zu versuchen. Darum gehen wir keinerlei Risiken ein. Andrea« – sie blickte ihren Operationsoffizier an –, »das sieht mir nach einer ausgezeichneten Möglichkeit aus, Rundschild Bravo-Drei abzustauben, was meinen Sie?«

»Jawohl, Ma'am, das ginge gut«, stimmte Jaruwalski zu.

»Mercedes?«, fragte Honor und neigte den Kopf zu ihrer Stabschefin. Brigham runzelte leicht die Stirn.

»Wie Sie schon sagten, Hoheit, bräuchte man mehr Mumm als Verstand, um uns mit so wenigen Schiffen anzugreifen, wie wir gesehen haben. Mich stört an dieser Annahme nur, dass sie, wer immer sie sind, das ebenfalls wissen müssen. Das wiederum bringt mich dazu, über das Axiom von Admiral Courvosier nachzudenken, dass Sie so gerne zitieren.«

»Der gleiche Gedanke ist mir auch schon gekommen«, sagte Honor. »Deshalb halte ich Rundschild Bravo-Drei für eine wirklich gute Idee. Wenn sich herausstellt, dass es nur ein Manöver war, schön und gut. Aber sollte sich erweisen, dass wir ihn tatsächlich umsetzen müssen, dann möchte ich diese Gondeln und LACs in Position haben, wenn es losgeht.«

»Ich habe mir mehr oder weniger das Gleiche gedacht, Ma'am«, sagte Brigham. »Mir bereitet es nur Kopfzerbrechen, dass Bravo-Drei uns aus dem Orbit um Sidemore auf den Verband zuführt. Mir persönlich wäre Bravo-Zwo lieber.« Sie zuckte mit den Schultern. »Vielleicht bin ich übervorsichtig, aber wenn das wirklich Angreifer sind und keine Freunde mit Verblödung im Endstadium, die es für lustig halten, auf unsere Anrufe nicht zu reagieren, dann möchte ich mich eigentlich nicht weiter von dem Planeten entfernen als unbedingt nötig.«

»Hm.« Honor rieb sich nachdenklich die Nasenspitze und überdachte, was ihre Stabschefin gesagt hatte.

Einsatzplan Rundschild Bravo-Drei sah vor, dass der Kampfverband einem potenziellen Gegner entgegenmarschierte und sich hinter einem vorgeschobenen Schirm aus LACs bis auf äußerste Geisterreiter-Distanz näherte.

Bravo-Zwo hingegen hielt die Wallschiffe in großer Nähe zu Sidemore, während Aufklärungsverbände aus LACs ausschwärmten, um eine präzisere Identifizierung vorzunehmen und, falls notwendig, unabhängig vom Schlachtwall erste Angriffe zu beginnen. Bravo-Zwo war die vorsichtigere Vorgehensweise, und im Gegensatz zu den Großkampfschiffen müssten die LACs in die Reichweite des Gegners kommen, um anzugreifen. Dadurch wurden sie dem Risiko des Verlustes ausgesetzt, das den Wallschiffen dank des Reichweitenvorteils ihrer Geisterreiter-Raketengondeln erspart bliebe. Andererseits konnten die LACs vorstoßen, den Gegner eindeutig identifizieren und dann zum Rapport zurückkehren, statt automatisch anzugreifen, und dann sollte immer noch genügend Zeit bleiben, um den Schlachtwall in Position zu bringen.

Honor überlegte noch kurz, dann nickte sie.

»Mir fällt kein triftiger Grund ein, weshalb sie uns von dem Planeten weglocken wollen sollten – jedenfalls nicht nach allem, was wir bisher gesehen haben. Trotzdem heißt das noch lange nicht, dass es keinen gibt, und Sie haben Recht. Bravo-Zwo erledigt diesen Job genauso gut wie Drei.«

Sie wandte sich dem Combildschirm und ihrem Flaggkommandanten zu.

»Haben Sie gehört, Rafe?«

»Jawohl, Ma'am. Bravo-Zwo also. Soll ich Admiral McKeon und Admiral Truman verständigen?«

»Ja, bitte. Teilen Sie Ihnen mit, dass wir in fünfzehn Minuten eine vierseitige Comkonferenz beginnen.«

»Aye, aye, Ma'am. Wird erledigt.«

»Danke«, sagte sie und ließ sich in ihren Kommandosessel gleiten, dann drehte sie sich ihrem Stab zu.

»Und jetzt, Ladys und Gentlemen«, sagte sie gelassen,

»würde der Vorsitz gern Theorien darüber hören, was diese Leute vorhaben könnten.«

Neunzig Minuten verrannen, ohne dass die einkommenden Fremden auch nur ein einziges Signal sendeten. Die Transporter – wenn es sich um Transporter handelte –, waren zurückgefallen und folgten, gehütet von drei Leichten Kreuzern oder großen Zerstörern, in größerem Abstand den vermutlichen Wallschiffen. Der Rest der unidentifizierten Formation raste unbeirrt weiter heran, und je weiter der Abstand schrumpfte, desto mehr schraubte sich die Spannung auf dem Flaggdeck der *Werewolf* in die Höhe.

»Scotty steht etwa fünfzehn Minuten vor Kontakt, Ma'am«, meldete Captain Jaruwalski.

»Hat er schon eine visuelle Erfassung?«, fragte Honor.

»Nein, Ma'am«, antwortete der Operationsoffizier mit unüberhörbar verdrießlichem Unterton. »Wer immer da kommt, kennt sich eindeutig mit unserer Fernortungsdoktrin aus. Sie haben zwar nicht versucht, auch nur eine einzige Plattform abzuschießen, aber die Formation, die sie einnehmen, macht das auch unnötig ... bis jetzt jedenfalls.«

Honor nickte zustimmend. Die Formation der Fremden war unorthodox, gelinde ausgedrückt. Statt einer konventionellen Wallformation waren die Großkampfschiffe grob sphärisch angeordnet, dann hatten sie sich leicht um die Längsachse gedreht. Infolgedessen wandten sie die Dächer und Böden ihrer Impellerkeile in alle Richtungen. Die Keile wirkten sich auf Licht ebenso verzerrend aus wie auf alles andere auch. Letztendlich erzeugten sie eine Serie von blinden Flecken in Richtung ihrer Flanken, die zufälligerweise genau dahin zeigten, wo nach der Doktrin die Aufklärungssonden postiert waren.

»Hat Scotty in Erwägung gezogen, seine Drohnen umzulenken, sodass sie einen Blick unter den Kilt der Unbekannten werfen können?«, fragte Honor.

Einen großen Unterschied machte es nicht, ob man in die Hecköffnung eines Impellerkeils – seinen Kilt – blickte oder die Bugöffnung, den Rachen; der Rachen war allerdings weiter als der Kilt, sodass eine Ortungsdrohne einen besseren Erfassungswinkel erhielt. Aus genau dem gleichen Grund waren die Voraussensoren und die Nahbereichsabwehrwaffen eines Kriegsschiffs am Bug besser als am Heck, denn er war verwundbarer. Da die anrückenden Fremden sich mit der Doktrin der Verteidiger ziemlich gut auszukennen schienen, konnte man fast sicher sein, dass jede auch noch so gut getarnte Drohne, die vor ihren Schiffen vorüberzöge, nicht lange existieren würde – es sei denn, sie beschlossen, die Drohne nicht zu vernichten.

»Jawohl, Ma'am, hat er«, bestätigte Jaruwalski. »Andererseits müssten sie in etwa zehn Minuten mit der Schubumkehr beginnen.«

»Verstanden«, sagte Honor. Wenn die Bogeys die Schiffe drehten, um in Richtung Sidemore abzubremsen, würden sie die Kilts geradewegs auf Scottys Bordortungsgeräte richten.

Während sich Nimitz behaglich auf ihrem Schoß zusammenringelte, lehnte Honor sich in ihren Kommandosessel zurück und ließ den Blick über die Flaggbrücke schweifen. Die Spannung war geradezu fühlbar, doch ihre Leute arbeiteten reibungslos und effizient zusammen. Niemand konnte sich bislang das Verhalten der Eindringlinge erklären. Die Emotionen der Brückencrew indes verrieten, zu welchem Schluss die meisten von ihnen gelangt waren: Sie hielten die Bogeys für Andermaner.

Mercedes und George Reynolds vermuteten, wie Honor wusste, eine weitere Provokation, diesmal jedoch in größerem Maßstab. Eine Art interstellares Trau-dich-Spiel zwischen Kampfverbänden. Jaruwalski stimmte dem nicht zu. Sie wusste nicht, wer sich da näherte, war aber fest überzeugt, dass es sich um keine Andermaner handelte. Wenn dort andermanische Kriegsschiffe einkamen, war die Gefahr, dass jemand in Panik verfiel und das Feuer eröffnete, viel zu hoch. Überdies deutete nichts von dem, was irgendjemand gemeldet hatte (einschließlich Thomas Bachfisch), darauf hin, dass die Andermaner derart ungünstige Übermachtsverhältnisse überwinden könnten. Wenn Honors Stab sich dessen bewusst war, dann gewiss auch die Andermaner, und so viel Tonnage und das Leben so vieler Besatzungen zu gefährden, nur um eine Nachricht ›rüberzubringen‹, überstieg das Verlustrisiko einzelner Kreuzer bei weitem. Es erschien Honor als höchst unwahrscheinlich, dass irgendein andermanischer Offizier so verrückt sein sollte, sich auf eine solche Gefahr einzulassen. Höflich, aber bestimmt hatte sie der Meinung der Stabschefin und des Stabsspions widersprochen, und bei dem Gedanken musste sie ganz leicht grinsen. Dann blickte sie auf das Chronometer am Schott und winkte Timothy Meares herbei.

»Jawohl, Hoheit?«, fragte der junge Flaggleutnant ruhig, als er neben ihrem Kommandosessel stehen blieb.

»Ich glaube, es ist so weit, Tim«, erwiderte sie in ebenso ruhigem Ton.

»Jawohl, Ma'am«, antwortete er und ging beiläufig über die Brücke zu Lieutenant Harper Brantley hinüber, Honors Stabsignaloffizier.

Sie blickte ihm nach, dann bemerkte sie, wie Mercedes Brighams Emotionen plötzlich anschwollen. Die Stabschefin beobachtete Honor mutmaßend. Eine Mutmaßung, die in etwas anderes umschlug, als Honor sie fröhlich angrinste. Brigham kniff die Augen zusammen, dann blickte sie von Honor zu Meares und Brantley, und Honor schmeckte, wie erheitert und entzückt Nimitz war. Etwas anderes war wohl auch nicht zu erwarten von jemandem, dessen Baumkatzenname ›Lacht-hell‹ lautete, überlegte sie.

Brigham blickte Honor an und öffnete den Mund, als wollte sie etwas sagen. Dann schloss sie ihn wieder und schüttelte statt dessen ernst den Kopf.

Kein anderer Stabsoffizier hatte diesen stillen Austausch bemerkt. Sie waren alle viel zu sehr auf ihre Aufgaben konzentriert, um auf Meares' Bewegungen oder den Gesichtsausdruck der Stabschefin zu achten. Sie sahen auch nicht, wie der Flaggleutnant sich über Brantleys Schulter beugte und ihm leise etwas ins Ohr flüsterte.

Der Signaloffizier riss den Kopf hoch und starrte Meares ungläubig einen Augenblick lang an. Dann blickte er Honor halb anklagend, halb amüsiert an und beugte sich über die Konsole. Nachdem er etwas in sein Flüstermikrofon gemurmelt hatte, lehnte sich zurück und verschränkte die Arme.

Vielleicht neunzig Sekunden lang geschah gar nichts, dann ereigneten sich in rascher Folge recht viele Dinge.

Die einkommenden Bogeys setzten plötzlich und gleichzeitig zehn Minuten zu früh zur Schubumkehr an, und dabei begannen sich ihre Icons auf dem Plot zu vervielfachen. Mehrere Dutzende zusätzlicher Lichtkennungen blitzten auf und expandierten wie Sternbilder, die man eingefangen hatte. Honor spürte die Verblüffung ihres Stabes, als die Leute begriffen, was sie da sahen. In den letzten drei oder vier T-Jahren hatten sie so etwas Dutzende Male gesehen; aber noch nie hatten sie beobachtet, wie jemand anderes ganze Schiffsladungen von LACs startete.

Einige kurze Momente empfanden sie nichts außer ihrer Verblüffung (und etwas, das der Panik näher war als irgendjemand von ihnen zugegeben hätte). Sie überlegten, inwiefern das taktische Übergewicht des Kampfverbands 34, mit dem sie so fest gerechnet hatten, durch das unerwartete Auftauchen der LACs außer Kraft gesetzt wäre. Doch bevor sie reagieren konnten, schlugen die LAC-Icons vom Rot der Unbekannten zum konstanten Grün befreundeter Schiffe um. Kaskadenartig durchfuhr der Farbwechsel die Formation, eine LAC-Staffel nach der anderen schaltete ihre Transponder ein. Und sobald ein LAC-Geschwader die Umwandlung beendet hatte, wurde auch das Icon des zugehörigen Mutterschiffs grün.

»Hoheit«, sagte Jaruwalski, »ich kenne diese Schiffe! Sie ...«

Jaruwalski schnitt sich selbst das Wort ab und wandte sich Honor zu, um sie mit einem weit missbilligenderen Blick zu bedenken als Brigham; in diesem Moment wurde ihr bewusst, wie überflüssig ihre Meldung eigentlich war. Honor erwiderte den Blick – man durfte ihn natürlich nicht als wütendes Funkeln deuten – mit ihrem unschuldigsten Lächeln.

»Ja, Andrea?«, fragte sie.

»Schon gut, Hoheit.« Einen Moment lang erinnerte der Operationsoffizier frappierend an ein graysonitisches Kindermädchen, das ihre Schützlinge dabei erwischt, wie sie die Wände des Kinderzimmers purpurrot anmalen. Dann aber grinste sie ihren Admiral fast widerwillig an und schüttelte den Kopf.

»Schon gut, Hoheit«, wiederholte sie in einem ganz anderen Ton. »Eigentlich müssten wir uns ja längst daran gewöhnt haben, was Sie so für lustig halten.«

Die Geschichte wird fortgesetzt in:
»Honors Krieg«
Bastei Lübbe Taschenbuch Nr. 23277

Personen der Handlung

Andermaner

Jinchu Gruber	Erster Offizier der *Pirates' Bane*

Baumkatzen (Sphinxianer)

Ariel	Gefährte von Elisabeth III. von Manticore
Monroe	Gefährte von Prinzgemahl Justin Zyrr-Winton, ehemals Gefährte Seiner Majestät König Roger III. von Manticore
Nimitz	Honor Harringtons Gefährte, wie alle Baumkatzen wasserscheu und versessen auf Sellerie; passionierter Frisbeespieler; Vater von Jason, Cassandra, Achilles und Andromeda
Samantha	Nimitz' Gattin, Gefährtin des gefallenen Lieutenant-Commander Harold Tschu, RMN, Mutter von Jason, Cassandra, Achilles und Andromeda

Graysons

Lord Howard Clinkscales	Regent des Gutes von Harrington, Geschäftsführer von Grayson Sky Domes Ltd.
Spencer Hawke, Armsman First Class, HGG	Persönlicher Waffenträger Honor Harringtons
Andrew LaFollet, Lieutenant-Colonel, HGG	Chef von Honor Harringtons persönlicher Leibwache, Bruder von Miranda LaFollet
Miranda LaFollet	Personalleiterin von Harrington House; Schwester von Major Andrew LaFollet
Wesley Matthews, Hochadmiral, GSN	Oberkommandierender der Grayson Space Navy
Simon Mattingly, Lieutenant, HGG	Persönlicher Waffenträger Honor Harringtons
Benjamin Mayhew IX.	Protector des Planeten Grayson
Robert ›Sparky‹ Rice, Major, Palastschutz	Persönlicher Waffenträger des Protectors und Chef der Leibwache Benjamins IX.

Haveniten

William ›Five‹ Anders, Captain, RHN	Stabschef von Vizeadmiral Shannon Foraker
Paulette Baker, Lieutenant, RHN	Shannon Forakers Flaggleutnant
Sylvester Callahan, Chief Petty Officer, RHN	Shannon Forakers Steward
Mitchell Clapp, Commander, RHN	LAC-Spezialist in Vizeadmiral Shannon Forakers Stab
Anita Eisenberg, Lieutenant, RHN	Signaloffizier im Flottenstab von Lester Tourville
Shannon Foraker, Vizeadmiral, RHN	Leiterin des Unternehmens Schlupfloch
Arnold Giancola	Außenminister der Republik Haven
Jason Giancola	Senator der Republik Haven und Mitglied des Komitees für Flottenfragen
Doug Lampert, Commander, RHN	Taktischer Offizier der *Sovereign of Space*

Samson McGwire	Senator der Republik Haven und Vorsitzender des Komitees für Auswärtige Angelegenheiten
Eloise Pritchart	Präsidentin der Republik Haven
Patrick M. Reumann, Captain, RHN	Kommandant des Superdreadnoughts RHNS *Sovereign of Space*
Thomas Theisman, Admiral, RHN	Chef des Admiralstabs der Republican Navy of Haven und Kriegsminister der Republik Haven
Lester Tourville, Admiral, RHN	Kommandeur der havenitischen 12. Flotte
Wilhelm Trajan	Direktor des Federal Intelligence Service (FIS), des Geheimdienstes der Republik Haven
Kevin Usher	Direktor der Federal Investigative Agency, der havenitischen Bundespolizei
Gerald Younger	Abgeordneter des havenitischen Repräsentantenhauses

Scott Zrubek, Commodore, RHN	Kampfgruppenchef unter Lester Tourville

Manticoraner

Jason Ackenheil, Captain of the List, RMN	Kommandant des Schweren Kreuzers HMS *LaFroye*
Hamish Alexander, Admiral der Grünen Flagge, RMN	Dreizehnter Earl von White Haven, vom Ersten Lord der Admiralität auf Halbsold gesetzt
Lord William MacLeish Alexander	Manticoranischer Oppositionsführer, Bruder des Earls von White Haven
Lady Emily Alexander	An den Lebenserhaltungssessel gefesselte Dichterin, ehemalige HD-Schauspielerin; Gattin Hamish Alexanders
Thomas Bachfisch, Captain	Admiral der RMN auf Halbsold, Eigner und Kapitän des bewaffneten Frachtschiffs *Pirate's Bane*
Arthur Baker, Commander, RMN	COLAC von HMS *Cockatrice*

Harper Brantley, Lieutenant, RMN	Stabssignaloffizier von Admiral Lady Dame Honor Harrington
Mercedes Brigham, Commodore, RMN	Chefin des Stationsstabs unter Lady Dame Honor Harrington
Rafael ›Rafe‹ Cardones, Captain of the List, RMN	Kommandant des LAC-Trägers HMS *Werewolf*, Flaggkommandant von Admiral Lady Dame Honor Harrington
Sir Simon Chakrabarti, Admiral der Grünen Flagge, RMN	Erster Raumlord der manticoranischen Admiralität unter Sir Edward Janacek, Nachfolger von Sir Thomas Caparelli
Lady Elaine Descroix	Anführerin der Progressiven Partei, Außenministerin des Sternenkönigreichs von Manticore
Josette Draskovic, Admiral der Roten Flagge, RMN	Fünfter Raumlord der Royal Manticoran Navy, Nachfolgerin von Sir Lucien Cortez
Patrick DuCain	Moderator der beliebten Talkshow *Into the Fire*

Erica Ferrero, Captain of the List, RMN	Kommandantin von HMS *Jessica Epps*
Craig ›Wraith‹ Goodrick, Captain Senior-Grade, RMN	Konteradmiral McKeons Stabschef
Lou Gower, Lieutenant, RMN	Signaloffizier von HMS *LaFroye*
Trixie Hammitt	Admiral Reynauds Sekretärin
Denise Hammond, Captain, RMMC	Chefin des Marineinfanteriekontingents an Bord von HMS *LaFroye*
Sir Horace Harkness, Chief Warrant Officer, RMN	oberster LAC-Bordingenieur der *Werewolf*, Chef-Elektroniker und Waffenoffizier der Trägergruppe des Kampfverbands 34
Lady Dame Honor Harrington, Admiral der Roten Flagge, RMN	Herzogin und Gutsherrin von Harrington, Flottenadmiral in der Grayson Space Navy
Shawn Harris, Lieutenant-Commander, RMN	Taktischer Offizier der *Jessica Epps*

Lady Michelle Henke, Commodore, RMN	Gräfin von Gold Peak, Cousine der Königin und Honor Harringtons älteste Freundin
Reginald Houseman	Zweiter Lord der Admiralität des Sternenkönigreichs von Manticore
Sir Edward Janacek	Erster Lord der Admiralität des Sternenkönigreichs von Manticore
Michael Janvier, Baron von High Ridge	Parteichef des Bunds der Konservativen, Premierminister des Sternenkönigreichs von Manticore
Andrea Jaruwalski, Captain Junior-Grade, RMN	Operationsoffizier in Admiral Lady Dame Honor Harringtons Stab
Francis Jurgensen, Admiral der Grünen Flagge, RMN	Nachfolger von Vizeadmiral Patricia Givens als Zweiter Raumlord und Chef des ONI
Prof. Dr. Jordin Kare	Manticoranischer Astrophysiker, Herz des Astrophysikalischen Erkundungsamtes

Robert Llewellyn, Commander, RMN	Erster Offizier der *Jessica Epps*
James MacGuiness	Master Chief Steward's Mate a. D. der RMN; Honor Harringtons persönlicher Steward und Haushofmeister von Harrington House
Richard Maxwell	Honor Harringtons manticoranischer Anwalt und Rechtsvertreter des Herzogtums von Harrington
Mecia McKee, Lieutenant, RMN	Signaloffizier der *Jessica Epps*
Alistair McKeon, Konteradmiral der Roten Flagge, RMN	Kampfgruppenchef unter Admiral Lady Dame Honor Harrington
Timothy Meares, Lieutenant, RMN	Flaggleutnant Admiral Lady Dame Honor Harringtons
Lady Catherine Montaigne, Gräfin of the Tor	streitbare Angehörige der Freiheitlichen Partei
Sir Clarence Oglesby	manticoranischer Regierungssprecher

Roslee Orndorff, Commander, RMN	Stabschefin von Konteradmiral Truman
Minerva Prince	Moderatorin der beliebten Talkshow *Into the Fire*
Michel Reynaud, Admiral, ALD	Leiter der RMAIA
George Reynolds, Lieutenant-Commander, RMN	Nachrichtenoffizier im Stab von Kampfverband 34
Ellen Shemais, Colonel, RMA	Chefin der Leibwache von Königin Elisabeth III.
Ernest Talbot, Lieutenant, RMN	Signaloffizier der *Werewolf*
Preston ›Scotty‹ Tremaine, Captain Junior-Grade, RMN	COLAC von HMS *Werewolf,* Mitglied des ›Desaster-Duos‹
Dame Alice Truman, Konteradmiral der Roten Flagge, RMN	Kampfgruppenchefin unter Admiral Lady Dame Honor Harrington
Marisa Turner, Gräfin von New Kiev	Vorsitzende der Freiheitspartei, Lordschatzkanzlerin des Sternenkönigreichs von Manticore

Elizabeth Adrienne Samantha Annette Winton, Königin Elisabeth III.	Königin von Manticore und Verteidigerin des Reiches
Dr. Richard Wiggs	Astrophysiker bei der RMAIA
Stefan Young, Earl von North Hollow	Mitglied des Bundes der Konservativen und manticoranischer Handelsminister
Lady Georgia Young	Gattin des Earls von North Hollow
Helen Zilwicki, Midshipwoman, RMN	Tochter von Anton Zilwicki, Raumkadettin auf Saganami Island
Anton Zilwicki, Captain of the List, RMN	Nachrichtenoffizier auf Halbsold
James McClelland, Lieutenant, Sidemore Navy	Astrogator der *Jessica Epps*

Sidemorer

Anna Zahn, Lieutenant-Commander, Sidemore Navy	Sidemorischer Taktischer Offizier von HMS *LaFroye*

GLOSSAR

Alpha-Emitter – die Impeller-Emitter eines Sternenschiffs, die sowohl zu seinem Impellerkeil beitragen als auch im Hyperraum nach Rekonfiguration die Warshawski-Segel des Schiffes generieren.

Alpha-Transition – die Transition in das oder aus dem Alphaband, dem niedrigsten Niveau des Hyperraums.

Andermanisches Reich – das von dem Söldnerführer Gustav Anderman gegründete Kaiserreich. Westlich des Sternenkönigreichs von Manticore gelegen, verfügt die manchmal auch als ›Anderman-Reich‹ bezeichnete Sternnation über eine ausgezeichnete Flotte und ist der Hauptkonkurrent des Sternenkönigreichs um Handel und Einfluss in der Silesianischen Konföderation. Die Sprache des Andermanischen Reiches ist Deutsch, die Bevölkerung hingegen hat ihre Wurzeln zum überwiegenden Teil im altirdischen China.

Andys – umgangssprachlicher Ausdruck für Bürger, aber besonders die Streitkräfte des Andermanischen Reiches und deren Angehörige.

Baumkatzen – die einheimische vernunftbegabte Spezies des Planeten Sphinx. Sechsgliedrige, telempathische, auf Bäumen lebende Jäger, die zwischen 1,5 und 2 m lang werden (einschließlich ihres Greifschwanzes). Ein kleiner Prozentsatz von ihnen bindet sich an Menschen; diese ›Adoption‹ ist eine nahezu symbiotische Beziehung. Obwohl nicht zur Sprache fähig, haben die Baumkatzen in letzter Zeit gelernt, sich mit Menschen durch Zeichensprache zu verständigen.

Beta-Emitter – Sekundäre Generatorenköpfe, die den Impellerkeil eines Raumfahrzeugs erzeugen. Weniger leistungsstark und weniger kostspielig als Alpha-Emitter, tragen sie nur im Normalraum zum Impellerkeil bei.

Bund der Konservativen – eine im Allgemeinen reaktionär gesinnte manticoranische Partei, dessen Hauptziel in der Bewahrung aristokratischer Privilegien besteht.

Coup de Vitesse – eine vornehmlich offensive, ›harte‹ Kampfsportdisziplin, die bevorzugt von der RMN und dem RMMC unterrichtet wird. Betont wird der unbewaffnete Kampf.

COLAC – Abk. für Commanding Officer, Light Attack Crafts; Kommandeur des LAC-Geschwaders, das von einem LAC-Träger transportiert wird.

Dolist – ein Mitglied der havenitischen Klasse, die völlig von dem Lebenshaltungszuschuss der Regierung abhängig war. Als Gruppe unterdurchschnittlich ausgebildet und befähigt.

Dreadnought – Abk. DN. Eine Kriegsschiffklasse zwischen Schlachtschiffen und Superdreadnoughts. Keine größere Navy baut diesen Schiffstyp noch. Die durchschnittliche Tonnage rangiert zwischen 4.000.000 und 6.000.000 Tonnen.

Durchdringungshilfe – elektronische Geräte von Raketen, die ihnen helfen sollen, die aktiven und passiven Abwehrsysteme ihrer Ziele zu penetrieren.

FIA – Federal Investigative Agency. Die Staatspolizei der wieder ins Leben gerufenen Republik Haven.

FIS – Federal Intelligence Service. Der wichtigste Nachrichtendienst der wieder ins Leben gerufenen Republik Haven.

FND – Abk. für Flottennachrichtendienst. Der Geheimdienst der Republican Navy.

Freiheitler – eine manticoranische Partei, die Isolationismus vertritt, eine sozial orientierte Steuerung der

Wirtschaft und Regierungsinterventionen zum Ausgleich der wirtschaftlichen und politischen Unterschiede im Sternenkönigreich.

Geisterreiter – ein manticoranisches Forschungsprojekt zur Entwicklung der mehrstufigen Lenkwaffe und dazugehöriger Technik. Das ursprüngliche Projekt Geisterreiter verzweigte sich in eine große Menge von Unterprojekten, die sich ebenso intensiv mit Angriffswaffen wie mit Elektronischer Kampfführung befassten.

Gravimpulssender – ein Kommunikationsgerät, das Gravitationsimpulse erzeugt, um innerhalb eines Sonnensystems überlichtschnell Nachrichten zu übertragen.

Gravitationswellen – eine Naturerscheinung im Hyperraum. Gravitationswellen bestehen aus permanenten, sehr starken Regionen gebündelter Gravitationsverzerrung, die bis auf eine relativ schwache Seitenabdrift ortsfest sind. Raumschiffe mit Warshawski-Segeln können in diesen ›Gravwellen‹ sehr hohe Beschleunigungswerte erzielen; Schiffe, die unter Impellerantrieb in eine Gravwelle eintreten, werden augenblicklich zerstört.

Grayson – der bewohnbare Planet von Jelzins Stern und des Sternenkönigreichs wichtigster Verbündeter.

Havies – umgangssprachlicher Ausdruck für Bürger, aber besonders die Streitkräfte der Republik Haven und deren Angehörige.

Holländer – wer sich im Raumanzug unkontrolliert von einem Raumschiff entfernt, wird nach der alten Sage als ›Holländer‹ bezeichnet.

Hypergrenze – der Mindestabstand von einer Sonne, ab der ein Sternenschiff in den Hyperraum gehen oder ihn verlassen kann. Der Abstand nimmt mit steigender Sonnenmasse zu. Sehr große Planeten besitzen ihre eigene Hypergrenze.

Hyperraum – multiple Schichten miteinander verbundener, aber isolierter Dimensionen, die Punkte des Normalraums in engere Kongruenz setzen und dadurch erlauben, sich effektiv schneller zu bewegen als das Licht. Die Schichten bezeichnet man auch als ›Bänder‹. Die Barrieren zwischen diesen Bändern verursachen Turbulenzen und Instabilität, die zunehmend stärker und gefährlicher werden, je ›höher‹ ein Schiff in den Hyperraum transistiert.

Impellerantrieb – der übliche reaktionslose Normalraumantrieb, der künstliche, keilförmig einander zugeneigte Bänder aus Gravitationsenergie erzeugt, durch die sehr hohe Beschleunigungswerte möglich werden. Im Hyperraum wird er außerhalb von Gravwellen ebenfalls verwendet.

Impellerkeil – die einander zugeneigten Flächen aus Gravitationsverzerrung, die der Impellerantrieb ober- und unterhalb eines Raumschiffs erzeugt. Das ›Dach‹ und der ›Boden‹ eines militärtauglichen Impellerkeils sind für alle bekannten Waffen undurchdringlich.

InAb – Abk. für Innere Abwehr; Geheimpolizei und Nachrichtendienst der Volksrepublik Haven unter den Legislaturisten, zuständig für die innere Sicherheit und die Unterdrückung abweichender Meinungen

Jeune École (frz. ›Junge Schule‹) – eine progressive Denkrichtung innerhalb der manticoranischen Admiralität.

Komitee für Öffentliche Sicherheit – von Robert S. Pierre nach dem Sturz der Legislaturisten zur Regierung der Volksrepublik Haven eingesetztes Gremium, das eine Herrschaft des Schreckens und der systematischen Säuberungen gegen überlebende Legislaturisten errichtete und den Krieg gegen das Sternenkönigreich fortsetzte.

Konföderierte Navy – organisierte Raumstreitkräfte der Silesianischen Konföderation.

Kps – Kilometer pro Sekunde.

Kps^2 – Kilometer pro Sekundenquadrat: Einheit der Beschleunigung (= zeitliche Änderung der Geschwindigkeit). Die normale Erdbeschleunigung (1 *g* = 1 Gravo) beträgt 9,81 Mps^2.

Kronenloyalisten – eine manticoranische Partei, deren Kredo die Überzeugung ist, das Sternenkönigreich benötige eine starke Monarchie vor allem als Gegengewicht zum konservativen Teil der Aristokratie. Dennoch sind die fortschrittlicheren Adligen des Sternenkönigreichs eher bei den Zentralisten anzutreffen.

LAC – Abk. für Light Attack Craft, Leichtes Angriffsboot. Ein unterlichtschneller, nicht hyperraumtüchtiger Kampfschifftyp, der zwischen 40.000 und 60.000 Tonnen masst. Bis vor kurzem als überholter, nutzloser Schiffstyp betrachtet, der sich nur noch für Zollaufgaben und Patrouillendienst eigne. Durch technische Fortschritte musste diese Ansicht in letzter Zeit revidiert werden.

LAC-Träger – Abk. CLAC. Ein Sternenschiff von der Größe eines Dreadnought oder Superdreadnought, das LACs durch den Hyperraum transportiert, sie wartet und für das Gefecht bewaffnet.

Lasercluster – Gruppen von schnell feuernden Laser-Geschützen, die letzte Stufe der Nahbereichs-Abwehrwaffen zum Abfangen einkommender Raketen.

Leichter Kreuzer – Abk. CL. Bei den meisten Raumstreitkräften das wichtigste Aufklärungsschiff, auch zum Schutz des eigenen und zur Störung des gegnerischen Handels eingesetzt. Die Durchschnittstonnage rangiert von 90.000 bis 150.000 Tonnen.

Legislaturisten – die ehemalige herrschende Klasse in

der Volksrepublik Haven, die Erben der Politiker, die mehr als zweihundert Jahre vor Ausbruch des gegenwärtigen Krieges das Dolisten-System schufen.

LHZ – Abk. für Lebenshaltungszuschuss. Die Wohlfahrtszahlungen der Regierung der alten Volksrepublik Haven an seine permanente Unterschicht. Im Wesentlichen war der LHZ eine Gegenleistung der Regierung an einen permanenten Wählerblock dafür, dass er die Legislaturisten unterstützte, die die Regierung kontrollierten.

Mantys – umgangssprachlicher Ausdruck für Bürger, aber besonders die Streitkräfte des Sternenkönigreichs von Manticore und deren Angehörige.

Mehrstufenlenkwaffe – eine neuartige manticoranische Waffenentwicklung, die durch Hintereinanderschalten mehrerer Antriebe die Gefechtsreichweite einer Rakete erheblich vergrößert.

Neue Menschen – eine manticoranische Partei unter Leitung von Sheridan Wallace. Klein und opportunistisch.

Öffentliche Information – Propagandaministerium der Volksrepublik Haven sowohl unter den Legislaturisten als auch unter dem Komitee für Öffentliche Sicherheit.

ONI – Abk. für Office of Naval Intelligence = Nachrichtendienst der Royal Manticoran Navy, geleitet vom Zweiten Raumlord.

P.O. – Abk. für Petty Officer.

Operationszentrale – Abk. OPZ. Das Nervenzentrum eines Kriegsschiffs, verantwortlich für das Sammeln und Bewerten von Ortungsdaten und die Darstellung der taktischen Lage.

Panzeranzug – ein Schutzanzug, der einen Raumanzug mit einer schweren Panzerung kombiniert, die so gut wie jedes dem Menschen bekannte Projektil abweist. Der Panzeranzug wird von sehr starken Exoskelett-Motoren angetrieben, verfügt über ausgeklügelte Bordsensoren und besitzt Manöverdüsen, mit denen eine Bewegung im All möglich ist.

Pinasse – ein militärisches Mehrzweckbeiboot, das etwa einhundert Personen befördern kann. Mit einem Impellerantrieb ausgestattet, ist es zu hoher Beschleunigung fähig, und meistens bewaffnet. Pinassen können für Bodenangriffe bestückt werden.

Progressive Partei – manticoranische Partei, die eine Haltung vertritt, welche sie als pragmatische Realpolitik bezeichnet. Sozialliberaler als die Zentralisten, aber von je überzeugt, dass ein Krieg gegen Haven ungewinnbar sei; daher sei dem Sternenkönigreich am besten gedient, wenn es zu einer ›Einigung‹ mit der VRH komme.

Protector – Titel des Herrschers von Grayson, gleichwertig zu ›Kaiser‹. Der gegenwärtige Protector Graysons ist Benjamin Mayhew IX.

Q-Schiffe – als Handelsschiffe getarnte Hilfskreuzer, die im 1. Weltkrieg erstmals eingesetzt wurden, um U-Boote auf Angriffsentfernung heranzulocken.

Republik Erewhon – Sternnation des Erewhon-Systems, die den Erewhonischen Wurmlochknoten kontrolliert, der Verbindungen in die Solare Liga und zum Phoenix-Wurmlochknoten besitzt. Mitglied der Manticoranischen Allianz.

Republik Haven – nach der Solaren Liga die größte interstellare Sternnation der Menschheit. Bis vor kurzem als Volksrepublik Haven bekannt, die von der erblichen Herrscherklasse der Legislaturisten regiert wurde, bis diese von Rob S. Pierre gestürzt und der Herrschaft des Komitees für Öffentliche Sicherheit unterstellt wurde.

Nach dem Sturz auch dieses Komitees wurde die Verfassung der alten Republik wieder in Kraft gesetzt.

RHN – Republic of Haven Navy. Von Thomas Theisman neu organisierte Raumstreitkraft der Republik Haven.

RMAIA – Royal Manticoran Astrophysics Investigation Agency (Königlich-Manticoranisches Astrophysikalisches Erkundungsamt), von der Regierung High Ridge geschaffen, um am Manticoranischen Wurmlochknoten nach weiteren Termini zu suchen

RMN – Royal Manticoran Navy. Raumstreitkraft des Sternenkönigreichs von Manticore.

RMMC – Royal Manticoran Marinecorps.

Schlachtkreuzer – Abk. BC. Als kleinste Schiffsklasse, die noch als ›Großkampfschiff‹ betrachtet wird, sollen Schlachtkreuzer stärker sein als jeder schnellere Gegner und schneller als jeder stärkere Feind. Die durchschnittliche Tonnage rangiert von 500.000 bis 1.200.000 Tonnen.

Schlachtschiff – Abk. BB. Früher das stärkste Großkampfschiff. Mittlerweile wird das Schlachtschiff als zu klein betrachtet, um im Schlachtwall zu ›liegen‹. Die Tonnage eines Schlachtschiffs reicht von 2.000.000 bis 4.000.000 Tonnen. Von einigen Raumstreitkräften noch immer zur Sicherung von Gebieten der Kampflinien verwendet, wird es nicht mehr als effizienter Kampfschiffstyp angesehen.

›**Schuss in den Kilt**‹ – ein Angriff, der durch die Hecköffnung des Keils gegen ein impellergetriebenes Raumfahrzeug vorgetragen wird und das Schiff von hinten trifft. Die Hecköffnung ist durch die Geometrie des Impellerkeils der zweitverwundbarste Punkt eines Sternenschiffs.

›**Schuss in den Rachen**‹ – ein Angriff, der durch die vordere Öffnung des Keils gegen ein impellergetriebenes

Raumfahrzeug gerichtet wird und das Schiff von vorn trifft. Die Bugöffnung ist durch die Geometrie des Impellerkeils der verwundbarste Punkt eines Sternenschiffs.

Schwerer Kreuzer – Abk. CA. Zum Schutz des Handels und für lang anhaltende Wachaufgaben konstruiert, soll der Schwere Kreuzer Großkampfschiffe gegen mittlere Bedrohungen ersetzen. Die Durchschnittstonnage liegt zwischen 160.000 und 350.000 Tonnen, obwohl die obere Grenze bei einigen Raumstreitkräften sich mit der Untergrenze für Schlachtkreuzertonnagen zu überschneiden beginnt.

Seitenschild – Abwehrschilde aus verzerrter Schwerkraft, die auf beide Seiten eines Kampfschiffs projiziert werden, um dessen Flanken vor feindlichem Beschuss zu schützen. Nicht undurchdringlich wie ein Impellerkeil, aber dennoch ein sehr starker Schutz.

Silesianische Konföderation – ein großes, ungeordnetes politisches Gebilde zwischen dem Sternenkönigreich von Manticore und dem Andermanischen Kaiserreich. Die Zentralregierung ist sehr schwach und sehr korrupt, die Region wird von Piraterie heimgesucht. Dennoch ist die Konföderation ein großer und sehr wichtiger Markt für das Sternenkönigreich.

Sillys – umgangssprachlicher Ausdruck für Bürger, aber besonders die Streitkräfte der Silesianischen Konföderation und deren Angehörige.

Shuttle – Beiboote, die Sternenschiffen erlauben, Personen und Fracht von Schiff zu Schiff oder auf eine Planetenoberfläche zu befördern. Frachtshuttles sind hauptsächlich auf die Verschiffung von Ladung ausgelegt und bieten nur wenigen Personen Platz. Sturmshuttles sind schwer bewaffnet und gepanzert und in der Regel in der Lage, eine Kompanie Bodentruppen zu befördern.

Sternenkönigreich von Manticore – eine kleine, wohlhabende Sternnation, die aus drei Sonnensystemen besteht: dem Manticore-System, dem Basilisk-System und dem vor kurzem angeschlossen System von Trevors Stern.

Superdreadnought – die größten und kampfstärksten hyperraumtüchtigen Kriegsschiffe. Durchschnittlich massen Superdreadnoughts zwischen 6.000.000 und 8.500.000 Tonnen.

SyS – Abk. für das Amt für Systemsicherheit, dem noch mächtigeren Nachfolger der Inneren Abwehr unter dem Komitee für Öffentliche Sicherheit. Geleitet von Oscar Saint-Just, der die Legislaturisten verriet und Rob S. Pierre half, sie zu stürzen.

Trägheitskompensator – ein Gerät, das eine ›Trägheitssenke‹ erzeugt und die Trägheitskräfte absorbiert, die bei der Beschleunigung durch den Impellerkeil oder eine natürliche Gravitationswelle entstehen. Auf diese Weise gleicht der Trägheitskompensator die Andruckbelastung aus, der die Besatzung sonst ausgesetzt wäre. Kleinere Schiffe besitzen bei gleicher Impellerstärke einen höheren Kompensator-Wirkungsgrad und können daher höhere Beschleunigungen erzielen als größere Schiffe.

VRH – Volksrepublik Haven. Der Name der Republik Haven, als sie noch zuerst von den Legislaturisten und dann dem Komitee für Öffentliche Sicherheit beherrscht wurde. Die VRH begann den gegenwärtigen Krieg, indem sie das Sternenkönigreich von Manticore und die Manticoranische Allianz angriff.

Warshawski – ein Name für alle Gravitationsdetektoren, zu Ehren der Erfinderin dieser Geräte.

Warshawski, Adrienne – die größte Hyperphysikerin der menschlichen Geschichte.

Warshawski-Segel – das kreisrunde gravitatorische ›Auffangfeld‹, das einem Sternenschiff gestattet, auf den Gravwellen des Hyperraums zu ›segeln‹; erfunden von Adrienne Warshawski.

Wurmlochknoten – eine Schwerkraftanomalie, ein erstarrte Verzerrung des Normalraums, die weit voneinander entfernte Punkte durch den Hyperraum verbindet und eine zeitverlustfreie Reise ermöglicht. Der größte bekannte Wurmlochknoten ist der Manticoranische Wurmlochknoten, von dem Jahrhunderte lang sechs Termini bekannt gewesen sind.

Zentralisten – eine manticoranische Partei, die in den meisten Punkten für Mäßigung und Pragmatismus eintritt, sich zugleich aber sehr eingehend mit der havenitischen Bedrohung und ihrer Abwendung befasst. Honor Harrington unterstützt diese Partei.

Zerstörer – Abk. DD. Die kleinste hyperraumtüchtige Schiffsklasse, die von den meisten Raumstreitkräften gebaut wird. Ihre Tonnage rangiert zwischen 65.000 bis 80.000 Tonnen.

Erster Teil einer neuen Serie über den Kampf um ein riesiges Sternenreich
Für alle Freunde wissenschaftlich fundierter Science Fiction und für Star-Wars-Leser

Die Serie wurde nominiert für den NEBULA AWARD.
In ihrer Serie in sich abgeschlossener Romane erzählt Asaro die Geschichte des Sternenreiches Skolia jeweils aus einem neuen Blickwinkel. Stets steht ein Mitglied der herrschenden Familie im Mittelpunkt. In diesem Fall die telepathisch begabte Valdoria, die sich ausgerechnet in ihren schlimmsten Feind verliebt. Asaro versteht es dabei, Computertechnologie und magische Elemente in einem spannenden Drama miteinander zu verbinden.

3-404-24309-9

BASTEI LÜBBE